Alexandra Bracken

The Mirror of Beasts

Weitere Bücher von Alexandra Bracken im Arena Verlag:
Silver in the Bone (Die Hollower-Saga 1)
Lore. Die Spiele haben begonnen. Sie kämpft um ihr Leben

ALEXANDRA BRACKEN
ist in Arizona geboren und aufgewachsen, wo sie heute auch wieder mit ihrem Hund Tennyson lebt. Nach einem Studium in Geschichte und Englisch und einem Job im Verlagswesen schreibt sie inzwischen in Vollzeit. Sie ist unter anderem bekannt für ihre Reihe »The Darkest Minds«, die verfilmt wurde. Mit »LORE« eroberte sie zuletzt die Spiegel-Bestsellerlisten. Besuche die Autorin unter *www.alexandrabracken.com* und auf Instagram unter *@alexbracken.*

SABINE SCHILASKY
hat Anglistik, Amerikanistik und Germanistik studiert und ist seit über zwanzig Jahren mit großer Begeisterung freie Übersetzerin. Sie hat drei mittlerweile erwachsene Kinder und lebt mit Mann, Hund und Katze in Hamburg. Neben dem Übersetzen kocht und backt sie leidenschaftlich gern und weiß zu schätzen, dass ihr Hund sie regelmäßig vor die Tür scheucht.

Arena

ALEXANDRA BRACKEN

THE MIRROR OF BEASTS

Aus dem Amerikanischen
von Sabine Schilasky

Für LD

Möge dein Leben voller Magie und Wunder sein

Ein Verlag in der Westermann Gruppe

Die Originalausgabe erschien 2024 unter dem Titel
»The Mirror of Beasts« bei Alfred A. Knopf, ein Imprint von
Random House Children's Books, New York.

MIX
Papier | Fördert
gute Waldnutzung
FSC® C110508
FSC
www.fsc.org

1. Auflage 2024

Dieses Werk wurde vermittelt durch die
Literarische Agentur Thomas Schlück GmbH, 30161 Hannover
Published by Arrangement with Alexandra Cayley Bracken
Aus dem Amerikanischen von Sabine Schilasky

Text: Alexandra Bracken
Lektorat: Laura Held
Illustration Schutzumschlag: Tomasz Majewski
Gestaltung Schutzumschlag: Liz Dresner
Umschlaggestaltung Pappband: Carolin Liepins unter Verwendung von
Motiven von © Shutterstock (© amadorgs, © Ivan Smuk, © Eyes wide,
© Stone background, © Prokrida, © Bokeh Blur Background, © Taigi,
© Korionov, © Philipp Tur, © HWWO Stock, © allme3d)
Innenillustrationen: shutterstock.com (© Murhena, © Niko28)
Layout und Satz: Malte Ritter, Berlin

Gesamtherstellung: Westermann Druck Zwickau GmbH
Gedruckt in Deutschland

ISBN 978-3-401-60737-5

Besuche den Arena Verlag im Netz:
www.arena-verlag.de

@arena_verlag

HINWEIS

Diese Geschichte enthält Szenen mit expliziten Gewaltdarstellungen und andere sensible Inhalte. Weiteres dazu findest du auf S. 613.

Achtung: Diese Hinweise enthalten Spoiler!

Wir wünschen dir das bestmögliche Leseerlebnis.

Personen der Handlung

Die Weltenvernichterinnen

Caitriona – Einst auserwählt, die neue Hohepriesterin zu werden, war Caitriona de facto die Anführerin von Avalon, bis es zerstört wurde. Sie tut sich schwer mit der modernen Welt.

Neve Goode – Eine fröhliche, liebevolle, selbst ausgebildete Zauberin, die nach Informationen über ihre Herkunft und ihre mysteriösen Kräfte sucht.

Tamsin Lark – Als Kind in die Welt der Hollower geworfen, besitzt Tamsin keine angeborenen magischen Fähigkeiten, dafür aber ein fotografisches Gedächtnis und einen guten Geschäftssinn. Sie ist entschlossen, ihren Bruder von Lord Deaths Einfluss zu befreien.

Olwen – Halb Wassernymphe und frühere Heilerin von Avalon, die darum kämpft, ihre Freundinnen zusammenzuhalten, als sich die Dunkelheit über sie senkt.

Hollower

Emrys Dye – Spross der Dye-Dynastie, welche die nordamerikanische Gilde gründeten. Unvorstellbar reich, enervierend charmant und ein Cunningfolk-Grünheiler. Er ist Tamsins Hauptrivale innerhalb der Gilde und genießt es, sie zu provozieren und mit ihr zu flirten.

Nashbury Lark – Tamsins und Cabells Vormund. Gleichermaßen verschrien bei den Hollowern und den Zauberinnen; bekannt für seine Alleingänge und als Geschichtenerzähler.

Hector Leer – Ein Kumpan von Septimus und Endymion.

Edward Wyrm – Leiter der Londoner Gilde in Rivenoak Manor.

Septimus Yarrow – Ein berüchtigter Hollower, der in Avalon getötet wurde und vor allem dafür bekannt ist, Herakles' Keule gefunden zu haben.

Zauberinnen und Mages

Acacia – Eine der Zauberinnen, die Tamsin, Neve, Caitriona und Olwen gefangen nahmen; von Natur aus grausam.

Hemlock – Eine Zauberin, die Tamsin im Dead Man's Rest kennenlernt.

Hestia – Eine der Zauberinnen, die Tamsin und die anderen mit Acacia zusammen gefangen nahmen.

Isolde – Eine schreckhafte Zauberin, die der Hohezauberin Kasumi dient.

Kasumi – Die Hohezauberin des Schwesternrats.

Madrigal – Eine mysteriöse Älteste, bekannt für ihre tödlichen Dinnerpartys. Sie heuerte Emrys und Tamsin an, den Ring der Zerstörung zu suchen.

Morgana – Führte die Priesterinnen an, die sich gegen die Druiden erhoben und später verbannt wurden. Halbschwester von König Artus und Geliebte von Viviane.

Robin – Eine non-binäre Person, die für sich den Begriff »Mage« verwendet; arbeitet im Archiv des Schwesternrats.

Die Wilde Jagd

Lord Death – Nachdem er sich erst als Ritter Bedivere ausgab und nun König Artus' Körper beherrscht, hat Lord Death die Sterblichenwelt betreten, um sich an den Zauberinnen zu rächen.

Endymion Dye – Emrys' kalter, herrischer Vater, der die Gilde einst mit eiserner Hand führte.

Cabell Lark – Tamsins Bruder; er scheint unter einem Fluch zu leiden, der ihn in einen monströsen Hund verwandelt. Er dient jetzt Lord Death als dessen Seneschall.

Phineas Primm – Ehemaliges Mitglied von Tamsins Gilde.

Andere

Bibliothekar – Ein Automat, der sich um die Bibliothek kümmert und ihre vielen Schätze beschützt. Hat eine Schwäche für weiche und flauschige Dinge sowie fürs Staubsaugen.

Bran – Der Púca-Barkeeper im Dead Man's Rest.

Dearie – Der Púca-Gefährte Madrigals, der als ihr Butler und Vollstrecker zugleich fungiert.

Elaine, die Dame von Shalott – Die Liebeskonkurrentin einer Zauberin, die zeitweise im Spiegel von Shalott gefangen war.

Griflet – Ein kleines Kätzchen, das Mari geschenkt wurde.

Ignatius – Die Totenhand, die Tamsins fehlende Allsicht ersetzt und die außerdem jede verriegelte Tür öffnen kann.

Knochenschneider – Eine rätselhafte Gestalt, die Skelettschlüssel zum Öffnen von Adern und anderes herstellt, wie beispielsweise Basiliskengift.

Merlin – Druide und einstiger Mentor des jungen König Artus. Er hat sich mit dem Mutterbaum verbunden, um einen Kampf mit Morgana zu überleben, und brabbelt den wenigen, die ihm zuzuhören bereit sind, unsinnige Prophezeiungen vor.

Die Moorhexe (oder Rosydd) – Wie ihre Schwester, die Nebelhexe, ist sie eine alte Gottheit, die Pfade zwischen den Anderswelten öffnen kann und dazu neigt, Sterbliche zu essen.

Die Nebelhexe (oder Gwrach-y-rhibyn) – Eine alte Gottheit, die ungehindert die Überwege zwischen den Welten überschreiten kann.

Die Neun von Avalon – Arianwen, Betrys, Caitriona, Fayne (Flea), Lowri, Mari, Olwen, Rhona und Seren.

Viviane – Hohepriesterin und die letzte Priesterin aus Artus' Zeiten, die Jahrhunderte lebte, während sie wartete, dass die neuen Neun berufen wurden.

Greenwich, Connecticut

Sommergewitter vermochten es, die schlummernden Geister des Hauses zu wecken, sie aus den Schatten und durch längst vergessene, abgeschlossene Türen zu locken. Sie lösten sich von den Wänden, so welk wie deren verblasste Seidentapeten. Rieselten wie Staub aus den Laken, die einst funkelnde Kronleuchter und kunstvolles Mobiliar verhüllten. Schloss man die Augen, konnte man sie wie gleitende Bänder um sich herum spüren, die einen in jedem dunklen Korridor begrüßten.

Das Problem mit solch alten Häusern war, fand Emrys, dass sie mit der Zeit Magie, Energie und Dunkelheit absorbierten, bis sie selbst zu lebendigen Dingen wurden.

Sie erlaubten ihren Familien, ihre Gesichter neu zu bemalen, die Knochen ihrer Mauern zu brechen und neu zusammenzusetzen, sie schauten zu, wie Kinder fortgingen und nie zurückkehrten und ertrugen die Entwürdigung, an vermögende Fremde verkauft zu werden. Und die ganze Zeit, während Jahre zu Jahrhunderten wurden und die Häuser blieben, sammelten sie geduldig die Toten ihrer Familien und schluckten die in ihre Seelen gewobene Magie, bevor die Körper auch nur eine Chance hatten, in ihren Betten zu erkalten.

Als Emrys fünf, vielleicht sechs war, kaum alt genug, um zu begreifen, dass der Tod das einzig verlässliche Versprechen des Lebens war, hatte seine Mutter ihm gesagt, er solle mit ihrem Haus sprechen. Es begrüßen, wenn er kam und ging, und es wie einen Freund behandeln, damit es ihn auch wie einen behandelte.

Also tat er es. *Hallo, Haus; wiedersehen, Haus; du siehst heute sehr hübsch aus, Haus; guten Morgen, Haus. Schlaf gut, Haus …*

Und manchmal, im Nebel extremer Erschöpfung oder nachdem er eine der schimmernden Flaschen in der Hausbar seines Vaters geleert hatte, hätte er schwören können, dass Summerland House ihn erkannte. Ihm antwortete.

Hallo, Junge.

Jedes Mal, wenn das geschah, dachte er nur: *Ich darf hier nicht sterben.*

Nicht wie die Generationen von Vorfahren, die vor ihm da gewesen waren. Die den Grundstein zu diesem Haus gelegt hatten. Die es zu einem Anwesen ausbauten. Von denen die ersten Reliquien gefunden wurden, die jetzt prachtvoll auf den Fluren ausgestellt waren. Beide Seiten seiner Blutlinie quollen über von Cunningfolk, und er wusste, dass das Haus ihre Magie gierig aufgesaugt hatte, wenn sie ihre Talente erprobten; er fühlte es selbst, wenn er im Garten arbeitete.

Summerland House war nicht nur ein Teil von Emrys' Stammbaum, vielmehr war es der Baum selbst. All ihre Leben wurden in Summerland House hineingeschnitzt – oder entstanden vielmehr aus ihm.

Emrys räusperte sich, als er den schattigen Korridor entlangging und dem Regentrommeln auf dem Dach lauschte. Mit der eindringenden Feuchtigkeit nahm der alte, modrige Geruch zu. Er haftete an den Teppichen und Samtvorhängen und wallte auf, als die Gewitterwolken in der Ferne auftauchten. Der Wind riss an der Seite des Hauses, als wollte er ihm die verrotteten Wurzeln ausreißen. Emrys' Garten wäre morgen früh das reinste Chaos, die Blumenbeete niedergepeitscht und das Gemüse ertrunken.

»n' Abend, Großmutter«, sagte er, als er an dem Porträt der

steifen, wütend dreinblickenden Frau vorbeikam. Emrys duckte sich leicht, um seine regennassen Locken im halbblinden Spiegel neben dem Gemälde zu richten. »Wie ist die Aussicht unten aus der Hölle?«

Beinahe lachte er, als ein Donnerkrachen antwortete.

»Dachte ich mir«, murmelte er. Fast konnte er ihre langen Fingernägel spüren, die sich in seine Ohrläppchen bohrten, damit er still war. »Halt die Ohren steif, alte Schachtel.«

Die Nachricht knisterte in seiner Jackentasche, als er sein Hemd darunter glatt strich. Er hatte sie auf seinem Bett gefunden, nachdem er an dem Spalier hinaufgeklettert war, um in sein Zimmer zu gelangen. Die akkurate Handschrift seines Vaters hatte ihm einen kalten Schauer verursacht. *In mein Arbeitszimmer, sobald du deinen Trotzanfall beendet hast.*

Trotzanfall. Emrys verzog den Mund.

Nach einem Dinner, bei dem er hatte mit ansehen müssen, wie das Gesicht seiner Mutter vom Weinglas seines Vaters zerschnitten wurde, war er kochend vor Wut aus dem Haus geeilt und herumgefahren, sobald er sie sicher auf ihr Zimmer gebracht hatte. Durch den Ort. Den nächsten. Über die leeren, gewundenen Landstraßen, bis der Himmel in Mitternachtschwarz gehüllt war und ihn die Tankanzeige des Wagens um Gnade anflehte.

Er hatte weggemusst, bevor er dem Haus noch einen Geist für seine Dye-Sammlung zukommen ließ.

Nicht zum ersten Mal hatte Emrys das Ausmaß seiner eigenen Wut Angst eingejagt. Das Wissen, diese Dunkelheit geerbt zu haben, die wie ein Samen in ihm lebte und auf den ersten Tropfen Blut lauerte, um aufzublühen, erdrückte ihn.

Ich bin nicht wie er, sagte Emrys sich, doch die Worte klangen in seinem Kopf ebenso hohl, wie sie sich in seinem Herzen anfühlten. Niemals könnte er die kontrollierte, eisige Fassade wahren, die bei seinem Vater so natürlich schien. *Ich bin kein Monster.*

Sein Brustkorb zog sich schmerzhaft zusammen, als er abermals sein Aussehen überprüfte.

Die Nachricht war keine Überraschung gewesen. Es war Teil ihrer Routine, und Emrys war klar, was als Nächstes kam: Sein Vater würde mit einem Glas Scotch in seinem Arbeitszimmer grübeln. Emrys würde sich entschuldigen. Sein Vater nicht. Sie würden sich einigen, nie wieder darüber zu sprechen.

Immer so weiter, wie der sich drehende Jahreskreis.

Er wurde langsamer, als er am Wohnflügel seiner Eltern vorbeikam, doch falls seine Mutter noch in ihrem Schlafzimmer verbarrikadiert sein sollte, konnte er sie jedenfalls nicht hören. Regen klatschte gegen die Fenster, wollte so verzweifelt herein wie seine Mutter raus. Keiner von ihnen hatte Erfolg.

An sonnigen Tagen fühlte sich Summerland House wie ein den Errungenschaften seiner Urgroß-Sonst-was gewidmetes Museum an. Das Schwert von Beowulf, stumpf vom Alter. Herakles' Bogen. Und so weiter. Zahllose Reliquien – gestohlen, eingetauscht und gekauft.

In Nächten wie dieser jedoch, wenn ein kalter Wind durch die Ritzen in den Fensterrahmen drang, wenn keine andere Seele in der Nähe war und die protzigen Wandleuchten selbst die schillerndsten Schätze in schauriges Licht tauchten, kam es Emrys eher wie ein Mausoleum vor.

Der lange Korridor führte zur Marmortreppe in der Eingangshalle. Und rechts neben ihr hüteten die uralten schwarzen Eichentüren das Arbeitszimmer seines Vaters. Die ins Holz eingearbeiteten Spiralmuster aus Kristallen und Eisen besaßen eine ganz eigene dunkle Schönheit, erzählten aber auch von der giftigen Paranoia seines Vaters. Denn um sie herum bildeten Sigillen einen Schutzzauber, undurchdringbar für jeden Uneingeladenen – sterblich oder nicht.

Emrys hatte das Pech, eingeladen zu sein.

Herbeordert wohl eher, korrigierte er sich, als er nach einem der silbernen Türknaufe griff. Die einem knorrigen Ast nachempfundene Form erinnerte ihn augenblicklich an die albernen Anstecker, die sein Vater und dessen Freunde aus den diversen Hollower-Gilden neuerdings trugen. Sie sahen sich als eine Geheimgesellschaft, dabei ließ ihre gebündelte Intelligenz ziemlich zu wünschen übrig. Soweit Emrys es beurteilen konnte, trafen sie sich meistens nur, um darüber zu jammern, dass die Zauberinnen die besten Reliquien horteten.

Auf Emrys' Berührung hin schwang die Tür auf. Er nahm einen ungewöhnlich grünen Duft wahr – frisch, süß und kein bisschen wie das von Tabak und Sandelholz dominierte Eau de Cologne des Vaters, das üblicherweise in diesem Raum hing. Nachdem er ein letztes Mal tief Luft geholt und sich über das unzähmbare Haar gestrichen hatte, trat Emrys ein.

Die Schatten von Summerland House schienen diesen Raum zu lieben, strichen über die Bücher in den Regalen und lagen in den alten, samtbezogenen Sesseln vor dem kalten Marmorkamin.

Heute Abend jedoch war alles, bis auf die Mitte des Raumes, von tiefroten Seidenvorhängen verhüllt.

Ein Kreis aus Kerzen brannte rund um Emrys, deren Flammen den Stoff zum Schimmern brachten. Das Donnergrollen draußen wurde von dem statischen Rauschen, das in Emrys' Ohren anschwoll, und der pulsierenden Furcht übertönt, die seinen Körper erfasste.

Auf dem Fußboden waren ein Kranz aus Stechpalmenzweigen

und einer aus Eichenlaub zu einem seltsamen Muster verknotet. Eines, das Emrys vage vertraut schien.

»Was zur Hölle ...?« Er trat einen Schritt zurück zur Tür. Aber als er nach dem Türknauf tastete, war dieser verschwunden.

Stoff raschelte, und hinter Emrys bewegte sich die Luft. Sein Puls raste panisch los, als eine Gestalt in einem Kapuzenumhang die Seidenvorhänge teilte und hervortrat, einen langen Zeremoniendolch in den Händen. Eine unheimliche, gänzlich ausdruckslose Holzmaske bedeckte das Gesicht, aber Emrys erkannte den aufrechten Gang ebenso wie den Siegelring am kleinen Finger der linken Hand und den Geruch nach Tabak und Sandelholz.

»Nein ...«, entfuhr es Emrys. Der Schock brannte wie Erbrochenes in seiner Kehle. »Dad ...«

Es war das Haus, das ihm antwortete, siegesgewiss und gefräßig aus den Schatten.

Lebwohl, Junge.

Teil I

Das Winterheer

Kapitel 1

»Nein, Tamsin. Um deinen zu brechen.«

Während sich Nashs Worte in der Luft auflösten, eilten andere Geräusche herbei, um die leere Stille zu füllen, die sie hinterließen. Ferner Lärm von Autos und Stimmen, die sich endlos durch Bostons alte Straßen bewegten. Musik aus einer nahen Bar flüsterte durch die Wände. Mein Nachbar oben, der auf und ab wanderte, sodass seine Füße einen gedämpften Takt durch die Decke schickten. Alle wetteiferten, das lange Schweigen zwischen uns zu füllen.

Und immer noch konnte ich mich nicht dazu bringen, etwas zu sagen.

»Es ist lange her, ich weiß«, fuhr Nash mit rauer Stimme fort. »Längst mehr als zu lange ...«

Was er als Nächstes sagte, ging in dem Rauschen in meinen Ohren unter. Mein wild pochendes Herz schien meinen ganzen Körper durchzuschütteln. Unwillkürlich ballte ich die Faust, und ehe ich mich bremsen und diesen schieren Zorn bändigen konnte, haute ich ihm eine rein.

Nash torkelte leise fluchend zurück.

»Tamsin!«, rief Neve.

Ich schüttelte meine pochende Hand und beobachtete mit grimmiger Zufriedenheit, wie Nash eine Hand auf sein Gesicht presste, um den Blutfluss aus seiner Nase zu stoppen. Er richtete den Knochen mit einem solch abscheulichen Knacken, dass sogar Caitriona zusammenzuckte.

»Na gut«, sagte er, die Stimme gedämpft von seiner Hand. Er zog ein Taschentuch aus seiner Lederjacke und hielt es sich unter die Nase. »Ich schätze, das habe ich verdient. Nicht schlecht übrigens.«

Ich zwang mich, mehrmals tief durchzuatmen. So schnell, wie die Wut gekommen war, verpuffte sie auch wieder, und das Gefühl, das an ihrer Stelle aufwallte, war so nutzlos wie unerwünscht.

Als kleines Mädchen hatte ich Stunden in der Bibliothek unserer Hollower-Gilde zwischen den weniger gefragten Regalen mit baltischen Legenden und unvollständigen Unvergänglichkeiten verbracht und mir einen Glaskasten angeschaut, den alle anderen anscheinend vergessen hatten oder der ihnen egal war.

Das Licht über dem polierten Bernsteinstück darin sandte verlockende warme Wellen über die dunklen Regale. In der kristallenen Tiefe waren eine Spinne und ein Skorpion ineinander verschlungen, erstarrt in ihrem Kampf um die Vorherrschaft. Perfekt erhalten durch denselben Harztropfen, der sie tötete.

Der Bernstein hätte auch ein Fenster sein können, durch das die Vergangenheit in die Gegenwart und die Gegenwart in die Vergangenheit blickte. Es war beängstigend und schön zugleich – erzählte eine Geschichte und war doch mehr als das. Ein Ausschnitt der Zeit selbst.

Früher dachte ich, mein Gedächtnis wäre wie Bernstein, das jeden Moment einfing und ihn quälend detailliert aufbewahrte. Doch beim Anblick meines einstmaligen Vormunds, von dem ich so sicher gewesen war, dass er meinen Bruder und mich sieben Jahre zuvor als Kinder verlassen hatte, stellte ich es infrage.

Wie ich alles infrage zu stellen begann.

Nash sah zwanzig Jahre jünger aus, als ich ihn in Erinnerung hatte. Bevor ich ihn geschlagen hatte, hatte ich bemerkt, dass seine Nase wieder gerade war, als wäre sie nie bei einer Kneipenschlägerei gebrochen worden, von den drei anderen ganz zu schweigen. Und sein Gesichtsausdruck war so ernst ... keine Spur von dem rücksichtlosen Abenteurer, kein verschlagenes Grinsen oder lügende Augen.

Vielleicht tat ich aber, was ich ihm immer vorgeworfen hatte: Ich mythologisierte den Mann, um eine bessere Geschichte erzählen zu können.

»Tamsy?«, fragte er stirnrunzelnd. »Hast du gehört, was ich über den Fluch gesagt habe?«

Die Erschöpfung packte mich. Ich öffnete den Mund, aber die einzigen Worte, die mir durch den Kopf gingen, waren jene, die er gesagt hatte. *Nein, Tamsin. Um deinen zu brechen.*

»Du glaubst mir nicht. Das sehe ich dir an.« Er blickte zur Tür, weil ihn kurz abzulenken schien, wie sie vom auffrischenden Wind gerüttelt wurde. »Aber du musst mir gut zuhören – richtig *zuhören* – und ausnahmsweise einmal tun, was ich dir sage, denn wie der Frühling bist du verflucht, jung zu sterben.«

»Na und?«, platzte es aus mir heraus.

Die anderen schauten mich entsetzt an. Fast wünschte ich mir, ich würde genauso empfinden – überhaupt irgendetwas empfinden. Stattdessen überkam mich eine geradezu wohltuende Taubheit, als hätte ich es von jeher gewusst. Was ich eventuell auch hatte. Leute wie ich ... uns waren keine langen Leben und Happy Ends bestimmt.

»Was im Namen der heiligen Mutter redest du denn da?«, sagte Olwen streng. »Wer soll sie denn so verflucht haben?«

»War es die Weiße Dame?«, fragte Neve.

Der einem Bluterguss ähnliche Fleck auf meiner Brust, direkt über meinem Herzen, wurde eiskalt und brannte in der warmen Haut drum herum. Mein Puls fing an, einen anderen Rhythmus zu trommeln als das pochende Mal. Wie ein Ruf und die Antwort auf ihn. Alle Härchen an meinem Körper richteten sich auf, als die Sekunden in beklemmender Stille verstrichen.

Nash machte einen Schritt auf mich zu, sodass mir ein Geruch von feuchter Erde, Gras und Leder entgegenkam. »Nein, Tamsy wurde damit geboren. Aber die Magie des Fluchs hat den Geist ...«

Etwas bewegte sich so schnell nach vorne, dass ich zurückstolperte. Ein Aufblitzen von silbernem Haar – und von einer silbernen Klinge.

Caitriona stürzte sich auf Nash und nutzte den Schwung ihrer Bewegung, um ihn gegen die Wohnungstür zu schmettern. Hut und Taschentuch fielen ihm aus den Händen und landeten auf dem fadenscheinigen Läufer. Olwen stieß einen leisen Schrei aus, beide Hände auf ihren Mund gepresst, als Caitriona eines meiner Küchenmesser an Nashs entblößten Hals hielt. Mit dem anderen Arm hielt sie ihn an Ort und Stelle.

»Wer bist du?«, fragte Caitriona. Die Messerklinge verursachte ein schwaches Blutrinnsal in Nashs glatt rasierter Haut.

Panik durchfuhr mich, als mir ihre Worte klar wurden und meinen Verstand elektrisierten.

Er ist es nicht.

Wir hatten seine Leiche in Avalon gefunden. Sosehr ich mir wünschte, die letzten Stunden wären ein langer, endloser Albtraum gewesen, waren sie das nicht. Ich konnte mich in vielem selbst belügen, nicht jedoch hierbei. Nash war tot.

»Wer bist du?«, wiederholte Caitriona knurrend. »Es gibt viele Kreaturen, die das Gesicht anderer tragen können. Alle Täuscher der übelsten Sorte.«

Der Mann starrte mich mit einem vertrauten Ausdruck von Empörung, Verdruss und Amüsiertheit an. Die Luft brannte in meiner Lunge und flehte, herauszudürfen.

»*Wer?*«, fragte Caitriona wieder.

Seine Antwort bestand darin, dass er seine Haltung veränderte, sein Bein zwischen Caitrionas hakte und gleichzeitig eine Handfläche heftig gegen ihren Solarplexus knallte. Sie ächzte vor Schreck und Wut, doch sein Fuß war hinter ihr Knie gehakt, und sie fiel bereits, ehe irgendeine von uns herbeispringen konnte, um sie aufzufangen.

»Cait!« Olwen wollte sich neben sie knien, aber ich fing sie am Arm ab.

Der Mann bückte sich, um das Messer aufzuheben, und seine Mundwinkel bogen sich ein wenig, als er ein Schmunzeln unterdrückte.

»Alles, wozu diese Klinge gut ist, ist, als Zahnstocher zu dienen oder Toast zu schmieren, Täubchen«, sagte er.

»Leg das Messer hin und geh weg von ihr.« Noch nie hatte ich Neve so eisig gehört wie jetzt. Und ihre Züge waren hart vor Wut. »Rühr sie noch einmal an, und du wirst Hände anstelle von Füßen und Füße anstelle von Händen haben.«

Dank Magie oder schlicht einem komischen Glücksfall hatte ihr Zauberstab die Zerstörung Avalons überlebt – was ich völlig vergessen hatte, bis ich sah, wie sie in die Tasche an ihrer Hüfte griff und ihn hervorzog. Nash – oder Nicht-Nash – starrte erst die auf ihn gerichtete Spitze des Stabs an und blickte dann mit hochgezogenen buschigen Augenbrauen zu mir.

»Ich hätte nie gedacht, dass ich dich mal mit einer Zauberin herumtollen sehe, Tamsy.«

»Mach ruhig weiter«, sagte Neve. »Dein Gesicht wird nur besser, wenn wir Mund und Nase vertauschen.«

Der Mann neigte den Kopf zur Seite, als versuchte er, es sich auszumalen. Er tat aber, was ihm gesagt wurde, legte das Messer auf den Boden und kickte es in Reichweite von Caitriona.

»Bist du aus Avalon?«, fragte er Caitriona. »Bist du der Grund, warum es sich wieder mit unserer Welt vereint hat?«

Die Worte waren wie ein Würgegriff an meinem Hals. Die anderen wichen vor dem Vorwurf zurück – dabei war es unser aller Schuld. Wir hatten das Ritual durchgeführt, weil wir glaubten, es würde die Anderswelt heilen und von einem Fluch befreien; dabei hatte es nur bewirkt, dass sie wieder in unsere Welt katapultiert wurde. Die Kollision der Insel mit dem modernen Glastonbury hatte ein Ausmaß an Tod und Zerstörung hervorgerufen, über das ich nicht nachdenken konnte, ohne mir das Gesicht zerkratzen zu wollen.

Du wolltest nicht, dass das passiert, redete ich mir ein. *Keine von uns wollte das.*

Es war ein Fehler. Ein furchtbarer, schrecklicher Fehler. Ich konnte es jedoch so sachlich erklären, wie ich wollte, es änderte nichts daran, dass mir speiübel vor Entsetzen bei dem Gedanken an das wurde, was wir getan hatten.

»Tamsy ...«, hob er wieder an.

»*Nicht*«, sagte ich an dem Kloß in meinem Hals vorbei. »Nenn mich nicht so.«

»So habe ich dich immer genannt«, entgegnete er. »Seit du nichts als ein kleiner Zwerg warst. Das erste Mal hast du mir gegen das Schienbein getreten und mich einen Vollidioten geschimpft. Das war eine Weile lang deine Lieblingsbeleidigung.«

Mein Bauch verkrampfte sich. Die anderen sahen mich an. Sie versuchten, die Wahrheit an meinem Gesicht abzulesen.

Endlich stand Caitriona wieder auf, zog sich zu uns zurück und blickte sich nach einer anderen Waffe um.

»Wie …?«, flüsterte ich. *Wie kannst du am Leben sein?*

Ein tiefes Donnergrollen schien Nash zu beunruhigen. Er kehrte zur Tür zurück und spannte sich sichtlich an, als er durch den Spion sah. Was für ein Gewitter da auch aufziehen mochte, es legte spürbar zu. Als er sich wieder zu mir umdrehte, hatte er denselben Gesichtsausdruck wie vorhin, als ich die Tür öffnete.

»Hast du den Ring in Avalon gefunden?«, fragte Nash, als hätte ich gar nichts gesagt.

»Ja, aber …«, begann Olwen.

»Cabell brauchte den Ring, nicht ich«, flüsterte ich. Das war das Unverzeihlichste von allem. Hätte ich den Ring bei Cabell benutzen können …

Der Gedanke an meinen Bruder, den einzigen Menschen, der mein Gedankenchaos verstehen würde, der mir helfen könnte, es zu entwirren, war wie ein Messerstich in den Bauch.

»Cabell ist nicht mehr zu helfen«, sagte Nash. Es klang so abfällig, dass mir schlecht wurde.

»Woher willst du das wissen?«, fauchte ich. »Dir ist er doch egal, du hast ja nicht mal gefragt hast, wo er ist!«

»Denkst du ernsthaft, ich weiß nicht, warum er nicht hier ist? Glaubst du echt, ich weiß nicht, was ihr auf diese Welt losgelassen habt?« Nash schüttelte den Kopf und atmete scharf aus. »Wo ist der Ring jetzt?«

»Er ist …« Neve sah mich an, als wäre sie unsicher, ob sie es sagen durfte. Als ich nicht reagierte, sprach sie weiter: »Emrys Dye hat ihn sich genommen.«

»Du hast einem Dye den Ring überlassen?«, explodierte Nash. »Beim Höllenfeuer, Tamsy!«

»Nenn mich noch einmal so, und ich sorge dafür, dass du diesmal tot bleibst«, warnte ich ihn.

»Tamsin hatte gar keine Wahl«, erklärte Neve. »Er wurde von einer Zauberin angeheuert.«

»Welcher?«, fragte Nash, der sich bückte, um seinen Hut aufzuheben.

Ich presste den Namen zwischen zusammengebissenen Zähnen hervor. »Madrigal ...«

Ihr Name ging in einem gigantischen Donnerkrachen unter. Es schien von oben und unten zugleich zu kommen; die Wucht ließ das Geschirr in der Küche klappern wie Zähne und Bücher aus dem Regal fallen. Ein Tuten ertönte, tiefer als jedes, das ich bisher von den Schiffen im Hafen kannte, und jagte mir einen eiskalten Schauer über den Rücken.

Nash stieß einen Schwall wütender Worte aus, als er sich den Hut wieder auf den Kopf rammte, den Türknauf packte und Mühe hatte, die Tür gegen den Windzug zu öffnen.

»Du *gehst?«,* fragte Caitriona perplex.

»Klar«, sagte ich verbittert. »Das kann er am besten.«

Schließlich bekam Nash die Tür auf und drehte sich um. Er presste die rechte Hand wie zu einem spöttischen Schwur auf sein Herz. »Alles, was ich jemals wollte – alles, was ich je zu tun versucht habe –, ist, dich zu schützen.«

»Seit wann?«, spie ich geradezu aus.

Neve schlang eine Hand um meinen Arm und zog mich näher zu sich. So hatte ich sie noch nie erlebt, zitternd vor Wut. Sie strahlte von ihr ab, bis sie nicht mehr von meiner eigenen zu trennen war.

Die Dezemberluft blies um Nash herum und fegte zarte Schneeflocken ins Apartment. Wieder krachte ein Donner laut genug, um das Haus bis in die Grundfesten zu erschüttern. Ein beißend säuerlicher Geruch wie von Ozon erfüllte den Raum, bei dem sich alles in mir zusammenzog.

Hinter Nash, hoch über den festlichen Girlanden und der blinkenden Weihnachtsbeleuchtung der Stadt, hatte der Himmel einen unheimlichen Grünton angenommen. Der tosende Wind zerrte an Nashs Kleidung, zog ihn in die wartende Nacht. Hinter ihm neigten sich die Bäume ächzend in den Böen.

»Ich hole den verdammten Ring, um deinen Fluch zu brechen«, sagte er barsch. »Solltet ihr dieses Geräusch wieder hören, näher als jetzt, lauft, so schnell ihr könnt – aber bis dahin bleibt ihr hier, oder, so wahr ich hier stehe, ich werde euch eure dünnen Hälse umdrehen!«

Er zeigte mit dem Finger nacheinander auf uns vier. »Ihr habt nicht den leisesten Schimmer, was kommt – was sich in den eisigen Tiefen des Winters verbirgt. Hört auf mich, und ihr überlebt vielleicht den Albtraum, den ihr über uns gebracht habt.«

Die Tür knallte hinter ihm zu.

»Wow«, sagte Neve einen Moment später. »Ich *hasse* den Typen.«

Ich bekam weiche Knie und war froh, dass Neve mich immer noch festhielt und so bald anscheinend auch nicht loslassen wollte. Mein Herz raste, als ich zur geschlossenen Tür starrte, und mein Atem war zu flach.

Ich sah auf die windgerüttelte Tür und fragte mich: *War er das wirklich?*

Das Gewitter schien sich in meinen Kopf ausgedehnt zu haben, in dem immer wieder dieselben Fragen herumwirbelten, bis ich glaubte, an ihnen zu ersticken.

War er das wirklich?

Wie?

Und der einzige Mensch, der verstehen könnte – richtig verstehen –, wie ich vor Verwirrung, Adrenalin und Wut zitterte, war nicht hier.

»Gehen wir ihm nach?«, fragte Olwen matt.

Ich war wie zerrissen. Der logische Teil meines Verstands verlangte, dass ich in der Wohnung blieb. Doch der Schmerz in meiner Brust drängte mich, ihm zu folgen und die Antworten einzufordern, die ich brauchte.

Alles könnte eine Täuschung gewesen sein, flüsterte mein Verstand. *Selbst wenn es Nash war, bist du nicht so dumm, ihm zu trauen.*

»Nein«, sagte Caitriona streng. »Das ist nicht unser Plan.«

»Nach allem, was Tamsin uns erzählt hat, haben wir keinen Grund, ihm zu glauben«, ergänzte Neve und sprach damit meine Gedanken aus. »Stimmt doch, oder, Tamsin?«

»Ja, stimmt«, antwortete ich, als ich wieder sprechen konnte.

»Und bleibt es bei dem Plan, auf den wir uns geeinigt hatten?«, fragte Olwen, die uns alle reihum ansah. »Dass wir die Person suchen, von der Tamsin glaubt, dass sie das Gefäß der Hohepriesterin reparieren kann?«

Sie zeigte zu dem kleinen Korb neben der Couch, in dem die zerschmetterten Knochen mit den Erinnerungen Vivianes unter einem Tuch verborgen waren.

Sie wären alle für uns verloren, einschließlich jener in der Scherbe, die Lord Death gestohlen und versteckt hatte, wenn wir sie nicht repariert bekämen.

Mit jedem Moment, der verging, wurden meine Gedanken dunkler.

Es war absurd, oder? Alles hiervon. Selbst wenn wir den Knochenschneider fanden, wie standen die Chancen, dass er die uralte Druidenkunst der Gefäßfertigung beherrschte? Einige der Knochenfragmente waren nicht größer als Nadeln, andere zu Staub zermahlen. Was, wenn das Gefäß nicht zu reparieren war?

Mir wurde übel. »Ja, wir sollten so früh wie möglich anfangen, den Knochenschneider zu suchen.«

»Was das angeht«, sagte Neve. »Ich weiß, dass wir ihn finden müssen, aber vielleicht sollten wir vorher zu den Zauberinnen gehen. Was ist, wenn sie nicht die ganze Geschichte kennen, darüber, dass Morgana den Handel mit Lord Death nicht eingehalten hat? Wenn sie nicht wissen, dass er noch am Leben ist, könnte ihnen nicht klar sein, dass er zurück ist und sich an ihnen rächen will.«

»Aber Cabell hat gesagt, dass die Zauberinnen die Pfade nach Avalon von *dieser* Seite aus verschlossen hatten, um zu verhindern, dass Lord Death ihnen in die Sterblichenwelt folgt«, sagte ich. »Wenn du mich fragst, wissen sie, dass ein Teil von ihm überlebt hat.«

Avalon wieder mit unserer Welt zu verbinden, war die einzige Methode, die Barrieren zu umgehen, weshalb Lord Death sich überhaupt die Mühe gemacht hatte, uns zu manipulieren, damit wir das Ritual vollzogen.

Caitriona atmete scharf aus. »Eindeutig.«

»Dann hast du es dir anders überlegt?«, fragte Olwen an Neve gerichtet. »Willst du, dass wir die Zauberinnen suchen – den Rat der Schwestern, wie du sie nennst? Um sie zu warnen?«

»Ja. Ich finde, das sollten wir als Erstes machen.« Neve biss sich auf die Unterlippe, sichtlich unentschlossen. »Ich weiß, dass wir das Gefäß reparieren müssen, aber … je länger ich darüber nachdenke, desto mehr glaube ich, dass wir mit ihnen zusammenarbeiten müssen, wenn wir aufhalten wollen, was auch immer Lord Death vorhat.«

»Dann schick ihnen eine Nachricht. Mehr als das schulden wir ihnen nicht«, antwortete Caitriona. »Denn je mehr *ich* darüber nachdenke, desto überzeugter bin ich, dass sie diejenigen sind, die dieses Leid und Blut über sich gebracht haben. Das Einzige, was uns wichtig sein muss, ist, ihren Fehler zu korrigieren und zu beenden, was sie nicht konnten, indem wir Lord Death töten. Unsere Jagd sollte jetzt beginnen.«

»Und wenn er in der Zwischenzeit Zauberinnen umbringt?«, fragte Neve.

Caitriona zuckte mit den Schultern. »Dann sei es so.«

Das schockte sogar mich. Ein Anflug von Furcht regte sich in mir, als die Atmosphäre eine neue, wütendere Note anzunehmen schien.

Neve schnappte nach Luft und baute sich vor Caitriona auf, als wäre die nicht fast einen Kopf größer als sie. »Das meinst du nicht im Ernst! Ich weiß, dass es dir nicht egal ist, wenn Unschuldige sterben.«

»Dazu müssten die Zauberinnen erst mal unschuldig sein, was sie nicht sind«, konterte Caitriona.

»Wir wissen gar nicht, wie wir Lord Death aufhalten sollen. Loszurennen und ihn zu suchen, wird *uns* das Leben kosten«, sagte ich. »Was ist, wenn das Gefäß uns diese Information geben kann? Sollte das nicht Priorität haben?«

Neve fuhr zu mir herum, und ihre Augen blitzten. Sie fühlte sich verraten. »Also ist es dir auch egal, wenn sie sterben?«

»Das habe ich nicht gesagt«, antwortete ich.

»So gut wie«, erwiderte Neve.

Ich biss mir auf die Zunge, und Angst brodelte in meinem Bauch. Wir durften nicht aufeinander losgehen, sondern mussten zusammenhalten. Im Angesicht von Avalons Untergang hatten wir einander gewählt. Und sollten wir uns zerstreiten …

Ein schmerzhafter Stich durchfuhr mich. *Dann habe ich niemanden mehr.*

»Du weißt, dass es mir vor allem um Cabell geht«, sagte ich. »Ich will ihn von Lord Death wegbekommen, bevor die Macht, die dieses Monster über ihn hat, noch größer wird. Du hast doch selbst gesagt, dass der echte Cabell noch dadrinnen ist, gefangen in dem Diener, den Lord Death aus ihm gemacht hat.«

Todesmagie, in Annwn geboren, der Anderswelt der monströsen Toten, hatte Avalon korrumpiert, das Land mit Schatten vergiftet und das legendäre Paradies bis zur Unkenntlichkeit verdorben. Wenn das einem Ort von solcher Kraft und Reinhcit widerfahren konnte, war Cabells Geist unmöglich stark genug, sich gegen den Zauber zu wehren, mit dem Lord Death ihn belegt hatte.

Neve atmete schnaubend aus, aber ich wusste, dass sie es verstand. Was sie hätte sagen können, wurde von einem schwachen *Miau* unterbrochen, als sich Griflet, der kleine Kater, der mit uns von Avalon hergekommen war, aus seinem Versteck unter der Couch hervorwagte.

»Ah, da bist du!«, sagte Olwen leise und bückte sich, um ihn hochzuheben. Der graue Kater schnurrte zufrieden, als sie ihn an ihre Brust drückte. Doch die Priesterin selbst sah alles andere als zufrieden aus. Sie blickte hilflos zu mir, als Caitriona und Neve einander den Rücken zuwandten, beide kochend vor Wut.

»Hört mal, ihr habt beide recht«, versuchte ich es noch einmal. »Wir schulden dem Rat der Schwestern eine Warnung, aber wir rechnen besser damit, dass sie sich in ihre Grüfte zurückziehen und versuchen, das Ganze auszusitzen.«

Was ich nicht sagte, war, dass Neve zwar selbst eine Zauberin sein mochte, ich jedoch als Hollower viel mehr Erfahrung im Umgang mit ihnen hatte. Und sofern sie nicht untereinander um Reliquien stritten oder jahrhundertealte Fehden pflegten, galt ihr oberster Instinkt der Selbsterhaltung.

»Zauberinnen sind nicht feige«, beharrte Neve wütend. »Sie werden kämpfen.«

»Aber dies ist *unser* Kampf«, konterte Caitriona. »Lord Death muss bestraft werden für das, was er Avalon angetan hat, für den Mord ...« Sie brach ab und fing sich, bevor sie flüsterte: »Für die Zerstörung von allem und jedem.«

Ich zügelte mein Gedächtnis, bevor es mich mit Bildern von leeren Augen, Leichen und blutigen Rinnsalen zwischen den Turmsteinen foltern konnte.

»Vorsichtig, Caitriona«, sagte Neve. »Mit dem ganzen Gerede von Rache klingst du mächtig nach einer Zauberin.«

Caitriona stieß ein frostiges Lachen aus. Ihre Worte, als wir gemeinsam vor dem Scheiterhaufen standen, in dem alle verbrannten, die sie geliebt hatte, hallten mir furchtbar gellend durch den Kopf. *Ich bin die Priesterin von nichts. Das ist alles, was ich jemals sein werde.*

»Avalon ist fort«, sagte Caitriona, »genau wie meine Pflichten ihm und seiner Göttin gegenüber. Wenn ich ihre Magie nicht nutze, bin ich auch nicht an ihre Gesetze gebunden.«

Ich fühlte mich vollkommen hilflos, als ich wieder einen Blick mit Olwen wechselte, mich aber nicht traute, etwas zu sagen, weil es die Situation womöglich noch schlimmer machte. Sie öffnete den Mund, und sämtliche Farbe wich ihr aus dem Gesicht.

»Was?«, fragte Neve entsetzt. »Du ... du willst nicht einmal deine Magie nutzen? Nach allem kehrst du ihr den Rücken zu?«

»Sie hat uns zuerst verlassen«, antwortete Caitriona. »Wirst du die Nächste sein?«

»Hört auf!«

Olwen drängte sich zwischen die beiden. Ihr tintenblaues

Haar hob sich um ihre Schultern, als würde es von Wasser aufgeschwemmt. Ihre Miene war so gequält, dass sich bei dem Anblick etwas in meiner Brust verkrampfte.

»Hört auf«, wiederholte sie leiser. »Wir dürfen das nicht tun, nicht gegeneinander und die Finsternis gleichzeitig kämpfen. Es läuft doch alles auf dasselbe hinaus, nicht? Niemand, weder die Zauberinnen noch wir, ist sicher, solange er in dieser Welt ist.«

Sie zeigte zu dem kleinen Korb am Couchende, in dem sich Vivianes zerbrochenes Gefäß befand.

»Sämtliche Erinnerungen in dem Gefäß werden verloren bleiben, wenn wir es nicht irgendwie reparieren können«, fuhr Olwen fort.

Ich ballte die Fäuste.

»Wir bleiben bei unserem Plan«, sagte Olwen, zitternd vor Erschöpfung und Verzweiflung. »Dem, auf den wir uns alle vor nicht einmal einer Stunde geeinigt haben. Wir suchen die Zauberinnen, erzählen ihnen, was geschehen ist, und danach suchen wir diese Person, von der Tamsin glaubt, dass sie das Gefäß wiederherstellen kann. Ja?«

»Ja«, stimmte ich rasch zu. Ein schmerzhafter Knoten in meiner Brust löste sich, als die Anspannung in dem Apartment nachließ. Einen Moment später nickte Neve. Caitriona verschränkte die Arme vor der Brust und senkte den Blick.

Donner zerschmetterte den Himmel wie ein Hammerschlag, verschlang alle anderen Geräusche und brachte die Wände zum Beben. Und dann, wie das tiefe Bellen einer urzeitlichen Bestie, ertönte das unwirklichste Brüllen, das wir zuvor gehört hatten.

»Okay, was zur Hölle *ist* das?«, fragte ich und ging zur Tür. Kaum umfasste ich den kalten Knauf, war Caitriona direkt hinter mir.

»Hatte Nash nicht *ausdrücklich* gesagt, wir sollen rennen, wenn wir das wieder hören?«, fragte Neve.

Der Punkt, an dem er mir sagen konnte, was ich zu tun hatte, lag seit sieben Jahren hinter uns.

Sofern er das überhaupt war ...

Der Wind blies mir die Tür entgegen. Ich warf einen Arm nach oben, um mein Gesicht vor der beißenden Kälte und den scharfkantigen Schneeflocken abzuschirmen, die durch die dunkle Luft wirbelten. Ich rutschte auf der vereisten Stufe aus.

Die Nachbarin rechts von mir hatte den Kopf zur Tür hinausgestreckt, um ihn umgehend wieder zurückzuziehen, als der Schneeregen in dichten Hagel überging. Ein gekeuchtes »Ach, du Sch...« verriet mir, dass mein Nachbar oben dieselbe Entscheidung traf und zurück in seine Wohnung verschwand.

»Dieses Wetter ist ...!« Ich konnte Caitriona im heulenden Wind kaum verstehen. Olwen, die mir ebenfalls gefolgt war, bedeckte ihren Kopf mit den Armen, als sie unsicher auf dem glatten Boden zurück ins Apartment ging. Morgen früh würde die ganze Stadt zugefroren sein, dachte ich.

»Kannst du etwas sehen?«, rief Caitriona mir zu.

Ich schützte meine brennenden Augen mit den Händen und blickte nach oben. Der Himmel hatte immer noch diese eklige Farbe und glühte neonfarben, wo Blitze über ihn zuckten und die spiegelähnliche Oberfläche der grauen Wolken spalteten.

»Komm.« Caitriona zog an meinem Arm. Eiskrusten hingen in meinem Haar, die sich erst lösten, als ich den Kopf energisch schüttelte. Keine von uns hatte eine Jacke an, und die Kälte war unerträglich geworden. Ein Stoppschild löste sich von seinem Pfahl und flog durch die Luft, um schließlich in das Fenster eines nahen Autos zu krachen.

»Geh rein!«, befahl ich ihr. »Ich muss nur ...!«

Ich konnte es nicht aussprechen, doch sie verstand es auch so. Sie legte mir eine Hand auf die Schulter, als sie an mir vorbei- und vorsichtig die Stufe hinaufging. Schnee sammelte sich in meinen Wimpern und den Falten meiner Kleidung. Je länger ich dort stand, desto leichter wurde es, mir einzureden, dass es nicht der Wind war, der da heulte.

Ich horchte angestrengt nach jenem monströsen Dröhnen.

Aus dem Apartment war ein Krachen zu hören. Ich fuhr herum und schlitterte zurück. Die Lampe nahe dem Fenster flackerte und erlosch.

Der Wind schob die Tür für mich auf und warf mich beinahe nach drinnen. Das dunkle Wohnzimmer begrüßte mich stumm, als ich mich abmühte, die Tür zu schließen.

»Leute?«, rief ich. Das Herz klopfte mir bis zum Hals. »Hallo?«

Ich bog um die Ecke in die Küchennische und erstarrte.

Caitriona lag reglos am Boden, die Augen geschlossen und umgeben von den Scherben eines Blumentopfes von der Fensterbank. Eine Gestalt in einem dunklen Umhang war über sie gebeugt und wickelte etwas um ihre Hände.

»Fass sie nicht an!« Ich stürzte mich nach vorn. Blanke Verzweiflung explodierte in meiner Brust. Ich holte mit dem Arm aus, um den Eindringling zu schlagen, aber meine Gelenke blockierten, und ich knallte auf den Fußboden.

»Nicht!«, japste ich und versuchte, zu Cait zu kriechen. Wo waren die anderen? Wo war …

Schmerz schoss mir durch den Schädel, als etwas auf meinen Hinterkopf schlug. Der Gestank von Blut flutete meine Sinne; es rann durch mein Haar und in die Pfütze aus schmelzendem Eis und Schnee unter mir. Ein tiefes, hämisches Lachen ließ mir das Blut in den Adern gefrieren.

Der Boden drückte gegen meine Wange, vibrierend von nahenden Schritten. Irgendwo jaulte Griflet. Die Schatten in der Diele wurden länger, breiteten sich teergleich aus, um Caitriona und alles zu verschlingen.

Sosehr ich auch kämpfte – als die Dunkelheit mich erreichte, war ich weg.

Kapitel 2

Ein Tropfen Eiswasser traf auf meine Wange.

Langsam kam ich zu mir. Mein Schädel pochte im Takt mit allen anderen Schmerzen in meinem Körper. Noch ein Tropfen, diesmal auf meiner Stirn, brachte mich dazu, ein Auge zu öffnen, doch es war das Echo einer nahen Stimme, das schließlich den schwarzen Schleier der Bewusstlosigkeit durchdrang.

»... habe noch nichts gehört. Sie wollen, dass wir sie hierbehalten, bis der Rat abgestimmt ...«

Mein Verstand wurde stotternd wach, als er jenes eine Wort erfasste. *Rat.*

Es gab nur einen Rat, von dem ich wusste.

»Können sie denn nicht mal eine verdammte Entscheidung treffen?«, beschwerte sich eine andere Frau. »Nein, sie müssen erst die Ältesten aus ihren Grüften zerren, die sie ihr Zuhause nennen.«

»An dem bisschen Haar, was sie noch haben, hoffe ich«, antwortete die erste Frau. »Ich würde meine letzte Goldmünze geben, um das zu sehen. Die alten Kobolde.«

Mein Herz geriet ins Stolpern, kaum dass mein Unglaube der Gewissheit gewichen war.

Zauberinnen.

Es waren Zauberinnen in dem Apartment gewesen. *Zaube-*

rinnen hatten uns angegriffen und entführt, uns gefunden, ehe wir auch nur einen Plan schmieden konnten, wie wir *sie* finden würden. Unglaublich!

Hätte sich mein Kopf nicht angefühlt, als würde er jeden Moment wie eine überreife Melone aufplatzen, ich hätte wohl über diese schiere Ironie gelacht.

Dabei war hieran nichts witzig. Nicht, solange ich die anderen nicht sah.

»Hallo?«, flüsterte ich. »Ist jemand da?«

Ich lauschte, hörte jedoch nur ein schwaches Atmen in der Nähe.

Die Luft hing wie ein schwarzer Vorhang um mich herum, schwer von Feuchtigkeit und einem beinahe mineralischen Geruch. Jede endlose Sekunde, die meine Augen brauchten, um sich an das spärliche Licht anzupassen, war eine Tortur.

Nach und nach begriff mein Verstand die Situation und sammelte lebenswichtige Einzelheiten: Ich lag flach auf dem Rücken, meine Handgelenke mit etwas an den flachen Steinboden gefesselt, das sich wie steinerne Handschellen anfühlte. Ich zog, doch da war keine Kette, nichts, das nachgab. Meine Beine waren frei, was mir jedoch absolut gar nichts brachte, solange ich mich nicht einmal aufsetzen konnte.

Wir waren zu drei Seiten von grob gehauenen, uralten Mauern umgeben. Links von mir ragten steinerne Streben wie Stalagmiten aus dem Boden und sperrten unseren kleinen Alkoven wie eine Zelle ab.

Noch ein Wassertropfen traf auf mein Gesicht, und ich blickte verärgert hinauf in die Dunkelheit. Ich hob meinen Kopf, reckte den Hals, bis ich die Silhouette von jemandem ausmachen konnte, der an einer Seitenwand der Zelle lehnte. *Olwen.* Rechts von mir nahm ich ein wenig vom reflektierenden Stoff der alten Turnschuhe wahr, die ich Neve geliehen hatte. Und ich hörte eine dritte Person irgendwo hinter mir atmen. Das war hoffentlich Caitriona.

Ich atmete zittrig aus. Die Zauberinnen mochten uns die Arbeit erspart haben, sie aufzuspüren, doch die Tatsache, dass sie überhaupt nach uns gesucht hatten und wir jetzt wie Kriminelle behandelt wurden, deutete auf ein Missverständnis hin. Oder Schlimmeres.

Was auch immer die Zauberinnen von uns wollen mochten, es ging definitiv nicht um Plaudern bei einer Tasse Tee. Wir mussten hier raus und uns neu sortieren.

Nach dem zu urteilen, was ich sehen konnte, schienen wir tief unter der Erde zu sein – in einer Art Höhle. Die Luft war muffig und abgestanden, troff beinahe vor Feuchtigkeit.

»Also können wir irgendwann im nächsten Jahrhundert eine Entscheidung erwarten«, erklang eine neue Stimme von weiter hinten in der Höhle.

Super. Ich unterdrückte ein Stöhnen. Sie waren zu dritt, und diese letzte Stimme war zwar leiser, klang jedoch genauso mürrisch wie die beiden vorher.

»Lass bloß die anderen nicht hören, wie du über die Ältesten redest, Acacia«, warnte die erste Stimme. »Alle wollen sich unbedingt bei Ihrer selbstgefälligen Durchlaucht einschmeicheln, weil sie glauben, dass sie das retten wird.«

Endlich erkannte ich weitere Einzelheiten in der Dunkelheit – und die waren ganz und gar nicht gut.

Jenseits der Steinstäbe unserer Zelle befand sich ein Gang, dessen Boden mit wirbelnden Mustern aus Mosaikfliesen versehen war, die nur wegen des Kontrasts der weißen Kacheln zu den dunkleren zu erkennen waren. Je länger ich hinschaute, desto kälter wurde mir. Hier und da waren Fluchsigillen in dem Muster zu erkennen.

Seufzend schloss ich die Augen wieder, wütend auf mich selbst. Das hätte ich gleich ahnen müssen. Ich war schon in viel zu vielen Zauberinnengrüften gewesen, um sie nicht auf den ersten Blick zu erkennen.

Nun zum Ausgang, dachte ich, reckte den Hals weiter und drehte den Kopf, um den Gang hinunterzuspähen. Es musste einen Eingang geben, der sich zu einer Ader öffnete. Ich ging meine Erinnerungen nach einer Zauberin namens Acacia durch, doch da waren keine brauchbaren Informationen gespeichert.

Wieder versuchte ich, an den Fesseln an meinen Handgelenken zu ziehen. Ich biss die Zähne zusammen, schob die Schultern abwechselnd vor und zurück, während ich meine Hände drehte, um nach Sigillen auf dem Boden oder an den Fesseln selbst zu tasten.

Meine Finger strichen über ein geschlängeltes Symbol an der linken Handschelle, direkt über der Stelle, an der sie im Boden verankert war.

»Ja«, hauchte ich zitternd. Das kurze Erkunden hatte zur Folge, dass die Haut an meinen Handgelenken blutig gescheuert war. Ich schob meinen linken Arm durch die Fessel so weit nach unten, wie es ging, um die Hand besser bewegen zu können. Nachdem ich einmal tief Luft geholt hatte, zog ich mein rechtes Bein angewinkelt vor meinen Oberkörper, bis meine Stiefelsohle meine Fingerspitzen streifte.

Cabell und ich hatten Nägel in die Sohlen unserer Arbeitsstiefel gehämmert, um besseren Halt zu haben. Hatte man einmal Tango in einer Säuregrube getanzt, tat man so ziemlich alles, um eine Wiederholung zu vermeiden.

Ich tastete die Ränder meines Schuhs ab, bis ich einen losen Nagel fand, den ich so lange drehte, bis ich ihn rausziehen konnte.

Ich schluckte meinen kleinen Triumphschrei herunter, neigte mein Handgelenk in einem schmerzhaften Winkel und drückte die Nagelspitze gegen die Steinschelle. Es waren mehrere Anläufe nötig, doch letztlich schaffte ich es, die Spitze so auszurichten, dass ich an dem kratzen konnte, von dem ich hoffte, dass es ein Sigill war. Eventuell genügte es nicht, das Symbol zu verzerren, um den Zauber zu brechen, der mich hier festhielt, aber zumindest würde er geschwächt.

Ich spürte einen leichten Druck an meinem Kopf und zuckte vor Schreck so heftig zusammen, dass ich fast den Nagel fallen ließ. Angestrengt drehte ich den Kopf weiter nach hinten als bisher, um über meine linke Schulter zu schauen.

Und war heilfroh, als ich Caitriona sah, deren silbernes Haar sogar in dieser Dunkelheit leuchtete. Ihre Hände waren über ihrem Kopf an die Steinstäbe gefesselt. Trotz ihrer beachtlichen Größe konnte sie gerade mal die Spitze ihres Turnschuhs weit genug ausstrecken, um mich zu erreichen.

Ihre Augen blitzten in der Finsternis wie die eines nachtaktiven Jägers.

Wo?, fragte sie stumm.

Ehe ich etwas antworten konnte, erhob eine der Zauberinnen – die jüngere, falls mich mein Gehör nicht täuschte – die Stimme ausreichend, dass sie sich klar durch den Gang übertrug.

»Der Horror, vor dem wir uns seit Jahrhunderten fürchten, ist über uns gekommen, und die Hohezauberin unternimmt einen Scheiß, auch bloß nach dem verdammten Ding zu suchen, das er von uns zurückverlangt?«

Caitriona sah mich mit großen Augen an.

Mein Körper spannte sich an. *Was* wollte Lord Death von ihnen zurück?

Wenigstens müssen wir sie vor nichts mehr warnen, dachte ich frustriert.

»Was ist los?« Olwen klang müde, als sie zu sich kam. »Wo sind wir?«

»Psst!«, zischte Caitriona. »Uns geht es gut.«

»Wie ist *irgendwas* hiervon gut?«, erwiderte ich flüsternd.

»Weiß ...«, hauchte Neve rechts von mir. »Weiß irgendwer, wo wir sind?«

»In einer Gruft«, antwortete ich und kratzte derweil weiter an der Handschelle, so fest ich konnte.

»Ah, okay, das ... ist ja nicht das Schlimmste, oder?«, fragte Olwen. »Hattest du nicht gesagt, dass du mit Zauberinnengrüften Erfahrung hast, wegen deines Jobs als ... wie hast du das noch genannt?«

»Hollower.« Ein Euphemismus für jemanden, der nach legendären Reliquien jagte. »Und meine Erfahrungen betreffen das *Einbrechen* in die Grüfte, nicht das Ausbrechen.«

»Wir sind bei Zauberinnen?«, fragte Neve.

Mir wurde eine Sekunde zu spät klar, was passieren würde. »Warte ...!«

»Hey!«, rief sie. »Das ist ein Irrtum! *Hallo?* Hört ihr mich?«

Ich legte stöhnend den Kopf zurück auf die Steine. So viel zum Überraschungsmoment. Pfeifen wir doch auf vage Träume von einem Entkommen!

Schritte hallten durch den Gang. Drei in Umhänge gehüllte Gestalten schritten von irgendwo weiter hinten in der Gruft auf uns zu. Neben ihnen schwebte eine antik anmutende Laterne, als würde sie von einem unsichtbaren Geist getragen.

»Wunderbar«, sagte eine der Zauberinnen, und ich erkannte, dass es Acacias Stimme war. »Ihr seid endlich wach.«

Ihr Gesicht war wie weißer Samt unter einer geflochtenen

Krone aus hellem Haar. Die makellose Schönheit wies sie als *anders* aus, als etwas, das es zu fürchten galt, weil das Schöne ein Trick sein könnte. Und ihre Augen ... sie wirkten boshaft, als sie uns eine nach der anderen musterte, bevor sie sich zu ihren Gefährtinnen umschaute. »Ich habe dir doch gesagt, dass es nicht mehr lange dauert, Hestia.«

Hestia entpuppte sich als drahtige Erscheinung mit brauner Haut und leicht verkniffener Miene, als sie erwiderte: »Am besten fangen wir mit der an, die keine Magie hat.«

Die Fesseln an meinen Handgelenken fielen ab, und ausnahmsweise beherrschte ich mich, krabbelte ungeschickt rückwärts und kollidierte mit etwas Weichem hinter mir – Neve.

»Wie schnell die Courage doch davon ist, wenn ihr Meister nicht da ist, um sie zu schützen«, höhnte die bisher namenlose Zauberin. Ihre blassblauen Augen waren von dickem pflaumenblauem Eyeliner umrahmt, passend zur Farbe ihres zusammengebundenen Haares.

»M-Meister?«, krächzte ich. »Moment mal, wovon redet ihr?«

»Hört zu«, begann Neve, die viel zu vernünftig klang für die Lage, in der wir uns befanden. »Da muss ein Missverständnis vorliegen ...«

Ein unsichtbares heißes Band legte sich um meine Taille und riss mich zurück an die Steinstäbe unserer Zelle. Ich biss mir schmerzhaft auf die Zunge, sodass Blut in meinem Mund explodierte. Dabei wand Acacia ihre Hände in einer spöttischen Bewegung, als würde sie mich an einer Schnur einholen. Der kleine Nagel glitt mir aus den Fingern, während ich vergebens versuchte, meine Fersen in den Boden zu stemmen, um mich gegen die Magie zu wehren.

»Hört auf damit!« Olwen zerrte an ihren Fesseln. »Wir sind nicht eure Feindinnen!«

»Ach, ist das so?«, fragte Acacia, und mit einer Bewegung ihres Handgelenks wurde ich wie eine Puppe gegen die Stäbe geworfen. Ich sah Sterne, als meine Schläfe mit dem Stein kollidierte. Von hinten stieß Magie gegen mich, und meine Rippen schrien vor Schmerz.

»Lasst sie in Ruhe!«, brüllte Caitriona.

»Bitte!«, flehte Olwen. »Wir wollten euch suchen, um den Rat der Schwestern vor Lord Death zu warnen!«

»Uns warnen?«, knurrte die mit dem pflaumenblauen Haar und starrte uns hasserfüllt an. »Wovor genau wolltet ihr uns warnen? Dass es sinnlos ist, uns seiner Forderung zu widersetzen? Als wäre das Abschlachten von fünf unserer Schwestern nicht Botschaft genug!«

»Wir ... wir wollten ...« Jedes Wort, das ich sprach, verstärkte bloß den Druck von hinten. Ich fragte mich flüchtig, wie viel mein Körper aushalten würde, bevor er an dem steinernen Gitter endgültig zerbrach.

Caitriona stieß einen Laut puren Zorns aus.

»Ihr habt ihn letzte Nacht direkt zu Stellamaris geführt, gebt es zu!«, fauchte Acacia.

Trotz des Schmerzes, der in mir wütete, schaltete mein Verstand bei dem Namen. Die Zauberin Stellamaris wohnte etwas außerhalb von Boston. Cabell und ich hatten einmal einen Auftrag für sie erledigt, und den Ring ihrer Mutter aus der Gruft einer anderen Zauberin zurückgeholt. Sie war ... *nett* wäre das falsche Wort, genauso wie harmlos. Aber der Umgang mit ihr war unkompliziert gewesen.

Das Unwetter. Es konnte kein Zufall sein, dass die Stadt einen plötzlichen Schneesturm in derselben Nacht erlebte, in der sie getötet wurde.

»Wir sollten ihnen sämtliche Details über ihren Meister aus

dem Geist reißen«, sagte die Blauhaarige. »Der Rat kann uns nicht bestrafen, wenn wir bekommen, was wir wollen.«

»Was redet ihr denn da?«, fragte Neve, die mehr als aufgebracht war.

»Weltenvernichterinnen«, antwortete Hestia abfällig. »Die vier Dienerinnen des Todes, Gemahlinnen des Winters ... die anderen mögen euch in hübsche Namen kleiden, aber wir wissen, wer ihr seid. Wir kennen die Verderbnis in euren Herzen.«

»Wir dienen ihm nicht!«, wütete Caitriona. »Wir sind seine eingeschworenen Feindinnen!«

Hierauf lachten die drei Frauen schallend. Trotz allem Schmerz und aller Angst malte ich mir aus, sie auf eine der Fluchsigillen zu schubsen.

»Ich bin eine von euch!«, rief Neve. »Ich bin eine Zauberin! Sie sind ... sie sind Priesterinnen von Avalon! Wir haben versucht, Lord Death aufzuhalten, nicht, ihm zu helfen!«

Mir blieb die Luft weg, als Acacias Magie noch fester gegen meinen Rücken drückte, mir die Rippen und die Wirbelsäule zu brechen drohte. Mir wurde schwarz vor Augen, und ich hatte Mühe, auch nur flach zu atmen.

»Die Lügen eurer gespaltenen Zungen scheren uns nicht«, sagte Hestia. »Keine Seele in Avalon war mehr am Leben, nachdem euer Meister euch zwang, es zu zerstören.«

»Wir haben versucht, die Insel zu retten«, entgegnete Olwen flehend. »Wir dachten, das Ritual würde sie reinigen – es war ein Irrtum!«

Sie fing zittrig und verzweifelt zu summen an, um einen Zauber heraufzubeschwören. Neve stimmte ein, aber ihre Stimme brach unter ihrem Schluchzen.

Die Zauberinnen, deren harte Züge von der flackernden Laterne noch schärfer gezeichnet wurden, lachten bloß.

»Singzauber? Wie *drollig*«, sagte Acacia. »Eure Zelle ist gegen jede Magiebenutzung abgeschirmt. Versucht es noch einmal, und ihr werdet eure Freundin in Einzelteilen nach Hause tragen.«

»Es war ein Irrtum! Alles!«, schwor Neve panisch.

»Noch mehr Lügen«, trällerte die Blauhaarige und blickte zu Acacia. Sie genoss die Show sichtlich.

»Erzählt uns, worauf es euer Meister abgesehen hat«, befahl Acacia. »Und warum er es bis zur Wintersonnenwende haben will.«

»Wir wissen nicht, wovon ihr redet!«, konterte Caitriona wütend.

»Sie müssen ihre Freundin wahrhaft hassen, dass sie ihr den Tod wünschen«, sagte Hestia. »Ich weiß nicht, wie es mit euch ist, Schwestern, aber ich wäre nur zu froh, all die Sterblichen zu rächen, die in Glastonbury ihr Leben gelassen haben. Die *abgeschlachtet* wurden, als ihr die Grenze zerstört und die Hölle über diese Welt gebracht habt.«

Der Schmerz überkam mich wie eine Flutwelle, entriss mir das letzte bisschen Kraft, das ich noch besaß. Ich schrie auf, und heiße Tränen strömten mir übers Gesicht. Meine Gliedmaßen und meine Haut dehnten sich schmerzhaft an dem Stein, bis ich glaubte, sie würden gleich zerreißen.

»Stopp!«

Blau-weißes Licht leuchtete bei Neves markerschütterndem Schrei in der Zelle auf und entzündete die Dunkelheit mit ungezügelter Intensität.

Die Zauberinnen stolperten rückwärts, hielten die Arme vor ihre Gesichter, um ihre Augen zu schützen. Das Licht war nicht heiß, strahlte aber mit jedem Atemzug Neves einen schwindelerregenden Druck aus.

»Du hast gesagt, dass du ihre Magie blockiert hast!«, kreischte Hestia.

»Habe ich!«, erwiderte Acacia ebenfalls kreischend.

Die Kraft, die mich an die Steinstäbe drückte, schwand, und ich schlug keuchend auf dem Boden auf. Mit den Fingern krallte ich mich am rauen Stein fest, um mein galoppierendes Herz zu beruhigen.

»Tamsin?«, rief Olwen. »Geht es dir gut?«

Ich konnte nicht antworten, nicht sprechen. Als das Licht erlosch, war die Zelle in eine tiefere Dunkelheit als zuvor getaucht. Ich blinzelte die Punkte weg, dic ich vor Augen sah, und selbst danach fragte ich mich, ob ich es mir einbildete – wie die Magie einem Sternennebel gleich auf Neves Haut zu verharren schien, bevor sie vollständig weg war.

Meine Atmung war angestrengt, brannte in meiner schmerzenden Brust. Als ich hörte, wie die Zauberinnen erneut näher kamen, rollte ich mich zusammen und machte mich auf mehr Schmerz gefasst.

»Was … bist du?«, raunte Acacia. Die drei Zauberrinnen waren unverletzt, doch ihr Haar war offen, und ihre Umhänge und Kleider waren zerzaust, als wären sie knapp einem heftigen Sturm entkommen.

»Habe ich doch gesagt«, antwortete Neve, und der flehende Unterton in ihrer Stimme war zurück. Sie zerrte an ihren Fesseln, als sie sich aufzusetzen versuchte. »Ich bin eine von euch.«

»Das war nicht die Magie der Mutter«, entgegnete Hestia atemlos. »Das war nicht *unsere* Magie.«

»Es muss *seine* sein«, sagte die dritte Zauberin. »Todesmagie. Die Kraft von Annwn.«

»Nein!«, widersprach Neve unglücklich. »Ist es nicht! Ich … es ist …«

Hestia wandte uns den Rücken zu und senkte die Stimme zu einem Flüstern. Zum ersten Mal klang sie unsicher, als sie mit den anderen sprach. »Töten wir sie?«

Ich rollte mich auf den Bauch, und Angst durchfuhr mich. Caitriona knallte ihren Rücken gegen die steinerne Mauer, als könnte sie sie mittels schierem Willen zerbrechen.

»Versucht es doch!«, warnte sie die drei, und ein tödliches Versprechen schwang in ihren Worten mit.

»Wie geht noch dieser Spruch? Lieber um Vergebung bitten als um Erlaubnis?« Eiswasser schoss durch meine Adern, als ich sah, wie Acacia Neve fixierte. »Ich denke, wir töten sie am besten alle.«

Dann, inmitten des Schleiers von Todesangst, der sich über die Zelle senkte, ertönte ein Klopfen.

Es war weniger scheu als höflich. Ich dachte, ich hätte es mir bloß eingebildet, bis es erneut kam, lauter und beharrlicher.

Die Zauberinnen schauten einander an.

»Erwartet ihr Besuch?«, fragte Acacia die anderen.

»Falls es jemand vom Rat ist …«, begann die Namenlose.

»Na, dann geh nachsehen«, sagte Acacia mit einem abfälligen Handschwenk in Hestias Richtung.

»Ich?«, beschwerte diese sich. »Warum muss ich alles machen?«

Es wurde zum dritten Mal geklopft.

»Gut, ich gehe selbst«, murrte Acacia, und der Rock ihres saphirblauen Kleids wirbelte bei ihrer Drehung auf. »Sollte eine von denen auch nur wimmern, brecht ihnen sämtliche Knochen.«

Mein Puls donnerte in meinen Ohren, als ich mich zwang, mich aufzusetzen.

»Ah-ah«, ermahnte Hestia mich. »Bleib, wo du bist.«

»Wir wollten niemanden verletzen«, flüsterte Neve.

»Dann seid ihr mehr als nur Verräterinnen der Göttin«, sagte Hestia. »Ihr seid Närrinnen.«

Wenig später kehrte Acacia zurück. Ihr schwarzer Umhang wallte bei ihren wütenden Schritten hinter ihr auf.

Hestia zog eine dünne Augenbraue hoch. »Wer war das?«

Acacia drückte ihr ein zerknülltes Stück Pergament vor die Brust, bevor sie sich erbost zu uns drehte. Einen Moment lang wirkte sie unentschlossen. Hestias Augen wurden größer, als sie las. Die Blauhaarige riss ihr das Pergament aus den Händen, um selbst zu lesen, ehe sie sich zu jemandem umdrehte, den ich nicht sehen konnte.

»Das darf nicht wahr sein«, murmelte die Blauhaarige. »Das ist eine List.«

»Willst du darauf wetten? Ich bin stets zu einer kleinen Wette bereit«, sagte eine Stimme hinter Acacia.

Jeder Zentimeter meiner Haut begann zu kribbeln.

Die Gestalt trat aus dem Schatten hinter ihr ins flackernde Laternenlicht.

»Ich würde allerdings raten, nicht dein Leben darauf zu verwetten«, ergänzte Emrys.

Kapitel 3

Ich hasste es, dass ich ihn ansehen wollte.

Hasste, dass mir auffiel, dass sein kastanienbraunes Haar geschnitten und gezähmt war und er wieder perfekt maßgeschneiderte Kleidung mit der üblichen Nachlässigkeit trug, die Ärmel hochgekrempelt, um die dicken Narben auf seiner Haut preiszugeben. Ich hasste es, dass er die warme Jacke über eine Schulter gehängt hatte, während der Rest von uns sich bemühte, nicht in der feuchten Kälte zu zittern. Ich hasste diese seitliche Neigung seines Kopfs, dieses lässige Lächeln, als könnten ihn sein Reichtum und Name auch vor diesen Zauberinnen schützen.

Am meisten aber hasste ich, dass das Einzige, was er von den letzten Tagen Avalons davongetragen hatte, leicht eingefallene Wangen waren, während sich uns der Horror der letzten Stunden tief in die Knochen gegraben hatte.

Der Verrat schmerzte aufs Neue, wurde schlagartig wieder lebendig. Jede vage Erleichterung, die ich empfunden haben mochte, ihn am Leben zu sehen, verpuffte, bis nur noch Scham und schwelender Zorn blieben. Er hatte nicht nur den Ring der Zerschlagung genommen, sondern …

Was zur Hölle machte er überhaupt hier?

»Ich glaube das nicht!«, verkündete Hestia und riss der Namenlosen das Schreiben wieder aus der Hand.

»Welchen Teil? Dass Madrigal aus ihrem Vipernnest gekrochen kommt oder dass die Hohezauberin ihr glaubt?«, murmelte Acacia. Plötzlich zog sie die Augenbrauen hoch, und ihre Verbitterung wich einer neuen, zweifellos entsetzlichen Eingebung. »Hier steht, dass wir sie freilassen sollen, aber nicht, dass sie am Leben sein müssen.«

Sieh mich an, dachte ich und starrte auf sein vollkommenes Profil. *Sieh dir an, was du getan hast.*

Er tat es nicht. Allmählich fühlte es sich wie eine Herausforderung an. Ich lockte ihn, es zu *wagen* hinzusehen. Den Zorn zu sehen, der mich durchströmte, und zu riskieren, dass mein Blick ihn in Stein verwandelte.

Aber das war ja eines der Privilegien des Reichtums – sich nie den Konsequenzen seines Handelns stellen zu müssen.

»Genau genommen«, sagte Emrys gelassen, neigte sich über Hestias Schulter und zeigte auf das Papier, »steht es daaaa – am Ende des dritten Absatzes. Ich habe selbst um diesen Passus gebeten.«

»Wow«, bemerkte Neve trocken. »Was für ein Held.«

Ich biss die Zähne zusammen und kochte vor Wut. Ich wollte seine Hilfe nicht. Brauchte sie nicht. Allein die Tatsache, dass er dachte, sie könnte uns willkommen sein ... Lieber ließe ich mich von den Zauberinnen in Stücke reißen.

»Und gleich *hier«,* fuhr Emrys fort und wies auf eine Stelle weiter unten, »siehst du, dass die Hohezauberin dich explizit bittet, zum Rat zurückzukehren, wo du einen neuen Auftrag erhältst. Aber schau mal, sie lobt auch deine gute Arbeit, also bravo.«

Acacia sah aus, als würde sie ihn einer Kakerlake gleich zertreten wollen, und das zu beobachten, hätte mir große Freude bereitet.

»Warum sollte Madrigal für sie bürgen, nach dem, was sie getan haben?«, fragte die Blauhaarige mürrisch. »Sie mischt sich nie ein, es sei denn, sie erhofft sich, dass etwas für sie dabei herausspringt.«

»Sie sichert sich wie immer nach allen Seiten ab. Ihr Ansehen hat gelitten, seit … nun, ihr wisst schon«, sagte Hestia.

Anscheinend wussten die anderen Bescheid. Meine Neugier wurde geweckt, doch mehr kam nicht.

»Können wir das also hier beenden?«, fuhr Hestia fort. »Deiner Gruft mangelt es an einem gewissen Komfort, Acacia.«

»Obwohl sie eine wunderbar anregende Atmosphäre hat«, sagte die Blauhaarige und zeigte auf die kahlen Steinmauern um uns herum.

Acacia schnaubte und ließ das Kompliment stehen. »Nun gut, gehen wir, bevor der Rat beschließt, noch mehr von unserer Zeit zu vergeuden.«

»Eine weise Idee«, lobte Emrys höflich. »Wir wissen nie, wie viele Tage uns noch gegönnt sind.«

Acacia machte mit einem angewiderten Laut auf dem Absatz kehrt und ging in Richtung Ausgang. Die anderen huschten ihr nach und wechselten erfreute Blicke hinter ihrem Rücken.

Emrys räusperte sich, und die drei blieben stehen.

»Was ist jetzt wieder, du Plage?«, fragte Acacia.

Er wies zu den Steinstäben und unseren Fesseln.

Acacia stampfte mit dem Fuß auf und machte ein genervtes Geräusch. Dann holte sie ihren Zauberstab aus einer Tasche in ihrem Umhang und benutzte das Messerende, um ein Sigill in die Wand neben ihr zu kratzen.

Die Steinstäbe krachten in den Boden, und das donnernde Schaben brachte meinen bereits schmerzenden Körper zum Erbeben. Die Fesseln fielen von den Handgelenken der anderen und wurden zu Staub.

Neve sprang mit einem erleichterten Seufzer auf. Caitriona lief auf wackligen Beinen in den Gang, aber die Zauberinnen waren schon weg. Sie murmelte etwas, das wohl besser ungehört blieb.

Ich war mir nicht sicher, ob ich mich bewegen könnte, selbst wenn ich wollte. Olwen kam zu mir geeilt, kniete sich neben mich und sah mich sorgenvoll an. Ihr Gesicht war schmutzverkrustet.

»Ist alles in Ordnung?«, fragte sie und fing an, mich abzutasten. Ich rang nach Luft, als sie meinen Brustkorb berührte.

»Tja, *war* es«, presste ich hervor.

»Nur Blutergüsse«, konstatierte sie. »Ich habe keine Heilsalbe bei mir. Kannst du es noch ein bisschen länger aushalten?«

»Habe ich eine Wahl?«

»Was ist passiert?«, fragte Emrys.

Mit nur drei sanften Worten waren das überzeugende Lächeln und die Aura von Überlegenheit fort. Bei jedem anderen hätte ich seinen Gesichtsausdruck als ehrliche Sorge gedeutet.

Jetzt sah er hin, musterte uns eine nach der anderen flüchtig. Am Ende war Emrys Dye wirklich ein Feigling; er brachte nicht einmal den Mut auf, uns in die Augen zu sehen. Und, verdammt, seine Augen ... die besaßen die Frechheit, immer noch so schön zu sein. Eines grau wie eine Gewitterwolke, eines grün wie die Erde – Juwelen eines Täuschers, die den arglosen Dieb reinlegen sollten.

Caitriona kam näher, bis sie mich halb verdeckte.

»Nicht mal ein Hallo?«, fragte er unbekümmert.

Unwillkürlich kräuselte ich die Oberlippe, als die Bitterkeit in mir zu einem tieferen Hass wurde.

Das Schweigen der anderen bestärkte mich von allen Seiten. Langsam richtete ich mich mit Caitrionas und Olwens Hilfe auf.

Ein Schatten glitt über Emrys' Züge, durchbrach die glatte Fassade, die er stets zeigte. Doch ich war nicht so dumm zu glauben, dass es etwas wie Bedauern sein könnte.

Ich kannte ihn zu lange, durchschaute dieses Schauspiel und wusste, was er jetzt wollte. *Informationen.*

Die Zeit zwischen unserer Welt und der Anderswelt war unterschiedlich verlaufen … natürlich nur, bis wir sie mit dem Ritual wieder aneinander angeglichen hatten. Für uns war nur etwas mehr als ein Tag vergangen, seit er sich mit dem Ring der Zerschlagung davongeschlichen und ihn Madrigal gebracht hatte, im Tausch gegen all das Gold und die Freiheit, die sie ihm versprochen hatte. Für ihn müssten es mehrere Tage, vielleicht sogar über eine Woche gewesen sein.

Aber er verdiente nichts. Nicht die Wahrheit über das, was geschehen war. Keine Freundlichkeit.

Nicht *uns.*

Der Hollower in mir hatte verstanden, warum er es getan hatte, auch wenn ich es nicht wollte. Vielleicht würde ich mit Jahrzehnten oder mehreren Leben Abstand einen Hauch von Akzeptanz für seine Tat aufbringen. Die Wunde vernarben lassen. Doch noch war sie klaffend und blutig, und ich wollte lieber tot und verdammt sein, ehe ich ihn noch einmal die Klinge hineinrammen ließ.

Olwen reagierte als Erste. Sie stürzte sich nach vorn, sodass er gezwungen war, einen Schritt zurückzuweichen, als sie ihm den Finger auf die Brust stach wie einen Dolch.

»Du!« Es klang erschreckend vehement für ihre Verhältnisse. »Ich habe dich gemocht und … und dir vertraut! Haben wir alle, jede meiner Schwestern und Freunde! Wie konntest du es wagen? Wie konntest du es wagen, den Ring zu nehmen und uns im Stich zu lassen?«

Ihre Stimme bebte. »Möge die Göttin mir vergeben, aber fast wünsche ich mir, du wärst gestorben, denn dann könnte ich wenigstens weiterhin glauben, dass du gut wärst … und freundlich. Dass du unser *Freund* wärst. Doch jetzt bist du nichts als ein Fremder und ein Dieb!«

Olwen, dachte ich, und eine frische Wunde tat sich tief in meiner Brust auf.

Emrys wurde blass. Er streckte die Hände vor, die Handflächen nach oben, als wollte er sich ergeben. »Bitte, hört mir zu …«

»Und dir erlauben, uns alle wieder zu belügen?«, fiel Caitriona ihm eisig ins Wort. Sie griff hinter sich, um mich näher zu sich zu ziehen.

»Wie ist …«, begann Emrys, und es war offensichtlich, dass er nach den richtigen Worten suchte. »Wie ist es passiert? Hat es noch jemand geschafft?«

»Wir haben als Einzige überlebt«, antwortete Caitriona.

Ich sah nach unten, als Emrys erneut zurückwich, als hätte er einen Schlag in die Magengrube bekommen. »Sogar Cabell?«

Ich fragte mich, wann ich endlich aufhören würde, so auf ihn zu reagieren. Könnte ich das aus mir herausbrennen wie durch ein Fieber? Sogar jetzt noch spürte ich, dass er mich ansah und seinen Körper ein wenig zu meinem neigte.

Er mochte feige sein, aber ich war es nicht.

Ich blickte auf, zwang ihn, mir in die Augen zu sehen, und fragte: »Sollen wir vielleicht glauben, dass dich das wirklich interessiert?«

Er fuhr sich mit einer Hand durchs Haar, und seine Atmung wurde hörbar flach, als die Stille zwischen uns anschwoll. »Lässt du es mich erklären? Oder bist du zu verdammt stur, um auch bloß zuzuhören?«

Meine rissigen Fingernägel bohrten sich in meine Handflächen, und ich konzentrierte mich auf den Schmerz, um mich zu erden.

»Ah, jetzt bekommen wir eine Wahl?«, konterte ich. »Seit du hier bist, hast du die Klappe nicht gehalten.«

Er biss die Zähne zusammen, doch ich hatte ihm eine Chance gegeben, und er nutzte sie.

»Ich musste Madrigal den Ring bringen«, sagte er. »Es war keine Wahl – keine richtige. Madrigal hatte mir nicht nur versprochen, was ich brauchte, um meine Mutter weg von meinem Vater zu bekommen. Sie hielt meine Mutter gefangen, um sicherzugehen, dass ich den Job erledigte.«

»Wir alle hatten Leute, die wir zu schützen versuchten«, erwiderte ich frostig. »Du musstest als Einziger alle verraten, um das zu tun.«

Alles Flehende und Weiche wich aus seinem Gesicht, und seine Züge wurden so hart, wie meine sein mussten. Ein Teil von mir war froh, es zu sehen. Dies war der echte Emrys, den ich immer gekannt hatte. Der Gildenprinz, der unwillkommene Rivale. Mit dem konnte ich umgehen.

»Ganz schön dreist, ausgerechnet von dir, Lark«, sagte er. »Hattest du nicht Neve belogen, was die Erlangung des Rings angeht?«

Lark. Meine Gedanken verfingen sich an dem Namen.

»Wag es ja nicht«, warnte Neve ihn und trat vor. »Vergleich das Auslassen von Details nicht damit, deine angeblichen Freunde in einem dunklen, von Monstern überlaufenen Ödland zurückzulassen.«

Wenigstens besaß er den Anstand, beschämt auszusehen. »Du hast recht. Und es tut mir leid, dass es sein musste.« Jetzt sah er wieder zu mir. »Aber du hast sie gesehen … meine Mutter. Du hast gesehen, was Madrigal schon getan hatte, damit sie brav bleibt. Du hast sie *gesehen,* Tamsin.«

»Ich habe keine Ahnung, wovon du redest ...« Doch noch während ich es aussprach, sah ich im Geiste die verblasste Opulenz von Madrigals Zuhause vor mir.

Bei jenem kurzen Besuch hatte ich nur eine Handvoll Leute gesehen: die Zauberin selbst, Emrys, ihren Púca-Gefährten Dearie, die Dinnergäste in ihren furchtbaren Tiermasken. Und das ältere Hausmädchen in der Diele.

Das Hausmädchen.

Die Frau hatte so zerbrechlich gewirkt wie das Kristallgefäß, das ihr vom Tablett gefallen und auf dem Boden zerbrochen war. Ihre Schultern waren altersgebeugt gewesen, aber das war schon das einzig Normale an ihrer Erscheinung, die ansonsten erschreckend war. Ihr eines sichtbares Auge war vollständig weiß gewesen, ohne Iris oder Pupille. Die Haut hing an den Knochen in ihrem Gesicht wie geschmolzener Ton. Mit anderen Worten: Sie hatte uralt ausgesehen.

Glich ich diesen Anblick mit Cerys Dye ab, die ich kaum kannte, konnte ich es beinahe sehen. Die feine Knochenstruktur unter der Haut. Die Form der Augen. Aber Emrys' Mutter war für ihre Schönheit berühmt gewesen – das konnte sie nicht sein.

Trotzdem erzählte Emrys' ernster Blick eine andere Geschichte.

»Ist das wahr?«, fragte Neve, die uns beide abwechselnd ansah.

»Ich denke ...« Meine Stimme verlor sich. Ich hatte eine Menge über ihn gedacht. Weit mehr geglaubt, als ich hätte glauben dürfen. »Vielleicht.«

»Es *ist* wahr«, beteuerte Emrys. »Und als ich ihr den Ring brachte, ließ Madrigal uns beide gehen.«

»Wo ist deine Mutter jetzt?«, fragte Olwen, als könnte sie nicht anders.

»Sie ist in Sicherheit … Sie … erholt sich bei einer Freundin«, antwortete Emrys. »Madrigal erfuhr, dass der Rat die Gefangennahme von euch befohlen hatte, und sie schickte der Hohezauberin sogar einen Brief, um für euch zu bürgen, als Friedensangebot. Die Schwestern nennen euch die Weltenvernichterinnen. Sie denken, dass ihr mit Lord Death zusammenarbeitet.«

»Ja, das haben wir schon mitbekommen, danke«, sagte ich. Meine Erschöpfung holte mich ein, und diesmal versuchte ich nicht, mich gegen sie zu wehren. »Warum bist du wirklich hier? Warum sollte Madrigal glauben, sie würde uns irgendetwas schulden? Ich weiß, dass sie das nicht aus lauter Herzensgüte gemacht hat – dafür müsste sie erst mal ein Herz haben.«

»Sie will nicht, dass ihr den anderen Zauberinnen verratet, dass sie den Ring hat«, erklärte Emrys. »Damit keine aufkreuzt und versucht, sie zu töten, um ihn zu bekommen.«

»Wozu braucht sie ihn?«, fragte Olwen.

»Hat sie nicht gesagt, und ich habe nicht gesehen, ob sie ihn benutzt hat«, antwortete Emrys. »Und bevor ihr fragt: Ich habe keinen Schimmer, wo er jetzt versteckt ist.«

Ich atmete pustend aus und verdrehte die Augen. Natürlich. Wie praktisch für sie beide. Und es spielte kaum noch eine Rolle; solange er im Besitz der Zauberin war, blieb er unerreichbar für uns. Madrigal würde ihre gesamte Macht aufwenden, um ihn zu behalten.

»Was noch?«, fragte ich. »Das kann nicht der einzige Grund sein, dass sie sich beim Rat für uns eingesetzt hat.«

Emrys verschränkte die Arme vor der Brust, sodass mein Blick auf das Narbenzickzack auf seiner Haut gelenkt wurde. Was auch immer der Grund gewesen sein mochte, dass er sie früher versteckt hatte, er schien nicht mehr von Bedeutung. »Madrigal will, dass wir sie warnen, sollten wir denken, dass Lord Death sie ins Visier nimmt.«

Das zumindest war ehrlich. Sie kam mir von jeher wie jemand vor, der das eigene Überleben über alles stellte, selbst über ihre eigene Art.

»Ich habe da eben ein unschönes *Wir* gehört«, sagte Neve scharf.

»Weil ich helfen möchte.« Emrys sprach leise. »Ich möchte es wiedergutmachen.«

»Ja, klar, weil du ja für deine tugendhafte, tapfere Persönlichkeit bekannt bist«, höhnte ich.

Es mochte an der Dunkelheit liegen, aber ich hätte schwören können, dass er zusammenzuckte. »Glaubt mir, oder lasst es bleiben. Ich versuche es trotzdem.«

Ein eisiger Tropfen Kondenswasser fiel mir in den Nacken und lief meinen Rücken hinunter. »Du scheinst irrtümlich anzunehmen, wir würden deine ›Hilfe‹ wollen, obwohl wir sie nicht einmal brauchen.«

»Habt ihr eben«, erinnerte er mich.

»Das war Madrigal, nicht du«, sagte Neve. »Und wir wären hier auch allein irgendwie rausgekommen.«

»Bitte …« Wieder hob er eine Hand. Nach einem Moment ergänzte er leise: »Ich weiß nicht einmal, was passiert ist.«

»Und wem hast du das zu verdanken?«, fragte Caitriona spitz.

Jetzt zuckte er wirklich zusammen, als wären ihre Worte ein Messerstich in sein Herz. Doch das genügte mir nicht. Ich wollte die Klinge immer wieder herumdrehen, bis er denselben Schmerz empfand wie wir.

Also erzählte ich es ihm. Alles. Bis hin zu den kleinsten, blutigsten Details. Ich schärfte die Klauen der Wahrheit, auf dass sie an ihm rissen, bis sämtliche Farbe aus seinem Gesicht gewichen war und er aussah, als müsste er sich übergeben.

Gut, dachte ich. Unsere Blicke begegneten sich, und ein verdrehter Teil von mir war froh, ihn so fertig zu sehen. *Du sollst das auch fühlen.*

Allerdings wurde mir zu spät bewusst, dass ich ihn nicht tödlich verletzen konnte, ohne nicht auch die anderen zu treffen. In der langen Stille, die folgte, liefen Olwen Tränen über die Wangen. Caitriona wollte sie in den Arm nehmen, doch sie winkte ab.

»Ich … es geht schon«, sagte Olwen und zog sich weiter in die Zelle zurück. Neve boxte mir gegen den Arm und schaute mich mit einem Blick an, der mir eine weitere Lektion in Sachen rücksichtsvollem menschlichem Verhalten versprach.

»Das ist …«, begann Emrys leise. Aber dafür gab es kein Wort. Nichts konnte das Ausmaß dessen erfassen, was wir verloren hatten.

»Du sagst, dass du helfen willst?«, fragte Neve und sah ihn streng an. »Lord Death hat eine Nachricht an den Rat der Schwestern geschickt, dass sie etwas bis zur Wintersonnenwende zurückgeben müssen. Was ist das?«

Er erschrak. »Weiß ich nicht. Das weiß keine der Zauberinnen.«

»Ist das deine Art zu demonstrieren, wie nützlich du uns sein kannst?«

»Du hast gesagt, dass ihr Vivianes Gefäß aus Avalon mitgebracht habt, um die Erinnerung zu finden, die Lord Death gestohlen hat, richtig?«, fragte Emrys. »Bringt ihr es zu der Knochenschneiderin, um zu sehen, ob sie es reparieren kann?«

Ich öffnete den Mund und schloss ihn wieder.

Sie. Er hatte *sie* gesagt.

Der Knochenschneider war für die Hollower kaum mehr als Worte in grüner Tinte auf Papier gewesen. Grüne Tinte hatte kein Gesicht oder Geschlecht, und niemand in der Gilde, nicht einmal Bibliothekar, schien zu wissen, wer oder was der Knochenschneider war.

»Ja«, antwortete ich widerstrebend.

»Dann stehe ich euch zu Diensten«, sagte er. »Denn ich weiß, wo ihre Werkstatt ist.«

Die Worte trafen mich wie ein Würgefluch. »Das weißt du *nicht.* Keiner weiß das.«

»Dann freue ich mich darauf, dir zu beweisen, dass du wieder unrecht hast.«

Ich knirschte mit den Zähnen.

»Wenn er weiß, wo das ist …«, begann Neve.

»Wir finden sie selbst«, unterbrach ich sie.

»Nicht, bevor Lord Death noch eine Zauberin tötet.« Neve ließ sich nicht über den Mund fahren. »Wenn er sich irrt oder lügt, können wir ihn einfach … von einer Klippe stoßen.«

»Praktischerweise gibt es eine nahe ihrem Zuhause«, sagte Emrys.

»Das kann nicht euer Ernst sein …«, setzte ich ungläubig an.

Doch sie meinten es eindeutig ernst. Und als Caitriona auf Emrys zuging, wusste ich, dass ich überstimmt war.

»Gehen wir«, sagte sie. Kaum wollte Emrys hinter ihr her, schwang sie sich mit der Eleganz einer Schlange herum und presste ihn mit dem Unterarm gegen die raue Wand. Emrys riss die Augen auf, doch im Gegensatz zu Nash machte er keine Anstalten, ihr entkommen zu wollen. Er nahm es schlicht hin.

»Verrate uns noch ein Mal«, knurrte sie, »und ich werde dich ausweiden wie das Schwein, das du bist.«

»Ist notiert«, ächzte er.

Sie ließ ihn los und folgte dem Gang, von dem ich dringend hoffte, dass er zum Ausgang führte. Dabei umging sie die Fluchsigillen in den Steinen zu ihren Füßen. Emrys folgte ihr.

Olwen verharrte noch einen Moment, nahm meine Hand und drückte sie sanft.

»Du nicht auch«, sagte ich.

»Ich weiß, aber welchen Grund sollte er noch haben, uns erneut zu hintergehen?«

»Mal überlegen«, begann ich. »Vivianes Gefäß stehlen, sobald es repariert ist? Uns für Madrigal ausspionieren? Uns benutzen, um als Erster zu finden, was Lord Death will? Gib mir ein paar Minuten, dann fallen mir sicher noch mehr Gründe ein.«

»Die Abgründe deiner Gedanken.« Neve schüttelte den Kopf. »Der Punkt ist doch, wenn wir die Wahl haben, mit ihm zusammenzuarbeiten oder uns auf der Suche nach der Knochenschneiderin im Kreis zu bewegen, würde ich ihn lieber ausnutzen und hinterher abhängen. Und im Grunde würdest du das auch.«

Ich gab nur ein Knurren von mir, weil ich mich weigerte, ihr zuzustimmen.

»Die Wintersonnenwende ist wann – in zehn Tagen? Und wir haben keine Ahnung, worauf Lord Death es abgesehen hat oder warum er es bis dahin will«, sagte Neve. »Was wir brauchen, ist Zeit. Und die kann er uns geben.«

Ich seufzte sehr tief. *Na gut.*

Olwen drückte wieder meine Hand. »Es ändert nichts am Wesentlichen. Wir stehen immer noch zu dir, egal, was passiert.«

Nach wie vor rührte ich mich nicht, als sie Caitriona und Emrys folgte. Ich wollte ihr gerade nach, da bemerkte ich, dass auch Neve zurückgeblieben war.

Die Zauberin stand am Rand dessen, was unsere Zelle gewesen war, die Augenbrauen zusammengezogen und die Lippen zu schmalen Linien aufeinandergepresst.

»Neve?«

Sie zuckte zusammen, als ich ihre Schulter berührte.

»Sorry, ich ...« Sie schüttelte den Kopf. »Verschwinden wir von hier.«

»Ist es wegen der Zauberinnen?«, fragte ich und rieb mir unwillkürlich die schmerzende Brust.

»Nein. Vielleicht.« Neve ließ die Schultern hängen. »Ja.«

Meine Wut simmerte noch dicht unter der Oberfläche und brodelte auf, als ich mich daran erinnerte, was die drei gesagt hatten. Wie sie gelacht hatten. Der Rat der Schwestern hatte Neves Bitte abgewiesen, von ihnen ausgebildet zu werden. Dass sie nun erneut zurückgewiesen, nicht einmal als eine von ihnen anerkannt worden war, war mir unerträglich.

»Nimm dir ja nichts von dem zu Herzen, was sie gesagt haben«, befahl ich ihr streng. »Die sind alle wahrscheinlich vierhundert Jahre über den Punkt hinaus, an dem sie so etwas wie Empathie auch nur vage empfinden konnten, und sie haben keinen Schimmer, wer wir sind oder was wir durchgemacht haben.«

Sie nestelte an dem Anhänger, der unter ihrem T-Shirt versteckt war. Den blassen Stein nannte man »Auge der Göttin« und er verstärkte angeblich Magie. Er war Neve von der Mutter vermacht worden, die sie nie gekannt hatte.

»Aber sie hat nicht gefragt, wer ich bin«, sagte sie leise und schlang die Arme um ihren Oberkörper. »Sie hat gefragt, *was* ich bin.«

Die Luft um uns herum wurde kälter. Ich widerstand dem Impuls, meine Arme zu reiben.

»Du«, sagte ich entschieden, »bist eine mächtige Zauberin.

Ganz zu schweigen von dem Verstärker, den sie dir dummerweise nicht abgenommen hatte. Natürlich konntest du ihre lächerlichen kleinen Schutzzauber überwinden.«

Sie biss sich auf die Unterlippe. »Es ist … dieser Lichtzauber … Ich habe mir nichts dabei gedacht, solange wir in Avalon waren. Manchmal kann Magie auf unkontrollierte Weise aufwallen, vor allem in gefährlichen Situationen oder sehr emotionalen Momenten. Aber wie diese Zauberinnen reagiert haben …«

»Das spielt keine Rolle«, sagte ich. »Wir wissen, wie sich Todesmagie anfühlt – die ist kalt und distanziert. Die Kinder waren aus ihr erschaffen, und dein Licht hat sie zerstört, weißt du nicht mehr? Es hat nie einen von uns verletzt.«

»Du hast recht. Ich hätte sie nicht in meinen Kopf lassen dürfen.« Neve grinste. »Die sind total ausgeflippt, oder?«

»Wie Katzen, die beim Schwanz gepackt werden«, bestätigte ich. »Und ich habe mein Versprechen nicht vergessen. Wir werden deine Mutter finden, und dann bekommst du alle Antworten, die du brauchst.«

Neve brummte nur. Ihr nachdenklicher Blick war wieder da, als sie sagte: »Vielleicht bekommst du selbst auch einige.«

Daran durfte ich jetzt nicht denken. An nichts hiervon. Ausnahmsweise war ich dankbar für das dunkle Chaos, das uns umwirbelte. Nichts sonst konnte jetzt von Bedeutung sein.

Nichts und niemand.

Ich führte uns an den Fluchsigillen im Mosaikboden vorbei und achtete darauf, dass keine von uns die Wände streifte, auf denen die dicke Moosschicht noch mehr Sigillen verbergen könnte. Schritt für Schritt schwand die Finsternis der Gruft, und bald erschien ein bogenförmiger Durchgang vor uns, umrahmt von Helligkeit.

Caitriona und Olwen gingen als Erste durch die Ader. Emrys näherte sich dem Portal, und für einen Moment vergaß ich – ich vergaß, dass er nicht stehen bleiben und sich umschauen würde, um auf mich zu warten, wie er es Hunderte Male in Avalon getan hatte.

Aber sogar dort war es eine Lüge gewesen. Meine Scham war wie ein tiefer Glockenschlag in meiner Brust, der von meinen Knochen widerhallte.

»Ich kann ihn übrigens loswerden«, sagte Neve, als er die Ader betrat. »Seinen Körper in einen Wald stecken, wo die Pilze munter sein verrottendes Fleisch fressen und es in etwas verwandeln, was kein verlogener Wurm ist.«

Ich war ehrlich gerührt. »Ich merke es mir.«

»Und ich habe mir auch einige interessante Fluchoptionen ausgedacht«, fügte sie hinzu.

»Inwiefern interessant?«, fragte ich und blieb am Rand der Ader stehen. Der Anblick der magischen Spiralfäden wurde nie öde.

»Zum Beispiel, dass sich jedes Sockenpaar, das man anzieht, feucht anfühlt ... man in jedem Essen eine Made findet ... ein schreckliches Jucken an einer unerreichbaren Stelle hat ... jedes Mal rülpsen muss, wenn jemand deinen Namen sagt ... immer den Einkaufswagen erwischt, der am lautesten quietscht ...«

Zum ersten Mal seit Tagen lachte ich. »Kannst du das wirklich alles?«

Neve zuckte mit den Schultern. »Gib mir noch ein paar Tage, dann habe ich es drauf.«

Ich schüttelte den Kopf und versuchte, mir durch mein verknotetes Haar zu streichen, während ich zu der Ader blickte und überlegte, was auf der anderen Seite wartete. In meinem Leben hatte ich einige schreckliche Fehler gemacht, und ich konnte nur hoffen, dass wir dies hier nicht bereuen würden, ehe wir herausfanden, welche Erinnerungen aus dem Gefäß der Hohepriesterin gestohlen wurden.

Greenwich, Connecticut

In all der Zeit, die er ein Mitglied der Hollower-Gilde gewesen war, hatte Cabell nie eine Einladung auf das Summerland-Anwesen der Dyes erhalten.

Einst hätte seine Neugier ihn dennoch hierhergezogen. Erst recht, wenn ein großer Auftrag lockte – eine Expedition, die er niemals selbst finanzieren könnte, um eine Reliquie aufzuspüren, die er andernfalls womöglich nie zu Gesicht bekäme. Doch alles in allem war es leicht gewesen, ohne das Wissen zu leben, wie das Innere des palastartigen Hauses aussah. Er hatte sich nicht einmal mit der Frage gequält, welche Schätze oder Ressourcen die Dyes hinter ihren schicken Mauern so scharf bewachten.

Es war nie gut, Dinge zu begehren, die man nicht haben konnte. Zu wissen, woran es einem mangelte, verursachte bloß miese Gefühle. Lieber konzentrierte man sich auf das, was einem bestimmt war, und pfiff auf den Rest.

Der Kies in der Auffahrt knirschte unter seinen Füßen, als Cabell auf die Haustür zuging. Seine Schritte bewegten sich im Takt mit denen der dunklen Gestalt vor ihm. Sie waren in einem eisigen Wirbelwind von Schatten angekommen. Via Adern zu reisen, war nicht mehr nötig. Sein Herr konnte sie binnen eines Augenzwinkerns von einem Ort zum nächsten transportieren.

Cabell war Magie nie fremd gewesen, aber diese … Lord Deaths Magie war unendlich wie der Nachthimmel. Sie war kein süßes Lied, sondern donnerte triumphierend und unbarmherzig. Unausweichlich wie der Tod selbst.

Das elegante Eisentor unten an der Einfahrt war offen gewesen, weil man sie erwartete. Cabell schüttelte den Kopf. Es war typisch für die Dyes. Sie gingen davon aus, dass alles immer nach Plan verlief, andere kamen, wenn sie riefen, und nichts unerreichbar für sie war, nicht einmal ein Gott.

Ihr Haus spiegelte dieses Selbstbewusstsein mit seiner grimmigen Entschlossenheit, so viel Raum wie möglich einzunehmen. Cabell war sich nicht sicher, ob er, abgesehen von echten Schlössern, jemals solch einen prächtigen Bau gesehen hatte, akzentuiert von Türmen und weiten Mauerbögen.

Die beißende Luft kündigte Schnee an. Ein kalter Schauer lief Cabell über den Rücken, der nichts mit den Temperaturen zu tun hatte, sondern dem grünen Duft der Stechpalme geschuldet war, die die eindrucksvollen Marmorstufen schmückte. Zwei steinerne Hunde wachten oben auf dem Absatz. Cabell grinste hämisch, als er sie sah.

Schwarze Kerzen zitterten in ihren Wandhaltern zu beiden Seiten der Eisentür und wurden von einem unsichtbaren Wind ausgeblasen.

Die Kälte schien sich um seinen Magen zu schlingen, als er sich der Tür näherte; ihn überkam das Gefühl zu fallen, zu schrumpfen. Er wurde langsamer.

»Was ist denn, mein Junge?« Die Stimme seines Herrn war Seide in der Luft und glättete sogar seine schärfsten Kanten.

»Ich sollte hier draußen warten«, antwortete Cabell. Er war ein Makel, der seinen Herrn in den Augen der Männer drinnen nur beschmutzen würde. »Ich kann bei den Kindern bleiben.«

Ihr Schnattern war ihm zuwider, und etwas an der Art, wie sie sich bewegten, diese Essenz des Menschlichen, die noch in ihren spinnenhaften Körpern war, beunruhigte ihn nach wie vor. Er fühlte ihre glühenden Augen auf seinem Rücken, denn sie beobachteten alles von dem Waldstück am Rand des Anwesens aus. Aber er blickte sich nicht um, auch wenn sein Instinkt ihn anschrie, es zu tun. Er war kein Feigling, doch manchmal glaubte er, ein Echo der menschlichen Gesichter zu erkennen, die sie einst besessen hatten.

»Hmm«, sagte Lord Death, der selbst das Gesicht eines anderen trug. Das eines Königs. »Haben diese Männer dich schlecht behandelt?«

Cabell senkte den Kopf. »Nein, Mylord. Dafür war ich ihnen zu egal.«

»Wollen wir ihnen dann zeigen, dass das ein Fehler war?«, fragte sein Herr. »Unterschätzt zu werden, hat seine Vorteile. Oder hast du gedacht, ich würde keinen würdigen Ritter wählen, um mir zur Seite zu stehen? Glaubst du, ich würde einen Narren zu meinem Seneschall machen?«

Cabell richtete sich auf, als die Anspannung in seinem Bauch nachließ. Er starrte seinen Herrn an, wagte nicht zu hoffen. »Euer Seneschall?«

»Ich werde jemanden brauchen, der den Haushalt führt, hier und in Annwn«, sagte Lord Death. »Der mein treuester und loyalster Gefährte ist. Wirst du diese Rolle annehmen?«

»Ja«, hauchte Cabell. Das durfte er nie wieder vergessen. Von allen Lehrlingen, die sein Herr ausgebildet hatte, wählte er Cabell.

»Erinnere dich, wer du bist«, sagte sein Herr. »Du bist da, wo du hingehörst.«

Cabell hatte geglaubt zu wissen, was dazugehören bedeutete, aber da war immer etwas gewesen, eine Ahnung, dass er am Rande dieser Welt stand und nicht Teil von ihr war. Als Kind hatte er jahrelang durch die Bodenritzen des Dachbodens in der

Bibliothek geblickt, die Gildemitglieder beobachtet, wie sie loszogen, um Reliquien zu suchen, und mit dem wertvollsten aller Schätze zurückkehrten: Stolz.

Weil sie gewagt hatten, es zu versuchen.

Nachdem er seine Mitgliedschaft eingefordert hatte, war es gleich gewesen, wie schwer er arbeitete, wie viele Flüche er brach oder Meilen er reiste. Für seine Schwester und den Mann, der sie großzog, war er schlimmer als anders – er war *falsch*. Die anderen schienen es ebenfalls an ihm zu spüren. An den meisten Tagen wurde er geradeso toleriert. Als eine Quelle von Belustigung vielleicht, aber wenig besser als der Dreck unter Endymion Dyes Stiefeln.

Jetzt kannte er seinen Wert, und eine größere Macht als das gab es nicht.

Sein Herr hatte ihm einen schweren Mantel vom tiefsten Schwarz gegeben; der Sorte, die alles Licht absorbierte. Die Seide seiner neuen Kleidung und das weiche Leder seiner Stiefel übertrafen alles, was er je getragen hatte, und waren viel zu edel, um von Sterblichenhänden gefertigt zu sein. Ein letztes Mal strich Cabell über den Mantel, um nicht vorhandene Falten zu glätten.

»Es ist Zeit, dass du deinen wahren Namen erfährst«, sagte Lord Death. »Bledig.«

Das Wort löste ein Echo in Cabells Brust aus, als seine Seele erkannte, wie wahr es war. Dies war sein Name. Cabell gehörte zu einem Leben, das er ablegen musste wie ein Hund sein Sommerfell.

Lord Death hob die Hand, um den Kindern der Nacht ein Zeichen zu geben. Mehrere von ihnen lösten sich aus dem Rudel, bewegten sich um das Haus herum und erklommen die Rosenrankgitter und Mauern, um entlang der Dachkanten Posten zu beziehen, wo sie bleiben und Summerland House gegen alle Feinde schützen würden.

Die Tür ging auf, und Endymion Dyes blasses Gesicht erschien in dem dunklen Spalt. Lord Death trat vor und zog seine Kapuze ab. Sein Gesicht – das des Mannes, der einst Artus Pendragon gewesen war – wirkte kalt, als er den Sterblichen musterte.

Cabell grinste spöttisch über Endymions unterwürfigen, ehrfürchtigen und stolzen Gesichtsausdruck, den König von Annwn vor seiner Tür zu sehen. Doch das war nichts, verglichen mit der Befriedigung, die Cabell empfand, als Endymions Blick zu ihm wanderte.

Ein Anflug von Schock ging über Endymions Züge, als er Cabell erkannte – einen Niemand, ein Nichts in der Hierarchie seiner Welt. Und er stand neben dem Gott!

»Du hast mich mittels Ritual und Rauch gerufen«, begann Lord Death. »Und dennoch bittest du mich nicht hinein. Sag mir, Endymion Dye, bist du zu all deinen Gästen so unfreundlich?«

Endymion neigte den Kopf, öffnete die Tür weiter und zog sich in die Schatten des Hauses zurück, um ihnen nervös zu bedeuten, sie mögen eintreten.

Fast lachte Cabell. Der Rausch, dem ihn diese erbärmliche Vorstellung bescherte, war schwindelerregend und erfüllte seinen ganzen Körper mit wohliger Wärme. Wie Schlangen, die zu Würmern wurden, wenn ein größerer Räuber auftauchte. Lord Death blickte zu Cabell und zog wissend eine Augenbraue hoch.

»Ich habe ihn noch nie so ... gefällig gesehen«, sagte Cabell. »Gestattet mir, Mylord.«

Er ging als Erster durch die Tür, wobei er seine Schulter gegen Endymions rammte, um sich an ihm vorbeizudrängen. Im Leben war man entweder die Person, die nach vorn strebte, oder die, die zur Seite trat. Cabell weigerte sich, jemals wieder aus dem Weg zu gehen. Er würde es nie wieder müssen.

Drinnen blickte er sich in der prächtigen Diele um und ließ den Blick über die hübsche geschwungene Eichentreppe schweifen. Ein schillernder Kronleuchter warf funkelndes Kerzenlicht auf den kalten Marmorboden.

Cabell holte tief Luft. Die Härchen auf seinen Armen richteten sich stechend auf, als drohte er, in seine andere Gestalt zu wechseln. Etwas an diesem Ort stimmte nicht. Er war kalt, ja, aber damit hatte er gerechnet. Es war diese Art … Stille. Ein Geruch nach Muffigem und etwas anderem – Verfall.

Er neigte den Kopf zu einer Tür links von ihm, die aussah, als entstammte sie einer uralten Festung. Ins Holz waren wirbelnde Muster und Symbole aus Eisen eingelassen. Seltsam. Cabell erkannte die Symbole nicht, sehr wohl jedoch den Geruch, der aus dem Raum dahinter drang.

Blut. Altes Blut.

Cabell drehte sich um. Er nickte Lord Death zu, empfand erneut jenen kribbelnden Stolz, dass ihm die Sicherheit eines solch mächtigen Gottes anvertraut wurde.

Lord Death betrat Summerland House, als hätte er es schon Tausende Male zuvor getan. Neben Cabell blieb er stehen und betrachtete selbst, was ihm hier geboten wurde.

»Ich hoffe, es ist zu Eurer Zufriedenheit, Mylord«, sagte Endymion, der sich verneigte.

Lord Death bedachte ihn mit einem kühlen Blick. »Es wird genügen. Fürs Erste.«

»Die anderen können es nicht erwarten, Euch zu sehen«, sagte Endymion. »Ich kann Euch nicht sagen, wie lange wir schon auf Eure Rückkehr warten.«

Man musste ihm zugutehalten, dass er nicht so dumm war, Lord Death den Rücken zuzukehren. Wie Cabell schon bezeugt hatte, war das eine Beleidigung, die der Gott nicht tolerierte.

Stattdessen ging Endymion Dye – der große, stolze Endymion Dye – rückwärts, die Augen gesenkt, wie es sich für einen Diener wie ihn ziemte. Cabell überraschte nicht, dass ihr Ziel die imposante Tür mit den eigenartigen Symbolen war. Als sie näher kamen, schaute er sie sich genauer an. Manche erinnerten vage an die Sigillen, die Zauberinnen verwendeten, doch sicher war er sich nicht. Von ihnen beiden war Tamsin …

Seine Kehle wurde eng. Cabell legte eine Hand auf das Schwert an seiner Seite, umfing das Heft so fest, dass seine Finger schmerzten. Am Rande seines Sichtfelds leuchtete blassblondes Haar auf. Er drehte sich nach der Quelle um, fand jedoch nur Schatten.

Die massive Tür schwang mit einem Geräusch wie von einer sterbenden Bestie auf. Cabell merkte, dass er langsamer wurde, als er beinahe gegen seinen Willen hineinging. Seidenvorhänge verhüllten den Großteil des Zimmers, trennten das Gewöhnliche vom Heiligen. Vor ihnen standen ein Dutzend Männer in einem Halbkreis, die Kränze aus Stechpalme auf den Köpfen trugen. Einige erkannte Cabell aus der Gilde wieder. Der Schreibtisch war in einen Altar umgewandelt. In den Gestank von Weihrauch, Grünzeug und Angstschweiß mengte sich eine schwache Note von alten Büchern.

Cabells Blick fiel nach unten. Zu seinen Füßen war ein Fleck im Teppich, der gerade noch so wahrzunehmen war. Seine Muskeln spannten sich an, und zum ersten Mal fragte er sich, welches Ritual stark genug sein mochte, dass Lord Death den Ruf vernommen hatte.

»Lord Death«, begann Endymion, der seinen Platz in der Reihe der Männer einnahm. Alle von ihnen waren in schlichte Roben gehüllt und trugen eine silberne Anstecknadel, die Cabell aus seinem alten Leben wiedererkannte: eine Hand, die einen Silberzweig hielt. »Wir heißen Euch willkommen zurück in der Sterblichenwelt und bieten Euch unsere Dienste an, ganz gleich, was Ihr verlangt.«

»Euer Angebot ist mehr, als ich erwarte«, sagte Lord Death, der es genoss, wie sich einige der Männer unter seinem musternden Blick wanden. Cabell kostete es richtig aus, langsam um sie herumzuwandern. Es fühlte sich gut, so gut an, diesem Bedürfnis nachzugeben. Die Herde zusammenzutreiben lag ihm im Blut.

»Mylord?«, fragte Endymion.

»Keiner ruft den Tod herbei, es sei denn, er verlangt nach dessen Macht«, fuhr der Gott fort. »Also sag mir, was wollt ihr im Tausch gegen meine Dienste? Werdet ihr wie die Alten sein, die ihre Feinde peinigen wollten? Wollt ihr in die Fußstapfen der Druiden treten, nach dem Wissen und der Macht greifen, die Sterblichen verboten sind?«

Endymion schien sich halbwegs zu fangen, obwohl er nach wie vor nicht wagte, Lord Death in die blassen Augen zu schauen. »Wir streben danach, jene zu jagen, die auch Ihr jagt. Als Eure eingeschworenen Klingen zu dienen, Eure Schüler der Magie, und die Tyrannei jener zu beenden, die eine unverdiente Macht besitzen.«

Natürlich, flüsterte eine Stimme in Cabells Kopf. *Das ist immer ihr Ziel gewesen.*

Es war nur ein Wunder, dass er nicht früher darauf gekommen war. Manche Männer jagten um des Ruhms willen nach Reliquien. Diese hier wollten den Zauberinnen ihre Macht rauben.

Cabell hockte sich auf die Kante ihres erbärmlichen Altars

und verschränkte die Arme vor der Brust. Sein Puls beschleunigte sich. Sein Atem kam in flachen Zügen. Er beobachtete den Gott aufmerksam. Keiner würde ihn je ersetzen. Das hatte Lord Death geschworen.

Für diese Idioten hätte er eine andere Rolle vorgesehen.

Lord Death schritt vor ihnen auf und ab; ein König, der seine Soldaten inspizierte. Als er wieder zu Endymion kam, blieb er stehen.

»Ihr wünscht, in meinem Gefolge zu dienen?«, fragte Lord Death. »Euch der Wilden Jagd anzuschließen?«

»Ja«, antwortete Endymion sehr leise. »Mehr als alles andere, Mylord. Gewährt uns Eure Macht, und wir werden Euch nicht enttäuschen.«

Lord Death legte dem Mann seine in einen Handschuh gehüllte Hand auf die Schulter und neigte sich vor, als wollte er ihn umarmen. »Ich akzeptiere.«

Endymion atmete zittrig aus und schloss die Augen hinter der schmal gerahmten Brille.

»Aber, mein liebes Kind«, fuhr Lord Death mit sanfter Stimme fort, wie ein wahrer Vater. Die Schatten im Raum scharten sich um die Hand an seiner Seite und umschlangen sie in sich windenden Fäden. »Weißt du nicht, dass es in meinem Gefolge keine Lebenden gibt?«

Endymion riss die Augen weit auf und würgte erstickt, als Lord Death seine Faust geradewegs in seine Brust rammte. Sie passierte Haut, Muskeln und Knochen, um die Seele zu erreichen und an der Wurzel auszureißen.

Cabell schloss die Augen und atmete tief durch, entließ die Schwäche, die ihn so lange gefangen gehalten hatte, um die Dunkelheit, den Schrecken und die Schreie willkommen zu heißen.

Kapitel 4

Der Winter hatte sich gleich einem Fluch aus einem Märchen über den kleinen Küstenort gesenkt und sperrte ihn und alle in seiner Nähe unter einem tiefen, trüben Himmel ein.

Es herrschte die Sorte durchdringende Kälte, die unweigerlich den Puls des Lebens verlangsamte und eine schwere Stille erzeugte, welche nicht vor dem Morgen gebrochen würde. Hier und da schimmerte Licht von unsichtbarem Leben in den überfrorenen Fenstern, doch niemand traute sich nach draußen.

Niemand außer uns.

Von der Küste blies ein eisiger Wind herbei, der einem durch und durch ging und gegen altes Gemäuer peitschte, sodass Schnee die niedrigen Gartenmauern puderte und dornengleiche Eiszapfen von Reetdachkanten brachen, um auf dem Boden zu zersplittern. Der Wind wurde zu unserem verbitterten Begleiter, folgte uns durch die engen Kopfsteinpflasterstraßen und heulte wie ein rastloser Geist, wild entschlossen, uns von unserer Suche abzuhalten.

Was in gewisser Weise passend war, schätzte ich, immerhin lautete der walisische Name des Ortes mit seinen faszinierenden Konsonantenkombinationen laut der Allsicht-Übersetzung »Geisterort«.

Zwar war das Dorf auf keiner Karte zu finden, doch ich erkannte es von einem Eintrag in Nashs Tagebuch wieder, in dem er beschrieb, dass er sich hier derart betrunken hatte, dass er seine Stiefel verlor und Frostbeulen an beiden großen Zehen bekam. Dann stahl er jemandem den Sonntagsbraten direkt vom Tisch und war so damit beschäftigt gewesen, seine Putenkeule zu verschlingen, dass er beinahe von einer der nahen Klippen stürzte.

Cabell wäre hin und weg, diesen Ort endlich zu sehen. Wenn alles vorbei war, müsste ich mal mit ihm herkommen. Vorzugsweise im Sommer. Denn gerade fing ich an, mich um *meine* Finger und Zehen zu sorgen, da ich seit über einer Stunde durch die dunklen Straßen wanderte und nach einem Haus suchte, das *eindeutig* nicht existierte.

Wütend sah ich Emrys an, der verwundert die enge Straße auf und ab lief.

»Gib einfach zu, dass du gelogen hast«, fauchte ich mit zusammengebissenen Zähnen, denn mein Stolz verbot, dass ich ein Klappern riskierte. »Du hast keine Ahnung, wo die Knochenschneiderin ist, nie gehabt. Ist das alles ein Spiel für dich?«

Ich hatte Emrys losgeschickt, uns alles an Ausrüstung und Mänteln zu holen, was er in der Fundkiste der Bibliothek finden konnte – wobei »Fundkiste« unsere nette Umschreibung für die Truhe mit Hinterlassenschaften toter Hollower war. Die Ausbeute war eher mager gewesen. Avalon hatte meinen einzigen guten Wintermantel zerstört, und die grüne Funktionsjacke, die ich trug, eignete sich nicht für den walisischen Winter. Schlimmer noch, sie roch nach den Thunfisch-Sandwiches, die Amos Martinus bis zu seinem letzten Tag ständig gegessen hatte.

Wenigstens hatte Olwen mir Salbe auf die schmerzenden Rippen und die übelsten Schnittwunden auftragen können. Kleine Bewegungen fühlten sich nicht mehr an, als würde mir ein heißes Messer durch die Brust fahren, obwohl ich allmählich glaubte, dass mein Körper vermutlich nur taub vor Kälte war.

Emrys blieb stehen und stemmte die Hände in die Hüften. Natürlich trug er eine blöde Tweedjacke und hatte einen dicken Schal um. Er runzelte die Stirn und sah mich verärgert an. »Ich habe nicht gelogen. Ich habe gesagt, dass ich weiß, *wo* sie ist, nicht, dass ich schon dort gewesen bin.«

»Und woher kommt diese Information?«

Er schob die Hände in die Jackentaschen und sah die Straße hinunter. »Vielleicht hast du eines Tages genug Geld, das herauszufinden.«

Echt jetzt, ich hasste ihn.

Mein Atem kam in einer weißen Wolke heraus, als die alte, starke Mischung aus Scham und Empörung in mir aufstieg. Wenn er das, was ich ihm erzählt hatte, gegen mich nutzte, zahlte ich es ihm gern mit gleicher Münze heim.

»Könnte Daddys Geld dir doch nur ein Hirn kaufen!«, erwiderte ich säuselnd und ballte die Fäuste. »Dann denkst du nächstes Mal vielleicht daran, eine Wegbeschreibung zu kaufen, statt dich verarschen zu lassen.«

Das saß. Doch die erwartete Zufriedenheit setzte nicht ein, bloß mehr nagende Wut und Ekel. Emrys kehrte mir den Rücken zu und schritt an den anderen vorbei, die an der Mauer eines Süßwarenladens lehnten, um zu verschnaufen.

»Hast d-du sie überhaupt mal g-gesehen?«, fragte Neve, die auf den Fersen wippte und versuchte, ihre Arme reibend warmzuhalten.

»Nein«, knurrte er. »Keiner ist ihr je begegnet.«

Caitriona stieß sich von der eiskalten Steinmauer ab und zog ihren schwarzen Wollmantel aus. Wortlos hängte sie ihn Neve über die Schultern, ehe sie auf ihren Posten zurückging, um die leere Straße zu beobachten.

Neve wollte den Mantel zurückgeben. »Du erfrierst noch!«

»Ich bin Kälte gewohnt«, winkte Caitriona ab. Da ich mich an die Finsternis von Avalon erinnerte, bezweifelte ich das nicht, auch wenn es mir nicht gefiel.

Es war seltsam, Caitriona wie eine gewöhnliche Sterbliche gekleidet zu sehen. Die Jeans war ihr etwas zu kurz, und das Flanellhemd biss sich mit ihrem Sein – als hätte sich eine Königin als Bäuerin verkleidet. Ihr silbernes Haar hatte sie unter eine Wollmütze gestopft, um keine unerwünschte Aufmerksamkeit zu erregen. Der schwarze Mantel hatte ihre ungesunde Blässe betont, passend zu den dunklen Schatten unter ihre grauen Augen.

Sie blickte zu der heiteren Weihnachtsdekoration in den nahen Läden und Wohnungen, und verzog angewidert den Mund angesichts der batteriebetriebenen Kerzen in den Fenstern um uns herum.

Es war früh dunkel geworden, wie immer, wenn das Jahresrad gen Winter wanderte. Und anscheinend war hier alles schon seit Stunden geschlossen. In diesen abgeschiedenen Gegenden hielten sich die Dorfbewohner seit Jahrhunderten an feste Routinen und waren Auswärtigen gegenüber zu Recht misstrauisch.

Gesalzenes Eis knirschte unter meinen Füßen, als ich vortrat und auf ein Gebäude zeigte, in dem Licht brannte. »Das ist eine Art Hotel – vielleicht weiß dort jemand, wo wir Dead Man's Rest finden, oder kann uns erzählen, was damit passiert ist.«

»Es ist hier«, sagte Emrys mehr zu sich selbst als uns, während er weiter die Straße hinunterging. »Irgendwo hier ist es.«

»Auf einmal kommt mir der Madenfluch zu nett für ihn vor«, murmelte Neve, die ihm folgte und Caitrionas großen Mantel wie eine Wolldecke um sich schlang.

Caitriona blieb zwei Schritte zurück und schaute sich immer wieder nach möglichen Gefahren um. Ich machte auf dem Absatz kehrt und stellte fest, dass eine von uns fehlte.

»Olwen?«, rief ich.

Sie stand hinter einem knallroten Briefkasten und begrüßte einen aufblasbaren Schneemann. Mit dem Ernst einer förmlichen Vorstellung nahm Olwen einen seiner Zweigarme und schüttelte ihn leicht.

Erschrocken sprang sie zurück, als die Deko zu leuchten anfing und ziemlich schrill-blechern »We Wish You a Merry Christmas« sang. Während Olwen die Figur bestaunte und mit einem Finger antippte, sah ich ihre Lippen das Wort *außergewöhnlich* formen.

Seufzend ging ich sie holen.

»Tamsin, was *ist* das?«, fragte sie. »Welchen Zweck hat es? Ist es ein Talisman, um böse Geister oder boshafte Feen abzuwehren?«

Ich blickte zu dem quäkenden Schneemann. »Ich glaube, es soll nur ... fröhlich sein.«

»Cait, sieh mal!«, rief Olwen und wies auf den trällernden Albtraum. »Ist der nicht lustig? Es strömt Luft durch ihn, trotzdem atmet er nicht ...«

Die anderen kamen zu uns zurück, doch beim Anblick des Weihnachtsschmucks und Olwens Lächeln verhärteten sich Caits Züge. Und ihre Worte waren noch strenger. »Genug davon. Wir haben keine Zeit zu vergeuden.«

Zu meiner Überraschung hatte Olwen ihren Schock, in einer neuen Welt zu sein, schnell überwunden und begonnen, sie abwechselnd fasziniert und ängstlich zu erkunden, doch zumeist fasziniert. Sie drückte jeden Knopf, auf den sie stieß, ganz gleich, was er tat, piekte in Autoreifen und spannende Maschinen und inspizierte jede neue besondere Pflanze. Die bunten Weihnachtslichter, die mit Glitzerkram behängten Tannen und die von Schleifen verzierten Kränze hatten ihr Staunen noch gesteigert.

»Du hast recht, Cait, natürlich«, sagte sie und hob rasch den Korb an, den sie abgestellt hatte. Drinnen gab Griflet ein leises Maunzen von sich.

Caitriona nickte zu dem Hotel. »Der Lügner hat eine Wegbeschreibung zu dem Haus bekommen, das wir suchen.«

Sie marschierte voraus, und ihre langen Schritte brachten sie sehr viel schneller voran als Olwen und ich mit unseren kürzeren Beinen kamen. Aus dem Augenwinkel sah ich Olwens betrübte Miene.

»Er *war* sehr lustig«, sagte ich zu ihr.

Olwen lachte leise. »Ich weiß, dass ich albern bin, aber ich möchte diese Welt verstehen. Ab und zu sehe ich auch etwas, das mich an zu Hause erinnert – wie die Kränze. Sie sind denen so ähnlich, die wir für die Yule-Feiern gemacht haben. Dabei bekam ich immer Harz an die Finger und konnte seine Süße und die Tannennadeln über Tage riechen, sogar nach dem Waschen.«

Mein Atem machte die Luft weiß, und die Kälte brannte in meinen Augen. Ich wünschte, Neve würde bei uns gehen, denn sie wüsste das Richtige zu sagen.

»Aber dann fällt mir ein, dass alles fort ist, dass ich kein Zuhause mehr habe außer diesen Ort, und ich bin mir nicht sicher, wie ich hier reinpassen soll. Ich bin unsicher, ob ich es jemals kann.«

Mein Brustkorb verkrampfte sich, weil sie es so sachlich sagte. »Wir feiern hier auch Yule. Wenn dies alles vorbei ist, kannst du mir beibringen, Kränze zu machen. Ich kann nicht versprechen, dass meine nicht aussehen wie von einem Kind gebastelt, aber ich werde mich bemühen.«

Sie lächelte und blickte auf, als Neve zu uns gelaufen kam.

»Wir haben am falschen Ort gesucht«, verkündete sie atemlos. »Das Pub ist gleich außerhalb vom Dorf.«

Anstatt die sich schlängelnde Straße zurückzugehen, blieben wir auf der Hauptstraße, die einen Bogen um die Gebäude machte und am Ortsrand entlang zu den Klippen führte. Als wir an dem letzten Haus vorbeikamen, wurde die Straße zu einem ungepflasterten Pfad. Der Mond leuchtete uns silbern den Weg. Und er ließ Emrys' einsame Gestalt weiter vorn beinahe gespenstisch wirken – wie ein Bild aus einem verlorenen Traum.

Bald war das Pub mit seinem schneebedeckten Reetdach zu sehen. Die weiße Steinfassade war vom Wind aufgeraut, und der ganze Bau neigte sich ein klein wenig nach rechts. Unterhalb von ihm rauschte das Meer und jagten Wellen gegen die zerklüftete Küste.

Wir eilten den Weg hinauf. Einige wenige Cottages waren hier verstreut. Ein Holzschild hing an der niedrigen Dachkante des Pubs, auf dem ein Skelett abgebildet war, das an einem Tisch saß, eine Hand an seinem Kinn und ein volles Pint vor sich. *THE DEAD MAN'S REST* stand darüber.

»Seht ihr?« Emrys zeigte auf das Schild. »Ich habe doch gesagt, dass es hier ist.«

»Und du hast sogar nur drei Stunden gebraucht, es zu finden«, antwortete ich. »Hoffentlich erwartest du keine Konfettiparade.«

»Nein, aber du darfst gern einen Toast mir zu Ehren aussprechen, Lark«, konterte er selbstzufrieden. »Keine Sorge, die erste Runde geht auf mich.«

Er musste das mit Absicht machen – immer wieder dieselbe Spitze bringen. Und warum? Um amüsiert zuzusehen, wie es mich aufbrachte?

Ich bemerkte, wie Olwen und Neve einen Blick wechselten,

aber ich würde Emrys nicht die Befriedigung gönnen, nach dem Köder zu schnappen.

Ich drehte mich zur Pubtür und sah erleichtert, dass drinnen noch Licht brannte. Wir hörten sogar Lachen und Stimmen. Ich griff nach dem niedlichen alten Knauf, doch die Tür schwang bereits mit einem leisen Bimmeln auf, und ein Monster kam heraus.

Mein Puls schoss in die Höhe, und meine Rippen schrien, als mich jemand von hinten packte und zurückriss. Vor Schreck und Schmerz rang ich nach Luft.

Eine blasse, makabre Gestalt erschien vor mir, die eine Welle von Wärme und Geplauder mit sich brachte. Die große Kreatur schien über dem Boden zu schweben, und der weiße Stoff, der ihren Körper umgab, umfloss sie wie ein Schneewirbel.

Da war kein Fleisch an der langen Schnauze, nur reiner Knochen. Die sichtbaren Zahnreihen verliehen ihr ein hämisches Grinsen, und in den Augenhöhlen steckten rote Glaskugeln. Drei junge Männer folgten der Gestalt wie treue Anhänger heraus in die Nacht.

Ich blickte mich um, als Emrys mich losließ und den Arm wieder herunternahm.

»Oh, *verdammt«*, rief einer der betrunkenen Fremden. »Sorry ... sorry, wir haben euch nicht gesehen!«

Mein Verstand holte meine Angst ein. Ich atmete tief durch und hob eine Hand, um den anderen zu bedeuten, dass alles okay war. Dasselbe konnte man von Caitriona indes nicht behaupten, denn sie griff nach dem Küchenmesser in ihrem Ärmel und drehte sich weg, als wollte sie ihnen zurück ins Dorf folgen.

»... viel zu eisig. Kein Drink ist es wert, sich Gliedmaßen abzufrieren«, sagte einer der jungen Männer und zog sich eine Wollmütze tief über die roten Ohren.

»Nein!« Ich fing Caitrionas Hand ab, ehe sie das Messer hervorziehen konnte, und dirigierte sie zurück zur Pubtür. »Nicht nötig, jemanden umzubringen.«

Sie bedachte mich mit einem ungläubigen Blick, und ihre Augen verhärteten sich, als sie die sich entfernende Bedrohung betrachtete. »Welche infernalische Finsternis hat sich über diese Nacht gesenkt?«

»Weiß ich nicht«, sagte Neve ein bisschen verträumt. Ich packte den Kragen von Caitrionas geliehenem Mantel, ehe sie den Nachtschwärmern folgen konnte. »Aber *ich liebe es.*«

»Was, den Pferdeschädel?«, fragte Olwen verwundert.

»Das nennt man eine Mari Lwyd«, erklärte Emrys. »Sie sind allerdings etwas zu früh dran.«

Ich hatte diesen Brauch im zarten Alter von sechs Jahren kennengelernt. Nash war mit uns in ein walisisches Dorf nicht unähnlich diesem gegangen, und eine Gruppe war mit ihrer Mari Lwyd in das Pub gestürmt, in dem wir aßen. Sie hatten es spaßig gefunden, das winzige blonde Kind in der Sitznische zu quälen, indem sie die Mari Lwyd entsetzlich klappern ließen, bis ich versuchte, unter den Tisch zu rutschen, um ihnen zu entkommen.

Wahrlich eine Nacht, für die ich einen Handel mit einem Dämon schließen würde, um sie zu vergessen.

Ich schob die Pubtür auf, und eine Duftwolke von Ale, Holzrauch und Leder zog über mich hinweg. Meine Haut kribbelte unangenehm, als das Kaminfeuer die Taubheit vertrieb. Auf den ersten Blick passte niemand hier zu meiner Vorstellung einer Lieferantin von Knochen und Gift.

»Okay, also sie tragen dieses Pferdeding von Haus zu Haus, und das ist wie eine Rap-Battle zwischen den Zechern und den Bewohnern«, fasste Neve zusammen, als Emrys seine kurze

Erklärung der Mari-Lwyd-Tradition beendet hatte. »Nur dass sie, sobald einem irgendwann keine Strophen mehr einfallen, warum sie nicht reinkommen dürfen, ins Haus eindringen und die Kinder terrorisieren, indem sie sie mit dem Pferdeschädel herumjagen. Und damit sie gehen, muss man ihnen Essen und Trinken geben?«

»Angeblich helfen sie, böse Geister aus dem Haus zu vertreiben, und bringen Glück, aber ja«, antwortete er. Emrys ging voran zu einer Sitznische in der hinteren Ecke. Zum Glück waren nur noch wenige Gäste im Pub, weil es bald schließen würde, doch sie alle schauten von ihren Drinks auf, als wir hereinkamen.

Mir wurde bewusst, dass Caitriona und Olwen, ganz ähnlich Cunningfolk und Zauberinnen, etwas Übernatürliches anhaftete, das zuverlässig auffiel. Noch so viel Sterblichenkleidung könnte es nicht verschleiern. Bedachte man, dass wir uns dringend bedeckt halten mussten, kam mir meine Unscheinbarkeit plötzlich wie ein Geschenk vor.

Wie ein Käfer, der mit Baumrinde verschmilzt, dachte ich. *Oder ein Pilz im Matsch.*

Ich schaute mich in dem Raum um. Dicker weißer Putz bedeckte die unebenen Wände, war jedoch hier und da weggebrochen, sodass die rauen Steine darunter zum Vorschein kamen. Die niedrigen Deckenbalken und Verstrebungen ließen alles kleiner und dunkler wirken, als es war. Alte, rostige Rüstungshelme reihten sich an den Wänden zu beiden Seiten des großen Kamins, als wäre jemand auf Trophäenjagd bei den Rittern der Tafelrunde gewesen. Und ehrlich, ich hasste es nicht.

Insgesamt war der Raum dezent gehalten, im Gegensatz zu der prächtigen Bar.

Der Tresen sah aus, als sollte er einen schlafenden Drachen darstellen, dessen Körper sich um Unmengen an Gläsern und

Flaschen krümmte, die hinter ihm an der Wand funkelten wie riesige Tannenbaumkugeln. Der Barkeeper war ein großer, sehr schmaler Mann mit dünnem schwarzem Haar. Er polierte die silbernen Zapfhähne und blickte nicht auf.

Ich spürte ein Kribbeln in meinem Nacken, als würde ich angestarrt, doch als ich mich umblickte, sah Emrys schon wieder weg, und ich konnte nicht sicher sein, dass er es überhaupt gewesen war.

Über dem Kaminsims hing ein Porträt von einer Frau, die jedoch größtenteils hinter der kitschigsten Weihnachtsdekoration versteckt war, die ich jemals das Pech gehabt hatte, ansehen zu müssen.

Lametta-Girlanden waren von einem Ende des Pubs zum anderen aufgehängt. Ein Kunsttannenbaum war mit flauschigen Pompons und Plastikelfen geschmückt, denen man mordlustige Gesichter gemalt hatte.

Caitriona stieß ein genervtes Stöhnen aus, als sie in die Mitte der Bank rückte. Sie warf einen vernichtenden Blick auf die eine Tischdeko: eine batteriebetriebene Kerze in einem unechten Stechpalmenkranz.

»Wo ist diese … *Schneiderin?«*, fragte sie schroff. »Wir haben Stunden verschwendet, in denen wir unseren Feind hätten jagen müssen.«

Einer der jüngeren Männer in einer nahen Nische bemerkte sie, stand auf und kam mit einem verträumen Lächeln zu uns, bevor ich ihn warnen konnte.

»Hallo …«, begann er.

Was Caitriona in der Sprache Avalons zu ihm sagte, wurde hilfreich von der Allsicht übersetzt in: »Küss Eisen, und kehr zurück an den Busen der verkommenen Furie, die dich geboren hat.«

Ihr melodischer Akzent war für das durchschnittliche Ohr nicht zuzuordnen, was die Worte umso zorniger klingen ließ. Ich schluckte.

Der Mann blinzelte erschrocken und ging zu seinen Freunden zurück, die nun brüllten vor Lachen.

»Küss Eisen?«, fragte ich.

Sie senkte den Blick und malte mit dem Finger die Maserung des Tisches nach. »Eisen ist giftig für Feenvolk.«

»Das hat Betrys immer gesagt«, ergänzte Olwen leise, nahm mir den Korb ab und setzte sich zu ihrer Schwester. Neve wählte die Bank Caitriona gegenüber und sah ängstlich zu ihr. Ich nahm neben Olwen am Rand der Nische Platz.

»Keine Angst«, sagte Neve zu Caitriona und gab ihr dankbar lächelnd ihren Mantel zurück. »Ich schütze dich vor allen weiteren Schurken, die es wagen, sich dir zu nähern, holde Maid.«

Caitriona quittierte es mit einem Nicken und umfing den schweren Mantel auf ihrem Schoß. Selbst in dem dämmrigen Licht konnte ich sehen, dass ihre Ohren rot geworden waren. »Das wird nicht nötig sein.«

Griflet reckte den kleinen Kopf aus der Decke, sobald Olwen begann, in dem alten Rucksack zu kramen, den ich ihr für ihre Sachen gegeben hatte. Sie zog eine Tüte mit Trockenfleisch hervor, die ich eingepackt hatte, und mühte sich mit dem Ziploc-Verschluss ab, bis er schließlich mit einem *Ratsch* aufging. Staunend schloss und öffnete sie ihn mehrmals.

»Wart's ab, bis du Klettverschlüsse siehst«, sagte Neve zu ihr.

Emrys stand am Rand der Sitznische, aber ich rührte mich genauso wenig wie Neve. Er spürte, dass er nicht erwünscht war, und holte sich einen Stuhl von einem benachbarten Tisch.

»Solltest du das wirklich der kleinen Katze geben?«, fragte er.

Griflet sah ihn mit einem Blick an, als wollte er erwidern: *Geht dich das was an?*

Ich hatte versucht, den kleinen Kater bei den anderen Bibliothekskatzen unterzubringen, ehe wir uns auf den Weg machten. Mir war zwar bekannt, dass sie launisch waren und zu theatralischem Gebaren neigten, dennoch hatte mich geschockt, wie aggressiv sie Griflet gegenüber waren. Es war reine Glückssache, dass wir beide da mit intakten Augen rausgekommen waren.

»*Irgendetwas* muss Griflet fressen, und dies ist das Beste, was wir im Moment anbieten können«, antwortete Olwen und strich die widerspenstigen Locken glatt, die sich aus ihrem geflochtenen Zopf gelöst hatten. Mit ihren Wassernymphen-Vorfahren war sie die am wenigsten Menschliche von uns vieren, was sich in ihrem tintenblauen Haar und den himmelblauen Kränzen um ihre dunkle Iris äußerte.

Ich hatte ihr die leuchtend gelbe Daunenjacke aus der Gilde-Fundkiste in der Hoffnung gegeben, dass sich Nashs alte Diebesstrategie immer noch als effektiv erweisen würde: Die beste Ablenkung von etwas Ungewöhnlichem bestand darin, es noch auffälliger zu machen.

Neve war entzückt gewesen von der Auswahl aus meinen Klamotten, die aus diversen Wohlfahrtsläden stammten, und nur zu froh, die Sachen loszuwerden, die in der Gruft ruiniert worden waren. Sie zupfte an den Perlen auf ihrem mit Blumen bestickten Pullover und beobachtete, wie die Pubgäste begannen, ihre Getränke zu bezahlen und zu gehen. Ich musste zugeben, dass der Pullover an ihr besser aussah, als es an mir je möglich gewesen wäre. Das sanfte Blau schmeichelte ihrer braunen Haut.

»Na gut«, sagte Neve leise, während sie zu den restlichen Gästen blickte. »Sieht hier jemand eine Kandidatin für diese Knochenschneiderin?«

Wollten wir uns auf Intuition verlassen, könnten wir die ganze Nacht hier hocken.

»Ich erkundige mich mal diskret«, sagte ich und ergänzte noch leiser: »Keiner ersticht, klaut oder berührt hier bitte irgendwas.«

Dann stand ich auf und bewegte mich langsam zwischen den nahen Tischen hindurch. Hinter mir schabten Stuhlbeine, und ich musste nicht hinsehen, um zu wissen, dass es Emrys war. Der Geruch von Tanne und süßem Grün folgte mir durch die chaotische Tischanordnung im Pub. Eine Fliege wäre weniger lästig.

»Geh zurück an den Tisch, Trustfund«, befahl ich.

»Nein«, entgegnete er. »Denn du hast recht, was die Diskretion angeht, aber du bist ungefähr so diskret wie ein Kobold, wenn du frustriert bist.«

Tu's nicht, ermahnte ich mich, *sieh ihn nicht an!*

»Wow«, murmelte ich. »Das wirkt auf jeden Fall nicht wie eine Werkstatt.«

»Denkst du ernsthaft, sie macht es so offensichtlich?«, konterte er.

Nein, dachte ich nicht. Wie er arbeitete auch die Knochenschneiderin im Schatten, was ihr zugutekam.

»Es steht dir frei, jederzeit zu gehen, da du jetzt dein egoistisches Bedürfnis auf Erlösung befriedigt hast«, sagte ich frostig.

»Nö«, entgegnete er und blieb direkt hinter mir stehen. Er beugte sich über meine Schulter und nutzte seine Größe zu seinem Vorteil, als er seinen Mund nahe an mein Ohr führte. Mein Nacken kribbelte von der Wärme seiner Nähe. »Ich denke, ich bleibe. Die Nacht ist ja noch jung.«

Ich wollte nicht zurückweichen. Mich nicht von der Stelle rühren. So wütend er mich auch machte, war die Verwirrung, die seine Nähe mit sich brachte, schlimmer. Mein Verstand erkannte, dass mit mir gespielt wurde, aber meinem Körper war das egal.

Ich biss die Zähne zusammen und konzentrierte mich auf die wenigen letzten Gäste am Tresen. Ganz gleich, was Emrys glaubte, würde ich keinen der Männer als Knochenschneider ausschließen. Nur schien keiner zum Profil zu passen. Schließlich verharrte mein Blick auf etwas am Ende der Bar, wo der geschnitzte Drachenkopf auf den Vorderbeinen ruhte, mit dem ich nicht gerechnet hatte.

Ein kleines Mädchen, nicht älter als zehn, vielleicht elf Jahre, saß neben seinem Großvater an der Bar. Mir wurde das Herz schwer, als ich die Kleine beobachtete.

Ihre Ringellocken waren so schwarz wie Krähenflügel und umtanzten ihre Schultern, als sie etwas in ein Notizbuch schrieb – Hausaufgaben? Ihre Beine in der Strumpfhose baumelten frei über der Fußstütze. Sie hatte ein rotes Kleid aus Samt an, wie man es sich für eine Vorführung aussuchen würde. Es war makellos, obwohl vor dem Mädchen ein Korb mit Chips stand.

Wie oft hatte ich neben Nash an einer Bar gesessen, darauf gewartet, dass er die Antworten auf seine Existenzangst am Boden eines Glases fand – oder einen möglichen Partner für einen Job?

»Wir schließen gleich!«, rief der Barkeeper. Ich erschrak, weil seine Stimme so quäkend klang.

Ich lehnte mich über den Tresen. Der Barkeeper sah mich mit seinen grauen Augen von oben herab an und wartete. Mit seinen spitz gefeilten Fingernägeln trommelte er ungeduldig auf dem Tresen.

»Ist hier ein …«, begann ich und überlegte, wie ich es formulieren sollte. »Äh … eine Sammlerin oder Händlerin oder …«

Grabräuberin. Knochendiebin. Gerüchtevermittlerin. Schließlich verlegte ich mich auf: »Sind Sie der Besitzer dieses netten Lokals?«

»Nein.« Der Barkeeper wandte sich wieder seiner Arbeit zu und ignorierte meinen verärgerten Blick.

Der weißhaarige alte Mann mit dem pockennarbigen Gesicht war der letzte Gast, der ging. Er ließ ein leeres Pintglas und einige zerknüllte Geldscheine zurück.

Und seine Enkelin.

Ungläubig schaute ich zu, wie er seine Jacke von einer Garderobe nahm und zur Tür hinausging, die hinter ihm zuschwang.

»Was zur Hölle …« Emrys sah ihm entgeistert nach. »Hey …!«

»Angst, meinen Namen zu benutzen?«, fragte eine gereizte junge Stimme neben mir.

Langsam drehten Emrys und ich uns um.

Das kleine Mädchen warf sein Haar über die Schultern zurück und klappte das dicke, ledergebundene Notizbuch zu. Ihr Kassenbuch. Das in ihrer Hand war gar kein Stift, sondern ein Federkiel, der aus ineinander verschlungenen Fingerknochen geformt war.

»Wie gut«, sagte das Mädchen und stützte das Kinn auf seine Faust, »dass ich mich nicht scheue, deinen zu benutzen, Tamsin Lark.«

Kapitel 5

»Du?«

Das Kind wirkte beinahe puppenhaft mit seinen unerträglich weichen Zügen, sah man von den grünen Augen ab. In denen war nichts Unschuldiges; vielmehr waren sie wie Glasscherben, die jemanden aufschlitzen könnten, um zu sehen, was sich unter der Haut verbarg. Sie hatte den Blick von jemandem, der über Jahrhunderte gesehen hatte, wie sich die Geschichte entfaltete – einer Seele, die zu alt war für dieses Gesicht.

»Ich habe eine Salbe gegen deine Kiefersperre«, sagte das Mädchen. »Die kostet dich drei Goldstücke oder einen Gefallen.«

Ihr Tonfall war förmlich, und sie hatte einen Akzent, den ich nicht erkannte und der jedes Wort von ihr wie uralte Poesie klingen ließ.

Prompt schloss ich den Mund. »Ich bin … wie?«

Die Knochenschneiderin sah Emrys an. »Ich vermute, dass ich mich bei dir für diese unerfreuliche Überraschung bedanken muss. Ich hörte, dass dein Vater die alten Geister aufwühlt und mit Geld um sich wirft, um zu sehen, welche ehemaligen Kunden von mir anbeißen.«

»Hat er tatsächlich«, bestätigte Emrys, der Mühe hatte, seinen Schock zu unterdrücken.

»So ist es immer mit euch Dyes«, meckerte die Knochenschneiderin und strich mit ihrem Federkiel über den Tresen. »Es gibt keinen Job, für den ihr nicht jemanden anders bezahlen würdet, ihn für euch zu erledigen, wenn es irgend geht.«

»Oh, meine Güte!«, hörte ich Neve, die hinter uns trat. Entsetzt drehte ich mich um, doch es war schon zu spät, sie zu bremsen. »Du bist ja süß! Ich *liebe* das Kleid!«

Das Mädchen verengte die Augen, die hart wie Stein wurden. Die Luft um uns herum verdunkelte sich, als wäre das Licht selbst vor Angst geschrumpft. Und die Raumtemperatur fiel merklich ab.

Die Gläser auf den Regalen begannen zu klimpern, drohten von den Brettern zu tänzeln. Der Barkeeper hielt einfach die Weingläser mit einer Hand fest, während er mit der anderen den hinteren Tresen abwischte.

Auf einmal ließ der Druck nach und das Kaminfeuer sandte seine Wärme zurück ins Pub.

»Aber ich mag ihr Kleid wirklich«, murmelte Neve. Olwen zischte ihr zu, still zu sein.

Die Knochenschneiderin blickte an meiner Schulter vorbei. »Klingen sind unnötig, Caitriona von Avalon. Sicher würdest du es wenig genießen, meine eigene Sammlung vorgeführt zu bekommen.«

Caitriona nahm das Messer herunter, behielt es aber in der Hand. »Du weißt, wer ich bin.«

»Ich kenne euch alle«, antwortete die Knochenschneiderin. »Ihr vier habt die uralten Magiegrenzen zerstört, um die Welten wiederzuvereinen, zu einem tödlichen Preis. Die Weltenvernichterinnen. Und natürlich der tragische Dye-Erbe.«

Ich dachte, Emrys würde mit einer typischen ironischen Erwiderung aufwarten, doch er senkte nur den Blick und hielt sich mit einer Hand an der Rückenlehne eines Stuhls neben ihm fest. Da war etwas an seinem Gesichtsausdruck, an der Art, wie sein Blick nicht richtig fokussiert war, das mir Angst machte.

»Du verstehst das nicht«, begann Olwen.

»Oh doch, das tue ich«, unterbrach die Knochenschneiderin sie sogleich. »Ich verstehe sehr viel mehr, als ihr euch wünscht, glaub mir. Von der Unberechenbarkeit der Magie. Von den Monstern, die auf dieser Insel aufgetaucht sind. Mich erreicht das Getuschel von überallher, von den Lebenden wie den Toten.«

Die Knochenschneiderin rutschte von ihrem Hocker. Ich selbst war nicht groß, erschrak jedoch, als ich sah, *wie* klein sie war. »Deshalb hatte Nashbury Lark vor all den Jahren meinen Rat zu seinem verfluchten Kind gewollt. Und deshalb habe ich euch aus purer Neugier zu bleiben erlaubt. Ich nehme an, dass ihr hier seid, um mir etwas ziemlich Interessantes zu zeigen.«

Das verfluchte Kind. Bei allem, was geschehen war, hatte ich Nashs Worte aus meinem Kopf verbannen können. Seine Warnung. Die Knochenschneiderin konnte unmöglich wissen, was er erst kürzlich gesagt hatte. Aber ... sie zog eine Augenbraue hoch, was, gelinde gesagt, beunruhigend war.

»Wir brauchen deine Hilfe«, sagte ich zu ihr. »Obwohl es vielleicht sogar deine Möglichkeiten überschreitet.«

Sie grinste abfällig, hob die linke Hand und schnippte mit den Fingern. Sämtliche Lichter um uns herum – die echten und die künstlichen – erloschen. Gleichzeitig schnappten die Schlösser an den Fenstern und Türen mit einem lauten *Klick* zu.

»Es ist spät, Bran«, sagte sie zu dem Barkeeper. »Ab mit dir.«

Er nickte und duckte sich, um etwas unter der Kasse hervorzuholen – eine Steintafel mit einem Sigill, um unerwünschte Besucher fernzuhalten. Neve spähte über meine Schulter, um es besser zu sehen. Sie blickte mich an, als der Barkeeper die Tafel an den Türknauf hängte.

»Es gibt weit mehr Schutz, den ihr nicht sehen könnt«, sagte die Knochenschneiderin, nahm ihr großes Notizbuch auf und presste es sich vor die Brust. »Nichts und niemand wird dieses Pub betreten, solange ich es nicht will. Ihr müsst euch nur um eure närrischen Impulse und langen Finger sorgen.«

Bei dem letzten Teil schaute sie mich an, und ich wurde sauer. »Ich bin nicht Nash.«

»Trotzdem wirst du für seine Sünden bezahlen.«

Sie machte eine Handbewegung in Richtung des Barkeepers. Die Luft um uns herum erhitzte sich, dicht gefolgt von einer Explosion wirbelnden Lichts. Es konnte kaum den Bruchteil einer Sekunde gedauert haben, dennoch prägte sich mir jedes Detail der Verwandlung mit verblüffender Klarheit ein. Wie die Knochen des Mannes schrumpften, sich seine Form verdrehte, bis nichts Menschliches mehr übrig war und ein großer Rabe aus den Magiefunken aufstieg, die noch in der Luft schwebten.

Der Vogel flog durch den Rauch im Kamin und nach oben zum Schornstein hinaus. Ich streckte eine Hand vor und fing eine lange schwarze Feder ein.

Púca. Ein Gestaltwandler. Eine der letzten Feenarten in unserer Sterblichenwelt. Sie verbanden sich oft mit Zauberinnen, denen sie ihre Dienste im Tausch gegen Schutz anboten.

Was bedeutete ...

Im Laufe der Jahre hatten unzählige Gerüchte über die Knochenschneiderin die Runde gemacht. Die meisten nahmen an, dass es sich um eine Zauberin oder jemanden vom Cunningfolk handeln müsste – man brauchte schließlich bestimmte magische Fähigkeiten und einen gigantischen Fundus an obskurem Wissen, um solch ein Geschäft zu betreiben. Eine Zauberin hatte ich jedoch ausgeschlossen, weil ich sicher gewesen war, der Rat der Schwestern hätte eingegriffen, sollte eine von ihnen Profit aus den Gebeinen ihrer Toten schlagen.

Offensichtlich war das falsch gedacht.

Neve gab einen erstickten Laut von sich und zitterte beinahe vor Anstrengung, ihre Fragen für sich zu behalten.

»Wenn ihr so gut sein wollt, mit in meine Werkstatt zu kommen«, sagte die Knochenschneiderin. Sie strich mit einer blassen Hand über die geschnitzten Schuppen des hölzernen Drachen, als sie um den Tresen herumging. Es musste ein kleiner Hocker hinter der Theke sein, denn auf einmal konnte sie weit genug nach oben greifen, um eines der gläsernen Drachenaugen zu berühren. Ich trat blinzelnd einen Schritt vor – und da war es, verborgen in den gemalten Linien der Iris. Ein kleines Sigill.

Direkt hinter ihr glitten die verwitterten Bodendielen zur Seite und ordneten sich zu einem Stapel neben der Treppe, die in der Öffnung erschien.

»Das Kätzchen darf nicht mit«, sagte die Knochenschneiderin und begann, die Treppe hinabzusteigen. »Ich würde es an eurer Stelle sogar schnellstens loswerden.«

»Du magst Tiere wohl nicht besonders, was?«, fragte ich.

»Nicht, sofern sie keine seltenen Reißzähne, Klauen oder Haut zu bieten haben«, antwortete sie.

Griflet fauchte.

Olwen zögerte, doch ich nickte ihr zu. Behutsam stellte sie den Korb ab und hob das protestierende Kätzchen aus der Decke.

»Jetzt sei nicht so«, sagte Olwen zu ihm und streichelte sanft seinen Kopf. Sie zog ihre Jacke aus und setzte den kleinen Kater darauf, damit er es weich hatte. Nach einem letzten klagenden

Maunzen löste Griflet seine Zähne aus ihrem zu großen Pullover und rollte sich beleidigt auf seinem Behelfsbett zusammen.

»Jetzt kommt, und zieht die Köpfe unter den Spinnweben ein – ich lasse die Spinnen da, um unerwünschte Plagen zu fangen«, sagte die Knochenschneiderin und ging weiter nach unten in die Dunkelheit. »Ihr seid jedoch leider viel zu groß, um von ihnen eingewoben zu werden.«

Keiner rührte sich.

»Na gut«, grummelte ich und nahm den Korb. Ich ging als Erste vorsichtig die schmalen Stufen hinab. Die Warnung war nicht übertrieben gewesen, denn dicke Schichten heller Spinnweben bedeckten die schräge Decke des engen Treppenaufgangs. Hier und da hingen dünnere Netze herab und schwebten direkt vor uns.

Ein Schauer durchfuhr mich, und ich streckte eine Hand vor, um mein Haar vor Spinnen zu schützen, die womöglich ein neues Zuhause suchten. Als ich einen Blick zurück riskierte, sah Neve die Spinnweben hoffnungsvoll an.

»Nein«, flüsterte ich. »Keine Spinnen, und es werden auch keine herumliegenden Knochen aufgesammelt!«

»Jedenfalls nicht, solange du hinsiehst«, erwiderte sie flüsternd.

Hinter ihr kam Emrys, gefolgt von einer sichtlich unglücklichen Caitriona. Beide mussten sich sehr tief bücken, um sich nicht die Köpfe anzustoßen.

Kaum war die Knochenschneiderin unten, ging die Kellerbeleuchtung flackernd an.

Das war nicht das große, unheimliche Lager, das ich mir vorgestellt hatte. Alles stand voll mit Fässern und Regalen mit Alkoholflaschen und Putzsachen. Die Luft war klamm, aber parfümiert von warmem Wachs und etwas vage Erdigem.

In der Mitte, direkt vor uns, befand sich ein großer Tisch, dessen Oberfläche unter dem Chaos darauf fast nicht auszumachen war. Plastikbehälter voller Knochen – menschlicher und tierischer – stapelten sich darauf, sauber mit einem unverständlichen Code beschriftet, den nicht einmal die Allsicht entziffern konnte. Neben einer altersschwach wirkenden Schreibfeder und einem Tintenfass stand ein Tablett mit einem Stoß Pergamentbögen.

Das Faszinierendste allerdings waren die Glasflaschen zu beiden Seiten des Tisches, die über brennenden Kerzen schwebten. Viele der Kerzen waren zu weißen Wachslachen heruntergebrannt, von denen es auf den Fußboden tropfte.

Mein Blick verharrte auf den Glasbehältern. Sie alle waren von zarter, fast ätherischer Form, manche Blumen oder Monden ähnlich, und alle besaßen einen Perlmuttglanz. Ich konnte nicht genau sagen, was mich an ihnen so bannte, bis ich bemerkte, dass Olwen sie mit einem traurigen Ausdruck betrachtete. Sie hob eine Hand nahe an einen Behälter und malte dessen Form in der Luft darüber nach.

Sie waren beinahe identisch mit denen, die sie auf den Regalen ihrer Krankenstation gehabt hatte.

Die Knochenschneiderin ersetzte die runtergebrannten Kerzen rasch durch neue und richtete die Höhe der Flaschen entsprechend aus. Vor sich hin murmelnd, griff sie in einen kleinen Leinensack, der an einem Haken am Tischende hing. Als sie winzige Blätter daraus in die Flasche mit simmernder Flüssigkeit gleich daneben gab, rülpste der Behälter grauen Qualm aus, während sich die Blätter auflösten.

»Nun denn«, sagte die Knochenschneiderin und räumte die Tischmitte frei, indem sie Bücherstapel kurzerhand über die Kante schob, sodass sie auf den Boden polterten. »Was führt euch zu mir?«

Ich stellte den Korb vor sie und zog die Decke zurück, um den zerbrochenen Schädel darin freizulegen. Unwillkürlich biss ich mir auf die Unterlippe. Einige der Knochenfragmente waren so klein, dass sie nicht mal als Splitter durchgingen.

Die Knochenschneiderin holte eine große Brille aus einer Schublade ihres Arbeitstisches hervor. Ich sah mein Spiegelbild in den glänzenden Amethyst-Gläsern, eingefallen und voller blauer Flecke. Ihre kleine Hand schob mich einen Schritt zurück, damit sie den Schirm einer Gelenklampe verschieben konnte.

Nun flutete Licht die vernarbte Holzfläche, die mehr als einen dunklen Flecken aufwies – Flecken, von denen ich hoffte, dass sie Tinte waren. Ihr Hocker knarzte, als sie einen Hebel betätigte, um ihn höher zu stellen.

Auf eine vage Bewegung von ihr hin zerteilte sich die Werkstatt.

Bei der plötzlichen Veränderung sackte mir das Herz nach unten. Die Steine in den Wänden huschten davon wie aufgescheuchte Kakerlaken. Olwen sprang entsetzt weg, als sie gen Decke rasten und eine Reihe viktorianischer Glasvitrinen freigaben, die hinter ihnen versteckt gewesen war.

Die schäbige Deckenbeleuchtung schepperte, bevor sie zu einem Kristallkronleuchter erblühte. Das dezentere Licht passte zu den Wandteppichen, die sich in all ihrer fadenscheinigen Pracht entrollten, um die kleinen Fenster direkt unter der Decke zu verhüllen.

Kleinere Tische und Stühle rauschten hinter den Regalen mit den Pub-Vorräten hervor, dass Emrys aus dem Weg springen musste, um nicht von ihnen überfahren zu werden, als sie sich vor den neu erschienenen Bücherregalen postierten. Die Regale waren vollgestopft mit Pergamentrollen, Notizbüchern, dicken

Wälzern und sogar einigen Bänden, die wie Unvergänglichkeiten aussahen.

Nachdem sich die Werkstatt verwandelt hatte, füllte nur noch ein unidentifizierbares metallisches Bimmeln die Stille.

»Das war *sagenhaft«*, hauchte Neve. »Wo hast du all die Sigillen versteckt? Wie hast du sie aktiviert?«

Die Knochenschneiderin lächelte nur.

Olwen ging staunend umher und sog alles, was sie hier sah, in sich auf.

»Solltest du die Pub-Sachen so nahe bei deinen ... anderen lagern?«, fragte ich unsicher.

Die Knochenschneiderin winkte ab. »Ich hatte nur einen einzigen Zwischenfall, und der Mann konnte die Kreuzotter am Ende selbst aus seinen Innereien holen.«

»Also keine bleibenden Schäden«, sagte Emrys. Unsere Blicke begegneten sich, und wir sahen beide gleich schnell weg.

»Seine Zunge ist irgendwann nachgewachsen«, bestätigte die Knochenschneiderin und hob ein Knochenstück ins Licht.

»Was ist das alles?«, fragte Olwen, die sich die Objekte in den beleuchteten Vitrinen anschaute. Sie waren wie Preise ausgestellt.

»Bezahlung von zufriedenen Kunden«, antwortete die Knochenschneiderin.

»Bezahlung?«, wiederholte ich. »Wenn du Waren im Tausch annimmst, warum sollten Cab...« Sein Name blieb mir im Hals stecken. »Warum sollten wir dir mysteriöse ›Gefallen‹ zusagen, um Schlüssel von dir zu bekommen?«

»Gefallen erbitte ich nur von denen, die nichts von Wert besitzen«, antwortete die Knochenschneiderin.

Ich wurde rot vor Scham. Wir waren arm, aber nicht völlig mittellos. »Wir hätten bezahlen können.«

Sie zog die Augenbrauen so weit hoch, dass sie über dem Brillenrand waren. »Nicht den Preis, den ich verlangt hätte.«

Ich gab vor, die Regale zu betrachten, um wegsehen zu können, bis mein Gesicht sich nicht mehr so heiß anfühlte.

»Sind das alles Sachen, die du gefunden oder eingetauscht hast?«, fragte Neve, die sich zu Olwen vor eine der beleuchteten Vitrinen stellte. Sie schienen gebannt von einer Halskettensammlung. Manche waren sehr aufwendig gearbeitet mit fetten Edelsteinen. Andere waren schlicht – nur aus schmalen Silbergliedern. Eine Goldkette mit einem Elfenbeinmedaillon. Goldene Ringe und sogar einige Ohrringe – darunter welche, die wie in sich verschlungene Schlangen aussahen –, lagen neben ihnen. Doch da waren auch Gartenscheren, Bücher und sogar eine Geige.

Die Knochenschneiderin blickte von dem Tisch auf, wo sie begonnen hatte, die Scherben von Vivianes Gefäß auszulegen. »Beides. Seht ihr das Kästchen dort, nicht größer als eine Handfläche?«

Ich ging auch hin und sah das Holzkästchen in dem warmen Braunton an. Auf dem Deckel lagen mehrere kleine Steine mit aufgemalten Sigillen in unterschiedlichen Vertiefungen.

»Kommt es dir bekannt vor, Dye?«, fragte sie.

»Ja«, murmelte er und lehnte sich an ein Regal mit Schriftrollen, knapp außerhalb des Lichtkegels vom Tisch. Er trat von einem Bein aufs andere und malte die Brandlöcher im Teppich mit der Schuhspitze nach. Die Knochenschneiderin schien sein Unbehagen zu genießen.

»Was tut es?«, fragte Olwen.

»Es kann eine Seele einsperren, wenn man die Sigillen richtig hinlegt, doch es kommt vor, dass sie die eigene mit gefangen nimmt«, erklärte die Knochenschneiderin. Sie verengte die Augen und blickte nachdenklich wieder zu Emrys. »Ich kann es dir zurückverkaufen, falls du interessiert bist. Anscheinend könntest du Verwendung dafür haben.«

Er zuckte bloß mit den Schultern.

Olwen gab einen leisen Schrei von sich, als sie einen anderen Teil der Vitrine ansah. Auf einmal wirkte sie sehr unglücklich, und mir sprang beinahe das Herz aus der Brust.

»Was?«, fragte ich.

Das Schmunzeln der Knochenschneiderin hatte etwas von einer Schlange, die das Nest eines anderen Tiers umschlich. »Wie ich sehe, hast du meinen Apfel entdeckt.«

Sofort war Caitriona an Olwens Seite und starrte ebenfalls in die Vitrine. In dem Glas spiegelte sich Olwens entsetzte Miene. Sie starrten auf den kleinen Apfel auf seinem Ständer. Die Frucht sah kränklich aus, besaß aber noch ihren Goldschimmer.

»Das darfst du nicht haben«, sagte Caitriona und hob die Faust, als wollte sie das Glas einschlagen. »Du *darfst* nicht. Es … es *gehört* dir nicht.«

»Und warum genau ist das deine Sache?« Die Knochenschneiderin fixierte sie mit einem bohrenden Blick.

»Wir haben einen Eid geschworen, Avalon zu schützen«, begann Olwen.

»Und was für glänzende Arbeit ihr geleistet habt«, sagte die Knochenschneiderin. »Könnt ihr Priesterinnen von einem Ort sein, den es nicht mehr gibt?«

»Das reicht!«, ermahnte ich sie streng.

Doch Olwen brauchte meinen Beistand nicht. Sie reckte das Kinn. »Natürlich können wir. Wir dienen immer noch der Göttin.«

Die Knochenschneiderin sah mit einem spöttischen Grinsen

zu Caitriona, das in ihrem Kindergesicht umso verstörender wirkte. »Und stimmst du dem zu, Lady Caitriona?«

Caitrionas Züge waren gefährlich verhärtet, und sie schien kaum zu atmen.

Emrys' Stimme brach die angespannte Stille. »Stammt der Apfel von einer der verbannten Zauberinnen?«

Der Fokus verschob sich zu ihm, während er eine unsichtbare Fluse von seiner Jacke pflückte. Wie üblich ungerührt, was die Gefühle von jemand anderem als ihm selbst betraf.

Diese kleine Ablenkung genügte, um das Gespräch zurück in sicherere Bahnen zu lenken.

»Ja.« Die Knochenschneiderin wandte sich wieder der Aufgabe vor ihr zu und hielt erneut das größte Schädelfragment in die Höhe. Sie lüpfte die Amethystlinse ihrer Brille, um eine rote, dann eine silberne darunter zu enthüllen. »Ich gebe zu, von allen Dingen, von denen ich dachte, ihr könntet sie mir aus Avalon bringen, hatte ich kein Druidengefäß erwartet. Ich hatte gedacht, die waren zerstört worden, als die Druiden ihre Kontrolle über die Insel aufgaben.«

»Kannst du es reparieren?«, fragte ich. »Ich dachte nur, du weißt schon, da du ja mit Zauberinnenknochen arbeitest, um Schlüssel herzustellen ...«

»Was?« Neve war entsetzt.

Die Knochenschneiderin hob eine Braue. »Hattest du vergessen, es ihr gegenüber zu erwähnen?«

Neve sah mich vorwurfsvoll an.

»Was hast du geglaubt, wie Hollower in Zauberinnengrüfte kommen?«, fragte ich sie. »Die Adern sind mit Knochenknäufen verschlossen. Man braucht Knochen und Blut von jemandem aus der Familie – wenn nicht von der Zauberin selbst –, um sie zu öffnen.«

»Ein Exemplar könnt ihr in dem Kasten ganz links sehen«, sagte die Knochenschneiderin mit einem Handschwenk in die Richtung. Allzeit die kluge Geschäftsfrau.

»Nein danke«, murmelte Neve, die Emrys und mich angeekelt betrachtete. »Und fürs Protokoll: Ich habe einfach gedacht, Hollower seien begabt darin, die Flüche zu brechen, die die Grüfte verschließen.«

Ich verlagerte mein Gewicht von einem Bein aufs andere und verschränkte die Arme vor dem Oberkörper. Cabell war der Einzige mit einem angeborenen Talent zum Flüchebrechen.

Die Knochenschneiderin schaute mich an, als würde sie gerade dasselbe denken.

»Dann hast du die Fähigkeit der meisten Hollower enorm überschätzt, meine eingeschlossen«, sagte Emrys. »Die Hälfte der Zeit ist unser Überleben reine Glückssache und ein Sich-Erinnern, nach unten zu sehen, bevor man den nächsten Schritt macht.«

»Tja, heute habt ihr ein bisschen Glück.« Die Knochenschneiderin lehnte sich zurück und nahm ihre Brille ab. »Zufällig verstehe ich etwas vom Gefäßefertigen und glaube – nach einiger Recherche in Büchern –, dass ich es reparieren kann.«

Ich holte tief Luft und ging an den Tisch.

»Aber zurück zur entscheidenden Frage«, endete die Knochenschneiderin. »Seid ihr bereit, den Preis zu zahlen?«

Kapitel 6

Ein Gewicht baute sich in meinem Brustkorb auf und zog mein Herz tief nach unten. »Was willst du?«

Die Knochenschneiderin war auf diesen Moment vorbereitet, denn die Bitte lag ihr bereits auf der Zunge. »Ich hätte gern deine Totenhand, kleine Lark.«

Panik regte sich in mir. Instinktiv log ich. Es war eine Angewohnheit, die ich einem Leben mit wenigem Besitz und noch weniger Wertvollem verdankte. »Die habe ich nicht mehr.«

Die Knochenschneiderin wirkte regelrecht gelangweilt. Sie reckte ihr kleines Kinn in Richtung meiner Arbeitstasche. »Doch, hast du. Ich kann sie riechen.«

»Super.« Ich verzog das Gesicht. »Jetzt fühle ich mich mies, weil du ihn die ganze Zeit riechen musstest.«

»Solltest du auch«, sagte die Knochenschneiderin. »Er stinkt nach verbranntem Haar und fettem Fleisch. Haben wir einen Deal?«

Ich rührte mich nicht. Meine Gedanken überschlugen sich und versuchten, schneller als mein Herzschlag zu sein.

»Das stinkende Ding ist aus einem dunklen Loch gekrochen«, sagte Caitriona. »Werde es los.«

Sofort ging ich in die Defensive. »So schlimm ist er nicht …«

Emrys lachte ungläubig.

»Keiner hat dich nach deiner Meinung gefragt!« Ich sah mich wütend zu ihm um.

Er hob beide Hände. »Bitte, diskutiert ruhig weiter. Wir haben alle Zeit der Welt, hier herumzustehen, während du versuchst, erstmals menschliche Emotionen zu verarbeiten.«

Wir hatten schon unzählige Male gestritten, und ich hatte ihm ohne Frage einige gigantische Beleidigungen an den Kopf geworfen. Aber ... die lässige Grausamkeit seiner Worte traf mich wie ein Messerstich in den Hals, und einen Moment lang konnte ich nicht sprechen. Ich starrte sein perfektes schönes Gesicht an und spürte eine neue Kälte in mir.

Seine überhebliche Miene schwächelte, und sein Blick wurde sanfter, noch ehe Olwen ihm einen Klaps auf den Hinterkopf verpasste. Und beinahe erlaubte ich mir zu glauben, dass er seine Worte bedauerte.

Neve umfing meine Hand und lenkte meine Aufmerksamkeit auf sich. Ihr Verständnis machte es nur noch schlimmer.

»Nichts liegt mir ferner, als schlecht über deinen gruseligen kleinen Freund zu reden«, sagte sie, »aber warst du nicht sicher, dass er neulich Nacht versucht hat, aus deiner Tasche zu entkommen und dich zu ersticken?«

»Okay, *na gut,* er ist furchtbar und mag eine Art kosmische Strafe sein, die mir das Schicksal für Untaten in einem früheren Leben auferlegt hat«, lenkte ich ein. »Aber er ist immer noch nützlich. Er kann jede Tür öffnen, schon vergessen?«

»Du reist mit einer Zauberin«, sagte die Knochenschneiderin. »Kann sie keine Türen öffnen? Könnten die Priesterinnen nicht helfen?«

»Ich habe meiner Magie abgeschworen«, entgegnete Caitriona.

Zum ersten Mal in unserer kurzen Bekanntschaft schien die Knochenschneiderin ein wenig verdutzt. »Ich hätte dich nicht für eine Närrin gehalten. Wie kann die Zurückweisung deiner Gabe die bestrafen, die sie dir schenkte?«

Caitriona antwortete nicht. Die dunklen Locken der Knochenschneiderin schimmerten, als sie den Kopf schüttelte und weitermachte.

»Die Totenhand?«, hakte sie nach.

»Die …«, setzte ich an, nur fiel mir kein Wort ein, um die Angst in meinem Bauch auszudrücken. »Die gehört mir.«

»Genau genommen hatte sie zuerst *mir* gehört«, entgegnete die Knochenschneiderin. »Dein Vormund hat sie mir vor Jahren abgekauft.«

Ich umfing meine Ellbogen mit den Händen. Mir war bewusst, dass die anderen mich wartend ansahen.

»Tamsin?«, fragte Olwen in der Stille, die folgte.

»Ich bin nur …«

Ich holte tief Luft. *Ich bin eine Idiotin,* beendete mein Verstand den Satz.

Es war blöd – so blöd –, derart zu zögern. Wir waren darauf angewiesen, dass die Knochenschneiderin das Gefäß wiederherstellte. Wir mussten wissen, welche Erinnerung Lord Death zu verbergen versuchte und ob sie uns helfen konnte, ihn zu zerstören.

Also warum hatte ich einen Knoten im Bauch? Warum konnte ich meine rasenden Gedanken nicht bremsen?

»Ich sehe Angst in deinen Augen«, bemerkte die Knochenschneiderin. »Interessant. Sorgst du dich, dass du die Allsicht verlieren und ihn wieder brauchen könntest? Dass du wieder die werden könntest, die du vorher warst?«

Die Frage gab meiner Furcht einen Namen, ein Gesicht und eine messerscharfe Klinge.

»Ausgeschlossen«, fuhr sie fort. »Du hast die Schwelle zur

Allsicht überschritten und kannst nicht mehr zurück. Vertrau darauf, dass die Person, die du warst, hinter jener Tür zurückgeblieben ist. Du wirst nie wieder sie sein. Vorwärts, kleine Lark.«

Du wirst nie wieder nutzlos oder hilflos sein, flüsterte es in meinem Kopf. *Du wirst nie wieder zurückgelassen.*

Ich rieb mir die Nase und schluckte. »Gut, du kannst ihn haben.«

Ein letztes Mal zog ich Ignatius aus meiner Tasche und wickelte die lila Seide ab, um ihn auf den Tisch zu stellen. Warum mich ein Anflug von Trauer überkam, verstand ich nicht. Ich war die Geisel dieses fetttriefenden Undings gewesen, gezwungen, mich auf ihn zu verlassen, um zu überleben.

Die Knochenschneiderin nahm ihn an dem eisernen Kerzenhalter auf und wirkte entschieden unbeeindruckt von dieser »Verbesserung« und seinem Zustand.

In der Mitte der Handfläche ging das blassblaue Glubschauge auf und musterte seine Umgebung, bis sein Blick auf der Knochenschneiderin landete. Das Auge weitete sich, und dann fing die ganze Hand zu zittern an – nicht vor Angst, sondern vor schierer Freude. *Bewunderung.*

Und schlagartig war meine Trauer verpufft.

»Ja, ich freu mich auch, dich los zu sein«, murmelte ich. »Danke für die Erinnerungen, du verschlagener Creep.«

Oben läutete eine Glocke – und gleich wieder und wieder, immer ungeduldiger, je länger niemand reagierte.

»Nun?«, fragte die Knochenschneiderin und legte ihre Arbeitsinstrumente ab. »Will jemand zur Tür gehen?«

Ich wechselte einen Blick mit den anderen. Neve zuckte mit den Schultern. Auch ich sah keinen Grund, es nicht zu tun.

Emrys trat zur Seite, um uns andere vorbeizulassen, und hielt sich im Dunkeln, bis die Knochenschneiderin sagte: »Komm her, Dye. Ich kann diese zarten Hände gebrauchen. Kleine Lark, nimm die Tüte mit – ja, die, die dich anstarrt.«

Ich nahm die braune Papiertüte von einem nahen Regal auf und war erstaunt, wie schwer sie war. Die Knochenschneiderin murmelte etwas hinter mir, und Emrys antwortete leise.

Als ich hörte, wie die Pubtür geöffnet wurde, drehte ich mich um und rannte die Treppe hinauf, jeweils zwei Stufen auf einmal nehmend, um aus der Werkstatt aufzutauchen wie eine Reisende aus der Unterwelt.

Die Frau schien sich aus der Nacht selbst zu schälen, und ihre schweren Schritte und der Gehstock schlugen einen lauten Takt auf dem Boden. Mit dem silbergestreiften, zu einem schiefen Knoten aufgesteckten Haar und dem verwitterten Laub, das an ihrem schäbigen Umhang haftete, wirkte sie, als sei sie durch einen uralten Wald hergewandert.

Caitriona schloss die Tür hinter ihr und verriegelte sie, eine Hand über dem Messer in ihren Ärmel.

»Sie haben, was du wolltest, Hem!«, rief die Knochenschneiderin von unten.

»Die alte Schachtel kann nicht einmal selbst nach oben kommen und es mir geben, wie ich sehe«, sagte die Besucherin und genoss unsere Reaktion auf *alte Schachtel.* Sie musterte uns eine nach der anderen. Ihr Gesicht war schmutzverschmiert, als hätte sie im kalten Mondschein Gartenarbeit verrichtet.

Schließlich drehte sie sich zum Tresen und rief nach unten: »Die ganze Liste?«

»Ja, du verwitterte Schabracke«, antwortete die Knochenschneiderin laut. »Ich habe sogar die Schutzzauber vom Tempel auf Delos für dich. Nicht, dass du mich für meine Zeit bezahlen wirst!«

»Ist es das?«, fragte die Frau und bedeutete mir mit gekrümmtem Finger, ihr die Tüte zu geben.

Ich reichte sie ihr und beobachtete, wie sie darin kramte und nickte, während sie stumm den Inhalt nachzählte. Dann griff sie in die Innentasche ihres Umhangs und holte ein Bündel getrockneter Kräuter hervor. Sie rochen süß und blumig, trotzdem hielt ich sie an der Schnur fest, mit der sie zusammengebunden waren, weil ich nichts davon auf meine Haut oder meine Kleidung bekommen wollte. Bei diesen Dingen konnte man nie wissen – sie konnten der Grundstoff für ein entspannendes Badesalz sein, aber ebenso gut der für ein Gift.

»Bist du eine Zauberin?«, fragte Neve, der es nicht gelang, ihre Faszination zu verbergen.

»Hat es die mystische Aura verraten, oder war es die Warze auf meiner Nase?«, fragte die Frau schroff. »Ja, Kind. Sehr zum Ärger der Schwesternschaft hieß ich einst Zauberin Hemlock.«

Ich stöberte im Archiv meines Gedächtnisses, bis ich die Teile ihrer Geschichte fand, um sie zusammenzusetzen. Ihr rascher, ruhmreicher Aufstieg in der Hierarchie der Zauberinnen, um die Position der Hohezauberin anzustreben ... und ihr noch schnellerer, unrühmlicher Absturz.

Ich schnippte mit den Fingern und zeigte auf sie. »Die Mäusehirtin.«

Neve drehte sich entsetzt zu mir um. *»Tamsin!«*

»Ist schon gut«, sagte Hemlock mit einem tiefen Kichern und faltete die Tüte oben zu. »Ich wurde für manche meiner Ideen schon Schlimmeres genannt, und meinen Einsatz dafür, dem Cunningfolk eine Stimme im Rat der Schwestern zu geben, ist eine, auf die ich stolz bin. Ein Grund von vielen, mich auszustoßen. Seiner Zeit voraus zu sein, bringt immer das Problem mit sich, dass man fast nie den Moment erlebt, in dem man sich in den Augen anderer von der Närrin zur Heldin wandelt.«

»Du wurdest aus dem Rat der Schwestern ausgestoßen?«, fragte Neve schockiert. *»Deswegen?«*

»Gehörst du der Schwesternschaft an?«, fragte Hemlock sie. »Dafür scheinst du mir ein bisschen zu freigeistig, muss ich sagen. Es sei denn, sie versuchen nicht mehr, all ihre Novizinnen in dieselbe Form zu pressen.«

»Ich habe mich selbst ausgebildet«, gestand Neve.

»Ah, keine nachweisbare Blutlinie, oder waren sie an dem Tag nur besonders herzlos?«, fragte Hemlock.

Neve spielte mit dem Ende eines ihrer Braids. »Das Erste.«

»Tja, so bist du besser dran«, sagte Hemlock erstaunlich mitfühlend.

»Was meinst du?«, fragte Olwen neugierig.

»So wird ihr Lernen nicht auf das begrenzt, von dem sie wünschen, dass sie es weiß«, antwortete Hemlock. »Sich von ihrem rigiden Sigillensystem zu lösen, erlaubt der Göttin, sich stärker in unserer Intuition zu manifestieren und neue Tiefen unserer Macht zu entdecken.«

Neve wirkte sehr interessiert. Ich wusste, dass sie an das Licht dachte und wie die Zauberinnen darauf reagiert hatten. »Glaubst du das wirklich?«

»Ich weiß es«, sagte Hemlock. »Deshalb haben die Priesterinnen von Avalon die Magie auf jede Weise herbeigerufen, die ihnen intuitiv richtig vorkam – verzeiht, ich erzähle euch etwas, das ihr schon wisst, nicht wahr?«

Olwen lächelte traurig.

»Sogar ich bekomme hier und da ein wenig Tratsch mitgeteilt, sofern er pikant genug ist«, sagte Hemlock. »Ihr steckt in furchtbaren Schwierigkeiten, Mädchen. Furchtbar genug, dass sie euch einen sehr wenig schmeichelhaften Spitznamen eingetragen haben.«

Anscheinend waren wir alle zu müde und unglücklich, um uns noch einmal zu rechtfertigen.

»Lord Death jagt Zauberinnen«, sagte Neve. »Wäre es nicht sicherer, wenn du versuchst, wieder zu den anderen zu gehen?«

»Ich werde verdammt noch mal nicht das Haus verlassen, das ich mit meinen eigenen Händen erbaut habe«, antwortete Hemlock. »Das werde ich bis zu meinem letzten Atemzug verteidigen.«

Sie hielt die Tüte von der Knochenschneiderin in die Höhe, um ihre Worte zu unterstreichen.

»Dann wirst du sterben«, sagte Caitriona schlicht. Sie lehnte eine Hüfte an den Tresen und verschränkte die Arme vor der Brust.

»Werde ich«, sagte Hemlock und wandte sich zur Tür. »Sagt der Närrin mit dem Kitzgesicht, sie soll meinen Körper verbrennen, wenn es passiert.«

»Nein, sag so was nicht«, widersprach Neve. »Du kannst immer noch zu den Schwestern gehen. Sie brauchen deine Hilfe genauso wie du ihre.«

»So funktioniert es mit der Schwesternschaft nicht, auch wenn ich es mir wünschen würde«, konterte Hemlock. »Ich habe ernst gemeint, was ich eben über meinen Körper sagte. Lebt man erst so lange wie ich, hält man es für das Beste, nichts unausgesprochen zu lassen.«

»Bitte«, versuchte Neve es wieder.

Hemlock stand an der Tür. Kalter Wind umwirbelte sie, doch meine Gänsehaut hatte nichts mit ihm zu tun. »Sei mutig, süße Zauberin, aber verabschiede dich, solange du noch die Chance dazu hast.«

Kapitel 7

Als ich am Fenster stand und Hemlocks Gestalt nachblickte, die den Weg hinuntereilte, fiel mir auf, dass Emrys immer noch nicht nach oben gekommen war.

Die Minuten vergingen, und wir konnten kein Wort von dem hören, worüber er und die Knochenschneiderin sprachen, weshalb ich misstrauisch wurde. Er könnte Dinge erfahren, von denen wir nicht wussten, dass wir nach ihnen fragen sollten. Sogar Informationen in einem Tauschhandel bekommen, und wir würden nichts ahnen, bis es zu spät war.

Ich überließ es Neve, Caitriona und Olwen herauszufinden, wo Griflet sich versteckte, und zu besprechen, wo wir die Nacht verbringen sollten. Derweil nutzte ich Hemlocks Bezahlung als Vorwand, wieder nach unten zu gehen.

Auf der Treppe ging ich besonders leichtfüßig, wie Nash es uns beigebracht hatte, um Fetzen ihrer Unterhaltung aufzuschnappen. Die letzte Stufe quietschte allerdings. Die Knochenschneiderin blickte nicht von ihrer Arbeit auf, Emrys hingegen schon. Er musterte mich flüchtig, während er in einem kleinen Kessel neben der Knochenschneiderin rührte und achtgab, zwischen Bewegungen im und gegen den Uhrzeigersinn zu wechseln.

Zusätzlich zu der Lampe hatte die Knochenschneiderin noch

eine große Lupe auf einem Ständer über den Schädelfragmenten platziert. Mit einer Zange und bemerkenswert ruhiger Hand nahm sie ein nadeldünnes Knochenstück auf und fügte es vorsichtig in eines der Löcher in ihrem Puzzle. Der Kiefer und die Schädelwölbung nahmen langsam Form an.

Schließlich blickte sie durch die lila Brillengläser zu mir. Ich hielt ihr das Kräuterbündel an dem Zwirn hin, mit dem es gebunden war. »Wie kommt es, dass sie dich mit Unkraut bezahlen darf?«

»Vielleicht mag ich sie lieber als dich«, antwortete die Knochenschneiderin. »Na gut, Dye, mit dir bin ich fertig. Bring die anderen in die Wohnung oben. Wenn ihr schon hier schlafen müsst, will ich nicht, dass ihr in meinem Pub herumgammelt. Und sag ihnen, falls sie etwas essen wollen, legen sie lieber Geld auf den Tresen.«

Emrys legte die Knochenscherbe, die er in der Hand hielt, sehr sorgsam auf den Tisch, als wollte er sichergehen, dass sie an Ort und Stelle blieb.

Ich trat im falschen Moment vor, als er vorbeiging, und ein warmer Schauer lief mir über den Arm, als er seinen streifte.

Er blieb kurz stehen und holte tief Luft. »Ackermennig, Wallwurz und Veilchen.«

»Angeber«, knurrte ich.

Er verschwand mit einem schwachen Lächeln.

»Du kannst die Kräuter da drüben hinlegen.« Die Knochenschneiderin wies hinter mich, und ich brauchte eine Weile, um den Tisch unter dem riesigen Haufen aus aufgerollten Teppichen, Vorhängen und Gobelins zu entdecken.

Ich kehrte wieder zu ihr zurück und beobachtete, wie sie die Knochenscherbenränder in einen schwarzen Tiegel tauchte. Sie beachtete mich nicht, als ich mich über ihre Schulter neigte, um in den Behälter zu sehen. Der Boden schien sich unter meinen Füßen aufzutun, und ich wich zurück.

Silber.

Die Flüssigkeit in dem Tiegel war schimmerndes, geschmolzenes Silber. Genau wie in dem Kessel, den ich in dem Turm von Avalon gefunden hatte.

»Das …«, begann ich. Mein Mund war vollkommen ausgetrocknet. »Das ist Todesmagie.«

»Selbstverständlich.« Die Knochenschneiderin sah mich an, als wäre ich das Kind. »Gefäße werden damit hergestellt und müssen auch damit repariert werden. Was hast du denn gedacht, was ich benutze?«

Es fühlte sich an, als hätte ich einen Bienenkorb in der Brust. Als wäre meine Zunge angeschwollen. Die Knochenschneiderin legte ihre feinen Instrumente hin, und ihr Hocker knarzte, als sie sich zu mir umdrehte.

Ich sah mein verängstigtes Gesicht in ihren Brillengläsern gespiegelt. Mein Bauch verkrampfte sich.

»Geht es dir gut?«, fragte sie. »Setz dich bitte hin, ehe du dir den Schädel aufschlägst und dein Gehirn auf den Fußboden kleckerst. Meine Geduld reicht nur, um dies hier zu richten.«

Ich schüttelte den Kopf und versuchte zu atmen. »Du arbeitest mit ihm zusammen … du verehrst Lord Death …«

»Und *du* machst dich lächerlich«, erwiderte sie verärgert.

Sie nahm einen süßlich riechenden Beutel aus einer Schublade und drückte ihn mir in die Hand. »Hol tief Luft, ja? Mehrere Male.«

Ich zögerte, doch schon ohne den Beutel näher an mein Gesicht zu halten, merkte ich, wie meine Angst gelindert wurde und sich meine rasenden Gedanken beruhigten. Als ich mir sicher war, dass ich nicht vergiftet wurde, atmete ich tief ein und ließ den Duft das Feuer in meiner Lunge kühlen.

»Besser?«, fragte sie.

Mir war peinlich, dass sie mich so gesehen hatte, und immer noch zitterte ich wie eine verdammte Maus unter einer Katzenpfote.

»Hör mir gut zu, kleine Lark«, begann die Knochenschneiderin. »Ich verehre Lord Death nicht. Ich diene keinem König oder Gott. Anders als er dich glauben machen will, kontrolliert er den Zugriff auf *alle* Todesmagie nicht, sondern nur auf die von Annwn.«

»Also ist er wirklich ein Gott?«, fragte ich angespannt.

»Nein, aber etwas Ähnliches«, antwortete die Knochenschneiderin. »Er ist einer der Erstgeborenen, der frühesten von der Göttin geschaffenen Art. Unsterblich und verflucht schwer zu töten, aber nicht gänzlich immun gegen den Tod.«

»Von den Erstgeborenen habe ich noch nie gehört«, sagte ich. Da sich mein Verstand mit etwas beschäftigen konnte, wurde ich ruhiger.

»Hast du, aber wahrscheinlich unter einem anderen Namen«, widersprach die Knochenschneiderin. Ihre melodische Stimme passte nicht recht zu dem, was sie erzählte. »Manche nennen sie Túatha dé Danann, Aes Sídhe oder, in dieser Gegend, Tylwyth Teg. Ich habe sogar schon gehört, dass besonders Abergläubige sie als ›Adel‹ bezeichnen.«

»Sind das nicht alles unterschiedliche Feenarten?«, fragte ich.

»Man kann sie wohl ›Feen‹ nennen. Einst herrschten sie über das gesamte Feenvolk. Sie alle bekamen einen besonderen Teil der Magie der Göttin, um ihnen zu helfen. Aber sie haben unsere Welt verlassen, um ihre eigene zu erschaffen – Summerland –, lange bevor sich der Glaube änderte und die Feindseligkeit gegenüber der Magie einsetzte.«

»Stimmt.« Zumindest von dieser Anderswelt wusste ich und auch, warum Lord Death sich ihnen dort nicht angeschlossen hatte. »Lord Death wurde zur Strafe für irgendetwas gezwungen, über Annwn zu herrschen. Weißt du, wofür?«

»Ich habe nicht die geringste Ahnung«, antwortete die Knochenschneiderin, auch wenn mir das unmöglich vorkam. »Aber falls du Todesmagie verstehen willst, musst du als Erstes begreifen, dass in all unseren Seelen Magie ist. Sie ist unser Lebensfunke. Wenn nichts ihn stört, bleibt er von einem Leben zum nächsten. Doch die Seelen, die nach Annwn gebracht wurden, sind anders – grausam und von Dunkelheit korrumpiert.«

»Und dass sie nach Annwn gebracht werden, entfernt sie aus dem Zyklus der Wiedergeburt in unserer Welt«, sagte ich.

»Ja, aber sie kommen auch zu einem anderen Zweck dorthin«, fuhr die Knochenschneiderin fort. »Ruft man Todesmagie an, zapft man diese Macht der bösen Toten an – ihre Seelen. Solange diese üblen Seelen in einer Welt existieren wie in unserer, kann jeder Todesmagie nutzen, vorausgesetzt, man kennt die richtigen Rituale.«

»Und du kennst sie«, sagte ich.

»Ja, tue ich. Und das Wissen wird mit mir sterben. Obwohl keine Magie per se böse ist, korrumpiert Todesmagie einen, nutzt man sie zu häufig.«

»Dann war Lord Death nicht immer so?«, fragte ich ungläubig.

»Die Göttin hielt es für angemessen, ihm die Macht zu geben, Schatten zu manipulieren, als hätte sie gespürt, wie diese nach ihm riefen«, erklärte die Knochenschneiderin. »Aber diese Neigung zum Bösen ist erst jetzt gewachsen, da er die ganze Macht Annwns beherrscht.«

Kälte durchrieselte mich, als ich begriff.

»Das ist der eigentliche Zweck der Wilden Jagd«, sagte ich

leise. »Er muss die bösen Toten einsammeln, um seine Macht zu vergrößern.«

Geschichten von der Jagd gefräßiger Geister und anderer übernatürlicher Wesen, die auf der Suche nach Seelen durch die Welt streiften, die sie rauben konnten, gab es aus gutem Grund in vielen Kulturen.

»Ja, sein Winterheer«, sagte die Knochenschneiderin. »Man tuschelt, das Echo seines Horns würde wieder durch die Nacht hallen. Dass der Zorn des Winters erneut in diese Welt zurückgekehrt ist.«

Ich presste den Handrücken auf meinen Mund und stolperte ein wenig. Letzte Nacht hatten wir es in Boston gehört, oder nicht? Dieses seltsame, unwirkliche Dröhnen, das seine Klauen in mein Bewusstsein geschlagen hatte und bewirkte, dass der Mann, der sich als Nash ausgab, davonlief und uns ermahnte, es ebenfalls zu tun.

Die Nacht, in der die Zauberin Stellamaris und vier andere durch Lord Deaths Hand gestorben waren.

»Hast du es gehört?«, fragte die Knochenschneiderin leise. »Den Vorboten des Todes? Es ist Jahrhunderte her, seit er zum letzten Ritt rief und unzählige böse Geister zurückließ, sich frei zu bewegen.«

Vermutlich, weil Lord Death in Avalon gefangen gewesen war.

»Ja«, antwortete ich. »Aber die Wilde Jagd sammelt nicht die Toten. Sie jagen Zauberinnen.«

»Dann geschieht jetzt also das, was prophezeit ist.« Sie rührte mit einem Glaslöffel in dem Tiegel mit geschmolzenem Silber.

Ich nickte zum Tisch. »In Avalon habe ich das gleiche Silber in einem Kessel gesehen. Was ist das?«

Sie winkte mich näher heran. »Was du hier siehst, ist Todesmagie, zu physischer Form destilliert. Sie kann so für bestimmte Zwecke benutzt werden, wie das Schaffen und Reparieren von Gefäßen.«

Als ich wieder aufblickte, ertappte ich sie dabei, wie sie mich nachdenklich ansah.

»Warum kann ich sie sehen, die anderen aber nicht?«, fragte ich.

»Diese Frage«, sagte die Knochenschneiderin, »wirst du deinem Vormund stellen müssen.«

Ich atmete hörbar aus und versuchte, nicht an Nash und das zu denken, was er mir in Boston gesagt hatte. »Da hätte ich mehr Glück, würde ich den Wind verhören.«

Sie zog eine Augenbraue hoch. »Wo ist er überhaupt? Ich habe gehört, dass er sich wieder herumtreibt, und ich hätte gedacht, er würde dich in seiner Nähe behalten.«

Ich schüttelte den Kopf. »Ich weiß nur, dass er macht, was er immer getan hat: sich um sich selbst kümmern und mir alles andere überlassen.«

»Ah, einschließlich deinem Bruder.« Sie nahm die nächste Knochenscherbe auf.

Ich sah sie scharf an.

»Der Dye-Junge hat es mir erzählt.«

Natürlich, dachte ich.

»Aber, aber, so ist es nicht«, sagte sie. »Er schuldete mir einen Gefallen, und es war das oder einen Herrn beseitigen, der zu lange mit seiner Zahlung im Rückstand ist.«

Einerseits wusste ich, dass es sinnlos war, sie nach näheren Einzelheiten zu fragen, andererseits fürchtete ich, sie könnte diese von sich aus erzählen. Ich hockte mich auf die Tischkante. Die Dielenbretter über uns knarrten, als sich die anderen oben bewegten.

Ihre Worte von vorhin fielen mir wieder ein, wie Staub, der von der Decke rieselte. *Verfluchtes Kind.*

Ich verschränkte die Arme vor der Brust und sah zum Fußboden, bis ich endlich den Kloß in meinem Hals heruntergeschluckt hatte. »Weißt du irgendetwas über meinen Fluch?«

Die Knochenschneiderin legte ihre Werkzeuge erneut ab, drehte das Gefäß auf seinem Holzständer und inspizierte ihre Arbeit. Die silbernen Haarrisse schimmerten im Kerzenschein. »Leider nicht viel, nur, welche Folgen er hat.«

Beinahe gebannt beobachtete ich, wie sie den Rand einer weiteren Knochenscherbe in das geschmolzene Silber tauchte und sie einfügte. Mit einem Pinsel, so dünn wie ein Schnurrhaar, glättete und verstrich sie die Magie. Mit dem anderen Pinselende ritzte sie mehrere kleine Sigillen und fließende Muster hinein, die von dem Silber verdeckt oder beschädigt worden waren, als das Gefäß zerbrach. Sie arbeitete schnell, doch immer noch lagen Hunderte Teile vor ihr.

»Wie lange wird das dauern?«, fragte ich.

»Das Zusammensetzen den Rest der Nacht«, antwortete die Knochenschneiderin. »Aber danach muss es sich noch einige Stunden setzen, damit die Magie sich verfestigt.«

Ich biss mir auf die Unterlippe. Sie war schneller, als ich mir jemals hätte vorstellen können, dennoch bewirkte der Gedanke, noch einen Tag hier zu verbringen, dass ich auf den Boden sacken und wie ein Kind weinen wollte. Mit jeder Stunde, die verging, entfernte sich Cabell weiter von mir.

»Du und die anderen könnt hierbleiben und auf das Pub achten, solange ich Besorgungen mache«, sagte die Knochenschneiderin. »Morgen ist geschlossen.«

»Was? Wo willst du hin?«, fragte ich.

»Ich muss eine Lieferung abholen«, antwortete sie schlicht.

»Du willst uns einfach allein lassen?«

»Mir war nicht klar, dass ihr durchgängig Aufsicht braucht.«

»Wann kommst du wieder?«, drängte ich.

»Spätestens zum Abendessen«, sagte sie. »Die Werkstatt verschließt sich, sobald ich sie verlasse, also kannst du nicht in Versuchung geraten, das Gefäß auszuprobieren, ehe es bereit ist, und meine Arbeit ruinieren.«

»Das würde ich nicht tun.«

»Doch, würdest du«, widersprach sie. »Du bist so ungeduldig wie eine Viper.«

Na schön, ja, würde ich. »Und wenn das Gefäß nicht funktioniert?«

»Dann kann es keine Reparatur jemals richten«, antwortete sie. »Und ihr müsst einen neuen Weg suchen.«

»Super«, sagte ich und rutschte vom Tisch. Wenn das Ganze seine Zeit brauchte, sollte ich die wenigen Stunden nutzen, die ich konnte, um zu schlafen. Die Tatsache, dass ich mich nicht mehr erinnerte, wann ich zuletzt mehr als eine Stunde Schlaf bekommen hatte, war Grund genug.

»Kleine Lark«, unterbrach ihre Stimme meine Gedanken. »Weißt du, warum dieses Pub ›Dead Man's Rest‹ heißt?«

»Mir war nicht klar, dass ich mich das fragen sollte.«

Sie gab ein brummendes Geräusch von sich.

»In diesem Dorf gibt es eine Legende, die Hunderte von Jahren zurückgeht und immer noch benutzt wird, um Kindern Angst zu machen«, erzählte sie. »In Nächten, in denen der Himmel wolkenlos ist und der Mond hoch und hell scheint, heißt es, dass die Toten, die auf See ihr Leben ließen, wieder zurück ans Ufer finden können. Sie suchen nach einem Lieblingsgetränk, das sie nicht mehr schmecken können, wandern durch die Straßen mit fremden Namen und besuchen die Häuser, die nun anderen gehören.«

Einen kurzen Moment lang hätte ich schwören können, einen

Schatten ihres wahren Alters über ihr Gesicht streifen zu sehen. »Die Legende ist eine Warnung – dieselbe Warnung, die ich dir jetzt gebe. Wir können die Vergangenheit besuchen, doch nichts Gutes kann je dabei herauskommen, in ihr zu verweilen.«

»Weiß ich«, entgegnete ich gereizt.

»Tust du das?«, fragte die Knochenschneiderin. »Manchmal müssen wir nicht bloß andere zurücklassen, sondern auch unsere Träume von dem, was wir sein zu können glaubten, und dem Leben, von dem wir dachten, wir könnten es haben.«

»Ist das deine verschwurbelte Art, mir zu sagen, dass ich meinen Bruder aufgeben soll?«, fragte ich scharf. »Dass wir nicht hinter Lord Death herjagen sollen? Das kann ich nicht. Nicht nach allem, was passiert ist.«

»Nein«, sagte sie. »Ich meine das Leben, von dem du dachtest, du könntest es haben. Wenn du dich in Dunkelheit befindest, kannst du nicht stehen bleiben oder umkehren, ohne die Orientierung zu verlieren, wo es vorwärtsgeht. Du darfst nie aufhören, dich vorwärtszubewegen.«

Ich biss mir auf die Unterlippe, sagte aber nichts.

»Trauere, kleine Lark«, sagte die Knochenschneiderin. »Trauere um das Verlorene, und behalte fest im Blick, was noch sein könnte. Aber fürs Erste muss ich dich höflich bitten, verdammt noch mal aus meiner Werkstatt zu verschwinden.«

Kapitel 8

Der erste Stock des Pubs war eine leere Wohnung mit wenigen kaputten antiken Stühlen und warf die Frage auf, wo die Knochenschneiderin tatsächlich wohnte.

Immerhin gab es fließend Wasser im Bad, sodass wir uns und unsere Kleidung waschen konnten, bevor wir die Wechselsachen anzogen, die wir mitgebracht hatten. Nachdem Olwen lange in der klauenfüßigen Wanne gelegen hatte, waren ihre Wangen wieder gerötet und sie schien wieder mehr sie selbst zu sein.

Ich stellte nach einer schnellen Dusche fest, dass jemand Feuer gemacht hatte und nach unten gegangen war, um Essen zu holen. Caitriona und Neve saßen vor dem Ofen, zwischen sich einen Korb mit Pub-Snacks. Brötchen, die Reste der heutigen Fish and Chips und Kuchen sowie Krüge mit Wasser standen auf dem Tisch. Auf meinen fragenden Blick hin steckte Neve sich einen Kuchen in den Mund und wies mit dem Kinn zum Fenster.

Unter diesem lag Emrys mit dem Rücken zu uns. Er war in seine Decke gehüllt, den Kopf auf seinen angewinkelten Arm gestützt. Sein Gesicht spiegelte sich seltsam und gespenstisch in der Fensterscheibe. Er könnte vortäuschen zu schlafen, wie er alles andere auch vortäuschte, aber seine Atmung war tief und gleichmäßig.

Ich war versucht, ihn wach zu rütteln und zum Schlafen nach unten zu schicken, oder vorzugsweise raus in die Kälte, aber es war etwas dran an dem Spruch, dass man seine Feinde in der Nähe behalten sollte. Wenigstens hatten wir hier ein Auge auf ihn.

Schließlich siegte mein Hunger über meinen Stolz, und ich nahm mir eines der Brötchen.

»Kommt er euch …«, begann ich leise, »anders vor?«

»Wie anders?«, fragte Neve. »Er scheint so hinterhältig und nervig wie immer.« Sie sah mich an. »Wir *sind* doch wütend auf ihn, oder?«

»Sind wir«, antwortete ich hastig. »Ich weiß nicht, was ich meinte.« Wusste ich wirklich nicht. In meinem Kopf herrschte Chaos. »Vergiss es einfach.«

»Mach ich.« Neve klopfte sich Krümel vom Schoß und stand auf. »Ich sehe mal nach, wo Olwen ist.«

Caitriona blickte ihr nach, als Neve die Treppe hinunterging. Ihr silbernes Haar glänzte im Feuerschein. Griflet spielte mit einem kleinen Faden, den er aus dem Saum ihres Hemds gezogen hatte. Sie sagte nichts, doch ich erkannte an der Falte zwischen ihren Augenbrauen, dass sie etwas umtrieb.

Wir hatten nicht richtig über den Streit im Apartment gesprochen. Er war von den Zauberinnen verdrängt worden, die uns entführten, von Emrys' Erscheinen und unserer Reise zur Knochenschneiderin. Aber jetzt, da wir einen Moment Ruhe hatten, schien die Sache zwischen uns noch ungeklärt.

Was würde geschehen, wenn das Gefäß nicht repariert werden konnte und wir wieder vor der Frage standen, was wir als Nächstes tun sollten? Die Zauberinnen mochten unsere Hilfe nicht wollen, aber Neve würde den Versuch nicht aufgeben, mit ihnen zusammenzuarbeiten – das wussten wir alle. Olwen würde sich bemühen, den Frieden zu wahren, ich würde nicht aufgeben, Cabell retten zu wollen, und Caitriona würde sich niemals von ihrem Versprechen verabschieden, Lord Death zu töten. Die Saat der Zwietracht war gepflanzt, und rissen wir sie jetzt nicht an ihrer Wurzel aus, könnten uns ihre Triebe auseinanderdrängen.

Früher hatte ich immer nur mit einer Person gestritten und mich wieder versöhnt; bei meinem Bruder wusste ich, wie es ging. Doch die Vorstellung, das Falsche zu sagen und meine Freundschaft mit einer von ihnen zu zerstören, machte mir Angst.

Caitriona rieb sich gedankenverloren die Halsbeuge und massierte einen Muskel dort. Schuldgefühle überkamen mich wieder. Sie war von Cabells Hundeform gebissen worden, als sie mich beschützen wollte, und so schwer verletzt, dass es Olwens ganze Magie und ganzes Wissen gebraucht hatte, um sie wieder zu heilen. Manchmal vergrub sie ihren physischen Schmerz so tief in sich, dass kaum zu sehen war, wie sehr sie wirklich litt.

»Tut sie noch weh?«, fragte ich. »Die Wunde?«

Sie schüttelte den Kopf. »Nein, sie zwickt nur hin und wieder. Die Haut ist so gut zusammengewachsen, dass fast keine Narbe zu sehen ist.«

Ich nickte und dachte darüber nach.

»Ich bin nicht besonders gut darin«, begann ich leise von Neuem. »Aber ist zwischen uns … alles in Ordnung?«

Caitriona sah mich an, und ihre Züge wurden weicher vor Verwunderung. »Natürlich. Wie kommst du darauf, dass es das nicht sein könnte?«

»Nur, weil es ein bisschen heftig wurde … als wir darüber geredet haben, was wir tun sollen?« Warum kam ich mir jetzt wie ein Kind vor? Die Worte herauszubringen, fühlte sich wie eines von Cabells und meinen früheren Spielen an, wenn wir versuchten, nicht auf irgendwelche Spalten auf dem Gehweg zu treten.

Caitriona stützte die Hände hinter sich auf und lehnte sich zurück. »Ich entschuldige mich für meine harschen Worte. Mir geht es darum, Lord Death zur Strecke zu bringen, aber denk bitte nicht, dass ich dir nicht bei der Suche nach deinem Bruder helfen will. Dass ich nicht alles tun würde, was ich kann, um ihn weg von Lord Deaths Einfluss zu bringen.«

»Oh.« Ich lachte zittrig. »Mir geht es genauso. Ich will dir helfen, so gut ich kann. Es ist nur – und ich weiß, dass es blöd klingt –, dass ich mir Sorgen gemacht habe, du könntest gehen wollen. Dein eigenes Ding machen, meine ich.«

»Tamsin«, sagte sie und wartete, bis ich sie ansah, ehe sie fortfuhr: »Kein Streit kann jemals so schlimm sein, dass ich dir den Rücken zukehre. Das würde niemand von uns. Würden wir nicht streiten, hieße es, dass es uns egal ist.«

Ich strich mit den Händen über meine Jeans und ließ das Knacken und Knistern des Feuers für mich sprechen.

»Geht es *dir* gut?«, fragte sie.

»Ja, klar, warum?«

»Dein Vormund«, sagte sie vorsichtig. »Was er uns über den Fluch erzählte … Jeder bekäme Angst, würde er so etwas erfahren.«

Prompt wallte die Erinnerung auf, die ich sofort energisch verdrängte.

»Mir geht es gut«, sagte ich. »Nash ist schon immer ein Lügner gewesen, und ich habe keinen Grund zu glauben, dass er nicht wieder versucht hat, mich zu manipulieren. Sollte auch nur der kleinste *Funken* von dem wahr sein, was er gesagt hat, und ich verflucht sein … wird, darüber zu reden, nichts ändern. Es lenkt bloß von dem ab, was wirklich wichtig ist.«

»Also sind wir beide uns sehr ähnlich«, sagte sie und richtete sich auf, als Olwen und Neve die Treppe heraufkamen, die Köpfe dicht zusammengesteckt und miteinander flüsternd. »Nicht jeder wird das verstehen.«

Worüber auch immer sie redeten, es schien erheblich angenehmer als Caitrionas und mein Gespräch. Trotzdem war ich ein kleines bisschen froh, dass es wenigstens eine Person gab, die niemals verlangen würde, dass ich meine Gefühle offenbarte.

»Nein«, stimmte ich ihr zu. »Nicht jeder.«

Griflet gab den Faden auf, um sich zwischen seine beiden Lieblingsmenschen zu schmiegen, als sie sich zu uns hockten, sodass wir einen Kreis bildeten.

»Vielleicht werdet ihr das hassen«, hob Olwen leise an.

»Tamsin auf jeden Fall«, ergänzte Neve.

»Wow, du verkaufst das richtig gut«, sagte ich.

Olwen drehte ihre Faust um und öffnete sie. Darin lagen vier Armbänder, die aus vier unterschiedlichen Materialien zu schmalen farbigen Bändern geflochten waren. Ich erkannte das Blau der Decke, in die wir Vivianes Gefäß gewickelt hatten; das verblasste Grün des Kleids, das Olwen getragen hatte, als die Welten miteinander verschmolzen; das Weiße könnte von einem Verband sein; aber das Rot ...

»Ich habe eine Information über Avalon gegen einen roten Schal von der Knochenschneiderin eingetauscht«, erklärte Olwen. »Ich wollte die Farben der Elemente so verweben, wie sie es sind, wenn wir hohe Magie nutzen. Zusammengeflochten sind sie stärker als ein einzelner Faden.«

Caitriona presste die Lippen zusammen.

»Ich dachte nur ... Ich weiß, dass ihr alle Unterschiedliches zu erreichen hofft, aber ich finde es wichtig, einander zu versprechen, dass wir es zusammen durchstehen«, sagte Olwen. »Dass wir einander erinnern, dass kein Tod, kein Mensch, keine Dunkelheit uns brechen kann.«

Neve hielt ihr Handgelenk hin und ließ sich ein Armband von Olwen fest daran verknoten. Dann hob sie es bewundernd ins Licht, und Olwen strahlte.

Ich war die Nächste und beobachtete, wie Neve sorgfältig meines festband. Von dem unbekannten Gefühl, das mich durchströmte, wurde mir warm. Einen Moment später nahm ich Olwen das letzte Armband ab und band es Caitriona um, wobei ich den Knoten machte, den Nash mir beigebracht hatte, um ganz sicher zu gehen.

»Zusammen bis zum Ende«, sagte Neve leise.

»Und darüber hinaus«, antwortete Olwen.

Die simmernde Sorge in mir ließ nach. Zwischen uns war alles in Ordnung. Und wir würden dies hier vereint durchziehen.

»Ich übernehme die erste Wache«, sagte Caitriona. »Ihr solltet jetzt versuchen zu schlafen.«

»Bist du dir sicher?«, fragte Neve.

Caitriona rieb sich den Mund und sagte schroff: »Ich habe vorhin ein bisschen geschlafen.«

»Okay ...«, sagte Neve. »Weck mich in ein paar Stunden, dann übernehme ich.«

Wir legten uns hin. Die Stunden krochen langsam voran, ganz im Takt mit dem trägen Winterschlafpuls des Dorfs. Der Fußboden war hart, doch es brannte ein Feuer im Ofen, wir hatten ein Dach über dem Kopf, und nach Jahren, in denen ich mit Nash draußen übernachten musste, wäre ich allein dafür immer dankbar.

Irgendwann, lange, nachdem das Feuer zu Glut geschrumpft war, wurde die Pubtür entriegelt, schabend geöffnet und wieder verriegelt, als die Knochenschneiderin zu ihren »Besorgungen« aufbrach.

Fraglos waren in diesem Gebäude eine ganze Auswahl an Schutzzaubern verborgen – vielleicht sogar im gesamten Dorf. Hier waren wir sicherer als so gut wie überall sonst auf der Welt.

Ich lag auf dem Rücken und starrte hinauf zu den Deckenbalken. Neve war innerhalb von Sekunden eingeschlafen – sie zählte zu den Glücklichen, die überall und unter allen erdenklichen Bedingungen schlafen konnten – und schnarchte leise. Nach einer Weile gab ich dem Drang nach, zur anderen Seite des Zimmers zu schauen, wo Emrys immer noch mit dem Rücken zu uns lag und schlief.

Und zwischen zwei Atemzügen stahl sich ein Traum durch die trüben Ränder des Schlafs in meinen Kopf.

Der Wald vor mir schälte sich aus dunklem Dunstschleier, und die Konturen der dünnen Bäume wurden von Mondlicht nachgezeichnet. Meine nackten Füße arbeiteten sich auf der feuchten Erde vorwärts, und ich genoss das Gefühl meines Gewichts, das sich in sie senkte und mich erdete. Schlamm und totes Laub besudelten meine Haut und das weiße Satingewand, das um meine Beine schwang.

Um mich herum atmete die lebendige Welt. Ungesehenes Leben beobachtete mich aus den Bäumen. Ich fühlte die winzigen Herzschläge so klar wie den kalten Nebel, der über meine Wangen strich. Die Dunkelheit, die eben noch knapp am Rande meines Sichtfelds lag, näherte sich durch die Farne und Wurzeln wie vergossene Tinte.

Ich lief weiter.

Der Weg mündete in eine Lichtung und offenbarte die Kreatur, die dort auf mich wartete. Sie war weiß wie das Sternenlicht und der Nebel. Die Augen des Einhorns waren wie dunkle Teiche, als es mir entgegenblickte, und sein Horn leuchtete perlmuttfarben in der Nachtluft.

Ich streckte eine Hand aus, um seine schimmernde Mähne zu streicheln, doch es drehte sich weg und lud mich ein, ihm zu folgen.

Da wusste ich, wohin wir gingen, noch bevor der See zu sehen war.

Die kleine Insel in der Mitte war teils vom wabernden Nebel versteckt, doch ich konnte immer noch den Grabhügel erkennen. Das Grab, das die Hohepriesterin mit einem Teppich aus reinweißen Blumen bedeckt hatte.

Eine verwirrende Ruhe überkam mich bei dem Anblick, als wäre hier nie etwas geschehen, das den Anflug von Furcht in meinem Herzen rechtfertigte.

Das Einhorn blieb am Seeufer stehen; im Wasser spiegelte sich glitzernd der Himmel über uns, als hätte es ihm die Sterne gestohlen und hielte sie direkt unter der schimmernden Oberfläche gefangen.

Ich kniete mich ins seichte Wasser und ließ das kalte Wasser meine Knie umfließen und mein Gewand durchsichtig machen.

Langsam beugte ich mich über das Wasser, hatte keine Kontrolle mehr über meinen Körper.

Mein Gesicht starrte mir entgegen, die Augen weit aufgerissen vor Angst. Verwirrt hob ich eine Hand an mein Gesicht, und mein Spiegelbild begann zu schreien, rief etwas, das ich nicht hören oder von meinen Lippen ablesen konnte.

In der Ferne, jenseits der Bäume, die wütend ihr Laub abwarfen, quoll ein blau-weißes Licht gen Himmel.

Schütze sie, *flehte der Wind in meinen Ohren,* schütze sie, schütze sie …

Das Wasser brodelte, schlug wild Blasen, als würde jeden Moment etwas aus ihm auftauchen. Ein heißer, stechender Schmerz durchfuhr meinen Unterarm.

Blut bedeckte mein Gewand, tropfte ins Wasser und den Schlamm. Meine Haut löste sich in Streifen ab und enthüllte den reinen Silberknochen darunter.

Ich rang nach Luft, doch kein Laut kam über meine Lippen. Ein abscheulicher Schrei zerriss die Nacht. Ich krabbelte zum Ufer zurück und kollidierte mit etwas Heißem und Stinkendem – dem Einhorn.

Sein Körper lag ausgestreckt am Boden, der Bauch aufgerissen, sodass sich die Eingeweide auf die Erde ergossen. Vor meinen Augen verweste es, zerfiel die Haut zu Staub, lösten sich die Muskeln auf und wurden die Augen leer. Und von unter ihm trieben braune Weinranken aus dem Boden, wanden sich um die entblößten Knochen und woben sie wieder zusammen, bis etwas anderes aus ihnen Form annahm.

Ein Gesicht.

Es öffnete den Mund voller Dornenzähne und heulte.

Kapitel 9

Ich schrak aus dem Schlaf, für einen Moment verwirrt von dem Feuerschein und meiner verschwommenen Umgebung. Atemlos presste ich eine Hand auf mein hämmerndes Herz und versuchte, mich zu beruhigen. Mein Shirt war klamm von Schweiß, aber mein Gesicht und meine Hände fühlten sich eisig an.

Ein zweites durchdringendes Heulen hallte durch die Stille.

Ein Traum, flehte ich fast in Gedanken. *Ich schlafe noch.*

Vielleicht hätte ich es glauben können, hätte Olwen nicht meine Schulter berührt. Der Druck ihrer Finger holte mich endgültig in die Gegenwart und zu dem Horror, den sie uns zeigen wollte.

Caitriona und Emrys waren bereits am Fenster und schoben die Vorhänge beiseite, um zur dunklen Straße zu sehen.

»War das …?«, begann Neve verschlafen und richtete sich auf.

»Ein Wolf?«, beendete Olwen ihre Frage.

»In diesem Teil der Welt gibt es keine«, antwortete Emrys.

Wieder ertönte das Heulen, und diesmal wurde es beantwortet.

Zehnfach.

Die Kreaturen katapultierten sich gegenseitig in eine wilde Ekstase. Jedes Jaulen und Heulen hieb nach meinen Ohren. Wölfe waren in diesem Teil der Welt bis zur Ausrottung gejagt worden; es konnte kein wildes Rudel sein. Und jenes erste Heulen … Etwas war daran, das bewirkte, dass meine Kehle zu eng wurde.

Cabell.

Ich sprang auf, schnappte mir meine Jacke von dem Haken an der Wand sowie meine Stiefel und stürmte auf die Treppe nach unten ins Pub zu.

»Tamsin … *warte!*« Emrys eilte mir nach und wollte mich zurückhalten, doch ich wich ihm aus und rannte durch das dunkle Pub. Donner krachte in der Nähe und rüttelte das Gebäude durch. Gläser fielen aus den Regalen hinter der Theke und zerbarsten auf dem Boden.

Wenn Cabell da draußen war, musste ich versuchen, ihn zu finden. Womöglich bekam ich keine zweite Chance.

Ich zog meine Stiefel an und vergeudete keine Zeit damit, sie zu schnüren. Dann warf ich die Tür auf und lief hinaus. Ein scharfer Wind riss an meinen Sachen, als ich zu entscheiden versuchte, aus welcher Richtung das Heulen kam.

Es hallte von den Pubmauern, um gleich wieder zu verschwinden, als der Wind Schnee und lose Erde vom Boden aufwirbelte.

Caitriona stürzte aus der Tür, dicht gefolgt von Neve und Olwen. Ich hielt mich an Caitriona, weil ich ihrer Fähigkeit, Spuren zu verfolgen, mehr traute als meiner. Wir verließen den Weg, der zum Dorf führte, und gingen stattdessen an der Küste entlang. Das Messer in Caitrionas Faust glitzerte wie ein Reißzahn im frühen Morgenlicht.

Lose Steine und Eis bissen mir in die Füße. Meine Augen brannten, als heiße Tränen mir über die Wangen liefen. Plötzlich blieb Caitriona schlitternd stehen und warf einen Arm zur Seite, gerade rechtzeitig, um Olwen abzufangen. Ich zwang mich, langsamer zu werden, als ich keuchend hinter ihnen ankam.

Die raue Landschaft war wie vom Schwert eines Riesen zerhackt. Zu unseren Füßen fiel der Boden in einer steilen Klippe ab, die tief unten in einen sanften Hügel überging. Auf halber Höhe war das Reetdach eines kleinen Cottage zu sehen. Das Gebäude kämpfte mit dem tosenden Wind und zitterte wie ein Kaninchen in den Fängen eines Wolfs.

Ich schirmte meine Augen ab und suchte nach einem Weg hinunter zu dem Haus. Wenn ich ungefähr eine halbe Meile weiterlief, schien der Abhang weniger steil, sodass ich mir einen Weg nach unten bahnen könnte. Das Heulen wurde zu einem leisen Dröhnen in meinen Ohren.

Jemand packte mich von hinten, ehe ich richtig losrennen konnte. Ich schlug hart auf dem Boden auf, sodass ich Schnee und Dreck einatmete. Schmerz flutete meinen ohnehin schon geschundenen Körper.

»Lass mich los!«, schrie ich und wollte mich dem Griff entwinden.

Emrys hielt mich nur fester, schlang die Arme um meine Taille. »Glaub mir, ich wünschte, ich könnte, aber ausnahmsweise musst du mir vertrauen und einfach ... *sieh hin!*«

Er drehte uns beide zur Küste, wo sich der Himmel über dem Wasser unheimlich grün gefärbt hatte. Dichte graue Wolken sammelten sich hoch über dem tosenden Meer, das gegen die Klippen schmetterte.

Der Himmel brach auf, und ein Eishagel, der hart genug war, um mir in den Arm und Emrys in die Wange zu schneiden, stürzte auf uns herab. Er fluchte leise und löste eine Hand von mir, um nach dem Schnitt zu greifen, als ihm noch ein Eissplitter in die Stirn schnitt. »Verdammt, das hübsche Gesicht war das Letzte, was ich noch an Vorzügen hatte ...«

Sein Körper an meinem fühlte sich erschreckend warm an,

und in der beißenden Kälte war mir nur allzu bewusst, wo wir uns überall berührten – seine Brust an meinem Rücken, meine Arme an seinen ...

»Nimm deine Hände von mir!«, fauchte ich.

Und, verdammt, tatsächlich lockerte er seinen Griff. Sofort fühlte ich eine Veränderung in meinem Gleichgewicht. Ohne unser kombiniertes Gewicht rutschten meine Stiefel durch den Matsch und das Eis auf die Klippe und die wirbelnden Wolken zu.

Emrys schüttelte den Kopf und rief, damit ich ihn in dem heulenden Wind verstand: »Willst du wirklich rausfinden, ob du fliegen kannst, Lerche?«

Lerche.

Eis prasselte auf mich herab, erwischte mich am Kinn, der Wange, aber es dauerte noch einen Moment, bis ich mich erinnerte, einen Arm zu heben, um mein Gesicht zu schützen.

»Lark.« Emrys kniff die Augen zu, während Wut seine Züge scharf zeichnete. Die richtete sich jedoch nicht gegen mich, und ich verstand sie nicht. Er hielt mir eine Hand hin.

»Tamsin! Hier drüben!« Neve wedelte mit den Armen über dem Kopf, bis ich die Bewegung durch den Eisregen sehen konnte.

Es war der Wind, der aus allen Richtungen gleichzeitig kam, der für mich entschied. Zumindest sagte ich mir das, als ich meine Hand um Emrys' Handgelenk schlang und zuließ, dass er es ebenso bei mir tat. Er zog mich zurück zu sich und veränderte seinen Griff nur, damit wir beide nach vorn sehen konnten, als wir uns auf Neve zu kämpften.

Sie hatte hinter einem aufragenden Felsstück Schutz gefunden. Emrys hielt mich fest, als wir auf sie zu rannten, und ausnahmsweise machte es mir nichts aus – ohne unser vereintes

Gewicht hätte es der Sturm leichter, uns von der Klippe zu pusten, direkt ins Meer.

»Ohne deine unfehlbare Logik infrage stellen zu wollen, mitten in einen Eissturm zu laufen, um beängstigenden Geräuschen nachzujagen«, sagte Emrys, »aber was zur Hölle tun wir noch gleich hier?«

Neve und ich griffen nach vorn, zogen Caitriona und Olwen zu uns. Caitriona versuchte, uns etwas zuzurufen, aber das ging unter, als der ganze Himmel vor Blitzen grell aufleuchtete. Ein Horn erklang, der abgründige Ruf eines uralten Schreckens.

Solltet ihr dieses Geräusch wieder hören, näher als jetzt, lauft, so schnell ihr könnt.

Doch es war zu spät.

Sie waren schon da.

Kamen aus dem dunklen Kern der Wolke tief über dem Wasser, ihre gespenstischen Pferde leuchtend vom kalten Licht ferner Sterne. Einer nach dem anderen galoppierten sie durch die Luft, johlend und kreischend wie Plünderer, als sie unter uns die Klippen erreichten.

Mir stockte der Atem. Das waren keine Männer, sondern widerliche Kreaturen, gesponnen aus Knochen und Schatten. Das Metall ihrer grotesken, mit Eisenspitzen besetzten Rüstungen glühte von der silbernen Magie, die ihre Augen ausstrahlte.

Ein Rudel geisterhafter Hunde lief zwischen den Pferdebeinen mit, und den Tieren troff Schaum aus den Mäulern, als sie vor lauter Vorfreude bellten und heulten, Gefangene ihres eigenen Blutdursts. Der ganz vorn war größer als die anderen und sein seidig schwarzes Fell von Eis befleckt. Es war real.

Cabell.

Ich hätte mich nach vorn gestürzt, nach ihm geschrien, hätte Emrys mich nicht wieder gepackt.

»Ich schwöre bei allen Göttern, wenn du mich nicht loslässt …«, begann ich, zitternd vor Wut. Emrys hatte mir das Eine genommen, das mir geholfen hätte, Cabell vor seinem Schicksal zu bewahren, und jetzt hinderte er mich daran, zu meinem Bruder zu gelangen?

Ich wehrte mich gegen ihn, doch er hielt mich nur fester umschlungen, und zwang mich, ihn anzusehen. Dem Blick seiner leuchtenden Augen zu begegnen. Der Hagel hatte nachgelassen, war zu einem dichten Schneefall geworden, der sein dunkles Haar bedeckte.

Dann setzte er zum Todesstoß an: »Würde er dich überhaupt erkennen? Oder würde er dir einfach die Kehle aufreißen?«

Die Antwort kannte er bereits. Er hatte in Avalon gesehen, was passiert war, als Cabells Fluch zuschlug. Wir hatten es knapp überlebt.

»Du musst am Leben bleiben, um mich weiter zu hassen, Lark«, erinnerte er mich dicht an meinem Ohr.

Ich richtete meine gesamte Wut mit meinem Blick auf ihn, sogar noch, als er seinen Griff lockerte. Sogar noch, als mein Körper instinktiv weicher wurde, weil er nahe war, und den Trost suchte, den er mir nie geben würde. Ich biss die Zähne zusammen, als ich zurückwich. Ich sah zu Neve, die mich fragend anschaute.

Inmitten des tosenden Unwetters und des ungezügelten Ansturms der Jäger wurde die Welt um uns herum auf einmal still.

Der letzte Reiter war erschienen.

Wie die anderen war auch er in Rüstung, doch schien seine alles Licht zu schlucken, es tief in sich einzusaugen, anstatt es zu reflektieren. Die Tierpelze an seinen Schultern flogen hinter ihm auf, als sein Pferd vorwärtspreschte. Bei jedem Hufschlag jagten Blitze über die Wolken, deren Zacken die seiner gehörnten Krone spiegelten.

Mein Herz raste so schnell, dass ich glaubte, es würde bersten. Der nächste Donnerschlag fühlte sich an, als wäre er mir wie der mächtigste aller Schreie aus der Brust gerissen.

Die Knochenschneiderin hatte behauptet, dass er kein richtiger Gott sei, aber er war König einer anderen Welt, und er trug den Körper von einem, der einst in dieser geherrscht hatte. Und mit seinem Heer war er auf dem Höhepunkt seiner Macht. Er war Herr und Eroberer.

Lord Death.

Caitriona stürzte sich nach vorn, doch Olwen und Neve packten ihre Arme und zogen sie zurück vom Klippenrand. Sie wehrte sich, das Gesicht rot vor Zorn und vom peitschenden Wind, aber die anderen hielten sie nur umso fester.

Ich griff nach ihrem Handgelenk, damit wir beide dortblieben. Am Leben.

»Lasst mich los ...«, flehte sie. »Er ist da ... Ich kann ...«

Die Jägergruppe bildete eine Reihe hinter Lord Death. Ihre Pferde tänzelten, ungeduldig wiehernd. Die Hunde umkreisten sie, schnappten nach den Füßen der Reiter und rissen das tote Gras unter dem Schnee aus. Sie schienen ganz und gar auf das Cottage unten am Hügel fokussiert.

Mein Brustkorb fühlte sich zu eng an, als ich begriff, auf wen sie es abgesehen hatten.

Eine dunkle Gestalt, die mit einem Zauberstab in der Hand aus der Haustür trat.

»Oh, Göttin«, hauchte Neve. »Was macht sie denn da?«

Was Zauberin Hemlock jedenfalls nicht machte, war, wegzurennen. Sie schritt durch ihren verwilderten, verschneiten Garten auf die Reiter zu.

»Nein!«, rief Neve und richtete sich instinktiv auf.

Lord Death hob das Horn wieder an seine Lippen, und das gespenstische Tuten explodierte im ersten Morgenlicht. Ich hielt mir die Ohren zu, doch dem Ton war nicht zu entkommen. Er war tief in mir zu spüren.

Die Reiter stürmten vorwärts, und die Hufe ihrer Pferde schlugen wie Kriegstrommeln auf den Boden. Schneewolken stoben auf, als sie an ihrem Herrn vorbei auf das Cottage zu galoppierten.

Die Hunde rannten neben ihnen her. Die Zauberin Hemlock hielt die Stellung, ihren Zauberstab bereit.

»Komm schon, komm schon ...« Neve schloss die Augen und versuchte, die Melodie eines Zaubers zusammenzubekommen. Wie immer war ihr erster Impuls, anderen zu helfen, meiner hingegen, uns zu retten.

»Es sind zu viele!«, sagte ich zu ihr. »Und jeder Zauber führt sie direkt zu uns!«

Außerdem hatten die Reiter schon den Zaun des Grundstücks erreicht.

Ein brennendes Licht schoss aus der Grenzlinie und versengte die Luft mit dem Geruch roher Magie und verbrannten Leders. Ich kniff die Augen zu, als die Magie der Schutzzauber anschwoll und in einer blendenden Welle an uns vorbeizog.

Doch als das Licht schwächer wurde und ich die Augen wieder öffnete, waren die Reiter noch dort, zerhackten den Zaun mit ihren Schwertern und durchschnitten die schimmernde Magiewand, sodass mit dem Schnee zusammen Funken aufflogen. Unter grauenhaftem Kreischen und Johlen durchbrachen sie die Barriere und setzten mit unnatürlicher Geschwindigkeit auf Hemlock zu.

Ich wollte wegsehen, konnte es aber nicht – wenn wir sie nicht retten konnten, schuldeten wir ihr zumindest, ihr Ende zu bezeugen.

Cabell löste sich von den anderen Hunden, um nach ihr zu schnappen und mit den Krallen nach ihr zu schlagen. Er schnitt ihr den einzigen Fluchtweg ab, obwohl es unnötig war. Hemlock entschied, sich ihrem Tod erhobenen Hauptes zu stellen.

Sie schwang ihren Zauberstab und begann, ein Sigill in den Schnee zu ritzen.

Im nächsten Augenblick war Lord Death bei ihr, als hätte sich ihm sogar die Entfernung zwischen ihnen gebeugt. Er stand nun vor ihr, überragte sie deutlich, und reckte die Faust gen Himmel. Die Reste der Nacht wickelten sich um seine Hand, färbten die Schneeluft tintig dunkel. Hemlock arbeitete weiter an ihrem Zauber.

Ein erstickter Schrei entfuhr mir, als er seine Hand in ihre Brust stieß. Hemlocks Körper bog sich nach hinten. Die Luft nahm eine Säurenote von fauliger Magie an, als Lord Death seine Hand zurückriss. Da war kein Blut, nur ein Wirbel dunkler Magie, als er etwas blass Schimmerndes fahnengleich in der Luft schwenkte.

Der Körper der Zauberin sackte in einem dunklen Haufen zu seinen Füßen zusammen.

Die Reiter und Hunde heulten gleichermaßen vor diebischer Freude, als sie das Cottage umrundeten. Eines der Pferde trat die Tür ein, und drei Reiter galoppierten nach drinnen. Als sie wenige Momente später wieder herauskamen, führte sie ein bekanntes Gesicht an.

Emrys' Hand hinten an meinem Shirt wurde zu einer Faust und seine Atmung stockend.

»Das ist …«, flüsterte ich.

Endymions grauenhafte Visage zeigte endlich, wer er wirklich immer gewesen war. Ein machtbesessenes Monster voller Zorn, und nun war er noch mächtiger geworden.

Das schiere Entsetzen, das Emrys' perfekte Züge verzerrte, war echt. Züge, die einst denen seines Vaters so ähnlich gewesen waren.

Endymion – oder was immer er jetzt auch sein mochte – schüttelte den Kopf in Richtung von Lord Death und sagte etwas, das wir nicht hören konnten. Lord Death schmetterte die Seele auf den Boden. Sie stieg wieder auf, und jetzt war sie Hemlock – und auch nicht. Da war nichts Vertrautes oder Warmes in ihrem Gesicht. Ihre Züge verlängerten sich gruselig, genauso, wie es bei denen von Emrys' Vater und den anderen Reitern geschehen war.

Lord Death bückte sich, um ein Stück des zerstörten Zauns aufzuheben. Ein silbernes Feuer funkelte in dem Holz auf, als er es aufs Reetdach des Cottage warf. Es spielte keine Rolle, dass es von Eis bedeckt war. Binnen Sekunden war das gesamte Gebäude von Flammen eingeschlossen. Dunkler Rauch stieg auf und verschlang sogar das Weiß des Schnees.

Lord Death stieg zurück in seinen Sattel und gab Hemlock und den anderen ein Zeichen. Sie ging vollends ferngesteuert mit, reihte sich zu Fuß hinter den anderen ein. Und in ihrer Hand tauchte ein Schwert auf.

Die Reiter und Lord Death verschwanden in dem wirbelnden Unwetter.

Schließlich erreichte uns der Rauchgeruch, und ich atmete tief ein, weil ich mir alles von dem hier einprägen wollte.

Donner krachte, das Meer toste, und als sich der Schnee endlich legte, blieb nur noch der Körper der Zauberin, um zu beweisen, dass die Wilde Jagd zurückgekehrt war.

Teil II

Der Spiegel der Bestien

Kapitel 10

Der Becher löslichen Kaffees vor mir wurde kalt, aber ich brachte immer noch nicht die Energie auf, ihn an meine Lippen zu heben und zu trinken. Ich wusste nicht einmal, wie viele Packungen ich noch in meiner Tasche hatte, die ich vergeuden konnte, und sie könnten das Eis in meinen Adern ohnehin nicht vertreiben. Eine letzte Dampfwolke stieg von dem Becher auf und verwirbelte im Morgenlicht. Ich schaute hin, während ich schmelzenden Schnee und Schlamm auf meinen Stuhl und den Boden tropfte.

Neve zog lange Grasstängel aus ihrem Haar, bevor sie den Kopf in die Hände stützte und mehrmals tief Luft holte, um sich zu fangen. Caitriona und Olwen waren in wenig besserer Verfassung. Wir hatten uns durch die Ausläufer des Sturms gekämpft, den gefährlichen Hang hinunter, und hatten Hemlocks Leiche in ihrem Garten verbrannt.

»Wollen wir ein paar Worte sagen?«, hatte Olwen gefragt, kaum dass ihre Magie verschlungen hatte, was noch an sterblichen Überresten da war.

»Wozu?«, hatte Caitriona gefragt, die sich Asche und Schnee vom Gesicht wischte.

»Sie verdient Respekt«, hatte Neve schroff erwidert.

Anstatt mit einer schneidenden Bemerkung zu kontern, hatte

Caitriona nur leise geseufzt. Ihre ganze Haltung schien weicher zu werden, als sie sprach – als hätte sie einen Teil einer Rüstung abgelegt. »Ich meinte nur, dass die Gebete für die Toten den Seelen helfen sollten, den Weg zu der Göttin zu finden und wiedergeboren zu werden. Lord Death hat ihre Seele genommen. Sie braucht kein Gebet oder Lied. Sie muss sich irgendwie von ihm befreien.«

»Dann geben wir ihr ein Versprechen«, hatte Neve gesagt. »Ich schwöre beim Namen der Göttin, bei den Knochen in meiner Tasche, bei allen Pilzen in den Wäldern, den Sternen, die den Nachthimmel erleuchten …«

»Neve!«, unterbrach ich sie.

»Ist ja gut.« Sie presste eine Hand auf ihre Brust und neigte sich vor. »Wir kriegen ihn, Hemlock.«

»Das werden wir«, stimmte Caitriona ihr zu.

»Das werden wir«, bestätigte Olwen.

»Wir … werden es auf jeden Fall *versuchen«,* sagte ich. Und als ich ihre Blicke sah, ergänzte ich: »Ich will nur nicht zu viel versprechen, denn ich habe so schon genug Schuldgefühle.«

Ich wollte so mutig sein wie sie und dieses Versprechen abgeben, damit der Wind es bis in die hintersten Winkel der Welt trug. Doch nachdem ich gesehen hatte, wie Lord Death den Sturm seinem Willen unterwarf und die Seele aus Hemlocks Leib riss, konnte ich meine wachsenden Zweifel kaum noch im Zaum halten. Wenn jedoch die anderen es glaubten, konnte ich mich auf ihre Stärke verlassen, bis ich es auch tat.

Wenn sie davon überzeugt waren, würde ich nicht vor dem Schmerz oder Kampf weglaufen, wie Nash es immer getan hatte.

»Na gut«, stimmte ich zu. »Werden wir.«

Wir staksten durch die Ruine von Zauberin Hemlocks Leben,

auf der Suche nach etwas, das uns nützlich sein könnte. Doch was nicht vom Feuer zerstört worden war, war gewaltsam zerschmettert oder in Fetzen gerissen worden.

Seufzend verließ ich die Überreste des Cottage. Der Rauchgestank in der Luft haftete sich an meine Haut, als ich das Grundstück betrachtete.

Ein Stück weiter waren Neve und Olwen über etwas im Schnee gebückt und hatten die Köpfe zusammengesteckt. Ich ging zu ihnen und sah, was es war: das unfertige Sigill.

»Was bedeutet dieser Teil des Symbols?«, fragte Olwen die Zauberin und zeigte zu mehreren geraden Linien, die von einem spiralförmigen Zentrum ausgingen.

Caitrionas schwere Schritte knirschten hinter mir durch den Schnee, und sie kam zu uns, als Neve erklärte: »Man würde etwas wie das hier benutzen, um Licht herbeizurufen, doch dieser Teil, der sich zunächst kringelt und dann gerade weitergeht? Der sieht wie die Sigillen aus, die man braucht, um eine Waffe zu schaffen. Man würde hier noch einen kleinen Schwanz für Pfeile ergänzen, es durchkreuzen für ein Schwert ... also, eine Waffe aus Licht?«

Sie blickte sich über die Schulter zu mir um, damit ich es bestätigte. Ich nickte, weil ich es auch erkannte. »Stimmt. Aber hätte die irgendetwas ausrichten können?«

»Wenn Morgana und die anderen Zauberinnen ihn nicht allein mit Magie zerstören konnten ...« Neves Stimme verlor sich. »Doch warum Licht?«

Mir fiel die Erklärung der Knochenschneiderin wieder ein. Ich hatte den anderen von unserem Gespräch erzählt, aber es dann in Gedanken beiseitegeschoben, obwohl ich gesehen hatte, wie sich die Fäden von Dunkelheit um seine Faust schlangen.

»Er kann die Schatten manipulieren ...«, sagte ich. »Das war die einzigartige Gabe, die ihm die Göttin verliehen hatte. Vielleicht hat es damit zu tun?«

»Richtig.« Neve ließ die Schultern hängen. »Stimmt …«

Ich kannte das Gefühl, trotzdem war sie so untypisch resigniert, dass ich das wenige an Zuversicht zusammenkratzte, was ich noch besaß.

»Er *kann* getötet werden«, sagte ich. »Wir können ihn stoppen. Hemlock ist nicht umsonst gestorben.«

»Höre ich da … einen Anflug von Optimismus?«, fragte Neve. »Von unserer allseits geliebten Schwarzmalerin Tamsin Lark?«

Verflixt. Ich verzog das Gesicht. »Ich ziehe *Elendskobold* vor.«

»Aber was unternehmen wir bis dahin wegen ihm?«, fragte Olwen, die zu der einsamen Gestalt am Grundstücksrand schaute. Emrys blickte hinaus über die Klippe.

Der Wind zurrte an seinem Haar und seiner durchnässten Jacke, doch er nahm es einfach hin. Er hatte die Schultern gebeugt, als wollte er sich zusammenrollen.

»War der Reiter wirklich sein Vater?«, fragte Neve.

Ich nickte und wischte mir eine Haarsträhne aus dem Gesicht. Gestattete ich der Erinnerung an Hemlocks Tod, noch einmal in meinem Kopf abzulaufen, erkannte ich auch andere Gesichter. Andere Hollower aus unserer Gilde.

Ich wusste nur nicht, was das alles zu bedeuten hatte, außer, dass Arschlöcher immer zueinander fanden.

»Er hat das Ende seiner Nützlichkeit erreicht«, sagte Caitriona. »Ich würde sagen, wir trennen uns jetzt von ihm.«

Neve sah mich an. »Ich kann nicht erraten, was du denkst.«

»Weil ich es selbst nicht weiß«, antwortete ich seufzend.

Ich hätte sagen können, dass es für ihn Zeit war zu gehen, doch irgendwie wollten die Worte die eisigen Tiefen meiner Brust nicht verlassen.

Wo könnte er denn hin? Zurück zu seiner Mutter vielleicht. Sich verstecken. Ganz sicher nicht wieder auf das Summerland-Anwesen, wo sein Vater ihn fände.

Stunden später ging mir die Frage immer noch durch den Kopf, als ich ihn im Pub beobachtete. Er saß nahe beim Drachenkopf am Tresen, den Kopf in eine Hand gestützt. Er hatte sich einen Whisky genommen, doch es wirkte, als hätte sein Drink ihm genauso viel gebracht wie meiner mir.

»Was beschäftigt dich, Olwen?«, brach Neve schließlich das unangenehme Schweigen.

Die Priesterin richtete sich auf ihrem Stuhl auf und versuchte zu lächeln, während sie Griflet ein bisschen Fisch fütterte, den wir aus dem Pubkühlschrank stibitzt hatten.

»Ich denke über Todesmagie nach«, antwortete Olwen. »Wie sie Hemlocks Seele verwandelt, sie verdorben hat, nicht wahr? Ich dachte, er könnte nur die Seele der Verderbten sammeln, die ohnehin nach Annwn kämen.«

»Vielleicht kann er keine Todesmagie aus ihnen beziehen«, sagte ich, »aber wie es aussieht, ermöglicht seine Krone es ihm, alle Seelen zu kontrollieren. Einschließlich jener, die den Lebenden gehören.«

Wie Lord Death die Reiter und Hemlocks Seele steuerte, hatte mich umso sicherer gemacht, dass Cabell unter dem Einfluss seiner Magie stand.

»Warum hat er uns dann in Avalon nicht genauso kontrolliert? Er hat sich solche Mühe gemacht, damit wir das Ritual durchführten ...« Neve brach ab, als sie meinen Gesichtsausdruck bemerkte. »Ich behaupte ja nicht, dass Cabell nicht unter seinem Bann steht. Ich verstehe seine Beweggründe bloß nicht.«

»Cabell war nicht ... er war nicht er selbst«, sagte ich. »Er könnte empfänglicher für diese Magie gewesen sein.«

»Er hätte die Avalonier nicht beeinflussen können, ohne dass wir es mitbekommen hätten«, sagte Caitriona, die mit einem Finger die Tischmaserung nachmalte. »Vor allem nicht eine unserer Schwestern.«

Das Wort *Schwestern* hielt sich in der Stille, die nun folgte.

»Ich weiß nicht«, sagte Olwen mit entschuldigender Miene. »Wenn er die Seelen in lebendigen Körper beherrschen kann, warum hat er dann Hemlock töten müssen, um sie in seine Armee zu holen?«

Die Frage hinterließ ein mulmiges Gefühl bei mir. »Weil er Rache will. Er will die Zauberinnen so erniedrigen, wie sie ihn erniedrigt haben. Sie umbringen. Es gibt eine Million Gründe.«

Caitrionas skeptisches Murren war nicht weniger bedeutungsschwanger, als hätte sie ausgesprochen, wie wenig sie es glaubte.

»Was?«, fragte ich sie, und das miese Gefühl von unserem letzten Streit stellte sich wieder ein. »Du bist anderer Meinung?«

Caitriona zuckte mit einem scharfen *»Aua!«* zusammen, weil Neve ihr wenig subtil unter dem Tisch gegen das Schienbein getreten hatte. Die Zauberin zog die Augenbrauen zusammen und warf ihr einen Blick zu, bei dem *meine* Seele zusammenschrumpfte.

Caitriona räusperte sich. »Vielleicht gibt es etwas an der Jagd, dass sein anderes Ich anspricht. Den Hund. Und dafür sorgt, dass Lord Death ihn so unter Kontrolle behält.«

»Nein«, erwiderte ich bestimmt. Ich wusste tief im Innern, dass das nicht stimmte. »Seine Menschlichkeit würde sich dagegen auflehnen.«

Doch Caitriona wirkte nicht überzeugt.

»Gibst du ihn auf?«, fragte ich leise und bemühte mich, angesichts ihrer Miene nicht zusammenzubrechen.

»Nein. *Nein«,* erwiderte sie schnell. »Selbstverständlich nicht.«

Die Schlösser der Pubtür klickten auf und beendeten dankenswerter Weise das Gespräch. Die eingemummelte Knochenschneiderin wurde von einer eiskalten Böe hereingepustet, dicht gefolgt von dem menschlichen Bran.

Sie stampfte sich den Schnee von den Stiefeln und wickelte sich mit einer Hand den Schal ab. In der anderen hielt sie einen Samtbeutel, an dessen Boden sich ein dunkler Fleck ausbreitete. Die Flüssigkeit tropfte auf den Boden, doch erschreckender war, dass sich der Beutelinhalt noch bewegte.

Ich wollte es ganz ehrlich nicht wissen.

Ihre lila Brillengläser beschlugen in der plötzlichen Wärme. Sie hob sie an und musterte uns alle nacheinander.

»Sie haben die alte Hemlock, oder?«, fragte sie und reichte Bran ihren Mantel und Schal, damit er sie aufhängte. »Das ist ein Jammer.«

Sie entließ ihren Gefährten mit einem Handschwenk, worauf er sich wieder verwandelte, sodass Griflet vor Angst unter den Tisch floh. Diesmal hielt die Knochenschneiderin ihrem Raben die Tür auf und ließ sie hinter ihm zuknallen. Die Schlösser klickten wieder zu.

Und ich stellte die Frage, an die ich letzte Nacht hätte denken müssen. »Weißt du, wonach er sucht? Was er glaubt, dass es die Zauberinnen haben?«

»Ich tausche die Antwort gegen eine Frage von mir«, sagte sie. »Ich weiß, dass Lord Deaths ursprüngliche Sterblichenform von Morgana und den anderen zerstört wurde. Deshalb frage ich mich: Wen hat er für diese gehäutet?«

Etwas an unseren Mienen musste es verraten haben, denn sie stieß ein schockiertes Lachen aus.

»Wirklich? Artus?« Die Knochenschneiderin drehte nachdenklich eine ihrer Locken auf. »Ich habe mir immer vorgestellt, dass er angeschwollen wäre wie eine verrottende Beere, kurz vorm Platzen. Oder zumindest verschimmelt.«

»Kein Schimmel«, sagte Neve. »Leider. Soll ich dir einen Wischmopp dafür holen?«

Die Knochenschneiderin runzelte die Stirn und sah zu der tintigen Pfütze, die sich unter dem Beutel bildete. »Ich würde empfehlen, das nicht zu berühren oder die Dämpfe einzuatmen, so es sich vermeiden lässt.« Sie hielt den Samtbeutel in die Höhe. »Ich kümmere mich hierum und komme gleich wieder nach oben.«

»Und die Antwort auf meine Frage?«, hakte ich nach.

»Lautet *Nein,* ich weiß es nicht.« Ihre kindliche Stimme klang richtig schadenfroh in ihrem Singsang.

Ich biss die Zähne zusammen. »Das Gefäß ist hoffentlich fertig.«

»Und ihr habt hoffentlich für das Essen und die Drinks bezahlt«, rief sie mir zu.

Emrys hob einen Fünfzigdollarschein hoch, damit sie ihn sah, und steckte ihn in die Kasse.

»Wusste ich doch, dass wir dich aus einem Grund in der Nähe behalten, Trustfund«, sagte ich.

Ein sarkastisches Lächeln trat auf seine Lippen. Wenn wir früher so gegeneinander gestichelt hatten, leuchteten seine Augen – was mich maßlos ärgerte, weil er es zu genießen schien. Jetzt jedoch kippte er die Hälfte der braunen Flüssigkeit vor ihm hinunter und wirkte, als würde er dichtmachen.

Mir egal, dachte ich. *Wirklich egal.*

»Mir war nicht klar, dass deine Zuneigung so leicht zu kaufen ist«, sagte er. »Sonst hätte ich dir schon eher ein paar Mitleidsdollar hingeworfen.«

Mein Hass war wie ein lebendiges Ding in mir, und wie alles Lebendige konnte er verletzt werden, sogar bluten. Und was er andeutete … dieses Wort – *Mitleid*. Es war der Fluch meiner Existenz. Bei all unseren Streitereien war er nie so tief gesunken.

»Hast du einen Todeswunsch?«, fragte Neve ihn ohne einen Funken Wärme in der Stimme und stand langsam von ihrem Stuhl auf. »Denn ich wäre *mehr* als glücklich, dir den zu erfüllen.«

»Vergießt einen Tropfen Blut hier drinnen, und ihr werdet bis in alle Ewigkeit aus meinem Pub verbannt«, warnte die Knochenschneiderin. Zuvor hatte Neve sich allerdings zu mir umgedreht und stumm *Maden* gesagt.

Der Zugang hinter dem Tresen öffnete sich, als die Knochenschneiderin mit einer Hand das Drachenauge streifte. Ich horchte auf ihre Schritte die Treppe hinunter und trommelte mit den Fingern den Takt auf meinem Oberschenkel mit. Ein Geruch wie von gepökeltem Fisch waberte uns von der dunklen Pfütze entgegen, die sich auf dem Boden verdickte. Griflet tapste hin und beäugte sie interessiert.

»Was ist dieser eklige Gestank?«, fragte Caitriona, die sich der Lache vorsichtig näherte. »Gift?«

»Wir finden das nicht heraus«, sagte ich. Wir hatten unsere geliehenen Decken nach unten gebracht, um uns aufzuwärmen, und weil ich nicht wusste, was ich sonst tun sollte, warf ich meine über die Pfütze. Ich sprang zurück, als sich die Flüssigkeit sofort durch den Stoff brannte wie eine Flamme durch Pergament. Gleich darauf fiel die ganze Bodendiele in sich zusammen. Eine einzelne Rauchfahne stieg aus dem Loch auf, gleich einem Geist, der sich aus seinem Körper befreite.

Neve und ich beugten uns zu der eingebrannten Öffnung.

»Wow«, sagte sie.

»Wow«, stimmte ich ihr zu.

Halbwegs erwartete ich, dass uns von unten das erboste Gesicht der Knochenschneiderin aus ihrer Werkstatt entgegenblickte, aber da waren nur alte Steine und Erde.

»Ich möchte euch darauf hinweisen, dass diese Decke ein Geschenk von einem bayrischen Prinzen war«, rief die Knochenschneiderin verärgert von unten.

»Sicher kann dein Prinz sie ersetzen«, erwiderte ich.

»Das wird schwierig, da er seit zweihundert Jahren tot ist«, sagte die Knochenschneiderin.

Vivianes Gefäß erschien als Erstes hinter dem Tresen, vorsichtig balanciert auf dem hölzernen Gestell. Mein Herz schlug schneller bei dem Anblick – und blieb vor Schock stehen, als sich der Holzständer neigte und das Gefäß gen Kante rutschte.

Um mich herum verschwamm die Welt und verlangsamte sich. Mir war, als würde ich bei dem Versuch, das Gefäß aufzufangen, durch Wasser waten. Zu weit – ich war zu weit weg.

Doch Caitriona mit ihren ausgeprägten Reflexen war schon dort. Der Schädel schwebte auf ihren Fingerspitzen ein Stück über dem Boden. Der Rest von uns starrte mit großen Augen hin.

»Tja.« Die Knochenschneiderin musterte Caitriona. »Dafür sollte ich dir wohl danken.«

Was sie nicht tat.

»Wenn du erlaubst«, sagte Caitriona kühl.

»Stell es hierher.« Die Knochenschneiderin zeigte zu dem nächsten Tisch.

Dort stellte sie den Holzständer auf und trat zurück, damit Caitriona vorsichtig, sehr vorsichtig das Gefäß in der Mitte darauf abstellen konnte.

Nach dem Zusammensetzen sah der Schädel eher silbern als knochenfarben aus.

Das wird nicht funktionieren, sagte eine spöttische Stimme in meinem Kopf. Eine Welle von Resignation überkam mich, und nach der Nacht, die wir gehabt hatten, war ich mir nicht sicher, ob ich sie noch viel länger zügeln könnte.

»Hier«, sagte die Knochenschneiderin und zog eine kleine Votivkerze aus der Tasche ihres Rocks. Er war weit und aus schwarzer Seide und verstärkte nur den Eindruck, dass mich eine unheimliche viktorianische Puppe anblickte.

Caitriona ließ ihre Finger noch einen Augenblick lang auf der Schädelwölbung, bevor sie die kleine Kerze aufnahm.

Nachdem Caitriona die Kerze in das Gefäß gesteckt hatte, summte Olwen leise und entzündete sie mit Magie. Beide rangen nach Luft, als die Sigillen auf dem Gefäß die Wände um uns herum erhellten.

»So weit, so gut«, sagte Emrys, der nach wie vor an der Bar saß.

Olwen wechselte einen letzten Blick mit Caitriona. Dann strich sie mit der Hand über die gebogene Kante des Holzgestells, schloss summend die Augen und begann den Zauber so, wie sie es in Avalon getan hatte.

Das Gestell knarrte und wackelte ein wenig, als sich das Gefäß auf ihm langsam zu drehen begann. Leuchtende Sigillen glitten über Neve, die Wände, die Knochenschneiderin, und schließlich drehte sich der Schädel schnell genug, dass sich die geheimnisvolle Zaubersprache in Flüsse aus warmen Lichtstreifen verwandelte.

Die Härchen auf meinen Armen richteten sich auf, als Olwens Summen tiefer und rauer wurde. Die Melodie zog an mir, war gleichzeitig Klagelied und Gebet. Bald trennten sich die einzelnen Laute klarer, wurden zu Wörtern ohne richtigen Ursprung oder Bedeutung. Es war, als wäre Olwen selbst das Gefäß und leitete den Klang durch die Jahrtausende ins Jetzt.

Oder aus einer fernen Welt.

Mein Herz wurde zu Stein in meiner Brust. Ich blickte zu der Knochenschneiderin, suchte nach irgendeiner Reaktion, aber ihre Miene war ausdruckslos.

Das Gefäß war mittels Todesmagie und einem Kessel aus Annwn geschaffen worden. Dennoch benutzte Olwen die Magie der Göttin. Es war seltsam, die beiden Magien zusammen wirken zu sehen; andererseits hatten die Druiden einst die Magie der Göttin praktiziert. Mit den Gefäßen hatten sie eine Methode entdeckt, beide Mächte zu vereinen, und diese Zusammenkunft – das Aufeinandertreffen von Tod und lebendiger Erinnerung, war so schrecklich wie schön.

Olwen öffnete die Augen, und sehnsüchtige Hoffnung spiegelte sich in ihrem Gesicht.

»Wie fragen wir nach der fehlenden Erinnerung, wenn wir nicht wissen, was für eine es ist?« Ich runzelte die Stirn. »Es gibt nur wenige Gründe, warum Lord Death solche Mühen unternommen hätte, das Schädelfragment zu bekommen, oder?«

»Und noch weniger, warum er nicht einfach den Knochen zerstört hat«, sagte Caitriona. »Ich vermute, er hätte es getan, würde die Erinnerung verraten, wie man ihn vernichtet. Es muss etwas sein, von dem er glaubt, dass er es noch einmal brauchen könnte.«

»Ihr zerdenkt das viel zu sehr«, entgegnete Neve. Sie bückte sich, bis sie auf Augenhöhe mit dem Gefäß war, und fragte: »Zeigst du uns deine wichtigste Erinnerung an Lord Death?«

Weiterhin strömte das Licht um uns herum, und das leise Quietschen des Gestells war alles, was Neve an Antwort bekam.

Ich lehnte mich mit der Hüfte an den Tisch und seufzte. Olwen biss sich so fest auf die Unterlippe, dass sie weiß wurde. Caitriona schnaubte nur kopfschüttelnd.

»Bist du sicher, dass du es richtig repariert hast?«, fragte Emrys die Knochenschneiderin. Ziemlich mutig, ihrem stechenden Blick nach zu urteilen.

»Oh, meine Arbeit war vollkommen, wie immer«, antwortete sie. »Ihr hingegen habt die falsche Frage gestellt. Eure Formulierung ist zu subjektiv – ein Zauber kann solch eine Entscheidung nicht fällen. Ihr müsst präziser sein.«

»Welche Erinnerung oder Erinnerungen haben dir bis jetzt gefehlt?«, schlug ich vor.

»Es ist nicht empfindsam genug, um das zu wissen«, sagte die Knochenschneiderin. »Zum Glück.«

»Wir könnten um alle Erinnerungen im Zusammenhang mit Lord Death bitten«, versuchte ich es wieder.

»Es wären Hunderte, die wir durchgehen müssten«, erwiderte Olwen. »Er wurde in vielen unserer Unterrichtsstunden und Lieder erwähnt, und ich bin mir nicht sicher, ob ich sagen könnte, welche gefehlt hat.«

»Oh«, sagte ich. »Stimmt.«

»Vor welcher Erinnerung fürchtet sich Lord Death am meisten?«, schlug Emrys vor. »Nein, das ist auch subjektiv.«

»Ist es«, stimmte Caitriona ihm zu. Nachdenklich zog sie die Augenbrauen zusammen. Es sah aus, als wollte sie etwas sagen, aber sie schwieg.

»Was?«, fragte Olwen.

»Viviane war sehr pragmatisch«, antwortete Caitriona. »Sie hat mir oft gesagt, dass sie und Morgana ein Wesen wären – sie der Verstand und Morgana das Herz. Und sie hat stets davor gewarnt, nur aus dem Gefühl heraus zu handeln, und uns angehalten, nicht zu stolz zu sein, um Hilfe zu bitten, wenn es nötig ist.«

»Ein weiser Rat«, sagte die Knochenschneiderin.

»Ja, richtig, aber ich bin mir nicht sicher, ob ich dir folge«, räumte Olwen ein.

»Als die Dunkelheit über Avalon kam, waren alle alten Priesterinnen tot«, fuhr Caitriona fort. »Und die Portale zu den verbliebenen Anderswelten waren verschlossen. Wir wissen, dass sie zumindest den Verdacht hatte, Lord Death würde wieder zu Kräften kommen, doch sie wusste nicht, wie sie ihn aufhalten sollte. Hätte sie nicht das einzige andere Wesen konsultiert, das es wissen könnte?«

Olwen begann zu grinsen. »Oh, sehr schlau! Wir hatten schon danach gefragt, aber es kamen keine Erinnerungen.«

»Genau«, sagte Caitriona. »Wenn wir jetzt eine finden, wissen wir, dass es die ist, die Lord Death verstecken wollte.«

»Das klingt alles sehr aufregend, aber könnt ihr bitte den Rest der Klasse aufklären?«, bat Emrys.

Caitriona wandte sich wieder dem Gefäß zu. »Wir möchten Merlins Prophezeiungen zu Lord Death sehen.«

»Schließt die Augen«, wies Olwen uns an.

Mein Blick wanderte zu Emrys, angetrieben von einem selbstzerstörerischen Impuls, aber seine Augen waren bereits geschlossen, und ich tat es ihm gleich.

Als Olwen wieder zu summen begann, schien das Lied meine Haut zu durchdringen und in meinem Knochenmark nachzuhallen. Ein warmes Kribbeln lief mir über den Rücken.

Die Schatten hinter meinen Augen verharrten. Ich ballte die Hände an meinen Seiten, dass die rissigen Fingernägel in meine Handflächen schnitten.

Es funktioniert nicht, dachte ich unglücklich.

Genau in dem Moment hörte ich es.

Das Geräusch von schlurfenden Schritten auf Stein. Das Tropfen unsichtbaren Wassers. Ein Docht, der entzündet wurde und aufflammte.

Der Weg unter dem Turm erschien in seidigen Pinselstrichen, die allesamt von dem einzelnen, zitternden Licht ausgingen. Dann kam die Elfenbeinhand, die es hielt, die Haut so dünn, dass die blauen Adern auf ihrem Rücken zu sehen waren. Und schließlich die Frau selbst. Olwen stieß einen gequälten Laut aus.

Ihr Gesicht war nur teils unter der Kapuze ihres nachtblauen Umhangs zu sehen, als die Frau durch den dunklen Korridor ging. Ihre Züge waren schön, wenn auch von der Zeit weicher geworden. Strähnen schneeweißen Haars hatten sich aus dem langen Zopf an ihrer Schulter gelöst.

Das Wurzelgewirr auf dem Boden und an den Wänden zog sich vor ihr zurück und glitt über die Steine wie unterwürfige Schlangen. Die Frau eilte auf ihr Ziel zu.

Sie holte tief Luft und wartete, dass sich die Wurzelwand vor dem Eingang eines Seitengangs öffnete, und ging auf das Dunkel weiter vorn zu. Die Rinde des Mutterbaums verschob sich, als sich der darin gefangene Körper aus dem weichen Holz und Harz herauswand, um seine Besucherin anzusehen. Das Weiß seiner Augen blitzte in der Dunkelheit. Als die Kreatur den Mund öffnete, knackte die Borke, sodass sie erschauderte.

»Sind es die Schatten … oder täuschen mich meine Augen …«, krächzte die Kreatur. »Ist das Viviane von Avalon … vom Alter gebeugt und müde?«

»Merlin.« Ihr Ton war vernichtend. »Meine Güte, wie … welk du geworden bist.«

»Ich habe schon früher gerufen ... und doch bist du nicht gekommen«, fuhr Merlin fort. »Ich sprach deinen Namen ... in die Schatten ... aber sie ... brachten dich nicht zu mir.«

»Ich habe Besseres zu tun, als zuzuhören, wie der Rest deines Verstands verrottet«, sagte sie verkniffen. »Aber jetzt habe ich Verwendung für dich.«

Er stieß ein scheußlich pfeifendes Lachen aus.

»Welchen Knoten kann ... die große Viviane ... nicht entwirren ... dass sie nun ... die Hilfe von ... einem wie ... mir benötigt?«, raspelte Merlin. »Vielleicht die Dunkelheit ... die durch diese Insel sickert ...? Die Gifte, welche die tiefen Wurzeln tränken ...?«

Viviane war eine große Frau und hielt sich wie eine Königin. Bei dieser Frage jedoch wich sie erschrocken zurück. »Hat es schon den Mutterbaum erreicht?«

Merlin sagte nichts.

»Sei kein Narr«, sagte Viviane. »Wenn es das Herz der Insel erreicht hat, wirst auch du von ihm verschlungen.«

»Es ... wird ... ein Ende nehmen«, sagte er.

Vivianes Züge verhärteten sich vor Wut. »Dann ist er es? Dein früherer Meister?«

»Kein Meister ... Führender ...«

»Mir fehlt die Zeit, über deine fatale Entscheidung zu diskutieren, am Altar eines falschen Gottes zu beten«, sagte Viviane. »Ich frage dich, als Hohepriesterin und letzte Beschützerin von Avalon, ob du, Hirte der Könige, Bewahrer von Geschichten und Prophet der Träume, Visionen von dem hattest, was kommt.«

Merlin räusperte sich laut, wobei mehrere Käfer zwischen seinen bröckelnden Zähnen hervorquollen. Doch die Schmeichelei und Unterwürfigkeit verlockte ihn, wieder zu sprechen.

»Ich habe vieles gesehen ... wenn die Wege zu Eis werden ... wenn die Welt erbebt und Blut weint ... wenn die Sonne von Dun-

kelheit verschlungen wird«, sagte er und schloss seine furchtbaren Augen.

»Noch mehr von deinen infernalischen Rätseln?«, schäumte sie.

»Die Welten werden die Ankunft verkünden, die Ketten des Todes zerbrechen ... neue Macht geboren aus Blut«, endete er. »Du weißt ... wovon ich spreche. Das Ende ... ist gekommen. Er wird haben ... was ihm einst ... versprochen.«

Viviane holte tief Luft. »Dazu wird es nicht kommen. Nicht, wenn du mir erzählst, wie ich ihn aufhalte. Hast du nichts im Wind säuseln gehört? Ist die Antwort dir nicht im Traum erschienen? Du bist zu klug, als dass du keinen Weg gefunden hättest, ihm zu entkommen.«

Merlins Augen blieben geschlossen, seine Lippen regungslos.

»Du konntest Jahrhunderte darüber nachdenken, wie du diese Insel verraten hast«, sagte Viviane. »Die Insel, die dich aufgenommen hat, als die Sterblichenwelt dir das Herz aus der Brust schneiden wollte. Verspürst du nicht den Wunsch, Abbitte zu leisten?«

Immer noch schwieg der Druide. Viviane war ihr Ekel deutlich anzusehen, und sie vibrierte praktisch vor kaum gebändigter Wut. Sie zog ein Messer aus ihrem Gürtel und ging näher zu Merlin. »Dann schneide ich dich raus und verbrenne dich zu Asche, wie ich es schon vor einer Ewigkeit hätte tun sollen ...«

Mit einem Schwung der Klinge löste sie ein Stück Rinde von seiner Wange, das zu Boden fiel. Eiter und Harz sickerten aus seinem Gesicht.

»Ist das ... alles?« Das Lachen des Druiden klang mitleidig. »Du hast nie ... den Mumm besessen zu tun ... was getan werden muss. Deshalb hast du ... Lady Morgana verloren ... und deshalb wirst du ... jetzt alles verlieren ... was dir lieb ist ...«

Bei Morganas Namen wich Viviane wieder zurück, und ihre Nasenflügel blähten sich vor Zorn. Und vor Schmerz.

»Ich finde die Antwort auf anderem Weg«, schwor sie. »Und du ... du wirst weiter nichts sein als eine Hülle dessen, was du einst warst.«

Ihr Umhang wischte über den Boden, als sie sich umdrehte und mit großen Schritten den Korridor entlangging.

»Verzweifelt ... bei meinem Anblick ...«, sagte Merlin mit schroffer, angestrengter Stimme. »Denn ich bin ... der Spiegel der Bestien ... mein Silber singt von der Ewigkeit ... während ich alles ... in meinem grellen Schein einfange.«

Vivianes Schritte wurden nur kurz langsamer.

»Der Spiegel ist ... unerreichbar für dich ... für immer«, brüllte er ihr nach, jedes Wort triefend vor Boshaftigkeit und Speichel. »Und du ... du wirst schreiend sterben ... mit allen anderen!«

Ich riss die Augen auf, als ich aus der Erinnerung auftauchte.

Mit einer Hand stützte ich mich am Tisch ab, weil mir schwindlig wurde. Mein Verstand brauchte eine Weile, um den Anblick des sonnengestreiften Pubs zu akzeptieren, nachdem er so lange in den dunklen Tiefen von Vivianes Erinnerung gewesen war.

Olwen wischte sich die Tränen ab, die ihr über die Wangen strömten, und wandte sich ab, um sich wieder zu fangen. Caitriona wirkte so erschüttert, wie ich sie noch nie gesehen hatte.

»War das die einzige Erinnerung?«, fragte Neve, als das Holzgestell klappernd stehen blieb. Das Gefäß starrte uns mit den hohlen Augen an – die Manifestation von Merlins letztem Versprechen.

»Ich denke, die bessere Frage ist«, begann ich ruhig, auch wenn ich mich nicht so fühlte, »was bei allen Höllen der Spiegel der Bestien ist.«

Kapitel 11

Nur wenige Dinge im Leben sind ärgerlicher als Fragen ohne offensichtliche Antworten und Geschichten ohne Ende. Konfrontiert mit einem Rätsel wie diesem, gab es nur einen Ort, zu dem ich wollte.

In der Gildebibliothek herrschte nächtliche Ruhe, und warmes Licht schien aus dem Kamin und den kleinen Lampen auf den Arbeitstischen und an den Bücherregalen. Dank des Zeitunterschieds war es kurz nach Mitternacht – meine Lieblingszeit für einen Besuch hier.

Es kam durchaus vor, dass andere Hollower bis in die frühen Morgenstunden recherchierten, auf die guten alten Zeiten tranken oder mit ihren jüngsten Funden prahlten, doch nach dem, was wir von der Wilden Jagd gesehen hatten, sprach das leere alte Stadthaus Bände.

»Oh, wow«, hauchte Neve, als sie aus dem Atrium zur Hauptsammlung kam. Das dunkle Holz um uns herum war kürzlich poliert worden und schimmerte jetzt edel.

Ich war stolz und komisch glücklich, ihnen noch einen Teil meines Lebens zu zeigen, ungeachtet der Umstände.

Olwen betrachtete fasziniert die Buntglasfenster an den hinteren Wänden, während Caitriona nur Augen für den Ausstellungskasten in der Mitte hatte.

»Das ist Goswhit«, sagte Emrys hinter ihr. »König Artus' Helm, den er von seinem Vater, Uther Pendragon geerbt hat.«

Narbig und verbeult von unzähligen Schlägen, wie der Helm war, fiel es schwer, nicht enttäuscht zu sein, wie erschreckend gewöhnlich die Reliquie aussah. Was auch immer an Magie mit ihm verbunden gewesen sein mochte, war entfernt worden oder mit der Zeit verblasst.

»Gefunden von Eos Dye«, las sie von dem Schild vor. »Ein Verwandter?«

»Großvater«, antwortete Emrys. »Ironischerweise wurde er von einem schädelbrechenden Fluch erschlagen, als er ihn erlangte.«

»Ein Jammer, dass du nicht dabei warst«, murmelte ich.

Alles Rationale in mir hatte schon im Pub der Knochenschneiderin geschrien, dass wir Emrys loswerden sollten, doch ich konnte mich nicht dazu bringen, noch eine vergebliche Schlacht zu führen. Er hätte gewusst, wohin wir wollten, und wäre uns gefolgt. Und wenigstens konnte ich ihn so im Blick behalten.

Für mich stand zweifelsfrei fest, dass er einen eigenen Plan bei all dem hier verfolgte, und ich würde herausfinden, welcher das war, um ihn zu vereiteln. Und wenn es das Letzte war, was ich auf dieser Welt tat.

»Sind das alles Unvergänglichkeiten?«, fragte Neve hinter einem Regal in der Nähe. »Wie lange genau hortet eure Gilde schon all dieses Wissen? Und weiß die Schwesternschaft davon?«

»Das sind Hollower-Tagebücher, aber wenn du erlaubst, gebe ich dir eine Führung, auch zu den Unvergänglichkeiten«, antwortete Emrys. Bei seiner höflichen Verbeugung biss ich die Zähne zusammen.

Olwen und Caitriona gingen mit ihnen, verschwanden vorbei

an den Regalen mit Legenden- und Märchensammlungen, um den Kamin und die weichen Ledersessel herum zu den Regalen im nächsten Raum.

Ich brachte es nicht übers Herz, ihnen zu sagen, dass sie in jenen Unvergänglichkeiten nichts über den Spiegel der Bestien finden würden. Ich hatte sie alle gelesen, sogar die empfindlichen Bände, die fast schon zu Staub zerfielen. Der Ausdruck war nirgends aufgetaucht.

Zu meiner Überraschung hatte die Knochenschneiderin genauso perplex gewirkt wie wir anderen – oder sie wusste, dass wir uns nicht leisten konnten, für ihre Hilfe zu bezahlen. Das Gefäß hatte keine weiteren Erinnerungen an den Spiegel der Bestien enthalten – natürlich nicht. Da wir keinen sicheren Aufbewahrungsort hatten und ich außerdem so einen der vielen Gefallen abhaken konnte, die ich ihr schuldete, ließen wir die Knochenschneiderin das Gefäß in ihrer Werkstatt behalten, wo sie die Erinnerungen der Hohepriesterin erforschen konnte. Allerdings ließen wir uns versprechen, falls nötig darauf zugreifen zu können.

Die Bibliothekskatzen fauchten unheimlich, als ich an ihnen vorbeiging, und ihre Augen funkelten in den dunklen Regalen. Zwei von ihnen, Titan und Duchess, sprangen von den Stapeln mit Karten aus dem siebzehnten Jahrhundert, und ließen ihre Schwänze drohend hin und her zucken. Griflet grub sich zitternd tiefer in meine Jackentasche.

»Ach, hört auf, ihr Dämonen«, sagte ich zu ihnen. »Ich habe euch mit der Flasche gefüttert, als ihr kaum größer als mein Daumen wart.«

Sie sprangen auf einen nahen Tisch, setzten sich und peitschten weiter mit den Schwänzen, während ich dem Staubsaugergeräusch in einen angrenzenden Raum folgte.

An der Wand mit den hölzernen Schließfächern wurde ich

langsamer. Jemand hatte ganz richtig das Schlimmste vermutet und schwarze Krepptrauerbänder an den Fächern von Septimus Yarrow und seinen Männern angebracht. Ich riss sie runter und stopfte sie in den nächsten Mülleimer.

Bibliothekar staubsaugte vergnügt kleine Kreismuster in die Teppiche, gänzlich ahnungslos, dass sich die Mehrheit der Gilde einem Heer aus Untoten angeschlossen hatte.

Als er mich kommen sah, schaltete Bibliothekar das Gerät aus und begann, das lange Kabel um den Griff zu wickeln. Mir kam der Gedanke, dass wir uns wahrscheinlich leisten könnten, dem Automaten einen besseren, schöneren Staubsauger ohne lästiges Kabel zu kaufen, aber den würde er niemals annehmen. Bibliothekar bewahrte Traditionen gern.

Bei seinem Anblick wurde mir warm ums Herz und meine Kehle eng. Es war albern, aber mir war bis zu diesem Moment nicht bewusst gewesen, wie dringend ich ihn sehen wollte und welche Erleichterung es nach allem war, was wir durchgemacht hatten. Sein für immer unveränderter bronzener Körper, seine ruhige Miene, die manchmal verständnisvoll schien, aber absolut mörderisch, verstieß man gegen eine Regel. Seine Beständigkeit in einer Welt, die entschlossen war, vollends aus den Fugen zu geraten, bewirkte, dass meine Augen brannten.

»Guten Abend, junge Lark!«, zwitscherte er.

Es war ein Schock, seine Stimme von der Allsicht ins Englische gewandelt zu hören, nachdem ich jahrelang nur auf Altgriechisch mit ihm gesprochen hatte – obwohl ich nach wie vor sauer war, dass ich die Sprache als Einzige in der verdammten Gilde auf die harte Tour lernen musste.

»Guten Abend, Bibliothekar«, antwortete ich. »Ich hoffe, es macht dir nichts aus, dass ich einige Besucher mitgebracht habe, um etwas zu recherchieren?«

»Selbstverständlich nicht, junge Lark«, sagte Bibliothekar. »Ihr habt die Bibliothek ganz für euch.«

Endymions gespenstische Erscheinung blitzte in meinem Kopf auf.

»Aha?«, fragte ich matt. »Ist niemand hier?«

»Viele aus der Gilde sind nach England gereist«, antwortete er. »Nachsehen, was sie in den Ruinen finden, die in Glastonbury aufgetaucht sind.«

Natürlich sind sie nach Glastonbury – zu den Ruinen von Avalon. *Natürlich.* Sie würden sich von den Ermittlern oder Forschern dort nichts verbieten lassen. Ich konnte sie mir vorstellen, wie sie die Überreste Avalons gleich Schakalen umkreisten und darauf lauerten, alles an saftigen Reliquien zu schnappen, was noch da war. Sie und alle anderen Hollower-Gilden auf der Welt.

Der Gedanke wühlte unweigerlich die blutigen Erinnerungen an die letzten Tage der Insel auf, und mir wurde schlecht.

»Geht es dir gut?«, fragte Bibliothekar. »Es ist einige Zeit her, seit ich dich zuletzt gesehen habe.«

War es. In der kurzen Zeit, die wir in Avalon gewesen waren, waren in dieser Welt drei Monate vergangen.

Ich räusperte mich und versuchte, mich zu fangen, während ich den Staubsauger nahm und nach hinten in das winzige Büro von Bibliothekar trug. Dort stellte ich das Gerät in seine übliche Ecke und mir wurde warm ums Herz, als ich seinen aufgeräumten Schreibtisch und die Regale voller Objekte an der Wand sah. Federn, interessante Kristalle, Talismane – lauter Dinge, die Cabell und ich bei Aufträgen gesammelt und ihm mitgebracht hatten.

»Du hast sie aufbewahrt«, sagte ich leise.

»Selbstverständlich«, antwortete er. Da war keine Emotion

in den Worten, dennoch spürte ich seine Verwirrung. »Es sind Schätze.«

Es verging eine kleine Weile, bevor ich wieder sprechen konnte. »Ich weiß, dass es sehr viel verlangt ist, aber könnten wir die nächsten Tage vielleicht den Dachboden nutzen – nur zum Schlafen?«

»Dies ist dein Zuhause«, sagte Bibliothekar schlicht. »Es wird immer dein Zuhause sein.«

Mir entging die Ironie nicht, dass ein uralter Automat ohne menschliches Herz oder Verstand mehr Mitgefühl mit zwei verwaisten Kindern bewiesen hatte als die gesamten Gildemitglieder. Anstatt uns aus dem Haus zu werfen, hatte er erlaubt, dass wir heimlich auf dem Dachboden wohnten, uns Essen und Wasser gebracht und uns sogar ein bisschen unterrichtet. Vielleicht hatte er irgendwie geahnt, dass wir, wie er, nicht mit den anderen Mitgliedern gleichgestellt waren und immer so behandelt werden würden.

»Es wird solch eine Freude sein, wieder mit dir am Feuer zu sitzen und zu lesen«, sagte Bibliothekar.

Ich lächelte ein wenig bei dem Gedanken. Jede Nacht, wenn der letzte Hollower gegangen war, kamen Cabell und ich nach unten und halfen ihm, die Bibliothekskatzen zu füttern, bevor wir uns zu dritt vor den Kamin setzten und uns gegenseitig vorlasen. Es war ein leichtes, friedliches Dasein, und ich würde morden, um es eines Tages wiederzuhaben.

Mich beunruhigte dieser Gedanke, doch ich wusste, für Cabell würde ich sogar noch Schlimmeres tun.

Auch er verdiente, solch ein Leben wiederzubekommen.

Bibliothekar bemerkte den kleinen grauen Kopf, der aus meiner Tasche lugte, und zeigte hin. »Ein neuer Schatz?«

Vorsichtig zog ich Griflet aus meiner Jacke und legte das

zitternde Kätzchen in Bibliothekars Bronzehände. Griflet sah mich vollends entsetzt an, doch ich wusste, dass Bibliothekar ihm nie wehtun würde. Er könnte keiner unschuldigen Kreatur etwas tun.

»Die anderen Katzen scheinen ihn nicht zu mögen, daher bin ich mir nicht sicher, ob er bleiben kann«, sagte ich.

Bibliothekar strich mit einem Finger über den Rücken des Kätzchens. »Es ist sehr schwierig, wenn andere nur unsere Unterschiede sehen.«

»Ja«, stimmte ich ihm zu.

Das Quecksilber, das durch seinen Körper floss, surrte leise durch die Adern ähnlichen Glasröhren, die an den Gelenken sichtbar waren. Ich spürte, wie mein Atem stockte, als mir klar wurde, wie sehr es dem geschmolzenen Silber glich, das ich in dem Kessel in Avalon gesehen hatte.

Nicht ähnlich. Identisch.

Was du siehst, ist Todesmagie, zu physischer Form destilliert, hatte die Knochenschneiderin gesagt. *Sie kann so für bestimmte Zwecke benutzt werden, wie das Schaffen und Reparieren von Gefäßen.*

Oder vielleicht um einen Mann zu beleben, der ausschließlich aus Metallteilen bestand.

Die Knochenschneiderin hatte behauptet, dass Todesmagie nicht per se böse sei. Und beim Anblick von Bibliothekar, der so zärtlich zu Griflet war, fing ich an, ihr zu glauben.

»Bibliothekar, hast du je von etwas namens ›Spiegel der Bestien‹ gehört?«, fragte ich. »Er müsste mit Annwn und dessen König zu tun haben.«

»Ein faszinierender Name, *Spiegel der Bestien«,* sagte er und neigte den Kopf so weit zur Seite, wie es sein Hals erlaubte. »In welchem Zusammenhang hast du davon gehört oder gelesen?«

Ich wiederholte Merlins Prophezeiung – oder vielmehr das Rätsel.

»Auch wenn viele Weissagungen nicht buchstäblich zu nehmen sind«, sagte Bibliothekar, »scheint diese tatsächlich einen Spiegel zu beschreiben. Möchtest du, dass ich es für dich recherchiere, junge Lark?«

»Ich würde jede Hilfe von dir zu schätzen wissen«, antwortete ich und nahm Griflet wieder zurück. »Vielen Dank.«

»Junge Lark?«, fragte Bibliothekar, als ich wieder zu den anderen gehen wollte. »Ist dein Bruder auch hier? Es würde mich freuen, ihn zu sehen.«

»Nein«, sagte ich leise. »Ist er nicht.«

Der Geruch von Lack und altem Papier füllte meine Brust aus und löste ein wenig von der Spannung in mir. Einen Moment lang wurde ich langsamer auf meinem Rückweg, lehnte mich an ein Regal und versuchte, meine Gedanken zu sammeln. Ein warmes Licht, das durch die Bücherregale rechts von mir drang, lenkte mich ab.

Vor hundert Jahren war der Bernstein, von dem das Licht stammte, die Aufnahmegebühr eines Gildemitglieds gewesen, das nur noch dafür in Erinnerung war, bei seinem ersten Auftrag in einer Gruft umgekommen zu sein. Ich ging hin, wie immer angezogen von dem honigfarbenen Glanz. Anstatt mich wie früher auf den Boden zu setzen, bückte ich mich, um die Spinne und den Skorpion anzusehen, die für immer in dem Stein gefangen waren.

Merlins Worte wisperten rauchgleich in meinem Kopf. *Wenn ich alle in meinem Blick gefangen halte …*

Wie elektrisiert von der Erkenntnis, richtete ich mich auf. Ich blickte hinunter zu Griflet, der mich anstarrte, als wären mir

Schlangen anstelle von Haar gewachsen. »So einfach kann das nicht sein …«

Die Bibliothek verschwamm um mich herum, als ich zurück in den Hauptsaal eilte und wie ein Pfeil durch den Raum schoss. Ich war fast außer Atem, als ich die anderen erreichte.

Vor dem Kamin bot sich mir eine beinahe anheimelnde Szene. Neve hatte es sich in einem großen Ohrenledersessel bequem gemacht, die Beine seitlich angewinkelt, während sie über einer Unvergänglichkeit brütete, jedes Wort verschlang und gar nicht mitbekam, wie Caitriona sie von der Couch aus beobachtete, *Eine Reise durch die walisischen Legenden* noch geschlossen auf ihrem Schoß.

Olwen hockte im Schneidersitz auf dem Boden, vor sich drei aufgeschlagene Bücher, schien jedoch mehr daran interessiert, mit einer Lampenschnur neben ihr zu spielen und das Licht staunend ein und aus zu schalten.

»Bemerkenswert …«, flüsterte sie. »Oh!«

Sie sprang auf, kaum dass sie mich sah, und dann blickte sie zu Bibliothekar, der durch den Raum ging. Er würde das Atrium aufräumen, ehe er sich für die Nacht in sein Büro zurückzog, wie ich wusste. »Als du gesagt hast, er wäre sehr menschenähnlich, dachte ich nicht …«

Doch ich platzte schon heraus: »Ich glaube, ich weiß, was der Spiegel der Bestien ist.«

Neve blinzelte. »Hat Bibliothekar es gewusst?«

»Hin und wieder – also sehr selten mal – komme ich auch tatsächlich von selbst auf Sachen«, antwortete ich und ignorierte die Bibliothekskatzen, die sich auf den Regalen über uns sammelten und wieder fauchten. Griflet tauchte tief in meine Jackentasche und blieb dort.

»Aha«, sagte sie. »Und was ist es?«

»Wir kennen ihn als den Spiegel von Shalott«, antwortete ich. Ich konnte wirklich nicht fassen, dass ich nicht gleich darauf gekommen war. »In den Rahmen sind lauter Bestien geschnitzt, von dieser Welt und vom Feenvolk.«

»Shalott?« Neve schaute zu Olwen und Caitriona, die genauso verwirrt dreinblickten. »Woher kenne ich diesen Namen?«

»Es gibt eine berühmte Geschichte – ein Gedicht – über eine Frau, die Lady von Shalott«, erklärte ich ungeduldig. Deshalb war Cabell der bessere Geschichtenerzähler, denn ich wollte einfach nur auf den Punkt kommen. »Sie war in einem Turm gefangen, dazu verflucht, die Außenwelt nur durch einen Spiegel zu sehen. Als sie dem Turm entkam, brachte der Fluch sie um, und sie wurde von Lancelot gefunden, als sie im Fluss nach Camelot trieb.«

»Hat dir schon mal jemand gesagt, dass du unglaublich rührend erzählen kannst?«, fragte Neve trocken. »Ich bin so gerührt, dass ich heulen könnte.«

Olwen hingegen wirkte richtig entsetzt. »Was für eine schreckliche Geschichte.«

»Ach, keine Sorge. Wie üblich, ist die wahre Geschichte noch schlimmer«, sagte ich. »Anders als in dem Gedicht passierte das alles kurz nach Artus' Tod und dem Untergang von Camelot. Die Frau aus dem Gedicht war die Nebenbuhlerin einer Zauberin. Beide liebten denselben Ritter, deshalb fing die Zauberin sie in dem Spiegel ein, um ihre Konkurrenz loszuwerden.«

Caitrionas Züge verdunkelten sich. »Wie überraschend.«

»Vielleicht hatte die Lady von Shalott es verdient«, warf Neve ein und reckte einen Finger in die Höhe.

»Verdient, in der kalten Leere eines Spiegels gefangen zu sein?«, fragte Olwen entgeistert.

»Bedenkt man, dass die meisten Unvergänglichkeiten es ›die

bedauerliche Shalott-Sache‹ nennen, scheint Einigkeit darüber zu bestehen, dass sie es *nicht* verdient hatte«, sagte ich. »Und deswegen war jemand gekommen und hatte sie befreit.«

Letzten Endes.

Einige Jahrhunderte später.

»Überlegt mal«, fuhr ich fort. »Was, wenn es unmöglich ist, eine Seele zu zerstören, und die verderbten deshalb nach Annwn geschickt und dort gefangen gehalten werden? Dass deshalb Morgana und die anderen nur Lord Deaths physische Form vernichten konnten. Die Krone von Annwn zu tragen, gibt ihm unbegrenzten Zugriff auf Todesmagie, um seine Seele zu erhalten. Vielleicht ist er nur aufzuhalten, indem man ihn einsperrt.«

»Was ist so besonders an dem Spiegel?«, fragte Olwen.

»Was meinst du?«

»Was ist an dem Spiegel, das nicht kopiert werden kann, indem man andere Spiegel oder Objekte mit denselben Zaubern belegt?«, fragte sie.

»Tja, wenn man den Unvergänglichkeiten glaubt, ist er schon so lange verschollen, dass keiner herausbekommen konnte, welche Zauber das sind, um sie zu kopieren«, antwortete ich. »Es könnte sein, dass die Göttin ihn geschaffen hat oder er in …«

Ich bremste mich noch rechtzeitig.

Doch sie wussten es schon.

»In Avalon gemacht wurde«, sagte Olwen leise. »Oder in einer der Anderswelten, die dem Feenvolk gehören. Sie haben herausragende Handwerker.«

Ich nickte.

»Ooooh«, rief Neve auf einmal und schlug die Unvergänglichkeit mit einem Knall zu. »Was, wenn es *das* ist, von dem Lord Death glaubt, die Zauberinnen hätten es? Er weiß auch nicht, was der Spiegel ist, denkt bloß, dass er durch ihn zerstört werden könnte, weshalb er ihn zuerst zerstören will.«

Olwen machte ein nachdenkliches Geräusch. »Aber Morgana und die anderen haben ihm etwas angeboten, von dem er schon wusste – etwas, das er genug begehrte, um dafür seine treuesten Diener von ihnen töten zu lassen.«

»Gutes Argument«, sagte Neve. »Vielleicht wird es offensichtlich, wenn wir den Spiegel finden. Ich kann den Zauberinnen schreiben, damit sie auch zu suchen anfangen. Würde Madrigal vielleicht auch wieder helfen?«

»Auf keinen Fall«, entgegnete Caitriona. »Das müssen wir allein machen.«

»Aber warum?«, fragte Olwen. »Warum sollen nicht mehr danach suchen?«

»Und wir riskieren, dass sie uns betrügen?« Caitriona sah sie streng an.

»Tut mir leid«, sagte ich ernst. »Doch ich denke, die Zauberinnen wollen ihn genauso dringend wie wir in dem Spiegel gefangen sehen. Ob sie uns allerdings helfen werden, ist eine ganz andere Frage.«

Caitriona lehnte sich auf der Couch zurück und verschränkte die Arme vor der Brust.

»Zusammen bis zum Ende«, erinnerte Olwen sie.

Seufzend nickte Caitriona.

Ich verstand ihre Sorge. Doch je eher wir oder die Zauberinnen den Spiegel von Shalott fanden, desto eher könnte ich Cabell aus dem magischen Bann von Lord Death befreien.

Und Emrys Dyes Gesicht nie wiedersehen, dachte ich, auch wenn das ein schwacher Trost war.

»Rede mit Bibliothekar«, sagte ich zu Neve. »Er weiß, wie man den Zauberinnen Briefe zukommen lässt.«

»Hast du eine Ahnung, wo wir mit der Suche anfangen sollen?«, fragte Olwen mich.

»Nein«, antwortete ich. »Ich habe Gerüchte gehört, dass eine der europäischen Gilden ihn hat, aber nichts Konkretes.«

Merlins Worte entschlüsselt zu haben, fühlte sich gut an – nach zwei Tagen hatten wir endlich einen Ansatz. Doch da war ein komisches Gefühl in mir, dass etwas fehlte.

Oder vielmehr jemand. Die Person, mit der ich mich in Avalon so an den Ideenaustausch gewöhnt hatte, als alle übrigen sich auf anderes konzentrierten.

»Ähm«, begann ich. »Wo ist unser verräterischer Nicht-Freund?«

»Emrys?«, fragte Olwen. »Er hat gesagt, dass er einige eigene Recherchen machen will.«

»Aha?«, sagte ich finster und übergab Griflet an Neve. »Ich bin gleich wieder da.«

Kapitel 12

Ich war erst einmal im untersten Stockwerk der Bibliothek gewesen, als ich mitten in der Nacht mit Cabell Verstecken gespielt hatte.

Als wir uns zurück nach oben stahlen, erwischte uns Bibliothekar und bat uns sehr energisch, nie wieder nach unten zu gehen. Danach hinderte mich ehrlicherweise weniger mein Gewissen daran, es doch wieder zu tun, als vielmehr das Stahlschloss, das Bibliothekar angebracht hatte. Das blöde Ding war unknackbar.

Diesmal stand die Tür offen.

Der Knoten in meinem Bauch, den ich bis eben versucht hatte zu ignorieren, zog sich noch mehr zusammen. Wenn das hinterhältige Wiesel nicht da unten war …

Was spielt es für eine Rolle? Sollte er doch mit Merlins Prophezeiung zu Madrigal laufen! Dann wären wir ihn wenigstens los. Und es würde beweisen, dass es ihm nie um Wiedergutmachung gegangen war – und ich recht hatte.

Ich schüttelte den Kopf und trat durch die Tür.

Vor sieben Jahren war der Keller voller hoher Kistenstapel und welker Kartons inmitten leerer Regale gewesen, die darauf warteten, gefüllt zu werden. Damals hatte ich nicht lange genug bleiben können, um alles zu erkunden; der Raum hatte zum

Himmel gestunken von dem Gift, das sie kurz vorher eingesetzt hatten, um der Rattendynastie den Garaus zu machen, die mit den Hollowern um die Vormacht im Gebäude stritt.

Als die Bibliothek noch eine Zauberinnengruft war, diente dies hier als Hauptkammer, und man sah immer noch einige Spuren davon: die in die Wände geritzten Sigillen, kleine Alkoven zur Lagerung von empfindlichen Schätzen, ein Kronleuchter aus undefinierbaren Knochen und eine lange, gewundene Treppe in Form einer riesigen Schlange.

Vorsichtig stieg ich nach unten und blickte mich rasch um. Es war noch so kalt und klamm, wie ich es erinnerte, doch die Dyes hatten den Raum aufgemöbelt, alte, ausgeblichene Teppiche auf den rissigen Marmorboden geworfen und kerzenähnliche Wandlampen angebracht, die angingen, als ich an einem Bewegungsmelder vorbeikam.

Die Kartons und Kisten waren fort, und die leeren Regale standen nun in ordentlichen Reihen, zum Bersten gefüllt. Unvergänglichkeiten – leder-, haut- und schuppengebundene – waren an den Regalen festgekettet. Die Luft stand von dem Geruch nach Verfall und altem Blut.

Und es waren ... *so viele.*

Emrys stand hinten im Raum, die Hände auf einen prächtigen alten Schreibtisch gestützt. Er bewegte stumm seine Lippen, als er das Buch vor ihm im Licht einer Tiffany-Lampe durchging.

»Ihr ...« Wütend blieb ich auf der untersten Stufe stehen. »Ihr *Bastarde!*«

»Das ist derzeit quasi das Familienmotto«, sagte er gelassen. »Du müsstest spezifischer werden, was deinen Zorn erregt hat.«

Die schiere Menge an Material, die sie hier versteckten, war erschütternd, doch was mich erst recht aufbrachte, war das Wissen, dass dies hier nur der Überschuss einer noch größeren

Sammlung auf ihrem Anwesen war. Lauter Unvergänglichkeiten und Reliquien, die für den Rest von uns verloren waren.

Ich schritt die Regale ab und versuchte, mir die Namen unter den Unvergänglichkeiten einzuprägen.

»Bist du nicht schon hier unten gewesen?«, fragte Emrys und verließ seinen Platz, um mich vom anderen Ende der Regalreihen aus zu beobachten. »Ich hätte gedacht, dass du dich schon hier reingeschlichen hast, einfach um zu beweisen, dass du es kannst.«

»Nicht mehr seit den glorreichen Tagen, als dies hier ein Rattenfriedhof war«, antwortete ich. »Bewahrt ihr diese Sammlung hier auf, um dem Rest von uns zu zeigen, dass wir ohnmächtiger Pöbel sind?«

»Ich werde versuchen, meinen Vater zu fragen, bevor ich auslösche, was von seiner verschrumpelten Seele übrig ist«, sagte Emrys.

Er kehrte zu dem Schreibtisch zurück, und nachdem ich noch einen letzten sehnsüchtigen Blick auf die Regale geworfen hatte, ging ich zu ihm.

»Man kann nichts umbringen, was schon tot ist«, erinnerte ich ihn. Das war einer von Nashs Lieblingssätzen gewesen, wenn er uns Geistergeschichten erzählte.

»Weiß ich.« Emrys fuhr mit dem Finger die Buchseite vor sich ab – es war ein Tagebuch. »Deshalb denke ich, dass wir nach dem Spiegel von Shalott suchen.«

Mir stand der Mund offen, und restlos genervt bewegte ich mich auf die andere Schreibtischseite, sodass ich ihm gegenüber war. »Das hast du *nicht* rausgefunden!«

Er grinste nur.

»Seit wann weißt du es?«, fragte ich.

»Ich hatte gleich einen Verdacht, wegen der vielen Kreaturen auf dem Rahmen«, sagte er, drehte das Buch um und neigte sich zu mir. »Aber ich wollte erst wissen, wer ihn im Moment hat, bevor ich es der Gruppe sage.«

Lügner, dachte ich, und das Wort hallte bis in meine Knochen. Wäre ich nicht hier nach unten gekommen, hätte ich nicht gesehen, wonach er sucht, hätte er uns dann jemals von seiner Theorie erzählt? Oder hätte er sich davongestohlen, ehe wir überhaupt merkten, dass er nicht mehr da war?

Ich hielt seinen Blick fest, obwohl mir plötzlich unangenehm bewusst wurde, wie nahe sich unsere Gesichter waren. »Bist du sicher, dass du uns nicht einfach schlagen wolltest?«

Er runzelte die Stirn, und einen kurzen Moment lang hätte ich schwören können, dass sein Blick auf meine Lippen fiel.

Ich spürte seinen Blick überall, und Hitze wallte in mir auf. Schatten bildeten sich um uns herum, bis die Unvergänglichkeiten, die Wände, der Schreibtisch, alles außer ihm verschwand.

»Warst du in Sorge, ich könnte wieder verschwinden?«, fragte er leise. *Warm.* Er beobachtete mich, und sein Adamsapfel hüpfte, als er sich noch ein wenig näher beugte. Ich hörte kaum, wie er sagte: »Und ich dachte, du willst mich nicht in deiner Nähe ...«

Sein Atem vermischte sich mit meinem. Mein Herz flatterte wie ein kleiner Vogel, der aus seinem Käfig auszubrechen versuchte. Seine Lippen bewegten sich, formten ein Wort, ohne ihm eine Stimme zu geben.

Real. Das Wort schwebte atemlos durch meine Gedanken. *Real.*

Dann jedoch richtete Emrys sich auf und wich zurück. Er tippte mit einem Finger auf das offene Buch vor ihm und blickte wieder auf die Seite hinab, wobei er ein nachdenkliches Geräusch von sich gab – als wäre das eben nie passiert.

Als wäre ich nicht direkt vor ihm. Wie ein verworfener Gedanke.

In diesem Moment, als ich fühlte, wie tiefrot meine Wangen

waren, war ich mir nicht sicher, was ich mehr verachtete: Ihn wegen all seiner kleinen Spielchen oder mich, weil ich ihn diese Runde gewinnen ließ.

Ich atmete schnaubend durch die Nase aus und sah auf die Seite. Die Überschrift lautete *SPIEGEL VON SHALOTT,* und in zwei unterschiedlichen Handschriften waren darunter Daten und Namen eingetragen.

Januar 1809 – Juni 2000 Laurent Perreault,
Pariser Gilde – Dachboden seines Zuhauses?

Verkauft im August 2000 an Edward Wyrm,
Londoner Gilde – Rivenoak

»Meine Ahnen mögen sich hier mit den Nagetieren heimisch gefühlt haben«, sagte Emrys, »doch man muss ihnen zugestehen, dass sie gut Buch geführt haben.«

»Heiliger!«, sagte ich. »Wyrm?«

»Der gute alte Wyrm«, bestätigte Emrys. »Ich meine, mich zu erinnern, dass er und Nash eine Art Zwist hatten ...?«

»Was eine nette Formulierung dafür ist, dass Nash ihn als menschlichen Schutzschild benutzt hat, als er eine Gruft öffnete, was Wyrm eine Niere kostete«, antwortete ich.

»Ist das alles?«, fragte Emrys.

»Stimmt, es war wirklich dämlich von Wyrm, sich so darüber aufzuregen.« Ich blickte wütend zu dem Eintrag. »Er hat ja noch eine zweite, und der geht's prima.«

Die Andeutung eines Lächelns huschte über Emrys' Gesicht. Ich zwang mich wegzusehen.

»Wag es ja nicht zu lachen«, warnte ich ihn. »Er hat uns vor seiner gesamten Gilde verboten, Rivenoak zu betreten.«

»Ich weiß«, sagte Emrys. »Daran erinnere ich mich.«

»Du *erinnerst* dich?«, wiederholte ich und spürte, wie mich jener beschämende Moment aufs Neue einholte. »Warst du da?«

Er nickte. »Und fürs Protokoll: Hinterher hat er sich betrunken und zugegeben, dass es gar nicht Nashs Schuld war. Er hatte den Fluch aktiviert und nicht schnell genug reagiert. Und Nash ließ ihn lügen, um seinen Stolz zu schonen. Er ist ein arroganter Arsch.«

Mit einem Fingerschnippen hätte Emrys mich umwerfen können. Dass Nash ausnahmsweise mal unschuldig war, war eine Sache, aber dass Emrys es mir erzählte, war … freundlich, was nach dem Tag, den wir hatten, umso verwirrender war.

Ich tröstete mich damit, dass die Götter mich zwar genug hassten, ihm zu erlauben, diesen ersten erniedrigenden Moment mitzuerleben, aber wenigstens hatten sie mir den zweiten erspart.

Emrys runzelte die Stirn, als ahnte er meine Gedanken. »… Warum habe ich das Gefühl, dass das nicht der einzige Grund ist, weshalb du ihn hasst?«

»Brauche ich noch einen?«, konterte ich. Eigentlich war es ihm doch egal, und ich wollte ihm nicht noch einen Dolch schenken, mit dem er mich ausweiden konnte.

Seit Jahren hatte ich keinen Gedanken an Wyrm mehr zugelassen, ließ jeden Anflug von einem in dem Säuresee der Verachtung verätzen, die ich für meine eigene Gilde empfand, die Cabell und mich als Kinder im Stich gelassen hatte.

Jetzt war ich dankbar, dass ich nicht so unvorsichtig gewesen war, Emrys die ganze Geschichte von unseren Jahren in der Bibliothek zu erzählen. Wie Wyrm wenige Wochen nach Nashs Verschwinden Bibliothekar kontaktiert und gefragt hatte, ob er kommen und mit Cabell und mir sprechen könnte. Wie er richtig aufgebrezelt erschienen war, nach teurem Holz riechend, und sich mit uns vor den Kamin gesetzt hatte. Wie er uns mit ekelhaft sanfter Stimme erzählte, wir könnten zu ihm auf sein palastartiges Anwesen ziehen, wäre das nicht wunderbar?

Zu jener Zeit, mit zehn Jahren, war ich gewillt, alles zu vergessen, was vorher passiert war, weil ich so wütend auf Nash war; und Wyrm versprach all die Dinge, die ich uns nicht garantieren konnte: dass wir nie wieder hungern müssten, nie wieder bei bitterer Kälte draußen schlafen, zur Schule gehen könnten und nicht alle paar Tage von Ort zu Ort ziehen müssten. Dass ich nicht hilflos zuschauen müsste, wie mein Bruder litt.

Mittlerweile war ich nicht mehr so dumm, ihm seine Märchen abzukaufen. Damals tat ich es. Aber ich wollte auch so verzweifelt, dass es stimmte und alles für uns besser werden könnte, dass ich mich hatte einlullen lassen. Mir fiel gar nicht auf, wie er uns ausfragte, wo Nash zuletzt mit uns gewesen war, wonach er gesucht hatte, weil Wyrm es sehr gut in all seine Versprechungen einflocht. Zu der Zeit wusste ich noch nicht, dass er auch nach Artus' Dolch suchte und keine Hemmungen hatte, zwei Kinder zu benutzen, um die Informationen zu bekommen, die er wollte.

Was ich wusste, war, dass er uns sagte, wir sollten unsere Sachen packen und warten, bis er am nächsten Morgen zurückkäme, um uns zu holen. Das taten wir. Wir warteten den ganzen Morgen.

Den ganzen Tag.

Und die ganze nächste Nacht.

Die seltenen Male, die ich mir erlaubte, an jenen Tag zu denken, empfand ich jedes Mal wieder dieselbe unerträgliche Scham wie damals, als ich endlich einsah, dass wir hereingelegt worden waren. Und ich erinnerte mich, wie sehr Cabell versucht hatte, nicht zu weinen, als wir unsere Sachen zurück auf den Dachboden trugen. Da schwor ich, mich nie wieder von einem Mann verarschen zu lassen.

Und trotzdem stand ich hier vor einem anderem, der mit mir gespielt hatte.

»Du weißt, was das heißt, oder?«, unterbrach Emrys mein Abschweifen in die unwillkommene Vergangenheit.

»Oh, ich kann es kaum erwarten, dass du es mir verrätst«, murmelte ich.

»Du bist nie in seinem Haus gewesen, oder?«, fuhr er fort, als wollte er Salz in die Wunde streuen.

»Hatten wir das nicht gerade geklärt?«, konterte ich. Wyrms Privatdomizil diente auch als Gildezentrale und Bibliothek. Uns war untersagt, dort jemals Geschäfte zu machen.

»Tja, ich schon, und ich glaube, dass ich genau weiß, wo sie den Spiegel aufbewahren.« Da war ein Hauch von Siegesgewissheit in seinem Blick. »Also bist du mich noch nicht ganz los.«

Ich öffnete den Mund, bevor mir ein Gegenargument eingefallen war. Die Luft um mich herum wurde mit jeder Sekunde kälter, als wollte sie helfen, mich hier gefangen zu halten. »Denkst du, das finden wir nicht allein raus?«

Noch während ich es sagte, flüsterte meine selten erhörte rationale Seite: *Es ist für Cabell.*

»Es sind nur noch neun Tage bis zur Wintersonnenwende«, erinnerte er mich. »Und du hast keinen Schimmer, was Lord Death plant. Du bist ...«

Er brach mitten im Satz ab. Die Luft wurde so kalt, wie ich es erst ein einziges Mal zuvor erlebt hatte: als die Weiße Dame in dem Feld voller blendendem Schnee erschienen war. Instinkt und Furcht kollidierten in mir, flehten mich an, mich zu rühren, doch das Todesmal brannte so schmerzhaft, dass es sich wie ein Messerstich mitten ins Herz anfühlte.

Ich konnte mich nicht bewegen, nicht atmen, nicht einmal, als die Schatten hinter mir zu knurren begannen.

Emrys packte meine Jacke und zog mich über den Schreibtisch neben sich, als der Geist aus der Dunkelheit auftauchte, wo ich eine Sekunde zuvor noch gestanden hatte.

Bei dem Anblick wollten mir sämtliche Knochen aus der Haut fahren.

Das lange Haar der Frau schwebte glitzernd und durchscheinend um sie herum. Sogar das schwache Licht schien vor ihr zurückzuschrecken, es flackerte über ihr Gesicht, weigerte sich aber, länger als einen Moment auf ihrer scheußlichen Miene aus Hunger zu verharren.

Weiße, glühende Augen fixierten mich, und ihre Lippen formten stumm das Wort *Du.*

»Was ... zur Hölle ... ist das?«, hauchte ich.

Einzig Emrys' Körperwärme linderte die eisige Kälte in der Luft.

»Das ist die Zauberin, der diese Gruft gehörte«, sagte Emrys und zog mich mit sich zurück. »Enora, was ist in dich gefahren?«

Ihre Züge wurden messerscharf. Staub, Ruß, loses Pergament, Stofffetzen und Fliesenfragmente stiegen auf, um Enora wie Ton in der Hand eines Bildhauers zu formen. Sie verliehen ihr eine widerliche Haut aus Schmutz und Verfall. Gaben ihr einen Körper.

Ein Phantomwind blies durch den Keller, rüttelte an den Ketten der Unvergänglichkeiten und knallte die Tür oben an der Treppe zu. Bei dem Lärm zuckte ich zusammen und keuchte bei dem plötzlichen Gestank nach Asche und fauliger Säure. Immer noch flogen Klumpen von Erde und Holzsplittern auf sie zu, zerkratzten uns die Haut, als sie durch die Luft schossen.

Die Geistergestalt öffnete ihren Schlund und enthüllte Reißzähne aus Stein- und Fliesenscherben.

Wiedergängerin, schrie es in meinem Kopf. Sie wurde zu einer Wiedergängerin.

Sie streckte die Arme wie verdrehte Weinranken vor und hieb mit ihren krallenartigen Fingernägeln in Richtung meiner Brust.

Emrys löste eine Hand von mir und kramte in der Schreibtischschublade nach etwas – einem irdenen Talisman mit einem Sigill zum Schutz vor den Toten.

»*Neiiiiiin!*«, heulte die Kreatur und tünchte die Luft faulig mit ihrem Elend. Sie sprang auf uns zu, doch ihre Hände lösten sich auf, als sie den Talisman erreichten, sodass Klumpen von Erde und Asche aus dem Kamin auf den Schreibtisch fielen.

»Du *wusstest,* dass dieses Ding hier unten ist?«, presste ich heraus.

»Sie ist ein Schatten«, antwortete Emrys verwundert. »Bloß ein Schatten …«

Ein Schatten war eine Seele, die in der Sterblichenwelt blieb und sich weigerte weiterzuziehen. Schatten besaßen nicht die Art Bosheit oder Schmerz, der ein beängstigenderes Wesen wie die Weiße Dame hervorbrachte. Schatten waren stur, aber keine Monster.

Zumindest sollten sie keine sein.

»So habe ich sie noch nie erlebt«, sagte Emrys. »Früher hat sie mir bei der Recherche geholfen. Sie war *reizend.*«

»Super«, sagte ich. »Jetzt ist sie eine reizende Wiedergängerin, die uns die Gesichter zerfetzen will.«

Wir wechselten einen besorgten Blick. Als er mich hinter sich schob, wurde mir klar, dass er mich immer noch festhielt. Ich war zu gestresst, zu abgelenkt von dem heftigen Pochen meines Todesmals, um mich zu sträuben, als wir in einem weiten Bogen um die Regale herum zur Treppe eilten.

Die Wiedergängerin folgte uns, wobei sie eine Spur von Schmutz und Ruß auf dem Boden hinterließ.

»So ist's brav, Enora … jetzt bleib zurück«, sagte Emrys und hielt den Talisman wie einen Schutzschild vor uns. Sie knurrte und schnappte wie ein verwundetes Tier. Ihre Hände waren recht nahe an meinem Hals, hieben in die Luft, als malten sie sich aus, wie es sich anfühlen würde, stattdessen meine Haut zu zerreißen.

»Neiiiiin«, heulte sie wieder, schluchzte beinahe, als wir rückwärts die Treppe hinaufstiegen, weil wir nicht wagten, ihr den Rücken zuzukehren.

Ihr Körper nahm groteske Formen an, als sie auf allen vieren hinter uns herkroch und ihre Wirbelsäule dornengleich aufragte. Wieder hakte sie ihren Kiefer aus wie eine Schlange. *»Neiiiiin!«*

Nashs Worte hallten durch meinen Körper, pochten im Takt mit dem Todesmal.

Wie der Frühling, bist du verflucht, jung zu sterben.

»…sin?« Emrys sprach mit mir. »Tamsin!«

Ich zwang mich zu reagieren. »Was?«

»Kannst du die Tür aufmachen?«, fragte er. »Sie kommt nicht raus, versprochen.«

Mir war peinlich, wie sehr meine Hand zitterte, als ich nach der Klinke hinter mir tastete. Es dauerte ein wenig, bis ich sie mit meiner schweißnassen Hand richtig greifen konnte.

Ich fiel praktisch rückwärts ins Atrium der Bibliothek. Der Aufprall holte mich wieder halbwegs ins Hier und Jetzt zurück, und ich krabbelte rückwärts. Die Statuen schauten zu, wie Emrys mit der Tür kämpfte und den Talisman an die Klinke hängte.

Mit einem Wutschrei und überschäumender Magie sprengte die Wiedergängerin die Tür auf, sodass Emrys mit so viel Kraft gegen die nahe Statue der Athene geschleudert wurde, um mir einen Herzstillstand zu bescheren. Der Talisman flog in die entgegengesetzte Richtung die Diele entlang und kam klimpernd auf dem Boden auf. Im Geiste verfolgte ich das Geräusch, schrie mich innerlich an, ihn zu holen, noch während ich auf den regungslosen Emrys zukroch.

Kein Blut, dachte ich erleichtert. Ich packte seine Jacke hinten und rüttelte ihn. »Emrys!«

Er stöhnte, was jedoch vom Geheul der Wiedergängerin geschluckt wurde; sie schluchzte und schrie, bis ich mir die Ohren zuhalten musste. Mir drehte sich der Magen um, als ihre Schreie von dem kalten weißen Stein zurückgeworfen wurden, so unausweichlich wie ihr Weg zu uns.

Zu *mir.*

Der Gestank von Verrottendem ging von ihr aus, als ihr Blick mich fixierte und ihre Krallen sich erneut zu mir streckten.

»Tamsin!« Neves Schrei übertrug sich schon durch die Diele, ehe sie erschien. Vollkommen verängstigt.

»Lauf!«, rief ich ihr zu.

Die Wiedergängerin wandte sich ihr zu, klapperte mit den Zähnen, als Neve einen Zauber herbeirief. Der anderweltliche Gesang hob an, und ein blau-weißes Licht ballte sich um die Zauberin. Die Worte aus meinem Traum kamen mir wieder in den Sinn, unwirklich und beharrlich. *Schütze sie, schütze sie ...*

Die Wiedergängerin erstarrte wie in einem unsichtbaren Netz gefangen. Als sie sprach, war da keine Spur mehr von ihrer irrsinnigen Wut, nur Angst. »Nein ... *nein* ... nicht *du*...!«

Neve trat erschrocken einen Schritt zurück, als Asche und Schmutz von der Wiedergängerin auf den blitzsauberen weißen Marmor rieselten. Neben mir zwang Emrys sich zum Sitzen auf und schüttelte den Kopf, als wollte er ihn so klar bekommen.

Immer mehr Asche, Schmutz und Schutt fielen von der Gestalt, bis nur noch die Umrisse des Geists blieben. *»Nicht du, nicht du … vergib mir!«*

Der Geist flog zurück zur Kellertür und versengte die Luft mit dem Geruch roher Magie. Die Unruhe hatte auch Caitriona und Olwen herbeigelockt, und sie direkt hinter Neve zu sehen, versetzte mich in Aktion. Ich ließ Emrys los und rannte zu dem Talisman.

»Was war das Ding?«, hauchte Neve, als ich die Tür zuschlug und den Talisman an die Klinke hängte.

Als hätte er mich dort gespürt, stürmte der Geist drinnen wieder gegen die Tür, rüttelte an ihr, dass die Angeln ächzten. Kurz fürchtete ich, der Talisman könnte zerbrochen sein, als er auf den Boden gefallen war.

Doch er hielt. Das Sigill leuchtete blau und formte ein Siegel um die Tür, sperrte den Geist ein, nicht jedoch dessen Stimme.

Emrys richtete sich langsam auf, und unsere Blicke begegneten sich, als die Schreie der Wiedergängerin zu einem verzweifelten Klagegesang wurden.

»Große Mutter, ich habe es nicht gesehen! Ich wusste es nicht! Vergib mir … vergib mir …!«

Neves schockierter Gesichtsausdruck dürfte meinen eigenen spiegeln. Sie hob eine Hand an ihre Brust, um den Anhänger unter ihrem Shirt zu berühren. Ich wusste, was sie dachte, denn ich dachte dasselbe.

Was bist du?

Doch als es endlich still wurde, blieb auch das unbeantwortet.

Kapitel 13

Rivenoak Manor war so absurd prächtig, wie ich es in Erinnerung hatte, und der Effekt wurde noch durch eine leichte Schneeschicht und die schimmernden Lichter an der hohen Fassade verstärkt.

Das palastartige Gebäude entsprang den Vorstellungen eines elisabethanischen Höflings von Eleganz; der Mann konnte unmöglich geahnt haben, dass seine Nachfahren mit gestohlenen Reliquien handeln würden, nicht mit Macht.

An diesem Abend waren wir nicht die einzigen Besucher in Rivenoak. Die brennenden Fackeln entlang der Auffahrt und die Parade eleganter Wagen, die auf das Haus zufuhren, waren die ersten Zeichen, dass es Schwierigkeiten geben würde. Und von hier aus wurde es nur schlimmer.

Douglastannen waren herbeigeschafft worden, um den Eingang zu schmücken. Ihr süßer Geruch füllte meine Brust aus, als ich tief Luft holte. Der Glanz der Party flirrte goldenen Flügeln gleich durch die vielen Fenster. In jenes Licht zu treten, war, als würde man in eine Anderswelt schreiten – so verlockend wie verboten.

Meine Aufmerksamkeit wurde auf einen Mann in einem weißen Smoking gelenkt, der unten an der Marmortreppe in der Mitte der geschwungenen Einfahrt Einladungen einsammelte. Die eintreffenden Gäste waren formell gekleidet, mit glitzerndem Geschmeide behängt und gewärmt von Tierpelzen. Offenbar war bei diesem Event Abendkleidung erwünscht.

Ich sah verärgert zu Emrys und veränderte meine Position, damit mir die Buchsbaumhecke nicht mehr in die Wange stach. »Hast du hiervon gewusst?«

»Ja, klar«, antwortete er flüsternd. »Ich versuche immer, genau dann zu kommen, wenn am wahrscheinlichsten ist, dass ich erwischt werde.«

»Sollen wir … ein anderes Mal wiederkommen?«, fragte Neve, die sich traute, über die Büsche zu linsen, hinter denen wir uns versteckten. Im Schutz der Hecke entlang der Auffahrt hatten wir es endlich bis ganz nach vorn geschafft.

»Können wir nicht hintenherum gehen?«, fragte Caitriona.

Emrys überlegte einen Moment. »Nein, der einzige Zugang zur Bibliothek ist durch eine Tür drinnen, es sei denn, man klettert durch das Fenster dort.« Er nickte zum drittletzten Fenster. »Das Fenster ist die bessere Chance, allerdings müssten wir warten, bis der letzte Gast drinnen ist …«

Neve summte leise, den Blick auf einen der Bäume links von der Tür fixiert. Innerhalb von Sekunden ging er lichterloh in Flammen auf.

Als der Mann in dem weißen Smoking und mehrere Sicherheitsleute uns den Rücken zukehrten, um zu dem Feuer zu eilen, ergriff Neve die Initiative, indem sie wenig elegant über die Hecke sprang, sodass wir anderen hinter ihr herrennen mussten.

»… oder Ablenkung funktioniert auch«, flüsterte Emrys gequält.

Ehe wir den Feuerlöscher zischen hörten, hatten wir fünf es geschafft, in die enge Lücke zwischen der Hausmauer und dem Dickicht von Rosenbüschen zu kriechen – allerdings nicht, ohne einen Preis dafür zu zahlen.

»Warum mussten das Rosen sein?«, flüsterte Olwen, die vorsichtig Dornen aus ihren Händen und Jackenärmeln zupfte. Mein Hals fühlte sich an, als hätte ich einen Nahkampf gegen die Bibliothekskatzen verloren.

»Ooh«, flüsterte Neve, schob eine Hand unter einen der Büsche und zupfte etwas aus der Erde. »Der Vorbote des Winters!«

Emrys drehte sich so weit um, wie es hier ging. »Wirklich?«

Sie hielt ihm einen kleinen gelben Pilz hin. Ich schnippte mit den Fingern, um ihre Aufmerksamkeit auf mich zurück zu lenken. »Pilzgespräche nachher! Konzentriert euch!«

Einige Akkorde von »Greensleeves« erklangen aus den Fenstern über uns, gespielt von einem Streichquartett. Als ich wieder nach vorn schaute, stellte ich fest, dass ich auch Caitriona und Olwen verloren hatte. Sie hatten die Köpfe gerade weit genug gereckt, um durch das schimmernde Glas in den großen Saal dahinter und zu den funkelnden Konturen der von Kerzen erhellten Party drinnen zu sehen.

Mehrere Feiernde versperrten uns die Sicht, deren Lachen dank eines leichten Champagner-Deliriums lauter als sonst war. Sie stießen achtlos ihre Gläser zusammen, als sie einander zuprosteten.

Aus Nashs Tagebuch wusste ich, dass der Westflügel des Landsitzes für Wyrm und seine Familie reserviert war, der östliche für die Gildemitglieder, doch Cabell und ich hatten draußen warten müssen wie Straßenhunde. Der schweinsgesichtige Butler hatte verhindert, dass wir auch nur einen flüchtigen Blick ins Foyer werfen konnten. So groß und makellos das Äußere des Hauses auch war, es blieb nur ein Vorgeschmack auf das, was unsere Augen drinnen erwartete.

Ich rang nach Luft, als die Partygäste auseinanderstrebten und man sah, wie hoch der Raum wirklich war.

Es war unmöglich, alles auf einmal in sich aufzunehmen. Der Raureif auf den Fensterscheiben verlieh allem etwas Traumgleiches, Unwirkliches. Gäste tanzten um die schäumenden Türme von Champagnergläsern herum, die unter protzigen Mauerbögen aufgebaut worden waren. Ein riesiges Yule-Scheit brannte im Kamin, und die Flammen züngelten an den Enden der Schleifen und getrockneten Beeren, die daran gebunden waren.

»Gehört das alles einer Familie?«, flüsterte Olwen.

Ich verstand ihre entsetzte Faszination. Der Turm von Avalon war enorm gewesen, hatte jedoch als Herz der Insel einem Zweck gedient und am Ende Dutzende Familien beherbergt. Die Größe *dieses* Hauses sollte einfach nur bewirken, dass sich der Rest von uns minderwertig vorkam.

Einige Gesichter erkannte ich wieder, aus meiner eigenen und der Londoner Gilde. Interessanter waren jedoch die Sammler, Schwarzmarkthändler und Auktionatoren, die das Bindeglied zwischen dem Fund eines Hollower und seinem Zahltag bildeten.

Ich erhaschte einen Blick auf Laternen und fellbedeckte Stühle, doch kaum landete mein Blick auf dem Festmahl, konnte ich ihn nicht davon lösen. Ein langer Tisch, der sich beinahe über die gesamte Seite des Saals erstreckte, war beladen mit Platten voller Obst und Käse, Weihnachtsgebäck und bunten Süßigkeiten. Mein Magen knurrte erbärmlich, als ich sah, wie die Köchin eine ganze Reihe von gebratenen Truthähnen zerlegte. Sie bot jedem Gast ein frisch geschnittenes Stück an, welche sich daraufhin mit ihren voll beladenen Tellern auf einige der kleineren runden Tische im Saal verteilten.

Die meisten Gäste beachteten das Essen allerdings nicht und scharten sich um einen beleuchteten Glaskasten in der Mitte des Saals.

Wie in meiner eigenen Gildebibliothek, stellte auch die Londoner Gilde die Reliquien aus, die ihnen als Aufnahmegebühr gegeben wurden. Ein Dutzend Schaukästen reihte sich zu beiden Seiten des Raums, unterbrochen von Fenstern und Ritterrüstungen. Angewidert verzog ich das Gesicht, als ich in einem der Kästen Pridwen erkannte, König Artus' Schild, den Gürtel von Brynhildr in einem anderen und das, was angeblich Merlins Druidenlöffel war, in einem dritten. Doch sie alle verblassten im Vergleich zu dem Kapuzenumhang.

Er war sorgfältig an einer gesichtslosen Puppe drapiert und aufgeschlagen, um das eingewebte Bild eines Hirsches in einem blühenden Wald auszustellen. Der Stoff sah unglaublich zart aus – so fein gewoben wie Gaze. Einzelne Fäden schimmerten silbern und golden im Licht, gleich Andeutungen von Magie.

»Artus' Mantel?«, flüsterte Emrys. Er sah mich ungläubig an. »Den haben sie gefunden? *Wyrm* hat ihn gefunden?«

»Warum sollte einer von Artus' alten Umhängen es lohnen, gefunden zu werden?«, fragte Olwen. »Es sei denn ... meint ihr den, den Morgana ihm gegeben hat?«

»Genau den«, antwortete ich seufzend. »Er macht den Träger unsichtbar. Angeblich.«

»Ich schätze, jetzt kennen wir den Grund für die Party«, sagte Emrys. »Und ich dachte, es sollte einfach nur eine Feier sein. Stattdessen ist es ein teurer Vorwand, mit seinem neuesten Fund zu prahlen.«

»Argh«, murmelte ich, beinahe zu angewidert, um weiter hinzusehen. »Mist. Ich *hasse* es, dass er derjenige ist, der ihn gefunden hat.«

»Ich dachte, dich interessieren die größeren Reliquien nicht«, sagte Neve streng.

»Tun sie auch nicht«, antwortete ich und musste mich anstrengen, nicht wie ein beleidigtes Kind mit der Faust auf den Boden zu schlagen. »Aber ich will auch nicht, dass er sie hat. Er ist schrecklich, und das nicht nur nach meinen Maßstäben. Als ich ihn kennenlernte, hat er zu mir gesagt, ich sollte mich in wenigen Jahren mal bei ihm melden, dann könnte er mir zeigen, wie man Spaß hat. Da war ich *sieben!* Und glaub mir, von da an wurde er bloß noch übler.«

Es war nicht nötig, näher ins Detail zu gehen, da es so schon alle hinreichend abzustoßen schien. Ich versuchte, nicht zu beachten, dass ein Schatten über Emrys' Gesicht zu ziehen schien und er seine Hände praktisch in die fast gefrorene Erde krallte.

Hör auf, dachte ich. An mich und an ihn gerichtet. Sobald wir den Spiegel hatten und ich sicher war, dass Emrys ihn uns nicht so stehlen konnte wie den Ring, müsste ich ihn nie wiedersehen.

»Also würdest du ihn in einem Spiegel gefangen halten, hättest du die Mittel dazu«, sagte Neve nach einer kurzen Weile, hielt bei meinem Gesichtsausdruck jedoch gleich beide Hände in die Höhe. »Ich meine ja nur!«

Die Menge vor dem Schaukasten teilte sich, und der Hausherr erschien.

Edward Wyrm bahnte sich energisch seinen Weg durch die Menge und warf seine Arme zu beiden Seiten, als er sie mit einer extrem übertriebenen Geschichte beschenkte, wie er diesen Schatz gefunden hatte. Die Musik drinnen war zu laut, als dass wir viel verstehen konnten. Sein weißes Hemd unter dem Smoking spannte sich über der breiten Brust, doch seine Haltung war tadellos, als wären Jahrhunderte adliger Aufzucht in diesen Augenblick eingeflossen.

Sein Gesicht war inzwischen noch runder und röter, und der rötliche Haarkranz um seinen Kopf war blasser und dünn wie ein fadenscheiniger Läufer. Die tiefe Narbe an seiner Nasenwurzel hingegen war noch genauso, wie ich sie in Erinnerung hatte. Als er sich zum Feuer drehte, blitzte eine silberne Anstecknadel an seinem Revers auf.

Während ich zuschaute, wie drinnen sorglos gefeiert wurde, überkam mich eine seltsame Melancholie. Ich fragte mich, ob es das war, was die Lady von Shalott empfunden hatte, als sie gezwungen war, die Welt durch Glas vorbeiziehen zu sehen.

»Kommt jetzt«, sagte Emrys. »Und versucht, nicht die Mauer zu streifen – hier sind einige Fluchsigillen nahe dem Dach eingeritzt, um das Haus vor Eindringlingen zu schützen.«

Wir huschten wie die Mäuse am Haus entlang, bis Emrys unter dem Fenster stoppte, das er uns vorher gezeigt hatte. Es war höher und kleiner als die anderen. Ich blickte mich um, doch anscheinend kamen kaum noch Gäste, und das Personal hatte sich größtenteils nach drinnen zurückgezogen.

Bis er darin nach den Kristallen kramte, die er brauchte, hatte ich die kleine Gürteltasche gar nicht bemerkt, die Emrys unter seiner Jacke verbarg. Er arrangierte Amethyste, Quarze und Turmaline in einem Muster, wie ich es bei Cabell schon Hunderte Male gesehen hatte, hockte sich hin und legte die Hände auf die Knie. Neve beugte sich über meine Schulter, um besser zu beobachten, was er tat.

»Wenn sie im richtigen Muster liegen, können die Kristalle einige Magie absorbieren und sie umlenken«, flüsterte er ihr zu.

»Klar«, sagte sie. »Ich habe Augen im Kopf.«

Seit Jahrhunderten war Cabell der einzige bekannte Expeller. Anders als der Rest von uns konnte er seine eigene Magie benutzen, um Flüche in Zauberinnengrüften zu brechen. Auch wenn ihn das so viel Kraft kostete, dass er sich oft zusätzlich auf Kristalle verließ.

Halte durch, Cab, dachte ich. Sobald wir den Spiegel hatten, könnten wir uns endlich Lord Death stellen und dies hier beenden.

Schutzmagie klebte dicht an der weißen Steinfassade, fast unsichtbar, sodass sie selbst mit Allsicht kaum auszumachen war. Erst als sie aufschwebte und weg von dem Kristallmuster auf dem Boden, sah ich sie leuchten.

Ich gab mir keinerlei Mühe, mein selbstzufriedenes Grinsen zu unterdrücken. Irgendeine Zauberin hatte Wyrm wahrscheinlich richtig viel abverlangt, um diese durchschnittlichen Flüche zu wirken. Und wenn jemand es verdiente, dass ihm seine Funde gestohlen wurden, dann war er es.

Nachdem er einen letzten Blick zum Eingang geworfen hatte, wandte Emrys sich zu mir: »Du kannst ein Schloss knacken, oder?«

»Du nicht?«

Er wirkte genervt. »Willst du mich da raufhieven?«

Ich war sehr versucht, ihn direkt mitten in die Rosenbüsche zu hieven – doch wie ich ihn kannte, würde ihm das wahrscheinlich gefallen.

»Olwen und ich können helfen«, flüsterte Neve. »Wir können einfach die Luft manipulieren, sodass sie uns hebt, oder?«

Sie drehte sich zu der Priesterin um, damit sie es bestätigte, doch Olwen war auf die Einfahrt und die Dunkelheit hinter den Fackeln konzentriert. Sie spielte mit ihrem geflochtenen Armband.

»Olwen?«, fragte ich und berührte ihren Arm. »Kannst du einen Zauber wirken, der uns durch das Fenster bringt?«

»Ja, aber …« Sie stockte. »Sind wir uns sicher? Sollten wir nicht warten und es an einem anderen Abend versuchen, wenn weniger Leute hier sind?«

»Wir haben keine Zeit«, erwiderte Caitriona. »Bis zur Wintersonnenwende sind es noch neun Tage!«

Olwen holte tief Luft. »Du hast recht. Nun, Neve, ich denke, wenn wir uns darauf konzentrieren, den Wind nach oben zu leiten …«

Olwen begann den leisen Gesang, der aus ihrer Brust aufstieg, als würde sie ausatmen und der Magie so vormachen, worum sie bat. Caitriona blieb auf den Knien und blickte nach unten zu ihren Händen, die auf die Erde gedrückt waren, als Neves Stimme sich mit Olwens verband.

Ihre Lieder schienen miteinander zu tanzen, harmonierten auf eine Weise, die fesselnd hätte sein können, hätte es mich nicht plötzlich wie ein Sprungbrett nach oben zum Fenster katapultiert.

Meinen Rippen war es schon besser gegangen, doch jetzt setzte der dumpfe Schmerz wieder ein, und ich rang nach Luft. Die anderen schauten von unten zu, und Caitriona und Emrys veränderten ihre Position, als fürchteten sie, dass ich genauso schnell nach unten fallen könnte, wie ich aufgestiegen war.

»Eine Warnung wäre nett gewesen!«, flüsterte ich ihnen zu. Es fühlte sich wie Treiben auf einer starken Wasserströmung an. Ich konnte nichts tun, als mich dem wippenden Rhythmus der Luft zu ergeben. Vorgelehnt konnte ich gerade die Oberseiten der Bücherregale auf der anderen Seite des staubigen Fensters ausmachen.

Ein altes englisches Fenster bedeutete gemeinhin, dass es von einem Drehriegel gesichert war, und ich erkannte, dass dieser hier seit dem Einbau nicht erneuert worden war. Unweigerlich musste ich grinsen. Offensichtlich hatte Wyrm sich darauf verlassen, dass die Fluchzauber ihn schützten.

»Idiot«, murmelte ich.

Ich lehnte mich weiter vor, um mich zu vergewissern, dass

niemand in der Bibliothek war, presste die Hände flach auf die Scheibe und rüttelte leicht. Ausnahmsweise war das Glück auf meiner Seite. Der Riegel löste sich beim dritten Anlauf.

Das Fenster, so lang wie schmal, glitt nach innen und nach oben auf. Als es laut quietschte, erstarrte ich und wartete, ob jemand herbeigerannt kam.

Als das nicht geschah, drehte ich mich um und reckte meinen Daumen in Richtung der anderen. Caitriona und Olwen sahen mich verständnislos an. Olwen erwiderte die Geste trotzdem, obwohl sie ganz offensichtlich keine Ahnung hatte, was sie bedeutete.

Irgendwie konnte ich mich in die Horizontale bringen und durch den Fensterrahmen ziehen. Die Luft gab mich frei, und ich plumpste oben auf die Bücherregale, wobei ein Stück der zarten blumigen Dekorleiste abbrach.

Ich verzog das Gesicht vor Schmerz und hielt meine wunden Rippen, als ich vorsichtig nach unten kletterte.

Nacheinander kamen die anderen hinter mir herein.

Ich schlich an einer Sammlung mit Unvergänglichkeiten und Sagen entlang. Alle vier Wände waren mit Regalen gefüllt, und einige weitere Reihen standen in der Raummitte.

Insgesamt war die Bibliothek kleiner, als ich sie mir vorgestellt hatte – ungefähr halb so groß wie unsere eigene und mit nur einem einzigen Arbeitstisch vor dem kalten Kamin. Über dem ebenfalls floral gestalteten Sims hingen alte, rostige Schwerter.

Auf den ersten Blick schien alles typisch für das, was man von einer Gildebibliothek erwarten würde: das Walnussholz, die grünen Samtkissen und die stolz ausgestellten Reliquien, alle gestohlen. Doch die Londoner Gilde war Hunderte Jahre älter als meine und hatte doppelt so viele Mitglieder. Sofern sie nicht den Großteil ihrer Bücher und Unvergänglichkeiten verkauft hatten oder die Mitglieder sie bei sich zu Hause lagerten, war diese Sammlung ein bisschen dünn.

Misstrauen regte sich in mir. Diese Bibliothek kam mir eher wie ein Museum als ein Arbeitsplatz vor. Sie hatten eine Reihe von Reliquien in dem Festsaal ausgestellt – vielleicht bewahrten sie dort auch den Hauptteil ihrer Sammlung. Und hatten dort auch Tische stehen, weil das Licht besser war?

Ich strich mit der Hand über das Regal neben mir und runzelte die Stirn, weil es dick verstaubt war.

»Heilige Mutter«, hauchte Olwen hinter mir. Sie betrachtete die Statue der Venus von Milo – der echten. Irgendein gewissenloses Reptil aus dieser Gilde hatte sie gegen eine Fälschung ausgetauscht, als die Schätze des Louvres während des zweiten Weltkriegs zum Schutz verlagert wurden. Und selbst nachdem Nash es gemeldet hatte – zweifellos aus Neid, nicht aus Ritterlichkeit –, kam niemand nach ihr suchen.

Caitriona beugte sich über einen großen Schaukasten, in dem eine der ersten Karten von Großbritannien ausgestellt war. Ich schaute ebenfalls hin und konnte nicht widerstehen, sie mir einzuprägen. Der gedämpfte Partylärm auf der anderen Seite der Wand war eine stete Erinnerung daran, wie leicht wir ertappt werden könnten.

»Wonach suchen wir, Trustfund?«, fragte ich Emrys leise.

»Nach einer Ausgabe von Tennysons ›Idylls of the King‹ mit smaragdgrünem Rücken«, antwortete er vom Fenster aus, das sich nicht schließen lassen wollte. Bei Neve siegte mal wieder die Freundlichkeit, und sie kletterte zurück auf die Regale, um ihm zu helfen.

Natürlich wurde in diesem Augenblick die Bibliothekstür geöffnet.

Kapitel 14

Die Dunkelheit in der Bibliothek gewährte uns nur einen kurzen Moment, uns zu verstecken, bevor das Licht anging.

Caitriona und ich tauchten unter den Kartenkasten. Olwen schlüpfte hinter die Statue und presste sich an die Wand des Alkovens.

»... dauert nur einen Augenblick ...«, erklang eine Männerstimme. Mit ihm wehten der Lärm der Party, die Musik und das Gelächter herein. Und sofort änderte sich sein Tonfall. »Was zum Teufel machen Sie hier?«

Caitriona packte mein Handgelenk und sah mich fragend an. Ich riskierte, kurz unter dem Kasen hervorzulinsen.

»Wonach sieht es denn aus?«, erwiderte Emrys gelassen.

Mir klopfte das Herz bis zum Hals, und ich krallte die Finger in den dicken Teppich unter uns.

»Oh, Götter, tut mir leid, ich hatte ...« Dem Akzent nach handelte es sich um einen Hollower aus der Londoner Gilde. »Ich hatte Sie nicht erkannt, Mr Dye.«

Er blökte beinahe vor lauter Unterwürfigkeit, kurz davor, sich tief zu verneigen.

»Weiß Wyrm, dass Sie hier sind?«, fuhr er fort. Da Emrys eisig schwieg, wurde seine Stimme leiser. »Er hat mir gesagt, dass Ihr Vater nicht abgesagt hat, deshalb waren wir uns nicht ... sicher.«

Emrys trat hinter den Regalen vor, einen Arm um Neves Schultern gelegt. Sie lehnte ihren Kopf an ihn und hatte ihren Arm um seine Mitte geschlungen. »Ein bisschen geheimnisvoll zu bleiben, macht das Ganze doch erst spaßig, nicht wahr?«

»Oh, ja, richtig«, sagte der Mann und musterte sie – Emrys für einen Einbruch angezogen, Neve in Jeans, Pullover und dunkelroter Jacke. Beide waren eindeutig nicht für diese Party gekleidet.

Mühsam verkniff ich mir ein erschrockenes Lachen, denn sie hatten sich das Haar und die Kleidung zerwühlt, als wären sie beim heimlichen Knutschen überrascht worden. Der Hollower war entweder zu höflich oder zu ängstlich, um es zu kommentieren.

»Dies ist …« Emrys überspielte sein Zögern, indem er Neve bewundernd ansah, und plötzlich war mir nicht mehr nach Lachen zumute. »Violet.«

Das ist es, was er tut, dachte ich. *Dinge vorspielen.*

Neve nahm alles mit Selbstvertrauen und wies die ausgestreckte Hand des Mannes mit einem vernichtenden Blick ab. »Sehr erfreut, denke ich.«

Als der Hollower nach unten schaute, um sich zu sammeln, da er eindeutig vergessen hatte, warum er hergekommen war, sah Neve zu Emrys, zeigte auf ihre Jacke und fragte stumm: *Violet? Ernsthaft?* Er zuckte hilflos mit den Schultern.

»Soll ich Sie, ähm, zu unserem Gastgeber bringen, damit Sie ihn begrüßen können?«, fragte der Mann. »Gewiss wird er entzückt sein, Sie wiederzusehen. Und er wird Ihnen natürlich den Mantel zeigen wollen …«

»Meinetwegen«, sagte Neve, die sich gereizt gab. »Mir wurde eh schon langweilig.«

Emrys zog die Augenbrauen hoch, während er ein Lachen unterdrückte.

»Gut, na dann«, sagte der Hollower. Die silberne Anstecknadel an seinem Smoking blitzte auf, als er die Tür öffnete, und Emrys erschrak. Er zog Neve dichter an sich und hielt ihre Schulter fester.

»Was für eine außergewöhnliche Anstecknadel Sie da haben«, sagte Emrys, wobei er die Stimme ein klein wenig erhob. Bedeutungsschwanger.

Ich spähte wieder hin und blinzelte, um sie genauer zu sehen, als der Mann sich überrascht zu Emrys umdrehte. Die Nadel stellte eine Hand mit einem kahlen silbernen Zweig dar.

Und mir stockte der Atem.

Es war die gleiche Anstecknadel, die ich bei Emrys' Vater und Septimus Yarrow in den Wochen vor unserer Reise nach Avalon gesehen hatte.

Doch die Anstecknadel wie auch mein mulmiges Gefühl wurden vorübergehend verdrängt, als Neve zu mir sah. Bevor sich die Tür hinter ihnen schloss und sie von der Party verschlungen wurden, neigte sie den Kopf mit einer klaren Botschaft. *Los.*

Automatisch erlosch das Licht und tauchte uns wieder in Dunkelheit. Nach einem kurzen Moment sprang Caitriona auf, um ihnen zu folgen, doch ich packte ihren Arm.

»Komm«, flüsterte ich. »Das ist unsere Chance.«

Caitriona sah mich wütend an. »Und sie allein mit ihnen lassen?«

»Wir müssen«, antwortete ich. »Mir ist auch nicht wohl dabei, aber sie kommt klar.«

Caitriona rührte sich nicht.

»Je eher wir den Spiegel finden, desto schneller können wir zu ihnen zurück«, erklärte Olwen, auch wenn sie nicht recht überzeugt klang.

»Emrys hat gesagt, dass wir nach Tennysons *Idylls of the*

King suchen«, sagte ich. Leider hatten wir keinen Schimmer, warum.

Caitriona atmete hörbar durch die Nase ein, gab endlich nach und zwang sich, uns bei der Suche zu helfen.

»Hier!«, rief Olwen. Sie stand an dem Regal gleich rechts vom Kamin. Mit den Fingern strich sie über den alten Stoffbuchrücken, und irgendwie ahnte ich, was geschehen würde, noch ehe sie versuchte, das Buch herauszuziehen.

Mit einem abscheulich schabenden Ächzen glitten Kamin, Schwerter und alles andere in den Fußboden, und hinter ihnen erschienen sehr moderne silberne Aufzugtüren.

»Heilige Mutter«, hauchte Olwen mit weit aufgerissenen Augen.

»Okay«, sagte ich mürrisch. »Das war ein bisschen cool.«

Es war ein kleiner Fahrstuhl für höchstens zwei Personen.

»Ich treffe euch gleich da unten«, sagte ich zu den beiden und schob die zögernde Caitriona und Olwen hinein. Dann trat ich zurück und behielt den Bibliothekseingang im Blick. Die Aufzugtüren glitten zu.

Warum hat er auf die Anstecknadel hingewiesen? Ich rief mir die Szene ins Gedächtnis, mitsamt Emrys' erschrockener Miene.

Die Fahrstuhltüren glitten wieder auf. Drinnen standen Caitriona und Olwen recht perplex. Ich war nicht minder verwirrt, bevor ich meinen Fehler begriff.

Caitriona stampfte mit einem Fuß auf.

»Nach unten!«, befahl sie in einem herrischen Ton.

»Bitte?«, ergänzte Olwen, die zur Decke schaute, als ob das helfen würde.

Ich stieß das Buch zurück an seinen Platz und schaffte es, über den Kamin zu springen, bevor er den Aufzug wieder verschloss.

»Sorry, sorry, hatte ich vergessen.« Ich quetschte mich zu ihnen, pfiff auf das Maximalgewicht und beugte mich vor, damit die Sensoren den Schließmechanismus aktivierten. Dann griff ich hinter mich und drückte den Knopf mit der Beschriftung *KELLER* über den diversen Notfall- und Ruftasten.

Caitriona hielt uns unwillkürlich fest, als sich der Aufzug ruckelnd in Bewegung setzte.

»Also, das hier nennen wir einen Aufzug«, erklärte ich ihnen und beobachtete, wie sich ihre Gesichtsausdrücke von Furcht in Neugier wandelten. »Eine Alternative zu Treppen. Sie gehen auch nach oben.«

»Oh«, sagte Olwen, die allzu verlockt aussah, auch mal auf einen der Knöpfe vor ihr zu drücken. »Fabelhaft!«

Caitriona hingegen schien bereit, die Türen vor sich gewaltsam aufzuziehen. »Das ist unnatürlich.«

»Aber bequem!«, erwiderte ich ein wenig zu fröhlich.

Die Fahrt nach unten in den Keller war zum Glück kurz. Bevor wir in den schmalen Korridor purzelten, drehte ich mich umständlich zu Olwen. »Kannst du bitte den kleinen roten Samtbeutel vorn aus meiner Jackentasche holen?«

»Was ist das?«, flüsterte sie, als sie den Beutel hervorgeangelt hatte und ihn in die Höhe hielt. »Es fühlt sich ...«

»Dunkel an«, beendete Caitriona den Satz für sie.

Ich nahm Olwen den Beutel ab und schüttete die verbrauchten Kristalle in meine Hand. Die Magie darin pochte an meiner Haut. »Nehmt einen.«

Olwen hielt ihren dicht vor ihr Auge und studierte das wellenartige Licht in dem Quarz.

»Sie haben Fluchmagie absorbiert«, sagte ich. »Und sie werden jedes elektronische Sicherheitssystem hier unten stören, einschließlich Kameras.«

Ebenso gut hätte ich in Zungen reden können.

»Elektronische … Kameras?«, wiederholte Olwen, als wollte sie den Klang der Worte ausprobieren.

»Ich verspreche, euch das später zu erklären, wenn wir nicht gerade etwas stehlen wollen. Bleibt dicht hinter mir und sagt mir Bescheid, wenn ihr komische Symbole an den Wänden seht.«

Sofort zeigte Caitriona zu dem beleuchteten »Notausgang«-Schild, auf dem ein Mann auf eine offene Tür zulief.

»Ich meinte irgendwelche komischen Symbole, die wie Sigillen aussehen, die ihr noch nie gesehen habt«, stellte ich klar.

»Verstanden«, flüsterte Olwen und fing eifrig zu suchen an.

Aufgrund der Kristalle sprangen auch keine automatischen Lichtsensoren an, sodass wir ziemlich desorientiert im Dunkeln tappten, bis Olwen ein sanftes Summen von sich gab, in die Finger schnippte und so eine kleine blaue Flamme aus ihrer Fingerspitze zauberte. Mit deren Hilfe folgten wir dem kurzen Korridor in den Hauptraum des Kellers.

Dort empfingen uns Whiskyfässer und Regale voller Weinflaschen. Langsam schritt ich durch den Raum und suchte die Wände nach Türen oder Fluchsigillen ab. Und wurde immer skeptischer.

»Bist du sicher, dass wir am richtigen Ort sind?«, fragte Caitriona.

»Kein bisschen«, antwortete ich und war wieder genervt, dass Emrys es geschafft hatte, sich und Neve schnappen zu lassen. So viel dazu, dass er uns nützlich sein könnte!

»Wenigstens ist es hier unten warm«, sagte Olwen, die sich die Arme rieb.

War es eigentlich nicht. Es gab keine Lüftungsschlitze, die Wärme reinpusten könnten, um die Winterkälte zu vertreiben, die durch die Grundmauern sickerte. Doch als ich zu ihr ging, fühlte ich es auch. Die Luft erwärmte sich wie ein Atemhauch.

Ich wich an die nächste Wand zurück und hielt eine Hand ausgestreckt, um der Spur der warmen Luft zu folgen. Dann sah ich auf dem Boden nach Sigillen und erkannte jetzt, was ich zuvor nicht bemerkt hatte. Ein halbes Sigill war an der Stelle in den Boden geritzt, an der er an die Wand stieß.

»Oh«, sagte ich. »Was für ein schlauer kleiner Wurm.«

»Was ist das?«, fragte Olwen.

Ich konnte nicht widerstehen, es ihnen zu zeigen. Also streckte ich eine Hand vor. Und anstatt gegen Mauerwerk zu stoßen, ging sie direkt durch die Wand, als wäre da nichts außer Luft.

Und es *war* nichts als Luft. Die andere Hälfte des Trugsigills wurde sichtbar, als ich den richtigen Lagerraum betrat.

»Oh, Mann«, flüsterte ich.

Das war kein Raum, es war eine Lager*halle* – nicht nur für Reliquien, wie es schien, sondern auch für Kunst, antike Statuen und Mobiliar, das aussah, als wäre es aus dem Palast eines geköpften Königs gestohlen worden.

Ich war so sehr daran gewöhnt, in staubigen alten Grüften herumzukriechen und die Vergangenheit zu erkunden, dass es desorientierend war, solch eine moderne, beinahe futuristische Einrichtung zu sehen. Alles war aus glänzendem Metall und klaren Formen. Die Kästen mit den Reliquien waren gedämpft beleuchtet und temperiert, gesichert von verschlossenen Stahlgittern und Schutzzaubern.

Als meine Augen sich an das schwache Licht gewöhnt hatten, suchte ich die Wände und den Boden nach anderen Sigillen ab, die einen Alarm auslösen könnten, eine Falle aktivieren oder Schlimmeres.

»Tretet nicht auf die Teppichläufer«, warnte ich die anderen. »Unter ihnen könnten Fluchsigillen sein.«

»Was ist das alles?«, fragte Olwen, die ihre Flamme höher

hielt, um besser sehen zu können. Überall waren Tisch- und Stuhlreihen.

»Ihre echte Bibliothek«, sagte ich. »Und das Lager für ihre Funde.« Die meisten Gilden konzentrierten sich ausschließlich auf legendäre, magische Reliquien, keine unbezahlbaren Antiquitäten und von Menschen gemachte Schätze; doch anscheinend expandierten die Londoner.

»Hallo?«

Die Stimme war so leise und süß wie die eines Singvogels. Einen Moment lang dachte ich, sie käme von oben oder aus dem Weinlager, doch Caitriona streckte eine Hand vor, um uns zu stoppen.

»Hallo? Ist da jemand?«

»Ja«, rief Olwen, ehe ich sie bremsen konnte. »Wo bist du?«

»H-hier.«

Die Stimme schwächelte bereits, wie von der Dunkelheit verschluckt. Wir bewegten uns auf sie zu, vorbei an vergitterten Schaukästen und Regalen mit Unvergänglichkeiten zum unbeleuchteten Ende des Raums, wo ein großes Objekt von dickem Stoff verhangen war. Caitriona packte den Stoff und riss ihn mit einer einzigen kräftigen Bewegung herunter.

Der Spiegel enthüllte sich in all seiner Pracht, der Silberrahmen verziert mit Bestien unterschiedlichster Arten – Drachen, Einhörner, Löwen, Falken, Hirsche. Doch wir nahmen kaum etwas davon wahr.

Denn von der anderen Seite des Glases aus starrte uns ein zitterndes blasses Mädchen an.

Kapitel 15

Das Mädchen hatte etwas Traumgleiches an sich; was an Licht auf das versilberte Glas traf, ließ ihr Bild in Wellen schimmern. Sie war klein, aber kein Kind mehr, mit rabenschwarzem Haar und Haut, so weiß wie Knochen. Ihre Augen waren es, die mich bannten. Groß, rund und von einem hellen Blau, das so endlos schien wie der Himmel selbst.

Sie nahm die Hände herunter, die sie an das Glas gepresst hatte, und schlang die Arme um ihre Taille. Der Stil ihres blassgrünen Kleids passte eher nach Avalon als in unsere Welt – ein Bild aus der Vergangenheit, das man sonst nur noch als Kostüm oder auf Porträts sah.

Caitriona war die Erste, die sich wieder fing. »Wer bist du?«

»Ich heiße Elaine«, antwortete sie. Die Worte klangen heiser, als hätte sie eine halbe Ewigkeit um Hilfe gerufen, die nie kam. »Bitte, ihr müsst mir helfen. Ihr *müsst* mich rauslassen. Sie halten mich schon so lange hier fest.«

»Heilige Mutter«, sagte Olwen entsetzt. »Und in all der Zeit hat dir keiner geholfen? Wie kann das sein?«

Ja, dachte ich. Wie konnte das sein?

Da sich mein Schock gelegt hatte, wurde Raum für Misstrauen frei. Caitrionas angespannter Haltung nach zu urteilen, schlugen ihre Gedanken eine ähnliche Richtung ein.

»Elaine von … Shalott?«, fragte ich.

»Ja!«, sagte das Mädchen, und das Glas beschlug von ihrem Atem, als sie näher kam. »Kennt ihr mich?«

Olwen sah mich flehend an. »Man kann sie doch sicher da rausholen, oder?«

»Sicher«, sagte ich und bemühte mich, einen neutralen Ton zu wahren. »Aber wie wurdest du überhaupt in dem Spiegel gefangen?«

Ich hatte genug Mienen von Tarotkunden bei Mystic Maven gelesen, um zu wissen, was das kurze Schürzen der Lippen und diese Neigung des Kopfes bedeutete. Elaine war verärgert. Ungeduldig.

»Eine Zauberin namens Lavina hat mich gefangen, als ich mich nicht ihren Wünschen beugte«, sagte Elaine. »Ich bitte euch, lasst mich frei. Meine Familie muss mich schrecklich vermissen, und ich sehne mich so nach meinem Zuhause.«

Ich neigte mich näher zum Rahmen des Spiegels und suchte die Tierdarstellungen ab. »Ich sehe keine Sigillen …«

»Die werden nicht auf dem Rahmen sein«, sagte Olwen. »Metall ist ein anorganisches Material.«

Oh. Richtig.

»Glas auch«, sagte ich und überlegte. Ich bedeckte eine Hand mit meiner Jacke und griff nach der Rahmenkante. Wie erwartet, war die Rückseite des Spiegels aus Holz. Als ich mich näher heranbeugte, bemerkte ich, dass das Glas gar keines war, sondern eine Magieschicht, die Glas imitierte.

»Cait, kannst du mir helfen, den kurz von der Wand wegzuziehen?«

»Wartet mal … was habt ihr vor?«, fragte Elaine.

Caitriona half mir und hatte erheblich weniger Mühe, den Spiegel aufrecht zu halten, als ich. Doch selbst der kleine Abstand genügte, dass ich die Sigillen sehen konnte, die in Rot auf die Rückseite gemalt waren. Mit Blut, wie es schien, um den Zauber zu verstärken.

»Sind sie hinten?«, fragte Olwen, die versuchte, über meine Schulter zu linsen.

»Ja«, antwortete ich matt. Da standen sechs Worte unter den Fluchsigillen. Caitriona blickte mich von der anderen Seite des Spiegels an. Sehr vorsichtig lehnten wir ihn zurück an die Wand.

»Habt ihr sie nicht entfernt?«, fragte Elaine. »Es muss doch gehen, dass man sie mit einer Klinge wegkratzt, nicht wahr?«

Ich trat mehrere Schritte vom Spiegel zurück, und Caitriona folgte mir.

»Was ... was tut ihr?«, fragte Elaine, die uns beide abwechselnd anschaute. Das Zucken ihrer Lippen war zurück, und weil sie aufgebracht war, verdunkelten sich ihre Augen, bis sie schwarz waren.

»Die Sache ist die, Elaine«, erklärte ich. »Dein erster Fehler war der Name. Die echte Lady von Shalott wurde vor Jahrhunderten befreit. Dabei waren mehrere Zauberinnen anwesend, deren Erinnerungen in Unvergänglichkeiten festgehalten sind.«

Jetzt wich auch Olwen zurück.

»Nein ...«, begann das Mädchen.

»Der zweite war der Name der Zauberin«, fuhr ich fort. »Die Zauberin Honora war es, die die Lady von Shalott in dem Spiegel gefangen nahm.«

»Ihr irrt euch«, widersprach das Mädchen. »Es war Lavina, das schwöre ich.«

»Der *dritte* Hinweis – und der ist der Hit, finde ich – ist die Warnung, die hinten auf dem Spiegel steht. Willst du raten, was dort steht?«

»Diese Frau ist ein Wesen von gefährlicher Schönheit?«, flüsterte das Mädchen hoffnungsvoll.

»Nein. *Die Bestie im Innern verschlingt alle«,* antwortete ich. »Also, noch einmal, wer bist du?«

Das Mädchen trat zurück in den Schatten der Welt hinter dem Glas, bis sie selbst zur Dunkelheit wurde. Ihr Gesicht verlängerte sich, sodass es eher wie eine Schnauze anmutete, und ihre Augen glühten, als sie uns beobachtete, ohne zu blinzeln.

»Alle ist gelogen«, sagte sie in einem fauchenden, fast beleidigten Ton. »Bei Menschenfleisch bin ich wählerisch.«

»Ja, das bist du bestimmt«, sagte ich.

»Aus Magie geborene Kreaturen sind immer reizvoller als Sterbliche«, erklärte sie. »Es war nicht meine Schuld, dass es von Ersteren immer weniger und von Letzteren immer mehr gab. Sterbliche vermehren sich wie die Flöhe.«

Ihre Züge veränderten sich erneut. Das dunkle Haar wurde silbern, das Gesicht runder, weicher, und ihre Augen nahmen eine bekannte Form und Farbe an.

Kurz wirkte es, als würden all unsere Spiegelbilder zu einem verschmelzen.

»Hör auf!«, herrschte Caitriona sie an.

»Aufhören, womit?«, fragte die Kreatur unschuldig. Sie blickte zu Olwen und stemmte die Hände in die Hüften, um deren Pose zu imitieren.

Ich suchte mein Gedächtnis ab, die Hunderttausenden Buchseiten, die ich gelesen hatte, nach einem Wesen, das Fleisch fraß und die Form anderer nachahmte. Ein Púca vielleicht – sie waren Allesfresser, doch die wenigen, die es in unserer Welt noch gab, schraken eher vor Menschen zurück. Und die, die keine Gefährten von Zauberinnen waren, blieben in den Wäldern oder ihren Klippenbehausungen.

Da ich merkte, dass der Blick der Kreatur auf mich gerichtet war, schaute ich wieder zu ihr. Ehe ich meine Theorie ansprechen konnte, hatte sie eine Frage an mich.

»Was ist es, das dein Herz begehrt?«, fragte sie fauchend. Sie sah kurz zu Olwen und zurück zu mir. Mitleid spiegelte sich in ihren Augen. *Meinen* Augen.

»Es muss schwierig sein, mit einer solch schönen Gefährtin zu reisen«, sagte die Kreatur mit einem Nicken zu Olwen. »Zu wissen, dass dich nie jemand begehren wird, solange sie in der Nähe ist.«

»Du meine Güte«, sagte ich trocken. »Wie werde ich das überleben?«

»Es *ist* ein Wunder«, stimmte mir die Kreatur mitleidig zu. »Zu meiner Zeit hätte man dich schnell in irgendein Kloster abgeschoben, damit man deinen Anblick nicht mehr ertragen muss.«

»Die Gefühle anderer zu verletzen, funktioniert nur, wenn sie welche haben«, entgegnete ich. »Es wäre besser gewesen, hättest du mit Verhandlungen über endlose Reichtümer oder ewiges Leben angefangen.«

»Wenn du mich freilässt, kann ich dich zu allem machen, was du sein willst«, versprach sie mit blitzenden Augen. »Dein Haar wird nicht mehr wie welker Weizen aussehen. Dein Krötengesicht wird vor Schönheit erblühen.«

»Wir mögen unsere Tamsin so, wie sie ist«, schaltete sich Olwen so verärgert ein, wie ich sie noch nie gehört hatte. Bei dem Wort *unsere* wurde mir ganz warm. »Und wenn wir schon das objektiv schönste Mitglied unserer Gruppe wählen müssen, wäre das Neve.«

Caitriona und ich stimmten stumm nickend zu.

»Aber du bist auch sehr hübsch, Olwen«, sagte ich, »nach jedem Maßstab. Und extrem klug und mutig.«

Die Kreatur sah empört zwischen uns hin und her.

»Oh, Cait ist viel mutiger«, sagte Olwen, deren Wangen sich röteten.

»Ihr seid alle …«, versuchte sich die Kreatur einzumischen.

»Das ist nicht wahr«, beharrte Caitriona. »Du *bist* mutig und, was noch besser ist, offenherzig.«

»Hört mir zu …«, knurrte die Kreatur.

»Noch dazu extrem talentiert, wenn es um Magie geht«, ergänzte ich.

»Deine Gerissenheit hat uns mehr als einmal gerettet«, sagte Caitriona zu mir.

»Das reicht!«

Ihre Worte hallten durch die Lagerhalle und übertönten sogar den fernen Partylärm.

»Kein Grund, unhöflich zu sein«, sagte Olwen zu der schäumenden Kreatur.

»Ihr lasst mich frei!«, brüllte sie. »Jetzt sofort! Oder … oder ich werde euer Blut trinken und mir Zahnstocher aus euren Knochen schnitzen!«

»Und wie willst du das von hinter dem Glas anstellen?«, fragte Caitriona.

Der darauf folgende Schrei war verzweifelt genug, dass sie mir beinahe leidtat.

Beinahe.

»Olwen, denkst du, du kannst den Spiegel verkleinern, damit wir ihn raustragen können?«, fragte ich. »Ich möchte Neve da oben nicht länger allein lassen als nötig.«

»Dem stimme ich zu«, sagte Olwen. Sie legte eine Hand an ihre Wange und betrachtete den Spiegel nachdenklich. Die Kreatur rückte hinüber zu ihr und lehnte ebenfalls die Wange in ihre Hand.

»Was beabsichtigt ihr?«, fragte die Kreatur. »Ihr seid gekommen, um meinen Spiegel zu finden, oder nicht?« Sie dehnte die Lippen zu einem Schlangenlächeln. »Habt ihr vor, jemand anderen damit zu fangen?«

»Willst du denn keinen Spielkameraden?«, konterte ich. »Oder einen herzhaften Snack?«

Die Kreatur glitt hinter dem Glas zu mir. »Das ist unmöglich. Die Magie des Spiegels ist nur stark genug für einen.«

»Du lügst«, sagte Caitriona.

»Tu ich das?«, erwiderte die Kreatur. »Der Meister des Hauses hat es versucht, oh, und wie er es versucht hat. Einen Feind gegen das Glas gedrückt, weil er mir den dicken kleinen Krumen schenken wollte …« Bei der Erinnerung sabberte sie. »Aber wenn einer hereingeht, muss einer hinauskommen.«

Die anderen sahen mich an, doch ich hatte auch keine Antwort für sie.

»Wer ist euer Feind?«, fragte das Wesen. »Vielleicht kann ich ihn für euch aufessen.«

»Der König von Annwn«, sagte ich. »Lord Death. Immer noch hungrig?«

Das Gesicht der Kreatur verzog sich vor Ekel. »Der Thronräuber?«

»Ja«, antwortete ich, obwohl ich keine Ahnung hatte, worauf das Wesen sich bezog. Aber ich würde ihr kein Druckmittel gegen uns geben. »Ebender.«

»Dann ist er gekommen? Der neue Stechpalmenkönig und sein gefräßiges Jägerheer?«, fragte das Wesen. »Ist er Avalon entkommen?«

Der Stechpalmenkönig. Die Personifizierung des Winters in den alten Sagen. Sollten jene Geschichten wahr sein, wäre seine Macht zur Wintersonnenwende am größten. Danach würde sie mit jedem Tag weiter abebben, bis der Sommer erwachte.

Aber ... das ergab keinen Sinn, oder? Nicht angesichts dessen, was ich über Annwns Magie wusste.

Wieder betrachtete ich die Kreatur. Sie war gerade hochnäsig genug, dass meine Taktik funktionieren könnte ...

»Ja, er bleibt bis zur Wintersonnenwende in dieser Welt«, sagte ich und gab mich sehr sicher. »Bis seine Macht am größten ist und er seine Feinde niedermetzeln kann.«

»Du arme, spatzenhirnige Sterbliche hast aber auch jede Lüge geglaubt, die dir eingespeist wurde«, sagte das Wesen. Die Worte troffen vor Arroganz und korrigierten mich wie erhofft. »Das ist bloß der Tag, an dem die Grenze zwischen der Sterblichenwelt und Annwn am schwächsten ist und ein Portal geöffnet werden kann. Der Tag, an dem die Wilde Jagd ihre Beute aus dunklen Seelen in ihr Gefängnis bringt.«

Alles fügte sich so schnell zusammen, dass es mir den Atem raubte. Es war ein Schuss ins Blaue, das wusste ich, doch nichts anderes ergab einen Sinn. Die Gefahr war nicht, dass er das Portal öffnen und hindurchgehen würde ... sie bestand darin, dass er es offen lassen würde, sodass die bösartigen Toten in diese Welt entkamen. Und fingen sie an, die Lebenden zu töten, würde es Lord Deaths Macht stärken.

Caitriona gab einen fragenden Laut von sich, aber ich konnte nicht sprechen.

»Sie jagen nicht bloß dunkle Seelen«, sagte Olwen zu der Kreatur. Im nächsten Moment begriff sie das Spiel und ergänzte: »Oh, ich vergaß, dass du schon so *furchtbar* lange dadrinnen gefangen bist! Sicher ahnst du nicht einmal, was sein wahres Ziel ist oder wonach er so verzweifelt sucht.«

»Ich war da am Beginn der Welt, und ich werde am Ende dort

sein, wenn das letzte Licht der Göttin verblasst und ihr Sterblichen zu dem Sternenstaub und Lehm zurückkehrt, die euch hervorgebracht haben«, höhnte das Wesen. »Ich trage in mir das Wissen von Jahrtausenden, und das werde ich immer noch, wenn die Zeit euch aus der Erinnerung gelöscht hat.«

»Du weißt gar nichts«, sagte ich, auch wenn ich nur mühsam verbarg, wie sehr meine Hände zu zittern anfingen. Eine scheußliche Angst stieg in mir auf wie eine namenlose Bedrohung.

»Ich weiß, was Lord Death will, wie all jene, die an dem Tag das Blutvergießen sahen, die den letzten Klagegesang der Göttin hörten«, widersprach die Kreatur.

Die Welt um uns herum wurde wieder still. Die seltsamen Augen der Kreatur glühten, zogen mich zu ihr, und unwillkürlich trat ich einen Schritt näher zu der sich wellenartig bewegenden Oberfläche zwischen uns.

»Er will das, was ihm vor Jahrhunderten verwehrt wurde«, sagte die Kreatur endlich. »Er will die Seele seiner verlorenen Liebe.«

Kapitel 16

Mir war klar, dass mein kleines Spiel sein Ende erreicht hatte, als ein triumphierendes Grinsen über unsere verschmolzenen Gesichter kroch.

Seine verlorene Liebe. Ich hatte es klar und deutlich gehört, trotzdem war es, als wollte mein Verstand die Worte nicht in sich einsinken lassen. *Liebe.* In diesem Kontext fühlte sich das Wort abscheulich an. Unmöglich.

»Oh?«, krächzte sie. »Vielleicht lässt sich ja doch noch verhandeln. Denn mir scheint, dass ihr nicht wisst, mit wem genau ihr es aufnehmt.«

Ihre Worte waren wie Spinnen in meinem Verstand, webten ihr Netz und versuchten, all die Informationen zu verknüpfen, die ich seit Avalon mit mir herumtrug.

»Er ist unfähig zu lieben«, zischte Caitriona. »Ihn gelüstet es nur nach Macht und Schmerz.«

»Vielleicht als Lord Death«, wandte das Wesen selbstgefällig ein. »Aber das war nicht immer sein Name. Er wurde nicht als König geboren.«

»Tamsin?«, fragte Olwen unsicher. Ich wusste, was sie dachte. Jede Form von Handel mit dieser Kreatur würde bedeuten, sie wieder in die Welt zu entlassen, worauf zweifellos weitere Tote folgten.

»Woher wissen wir, dass wir auch nur einem Wort von ihr trauen können?«, fragte Caitriona.

Wütend machte sich die Kreatur kerzengerade, und blaue Blitze zuckten über die gläserne Oberfläche, als sie sich dagegenstemmte. Die Magie wurde sofort aktiv und warf das Wesen zurück.

Sie heulte erbärmlich und hieb mit den Fäusten in die dunkle Luft.

Doch Caitrionas Frage hatte mich auf eine Idee gebracht. Ich benetzte meine Lippen, um mein Grinsen zu überspielen. »Na gut. Ich lasse dich frei, wenn du uns die Wahrheit über den Mann namens Lord Death erzählst ...«

»Tamsin!«, warnte Caitriona.

Ich hielt eine Hand in die Höhe und hoffte, dass mein Blick ausreichte, um ihr eine Botschaft zu vermitteln. *Vertrau mir.*

»Du musst uns alles sagen, was du über ihn weißt«, fuhr ich fort, »und über die Seele, hinter der er her ist.«

Beim Lächeln bleckte die Kreatur zerklüftete Zähne. »Zuerst gibst du mir eine Kostprobe von deinem Blut. Nur einen Tropfen, um unsere Abmachung zu besiegeln und sicherzustellen, dass ich dich und die Deinen jagen kann, solltest du mich nicht befreien.«

Da ich das einzige Mitglied meiner Familie war, von dem ich wusste, hatte ich damit kein Problem. Ich holte mein Taschenmesser aus meiner Gesäßtasche und machte damit einen kleinen Schnitt in meine Zeigefingerspitze, sodass mir Blut über den Finger in die Handfläche rann.

Caitriona packte mein Handgelenk. »Denk noch mal nach ...«

»Zusammen bis zum Ende, nicht?«, entgegnete ich.

Nach kurzem Zögern nickte sie.

Ich ging so nahe an den Spiegel, wie ich wagte, und schnippte einen Tropfen Blut in Richtung Glas. Entsetzt und fasziniert zugleich beobachtete ich, wie das Blut durch die Magiebarriere zur anderen Seite sickerte, wo die Kreatur es mit einem leisen Wonneseufzer aufleckte.

Angeekelt rümpfte ich die Nase, allerdings verzog auch die Kreatur ihr Gesicht.

»Es ist ... süßer, als ich es erinnere«, sagte sie und rieb mit der Zunge über ihre Zähne, als wollte sie den Geschmack loswerden.

»Tja, du hast darum gebeten«, antwortete ich beleidigt. »Tut mir leid, wenn es deinen Ansprüchen nicht genügt.«

Die Farce von einem Gesicht nahm einen seltsam nachdenklichen Ausdruck an. Sie leckte sich wieder die grauen Lippen, als wollte sie noch die letzten Geschmacksspuren aufnehmen.

»Die Information?«, hakte Caitriona nach.

Worüber auch immer die Kreatur nachgegrübelt haben mochte, es war fort wie Dunst in der Morgensonne.

»Ah, ja. Lord Death, der König von Annwn.«

»Das ist hoffentlich der einzige Lord Death«, sagte ich matt.

»Er ist der zweite dieses Namens«, antwortete die Kreatur und glitt träge hinter dem Glas hin und her. »Er hat den ersten getötet und seine Krone gestohlen – aber der Reihe nach.«

Während sie sprach, regte sich das Echo einer anderen Stimme in meinem Kopf. Eine Männerstimme legte sich murmelnd und undeutlich über ihre. Gleichzeitig erschien ein geisterhaftes Bild von einem Bett und einer brennenden Kerze auf dem Tisch daneben. Ein unerwünschter Gedanke drang aus den Schatten. *Das kenne ich.*

Nein, tat ich nicht.

Ich ging in die Hocke und verschränkte die Arme vor der Brust. Ein scharfes Kribbeln setzte unten an meiner Wirbelsäule ein und kroch meinen Rücken hinauf bis in meinen Nacken.

»Sein wahrer Name ist Gwyn ap Nudd«, sagte die Kreatur. »Sohn von Nudd Llaw Ereint, dessen Vater einer der Erstgeborenen der Göttin war.«

Nudd mit der Silberhand. Ein uralter König von Britannien und sagenumwobener Held.

»Nie zufrieden mit dem großen Glück, das ihm geschenkt wurde«, fuhr die Kreatur fort, »sah Gwyn nur, was die anderen hatten, hörte nur das Lob, mit dem sein Vater die Brüder bedachte, und schmeckte nichts als die Bitterkeit in jeder Frucht. Also wundert es nicht, dass er eine junge Frau begehrte, die bereits einem anderen versprochen war ...«

Die dunkle Szene – das Schlafzimmer, der schwache Kerzenschein – nahm klarere Formen an und weigerte sich, ignoriert zu werden. Da waren zwei Kinder in dem Bett, ein hellhaariges Mädchen und ein Junge mit solch dunklem Haar, dass es auf dem Kissen wie verschüttete Tinte wirkte. Der Mann am Fußende, der die Decke über beide zog, trug eine Lederjacke, und seine Augen waren ernst, als er sprach.

Das war ich. Das war Cabell. Das war Nash. Aber das war nie passiert. Ich hätte mich daran erinnert. Wann hatte Nash uns jemals zugedeckt? Es sah fast wie ein kleines Gasthaus aus, doch ich erkannte es nicht.

»Wer war sie?«, unterbrach Olwens Stimme meine Gedanken.

»Ja, wer war sie?«, wiederholte die Kreatur. »Sie war kein gewöhnliches Mädchen, sondern das göttliche Kind der Göttin selbst. Eine Tochter, die sie geschaffen hatte, damit sie ganz allein ihr gehört. Ihr Name war Creiddylad.«

Ich kenne sie. Der Gedanke erfüllte mich mit einer eigenartigen Panik. Ich kannte diese Geschichte, konnte jedoch nicht sagen, woher. Da war keine Erinnerung an Seiten, auf denen ich sie gelesen hatte. Ich entsann mich nicht, wer sie mir erzählt hatte. Da war nur dieses Bild von dem Zimmer und Nash auf der Bettkante, dunkel schimmernd.

»Eine Tochter?«, hörte ich Olwen ungläubig fragen.

»Ausgeschlossen«, sagte Caitriona. »Von solch einem Wesen wüssten wir …«

Ich konzentrierte mich auf das Bild, hielt es in meinem Kopf fest.

Ich kenne sie. Woher kenne ich diese Geschichte?

Das unangenehme Kribbeln in meinem Nacken stach in meinen Schädelknochen. Ich rang nach Luft und spannte die Schultern an, als mein Verstand einen dumpfen Ruck machte, ähnlich einem Schlüssel, der in einem alten Schloss gedreht wurde.

Ich arbeitete mich durch den Schmerz, der sich in meinen Schläfen aufbaute, durch die Trümmer zersplitterter Erinnerungen, die meinen Geist übersäten wie altes Laub, grub und grub durch die Schichten von Chaos, bis ich das klare Juwel einer Erinnerung darunter fand.

Jetzt erinnerte ich mich.

Das Gasthaus in Helmsley, Yorkshire, nach einem weiteren Tag vergeblicher Suche nach Artus' Dolch in einer nahen Burg. Eisblumen auf den Fensterscheiben. Die eisige Kälte nach einem ganzen Tag draußen, die kein Feuer und keine Decke vertreiben konnten. Ich zog die Knie bis an die Brust, um ein wenig Wärme zu halten, schäumte innerlich vor Wut, während ich vorgab zu schlafen.

»Erzählst du uns eine Geschichte?«, flüsterte Cabell.

Seine Bettseite sackte ein wenig ein, als Nash sich setzte. Ich hatte ihnen den Rücken zugedreht und die Augen fest zugekniffen. Nach dem Tag, den wir hatten, war ich nicht in der Stimmung einzuschlafen.

»Was für eine Geschichte, mein Junge?«, fragte Nash tief. Seine

Worte klangen weicher, was der Flasche Ale in seiner Hand zu verdanken war.

Cabell überlegte eine kleine Weile. »Eine Wintergeschichte.«

»Ah.« Ich fühlte den Druck von Nashs Blick, als er zu mir sah. Dann war er einen Moment lang still. Normalerweise hatte er immer schon eine Geschichte parat, die nur darauf wartete, erzählt zu werden; jetzt jedoch ließ er sich Zeit, als müsste er seine Sammlung durchsehen. »Die Geschichte von dem alten Weihnachtsmann, der in den Häusern herumschleicht und Kinder ausspioniert, vielleicht?«

Ich konnte mir sehr gut vorstellen, was für ein Gesicht Cabell machte. »Nein. Eine neue – eine, die du uns noch nie erzählt hast.«

Ich wurde sauer. Nash erzählte Cabell dauernd Sachen, die er mir nicht erzählen wollte – immerzu zogen sie los, ließen mich zurück und behaupteten, ich würde es nicht verstehen.

»Ich denke, die sollte warten, bis deine Schwester wach ist«, sagte Nash, nachdem er einen großen Schluck aus seiner Flasche getrunken hatte. »Sonst ist es nicht fair.«

Cabell blieb beharrlich. »Tamsin mag keine gruseligen Geschichten. Erzähl mir so eine.«

Ich schaute wütend zu dem Fenster vor mir. Er war nicht mutiger als ich. Cabell würde es auch nicht mögen, wenn ihm die Monster in seine Träume folgten.

»Ich denke, da weiß ich eine«, sagte Nash leise und begann mit seinem Märchen. »Vor langer Zeit, bevor Artus über Menschen und Feenvolk herrschte, begann die Göttin mit ihrer großen Schöpfung. Ihre Kinder, die Erstgeborenen, kamen zuerst, dann die Tiere und Kreaturen aller Arten und die Menschen. Doch nur wenige kennen die Geschichte des Kinds, das sie selbst austrug …«

Die Gegenwart rückte wieder in den Fokus, als die Kreatur nachdenklich mit einem langen Fingernagel über ihre Wange strich, ehe ihr wieder einfiel, wo sie in ihrer Geschichte war.

»Sosehr die Göttin ihre Tochter auch an ihrer Seite behalten wollte, Creiddylad war ein neugieriges Kind und bat, unter den Sterblichen leben und deren Welt kennenlernen zu dürfen. Die Göttin vertraute sie Nudd an, der schwor, sie nach Ablauf eines Jahres zu ihrer Mutter zurückzubringen.«

Nashs Stimme in meinem Kopf, mischte sich in den Erzählfluss. *»Dort in Nudds Obhut verliebte Creiddylad sich in einen jungen Mann, und obwohl ihre Mutter sich nur widerwillig von ihrem eigenen Herzen trennte, erlaubte sie, dass die beiden sich verlobten …«*

»Gwyn, der mit ihr im Haus seines Vaters lebte, soll von ihrer Schönheit hingerissen gewesen sein und sein Herz an sie verloren haben«, fuhr die Kreatur fort.

»Eines Nachts entführte Gwyn sie in einem Akt dummen Stolzes«, erzählte Nash in meinem Kopf weiter. *»Er wollte sie zwingen, ihn zu heiraten, doch ihr Verlobter holte die beiden ein, und es kam zu einem Duell. Am Ende starb Creiddylads Liebster durch Gwyns Schwert.«*

»Arme Creiddylad.« Die sanftmütige Olwen war den Tränen nahe.

»Oh, ja«, sagte die Kreatur spöttisch. »Ihr müsst wissen, dass Creiddylad ihre Göttlichkeit für ein Sterblichendasein aufgegeben hatte. Ehe Gwyn seinen Gewinn einfordern konnte …«

»… sie hob das Schwert ihres Liebsten an ihr Herz und nahm sich das Leben, anstatt sich ihm zu unterwerfen.«

Cabell rang nach Luft.

»Ja, so habe ich auch reagiert, Junge«, sagte Nash. »Doch ihr Ende ist nicht das Ende der Geschichte.«

»Tja!«, meinte die Kreatur und untermalte die Silbe mit flatternden Fingern. »Die Göttin war verzweifelt, doch liegt es nicht in ihrer Natur zu töten.«

»Sie bestrafte Gwyn, indem sie ihn als Gefangenen nach Annwn schickte, und in ihrem großen Kummer zog auch sie selbst sich zurück und nahm die endgültige Form einer Gottheit an – der verkörperten Seele der Welt, die sie geschaffen hatte«, sagte Nash in meinen Gedanken, und seine Erzählung harmonisierte perfekt mit der der Kreatur. *»Der Herrin vom See, der ersten Priesterin von Avalon, fiel die Aufgabe zu, Creiddylads Seele zu schützen, wenn der Tag für sie kam, wiedergeboren zu werden. Denn es war ihr Schicksal, das Herz der Göttin zu schützen – die heilige Insel ihrer Anbetung und das Kind, das sie geboren hatte.«*

»Und wurde sie wiedergeboren?«, fragte Olwen.

»Das weiß niemand, weil die Herrin vom See einen Zauber wirkte, der sicherstellen sollte, dass sie verborgen blieb«, antwortete die Kreatur. »Sie soll verloren bleiben, Kind, darum geht es. Denn an jenem Tag war die Saat des Bösen in Gwyns Seele gepflanzt worden, als ihm verweigert wurde, was er seiner Ansicht nach rechtmäßig in diesem Kampf auf Leben und Tod gewonnen hatte.«

»Er war zornentbrannt, dass man ihn in die Welt der Toten schickte«, sprach wieder Nash. *»Da er von adligem Geblüt war, schmeichelte er sich bei Arawn ein, dem wahren König von Annwn. Und als er die Todesmagie sah, die der König befehligte, kam ihm ein schrecklicher Gedanke. Gwyn tötete Arawn und nahm dessen Platz auf dem Thron ein.«*

»Eifriges Kerlchen«, hörte ich mich sagen.

»Gwyn herrschte, als Artus und seine Ritter nach Annwn kamen, und überschüttete sie mit Geschenken im Tausch gegen alles an Informationen über die Seele, was sie besaßen«, sagte die Kreatur. »Und so begann er seine Jagd von Neuem.«

»Er wollte Creiddylads Seele so verzweifelt finden, dass Gwyn ganze Anderswelten mit der Wilden Jagd zerstörte, sie mit Schwert

und Klauen zerschlug.« Nashs Stimme wurde schwächer, und die Erinnerung sank zurück in den dunklen Morast, aus dem ich sie gezogen hatte. *»Alles nur, weil er glaubte, die Seele wäre dort versteckt. Eines Jahres dann, als der Winter wiederkehrte, wurde er nicht von der Wilden Jagd begleitet. Viele glaubten, die Jagd wäre für immer vorbei, aber es gibt auch solche, die es besser wissen und glauben, dass Lord Death eines Tages wieder reiten wird …«*

Cabell war schon längst eingeschlafen, davongetragen in die Dunkelheit der Träume. Ich hatte gespürt, wie sein Atem ruhiger wurde; genauso deutlich wie Nashs Hand an meiner Stirn, als er flüsterte: *»Aber sorg dich nicht wegen solcher Sachen …«*

Furcht glitt brennend über meine Haut. Ich war mir sicher, dass die anderen den Pulsschlag an meinem Hals sehen konnten – dessen Dröhnen hören. Doch Olwen und Caitriona schauten einander an, als würden sie stumm diskutieren, ob es die Wahrheit war. Eine Geschichte, die ihnen nie erzählt worden war.

Mir jedoch.

Nash hatte sie gekannt und sie erzählt. Er bildete sich eine Menge darauf ein, wenig bekannte Legenden und Geschichten zu sammeln, aber diese … von der hatte ich nie irgendwo eine Erwähnung gesehen. Ich hatte nicht einmal die Erinnerung an sie abrufen können, bis etwas, das die Kreatur gesagt hatte, das vergessene Archiv aufbrach und sie wieder hervorkommen ließ.

Woher hatte Nash von der Geschichte gewusst?

Und warum hatte ich sie vergessen?

»Und so endet meine Geschichte. Ich habe euch alles erzählt, von Anfang bis Ende«, sagte die Kreatur. »Jetzt lasst mich frei …«

»Wartet!« Emrys' Stimme sandte mir einen warmen Schauer

über den Rücken. Ganz von allein drehte sich mein Körper zu ihm um, versuchte, dem fast unerträglichen Flattern in meiner Brust nachzujagen.

Caitriona neben mir entspannte ihre kerzengerade Haltung kaum merklich und holte tief Luft, als Emrys und Neve durch den Lagerraum zu uns gelaufen kamen.

»Hassen wir ihn?«, flüsterte mir die Kreatur zu. »Ist sein Fleisch sehnig vor Gier? Steckt Boshaftigkeit in seinem Knochenmark? Welches ist das hübsche Wesen, von dem ihr gesprochen habt? Sie beide haben solch saftiges Fleisch und so zarte Knochen ...«

Ich ignorierte sie und musterte Neve, um mich zu vergewissern, dass mit ihr alles in Ordnung war. Die Zauberin starrte nur mit großen Augen auf die Kreatur, den Mund leicht geöffnet.

»Ihr dürft sie nicht rauslassen«, sagte Emrys atemlos zu mir.

»Und warum nicht?«, fragte die Kreatur scharf.

»Das ist Rosydd, die Sumpfhexe«, antwortete er.

Caitriona, Olwen und ich drehten uns gleichzeitig zum Spiegel um, in dem die Kreatur spie vor Empörung. Irgendwie war die Tatsache, dass wir mit einem Urmonster sprachen, noch die kleinste Überraschung in dieser Wendung der Ereignisse.

»Moorhexe«, knurrte die Kreatur. »Moor!«

Es schien kein passender Moment – oder nicht das passende Publikum –, darauf hinzuweisen, dass sowohl Sümpfe als auch Moore Feuchtgebiete waren.

»Woher weißt du das?«, fragte Olwen an Emrys gerichtet.

»Einer der Hollower hat es uns erzählt – na ja, *damit geprahlt,* trifft es wohl eher«, erklärte Neve und verdrehte die Augen. »Die sind alle stockbesoffen da oben.«

»Klingt köstlich«, bemerkte die Hexe mehr zu sich selbst. »Sie marinieren ihr Fleisch.«

»Ihr dürft die Hexe nicht rauslassen«, sagte Emrys, und da war eine Anspannung in seiner Stimme, die verdächtig nach Angst klang. »Sie wird uns alle verschlingen.«

»Das hatte ich nicht vor«, antwortete ich.

»Was?«, brüllte die Hexe. »Du hast es geschworen! Du hast einen Bluteid abgelegt!«

Ich blickte mich über die Schulter zu ihr um. Fast zehn Jahre Verhandeln mit Zauberinnen hatten mich das eine oder andere über vage Formulierungen gelehrt. »Ja, ich habe versprochen, dich freizulassen. Aber du hast nicht verlangt, dass ich mich festlege, *wann*.«

Emrys zog die Augenbrauen hoch. »Nicht schlecht, Lark. Hast du überhaupt gewusst, dass eine Hexe einen Schwur nicht brechen kann, oder einfach gepokert?«

Ich sah ihn wütend an. »Natürlich weiß ich das.« Seit einer Sekunde; seit er es mir gesagt hatte.

»Aha.« Er verschränkte die Arme vor der Brust.

Die Hexe kam näher an das Glas, sodass wieder der magische Schutzschild aktiv wurde. »Du magst dich für gerissen halten, kleine Füchsin, doch im Wald gibt es größere Zähne.«

»Dann ist es ja gut, dass wir nicht mal in der Nähe eines Walds sind«, konterte ich.

»Sosehr ich dieses kleine Wortgefecht auch genieße, wir müssen weg«, sagte Emrys. »Ich schlage vor, dass wir den Spiegel hierlassen und ihn uns ein anderes Mal holen. Angeblich gibt es einen versteckten Ausgang hinter einem der Schaukästen.«

»Sei nicht albern«, erwiderte Caitriona. »Wir sind hier, oder nicht? Wir müssen das verfluchte Ding nur raustragen.«

Neve sah zwiegespalten aus. »Ja, aber Emrys hat recht. Es bleibt keine Zeit.«

Emrys griff nach etwas in der Innentasche seiner Jacke. »Dies hier ist keine reine Weihnachtsfeier oder Angeberparty für den Mantel.«

Als er seine Faust öffnete, funkelte darin ein kleines Silberding.

Die Anstecknadel. Die Hand mit dem Zweig.

Schweiß brach mir im Nacken und am Rücken aus. Die Härchen an meinen Armen richteten sich auf, als ich spürte, wie sich die Luft elektrisch auflud.

Und dann ertönte über uns das tiefe Dröhnen eines Horns.

Kapitel 17

Aus dem Herrenhaus war gigantisches Glasklirren zu hören, schrill genug, dass es sich durch die massiven Steindecken übertrug. Gelächter toste sturmgleich auf, und das Johlen übertönte sogar die Angstschreie. Auf das wilde Trommeln der Pferdehufe hin biss ich mir fest genug auf die Lippe, dass ich Blut schmeckte.

Ich packte Emrys' Arm und lenkte seine Aufmerksamkeit auf mich zurück. »Du hast gesagt, hier gibt es einen Weg nach draußen?«

»Ich weiß nicht, wo …« Er blickte sich suchend um. »Er führt zum Avon … über den sie früher die Reliquien hergeschafft haben … östlich von hier …«

»Wo ist Osten?«, fragte ich.

Caitriona drehte sich um die eigene Achse. »Ich denke … da?«

Wo sie hinzeigte, sah ich nur eine kahle Steinwand.

»Vielleicht sind wir hier doch im Wald«, höhnte die Hexe. »Was willst du tun, kleine Füchsin?«

»Sei du ja still!«, sagte Neve, die das Tuch wieder über den Spiegel warf.

Und in der gnädigen Stille, die darauf folgte, gab der Fahrstuhl ein *Ping* von sich.

Gleich darauf, und ehe ich auch nur daran denken konnte,

mich zu bewegen, platzten drei Gestalten ins Lager, atemlos und nach Blut und Schweiß stinkend.

»Oh, Götter!«, sagte einer von ihnen zitternd. »Götter ...«

Ihre Smokings hingen in Fetzen von ihnen herab, und an ihren einst weißen Hemden hafteten genug Spritzer von Eingeweiden, dass ich würgen musste.

»Hey!«, rief Emrys ihnen scharf zu. »Wo ist ...«

Als sie sich zu uns drehten, war es, als würde der letzte menschliche Lack von ihnen abfallen. Was blieb, war nur noch ihr Urinstinkt, der aus ihren panischen Augen sprach. *Überleben.* Und durch den Schleier aus Schmerz und Todesangst, der sie fest im Griff hatte, reagierten sie wie die verwundeten Tiere, die sie waren.

Der eine hatte eine Axt in der Hand, und ich beobachtete entsetzt, wie er sie direkt auf Caitrionas Kopf zu schleuderte. Als sie sich zurücklehnte, um ihr auszuweichen, humpelte er mit einem animalischen Schrei vor. *»Du kriegst mich nicht!«*

»Wir sind keine Jäger!«, rief Olwen. Einer der Männer senkte den Kopf und stürmte auf sie zu, dem Ausdruck in seinen Augen nach auf Mord aus. Sie warf mit einem Ächzen eine Hand vor, und die pure Wucht des Winds schleuderte den Mann gegen den nächsten Schaukasten. Das Glas zerbrach, als er darauftraf, und regnete auf ihn herab, als er zu Boden ging.

Ich machte einen Satz rückwärts, als der dritte Mann versuchte, eine Scherbe dolchgleich in meine Brust zu rammen. Speichel sprühte aus seinem Mund, als er mich anschrie – nur *schrie,* als könnte er seinen verzweifelten Zorn in meinen Körper atmen und ihn damit infizieren. Ich wich zurück und stieß gegen einen der Arbeitstische, auf dem ich nach etwas tastete, mit dem ich mich verteidigen konnte.

Emrys erschien hinter dem Mann, mit einer Vase in der Hand

und knallte sie ihm auf den Schädel. Die Schreie verstummten zu einem Wimmern, ehe er bewusstlos wurde. Ich starrte Emrys an. Meine Lunge arbeitete wie ein Blasebalg, und ich sah Angst in seinen Augen.

»Du …«, begann ich. Lärm erklang aus dem Gang hinten – Hufe auf Stein.

Ich drehte mich zu Caitriona um, die ihren Angreifer im Schwitzkasten hatte.

»Wo ist der versteckte Ausgang?«, fragte sie ihn. *»Wo?«*

Das Donnern der Hufe dröhnte in meinen Ohren, ließ die Decke erbeben und rüttelte das Mobiliar im Raum durch wie Würfel in einem Becher.

Es spielte keine Rolle, was der Mann uns erzählte. Uns lief die Zeit davon. Caitriona sah mich an und begriff anscheinend noch vor mir. Sie ließ ihn los, und er floh nach hinten. Panisch stöhnend lief er die Wände ab und suchte nach einem Ausgang, der nicht da war.

Ich hatte kaum Zeit, das Wort herauszubringen: *»Verstecken!«*

Wir stoben in die vier Ecken des Raums, Olwen und Caitriona zu einem Stapel leerer Kisten, Neve zu der kleinen Flotte verhüllter Oldtimer. Doch Emrys war fort. Um mich herum verdunkelte sich der Lagerraum, und mein Herz pochte so heftig, dass es wehtat.

»Lauf, kleine Füchsin!«, säuselte die Hexe, deren Stimme von dem dicken Samtüberwurf auf dem Rahmen gedämpft wurde. »Wo willst du dich vor den Jägern verstecken?«

Adrenalin gab mir den letzten Push, den ich brauchte, um einen barocken, mit Feen bemalten Kleiderschrank zu erreichen.

Die modernen Schränke um mich herum dürften verschlossen oder vollgestellt sein. Dieser aber – war offen. In der unteren Hälfte waren Schubladen, doch ich konnte das obere Regalbrett herausziehen und nach oben steigen, die Beine bis an meine Brust angezogen.

Ich hatte gerade die Türen geschlossen, als eine wieder aufflog.

»Im Ernst?«, flüsterte ich.

Emrys' blasses Gesicht war direkt vor mir, nicht minder geschockt, mich zu sehen. Nur blieb keine Wahl mehr; als ich die nahenden Stimmen hörte, packte ich seinen Unterarm und zog ihn neben mich, wobei ich knapp vermeiden konnte, sein Knie ins Gesicht zu bekommen, als sich seine langen Beine mit meinen verhakten. Das Holz knarrte unter unserem Gewicht.

Doch es hielt.

»Kommt mir bekannt vor«, raunte er. Ich rammte ihm meinen Ellbogen etwas energischer als beabsichtigt in die Seite, als ich versuchte, die Türen wieder zu schließen. Allerdings war es mit uns beiden in dem Raum, der nie für Menschen gedacht war, unmöglich, sie vollständig geschlossen zu bekommen. Entsprechend hatten wir klare Sicht auf den Eingang, als die ersten Jäger kamen.

»Nein!«, jammerte der letzte Mann und sank auf die Knie. »Bitte ... bitte ... ich habe Familie ... ich kann euch bezahlen ...«

Ich hielt den Atem an und hatte plötzlich furchtbare Angst, schon das kleinste Rascheln von Stoff könnte uns verraten. Das Armband an meinem Handgelenk drückte in meine Haut, und ich konzentrierte mich krampfhaft darauf anstatt auf die Sorge, ob die Verstecke der anderen sicher waren.

Ein Jäger trat vor. Wegen der eingefallenen Gesichtszüge war nicht zu erkennen, wer er sein mochte. Doch in dem Moment, in dem er sprach, fühlte ich mich wie in einem Netz aus Stechpalmen gefangen.

»Wie es aussieht, haben wir eine kleine Maus gefangen, die davongehuscht ist, ehe der Spaß vorbei war«, höhnte er.

Ich biss mir auf die Unterlippe.

Das war Phineas Primm, einer der Hollower aus unserer Gilde. Sein schmieriger, nasaler Tonfall war unverwechselbar.

Emrys hob den Kopf und sah mich erschrocken an.

Ich kniff die Augen zu, als ich die letzten Schreie des Mannes und das Zerreißen von Fleisch hörte. Die Jäger fielen auch über die anderen Männer her, die wir bewusstlos liegen gelassen hatten. Mir drehte sich der Magen um, und Horror und Schuldgefühle fluteten meine Adern.

Ich versuchte, meine Gedanken auf die Vergangenheit zu konzentrieren, suchte in meiner Erinnerung nach jener Nacht in der Bibliothek, als ich das Rätsel des Dienerpreises zu lösen versuchte. Primm, Septimus und Hector hatten mich auf Schritt und Tritt beobachtet und achtgegeben, welche Bücher ich mir nahm. Septimus hatte die silberne Anstecknadel mit der Hand mit dem Zweig getragen … die anderen auch?

Ja. Ja, hatten sie.

Das konnte kein Zufall sein. Sie alle hatten irgendwie mit Endymion Dye zu tun, sogar Wyrm und die Hollower seiner Gilde. Die Anstecknadel war mehr als ein Zeichen von Zugehörigkeit; sie war ein Treueschwur.

Immer mehr Jäger kamen hinter Primm in den Lagerraum – ein Dutzend, wenn nicht mehr, alle von einem giftgrünen Schimmer umgeben. Wenn sie das Lager absuchten …

Emrys legte die Hände an meine Wangen, um meinen Kopf sanft von dem Blutbad weg und zu ihm zu drehen. Sein Gesichtsausdruck war ruhig, doch ich fühlte das leichte Zittern seiner Finger.

»Hilfe!«, rief die Hexe so süß und rein wie vorhin bei unserer Ankunft, als sie vorgab, Elaine zu sein. »Helft mir, bitte!«

»Achtet nicht auf das, was die Bestie sagt.« Endymions schroffe Stimme machte meinen Nerven endgültig den Garaus. »Die Hexe sagt alles, was sie muss, damit ihr sie freilasst.«

»Er lügt«, jammerte die Hexe. »Ich heiße Elaine. Die Zauberin Lav... äh, die Zauberin Honora hat mich eingesperrt, weil ich es wagte, den Mann zu lieben, den sie begehrte ...«

Tja, niemand konnte behaupten, man könnte einer uralten Hexe keine neuen Kunststücke beibringen – oder neue Geschichten.

»Fangt mit den Schränken hinten an und arbeitet euch in die Mitte vor«, befahl Endymion. »Zerschlagt alles zu Kleinholz, wenn es sein muss, aber schnell!«

Nun war ich es, die Emrys' Gesicht umfing und ihn zwang, mich anzusehen, nicht die perversen Reste der Seele seines Vaters.

So hatte ich seine Augen noch nie gesehen: die Pupillen so geweitet, dass das Grün und Grau kaum noch sichtbar waren. Ich presste die Finger auf seine kalte, klamme Haut. Sogar im dunklen Schrank war zu erkennen, wie sein Puls unten an seinem Hals flatterte.

Ich zuckte zusammen, als Glas zerschmettert wurde und begeistertes Johlen anhob. Alarmanlagen gingen los, und jedes Schrillen war wie ein Messer in meinen Ohren. Feuer loderte, Stein brach und zersplitterte – und die Schreie eines Jägers lösten abscheuliches Gelächter bei den anderen aus.

»Ein Fluch trifft einen nicht mehr so, wenn man keine Knochen hat, die brechen«, höhnte Primm.

Sie haben die Schutzzauber ausgelöst, dachte ich und zuckte erneut zusammen, als etwas auf den Boden krachte.

Emrys neigte den Kopf auf unsere Knie, und sein Atem ging zittrig. Beim Anblick der dunklen Locken in seinem vernarbten Nacken und der verletzlichen Haltung schmerzte meine Brust.

»Warum dachte er, dass es hier unten ist«, fragte einer der

Jäger. »Hatte er so eine Ahnung, oder was? Oder hat Wyrm behauptet, dass er es für ihn gefangen hat?«

»Hätte er gewollt, dass du es weißt, er hätte es dir gesagt«, erwiderte Endymion gereizt.

Ich erstarrte. Er war nahe. Ich hätte schwören können, dass ich seine Stiefel auf dem Steinboden hörte, obwohl er körperlos war. Stoff raschelte, als er von etwas gerissen wurde.

Ich lehnte meinen Kopf auf Emrys', schloss die Augen und atmete seinen tröstenden Duft ein – nach Grünem und Spuren von Feuerrauch.

Bitte, lass sie nicht die anderen finden, betete ich. *Bitte, geht einfach ...*

»Lasst mich raus, bitte!«, schrie die Hexe. »Ich verdiene nicht, so bestraft zu werden!«

»Hören die sich wirklich jedes Mal diesen Lärm an, wenn sie hier unten sind?«, fragte einer der Jäger. »Wie schalten sie die ab?«

»Ich tue alles, was ihr wollt – erzähle euch alles, was ihr wissen wollt«, versuchte es die Hexe. »Möchtet ihr vielleicht ein besonderes Schwert finden, um eure Feinde zu schlagen?«

»Oh, verdammt, der Œgishjalmr?«, fragte einer von ihnen. »Den nehme ich.«

»Dann nehme ich Chrysaor – ich habe Jahre meines verfluchten Lebens mit der Suche nach dem beschissenen Schwert verbracht, und die hatten es die ganze Zeit!«, sagte ein anderer.

Die Hollower taten, was Hollower am besten konnten. Das Plündern wurde wilder, das Zerschmettern und Klirren lauter. Der Tod hatte nur ihre dunkelsten Instinkte freigesetzt.

»Ich erzähle euch von den anderen, die sich hier unten verstecken!«, rief die Hexe. »Und ihr dürft euch an ihrem Fleisch gütlich tun!«

Mir gefror das Blut in den Adern. Emrys' Finger spannten sich um mein Handgelenk.

»Sucht weiter«, befahl Endymion. »Lasst nichts von Wert zurück!«

»Da sind … da waren vier Mädchen und ein Junge«, fuhr die Hexe fort. »Sein Name war … der war Emrys!«

Ich hob den Kopf, und diese Bewegung, die leichte Gewichtsverlagerung, besiegelte unser Schicksal. Der Kleiderschrank knarrte laut in der Stille, und mir blieb das Herz stehen.

Ein schweres Gefühl von Bosheit näherte sich, vergiftete die Luft. Ich starrte durch den Spalt zwischen den Schranktüren, zu verängstigt, um auch nur zu atmen.

»Was hast du gesagt?«, fragte Endymion leise.

Emrys' Atem wurde flach, als erkannte er etwas an dem Tonfall wieder. Er ließ mich los und presste die Fäuste auf seine Augen. Ich wusste nicht, was ich tun sollte. Es war unmöglich, dass einer von uns hier rauskam, ohne von den Jägern gesehen zu werden.

Das entsetzliche Gefühl nahm ein wenig ab, als Endymion durch den Lagerraum stakste, zerbrochene Stühle beiseitetrat und über Glasscherben auf den Spiegel zuging wie ein heraufziehendes Gewitter.

»Was hast du gesagt?«, knurrte er.

»Sieh nur!« Die Hexe zog sich hinter dem Glas zurück, bis ich sie kaum noch verstehen konnte. »Sein Gesicht sah so aus … sieh hin, *sieh hin!*«

Endymion Dye packte den Samtüberwurf und riss ihn von der Magieoberfläche. Was immer er dort sah, bewirkte, dass er näher heranging. Und noch näher.

Sein Profil, das nur schwach in der Dunkelheit auszumachen war, hatte nichts mehr mit dem Mann gemein, der stets darauf bedacht gewesen war, das perfekte Bild von sich als faktischem Gildeanführer zu kultivieren – mal charmant, mal schneidend.

Und dann, als er tief in den Spiegel schaute, schwand die letzte Spur jenes Mannes.

»Du verlogene Schlampe!«

Mit einem animalischen Zornesschrei packte er den Rahmen und schleuderte ihn auf den Boden. Er fuhr herum, warf einen nahen Tisch mit einer einzelnen Handbewegung um, trat die Eichenbeine ab und hieb mit seinem Schwert auf das Holz ein, dass Splitter in alle Richtungen flogen.

Mit ungemindertem Zorn ging er auf die Sessel los, zerschredderte sie und riss die Polsterung heraus wie Eingeweide, bevor er sich den Regalen mit den Wein- und Champagnerflaschen zuwandte. Die Luft färbte sich rot, als der Flascheninhalt in den Raum sprühte und einen Fluss auf dem Boden bildete, der sich zwischen den zerstörten Überresten der Ausstellung hindurchschlängelte.

Die anderen Jäger standen stumm da und beobachteten ihn. Sie waren nicht gewillt, seine Raserei zu unterbrechen, riskierten aber auch nicht mitzumachen, falls sich sein Zorn gegen sie wenden sollte.

Emrys hob den Kopf, und was ich in seinen Augen sah, war keine Furcht. Das war eine tief sitzende Müdigkeit. Wiedererkennen.

Der Schmerz in mir wurde stärker.

Nash war bisweilen ein richtiger Mistkerl gewesen. Er hatte uns Flüchen und den Elementen ausgesetzt, wenn wir im Freien übernachteten. Doch selbst wenn ich ihn provozierte, bis er rot sah, hatte er nie die Hand gegen uns erhoben. *Nie.*

Ich beobachtete Emrys, nicht seinen Vater, der Gemälde von den Wänden riss und die unbezahlbaren Leinwände mit den

Fäusten einschlug. Wie oft hatte sein Sohn dies hier abbekommen? Wie oft seine Mutter?

Mit einem zittrigen Seufzen senkte Emrys den Kopf wieder. Versuchte, sich kleiner zu machen.

Über uns stieß das Horn seinen donnernden Ruf aus, hallte durch die Stockwerke des Gebäudes wie ein Erdbeben. Jetzt, erst jetzt, hörte Endymion auf.

Die Zerstörung, die er angerichtet hatte, dauerte jedoch an. Weiterhin troff Champagner aus zerbrochenen Flaschen und fielen Scherben auf den Boden. Endymion machte sich gerade, und als er sich zu den anderen Jägern umdrehte, war sein Gesicht wieder eine ausdruckslose Maske.

»Wenn es wirklich ein *Gefühl* war, das unser Herr hatte, könnte er die Hexe gespürt haben«, sagte Primm zu ihm. »Zeitverschwendung, wenn du mich fragst ...«

Blitzschnell war Endymion quer durch den Raum und schlang eine gespenstische Hand um Primms Hals. *»Keiner hat dich gefragt.«*

Er warf den anderen Jäger zu Boden und ging zurück zum Eingang, auf dass die anderen ihm mit ihren geplünderten Schätzen folgten. Schwerter, die durch alles schnitten. Schilde, die vor jedem Zauber schützten. Mäntel, die zusätzliche Kraft verliehen. Immer mehr Reliquien, um die Toten mehr als unbesiegbar zu machen.

Die Stimmen hallten noch zu uns zurück, nachdem sie den Raum verlassen hatten. *»Auf zum nächsten, zum nächsten!«*

Ich zählte im Kopf bis hundert, ehe ich zu flüstern wagte: »Emrys?«

Die Wärme seines Körpers an meinem, sein süßer Kieferngeruch – all das kollidierte mit dem Adrenalin, das noch in meinen Adern strömte, und dem Horror dessen, was ich eben gesehen hatte. Ich war immer noch sehr schlecht in dem hier, trotzdem *musste* es etwas in mir versuchen. Ihn trösten. Es war die einzige Erklärung dafür, dass ich mich wieder vorneigte, auf meinen eigenen unerfahrenen Instinkt hörte und zögernd die Lippen auf seine Wange presste.

Emrys rang nach Luft und setzte sich so rasch auf, dass sein Kopf gegen mein Kinn schlug.

»Nicht«, hauchte er zittrig und mit einem Ausdruck von Ekel im Gesicht, der mich innerlich brach. »Fass mich nicht an.«

Er stieß die Schranktüren weit auf, kletterte hinaus und ließ sie hinter sich wieder zufallen.

Hitze brannte in meiner Brust, stieg auf und breitete sich auf meinem Gesicht aus. Die Scham war so stark, mein Herz so brutal erschüttert, dass ich tatsächlich dachte, ich müsste mich übergeben. Noch während ich mich zu wappnen versuchte, den säuerlichen Geschmack auf meiner Zunge runterzuschlucken versuchte, ertappte ich mich dabei, wie ich hoffte, die Dunkelheit im Raum würde mich wie eine überwältigende Flutwelle mit sich in die Tiefe reißen.

Du blöde, naive Idiotin, fluchte ich in meinem Kopf und stürzte in einen Abgrund aus Selbstverachtung.

Immer hatte ich mir eingebildet, die Gefühle anderer lesen zu können und mittels dieses Tricks ihre heimlichen Sehnsüchte erkennen zu können – die Träume und Möglichkeiten, von denen sie wollten, dass ich sie für sie webte, während ich die Tarotkarten umdrehte. Ich war die Täuscherin, nicht die Getäuschte.

Bis Emrys.

Ein Teil von mir – irgendein winziger, verzweifelter Teil meines Herzens – hatte sich nach wie vor an einen Hoffnungsschimmer geklammert. Dass nicht alles gespielt gewesen war.

Dass seine Gefühle für mich so real gewesen waren wie meine für ihn.

Doch das hatte er mir schnell und brutal ausgetrieben.

Fass mich nicht an.

Ich presste die Finger auf meine brennenden Augen, hasste mich, hasste ihn. Als die Nadelstiche aufhörten und meine Gliedmaßen wieder durchblutet wurden, stieg ich aus dem Kleiderschrank und drängte mich an Emrys vorbei.

Neve sah mich, ehe ich sie bemerkte, und kam durch die Trümmer auf mich zugelaufen. Bei ihrem Anblick wurde die Bitterkeit in mir von überschäumender Erleichterung vertrieben. Als sie die Arme um mich warf, versuchte ich nicht einmal, mich ihr zu entwinden.

»Ist alles in Ordnung?«, fragte Olwen, die sich von Caitriona über einen Haufen zerbrochener Schaukästen helfen ließ. Mir fiel auf, dass wir alle achtgaben, nicht zu den Männerleichen zu schauen.

»Also *mir* geht es gut«, antwortete die Hexe, deren Stimme vom Fußboden gedämpft wurde.

Ich nickte nur und ließ einen Arm um Neves Schultern gelegt. Sie warf mir einen verwunderten Blick zu, den ich mied.

»Was jetzt?«, fragte Neve.

»Wir jagen sie«, antwortete Caitriona. »Folgen ihnen zurück zu der Höhle, in der sie sich verkriechen.«

Neve beugte sich über die Rückseite des Spiegels von Shalott und musterte die Sigillen. »Die aktuellen Zauber sind eigens für das Gefangenhalten einer Hexe gedacht.« Sie zeigte hin. »Ich weiß nicht, welche Sigillen wir benutzen müssen, um etwas wie Lord Death gefangen zu halten.«

»Aber ich!«, bot die Hexe an. Wir ignorierten sie.

»Ich kann noch einmal an Madrigal schreiben und den Rat der

Schwestern um Hilfe bitten«, sagte Neve. »Sie haben Forscherinnen …«

»Nein«, fiel Caitriona ihr ins Wort. »Wir halten sie raus.«

»Cait …«, begann ich, als etwas Heißes und Feuchtes auf meine Wange traf.

Ich blickte nach oben und berührte meine Wange, da plumpste noch ein dicker Tropfen auf meinen Kopf. Ich hob meine Hand näher an mein Gesicht.

Blut.

Kapitel 18

Eine finstere Ahnung erfüllte mich, als wir die verborgene Nottreppe hinauf zur Scheinbibliothek stiegen. Sie baute sich unter meiner Haut auf wie ein wachsender Fliegenschwarm, summte in meinen Ohren und raubte mir schon den Atem, bevor wir auf die erste Leiche stießen.

Caitriona war als Erste oben und streckte eine Hand zu uns nach hinten, während sie sich umschaute. Ich schob Emrys zur Seite und ging zu ihr. Das entsetzliche Bild, das sich uns bot, überwältigte mich.

»Heilige ... Götter ...«, begann Emrys.

Die edlen Teppiche quatschten unter unseren Füßen, und Blut tränkte die Säume meiner Jeans. Der Gestank von allem – von rohem Fleisch – wurde noch intensiviert durch den Anblick menschlicher Überreste, die wie liegen gelassenes Aas auf den Möbeln, den unteren Regalen und überall verstreut waren.

Einige mussten versucht haben, zu den Schaukästen zu rennen, ehe die Jäger die Waffen darin gestohlen hatten. Von ihnen waren nur noch blutige Fingerabdrücke auf den Gestellen geblieben.

Die Stille aus dem Saal war absolut, breitete sich bis in die Bibliothek und in uns hinein aus. Der Rauchgeruch haftete an allem und reichte dennoch nicht, um den ekligen Gestank von Blut zu überdecken.

Um mich herum flackerte die Welt, und einen Moment lang konnte ich nur den Hof vor dem Turm sehen. Die Toten.

Es passiert wieder.

Wir gingen in unterschiedliche Richtungen, suchten nach Überlebenden oder irgendetwas Waffenähnlichem.

Als ich um eines der Bücherregale herumging, blieb mein Fuß an etwas hängen. Ein Schrei stieg in meiner Kehle auf und blieb dort stecken. Der kopflose Torso wackelte, als ich vorwärtsstolperte und verzweifelt versuchte, mich nicht zu übergeben.

Ich fluchte leise, hob einen der Holzstühle hoch und knallte ihn gegen den Arbeitstisch, bis ein Bein endlich abbrach. Es dürfte die beste Waffe sein, die ich hier fand.

Emrys versuchte, ein altes Schwert von seinem Platz über dem Kamin zu reißen und zerrte zunehmend frustriert daran.

»Das ist angeschraubt, du Genie!«, fuhr ich ihn an.

»Ach was?«, erwiderte er. Bei seinem nächsten Ruck krachte die ganze Platte von der Wand. Er schrie auf, als das Schwert auf den Boden traf und die Klinge vom Heft brach.

Er jetzt sah ich, wer neben dem kalten Kamin hockte.

Olwens Hände zitterten stark, obwohl sie sich an einem zerstörten Regal festhielt. Ihr Atem ging angestrengt, als sie auf eine Leiche in der Nähe starrte.

Ich packte ihren Arm, zwang sie, mich anzusehen. »Olwen?«

Ihr Blick schien durch mich hindurchzugehen. Sie war gar nicht richtig hier – und ich wusste, dass sie in Gedanken in der Vergangenheit war, in dem Hof des Turms.

»Olwen!« Ich schüttelte sie und konnte endlich zu ihr durchdringen. Sie schaute mich panisch an. Olwen mochte eine Heilerin sein, gebrochene Knochen, Eiter und rissige Wunden behandelt haben, aber nur die Lebenden ließen sich heilen.

»Du solltest nach unten gehen«, sagte ich. »Bleib bei dem Spiegel, solange wir nachsehen, was passiert ist.«

»Was?«, fragte sie. »Nein ... nein, ich kann damit umgehen.«

»Bitte«, sagte Caitriona, die sich auf Olwens andere Seite hockte. »Es ist schon gut. Wir kommen gleich zu dir.«

»Was ist, wenn jemand Hilfe braucht?«, hauchte Olwen. »Und ich denjenigen heilen kann.«

»Mein Herz«, sagte Caitriona und hielt sanft ihre Hand. »Sie haben niemanden am Leben gelassen.«

Olwen wirkte unentschlossen, nickte aber schließlich. Wir warteten, bis sie sicher unten war, bevor wir uns wieder dem Blutbad um uns herum zuwandten.

»Warum tun sie das?«, fragte mich Caitriona.

Ich zuckte nur hilflos mit den Schultern. Dies war nicht wie der unblutige Tod der Zauberin Hemlock, als ihr die Seele herausgerissen wurde.

»Geht es vielleicht um die Gewalt?« Neve sah sich benommen um. »Ein gewaltsames Sterben erzeugt mehr Todesmagie, oder?«

Direkt vor der Tür zur Eingangshalle klirrte Glas, was mich aus meiner ängstlichen Benommenheit riss. Caitriona rannte auf etwas in der hinteren Ecke der Bibliothek zu – einen hellen Speer, der halb in einem Haufen Unvergänglichkeiten und den Überresten eines Hollower vergraben war.

»Das ist ...«, würgte Emrys hervor, als er sah, wie Caitriona an der Waffe zerrte. »Das ist Gae Bolga, der Speer von Cú Chulainn – gefertigt aus dem Gebein eines Seeungeheuers ...«

Sie warf ihm nur kurz einen Blick über die Schulter zu, als sie die Tür aufzog. »Jetzt ist es Caitrionas Speer.«

»Er splittert ...«, begann Emrys, doch sie war schon fort. »Egal. Sie wird es schon merken.«

Ich ging Caitriona nach, wich der Leiche aus, die vor der Tür lag und der die Haut aus dem Gesicht gerissen worden war, sodass die Knochen freilagen. Ein statisches Rauschen hob in meinen Ohren an, bis es sämtliche Geräusche übertönte, mit Ausnahme meines galoppierenden Herzschlags.

Irgendwie war es schlimmer, als ich es mir in meinen finsteren Gedanken ausgemalt hatte.

Der Saal war fast nicht wiederzuerkennen. Alle Fenster waren geborsten und der Boden von funkelnden Scherben wie tödliches Eis bedeckt. Mehrere Hollower hatten versucht, davonzurennen, waren gestürzt und hatten Blut auf dem Boden hinterlassen, als sie in Sicherheit kriechen wollten. Ihre Brustkörbe waren aufgespalten, als hätte man sie ausgeweidet.

Der lange Tisch mit dem Festmahl stand in Flammen. Einer der Brenner unter einem Wärmebehälter war umgekippt worden und verschlang nun das einst blütenweiße Tischtuch. Emrys blieb dicht hinter mir stehen. Er hatte jemandem eine Axt abgenommen, deren Stiel er in seiner Hand drehte, während er sich alles anschaute. Seine Züge waren verhärtet.

Neve wanderte zwischen den Leichen hindurch, eine Hand auf ihren Mund gepresst. Ich wäre zu ihr gegangen, hätte ich nicht aus dem Augenwinkel eine Bewegung wahrgenommen.

Die schlaksige Gestalt, deren schwarze Umrisse sich im dichten Schneefall deutlich abzeichneten, schritt die lange Einfahrt hinab. Etwas glänzte in ihren Händen – der schimmernde Stoff von Artus' Mantel.

Ihn hier zu sehen, ergab keinen Sinn. *Allein.* Genau die Gelegenheit, auf die ich nicht einmal zu hoffen gewagt hatte.

Er wurde kleiner und kleiner, als er mit großen Schritten die Einfahrt entlangging.

Nein, dachte ich. *Ich lasse dich nicht wieder weggehen.*

Nicht jetzt, da er in Reichweite war. Nicht solange er außerhalb des Einflussbereichs von Lord Deaths Magie war.

»Bleibt hier!«, rief ich den anderen zu und ignorierte ihr Rufen, als ich hinaus in die Kälte und das Schneetreiben stürmte.

Der Rauch drang mir in Mund und Nase, und Hitze brannte in meinem Gesicht, doch alles andere – das Blut, die Leichen –, verschwand, als ich durch den Rahmen eines zerstörten Fensters sprang und ihm nachjagte.

»Cabell!«

Trotz Wind und dichtem Schnee hörte mein Bruder mich. Er drehte sich gerade weit genug um, dass ich die Silhouette seines Profils sah, blieb jedoch nicht stehen. Seine Schritte wurden nur größer, schneller.

So wie meine.

Ich eilte durch das Labyrinth von Wagen, die noch in der geschwungenen Einfahrt parkten, nahm deren eingeschlagene Windschutzscheiben und zerbeulten Dächer nur am Rande wahr. Ein SUV hatte es halb die Einfahrt hinuntergeschafft und rollte noch, obwohl niemand drinnen saß. Die zerbrochenen, blutverschmierten Fenster erzählten die ganze Geschichte.

Die Fackeln an der Zufahrt waren erloschen, sodass nur noch der Mond die verschneite Landschaft erhellte. Schneeflocken umwirbelten mich zusammen mit der Asche aus dem Haus.

Mit seinem dunklen Haar und seiner noch dunkleren Kleidung schien mein Bruder aus der Nacht auf- und wieder in sie einzutauchen – bis mir klar wurde, dass er sich Artus' Mantel über die Schultern gezogen hatte und vollständig verschwunden war. Doch während ihn die Reliquie sogar vor jenen mit Allsicht verbarg, konnte sie weder seine Fußabdrücke auf Erde und Schnee noch seine Atemwolken in der Luft verhindern.

Er wurde langsamer, als wir das Ende der Einfahrt an der leeren Straße erreichten. Die kahlen Äste der Bäume um uns herum zitterten in der Stille, als ihre Kronen im Wind schwankten.

Ich blickte von seinen letzten sichtbaren Spuren auf und starrte in die Dunkelheit, in der er sein musste. Da war ein Reiben von Stoff an Stoff, und einen Moment lang glaubte ich, wieder sein Profil zu sehen, so bleich und schmal wie eine Mondsichel.

»Cab«, sagte ich. Meine Brust brannte, als ich nach Atem rang. Ich suchte nach den richtigen Worten, die einen Zauber wirken könnten, damit er hierblieb, und sei es nur ein wenig länger. »Können wir reden? Selbst wenn wir uns gestritten haben, konnten wir immer darüber sprechen.«

Er sagte nichts, doch ich fühlte die Wut von ihm abstrahlen, die wie ein Gespenst zwischen uns schwebte. Anscheinend hatte Lord Death sie in den Tagen, seit ich ihn das letzte Mal gesehen hatte, eifrig genährt.

»Bist du okay?«, fragte ich und strengte mich an, das Beben in meiner Stimme zu bändigen. »Hat er … hat er dich verletzt?«

»Nein.«

Die eine Silbe war kälter als der Schnee, der sich in meinem Haar sammelte. Sie vereiste mir das Blut in den Adern.

Doch wenigstens sprach er. Wäre ich größer, stärker oder besäße auch nur einen Funken Magie, hätte ich ihn k. o. geschlagen und von all diesem Tod und der Finsternis weggezerrt. Obwohl ich nicht sicher war, dass es etwas nützen würde. Distanz allein wäre nicht genug, um den Bann zu brechen, in dem Lord Death ihn hielt; nicht solange Cabell sich weigerte, ihn zu bekämpfen.

»Nein, du bist nicht okay, oder nein, er hat dich nicht verletzt?«, fragte ich. »Ich versuche bloß zu verstehen – was hat er getan, dass du dich von uns abgewendet hast? Hat er dir irgendetwas versprochen?«

Die Stille kehrte zurück, wuchernd. Ich biss mir auf die Innenseite meiner Wange, und meine Gedanken überschlugen sich. Die letzten Tage hatten mir alles geraubt, was ich jemals an Stolz oder Selbstwertgefühl besessen hatte. Als wir Kinder waren, hatte ich alles getan, um meine Tränen vor ihm zu verbergen, die Starke für uns zu sein. Doch das konnte ich nicht mehr. Hinter meinen Augen baute sich Druck auf. Tränen brannten darin.

»Ich weiß ...« Es fühlte sich an, als risse ich mir die Worte aus der Brust. Tränen brannten auf meinen gefrorenen Wangen. »Ich weiß, dass ich nicht für dich da war. Nicht so, wie du es gebraucht hast. Sag mir, wie ich das wiedergutmachen kann. Verrate es mir, und ich mache es, Cab. Ich tue alles.«

»Und warum hast du mir nicht eher zugehört?«, fragte er. Seine kalte Fassade bröckelte, und darunter kam der brodelnde Frust zum Vorschein.

»Eher?«, wiederholte ich verwirrt. »In Avalon?«

»Ich habe dir gesagt, dass er uns allen *helfen* will, indem er die Welt von Kreaturen wie den Zauberinnen befreit«, sagte er. »Wie den Hollowern, die uns von oben herab behandelt haben und uns hätten verhungern lassen.«

Ich starrte ins Dunkle. »Du hast gesehen, was die Jäger dadrinnen getan haben. Wie kann das irgendjemandem *helfen* außer ihm selbst?«

»Er will nur, was die Zauberinnen ihm vorenthalten«, entgegnete Cabell. »All das wird aufhören, wenn er es hat.«

»Wird es das?« Ich wagte mich einen Schritt vor.

»Komm mit mir«, sagte Cabell, und da klang ein Anflug von Flehen mit. »Wir werden nie wieder hilflos sein. Nie wieder die Waisen sein, die sich auf dem Dachboden verstecken, oder Beute für Männer wie Wyrm. Wir werden alles haben, was wir brauchen. Macht. Ein Zuhause. *Respekt.* Wir können das haben – aber nur, wenn du mit mir kommst.«

Bis zu diesem Moment hatte ich das Gespräch nur in eine Richtung gehen gesehen: Dass ich ihn bat, mit mir zu kommen. Ihn zu hören, wie er mich um dasselbe bat, stellte meine Welt auf den Kopf. Ich begriff es nicht. Das waren nicht Lord Deaths Worte, sondern *seine.*

Vielleicht … vielleicht drang ich zu ihm durch. Und wenn ich nur ein klein wenig hartnäckiger war …

»Für nichts davon brauchen wir Lord Death«, sagte ich. »Ich weiß, du denkst, dass du die Kontrolle hast, aber seine Magie, Cab … was er dir gegeben hat, ist keine Macht. Er hat dir deine Freiheit genommen.«

»Das denkst du?«

Die Frage war wie ein Hieb gegen meine Brust. Panik stieg in mir auf, zitternd und furchtbar. Ich streckte suchend eine Hand nach ihm aus. »Bitte. Es ist nicht zu spät – ist es nie. Du kannst zurückkommen.«

Ich war wirklich blöd, dass ich dachte, die nun folgende Stille würde etwas bedeuten. Dass ich ihn zu überzeugen begann.

»Es gibt kein Zurück. Ich sehe jetzt nur noch, was vor mir liegt.« Sein Tonfall war rau und leise, als traue er dem Wind zu, die Worte den falschen Ohren zuzutragen. »Du kannst jetzt mit mir kommen und die Bedeutung dessen bekunden, was um dich herum entsteht, oder hier bleiben und sterben.«

»All diese Leute, Cab«, sagte ich. »In Avalon, heute Nacht – wie erträgst du das, wissend, was er getan hat? Wie kannst du dabeistehen und nichts tun, um ihn aufzuhalten? Ein Teil von dir, tief im Innern, den seine Magie nicht berühren kann, weiß, dass alles hiervon falsch ist. Weiß, dass das, was er mit dir macht, was er mit jedem macht, *falsch* ist.«

Er stieß ein grausames, hämisches Lachen aus. »Soll ich dir etwa glauben, dass es dich tatsächlich interessiert?«

Als ich nicht antwortete, knirschten seine Stiefel auf dem Kies, und seine Schritte entfernten sich in Richtung Straße. Ich konnte noch eine letzte Karte ausspielen, und die schleuderte ich ihm nun hin.

»Nash lebt«, erzählte ich ihm. »Er ist zurückgekommen.«

Er erstarrte, und ich hörte, wie er nach Luft rang. »Du lügst.«

»Nein, tue ich nicht. Wir können zusammen zu ihm gehen. Er wird alles erklären.«

Ich hielt den Atem an, als könnte schon die kleinste Bewegung uns von der Messerschneide stürzen, auf der wir uns bewegten.

Verdammter Nash, dachte ich. *Verdammt sei er, weil er wieder gegangen ist.* Wäre er bei uns geblieben, mit uns hergekommen, sodass Cabell ihn mit eigenen Augen sehen könnte ...

Wäre, wäre, wäre, hallte es durch meinen Kopf. Der Refrain meines Lebens.

»Dafür ist es zu spät.« Cabells Stimme war kaum noch ein Flüstern.

»Es ist nie zu spät«, sagte ich wieder. So nah. Er war so nah.

»Vor längst vergangener Zeit, in einer Welt voller Dunkelheit und Flüche, gab es zwei Kinder«, begann ich leise. »Und alles, was sie hatten – was sie je gehabt hatten – war einander ...«

»Hör auf!«, zischte er.

Dass Cabell so leise und verzweifelt klang, war beinahe unerträglich. Mit einer kräftigen Bewegung zog er sein Schwert aus der Scheide und wirbelte herum zu mir. Der kalte Stahl wies mit der Spitze auf mein Herz, wo das Todesmal noch schmerzte.

Ich blickte zu seinem eingefallenen, blassen Gesicht und dann zu dem fremden Schwert. Mein gequälter Gesichtsausdruck spiegelte sich in der silbernen Klinge. Mir kam ein Gedanke, der sich jedoch wieder auflöste, ehe er sich richtig formen konnte.

»Ihr könnt nicht aufhalten, was bereits begonnen hat«, fauchte Cabell. »Ich warne dich nur ein Mal: Sollte ich dich wiedersehen, werde ich dich töten.«

Er hob das Schwert an, und ich wich unwillkürlich zurück. Mir war, als würde mein Brustkorb einsacken; das Todesmal pochte heftig, wie von gebrochenem Knochen durchbohrt. Cabell schritt durch das Unterholz und die Bäume, sodass dicke Schneebrocken von den Ästen fielen. Ich hatte Mühe, wieder Atem zu holen, und fühlte mich leer vor Kummer.

»Tamsin!«

Emrys tauchte aus dem Schneegestöber auf. Er sah besorgt aus und blickte sich nervös in der Dunkelheit um.

Der Anblick flutete mich mit unerwünschter Wärme, als hätte ihn ein unbewusster Teil meines Denkens oder Herzens herbeigerufen.

Fass mich nicht an.

Scham und Wut flammten aufs Neue in mir auf, wenn auch nicht halb so furchtbar wie das Sehnen, das ihnen folgte. Ich wollte so dringend etwas anderes fühlen als Verlust, dass es mich von innen nach außen aufriss.

Fass mich nicht an.

Warum war er überhaupt hinter mir hergekommen? Warum machte er irgendetwas von alledem – schien mal besorgt, dann wieder abweisend? Ging es bloß darum, mich zu verletzen, abermals auf meine Kosten lachen zu können?

»War das Cabell?«, fragte Emrys, der versuchte durchzuatmen, was ihm nicht gelang.

Ich nickte, blieb aber auf Abstand, als er einige Schritte auf mich zu machte. Dann hielt er inne und beobachtete mich nur, während er die Hände abwechselnd zu Fäusten ballte und lockerte. Sicher wollte er sie auf die Weise wärmen. Der Schnee hieb mir ins Gesicht, und meine Augen brannten.

Emrys streckte eine Hand nach mir aus, als wollte er mich festhalten, ließ den Arm jedoch gleich wieder sinken. An jedem anderen Tag hätte ich vielleicht die Kraft gehabt, eine spitze Bemerkung zu machen, doch jetzt gerade konnte ich die stille Grausamkeit nicht ertragen. Meine Nasenflügel blähten sich.

»Warum kannst du mich nicht einfach in Ruhe lassen?« Es klang halb flehend, halb wütend. Er hatte den Ring gestohlen, mein Vertrauen missbraucht, sich meine tiefsten Geheimnisse genommen. Was konnte er noch wollen? Was war noch übrig? Mich brechen zu sehen?

Emrys' Züge wurden wieder verschlossen, ehe er sich umdrehte.

»Ich wünschte, ich könnte«, sagte er, »aber du musst mitkommen. Wir haben einen Überlebenden gefunden.«

Kapitel 19

Von allen Leuten, die es aus dem Inferno der Wilden Jagd schaffen konnten, musste es ausgerechnet Edward Wyrm sein.

Ein einziger Blick auf die Szene verriet mir alles. Der Mann hatte seinem Namen alle Ehre gemacht und es irgendwie fertiggebracht, sich in einer kleinen Kammer hinter einer Geheimtür unweit des Kamins zu verstecken.

Der Schnee, der durch die zerstörten Fenster ins Haus blies, hatte das Feuer auf dem Tisch gelöscht, allerdings auch den Rest vom Yule-Scheit. Es blieben nur noch das spärliche Flackern der prächtigen Kronleuchter und das Mondlicht, um Wyrm zu sehen, wie er auf dem Boden kauerte. Sein Gesicht und der fast kahle Kopf waren blutverschmiert.

»… ich wusste nicht, dass das passieren würde!«, erzählte er Caitriona. Sie hielt ihm die Speerspitze an die schlaffe Haut seines Halses und betrachtete ihn so wütend wie mitleidlos.

Neve beobachtete alles, die Hände in die Hüften gestemmt. »Und wofür war die Party dann?«

»Die war …«

Bei meinem Anblick quollen ihm beinahe die Augen aus dem Kopf, als wäre ich ein unwillkommener Geist. Stumm sagte er *Lark*.

Mit Freuden würde ich ihn heimsuchen, bis er seinen letzten

Atemzug tat. »Wie schön, dich wiederzusehen, du stinkender Haufen Rattenscheiße.«

Er blickte rasch zu Emrys, der ihm die sicherere Wahl schien. »Emrys, mein Junge, erzähl es ihnen! Du weißt, wie diese Frauen sein können, wenn sie sich etwas in den Kopf gesetzt haben. Ich bin seit Jahren mit deiner Familie befreundet. Ich hatte keine Ahnung, dass sie … dass sie …«

»Jeden Einzelnen deiner Partygäste ermorden und ihnen die Seelen rauben würden?«, beendete Emrys den Satz frostig. Er drängte sich an den anderen vorbei, packte Wyrm beim blutbefleckten Hemdkragen und riss ihn nach oben, sodass er die Leichen anschauen musste, die auf dem Boden lagen. *»Sieh hin,* du Feigling! Und dann erzähl uns noch mal, du hättest keine Ahnung gehabt, dass das passieren würde!«

Sein zorniger Ton erschreckte mich. Vielleicht hatte seine Wut genauso dicht unter der Oberfläche geschlummert wie meine. Und vielleicht hätte es mich vor heute interessiert.

Wyrm begann zu weinen, erbärmlich zu schluchzen und zu schniefen. »Es sollte eine Zusammenkunft sein, um ihn zu begrüßen! Um ihm den Mantel zu überreichen! *Das* sollte passieren!«

»Du hast gewusst, dass die Wilde Jagd kommen würde?«, fragte ich ungläubig.

»Ja«, heulte Wyrm.

Emrys riss die silberne Anstecknadel von seinem Revers, bevor er Wyrm losließ, der schlaff zu Boden fiel. Blut und Champagner spritzten um ihn herum auf, und der alte Mann würgte.

»Verrate ihnen, was das hier bedeutet«, befahl Emrys. Als der andere Hollower merklich Schwierigkeiten hatte, die Worte herauszubringen, schleuderte Emrys ihm die Anstecknadel fest genug zu, dass Wyrm wimmerte wie ein quäkendes Kind. »Sag es ihnen!«

»Aber, du weißt … du weißt es doch, oder?«, Wyrm wand sich unter Emrys' Blick. »Dein Vater war es, der alles wieder angefangen hat.«

»Verrate es ihnen«, wiederholte Emrys mit zusammengebissenen Zähnen und wütender, als ich ihn jemals erlebt hatte. Die anderen wirkten geschockt.

»Es ist …« Wyrm versuchte, sich zu fangen, strich mit einer Hand über den Rest seines Haars. »Es ist das Symbol des Ordens des Silberzweigs.«

»Warum hasse ich schon, wie das klingt?«, fragte Neve.

Natürlich. Ich presste eine kalte Hand an meine Wange.

Mir war schleierhaft, warum mir die Bedeutung des Symbols nicht früher klar geworden war. Ein silberner Apfelzweig symbolisierte eine Einladung in eine Anderswelt.

»Und der ›Orden‹ ist was genau?«, hakte ich nach. »Eine kleine Bruderschaft machtversessener Ekelpakete? Die was genau wollen?«

Wyrm plusterte sich ein wenig auf. Ich fragte mich, wann das letzte Mal eine Frau so mit ihm geredet hatte – seiner Empörung nach zu urteilen, war es die letzten dreißig Jahre wohl nicht vorgekommen. »Der Orden ist vor Jahrhunderten gegründet worden. Es gibt ihn schon so lange, wie Zauberinnen in dieser Welt sind.«

»Aha«, sagte Neve finster und knackte mit ihren Fingerknöcheln. »Deshalb.«

»Der Orden soll die ritterlichen Tugenden von Artus und seinem Hof erhalten – und die Welt vor der destruktiven Magie von Zauberinnen und deren höllischer Natur schützen«, fuhr Wyrm fort.

»Höllischer Natur?«, wiederholte Neve, und ich streckte einen Arm zur Seite, um ihr den Weg zu versperren.

»Wir müssen ihm noch ein paar mehr Fragen stellen, bevor du ihm die Zunge verknoten darfst«, sagte ich zu ihr.

Wyrm wimmerte.

»Na schön.« Neve seufzte übertrieben. »Ich schätze, ich kann ein paar Minuten warten.«

»Ist sie … eine von *denen?«*, flüsterte Wyrm entsetzt. Er zog sich auf dem Fußboden ein Stück nach hinten, als wollte er fliehen. Emrys stellte einen Fuß auf seine Brust, sodass er sich nicht mehr rühren konnte.

»Du arbeitest mit einer Zauberin zusammen?«, rief Wyrm. »In welchem Bann hält sie dich, mein Junge?«

»Ich bin nicht dein Junge.« Emrys beugte sich nach unten, bis sein Gesicht dicht über Wyrms war. »Und du kannst von Glück reden, sollte sie dich nur mit einem Bann belegen.«

Wyrms rotes Gesicht wurde bleich, als er zwischen den beiden hin- und hersah. Bei Neves Lächeln stellten sich sogar mir die Härchen auf den Armen auf.

»Was hat dieser Orden mit Lord Death zu tun?«, fragte Caitriona, die wieder ihren Speer auf ihn richtete.

Wyrm hob die Hände, als hätte er ein Gesicht, das sich zu schützen lohnte. »Viele von uns sind Nachfahren von Druiden. Wir wollten ihn nur wieder anbeten können … ihn zurück in unsere Welt rufen, damit er unsere Feinde niederschlägt.«

Ich neigte mich vor und unterdrückte den Impuls, ihm ins Gesicht zu spucken. »Ihr wolltet Todesmagie.«

»Ähm … ja«, sagte Wyrm. »Ist das denn so falsch? Warum sollen die Zauberinnen die Einzigen sein, die wahre Macht haben?«

Angewidert schüttelte ich den Kopf. Wyrm und so viele von den Toten um mich herum waren Cunningfolk. Sie *besaßen* Magie, Fähigkeiten, die kein gewöhnlicher Sterblicher hatte. Nur eindeutig nicht genug.

»Erwartest du, dass wir dir allen Ernstes glauben, du hättest nicht gewusst, was heute Abend passieren würde?«, fragte ich.

Wyrm sah wieder verzweifelt zu Emrys. »Dein Vater schrieb mir, dass ich ein Fest geben soll, um unsere Gefolgschaft anzubieten. Ich weiß nicht, was aus ihm geworden ist ... aus ihnen allen ...« Er verstummte und blickte sich zum Saal um. »H-habt ihr das gehört?«

Einen Moment später tat ich es.

Das Knacken fühlte sich so vertraut an, dass ich nach oben blickte, weil ich damit rechnete, dass der Putz herabregnen würde. Doch es war ein feuchtes Geräusch, wie Schritte in einem Moor, gurgelnd ...

Neve rang hörbar nach Luft. Ich drehte mich um und folgte ihrem Blick zu den Leichen nahe ihren Füßen. Etwas bewegte sich kriechend unter deren Haut.

Caitriona stieß von hinten gegen mich, als sie den zuckenden Überresten entkommen wollte. Die Gliedmaßen schlugen auf den Boden; die Zähne klapperten.

»Oh Götter, *oh Götter!*«, schrie Wyrm und rappelte sich mühsam auf. Er nutzte die Ablenkung, um zur offenen Tür zu fliehen, ohne sich noch einmal umzuschauen. Beim ersten Knacken von Knochen war mir mit entsetzlicher Sicherheit klar, dass es ein Fehler gewesen war, ihm nicht zu folgen.

Das eklige Geräusch, das Gurgeln der sich verlagernden Eingeweide, das Dehnen von Gewebe – ich erkannte es wieder.

Von Cabells Verwandlungen.

»Was in allen Höllen ...«, hauchte Emrys.

Spinnenartige Gliedmaßen und Blut explodierten aus der Brust des Mannes zu meinen Füßen, seine Haut dehnte sich und riss, als sein Rückgrat aus den Fetzen seines Smokingjacketts aufragte. Er bog sich nach oben wie ein Tier, das sich nach langem Schlaf streckte, und als er sein von Krallen verwüstetes Gesicht hob, war es zu einer grauen Todesmaske geworden.

Er – es – richtete sich auf langen, dürren Beinen auf, bis die glühenden weißen Augen auf einer Höhe mit meinen waren. Mein Verstand schrie mich an, dass ich mich bewegen solle, doch ich konnte nicht. Meine Füße waren zu Stein geworden. Verwesungsgestank waberte um mich herum, als der Kiefer der Kreatur brach und sich neu zu einem Maul formte, in dem die verbliebenen Zähne silbernen Messern hinter blutleeren Lippen wichen.

Bei seinem wiehernden Schrei flog mein Haar nach hinten und sprühte mir schäumender Speichel ins Gesicht, der abscheulich brannte.

Wie sich herausstellte, war Todesangst eine ganz eigene Art von Bann. Sie hielt mich wie eine ohnmächtige Gefangene dort, während die Leichen zu Kindern der Nacht wurden.

Sie bewegten sich geschlossen, umkreisten uns mit der blutrünstigen Vorfreude von Raubtieren. Beim Aufwachen waren sie ausgehungert – viele verschlangen das abgeworfene Fleisch oder die halb verwandelten Monster um sich herum, rissen sie in Stücke, bevor sie vollständig wiederauferstanden waren. Der Raum um mich herum veränderte sich, verschwamm zu einem toten Wald. Aus Rauch wurde Nebel.

Ich konnte mich nicht rühren.

Am Rand meines Sichtfelds hob Neve die Hände, um einen Zauber zu wirken, hatte jedoch kaum den Mund geöffnet, als sie von einem kräftigen Hieb zu Boden geworfen wurde. Das Geräusch, mit dem ihr Kopf auf dem Holz aufschlug, hallte durch meine Ohren. Sie lag regungslos unter dem Monster.

»Neve!« Caitriona warf ihren Speer nach dem Rücken des Ungeheuers. Die Waffe zersplitterte in der Luft und prasselte wie ein Sprühregen von Pfeilspitzen auf den sich windenden Körper ein.

Falls Caitriona überrascht war, nahm sie es mit ihrer üblichen Geistesgegenwart und sprang nach vorn, um das größte Speerstück aus dem zuckenden Monsterkörper zu ziehen. Die anderen Teile flogen darauf zu und fügten sich augenblicklich wieder zusammen, bevor Caitriona die Waffe nach der nächsten Kreatur schleudern konnte, die uns Neve wegzunehmen versuchte. Dann schlitterte sie auf den Knien zwischen den beiden hindurch und schirmte die Zauberin mit ihrem Körper ab.

Es war das Letzte, was ich sah, ehe auch ich fiel.

Der harte Stoß warf mich zur Seite und raubte mir den Atem, noch bevor ich auf dem Boden aufschlug und ein schweres Gewicht auf mir landete. Ein zerrissener Schmerzensschrei erblühte wie eine blutrote Rose.

Alles wurde wieder scharf gestellt, als Emrys aufzustehen versuchte, wobei er eine Hand auf die Krallenmale presste, die von seiner Schulter bis zur Hüfte quer über seine Brust verliefen. Als könnte er die Haut durch pure Kraft zusammenhalten.

Blut quoll zwischen seinen Fingern hervor, und er hatte sichtlich Mühe zu atmen. Stolpernd sackte er auf die Knie. Mit einem Ausdruck völliger Resignation sah er mich an. Die Kinder kamen aus allen Richtungen auf ihn zu.

»*Nein!*«, schrie ich, sprang auf und bewarf sie mit zerbrochenen Möbeln, weggeworfenen Waffen, allem, was ich finden konnte. Nichts hielt sie länger als eine Sekunde auf. Und es würde sie auch nichts aufhalten. Außer Feuer.

»Cait, bitte!«, rief ich. »Bitte, du musst!«

Sie wusste, worum ich sie bat; es war die einzige Option, die uns noch blieb.

Hektisch bewegte sie die Finger, malte eine Reihe von Symbolen in die Luft, um die Magie der Göttin anzurufen, wie nur sie es konnte, und um Feuer heraufzubeschwören.

Doch es kam keines.

Ungläubig schaute sie auf. Mit wachsender Furcht beobachtete ich, wie sie es erneut versuchte, abwechselnd die Kinder abwehrte und sich bemühte, eine Flamme aus der Dunkelheit um sie herum zu locken. Ihre Schultern bebten, als sie es immer verzweifelter probierte.

Emrys sank zu Boden, und Blut floss in dunklen Rinnsalen aus ihm. Eines der Kinder beugte sich über ihn und riss an seinem Kragen, um seinen Hals freizulegen.

Ein krachender Donner und ein Blitz kamen von hinter mir, und der Kreatur wurde der Kopf vom Körper gerissen. Öliges Blut spritzte aus dem Torso, als sie zusammensackte und im Todeskampf um sich schlug.

Nash trat aus einer Wolke wirbelnden Qualms, eine Jagdflinte an seiner Schulter, und feuerte wieder auf die Kreaturen, um sie zurückzutreiben. Dann richtete er den Lauf auf die Kronleuchter und schoss auf die Ketten, bis sie um uns herum nach unten knallten. Die funkelnden Kristalle zerbrachen und schnitten in die Kinder, die nicht rechtzeitig wegspringen konnten.

Weitere Körper verwandelten und erhoben sich. Die Kreaturen wurden von dem Gewehrknallen angezogen und stürmten weg von uns, auf Nash zu. Ihre Krallen hieben in die eisige Luft, gierig auf sein Fleisch.

»Nash!«, kreischte ich.

Sein kühler Gesichtsausdruck blieb. Er legte abermals an, und kickte diesmal eines der großen Fässer auf dem Boden in ihre Richtung. Die Kinder wollten darüberspringen, aber die Kugel war schneller und entzündete den Whisky darin.

Es gab eine heiße, grelle Explosion. Mir klingelten die Ohren, und bei meinem nächsten Atemzug schmeckte ich das Brennen. Die Kinder stolperten übereinander zum Fenster, hielten nur inne, um die abgesprengten Körperteile jener zu verschlingen, die von der Explosion erwischt worden waren.

Nash war von genügend Blut bespritzt, dass er selbst wie ein Monster aussah, als er uns über das Kreischen der Kinder hinweg zurief: »In die Bibliothek, ihr kleinen Idioten!«

Das musste uns nicht zweimal gesagt werden.

Caitriona hob Neve in ihre Arme, und ihre zunächst unsicheren Schritte wurden schnell zu einem Rennen in Richtung Tür.

Ich kniete mich zu Emrys und zögerte. Seine Haut war aschfahl.

Fass mich nicht an.

Tja, jetzt gerade konnte ich keinem von uns eine Wahl lassen, denn ich würde ihn ganz sicher nicht für mich sterben lassen.

Ich bog seinen Arm um meinen Nacken. Immer noch blutete er stark und durchtränkte meine Jacke, als ich uns beide mühsam aufrichtete.

»*Gehen,* Trustfund«, befahl ich ihm und drückte seine Hand an meiner Schulter, damit er bei Bewusstsein blieb. Seine Lider sanken nach unten, und sein Gesicht erschlaffte so wie der Rest von ihm. »Zwing mich nicht, dich erbärmliches Wesen hier rauszutragen …«

Als ob ich das könnte! Er war *schwer.*

Totes Gewicht, flüsterte es in meinem Kopf.

»Lass … mich …«, keuchte er.

Was mich sauer genug machte, dass ich beim nächsten Adrenalinschub begann, ihn mit mir zu schleifen. Das Krachen von Schüssen war die einzige Bestätigung, dass Nash noch hinter mir war.

»Komm schon, komm schon«, sagte Nash, der auf Emrys' anderer Seite auftauchte und seine Hüfte umfing. Gemeinsam konnten wir ihn mit wenigen Schritten in die Bibliothek schaffen. Nash kickte die Tür zu, überließ Emrys wieder mir und begann, Bücherregale umzureißen und den Eingang mit ihnen zu blockieren.

»Emrys?« Sein Gewicht zog uns beide zu Boden. »Kannst du mich hören?«

Er antwortete nicht. Seine Lider flatterten, als er versuchte, die Augen zu öffnen. Ich zog meine Jacke aus und presste sie in der Hoffnung, dass es irgendetwas nützte, auf seine offene Wunde.

Die Kinder hämmerten von draußen gegen die Tür. Putzbrocken rieselten von der Decke und den Wänden.

»Verflixt und zugenäht – Tamsy!«, rief Nash. »Ein bisschen Hilfe, bitte!«

Ich löste mich von Emrys' Seite und drückte seine Hände auf meine zusammengeknüllte Jacke. Dabei versuchte ich, nicht drüber nachzudenken, wie kalt sich seine Haut anfühlte.

»Du wirst nicht als Held sterben!«, sagte ich streng zu ihm und stemmte mich auf. *Du wirst gar nicht sterben.*

Ich warf einen ängstlichen Blick auf Caitriona, die Neve auf ein kleines Sofa gelegt hatte. Immerhin war die Zauberin jetzt wach und blickte sich im Raum um.

»Was …?«, fragte Neve matt.

Caitriona suchte ihre Arme nach Verletzungen ab und sagte etwas, aber ich war zu weit weg, um es zu verstehen. Neves Blick schoss zu ihr, und für einen Moment wirkte sie sprachlos.

»Tamsy!«, brüllte Nash. Er versuchte, die Regale an Ort und Stelle zu halten, während die Kinder die Tür zerschlugen. Ihre Augen blitzten durch die Spalte, als sie sich durch das Holz gruben.

Ich ahmte seine Haltung nach und stemmte mich gegen die Regale, bis meine Muskeln vor Anstrengung bebten. Die Möbel hämmerten mir gegen den Rücken und die Hände, und ich drückte nur noch fester dagegen.

Er ist es wirklich, dachte ich. Dies war der Nash, an den ich mich erinnerte. Absolut waghalsig, wie immer mittendrin im Chaos, aber mit einem unfassbar guten Timing.

»Hatte ich nicht gesagt, ihr sollt im Apartment bleiben?«, presste er unter zusammengebissenen Zähnen hervor.

»Ist das jetzt wirklich der richtige Moment für eine Strafpredigt?«, konterte ich. »Du hättest mich schon einschließen müssen ...«

Die Idee, die mir jetzt kam, war so unbesonnen wie atemberaubend blöd – doch das hatte mich ja noch nie gebremst.

»Bin gleich wieder da!« Ich sprang weg von den Bücherregalen und ließ Nash verwundert zurück. Caitriona eilte herbei, um meinen Platz zu übernehmen, wobei sie beunruhigt zur Tür schaute.

»Tamsin!«, rief Nash mir nach, nur war keine Zeit für Erklärungen.

Ich rannte zur Treppe und nach unten. Der magisch verschleierte Eingang des Lagerhauses summte an meiner Haut, als ich ihn durchbrach.

Das ist blöd, dachte ich, bückte mich und nahm eine große Scherbe von einer Champagnerflasche auf. *So, so blöd ...*

Olwen hatte den Spiegel wieder aufgerichtet und lief nervös vor ihm auf und ab, die Hände in ihrem tintenblauen Haar vergraben.

»... wenn du mich freilässt, esse ich ein Jahr lang kein Sterblichenfleisch«, sagte die Hexe zu ihr. »Na gut, du hast mich durchschaut. Dann zwei Wochen. Na, vielleicht drei Tage.«

Olwen blieb stehen. »Ich glaube, so funktioniert Verhandeln nicht.«

»Ich nehme den Deal«, sagte ich und rannte auf sie zu.

Olwen sah mich entsetzt an. »Was ist passiert?«

»Neve und Emrys … sie sind verletzt … in der Bibliothek …«

Mehr brauchte sie nicht zu hören. Sie drückte ihre Tasche an ihre Hüfte, damit die Fläschchen darin nicht gegeneinanderstießen, und rannte den Weg zurück, den ich gekommen war.

Ließ mich allein mit der Hexe.

Die Urzeitkreatur beäugte mich und leckte sich die Lippen beim Anblick des Bluts auf meiner Haut und meiner Kleidung. Gierig trat sie näher an die Spiegeloberfläche. Die Glasscherbe schnitt in meine Handfläche.

»Hast du nicht gesagt, dass du den Geschmack von magiegeborenen Kreaturen vorziehst?«, fragte ich.

Die Hexe nickte eifrig.

»Wenn ich dich rauslasse, jetzt gleich, schwörst du dann, keine Menschen … keine Sterblichen zu essen, mindestens ein Jahr lang?«

»Ein *Jahr?«,* kläffte die Hexe, sodass ihr Atem das Glas zwischen uns beschlug. »Ich schwöre drei Tage …«

»Vierzehn«, konterte ich.

»Na gut, vierzehn, einverstanden!«, antwortete sie schnell.

»Schwörst du es?«

»Ja!« Ihr tropfte bereits Sabber von den Reißzähnen.

»Gut«, sagte ich und griff hinter den Spiegel, um die Sigillen mit dem Glas zu zerkratzen. »Ich hoffe, du hast Hunger.«

Kapitel 20

Nach der Hexe war es oben wieder beängstigend still.

Ich bewegte mich langsam, als würde ich durch einen weiteren Albtraum wandern. Der Spiegel pulsierte unter dem Samtüberwurf, in den ich ihn gehüllt hatte. Kaum hatte die Hexe sich aus dem magischen Glas befreit, war der bodenlange Spiegel auf die Größe von einem Handspiegel geschrumpft, womit schon mal unser kleinstes Problem gelöst war. Auf jeden Fall war das nicht nennenswerte Gewicht eine echte Erleichterung für meinen erschöpften Körper.

Rosydd hatte die Luft mit Magie versengt, als sie aus dem Lagerraum floh. Ihre Macht war anders als die anderen, die ich schon gespürt hatte. Dies war eine tiefe, uralte Magie, die Welten gebar und andere in Fetzen riss. Sie vibrierte in meinen Knochen und Zähnen nach, als ich die Treppe zurück hinauf in die Bibliothek ging.

Ich zählte die anderen dort.

Eins – Caitriona stand an den Resten der Bücherregale und starrte durch die fehlende Tür in den Flur. Ein Klumpen zähflüssiges Blut fiel vor ihr von der Decke auf den Boden, und als ich mich näherte, sah ich, dass dasselbe Blut die ganze Decke des Raums befleckt hatte. In dem prächtigen Saal waren nur noch verstreute Knochen der Kinder übrig.

Zwei – Neve saß neben *drei,* Nash, der sich über *vier* neigte, Emrys. Sein Hemd war aufgerissen, sodass seine schaurigen Wunden entblößt waren. Einige der Klauenhiebe hatten alte Narben von ihm wieder geöffnet. Nashs Nase war noch geschwollen von meinem Schlag, und der Bluterguss drum herum schien seine ernste Miene noch zu verstärken. Er runzelte die Stirn vor Konzentration, als er mit Nadel und Faden die klaffenden Wunden nähte.

Ich hatte ihn schon unzählige Male dabei beobachtet, wie er sich selbst nach Begegnungen mit unzufriedenen Geschäftspartnern oder unschönen Flüchen zusammennähte, doch zu sehen, wie er es bei jemand anderem tat – einem Dye noch dazu –, machte den Moment umso surrealer.

»So, Täubchen, jetzt kannst du das auftragen, aber sei schnell und sanft damit«, murmelte Nash.

Neve schraubte ein kleines Salbenglas auf, und die leicht minzige Note durchdrang irgendwie sogar den ekligen Todesgestank um uns herum. Ihre Finger zitterten, als sie die Salbe auf die Stiche tupfte, die Nash eben fertig genäht hatte, bevor er sich der nächsten Wunde zuwandte.

Ich biss mir auf die Unterlippe, als Furcht den Rest meiner Gedanken verschluckte. Emrys' Haut sah wächsern aus, als wäre alles Leben aus ihr gewichen. Aber trotzdem schlug sein Herz noch. Trotzdem atmete er noch.

Schließlich schaute Nash auf, und er musterte mich kurz, bevor er sich wieder seiner Arbeit zuwandte. »In deinem kurzen Leben hattest du schon einige hirnverbrannte Einfälle …« Wieder sah er auf, und seine Mundwinkel zuckten. »Dieser aber war keiner von denen.«

Dieses rare Lob erwischte mich eiskalt.

»Bist du okay?«, fragte ich Neve. Ich hasste es, wie die Gefühle meine Stimme färbten. Sie winkte ab, obwohl sie immer noch ein bisschen mitgenommen aussah. »Wenn du das nächste Mal so mutig sein willst, denk dran, dass sich keiner um deine komische Knochensammlung kümmern wird. *Und* dass ich richtig sauer sein werde.«

Sie hatte Mühe, ihr Lächeln zu unterdrücken. »Soll das heißen … du bist sauer auf mich, weil ich verletzt wurde?«

»Klar bin ich das!«, sagte ich beleidigt. »Du kannst uns doch nicht sitzen lassen …«

Ich kniff den Mund zusammen und sah wütend zu Nash, der vorgab, nicht zu lauschen.

»Und *du«,* sagte ich. »Hättest du nicht fünf Minuten früher kommen können?«

Er blickte grimmig drein. »Hättest du einfach getan, worum ich dich gebeten hatte … euch vier …«

Ich erstarrte und ließ den Rest seiner Worte über mich hinwegziehen wie das Rumpeln von Donner.

Wir vier. *Vier.*

Wieder schaute ich mich in der zerstörten Bibliothek um und bekam Angst. Der Spiegel glitt mir aus der Hand und landete mit einem dumpfen Knall auf dem Boden. Neve sah mich fragend an.

Ich hatte *fünf* – einschließlich mir – gezählt, aber wir müssten *sechs* sein.

»Wo ist Olwen?« Meine Stimme klang, als würde ich unter Wasser reden.

Caitriona war wie der Blitz vor mir. »Was meinst du? Sie ist unten.«

Mein Puls raste los. »Nein! Sie ist nach oben gekommen, um euch zu helfen …«

Caitriona rannte an mir vorbei. Ihr silbernes Haar flog wie

eine Flagge hinter ihr auf, als wir die offenen Fahrstuhltüren ignorierten und wieder zur Treppe liefen. Unten im Lager hatte sich die Magie des Spiegels gelegt und der Raum war wieder kalt und still.

»Olwen?«, rief Caitriona. *»Olwen!* Wo bist du?«

»Vielleicht hat sie sich versteckt, als sie die Kinder hörte«, überlegte ich laut. Doch selbst ich wusste, dass das keinen Sinn ergab. Sie hätte die Leute, die sie liebte, niemals im Stich gelassen, nicht einmal in einem aussichtlosen Kampf. *»Olwen!«*

Caitriona lief nach rechts, in Richtung des Kleiderschranks, in dem Emrys und ich uns versteckt hatten. Ein neuer Kältestrom in der Luft zog mich nach links, wo ich mir meinen Weg durch die zerschlagenen Überreste von Regalen und Schaukästen bahnte und etwas sah, das vorher nicht dort gewesen war.

Schnee.

Weiße Flocken schwebten herab in die roten Weinlachen und schmolzen. Immer mehr von ihnen legten sich über den Boden und das umgeworfene Mobiliar.

Ich folgte der Spur mit jedem Schritt schneller durch den dunklen Raum, bis ich auf eine Mauer stieß. Dort gelangten die Schneeflocken nicht durch einen Spalt zwischen den Steinen, sondern *durch sie hindurch.*

Ich streckte eine Hand vor und fühlte, wie die Magie über meine Haut zu dem verborgenen Gang auf der anderen Seite kroch.

»Cait!«, rief ich.

Emrys hatte recht gehabt. Es *gab* einen Ausgang aus dem Lager – einen kleinen Schmugglertunnel, der zu einem sturmgepeitschten Fluss führte. Der Schnee verdeckte den Großteil der Landschaft, sodass ich nur vereinzelte Schattenrisse von Bäumen ausmachen konnte. Die Sigillen, die in den Stein nahe meinen Füßen geritzt waren, enthielten denselben Zauber wie der, der den Eingang zum Lagerraum verborgen hatte.

Ich setzte einen Fuß fest auf, bevor ich mich zum Tunnelrand lehnte, auf der Hut vor dem steilen Abfall zum Wasser. »Olwen!«

Der scharfe Schneegeruch füllte meine Lunge, untermalt von dem erdigen des Flusses. Da war nur das dunkle Flusswasser, das gegen zwei hölzerne Pfosten zu beiden Seiten des Tunneleingangs schwappte. Von beiden baumelten lose Taue.

»Sie hat gekämpft«, sagte Caitriona leise hinter mir.

Ich drehte mich erschrocken um. Caitriona zeigte auf die Wand neben sich und dann auf den Boden, um mir zu enthüllen, was mein ungeübtes Auge übersehen hatte. Der graue Stein war schwarz verkohlt, und Teile der glatten Oberfläche um ihre Füße waren zersplittert. Vorsichtig machte sie einen Schritt auf mich zu. Sie presste die Lippen zusammen, als sie sich hinkniete, um eine Spur im Boden zu berühren, wo etwas – jemand – gezogen worden war.

Mit dem Blick folgte sie der Spur und verharrte an einer Stelle nahe meinen Füßen. Erst jetzt wurde ihre Miene so verzweifelt, dass sich tiefe Furchen in ihr Gesicht gruben.

Ich zwang mich hinzusehen.

Unter der Schneeschicht, braun durch den Schmutz des Tunnels, lag ein geflochtenes Armband, am Knoten zerrissen.

Ich hob es mit zitternden Fingern auf und hielt es Caitriona hin. Der Tunnel schien sich um uns herum zu verengen, uns ersticken zu wollen.

Nur zwei Überlebende in Rivenoak hatten von diesem Ausgang gewusst. Einer lag bewusstlos oben. Der andere …

Caitrionas Blick begegnete meinem, glühend vor Zorn, und ich wusste, dass sie dasselbe dachte.

Wyrm.

Bath, England

Sein Herz raste noch, als er das letzte Baumdickicht hinter sich gebracht und eine Lichtung nahe dem Fluss erreicht hatte.

Er zwang sich, stehen zu bleiben und Atem zu schöpfen, während er lauschte, wie der Fluss sich seinen Weg durch die Erde bahnte.

Seine Haut juckte von dem Drang, sich zu wandeln. Seinem rasenden Puls nachzugeben und seinen Verstand dem Tier in sich zu überlassen. Für den Hund in ihm gab es nichts als Instinkt – zu jagen, zu gehorchen, zu töten.

Stattdessen zog er den Mantel von seinen Schultern und faltete ihn hastig zusammen. Die eingewobene Magie säuselte an seinen Fingern, verlockte ihn mit Wärme und Macht. Lud ihn ein zu verschwinden.

Das Problem war, dass er seinen Gedanken nicht entkommen konnte.

Nash lebt. Er ist zurückgekommen.

Er stemmte eine Hand gegen einen Baumstamm, um seine Atmung zu kontrollieren. Sich zu beherrschen. In dieser Verfassung durfte er nicht vor seinen Herrn treten – nicht schwach und zitternd wie ein Kind.

Wie hatte Tamsin es geschafft, genau die Lüge zu finden, die ihn wieder zu dem erbärmlichen Jungen machte, der er gewesen war?

Wir können zusammen zu ihm gehen. Er wird alles erklären.

Der Seneschall knurrte, als er fühlte, wie sich die Knochen

an seiner Wirbelsäule verlängerten, die ersten von Hunderten Brüchen, die ihn neu formten, wenn er es zuließ. Der Schmerz stabilisierte ihn, hauchte seiner Seele Feuer ein.

Er war nicht darauf vorbereitet gewesen, sie zu sehen, und ihn ekelte, wie feige er gewesen war, in Artus' Mantel zu schlüpfen, um sie zu meiden. Doch er kannte sie und hatte gewusst, dass Tamsin ihm folgen würde, weil sie zu verdammt dickköpfig war, um vernünftig zu sein und seine Entscheidung zu akzeptieren. Und er war nicht in der Stimmung für einen Streit gewesen, von dem klar war, dass er nur auf eine Weise enden würde.

Hätte sie ihm doch nur *zugehört,* und wäre nicht so überzeugt von ihrer eigenen Wahrheit gewesen ...

Er verstand es nicht. Sie hatte sich ihr ganzes verdammtes Leben nach Magie gesehnt, danach, das zu haben, was er hatte, und dennoch rümpfte sie hierüber die Nase? Über die Chance, jemand in einer Welt zu sein, die sie bei jeder Gelegenheit zurückgewiesen hatte?

Doch sie hatte nicht nur sein Angebot abgelehnt. Sie hatte *ihn* abgelehnt, zum zweiten Mal.

Die dritte Chance, die du jemandem gibst, macht dich zum Idioten, hatte Nash früher immer gesagt.

Er hatte nicht gelogen oder die Wahrheit ausgeschmückt, um ihr Angst zu machen. Es war so simpel wie die Wahl, die er gehabt hatte: Wenn sie sich ihnen nicht anschloss, blieb nur ein Schicksal für sie.

»Wie ich sehe, war der Abend ein großer Erfolg.«

Die seidige Stimme kam aus den Schatten zwischen den nahen Bäumen. Sein Herr erschien kurz darauf, und obwohl König Artus' Körper ein wenig schmächtiger war, als der Seneschall ihn sich immer vorgestellt hatte, konnte die Präsenz seines Herrn immer noch den Schnee um ihn herum auslöschen.

Feuchtigkeit drang durch den dünnen Stoff seiner Hose, als der Seneschall sich hinkniete und seinem Herrn den zusammengefalteten Mantel reichte. Er neigte den Kopf, sowohl aus Hochachtung, als auch um einen Moment zu gewinnen, seine Miene zu kontrollieren.

Der Schnee knirschte unter den Stiefeln seines Herrn, aber der Seneschall blickte nicht auf. Die Sehnen in seinem Nacken spannten sich vor Anstrengung, still zu bleiben, als jeder Teil von ihm schrie, sich zu verwandeln und zu rennen, bis die Sonne aufging und seine dunklen Gedanken verbrannte.

Vorsichtig wurde ihm der Mantel aus den ausgestreckten Händen genommen.

»Cabell«, sagte Lord Death sanft.

Unweigerlich blickte er auf und fluchte im Geiste, als er seinen Fehler erkannte. Sein Körper verspannte sich, und er krümmte den Rücken, als er sich für den Schlag wappnete.

»Das ist nicht dein Name«, sagte Lord Death. Seine Stimme war leise und tödlich. Seine eisige Hand legte sich um den Nacken des Seneschalls und drückte. »Es war nie dein Name.«

»Nein, Mylord«, flüsterte der Seneschall und benetzte sich die spröden Lippen. »Tut mir leid, Mylord.«

»Bledig«, sagte Lord Death und drückte fester zu, als wollte er seinem Diener den Namen in die blasse Haut prägen. »Ich habe befürchtet, dass es zu viel für dich sein könnte.«

Bledig. Ja. Das war sein Name. Sein wahrer Name. Der, den er in seinem menschlichen Leben vergessen hatte.

»Nein, Mylord. Ich war froh, Euch zu dienen«, sagte er. »Ich bleibe Euer Seneschall.«

Er hasste, dass es weniger wie eine Erklärung klang als eine Frage.

Lord Deaths Lachen war wie eine Klinge, die ihm über die

Wirbelsäule fuhr. »Ist das so? Warum habe ich dann gesehen, wie du dich wieder mit diesem Mädchen abgegeben hast? Hast du vergessen, wie kaltherzig sie zu dir war? Wie sie alles ablehnte, was du bist?«

»Nein, Mylord«, antwortete er. Seine Brust schmerzte bei der Erinnerung. Sie hatte ihre eigene Unwissenheit über ihn gestellt – ihren Hass und ihre Furcht vor ihm. »Sie war ... sie ist nichts.«

»Du hattest mir gesagt, du würdest sie töten, wenn du ihr wieder begegnest«, sagte Lord Death. »War das eine Lüge?«

Vor längst vergangener Zeit, in einer Welt voller Dunkelheit und Flüche, gab es zwei Kinder ...

Aus dem Augenwinkel sah er, wie blondes Haar an einem Baum in der Nähe auftauchte. Er hielt den Kopf weiter gesenkt, schaute jedoch hin, und sein Herz hämmerte gegen seine Rippen.

Aber sie war es nicht.

Das kleine Mädchen war lediglich eine Geistererscheinung – eine verblassende Erinnerung. Ihre Haut schimmerte durchsichtig, als sie seinen Blick erbost erwiderte.

Ihr Name ...

Flea.

Flea von Avalon.

»Nun?«, fragte Lord Death bedrohlich. »Was hast du zu deiner Verteidigung vorzubringen?«

»Ich ...« Wieder benetzte der Seneschall sich die Lippen. Er war noch nie ein guter Lügner gewesen. Das hatte er stets seiner Schwester überlassen.

Und sie lügt immer noch. Über alles, erinnerte er sich. *Sogar Nash.*

»Ich wollte nur nicht riskieren, dass sie den Mantel nimmt.«

Innerlich krümmte er sich bei der erbärmlichen Ausrede. »Oder ihn irgendwie beschädigt.«

Lord Death schnaubte verächtlich. »Wenn sie dich so leicht überwältigen könnte, habe ich vielleicht das falsche Kind gewählt.«

Die Kälte des nassen Schnees drang dem Seneschall in seine Menschenhaut, als er wartete, was sein Herr als Nächstes tun würde. Doch etwas veranlasste ihn, wieder aufzublicken ... und zu jenen Bäumen zu schauen, an denen das kleine Mädchen stand.

Er rang nach Luft, musste sich anstrengen, nicht zusammenzuzucken. Leuchtend rotes Blut lief dem Mädchen übers Gesicht und die Kleidung, sammelte sich in dem Schnee zu ihren Füßen. Ihre Lippen bewegten sich, obwohl kein Wort herauskam. Und ihre Augen ... die waren furchtbar. Kalt, ohne einen Funken Leben.

»Steh auf, Bledig«, sagte Lord Death.

Und er tat es, zwang sich zum Gehorsam. Den Kopf senkte er wieder, um seinen Herrn nicht noch mehr zu verärgern. Das Blut – es wurde zu einem Fluss im Schnee, der sich zwischen Wurzeln und Steinen hindurch einen Weg direkt zu ihm bahnte.

»Ruf die Reiter zusammen«, sagte Lord Death. »Die Nacht ist noch jung.«

Der Seneschall atmete zittrig aus. »Ja, Mylord. Wo wollen wir hin?«

Ein einzelner, von einem Handschuh verhüllter Finger berührte die Vertiefung unter seinem Kinn und hob sein Gesicht an, damit er seinen Herrn ansah. Und für einen kurzen Moment erblickte er sein Spiegelbild in den Augen eines früheren Königs.

»Das, Junge, hängt ganz von dir ab«, sagte Lord Death. »Und wer du sein willst.«

Kapitel 21

Als Cabell und ich Kinder waren, hatte sich der Dachboden der Bibliothek riesengroß angefühlt, wie unser eigenes Königreich. Das war das Problem, wenn man meistens in Nylonzelten auf windgepeitschten Ebenen oder in Wäldern wohnte; es hatte den Effekt, dass sich im Vergleich dazu alles andere sicher und komfortabel anfühlte.

Mit fünf Erwachsenen und unserer gesamten Habe jedoch kam es mir weniger gemütlich und eher vollgestopft vor.

»Legen wir ihn hierher – oh, verdammt …« Nash fluchte energisch, als er sich den Kopf an der niedrigen Dachschräge anschlug. Hastig schüttelte ich eine Decke für Emrys aus, und Nash ließ ihn grob herunter, bevor er sich jammernd den Kopf rieb.

»Warum sind wir *hier?«,* fragte Caitriona, noch ehe sie Emrys' Beine ganz heruntergelassen hatte. Sie fing denselben Streit wieder an, den wir schon hatten, als wir Rivenoak verließen. »Wir müssten Olwen nach …«

»Ach ja?«, fiel Nash ihr ins Wort. »Und du weißt, wohin sie wollen? Bist du so versessen darauf, dein Schwert zu schwingen und mit Schatten zu kämpfen?«

Caitriona wurde nur noch wütender. Sie zog den Kopf zurück, wie es eine Schlange tat, bevor sie zuschlug. »Machst du dich über mich lustig?«

»Nein, Täubchen, ich versuche zu argumentieren, so unerwünscht es auch sein mag«, antwortete Nash.

Ich setzte mich neben Emrys, zu erschöpft, um bei dem Streit mitzumachen. In dem Kleiderschrank in Rivenoak war mein Herz schon gebrochen worden, doch Emrys jetzt zu sehen, an der Schwelle des Todes, fühlte sich an, als würden mir die Scherben einzeln aus dem Brustkorb gerissen. Er war zu blass, zu schlaff, doch er atmete, wenn auch sehr schwach. Ich biss mir auf den Daumennagel, um den Schrei zurückzuhalten, der unbedingt herauswollte.

»Er könnte sie zu Lord Death bringen!«, versuchte Caitriona es wieder.

»Würde er das wirklich tun?«, fragte Neve. »Er schien Todesangst vor den Jägern zu haben ...«

»Er hat den Mumm einer Maus, aber die Skrupel einer Ratte«, sagte Nash.

Er fuhr sich mit einer zerschundenen Hand durch das sandfarbene Haar, und der Blick seiner himmelblauen Augen war sanft. Genauso wie sein Tonfall, den ich seit Jahren nicht so gehört hatte – nicht mehr, seit Cabell das letzte Mal krank war. Es war verblüffend, dass es nach allem immer noch tröstend auf mich wirkte.

»Wenn du sonst schon nichts hören willst, hör bitte in dieser einen Sache auf mich, Lady Caitriona«, begann er, doch sie fiel ihm ins Wort.

»Nenn mich nicht so!«, erwiderte sie schroff und schwang eine geballte Faust.

»Bist du nicht eine Priesterin von Avalon?«, fragte er ruhig.

Mich holte die Erinnerung wieder ein, wie sie versucht hatte, Feuer heraufzubeschwören. Der Gedanke war grausam, aber wenn Caitriona willentlich ihren Eid aufgegeben hatte ... wie konnten wir wissen, ob die Magie sie dann nicht ebenso aufgegeben hatte?

»Avalon gibt es nicht mehr«, sagte sie verbittert.

»Stimmt«, antwortete Nash. »Aber dich gibt es noch, genau wie Lady Olwen. Ich verstehe, warum du hinter ihr hereilen willst …«

»Das kannst du unmöglich verstehen«, widersprach Caitriona mit bebender Stimme.

Neve stand hinter ihr und hatte die Hände ausgestreckt, als wollte sie die andere Frau wegziehen, was sie aber letztlich nicht tat. Wenn Caitriona kämpfte, konnte nichts sie stoppen, nicht einmal wir.

»… *aber«,* fuhr Nash fort, »weißt du, wo Lord Death in dieser Welt residiert?«

»Warum fragst du nicht deinen Sohn?« Caitrionas Worte hatten die erwünschte Wirkung. Nash zog die Augenbrauen hoch, als überraschte ihn, dass sie einen Treffer hatte landen können.

»Das habe ich vor«, antwortete er.

Caitriona drehte sich um und richtete ihre gesamte Wut gegen mich. »Und *dir* ist nicht eingefallen, diese Antworten von ihm zu verlangen? Du hast ihn entkommen lassen. Oder hast du endlich … *endlich* … eingesehen, was für den Rest von uns längst offensichtlich ist – dass er Lord Death *freiwillig* dient?«

»Cait …«, begann ich. Ich blickte zu Neve, doch die Zauberin senkte den Blick. Sie leugnete nicht, was Caitriona sagte.

Sie glauben nicht, dass er gerettet werden kann, flüsterte eine Stimme in meinem Kopf. Ich sah immer noch Neve an, die jedoch nur eine Hand auf ihren Mund presste.

»Er ist ein *Monster,* Tamsin, und du weißt, was getan werden muss«, sagte Caitriona. »Es gibt nur eine Art, ein Monster aufzuhalten.«

Mir gefror das Herz in der Brust, als ich in Gedanken aussprach, was Caitriona nicht sagte. *Es töten.*

»Das reicht«, sagte Nash streng. »Anderen Schmerz zuzufügen, wird deinen eigenen nicht lindern.«

Caitrionas Nasenflügel bebten, als sie tief Luft holte, doch sie hielt den Mund.

»Also«, sagte Nash, »ihr seid sicher, dass Olwen und Wyrm nicht nur zusammen geflohen sind?«

»Olwen würde uns *niemals* zurücklassen«, schwor Caitriona.

»Wie dem auch sei, Wyrm könnte alles Mögliche vorhaben«, sagte Nash. »Vielleicht wollte er sie bloß als Schutzschild während der Flucht benutzen und hat sie schon wieder gehen lassen. Vielleicht hat er sie zur nächsten Gilde in Edinburgh gebracht und will dort versuchen, ihr Informationen zu entlocken. Sie könnte ihn aber auch windelweich geprügelt haben und nach *euch* suchen.«

Caitrionas Brust hob und senkte sich unter ihrem angestrengten Atem, doch diesmal antwortete sie nicht.

»Gehen wir einmal davon aus, er hat sie zu Lord Death gebracht ... welchen Sinn hätte es, sich ihm zu stellen, solange du keine Waffen hast, um ihn oder seine Jäger zu besiegen?«, fragte Nash. »Du würdest dich nur selbst umbringen, anstatt sie zu retten.«

»Dann sei es so«, sagte Caitriona.

»Cait«, hauchte Neve entsetzt.

»Wie kannst du das sagen?« Mein Schock wurde endlich von Wut übertrumpft. »Olwen wäre am Boden zerstört, das von dir zu hören!«

Ich wusste es, weil es mich auch umbrachte. Und ich hatte keine Ahnung, wie ich sie dazu bringen konnte, es zurückzunehmen.

»Diese Welt ist abstoßend, voller Schrecken. Sogar die Luft schmeckt giftig, aber sie lebt und Avalon liegt in Trümmern«, entgegnete Caitriona mit zitternder Stimme. »Hier ist kein Platz, keine Bestimmung für mich, außer der, meine Schwester zu schützen, und wenn ich das nicht kann, was hat dann überhaupt noch Sinn? Was habe *ich* für einen Sinn, wenn alle anderen tot sind?«

Bleierne Stille senkte sich über den Dachboden.

Caitriona ließ die Schultern hängen und schlang die Arme um ihren Oberkörper, als hätte sie Angst vor dem, was ihr sonst noch über die Lippen kommen könnte. Tagelanger Schlafentzug, wenig Essen und noch weniger Hoffnung hatten an ihrer Rüstung genagt und die Wunde freigelegt, die seit Tagen wuchs, und immer wieder aufriss.

Ich schloss die Augen und krallte die Hände in meine Jeans.

»Caitriona«, brach Nash das Schweigen. »Ich kann dir keinen Sinn oder Grund geben durchzuhalten. Das musst du selbst tun. Hab Geduld mit deinem Herzen. Kein Stahl kann ohne Feuer geschmiedet werden. Alles, dem du dich vor diesem Moment gestellt hast, hat dich hierauf vorbereitet.«

Caitriona schluckte. Sie sah hinunter zu ihren schmutzigen Turnschuhen. Nashs Worte waren beinahe ... väterlich. Wäre da nicht Caitrionas Gesichtsausdruck gewesen, während sie seine Worte aufnahm, hätte ich eine zynische Bemerkung gemacht.

»Ich weiß, wie es ist, wenn einem alles genommen wird, von dem man geglaubt hat, es wäre einem bestimmt, und man sich auf einem Weg wiederfindet, den man sich niemals vorgestellt hätte«, fuhr Nash fort.

Meine ohnehin düstere Stimmung wurde noch mieser, und ich musste mich sehr beherrschen, nicht spöttisch zu schnauben. Er wusste gar nichts davon! Alles, was er jemals getan hatte, war, seinen eigenen Launen und Wünschen zu folgen, womit er letztlich unsere Familie zerstört hatte. Ich hielt es fast nicht aus.

»Aber es gibt noch Gutes in dieser Welt«, sagte Nash. »Olwen ist nicht verloren, und deshalb dürfen wir nicht riskieren, sie in Gefahr zu bringen, indem wir ohne einen Plan losziehen, wie wir Lord Death vernichten.«

»Wir haben den Spiegel der Bestien«, entgegnete Caitriona. Die rohe Wut war fort, doch die Verzweiflung war ihren Augen nach wie vor anzusehen.

Nash runzelte die Stirn, als er einen Schluck von seinem kalten Kaffee trank. »Ich verstehe nicht, wie das möglich ist, es sei denn, du meinst den Spiegel von Shalott.« Dann begriff er. »Wart ihr deswegen auf Rivenoak?«

»Zur falschen Zeit am richtigen Ort«, antwortete ich.

Ich brachte es nicht über mich, die Erinnerungen an die letzten Stunden wachzurufen. Noch nicht. Eine jedoch hielt sich in meinem Hinterkopf, seit wir in der Bibliothek angekommen waren. Da war ein Moment gewesen, als ich Cabell zur Rede stellte; ein Gedanke, der mir gekommen war, so scharf wie das Schwert in seiner Hand.

Lass mich bitte falschliegen, dachte ich und atmete aus. *Lass nicht alles vergebens gewesen sein.*

Ich zwang mich, nicht zu dem bewusstlosen Emrys zu sehen. Sein totenbleiches Gesicht zu meiden.

Wir durften diesen einen kleinen Sieg nicht verlieren, nicht nachdem wir schon so viel verloren hatten.

Lass mich bitte falschliegen, flehte ich. Dabei wusste ich, dass mir keine Götter zuhörten.

»Leider muss ich euch sagen, dass das nicht der echte Spiegel der Bestien ist.« Nashs Worte raubten mir das letzte bisschen Hoffnung. Er plusterte sich auf, bereit für eine seiner zahllosen Geschichten.

Die Worte schmeckten bitter auf meiner Zunge. »Es ist ein Schwert, oder?«

»Warte mal«, begann Neve erschrocken. »Wie kommst du darauf?«

Der Fußboden knarrte, als Nash sein Gewicht verlagerte. Ich konnte nicht erkennen, ob er stolz oder genervt war. »Ja, ich glaube, es ist ein Schwert, Tamsy. Wie hast du es herausgefunden?«

»*Verzweifelt bei meinem Anblick, denn ich bin der Spiegel der Bestien. Mein Silber singt von der Ewigkeit, während ich alles in meinem grellen Schein einfange*«, sagte ich leise. »Die Klinge ist der Spiegel. Unmittelbar vor dem Tod sieht man sein eigenes Spiegelbild in ihr.«

Nash wirkte sogar noch erstaunter. »Tja, das vermute ich auch. Aber wo hast du von dem Rätsel gehört?«

»Die bessere Frage ist, woher weißt *du* davon?«, erwiderte ich. Ich erinnerte mich an seine Creiddylad-Geschichte, noch immer so verwirrend wie beim ersten Anhören. »Woher weißt du so viel über Lord Death und die Wilde Jagd?«

»Ich stecke meine Nase schon mein Leben lang in Dinge, die mich nichts angehen, sammle Fetzen und Krümel von weniger bekannten Geschichten ein und tausche Tratsch mit Zauberinnen«, antwortete Nash.

Nash log so selbstverständlich, wie er atmete.

»Und ... was für ein Schwert ist das?«, fragte Neve.

»Ich glaube, es ist eine der magischen Klingen, die von der Göttin geschmiedet wurden«, sagte Nash. »Lord Death ist fast selbst ein Gott – und die Krone, die er trägt, erlaubt ihm, über die ganze Macht von Annwn zu verfügen. Es bräuchte etwas göttlich Geschmiedetes, um ihn zu töten.«

»Avalon war einst das Heim aller Gaben der Göttin«, bemerkte Caitriona matt. »Einschließlich einer Reihe vorzüglich gefertigter Waffen.«

»Merlin erzählte Viviane, dass der Spiegel für immer unerreichbar sein wird«, sagte Neve. »Also wurde er irgendwann von der Insel entfernt. Aber wie viele Schwerter sind eigentlich von da gekommen? Sogar Tamsin hat eines gefunden.«

Nash sah mich mit einem Blick an, der beinahe jungenhaft begeistert wirkte. »Hast du?«

Ich zeigte zu dem Haufen mit unseren Sachen hinten auf dem Dachboden. Ja, ich hatte das Schwert gefunden – oder es mich –, in dem See, nahe der Grabstätte der Hohepriesterinnen. Nur daran zu denken, genügte schon, um wieder an den Traum von neulich Nacht zu denken.

»Ist das … das Schwert von Rhydderch Hael? Dyrnwyn?«, fragte Nash ungläubig. *»Weißheft?* Du hast ein verdammtes Feuerschwert zurückgelassen, als ihr nach Rivenoak gegangen seid?«

»Hätte ich etwa mit dem Ding durch die Gegend marschieren und vor den Leuten damit herumfuchteln sollen?«, erwiderte ich. »Woher sollte ich denn wissen, was passieren würde?«

Tatsächlich hatte ich das Schwert zurückgelassen, weil ich nicht glauben wollte, dass es nützlich sein könnte. Zumindest hatte ich das den anderen gesagt, auch wenn es weit schwerer gewesen war, mich selbst zu belügen.

Es war ein Teil von Avalon und der Tamsin, die ich dort gewesen war – die Person, die ich mich glauben ließ, sein zu können.

Jemand, dem andere wichtig waren.

Jemand Würdiges.

Ich hatte es nur mit zur Bibliothek gebracht, weil Neve darauf bestand und ich nicht wollte, dass es aus meinem Apartment geklaut wurde, solange wir weg waren. Aber ich wurde die Furcht nicht los, dass die Klinge nicht mehr Feuer fangen könnte, sollte ich es aus der Scheide ziehen.

Tatsache war, dass es wirklich ein Fehler gewesen war, es nicht mitzunehmen. Ich wusste, dass die Kinder der Nacht mit Lord Death in unsere Welt gelangt waren. Es war unvermeidlich, ihnen wieder zu begegnen, und wenn es einen Nutzen für ein Feuerschwert gab, war es der, Monster zu verschrecken, die Licht hassten.

»Ich hätte ahnen müssen, dass so etwas passiert«, sagte Caitriona. »Avalons Tote hatten dieselbe Wandlung zu den Kindern durchgemacht, als wir die Leichen noch nicht verbrannten.«

»Passiert das mit allen Leuten, die sie töten? Wollte Hemlock deshalb, dass ihre Leiche verbrannt wird?«, fragte Neve entsetzt. »Ich dachte, der Fluch der Kinder wäre an die Insel gebunden, nicht an die Weise, wie sie gestorben sind … oder daran, von wem sie getötet wurden.«

Nash zog das Schwert nur wenige Zentimeter weit aus der Scheide. Es genügte, dass blau-weiße Flammen aus dem Stahl schossen und die Luft sang, als das Feuer an ihr leckte.

Ich starrte fassungslos hin. Er? *Im Ernst?*

»Jetzt weiß ich, dass das Ding verhunzt ist«, sagte ich spitz.

»Wurde es von der Göttin geschmiedet?«, fragte Neve hoffnungsvoll.

»Leider nicht.« Nash schob es zurück und gab es mir. »Die erste Herrin vom See hat es mit Schutzmagie für einen sterblichen König belegt, der schwor, ihr beim Schutz der Insel zu helfen. Ich rede mal mit Bibliothekar und stochere ein bisschen in den Beständen herum. Mal sehen, was ich über die göttlich geschmiedeten Waffen finde. Unten gibt es ein Badezimmer, und ich würde empfehlen, dass ihr es nutzt. Außerdem bin ich mir sicher, dass ihr Essen in den Schließfächern findet.«

Es war befremdlich erleichternd, dass jemand anders die Kontrolle über die Situation übernahm und uns sagte, was wir tun sollten. Aber selbst nachdem Nash unten in der leeren Bibliothek verschwunden war, rührte sich keine von uns.

»Lassen wir Olwen wirklich in Wyrms Händen?«, fragte Neve leise.

Der Gedanke zerriss mich. »Sie ist stark. So ungern ich es zugebe, denke ich, dass Nash recht haben könnte – sie könnte schon entkommen sein.«

»Und wenn nicht?«, fragte Caitriona. »Wenn dieser widerliche Mann sie zu Lord Death bringt, er sie umbringt und zum Teil seiner Reiterhorde macht oder Schlimmeres?«

»So dürfen wir nicht denken«, sagte Neve. »Olwen ist nützlich für ihn. Ihr wird etwas einfallen, wie sie es schafft, am Leben zu bleiben, bis wir bei ihr sind, wo immer sie sie verstecken. Aber ich denke, wir werden nur eine gute Chance vor der Wintersonnenwende bekommen, um ihn aufzuhalten.«

Weniger als neun Tage. Mehr hatten wir nicht, um dieses Schwert zu finden. Mit jeder Nacht, die verging, schuf er mehr Jäger und mehr Kinder. Und je mehr Unschuldige die Kinder töteten, desto mehr von ihnen tauchten auf, um die Sterblichen dieser Welt zu überrennen.

»Die Zauberinnen können helfen.« Neve schien an diesem Gedanken festzuhalten, weil sie etwas Konkretes tun wollte. »Sie müssen eine Ahnung haben, wo sich Lord Death versteckt und wo wir das Schwert finden können. Ich schreibe noch mal an Madrigal und frage.«

Caitriona blieb, als Neve nach unten ging, immer noch gefangen in ihrer Unentschlossenheit.

»Cabell lässt nicht zu, dass ihr etwas zustößt«, sagte ich und bereute es sofort. Sie glaubte mir nicht, und ihre Sicherheit erschütterte meine. In der darauffolgenden Stille wurden meine Gedanken zu Verrätern.

Er stand dabei und ließ es geschehen, fauchte es in meinem Kopf. *Am Turm. In Rivenoak.*

»Wir müssen das Schwert finden«, sagte Caitriona. Ich hörte die Tränen in ihrer Stimme, drehte mich aber nicht um. Versuchte nicht, sie zu trösten. Das war es nicht, was sie wollte.

Sie wollte ihre Schwester, und solange ich ihr die nicht gab, konnte ich ihr zumindest ihre Privatsphäre lassen.

Ich rieb mit dem Daumen über das geflochtene Armband.

»Zusammen bis zum Ende«, flüsterte ich.

»Und darüber hinaus«, antwortete Caitriona, was hohl klang.

Wir hatten unsere Entscheidungen gefällt, aber das Problem mit Entscheidungen war nicht das Fällen – es war das Lernen, mit ihnen zu leben. Und das war ein Gift, zu dem es kein Gegengift gab.

Kapitel 22

Nachdem Caitriona nach unten gegangen war, um sich im Bad der Bibliothek zu waschen, und Neve sich auf die Suche nach Griflet gemacht hatte, wo immer Bibliothekar ihn versteckt hatte, war es sehr still auf dem Dachboden.

Hier war nur noch Emrys, immer noch bewusstlos. Ich saß neben ihm, lauschte jedem seiner angestrengten, pfeifenden Atemzüge und starrte ins Nichts.

Ein einziges Wort kam über seine Lippen, ein leises, angstbesetztes Murmeln.

»*... nicht ...*«

»Emrys?«, flüsterte ich. Ich wollte ihm das dunkle Haar aus der Stirn streichen, sehen, ob ich ihn wach bekam, da fielen mir seine Worte wieder ein. *Fass mich nicht an.* Wie er zurückwich, anscheinend abgestoßen von mir. Es war ein Tiefschlag für meine verwirrten Gefühle gewesen.

Ich zog die Hand wieder zurück.

»Er wird wieder.«

Nash stand leicht gebeugt an der Tür, um sich nicht wieder den Kopf anzustoßen. In den Händen hielt er zwei dampfende Kaffeebecher. Der Geruch löste beinahe ein Schnurren in mir aus.

»Woher willst du das wissen?«, murmelte ich.

»Bisher hat er kein Fieber bekommen, was bedeutet, dass die

Salbe ihren Job macht und eine Infektion verhindert«, antwortete Nash und zögerte kurz, bevor er sich neben mich setzte.

Der Kaffeebecher war direkt vor meiner Nase, und mein erschöpfter Körper bettelte um ihn, doch mein Trotz war stärker. »Ich will das nicht. Dann kann ich nicht schlafen.«

Nash zog fragend eine Augenbraue hoch.

Okay, nein, ich hatte einen Grad von Erschöpfung erreicht, an dem nicht einmal Koffein mehr stark genug wäre, mich aufrecht zu halten. Ich begann sogar zu lallen.

Also nahm ich ihm den Kaffee ab, auch wenn ich nicht froh darüber war. Ich kramte in meiner Arbeitstasche und machte mich darauf gefasst, dass Nash eine Bemerkung machte, es wäre früher seine gewesen.

Stattdessen sah er neugierig Emrys' Narben an, was unwillentlich den Beschützerinstinkt in mir weckte. »Ich habe Endymions Lieblingsspielzeug nicht ganz so angeschlagen in Erinnerung.«

»Er hat das seinem Sohn angetan«, sagte ich und versuchte, den Kloß in meinem Hals zu schlucken. Die dicken Narben wirkten dunkler und ausgeprägter auf Emrys' aschfahler Haut. Sie verliefen kreuz und quer über seinen Körper, eine Landkarte des Leids.

»Ah«, war alles, was Nash dazu zu sagen hatte.

»Wolltest du deswegen, dass ich mich von ihm fernhalte?«, fragte ich. »Von Endymion?«

»Der Mann hatte schon Eis anstelle eines Herzens, bevor er sich der Wilden Jagd angeschlossen hat«, antwortete Nash. »Als ich hörte, dass er diesen Orden-des-Silberzweigs-Quatsch wieder ins Leben rief, habe ich darauf geachtet, dass wir die Gilde möglichst mieden.«

Nash beobachtete, wie ich ein durchgeweichtes Päckchen

Pulverkaffee aus meiner Tasche aufriss und den Inhalt in den Becher schüttete – Filterkaffee allein hatte für mich nie genug Geschmack. Ich ergriff den Henkel und bewegte den Becher mehrmals vorsichtig, damit sich das Pulver auflöste. Nash wirkte entsetzt.

»Oh Mann, Tamsy, trinkst du das Zeug immer noch?«, fragte er mit einem erschrockenen Lachen. »Du riskierst noch einen Herzinfarkt.«

»Wenn du nicht wolltest, dass ich das trinke, hättest du es mir nicht geben dürfen, als ich noch ein Kind war«, erwiderte ich. »Und es schmeckt so besser.«

»Das schmeckt, als wäre es in einer eiternden Wunde aufgebrüht worden«, sagte er und nahm einen großen Schluck von seinem Kaffee. »Du musst etwas essen.«

»Mir geht's gut.«

Neben mir stand eine unangerührte Schale mit Trockenfrüchten und Nüssen. Ich hatte nie ein Problem damit gehabt, aber jetzt drehte sich mir bei dem Gedanken, das Essen eines toten Hollower zu vertilgen, schlicht der Magen um.

»Tut es nicht. Du bist nur noch Haut und Knochen. Du brauchst deine Kräfte, wenn du vorhast, loszurennen und etwas idiotisch Mutiges zu tun.«

Ich zog eine finstere Miene, weil ich wusste, dass er recht hatte.

»Soll das deine Version von elterlicher Fürsorge sein?«, konterte ich.

»Nein, reine Vernunft«, sagte Nash und trank weiter seinen Kaffee. Er sah wieder zu Emrys und rieb sich mit der Hand über den Mund. Diesmal behielt er seine Gedanken für sich.

»Du bist es wirklich, oder?«, fragte ich und hasste, wie emotional ich klang.

»Natürlich bin ich es«, antwortete er erschöpft. »Stell deine Fragen, Tamsin, denn ich höre sie praktisch in deinem Kopf umherpoltern.«

»Na schön«, sagte ich. »Wie kannst du am Leben sein?«

»Du hast die Münze gefunden, also weißt du es schon.«

»Die, von der du gesagt hast, sie soll mit Knochen und Asche vergraben werden?« Emrys und ich hatten sie versteckt unter einem Stein in den Ruinen von Tintagel gefunden. Doch es war nichts passiert, als wir Nashs Instruktionen befolgten, was mit der Silbermünze zu tun wäre.

Na ja, anscheinend war doch etwas geschehen.

Nash nickte. »Und ich danke den Göttern, dass du es getan hast. Als die Magie der Münze daraufhin aktiviert wurde, schuf sie meinen Körper neu und rief meine erbärmliche Seele aus der Dunkelheit zwischen den Welten zurück.«

»Ich bin der Traum der Toten …«, sagte ich leise. Die Inschrift auf der Münze, deren Bedeutung wir nicht begriffen hatten.

Jetzt schien sie so offensichtlich. Der Traum der Toten war … neues Leben.

»Du konntest es lesen?«, fragte Nash streng. Seine Augen wurden kaum merklich größer, und seine Haut ein wenig grau. Es war nicht die Reaktion, die ich erwartet hatte.

»Ja, das Problem habe ich selbst gelöst«, sagte ich. »Ich habe mir die Allsicht verschafft, da du dich ja geweigert hast, mir zu helfen.«

Er schien sich zu entspannen, auch wenn er nicht glücklich aussah.

»Warum hast du die Münze nicht selbst vergraben, wenn du dachtest, dass du sterben könntest?«, fragte ich, wobei es mir nicht gelang, meine Verbitterung zu unterdrücken.

»Nun, zum einen dachte ich nicht, die alte Myfanwy würde

mich tatsächlich mit einer vergifteten Klinge schneiden, damit sie den Ring *und* Artus' Dolch behalten konnte«, sagte Nash reumütig. »Ich hätte es kommen sehen sollen, bedenkt man, dass ich sie für den Ring töten wollte.«

Ich erschrak. »Du hättest ... du hättest eine Zauberin umgebracht?« *Für mich?*

Er grummelte. »Man kann nur so in den Besitz der Macht des Rings kommen; man ...«

»... muss die Person töten, die ihn besitzt«, beendete ich den Satz für ihn. »Ich weiß.«

Nash nickte. »Ursprünglich wollte ich den Ring holen, mich von dir töten lassen, damit du in seinen Besitz kommst und dein Fluch gebrochen wurde, und ich wäre mit der Münze wiederbelebt worden, so gut wie neu.«

Vor Entsetzen verschlug es mir einen Moment lang die Sprache. »Du hast mich – mit zehn Jahren – für fähig gehalten, dich zu ermorden?«

»Hinreichend gehasst hast du mich ja, nicht wahr?«, fragte er leise.

Ich holte tief Luft.

»Letztlich spielte es keine Rolle«, sagte Nash. »Ich war bereit, die Zauberin zu töten, und ich wusste, dass mich ihresgleichen dafür jagen würden. Aber der Ring ... sobald ich ihn berührte, war mir klar, dass er gereinigt werden musste. Und das konnte nur die Hohepriesterin von Avalon. Aber das Gift von Myfanwys Klinge begann kurz nach meiner Ankunft zu wirken ... Ich hätte ahnen müssen, dass etwas faul war, als die Nebelhexe mein Blut nicht annehmen wollte.«

»Und du hast einfach ... vermutet, dass ich die Münze finde, die du in Tintagel vergraben hattest, und mir alles aus den vagen Hinweisen zusammenreime?«, fuhr ich ungläubig fort.

»Es war meine letzte Münze, da musste ich bestimmte Maßnahmen ergreifen, um sie zu schützen, bis der richtige Zeitpunkt gekommen war«, erklärte er. »Und ich dachte, du würdest sie ein bisschen schneller finden, nach allem, was ich dich gelehrt hatte.«

Ich glaubte, das Schnappen in meinem Kopf zu hören, als mein bereits ausgefranster Geduldsfaden riss. »Ich war ein *Kind!«*

»Ein unglaublich schlaues Kind«, sagte Nash. »Viel zu schlau sogar. Ich wollte dich nicht früher als nötig in die Sache mit reinziehen. Und ich musste die Nachricht so hinterlassen, dass sie niemand anders finden konnte. Außerdem war mir klar, dass du es herausbekommst.«

»Wie sollte ich das, wenn du uns nicht mal verraten hattest, dass du weggehst?« Meine Worte waren schneidend. »Du hast uns keinen Hinweis hinterlassen, dass du zurückkommen würdest!«

Nash stellte seinen Kaffee ab, und sein Adamsapfel hüpfte, als er schluckte. »Ihr … habt gedacht, dass ich euch verlassen wollte … für immer?«

Ich antwortete nicht, weil es nicht nötig war.

Er holte tief Luft und presste den Handrücken an seine Stirn.

»Du hast gesagt, es war deine letzte Münze«, sagte ich. »Wie viele hattest du?«

»Neun«, antwortete er, und ich schnaubte verächtlich. Natürlich. Es war beinahe zu perfekt. »Und bevor du fragst, ich hatte sie von einer Zauberin, deren Mutter sie aus Avalon geschmuggelt hatte. Ein fairer Handel.«

»Was denn, den bist du nicht mit dem Plan eingegangen, sie auch umzubringen?«

Seine Miene verdunkelte sich.

»Und alles, weil du überzeugt warst, dass ich verflucht bin, obwohl es dafür keinerlei Beweise gibt«, sagte ich kopfschüttelnd. »Du bist echt verrückt.«

»Dein Fluch existiert, ob du an ihn glaubst oder nicht.«

Darüber wollte ich nicht reden. Die letzten Tage war ich dem Tod nahe genug gekommen, um es tatsächlich zu glauben.

»Wo bist du hin, nachdem du das Apartment verlassen hast?«, fragte ich.

»Zum Rook House«, antwortete Nash. »Ich habe mich mächtig mit Madrigals Púca angelegt. Nicht gerade ein fairer Kampf, wenn sich einer der Beteiligten in einen Löwen verwandeln kann, was?«

»Also bist du nicht reingekommen«, sagte ich. »Und hast den Ring nicht zurückbekommen.«

»Selbstverständlich nicht. Ich bin um mein Leben gerannt, und es war immer noch verdammt knapp. Danach hatte ich von der Knochenschneiderin gehört, dass du bei ihr bist. Sie forderte mich auf zu kommen und dich ihr vom Hals zu schaffen.«

Ich wurde sauer. »Wir sind da nicht einfach bloß aufgekreuzt. Wir hatten Geschäftliches mit ihr zu erledigen.«

»Ja, sicher hattet ihr das. Aber sie ist bekannt dafür, keine unangekündigten Besuche zu mögen. Das hätte ich dir verraten können, wärst du einfach im Apartment geblieben, bis ich zurück war.«

Auf diesen Streit wollte ich mich nicht wieder einlassen.

»Steht sie noch unter diesem Fluch?«, fragte er und kratzte sich die Bartstoppeln. »Der sie wie ein etwas dämonisches Kind aussehen lässt?«

Also war es ein Fluch. Mein Stolz verbot mir zu gestehen, dass ich keine Möglichkeit gefunden hatte, das selbst zu bestätigen.

»Sieht so aus«, antwortete ich.

Ich trank von meinem dickflüssigen Kaffee und ließ mich

von dem bitteren Geschmack ausfüllen. Die alten Knochen des Stadthauses ächzten, als sie sich verschoben und wieder zur Ruhe kamen.

Vom Hafen wehte ein scharfer Wind herbei, und ein gespenstisches Heulen drang durch die Mauerritzen. Abermals überkam mich Trauer.

In der ersten Nacht hier oben, in der wir den Wind hörten, eingehüllt in unsere Decken und voller Angst davor, wie unser Leben würde, hatte Cabell angefangen, jeder der »Stimmen« einen Namen zu geben – Philbert, Grumbleton, Moorna –, und auf einmal hatten wir gelacht und geweint und wieder gelacht.

»Hier haben wir gelebt«, hörte ich mich sagen. »Nachdem du … weg warst.«

Nash stellte seinen Becher auf ein Knie, als er sich zu den Spinnweben, den blanken Balken und den Anzeichen von Verfall umblickte. »Dann hat Bibliothekar sich um euch gekümmert? Er ist immer schon ein Schatz gewesen.«

Ich nickte und mahlte mit meinem Kiefer, als ich meine Wut unterdrückte. Es war furchtbar – so dazusitzen, als wären wir an einem unserer alten Lagerfeuer, Nashs tiefe Stimme zu hören, seinen vertrauten erdig-ledernen Geruch zu atmen. Seine alte Jacke, die mein Bruder jahrelang getragen hatte, war in Avalon zerstört worden, und seine neue war noch nicht so weich getragen, weil es dafür Jahrzehnte brauchte.

»Du hast für deinen Bruder gesorgt«, sagte Nash. »Ich bin stolz auf dich.«

Er hätte mich kaum mehr verletzen können, hätte er mir das Herz aus der Brust gerissen.

Jahrelang … *Jahrelang* … hätte ich gemordet, um ihn diese Worte sagen zu hören. Doch heute stimmten sie nicht mehr. Ich hatte Cabell nicht beschützen können, als es am wichtigsten war.

»Ich habe ihn gesehen«, erzählte ich Nash. »Zweimal.«

»Hmm? Einmal mit der Jagd, nehme ich an?«

»Ja«, antwortete ich. »Und in Rivenoak wieder. Da habe ich versucht, mit ihm zu reden. Aber er wollte mir nicht zuhören. Cabell … er …«

»Was?« Nashs helle Augen waren auf mich gerichtet und zum ersten Mal überhaupt hatte ich das Gefühl, dass er mir wirklich zuhörte.

»Cab war als Hund mit der Jagd unterwegs, und er schien so … natürlich. *Frei.*« Ich strich mit dem Finger am angeschlagenen Rand meines Bechers entlang. »War sein Fluch, dass er gezwungen war, menschliche Form anzunehmen?«

»Er ist gar nicht verflucht, Tamsy«, sagte Nash unerträglich sanft. »War er nie.«

Ich starrte in das endlos tiefe Schwarz meines Kaffees.

»Ist das seine wahre Gestalt?«, fragte ich.

»Wahr ist, was wir entscheiden«, sagte Nash nachdenklich. »Als ich ihn in jener Nacht im Moor fand, war er ein Welpe, aber ich erkannte gleich, was er war – einer von den Cŵn Annwn.«

Obwohl ich den heißen Kaffee hielt, wurde mir kalt. Die Hunde von Annwn.

»Warum hast du uns das nicht gesagt?«, fragte ich. »Wieso hast du so getan, als wäre er mit einem Fluch belegt?«

»Du magst das nicht verstehen. Und ich weiß, dass du mich für ungefähr so vertrauenswürdig hältst wie einen Aal, aber ihr wart Kinder. Und ich dachte … tja, ich wollte nicht, dass er sich nach einem Ort sehnt, an den er nie zurückkehren könnte. Das wäre auf eine ganz andere Art grausam gewesen.«

Ich verschränkte die Arme vor der Brust, schaute aus dem

Augenwinkel zu ihm, und ein Teil von mir glaubte immer noch nicht, dass der Mistkerl hier neben mir saß.

»Ich weiß, wie harsch ich manchmal zu euch gewesen bin«, sagte er. »Dass ich ein launischer alter Drecksack sein konnte. Ich wusste nicht immer, wie ich euch die Zuneigung geben sollte, die ihr vielleicht gebraucht hättet, oder wie euch trösten ... Ich bin kein sanfter Mann.«

»Ich würde sagen, das ist eine Untertreibung.« Ich ballte die Fäuste.

»Aber mir war nicht bewusst, wie distanziert ich war«, fuhr Nash fort, »denn ich hatte mir in meinen schlimmsten Albträumen nicht ausgemalt, dass ihr glauben könntet, ich hätte euch absichtlich verlassen. Dass ihr nicht gewollt wart. Jetzt sehe ich mich an und erkenne, dass ich zu dem geworden bin, was ich stets am meisten gefürchtet hatte: ein alter Mann voller Reue.« Er veränderte seine Position und blickte zu den Händen auf seinem Schoß. »Es tut mir leid.«

Ich holte tief Luft und traute mich nicht zu sprechen. Dies waren all die Dinge, die ich einst so dringend hatte hören wollen – nach denen ich mich ausgehungert fühlte und deren Ausbleiben mich so klar geformt hatte wie ein Messer.

Es hatte eine Zeit gegeben, da glaubte ich, er würde zurückkommen, und ich probte immer wieder, was ich ihm sagen wollte, damit meine Wut und Verzweiflung zu Pfeilspitzen wurden. Nun hatte ich die Chance, sie abzuschießen ... und konnte es nicht.

Es tat nach wie vor so weh.

»Cabell wird irgendwann zu uns zurückkehren«, sagte Nash »Doch er muss jene Form wieder wählen. Jenes Leben. Lord Death zieht ihn wegen dem an, was er ist, aber Cabell wird diese Finsternis wegen dem verlassen, *wer* er ist.«

»Wird er nicht«, sagte ich. »Du hast ihn nicht gesehen. Und nach dem, was er getan hat … die anderen vergeben ihm womöglich nie.«

»Vergebung soll nicht leicht sein«, sagte Nash. »Sie muss verdient werden. Aber irgendwo muss sie anfangen. Halt Ausschau nach dem Zeichen. Es wird kommen.«

»Wie hast du noch früher gesagt? Eine Schwalbe macht noch keinen Sommer?«, fragte ich. »Du hast nicht gesehen, was ich sah.«

»Mag sein, doch ich kenne den Jungen«, sagte Nash. »Ich habe ihn von Welpe an großgezogen, genau wie dich.«

»Wenn er ein Ci Annwn ist, wie konnte er dann in diese Welt kommen?«

»Ich nehme an, seine Linie wurde zurückgelassen, als sich die Überwege zu den Anderswelten schlossen«, antwortete Nash. »Und er war der Letzte seiner Art hier.«

»Und was ist mit mir?«, fragte ich. »Woher komme ich?«

Nashs Züge verhärteten sich. »Ich habe dir die Geschichte erzählt. Und ich bin nicht versessen darauf, sie zu wiederholen.«

»Du hast mir erzählt, dass du mich bei einem Kartenspiel in Boston gewonnen hast«, sagte ich. »Wer waren meine Eltern? Was ist mein Nachname? Wenn ich alt genug bin, um über meinen Fluch Bescheid zu wissen, bin ich es auch für diese Wahrheit.«

»Du willst die Wahrheit?« Er richtete sich auf. »Die Wahrheit ist, ich weiß es nicht. Ich hatte nicht daran gedacht zu fragen.«

»Du lügst«, erwiderte ich ungläubig. »Warum lügst du?«

Ich wollte schreien, als ich Schritte die Treppe heraufkommen hörte. Die anderen schienen prompt zu erkennen, dass sie eine private Unterhaltung störten, denn sie blieben verlegen in der Tür stehen.

»Sollen wir ... später wiederkommen?«, fragte Neve.

»Meine Damen«, antwortete Nash. »Kommt rein und macht es euch bequem für die Nacht.«

»Wir sind noch nicht fertig«, sagte ich zu ihm.

»Sind wir nicht?«, konterte er. »Ich finde, ihr solltet alle ...«

Was immer er noch sagen hatte sagen wollen, würgte er mit einem Keuchen ab. Sein Gesicht wurde rot vor Zorn, als er seinen leeren Kaffeebecher fallen ließ und in Richtung Treppe stürmte. Caitriona warf einen Arm schützend vor Neve.

»Was machst du denn?«, rief ich.

Aber Nash hatte es nicht auf Neve abgesehen – sein Fokus galt dem kleinen Kater in ihren Händen. Mit einem Knurren packte er Griflet im Nacken und schleuderte ihn in die Mitte des Dachbodens.

Neves Schrei erstarb, als das Kätzchen in Wellen aus Licht und Druck explodierte, kaum mehr als Luft war, bis es begann, unterschiedlichen Formen anzunehmen – Vogel, Schlange, etwas Menschenähnliches mit einem umwerfenden Gesicht, aus dem es uns mit dunklen obsidianschwarzen Augen anblickte. Jene Form brannte sich mir ein, als es sich ein letztes Mal wandelte: in eine Spinne.

»Schnappt ihn!«, brüllte Nash.

Er und Caitriona stürzten sich vor, doch die Spinne war bereits an ihren Füßen vorbei und auf dem Weg die Treppen hinunter. Caitriona rannte hinterher, und ihre Schritte donnerten auf den Stufen.

Ich wusste, dass es sinnlos war. Die Kreatur war fort.

Kapitel 23

»Was«, brachte Neve mühsam heraus, »was war *das?*«

Nash drehte sich stinkwütend zu mir um. »Von allen idiotischen Sachen, die du machen konntest, Tamsy! Habe ich dir nicht beigebracht, wie du einen Púca erkennst?«

»Ähm, nein«, antwortete ich, als ich meiner Stimme wieder traute. »Hast du nicht.«

»Oh …« Seine Wut verebbte, um sogleich wieder anzuschwellen. »Aber ich hatte es vor!«

»Das war … was?«, fragte Neve. »Das war ein Púca?«

»Verfluchte Eiterbeulen«, sagte Nash, der sich mit einer Hand durchs Haar fuhr. »Ich hätte ahnen müssen, dass sie euch ausspionieren.«

»Wer?«, fragte Neve. Dann wurde es ihr klar. »Du meinst den Rat der Schwestern?«

»Wer sonst setzt Púcas als Spione und Gefährten ein?«, erwiderte Nash. »Wie lange ist diese Katze bei euch gewesen?«

»Seit Avalon«, antwortete ich. »Vor der Weltenverschmelzung.«

Fluchend begann er, auf und ab zu gehen.

Neve stampfte auf die Treppe zu. »Dieses *Ding* hat bei uns geschlafen, unser Essen gegessen und … er hat uns beim Umziehen gesehen! Ich werde diese kleine Spinne zertreten, bis er nur noch …«

Sie verstummte kopfschüttelnd. »Ich meine, nein, das werde ich nicht tun, weil er immer noch ein lebendiges Wesen ist. Aber ich werde ihn unter Glas einfangen, bis er erstickt … nein, das werde ich auch nicht.« Neve überlegte einen Moment, dann schnippte sie mit den Fingern. »Ich lasse ihn von Tamsin fangen und über dem Meer abwerfen, damit der Wind sein Schicksal entscheidet … was ich mir wahrscheinlich nicht ansehen werde.«

»Das mache ich mit Freuden«, sagte ich.

Kurz darauf kehrte Caitriona atemlos zurück. »Ich habe versucht, ihm zu folgen, aber er ist eine Mauer rauf und über das Dach verschwunden.«

»Ach, spar dir die Mühe«, sagte Nash, der seinen Kaffeebecher wieder aufhob. »Wäre es kein Púca, hätten sie eine andere Methode gefunden, alles aus der Ferne zu beobachten.«

Die Vorstellung war viel zu schaurig für seinen lässigen Tonfall. »Woher hast *du* gewusst, was er war?«

»Ich habe es daran erkannt, wie sich das Licht in seinen Augen spiegelte«, antwortete Nash. »Da ist ein Schimmer von Meerblau.«

»Kann es sein, dass der Púca von Lord Death geschickt wurde?«, fragte Neve ängstlich.

»Er würde eher einen Geist benutzen«, antwortete Nash. »Etwas, das er vollkommen kontrollieren kann.«

Bisher hatte Caitriona geschwiegen, und ihr Gesicht hatte sich gerötet, während sie verarbeitete, was all das bedeutete.

»Dieses Kätzchen war ein Geschenk an meine Schwester Mari«, sagte sie, wobei sie ihre Stimme kaum beherrschen konnte. »Willst du mir erzählen, dass dieser Púca seinen Platz eingenommen hat?«

»Ich denke, er war es von Anfang an«, entgegnete Nash.

»Das würde einleuchten«, sagte ich vorsichtig. »Ich hatte

mich gefragt, wie er überleben konnte, als die Kinder …« Das konnte ich nicht aussprechen. »Er könnte sich in etwas anderes verwandelt haben und entkommen sein. Und dann kam er zurück, als wir wieder da waren.«

»Nur damit ich richtig verstehe, was ihr sagt …« Caitriona zitterte vor lauter stummem Zorn. »Sie konnten diesen Gestaltwandler durch die Barrieren zwischen den Welten schicken, damit er für sie Informationen sammelte. Also wussten sie, dass Lord Death zurück war. Sie wussten, dass Avalon starb. Aber sie haben nichts … *nichts* getan, um uns zu helfen!«

Es war eine vernichtende Schlussfolgerung, doch vermutlich die richtige.

»Das wissen wir nicht«, warf Neve ein. »Bis sie es herausfanden, könnte es zu spät gewesen sein …«

»Nicht!« Caitriona hielt eine Hand in die Höhe. »Diese Wesen haben Avalon welken und *sterben* lassen. Nichts, was du sagst, kann sie entlasten.«

»Ich bin eines von diesen Wesen.« Neve baute sich vor ihr auf. »Nach all der Zeit bist du immer noch sehr schnell dabei, die Zauberinnen als Feindinnen zu sehen – tja, dann bin ich vielleicht auch deine Feindin.«

Caitriona wich einen Schritt zurück und öffnete den Mund.

»Meine Damen«, sagte Nash, der sich zwischen die beiden stellte. »Ich möchte daran erinnern, dass das, was in der Hitze des Moments gesagt wird, nicht wieder ungesagt gemacht werden kann.«

Er legte eine Hand auf Caitrionas Schulter. »Ich muss kurz mit Bibliothekar sprechen, aber danach würde ich den Spiegel von Shalott gern zur Knochenschneiderin bringen, um sie zu fragen, wie man die Zauber anpassen kann, um die Jäger darin zu fangen. Wie wäre es, wenn du mit mir kommst?«

Es war das beste, was er seit Langem gesagt hatte, dennoch sträubte sich etwas tief in mir dagegen. »Ich finde nicht, dass wir uns trennen sollten …«

»In Ordnung«, sagte Caitriona zu Nash und kehrte uns den Rücken zu.

»In Ordnung«, wiederholte Neve. »Dann geh!«

Nash bückte sich, um seine Tasche aufzunehmen, und wartete, bis Caitriona es ihm gleichtat und sich den verhüllten Spiegel unter den Arm klemmte. Das Gefühl war wieder da, reduzierte mich zu einem kleinen hilflosen Etwas.

»Wann kommt ihr zurück?«, fragte ich, als ich ihnen zur Treppe folgte.

»Bleib hier, Tamsy«, sagte Nash. »Du und Neve seid in Sicherheit. Wir sind auch nur wenige Stunden weg.«

Wieso sollte ich dir glauben?, wollte ich schreien.

Neve packte meine Hand, zog mich zurück und schloss die Tür hinter ihnen, als wollte sie so die Versuchung beseitigen, ihnen zu folgen.

»Was ist eben passiert?«, fragte ich matt.

»Ich kann das einfach nicht glauben«, wütete Neve, die ihren Oberkörper mit den Armen umschlang, als sie über den Dachboden stampfte und erbost ihre Decken auslegte. »Nach allem denkt sie immer noch das Schlimmste …«

»Neve«, sagte ich, unfähig, mich von der Tür wegzubewegen. »Was ist gerade passiert?«

Sie blickte auf, und ihre Hände verharrten in der Luft. Sie verstand es, wie immer. »Ist schon gut, Tamsin.«

»Wie kann es gut sein?«, fragte ich und rieb mir den Hals, um den Schmerz darin loszuwerden. »Wir haben Olwen verloren, und jetzt haben wir Caitriona gehen lassen?«

»Sie sind bis morgen früh wieder da«, sagte sie, als wüsste sie das. Sie tippte auf die Decke neben sich. »Komm her.« Als ich zögerte, ergänzte sie: »Ich werde dich nicht umarmen. Es sei denn, du willst umarmt werden, denn in dem Fall ...«

»Eine Umarmung bringt nichts wieder in Ordnung«, antwortete ich.

»Soll sie auch nicht.«

Ich setzte mich neben sie und sah zu Emrys, der reglos dalag und nichts mitbekommen hatte.

»Willst *du* eine Umarmung?«, fragte ich schließlich.

»Ja!«

Ich gab mein Bestes, legte einen Arm um ihre Schultern und drückte sie leicht. Neve lehnte sich gegen mich und ihren Kopf an meine Schulter.

»Ich verstehe sie nicht«, sagte sie leise. »Sie benimmt sich mal, als wären wir Fremde, dann wieder ...«

Da war ein Ausdruck in ihrem Gesicht, als wäre sie in Gedanken wieder bei einem Moment, in dem sie bleiben wollte.

»Was hat sie zu dir gesagt?«, fragte ich. »Als du auf Rivenoak wieder zu dir kamst?«

Sie wurde rot.

»Jetzt musst du es mir erzählen«, beharrte ich.

Neve setzte sich sehr gerade hin und ahmte Caitrionas Tonfall nach: *»Mach das nie wieder! Ich ertrage es nicht.* Was *heißt* das?«

Endlich mal etwas, in dem ich Fachfrau war! »Ich glaube, das ist emotional verklemmter Jargon für ›Du bist mir wichtig, und ich liebe dich‹.«

Neve vergrub stöhnend das Gesicht in den Händen. »Ich dachte, sie hasst mich ...«

»Im Ernst?«, fragte ich sie ungläubig. »Ich besitze die emotionale Intelligenz eines Kleinkinds, und sogar ich bekomme mit, wie sie dich bewundert, wenn sie dich gerade nicht beschützen will. Was süß wäre, würden wir dabei nicht in der Gefahr schweben, jeden Moment von untoten Jägern umgebracht zu werden.«

»Sie liebt mich nicht«, flüsterte Neve mehr zu sich selbst als mir. »Wie könnte sie mich lieben, wenn sie nicht einmal respektiert, wer ich bin?«

»Ich denke, sie sieht dich nicht als eine von den Zauberinnen«, sagte ich. Aus dem Augenwinkel registrierte ich, dass Emrys die schlaffe Hand auf seinem Bauch krümmte. »Und soweit ich es beurteilen kann, können Herzen totale Idioten sein.«

»Ich weiß nicht, ob ich das akzeptieren kann«, entgegnete Neve. »Ich kann genauso wenig ändern, was ich bin, wie sie – egal wie sehr sie es versucht.«

»Aber etwas hat sich geändert«, sagte ich. »Als du ausgeknockt warst und wir umzingelt, hat sie versucht, ihre Magie zu benutzen, und sie kam nicht.«

»Was?« Neve packte meinen Arm. »Wann wollte mir das eine von euch sagen?«

»Wenn wir nicht von einer Krise in die nächste stürzen«, antwortete ich. »Also ... jetzt.«

In den letzten Tagen hatte ich bemerkt, dass das Licht, das immerzu von ihr auszustrahlen schien, schwächer wurde, und jetzt geschah es wieder. Sie wirkte besorgt, nein, mehr als besorgt: verzweifelt.

»Was bedeutet das?«, fragte ich.

»Weiß ich nicht. Aber nichts Gutes. Die Göttin ist nicht grausam. Sie würde Cait die Magie nicht wegnehmen, wenn sie sie am dringendsten braucht oder leidet. Aber wir rufen unsere Magie aus dem Herzen, und wenn Cait es nicht kann ... Wenn sie solch hohe Mauern um sich errichtet hat, dass keine von uns mehr drüberklettern kann ...«

Sie brach seufzend ab.

»Ich muss immerzu an Olwen denken«, sagte sie. »Dass wir jetzt nicht nach ihr suchen, fühlt sich wie ein Messerstich ins Herz an. Ich habe Madrigal erzählt, was mit ihr passiert ist, und gefragt, ob der Rat helfen kann, sie zu finden. Doch sie hat nicht geantwortet. Ich weiß nicht einmal, ob sie meine Briefe überhaupt bekommt.«

Das konnte ich auch nicht sagen, nickte jedoch, damit sie fortfuhr. »Es ist nur ... alles um uns herum bewegt sich so schnell, dass es sich falsch anfühlt, ruhig hier zu sitzen.«

»Bis zum Morgen ist es nicht mehr lange«, sagte ich. »Dann können wir anfangen, nach dem Schwert zu suchen.«

»Da ist wieder dieser optimistische Unterton in deiner Stimme.«

»Ein bisschen Rührseligkeit ist gut für die Würmer in meinem verrottenden Herzen«, erklärte ich. »Sie gibt ihnen einen Grund, sich zu winden.«

Damit konnte ich ihr wenigstens ein kleines Lächeln entlocken. »Und du glaubst, ich bin die Schräge in dieser Freundschaft?«

»Ich versuche nur, mich auf dein Level zu schwingen.«

Sie blickte zu Emrys und legte den Handrücken auf seine Stirn, um zu überprüfen, ob er Fieber hatte. Sie zog die Decke herunter und inspizierte die Verbände, die wir um seine Brust gewickelt hatten.

»Caitriona hat mir erzählt, was passiert ist«, sagte sie. »Das war sehr, sehr mutig von Emrys, dich aus der Gefahrenzone zu stoßen.«

Ich gab ein zustimmendes Brummen von mir und stützte das Kinn in meine Hand.

»Ich checke nur, ob wir ihn noch hassen«, erklärte sie. »Und ob wir wütend sind, weil wir ihm immer noch nicht trauen können, seit er dir das Herz gebrochen hat.«

Mein Gesicht begann zu glühen. »Er hat mir nicht das Herz …«

»Hat er doch, Tamsin.«

Ich schluckte und kämpfte gegen das Brennen in meinen Augen. »Hat er nicht.«

»Hat er doch«, wiederholte sie. »Du hattest mich gefragt, ob ich finde, dass er sich anders verhält, und jetzt sehe ich es auch. Etwas ist mit ihm, und wenn es mich verwirrt, muss es für dich erst recht komisch sein.«

»Nein«, entgegnete ich und fühlte wieder den Stich seiner endlosen Zurückweisungen. »Das ist sein wahres Ich.«

Neve wirkte nicht überzeugt.

»Er hat es gemacht, um sein Gewissen zu erleichtern«, sagte ich. »Nur deshalb ist er zurückgekommen. Damit er sich besser mit dem fühlen kann, was er getan hat.«

»In Avalon hatte ich Zweifel, was seine Motive betrifft. Aber ich habe nie an seinen Gefühlen für dich gezweifelt …«

»Oh bitte!«, unterbrach ich sie, bevor ich mich die Treppe hinunterstürzte, um dieser Unterhaltung zu entkommen. »Können wir nicht über irgendwas anderes reden? Pilze. Deine gruselige Knochensammlung. Irgendetwas.«

Neve wirkte enttäuscht, aber sie ließ es gut sein. »Was ist mit Nash? Hattest du eine Chance, mit ihm zu reden?«

»Ja, ein bisschen«, antwortete ich. »Er ist immer ausweichend, aber du wirst seine Erklärung lieben, wie er den Tod besiegt hat.«

Und das tat sie. Sie hing praktisch an meinen Lippen, als ich ihr die Geschichte erzählte.

»Was ist mit deinen Eltern?«, fragte sie. »Hast du ihn nach denen gefragt?«

»Habe ich versucht.«

Neve nickte und trommelte mit einer Hand auf ihren überkreuzten Beinen, während sie mit der anderen gedankenverloren nach dem Anhänger unter ihrem T-Shirt griff. »Versuchst du manchmal dir vorzustellen, wie deine Eltern ausgesehen haben?«

»Dauernd«, antwortete ich. Manchmal war ich regelrecht neidisch darauf, mit welcher Leichtigkeit andere auf ihre Augen zeigen und sagen konnten, *die habe ich von meinem Vater,* oder sich übers Haar streichen und wissen, dass es ein genetisches Geschenk eines Großelternteils war.

»Komm«, sagte ich, stand auf und zog Neve mit mir nach oben. »Gehen wir uns waschen und versuchen, ein paar Stunden Schlaf zu bekommen.«

Ich führte sie nach unten ins Bad und zu der einen Duschkabine, die erhalten geblieben war, als das Stadthaus zur Bibliothek umgebaut wurde. Während ich das heiße Wasser genoss, lauschte ich Neve, die leise sang.

Die Uhr in der Diele zeigte halb drei, als wir sauber und umgezogen wieder aus dem Bad kamen. Kurz überlegte ich, nach Bibliothekar zu schauen, und ihn zu fragen, ob er etwas über den Spiegel der Bestien gefunden hatte, doch Neve schien meine Gedanken zu erraten und dirigierte mich zurück zur Treppe.

»Nein«, sagte sie. *»Schlafen.«*

Es tat gut, zu meiner kratzigen Wolldecke zurückzukehren, mich auf dem harten Boden auszustrecken und zu wissen, dass ich sicher war.

Neve tippte mir an die Schulter und bot mir einen ihrer Ohrstöpsel an. Ich rückte näher zu ihr, damit ich ihn einstecken konnte, während sie mit dem anderen hörte. Der CD-Player surrte leise los, und die ätherischen Synthesizerklänge der Cocteau Twins lösten ein Schwebegefühl in mir aus.

Irgendwann schlief ich ein.

Doch sofort fand der Traum zu mir.

Kapitel 24

Ich entkam Emrys Dyes Augen nicht, nicht einmal in meinen Gedanken.

Und seine Statur würde ich überall wiedererkennen. Den Schnitt seiner Kleidung, seine breiten Schultern. Sein kastanienbraunes Haar. Ich folgte ihm, als er einen dunklen Flur hinunterging, und erlebte ein unangenehmes Déjà-vu. Wie oft wir zusammen durch die kargen unterirdischen Gänge des Turms gewandert waren, mit nichts als unseren Taschenlampen, um uns den Weg zu leuchten, konnte ich gar nicht mehr sagen.

Doch dies war nicht der Turm. Es war ein Haus – ein prächtiges Herrenhaus mitsamt Porträts von mürrisch dreinblickenden Ahnen und Mahagonimöbeln. Da waren Fenster, an deren Scheiben Wasser hinabrann. Regen trommelte auf das Dach hoch über uns.

Summerland House, *dachte ich. Das musste es sein.*

Direkt vor Emrys war eine imposante Flügeltür, in deren Holz Kristalle und Eisennägel verwirbelte Muster von tödlicher Schönheit formten.

Mein Instinkt sträubte sich. Ich wollte ihm nicht dorthin folgen. Keiner von uns sollte durch jene Türen treten. Dass es ein böser Ort war, wusste ich mit derselben Sicherheit, mit der ich den Weg der Sonne über den Himmel kannte.

Aber ich hatte keine Wahl. Ich versuchte, nach seiner Schulter zu greifen, als er auf die Türen zuschritt, aber meine Finger glitten durch ihn hindurch, und dann war es zu spät. Er griff nach einer der silbernen Klinken und trat, ohne anzuklopfen, hinein.

Mich zu weigern, ihm in das Arbeitszimmer zu folgen, funktionierte nicht. Die Traumlandschaft verwandelte sich um mich herum, zog mich in die wartende Schlangengrube. Ein seidiger Baldachin war unter der Decke gespannt, so rot wie ein aufgeschlitzter Bauch. Stechpalmen- und Eichenlaubkränze waren zu einem seltsamen Muster verdreht.

Donner krachte über uns wie Kriegstrommeln.

Emrys trat einen Schritt zurück, sein blasses Gesicht von dem unheimlichen roten Licht gefärbt. »Was zur Hölle …?«

Hinter dir!, *versuchte ich zu rufen.*

Ich rang nach Luft, als die erste Figur in einem Kapuzenumhang hinter dem Stoffvorhang hervorkam, das Gesicht von einer schaurigen, ausdruckslosen Maske verdeckt.

Emrys wich zur Tür zurück. Der Mann ging ihm mit der ruhigen Selbstgewissheit von jemandem nach, der sicher war, dass es kein Entkommen gab. Ich wusste nicht, woran Emrys erkannte, wer es war, doch blankes Entsetzen trat auf seine Züge.

»Nein …«, begann er. »Dad …«

Er drehte sich blitzschnell um, suchte die Tür nach einer Klinke ab. Da war kein Widerstand, als die Klinge in Emrys' Rücken glitt. Mit einem Schrei vor Schreck und Schmerz stolperte er nach rechts.

Mein eigener Schrei war tonlos.

Wach auf!, *flehte ich mich an.* Wach auf!

Ich konnte das nicht mit ansehen … wollte es nicht sehen …

Immer mehr Männer mit Kapuzen und hölzernen Masken erschienen, die Klingen wie Gebetskerzen hielten. Der Chor fing als tiefes, unsicheres Raunen an, das jedoch an Stärke gewann, als das nächste Messer Emrys' Schulter durchbohrte.

»Komme, Nacht, komme, dein König …«

»Nicht«, flehte Emrys und drehte sich weg. Doch dort war noch ein Mann. Noch ein Messer. »Nicht …!«

Ich konnte nicht atmen. Es fühlte sich an, als würde mein Brustkorb zerdrückt, als Emrys einen letzten verzweifelten Versuch unternahm, zur Tür zu gelangen. Ich rannte zu ihm, wollte sie aufhalten, aber meine Hände glitten durch sie hindurch wie Rauch.

Ein Messer bohrte sich zwischen seine Rippen.

Ein anderes in seinen Rücken.

Emrys spuckte Blut, als er zu Boden sackte. Selbst dann versuchte er noch zu kämpfen, die Tür zu öffnen, zu überleben. Er schrie, was immer abgehackter und leiser wurde, als sie wie von Sinnen über ihn herfielen. Sein Körper zuckte unter der Wucht ihrer groben, ungeschickten Hiebe.

Meine Beine knickten unter mir ein, als ich mich von der Gewalt abwandte und mir die Hände auf die Augen presste. Den Geräuschen der Stiche war jedoch nicht zu entrinnen.

Plötzlich wurde es still. Ich hob den Kopf und wandte mich um. Meine Augen brannten, obwohl keine Tränen kamen.

Emrys starrte mich mit leerem Blick an, das Gesicht von seinem Blut verschmiert.

Ich schrie und schrie, wollte mich auf die Männer stürzen, sie mit bloßen Händen in Stücke reißen …

»Tamsin!«

Das Aufwachen fühlte sich an, als wäre meine Seele auf einmal in meinen Körper zurückgekehrt. Ich setzte mich abrupt auf, rang nach Luft und suchte die Dunkelheit um mich herum ab.

Der Dachboden. Wir waren auf dem Dachboden der Gildebibliothek.

Die Kälte strich mir beruhigend übers Gesicht. Alles an mir zitterte, und erschrocken wurde mir bewusst, dass ich schluchzte. Mein Hals brannte.

»Tamsin?«, fragte Neve leise. »Alles gut, es war nur ein Traum. Alles ist okay.«

Ängstlich blickte ich nach rechts. Emrys war noch bewusstlos, aber seine Brust hob und senkte sich, und seine Atmung war endlich gleichmäßig.

Am Leben. Erleichterung und verzweifelte Freude überkamen mich. Da war immer noch ein Funken Leben in ihm, und plötzlich war alles andere unwichtig.

»Was ist passiert?«, fragte Neve, die nun hellwach war. »Was hast du gesehen?«

Ich schluckte mehrmals, um das Brennen in meiner Kehle loszuwerden. »Es war ... es war nichts.«

»Wow, das war eine furchtbare Lüge, was erst recht beweist, dass es dich erschüttert hat«, sagte Neve. »Seit Avalon hast du keinen normalen Traum mehr gehabt. Ging es um Olwen?«

Ich schüttelte den Kopf und holte zittrig Luft, als ihre Worte zu mir durchdrangen. Meine Träume in Avalon waren alle wie unheimliche Versuche meines schlafenden Verstands gewesen, Gedanken und Erinnerungen zusammenzufügen, doch was ich in ihnen gesehen hatte ...

War alles wahr geworden.

Emrys' Gesichtsausdruck war friedlich; falls er Träume hatte, waren sie wenigstens freundlich zu ihm.

»Emrys«, sagte ich laut und krallte die Finger in mein Shirt. *»Emrys.«* Ich sah zu Neve. Immer noch raste mein Herz vor Adrenalin und Angst. »Warum wacht er nicht auf?«

Neve konnte nur hilflos mit den Schultern zucken.

»Ich habe ihn sterben gesehen«, flüsterte ich.

»Was?« Neve berührte meine Schulter, um meine Aufmerksamkeit auf sie zurückzulenken. »Bist du sicher?«

»Sie bringen ihn um.« Das Blitzen der Messer war nach wie vor zu dicht unter der Oberfläche, und ich durfte nicht zu weit in jenes Gewässer zurückwaten. »Diese ... Maskierten. Sein Vater. Es ... Sie müssen Jäger gewesen sein. Sie waren auf dem Dye-Anwesen. Und sie haben ihn überrascht.«

»Denkst du, da halten sie sich auf?«, fragte Neve. »Es würde einleuchten, vor allem, wenn es ein großes Anwesen ist mit wenigen Nachbarn.«

Ich wischte mir das noch klamme Haar aus dem Gesicht. »Ja, würde es.«

»Tamsin«, sagte Neve. »Dass du das geträumt hast, macht es nicht real.«

Dennoch fühlte es sich so an, dachte ich und packte meine Haare fest genug, dass ich einzelne an der Wurzel ausriss. Ich hatte den Albtraum in einer solchen Intensität erlebt, dass es mir vorkam, als wäre ein Teil von mir immer noch darin gefangen.

Ein Geräusch wie von einem dampfenden Kessel erfüllte den dunklen Dachboden. Neve und ich blickten beide hinauf zum Dach, begriffen aber zugleich, dass es von unten kam.

Die Bibliothekskatzen, ging es mir durch den Kopf. So fauchten sie nur, wenn ein verfluchtes Objekt anwesend war.

Neve neigte stumm fragend den Kopf. Ich zeigte zu der Stelle, an der ein Spalt zwischen den Bodendielen war, breit genug, dass man dadurch in den Hauptraum der Bibliothek sehen konnte.

Alles an mir schaltete auf Alarm, und meine Nerven lagen endgültig blank.

Die schattenhaften Gestalten standen ganz am Rand des

Raums unten, direkt außerhalb unseres Sichtfelds, waren jedoch zu hören. Ihr scharfes Atemholen, die rastlosen Bewegungen.

Überall rannten die Bibliothekskatzen durch die Regale, sprangen auf die höchsten Punkte. Eine, ein roter Tiger namens Midas, flog durch den Raum, als hätte ihm jemand einen heftigen Tritt verpasst. Er rollte herum, fing sich wieder und flitzte fauchend davon.

»Wir sind gekommen, wie Ihr wolltet. Was wünscht Ihr von uns?«

Endymion Dye.

Ich drückte eine Hand auf meinen Mund, um ja keinen Laut von mir zu geben, und hielt mich so starr wie die Statuen im Atrium.

Endymion und die anderen früheren Gildemitglieder kamen in unser Sichtfeld und warfen ihren widernatürlichen Schimmer auf die nahen Regale mit Unvergänglichkeiten. Mit gestohlenen Waffen und Schilden beladen, sahen sie wie die schlimmsten der Horrorwesen aus den Büchern um sie herum aus.

Die Buchrücken erbebten, als sie an ihnen vorbeigingen, als hätte sie ebenjene Todesmagie gestreift, mit der die Reiter geschaffen worden waren.

»Ich habe nur einen Befehl.«

Neve sah mich an. Pure Furcht stand in ihren Augen beim Klang der Stimme.

Lord Death trat aus dem Dunkeln vor und zog die Kapuze von Artus' Mantel ab, um sich den anderen zu enthüllen. Ich zuckte zurück, als ich ihn an diesem heiligen Ort sah, und das noch bevor Cabells dunkler Schopf neben ihm erschien.

Cabell lehnte sich an ein Bücherregal, den Blick auf den edlen Teppich gerichtet. Eine Katze zischte in der Nähe. Er verschränkte die Arme in einer defensiven Art vor der Brust, die mir nur allzu vertraut war.

Die Reiter, es waren insgesamt ein Dutzend, knieten sich hin, um ihre Befehle zu empfangen. Es war wie ein schreckliches Spiel, die verstümmelten Gestalten und die grausigen veränderten Gesichter mit den Hollowern in Einklang zu bringen, die sie einst waren.

»Mir kam zu Ohren, dass ihr alle mir das Wissen von dieser Bibliothek vorenthalten habt«, sagte Lord Death, dessen Blick zu Cabell wanderte. Mein Bruder senkte beschämt den Kopf. »Dass ihr diesen Vorrat an mächtigen Waffen versteckt habt.«

Mir wurde eiskalt, als ich begriff, was Cabells Haltung bedeutete.

Er hatte ihn hergeführt.

Und jetzt stand er da, sagte nichts, als dieses Monster durch unser Zuhause schritt, als verdiente es, hier zu sein. Ich konnte nicht einmal mehr atmen.

»Ich habe mich gefragt, warum«, fuhr Lord Death fort, »da ihr euch zu meiner Gefolgschaft erklärtet.«

»Mylord ...«, hob Endymion an.

»Schweig!« Das Wort stieg zu uns auf wie Rauch, mit dem Versprechen von etwas Dunklerem.

»Mir bleibt nur anzunehmen, dass ihr nicht glaubt, ich könnte all eure Bedürfnisse befriedigen«, sagte Lord Death. »Dass ihr mir nicht vertraut, unserer Sache keine vollkommene Loyalität erweist. Anstatt die Plage der Zauberinnen zu zerstören, verwahrt ihr deren Erinnerungen hier. Und ihr habt Reliquien behalten, die sie schufen.«

Er begann, an den Regalen entlangzuschreiten und die Unvergänglichkeiten mit einem Finger herauszukippen. Eine nach der anderen knallte auf den Boden.

»Wir nutzten ihre Erinnerungen nur, um die Schätze zu finden, die sie gestohlen hatten«, erklärte Endymion.

Lord Death blieb stehen und wandte ihnen sein gräuliches Gesicht zu. »Dann wird es euch gewiss nicht schmerzen, diesen Schrein für sie zu zerstören.«

Nun schnappte ich doch nach Luft und presste meine Hand fester auf meinen Mund.

»Na…natürlich nicht, Mylord«, antwortete Endymion und neigte den Kopf. Der Dachboden um mich herum verschwamm, als Lord Death eine Hand vorstreckte und eine silbrig-schwarze Flamme in ihr erschien.

Endymion wusste, was sein Herr wollte, und hob beide Hände wie zum Gebet. Die Flamme tanzte, als sie vom einen zum anderen wechselte. Dann richtete Endymion sich auf und drehte sich zu dem Regal links von ihm.

Schwere Schritte waren von der anderen Seite des Raums zu hören.

Nein, dachte ich verzweifelt, *tu es nicht – komm nicht raus!*

Doch Bibliothekar war trainiert, die Bibliothek wie auch alles in ihr zu verteidigen, ob es einen Puls besaß oder nicht. Und er würde niemals zögern, genau das zu tun. Nicht einmal dann, wenn er sich gegen die Leute stellen musste, die ihm diese Rolle verliehen hatten.

»Stopp!«, erklang Bibliothekars blecherne Stimme. »Die Zerstörung von Bibliotheksmaterialien ist nach dem Gilde-Code streng verboten!«

Er war sogar vorbereitet gekommen, hielt ein Schwert in einer Hand und einen Feuerlöscher in der anderen. Die Reiter umringten ihn, sodass ihm der Weg zu Lord Death versperrt war. Obwohl er aus Bronze war und sein Gesicht eine Maske göttlicher Vollkommenheit, sah Bibliothekar menschlicher aus als die Untoten, die ihn umschlichen wie ein Rudel ausgehungerter Wölfe.

Endymion hielt die Flamme an das erste Buch. Seine Miene war der Inbegriff von Heiligenverehrung, als er Anerkennung suchend zu Lord Death blickte.

Die dunkle Flamme übertrug sich mühelos und raste beängstigend schnell und fauchend an dem Regal entlang. Binnen Sekunden brannte es lichterloh.

Während sich das Feuer ausbreitete, wurde nicht etwa ein Schutzzauber aktiviert, um die Bibliothek zu schützen, sondern eine moderne Sprinkleranlage. Wasser regnete aus der Decke auf das Feuer herab, und die Rauchmelder stimmten in das durchdringende Jaulen der Katzen ein.

Tu etwas, dachte ich, *tu irgendetwas …* Aber ich wusste nicht, mit wem ich sprach … mit mir oder Cabell.

Die silbernen Flammen züngelten von einem Regal zum nächsten, griffen mit ihren ätzenden Fingern nach den alten, mürben Bänden.

Lord Death reichte seine Flammen mit einer kalten Freude an seine anderen Diener weiter. Manche, wie Primm, verlegten sich darauf, Vitrinen mit Reliquien einzuschlagen und die unschätzbar wertvollen Instrumente, Schriftrollen, Stoffe und Waffen ins Feuer zu schleudern oder sie mit dem Schwert zu zerschlagen, bis sie nicht wiederzuerkennen waren.

Der Schmerzensschrei von Bibliothekar war so menschlich, so unendlich gequält, dass es sich anfühlte, als würde mein Körper ebenfalls Feuer fangen.

Der Automat drängte sich zwischen den Reitern durch, ließ den Feuerlöscher fallen und packte sein Schwert mit beiden Händen. Er stellte sich Lord Death in den Weg wie der letzte Soldat, der seine Festung verteidigte.

»Lasst ab«, sagte Bibliothekar. »Oder Euch und Euresgleichen droht Böses!«

Lord Death lachte und griff in die Falten seines Umhangs, um sein Schwert hervorzuholen. Doch anstatt es zu schwingen, hielt er es Cabell hin.

Dieselbe dunkle Magie heulte und fauchte über die Klinge wie lauter zuckende Blitze.

Nein. Das Wort wurde zu einem steinernen Klumpen in meinem Hals. *Bitte.*

Cabell blickte durch seine dunklen Haare auf und richtete sich auf.

»Du scheinst überrascht«, bemerkte Lord Death.

Cabell sprach, doch es war zu leise, als dass ich es über dem Jaulen der Katzen, dem fauchenden Feuer und dem kreischenden Rauchmelderlärm verstehen konnte. Als er keine Anstalten machte, das Schwert zu ergreifen, ließ der Druck in meiner Brust nach.

Mein Bruder war noch irgendwo dadrin. Selbst als das Feuer um ihn herum wütete und die Katzen aus den Regalen flohen, sich in Sicherheit zu bringen versuchten, widerstand er.

Aber, wisperte eine kleine Stimme in meinem Kopf, *er hält sie auch nicht auf.*

Ich las die Worte, die Lord Death sagte, als sie giftig von seinen Lippen troffen. *Sieh mich an.*

Cabell tat es.

Die letzte, schon verblasste Hoffnung in mir erstarb. Sein Gesichtsausdruck war nicht der eines ergebenen Dieners, der immerzu gehorsam war. In seinen Zügen spiegelte sich Unentschlossenheit, und er zögerte gerade lange genug, dass ich gezwungen war, weiter hinzusehen, um es wirklich zu verstehen.

Er war nur mein Bruder. Nur Cabell.

Jemand, der unter dem magischen Einfluss eines anderen stand, würde ohne Frage handeln. Jemand, der sich gegen eine alles verschlingende Macht wehrte, würde verzweifelt versuchen, sich von ihr zu befreien. Er würde nicht mehrere wacklige Schritte auf den Automaten zu machen, mit zusammengebissenen Zähnen und kerzengeradem Rückgrat, während sein innerer Kampf mit Schatten und Flammen in sein Gesicht geschrieben stand.

Er war nur Cabell.

»Junger Lark …?«, fragte Bibliothekar leise und senkte sein Schwert.

Er traf seine Wahl.

Cabell holte Luft … und trieb sein Schwert durch die Brust des Automaten.

Kapitel 25

Er ist fort.

Mein Bruder stand da und sah zu, wie der schwere Körper von Bibliothekar rückwärtsstolperte, und das Quecksilber, das ihm Leben verlieh, aus der offenen Wunde an seiner Brust rann.

Bibliothekar blieb noch einen Moment länger stehen, streckte eine Hand nach Cabell aus, ließ sie in der Luft hängen wie eine unausgesprochene Frage. Dann sackte der Automat mit einem lauten Klappern zusammen, und Quecksilber floss aus allen Gelenken. Schließlich hielten seine kämpfenden Gliedmaßen inne, und er wurde ganz still.

Als Cabell mit völlig regungsloser Miene dastand, durchfuhr mich immer wieder der eine Gedanke: *Er ist fort.*

Der Bruder, mit dem ich aufgewachsen war, der sensibel und witzig war, der Träume hegte ... Er war nicht von Lord Deaths Magie gefangen. Er war die ganze Zeit frei gewesen. Jede Entscheidung ... jedes verlorene Leben ... er hatte es willentlich getan.

Und der Schmerz, den ich empfand, war unaussprechlich.

Lord Death legte ihm anerkennend eine Hand auf die Schulter. Rauch stieg auf, streckte seine zarten Finger durch die Bodendielen zu uns. Suchend. Durch den Rauch sah ich Cabell und die anderen entkommen.

Ich stemmte mich vom Boden hoch und rannte zur Tür. Neve wusste sofort, was zu tun war.

Sie postierte sich am Eingang des Hauptraums, stellte sich der Hitze der magischen Flammen. Ihr Zauber erklang, stark und ohne jedes Zögern. Die Sprinkleranlage hatte nichts gegen das Feuer ausrichten können, aber als die Zauberin ihre Arme ausbreitete, schienen die Flammen auf sie zu hören.

Sie mochten von Todesmagie ausgelöst worden sein, aber es war Neves Magie, aus der Quelle der Göttin, die sie erstickte. Die Flammen erloschen mit einem letzten Hauchen, als sie energisch die Hände vor sich zusammenschlug.

Umgehend ließ die rasende Hitze nach und wir rannten durch die Rauchwolken und das Labyrinth aus Arbeitstischen zu den Fenstern hinten. Hustend kämpfte ich mit dem Riegel, der zum Notausgang führte. Das Metall hatte sich in der Hitze verbogen.

»Mist, verdammter«, keuchte ich, schnappte mir einen Stuhl in der Nähe und schlug ihn durch die Glasscheibe.

Mit welchen Schutzzaubern auch immer die Gildebibliothek versehen gewesen sein mochte, sie schützten sie nur vor Bedrohungen von außen, dachte ich verbittert, nicht vor denen von innen. Die verängstigten Bibliothekskatzen scharten sich um meine Füße, bis sie endlich raus auf die Feuertreppe springen und in den trostlosen Bostoner Winter fliehen konnten.

»Wartet!«, rief Neve ihnen vom Fenster aus nach. »Kommt zurück! Ihr seid Hauskatzen, und das sind fiese Straßen!«

Der Gedanke an sie ohne richtigen Unterschlupf da draußen war mir fast so zuwider wie der Anblick der schwelenden schwarzen Klumpen, die einst Bücher gewesen waren.

Ich sank neben Bibliothekar auf die Knie und presste den Handrücken auf meinen Mund. Die Todesmagie hatte seinen Bronzekörper mit grausamen Silberstreifen überzogen. Einen

Moment lang war ich unsicher, ob ich ihn überhaupt berühren sollte. Und was für einen Sinn es hätte.

Magische Wesen glaubten, dass ihnen die Göttin eine Wiedergeburt in einem anderen Leben erlaubte, in einer anderen Form. Selbst die verderbtesten Seelen erlebten eine zweite dunkle Existenz in einer anderen Welt. Das Versprechen des Todes war Leben.

Doch was war mit Wesen wie Bibliothekar, für die der Tod nicht bloß eine erste Etappe auf einer weiteren Reise war, sondern die einzige? Wie konnte er so moralisch aufrecht, so rein in seinen Absichten gewesen sein und nie wiedergeboren werden, nur weil er keine menschliche Seele besaß?

Wie konnte er einfach ... aufhören zu sein?

Vielleicht war ich die größte Idiotin von allen, weil ich in meinem verzweifelten Wunsch nach irgendeiner Elternfigur geglaubt hatte, ein Automat wäre zu Dingen wie Liebe fähig. Ebenso gut hätte Bibliothekar Cabell und mich schlicht als Teil seiner Gildepflichten und der Bibliothek gesehen haben können. Kleine Plagegeister, die sich schlechter benahmen als die Katzen und schwerer zu ernähren waren.

Vielleicht hatte ich mir ein Leben vorgestellt, das es nie wirklich gegeben hatte. Doch für mich war es real gewesen.

Meine Augen brannten von dem Rauch. Sanft strich ich mit den Fingern über Bibliothekars Arm. Zum ersten Mal, solange ich mich erinnerte, war er warm. Und obwohl mir klar war, dass es an dem Feuer lag, ließ ich die Täuschung einen Moment länger zu.

Dann aber drang eine kleine, schwache Stimme aus seinem zerstörten Brustkorb. »Junge ... Lark ...«

»Es tut mir leid!«, rief ich. »Bitte, geh nicht. Sag mir bitte, wie ich dich repariere.«

»... ich habe ... eines ausgesucht ... das dir gefallen wird ...«, sagte er, und seine Stimme flackerte wie eine erlöschende Kerze. »… Es wird … solch ein Vergnügen … sein, mit dir … wieder am Feuer zu sitzen … und zu lesen …«

Bibliothekar verstummte und sprach nicht mehr.

»Tamsin?« Neve kniete sich hinter mich und berührte meinen Rücken.

Ein nahes Bücherregal stürzte ein, sodass Unvergänglichkeiten und Atlanten der alten Welt auf den Boden fielen. Neve zuckte bei dem Lärm zusammen, während ich ihn kaum wahrnahm. Es war, als hätte mich der Rauch in einen Mantel gehüllt, der nichts an mich heranließ.

»Hast du … hast du eine Flasche?«, fragte ich und schluckte angestrengt. »Nur eine kleine?«

»Ja, sicher irgendwo«, antwortete Neve. »Wofür brauchst du sie?«

Schon jetzt kam mir die Idee blöd vor, und sie laut auszusprechen schien mir kindisch. »Ich möchte etwas von dem Quecksilber mitnehmen. Der Todesmagie.«

»Wovon redest du?«, fragte Neve.

»Von der Todesmagie«, sagte ich. »Sie ist überall auf ihm. Kannst du sie nicht sehen?«

Neve schüttelte den Kopf.

Prompt holte mich die Erinnerung an mein Gespräch mit der Knochenschneiderin wieder ein. Ich hatte sie gefragt, warum nur ich Todesmagie in ihrer physischen Form sehen konnte. Und sie hatte gesagt, ich solle Nash diese Frage stellen.

»Denkst du, sie könnte etwas von seinen Erinnerungen enthalten?«, fragte Neve. »Einen Teil seiner Essenz?«

»Weiß ich nicht. Eventuell.« Ich schüttelte den Kopf. Meine Gedanken waren nicht mehr klar, und es strengte mich zu sehr an, sie verstehen zu wollen. »Ist das doof?«

Neve lächelte traurig. »Nein, gar nicht. Wir holen unsere Sachen, und dann können wir gehen, wenn du so weit bist.«

Ich hatte schon so viele Ruinen in meinem Leben gesehen, dass es mich bis ins Innerste aushöhlte, mich in der Bibliothek umzuschauen, die zu einer weiteren geworden war.

Die schwere Tapete, die edlen Teppiche, die Arbeitstische, die das Gewicht unzähliger Bücher getragen hatten, alles war verkohlt. Unermesslich viel Wissen war mit dieser Sammlung verloren gegangen. Selbst wenn ich ihr mein ganzes Leben gewidmet hätte, wären es zu wenige Jahre gewesen, mir all den Inhalt einzuprägen.

Asche und Fetzen von verbranntem Papier schwebten um mich herum, als ich so viel von der silbernen Flüssigkeit einsammelte, wie ich aushielt. Während ich arbeitete, suchte Neve die Regale nach verwundeten Katzen ab. Als ich mich wieder aufrichtete, regte sich ein neues Gefühl in mir.

Die Bibliothek war unsere einzige echte Zuflucht in der großen weiten Welt gewesen. Der Ort, an den wir fliehen, von dem aus wir reisen, wo wir lernen und mit unseren Gedanken allein sein konnten. Unzugänglich für die Außenwelt und sicher. Sie hatte uns gehört.

Und Cabell hatte seinen Herrn direkt hergeführt.

Er hatte sich von mir, von uns allen abgewandt. Hatte dabeigestanden und zugesehen, wie andere starben, und nichts unternommen, um ihnen zu helfen. Die Wahrheit war schmerzlich klar. Ich schämte mich und kam mir wieder blöd vor.

Cabell stand nicht unter dem Einfluss von Lord Deaths Todesmagie, und er würde nie zurückkommen.

Als meine Wut einsetzte, nahm ich sie an. Ich ließ sie den Teil von mir ausfüllen, der an Vergebung festgehalten hatte, und sie all meine Hoffnung wegbrennen, bis sie sich zur Asche zu meinen Füßen gesellte.

Denn wenn ich meinen Bruder das nächste Mal sah, würde er für das bezahlen, was er getan hatte.

»Tamsin?«, rief Neve.

Ich fand sie in Bibliothekars Kabuff von einem Büro, das gnädigerweise von dem Feuer verschont geblieben war. Neve war über ein aufgeschlagenes Buch gebeugt, das ich an den fleckigen Seitenrändern wiedererkannte. Die Buchdeckel bestanden aus zwei Stücken moosbedeckter Eichenrinde.

Es war eine der ersten bekannten Aufzeichnungen zur verborgenen magischen Welt in Großbritannien und eines der ältesten Werke in der Bibliothek.

Ich habe eines ausgesucht, das dir gefallen wird.

Neve rückte zur Seite, damit ich mich neben sie quetschen konnte. Mein Blick schweifte zu Nashs leerem Kaffeebecher mit dem ausgeblichenen Logo des Restaurants CATCH OF THE DAY ab, der direkt neben dem historischen Werk stand. Eine langsam köchelnde Furcht baute sich in meinem Bauch auf.

»Sieh mal«, lenkte Neve meine Aufmerksamkeit zurück auf sie. Sie war mutiger als ich, wanderte die Seite mit dem Finger ab. Das brüchige Papier war stellenweise eingerissen, als hätten sich Insekten daran vergriffen. Es wirkte, als würde das ganze Ding auseinanderfallen, sollte ich auch nur in seine Richtung atmen.

Auf der Illustration stand eine Frau in langen, fließenden Gewändern an einem Ufer und schwang ein Schwert über ihrem Kopf. Licht umgab sie, und in der Dunkelheit an den Rändern konnte ich gerade so monströse Gesichter ausmachen.

Die ersten Worte unter dem Bild waren einem Riss und einem Tintenklecks zum Opfer gefallen, aber der Rest war noch lesbar. Doch auch wenn die Allsicht die Worte übersetzte, blieb es schwierig, die dünne, altmodische Handschrift zu entziffern.

»Irgendwas irgendwas ... *Licht der Göttin vertreibt die quälende Finsternis. Als erste Priesterin und Beschützerin der Insel schwingt die Herrin vom See das göttliche Caledfwlch, den Spiegel der Sterblichkeit, Richter und Henker der mitleidlosen Verderbten, Retter der Verhexten und Begnadiger der Unschuldigen.«*

Ich beugte mich näher zur Seite und hielt den Atem an. In dem Licht, das die Herrin vom See umgab, war sehr schwach das Gesicht einer Frau eingeprägt. Das der Göttin selbst.

»Der Spiegel der Sterblichkeit«, wiederholte Neve, die sichtlich Mühe hatte, ihre Hoffnung zu zügeln. »Denkst du ... Ich meine, es passt zu deiner Theorie, dass er dich im Moment deines Todes spiegelt ...?«

Ich stieß ein kleines, atemloses Lachen aus. Da ich gezwungen gewesen war, andere Sprachen zu lernen, hatte ich schon viel darüber nachgedacht, wie sich Wortbedeutungen mit der Zeit änderten. »Sterblichkeit kann sich auf die Menschheit als Ganzes beziehen. Der Spiegel der Menschlichkeit. Der Bestien.«

»Dann müssen wir es nur noch finden«, sagte Neve. »Dieses ... Caledfwlch.«

»Unter einem anderen Namen ist es eher bekannt«, begann ich und spürte, wie einiges von der Hoffnung in mir versiegte. Unsere ohnehin schon schwierige Aufgabe, Lord Death zu stoppen, war eben noch sehr viel aussichtsloser geworden.

Neve presste die Lippen zusammen und sah mich fragend an.

»Wir nennen es Excalibur«, sagte ich. »Und es ist seit Jahrhunderten verschollen.«

Teil III

Das versunkene Königreich

Kapitel 26

»Ihr schon wieder?«

Die Knochenschneiderin wirkte weder überrascht noch verärgert über unser plötzliches Auftauchen an der Pubtür. Sie musterte uns rasch, bevor ihr Blick auf Emrys' blasser Gestalt verharrte. Neve und ich hatten mit seinem Gewicht zu kämpfen und ließen ihn runter auf den Boden. Dann drehte ich mich um und schloss die Tür hinter uns.

Es war später Nachmittag, und nur drei Leute saßen an der Bar: Bran, der endlos Gläser polierte; die Knochenschneiderin, die sich Notizen in ihrem großen Kassenbuch machte, und Caitriona, die finster dreinblickend mit einem Löffel in einer Schale Porridge rührte.

Als sie uns sah, rußverschmiert und nach Rauch stinkend, ließ sie den Löffel klappernd auf den Tresen fallen und sprang vom Barhocker. »Was ist passiert?«

Neve schaute sie einen Moment länger an, als sie vermutlich beabsichtigte; als würde sie Caitriona zum ersten Mal sehen.

»Tja«, begann ich matt. »Was ist *nicht* passiert?«

Die Knochenschneiderin zog die Augenbrauen hoch.

»Tut mir leid, dass wir wieder uneingeladen aufkreuzen«, sagte ich heiser, denn meine Kehle fühlte sich immer noch wund von der Hitze und dem Rauch an. »Es wäre uns unangenehm, dir unsere unvergleichliche Gesellschaft zu lange vorzuenthalten.«

»Wie Balsam für eine müde Seele«, ergänzte Neve. »Ein kühles Glas Wasser an einem heißen Tag.«

»Oder nach wochenlangem Hunger eine Ratte zu finden«, schlug Caitriona vor. Sie sah erwartungsvoll zu Neve, doch die Zauberin verzog bloß das Gesicht.

»Bei dem Wasserglas hätten wir wohl aufhören können«, sagte ich. »Aber du hast nicht unrecht.«

Die Knochenschneiderin winkte mit einer kleinen Hand ab. »Ich weiß, was auf Rivenoak geschehen ist, einschließlich der Tatsache, dass ihr ein hungriges Urzeitwesen zurück in die Welt entlassen habt.« Ich konnte nicht erkennen, ob sie entzückt oder verstört war. »Und dass sich euer Kätzchen doch noch als Púca entpuppte. Hatte ich nicht gesagt, dass ihr es loswerden sollt?«

Ich wurde wütend. »Du hättest vielleicht ergänzen können, warum. Oder uns warnen, dass der Spiegel von Shalott besetzt war.«

»Hätte ich, wäre ich mir sicher gewesen«, entgegnete die Knochenschneiderin und griff nach dem Samtbündel hinter der Bar. Der Rahmen des Spiegels funkelte, als sie ihn auswickelte. »Auch wenn es unglaublich anmuten mag, bin ich nicht allwissend.«

»Die Moorhexe hat gesagt, dass der Spiegel nur einen Bewohner auf einmal haben kann«, sagte Neve. »Ist das wahr?«

»Das wurde noch nicht erprobt«, antwortete die Knochenschneiderin. »Es scheint allerdings, als ob der Spiegel seine Größe verändern könnte, um mehr unterzubringen. Ich glaube, diejenige, die ihn verzauberte, hat eine Art Taschendimension darin geschaffen.«

»Ein bisschen wie eine kleine Anderswelt«, erklärte Neve für Caitriona.

»Ja, etwas in der Richtung«, bestätigte die Knochenschneiderin. »Aber mir fehlt eindeutig ein Kapitel dieser Geschichte. Warum seht ihr aus, als wärt ihr durch die Höllenfeuer gelaufen?«

So seltsam es sein mochte, war es leichter gewesen, nicht darüber zu reden – die Geschichte nicht noch einmal durchleben zu müssen. Ich versuchte, tief Luft zu holen, doch ich wurde den Rauchgeschmack auf meiner Zunge nicht los.

»Weil wir es sind«, antwortete ich. »Lord Death hat unsere Bibliothek von seinem Gefolge niederbrennen lassen.«

»Er war dort?«, fragte Caitriona erschrocken.

»Wir konnten nichts tun«, sagte Neve. »Selbst wenn wir den echten Spiegel der Bestien gehabt hätten, er hätte uns nichts genützt.«

»Das meinte ich nicht«, erwiderte Caitriona. Sie tauchte eine Hand in ihr Haar und ballte sie zur Faust. »Ich hätte nie weggehen dürfen. Ich hätte nicht …«

»Sie haben sie *niedergebrannt?*« Nun schlug die Knochenschneiderin ihr dickes Buch zu. »Doch sicher nicht alles?«

»Sie haben auch die Reliquien zerstört«, antwortete ich angespannt. »Einige Bücher haben überlebt, aber wahrscheinlich sind sie vom Löschwasser durchnässt worden und unlesbar.«

»Wir haben sieben seltene Bücher, die du deiner Sammlung hinzufügen kannst«, begann Neve, wobei sie sanft auf die Bauchtasche tippte, die sie quer über ihre Brust gehängt hatte. Darin waren die sorgsam verpackten Seven Sisters in verkleinerter Form verstaut. »Falls du bereit bist, mit uns den gleichen Handel wie bei dem Gefäß einzugehen – dass du sie behältst, uns aber erlaubst, sie zu benutzen … und ein paar der Gefallen abhakst, die Tamsin dir schuldet.«

»Gewiss doch«, sagte die Knochenschneiderin. »Ich streiche zwei Gefallen aus meinem Kassenbuch.«

Womit zweifellos immer noch mehr blieben, als ich im ganzen Leben abarbeiten könnte. Ich versuchte, nicht das Gesicht zu verziehen, war es doch sinnlos, mit ihr zu diskutieren.

Die Knochenschneiderin richtete ihren stechenden Blick zurück auf mich, um direkt zum Entscheidenden zu kommen. »Wenn ihr diese raren Bände mitnehmen konntet, ist Bibliothekar tot, nehme ich an?«

Ich nickte. Mein Verstand war entschlossen, jenen Moment wieder Revue passieren zu lassen, in dem Cabell mit dem Schwert zustach und Bibliothekar zusammenbrach, als wäre einmal nicht ausreichend gewesen, um mich zu quälen. Mich für immer zu verwunden.

»Ein Jammer«, sagte die Knochenschneiderin und verschränkte die Arme auf dem Tresen mit so viel Bedauern, wie sie wahrscheinlich überhaupt aufbringen konnte. »Ich zog seine Gesellschaft derjenigen der meisten Menschen vor, und er hatte die schönste Handschrift.«

Da konnte ich ihr nicht widersprechen.

Die Knochenschneiderin nickte zu Emrys. »Und ich vermute, dass ihr ihn zu meinem Problem machen wollt?«

»Kannst du ihm einen Heiler besorgen?«, fragte ich. »Den Gefallen darfst du gern auf sein Konto schreiben, aber in dieser Verfassung kann er nicht reisen.«

»Aha? Also gehst du auch von einer bevorstehenden spannenden Reise aus?«

»Etwas in der Art«, antwortete ich und hockte mich erschöpft auf eine Tischkante. Doch als ihre Worte richtig zu mir durchdrangen, verhakte sich eines. *Auch.*

»Wo ist Nash?«, fragte ich.

Über die Jahre hatte ich mich an seine Abwesenheit gewöhnt, und mein müder Geist hatte sich schlicht nicht erinnert, dass er hier sein sollte.

»Wo ist er?«, fragte ich wieder und hörte selbst, wie wütend ich klang.

Caitriona sah aus, als wünschte sie, ich hätte etwas anderes gefragt.

»Dieser Mist...« Ich atmete scharf aus. »Er ist *weg?*«

»Es tut mir so leid«, sagte Caitriona. »Ich hatte nur für wenige Minuten die Augen geschlossen, und als ich wieder aufwachte, war er fort.«

»Dieser Drecksack«, spie ich aus.

»Wer es mit einem verwilderten Kater zu tun hat, muss mit Kratzern rechnen«, sagte die Knochenschneiderin. »Hast du wirklich keine Ahnung, wohin er gegangen sein könnte?«

»Nein, ich ...« Ich stockte, denn ich sah wieder seinen Kaffeebecher neben dem Buch in Bibliothekars Büro vor mir. Der hätte Warnung genug sein müssen, dass er etwas vorhatte. »Er weiß, wo es ist.«

»Wo was ist?«, fragte die Knochenschneiderin allzu unschuldig.

»Excalibur«, antwortete Neve. »Der Spiegel der Bestien.«

Caitriona schüttelte den Kopf. »Nein, das kann nicht sein. Das Schwert ist seit langer Zeit verschwunden.«

»Stimmen die Gerüchte?«, fragte ich die Knochenschneiderin. »Ist es in Lyonesse?«

Ihre Lippen zuckten, als würde sie ihre Optionen abwägen.

»Bran«, sagte sie schließlich. »Hol den jungen Dye, ja? Bring ihn nach oben in die Wohnung, damit er kein solch deprimierender Anblick mehr ist.«

»Ja, Miss«, quäkte der Barmann. Und tatsächlich, als er durch einen Sonnenstrahl ging, der durchs Fenster hereinfiel, hatten seine Augen einen meerblauen Schimmer. Meine ohnehin schon schlechte Laune wurde noch schlimmer.

»Ist es in Lyonesse?«, fragte ich wieder. »Was willst du überhaupt? Du bist eine Zauberin, oder nicht? Also bist du auch in Gefahr, solange die Wilde Jagd durch diese Welt pflügt.«

»Ich bin *keine* Zauberin, nicht mehr«, erwiderte die Knochenschneiderin frostig und beobachtete, wie Bran Emrys in seine Arme hob und zur Treppe nach oben in die Wohnung trug. »Aber solltet ihr nach Excalibur suchen, habe ich eine Erinnerung aufgetan, die von Interesse sein könnte.«

Sie bedeutete uns, ihr nach unten in ihre Werkstatt zu folgen. Ihr Lächeln war schneidend, wissend. »Und vielleicht beantwortet sie noch mehr der Fragen, die dich quälen.«

Ausnahmsweise machte mir diese Möglichkeit Angst.

Es war wie ein Messerstich in meine Seele, dass die Knochenschneiderin und nicht Olwen den Zauber sang.

Der Ständer quietschte, als er sich langsam zu drehen begann und Vivianes Gefäß Licht auf unsere müden Gesichter und ruinierte Kleidung warf.

»In eurer Abwesenheit habe ich die Erinnerungen der Hohepriesterin nach Erwähnungen des Schwerts oder Lord Death abgesucht«, erklärte die Knochenschneiderin. »Doch das Gefäß ist so schwer beschädigt worden, dass nur noch Fragmente übrig sind. Ohne Nutzen für unsere Zwecke. Allerdings gibt es da eine vollständige Erinnerung …« Sie wandte ihren kleinen Körper zu dem Gefäß um. »Zeig mir die Erinnerung, in der die Tochter besprochen wird … und das Schicksal von Excalibur.«

Das Wort *Tochter* hallte in meinem Kopf, während die Erinnerung schon erschien und der Gedanke von einem Schleier aus Schatten und Feuerschein überlagert wurde.

Viviane stand an einem Tisch, die Hände zu beiden Seiten eines großen Buchs aufgestützt. So steif, wie sie sich hielt, war klar, dass sie aufgebracht war. Ihr weißes Haar schimmerte golden im Licht des kleinen Feuers im Kamin.

Sie summte leise vor sich hin, als sie die Seite im Buch umblätterte, ihre Gedanken jedoch für sich behielt. Ein gellender Schrei zerschnitt die Stille in dem Zimmer und zwang Viviane, zum offenen Fenster aufzublicken. Die Furche zwischen ihren Augenbrauen vertiefte sich, und sie nagte an ihrer Oberlippe.

Es war der Schrei der Kinder der Nacht.

»Wer ist die Tochter der Göttin?«

Viviane richtete sich auf und nahm sich einen Moment, um sich zu fangen, bevor sie sich umdrehte, um die kleine Elfe an ihrer Tür zu begrüßen.

»Mari«, sagte sie sanft. »Wir alle sind Töchter der Göttin.«

Doch da war ein Anflug von Sorge in Viviannes uralten Augen.

»Komm her, meine Liebe«, sagte die Hohepriesterin und zeigte zu einem der Sessel vorm Feuer. »Setz dich eine Weile zu mir.«

Mari kam ins Zimmer und schloss die Tür hinter sich. Der Feuerschein beleuchtete ihre laubgrüne Haut, streichelte sie fast, als sie sich in einen der Sessel schwang. Ihre Augen wirkten wissbegierig, und sie öffnete das ledergebundene Buch, das sie in den Händen hielt.

»Ich habe Morganas Tagebuch in einer Truhe gefunden, in dem Zimmer neben dem Heiligtum«, sagte Mari, die noch förmlich strahlte vor Begeisterung über ihre Entdeckung. »Darin schreibt sie von einem Mädchen namens Creiddylad – dem wahren Kind der Göttin, von ihr selbst geboren, nicht nur ihrer Macht, wie der Rest von uns.«

Viviane presste die Lippen zusammen und brauchte einen Moment, ehe sie antwortete: »Morgana hatte von jeher eine Vorliebe für blumige Geschichten.«

Es dämpfte Maris Begeisterung ein wenig. »Dann stimmt es nicht? Wenn wir sie finden könnten – ihre wiedergeborene Seele … Morgana glaubt, dass das Kind die Magie der Göttin ausstrahlen würde. Ihr Licht. *Könnte sie dieses reinigende Licht nicht nutzen, um die Insel zu heilen?«*

Viviane streckte eine Hand vor und schlug behutsam das Tagebuch zu. Sie schlang die schmalen Finger um den Rücken, und Mari ließ widerspruchslos zu, dass sie ihr das Buch abnahm.

»Selbst wenn diese Tochter – Creiddylad, sagtest du? Selbst wenn sie existiert, würde ihre Seele in der Sterblichenwelt wohnen«, sagte Viviane. »Und wir können die Barrieren nicht aufheben.«

»Könnte eine Seele wahrhaftig versteckt sein, wie Morgana schrieb?«, fragte Mari. »So gut, dass sie dem Mann entgeht, der sie sucht?«

Der Sessel knarzte, als Viviane sich zurücklehnte. »Sollte die Person, die solch einen Zauber gewirkt hat, mächtig genug sein, ja. Aber die Seele besäße eine Magie, die schwer zu unterdrücken wäre.«

»Was ist mit Serens Vorschlag, Excalibur zu suchen?«, drängte Mari. »Es kann immer noch Zauber brechen, nicht wahr?«

»Es ist verloren für uns«, antwortete Viviane streng. »Wie ich euch allen gesagt habe, hat Sir Bedivere gestanden, dass das Schwert, das er zum See zurückbrachte, nicht Excalibur war – dass Artus es einem anderen Ritter gab, damit der weiter die Sterblichenwelt beschützt.«

»Vielleicht hat jener Ritter … haben Sir Percivals Nachfahren es noch«, sagte Mari.

»Das Schwert zu finden, würde allein nicht genügen«, wandte Viviane ein. »Das weißt du.«

Mari nickte sichtlich resigniert.

»Ruh dich aus, meine Liebe«, sagte Viviane und strich ihr über den Kopf. »Wir nehmen die Suche morgen früh wieder auf.«

Mari rutschte mit einem Nicken von dem Sessel. »Möge die Göttin deine Träume segnen.«

Die ältere Frau lächelte. »Und deine.«

Sie wartete, bis Mari die Tür hinter sich geschlossen hatte, ehe sie zu dem kleinen Buch auf ihren Schoß blickte. Mit einer Hand strich sie über den verwitterten Einband, bevor sie ihn aufschlug, durch die Seiten blätterte und den Anblick von Morganas klarer, großer Schrift in sich aufsog.

Dann stand sie auf und presste das kleine Buch ein letztes Mal an ihre Brust, direkt über ihrem Herzen ... bevor sie es ins Feuer warf.

Ich riss die Augen auf, und die Welt um mich herum schwankte, als ich mich wieder in der Gegenwart orientierte, in der lebenden Welt. Caitriona war unter ihren Sommersprossen kreidebleich geworden; ich verstand nur einen Bruchteil von dem, was sie dabei empfinden musste, ihre Liebsten zu sehen, nur um wie aus einem Traum wieder zu erwachen und erneut festzustellen, dass sie alle verloren hatte.

»Also hatte Percival es«, sagte Neve. »Wir müssen nur herausfinden, wo er begraben ist oder wer von seiner Familie noch übrig ist, oder?«

Doch die Knochenschneiderin sah nach wie vor mich an, als würde sie warten.

Die kalte, stechende Furcht, die ich oben empfunden hatte, kehrte zurück. Sie hatte mir diese Erinnerung gezeigt, um meinen Verdacht zu bestätigen, dass das Schwert vermutlich in Lyonesse war, wo Percival laut manchen Gerüchten gestorben sein sollte. Doch ein Wort konnte zig Bedeutungen haben, und die richtige zu wählen, hing von dem Kontext der Worte um uns herum ab.

Wir hatten die Antwort darauf gefunden, wonach Lord Death suchte, aber die war eine Ablenkung von der größeren Frage gewesen, die alles umspannte.

Der Blick der Knochenschneiderin schweifte nach links zu Neve, die immer noch auf ihre Antwort wartete.

Und meine Welt stürzte so schnell und brutal zusammen, dass es das letzte bisschen Licht vernichtete.

»Nein«, flüsterte ich. Mein Herz begann zu rasen.

Der Trick, etwas zu verbergen, bestand nicht darin zu lügen, sondern es vor aller Augen zu tun. Und als ich auf das Buch geblickt hatte, das Bibliothekar für uns dagelassen hatte, auf die Illustration der Seite, war ich so auf das Schwert fixiert gewesen, dass ich das Licht der Göttin in der Mitte kaum beachtet hatte.

Morgana glaubt, dass das Kind die Magie der Göttin ausstrahlen würde. Ihr Licht.

Das Licht, das ich am Rand meines Traums gesehen hatte. Diese sanfte, flüsternde Stimme, die meine Ohren füllte. *Schütze sie. Schütze sie.*

Nein.

Nein.

Mir drehte sich der Magen um, als die Erkenntnis mich mit voller Wucht traf.

»Tamsin?«, fragte Caitriona, die meine Reaktion offenbar erschreckte.

Jene Seele der direkten Tochter der Göttin, für die Lord Death Welten zerstörte, um sie zu finden …

»Jetzt machst du mir richtig Angst«, sagte Neve nervös lachend. »Was habe ich denn gesagt?«

Die Knochenschneiderin sah mich an und nickte.

Ich brachte es kaum fertig, Neve anzusehen.

»Du bist es«, flüsterte ich. »Creiddylads Seele wurde in *dir* wiedergeboren.«

Kapitel 27

Neve starrte mich an, als versuchte sie, meine Worte in eine Sprache zu übersetzen, die sie verstand. Und auf einmal prustete sie los.

»Echt, eine Sekunde lang war ich drauf reingefallen!«

Die Knochenschneiderin seufzte und legte eine Hand auf ihr Gesicht, als sie den Kopf schüttelte.

Caitrionas Miene wechselte von Verwirrung zu Furcht. »Wie … wie kannst du dir sicher sein?«

»Überleg doch mal«, sagte ich zu Neve und hörte selbst das Zittern in meiner Stimme. »Du wurdest zu deinem Schutz bei deiner Tante gelassen, mit einer Nachricht, dass sie nicht zulassen darf, dass *sie* dich finden. Vielleicht hat deine Mutter es gewusst, oder geahnt. Sie könnte deine Tante angewiesen haben, dir keine Magie beizubringen, in der Hoffnung, dass sich deine Kraft nicht manifestieren würde.«

Neve wich zurück und hob eine Hand an ihre Brust. An den Anhänger. »Nein, das ist nicht …«

»Und deine Kraft – das Licht«, fuhr ich fort. »Sie verletzt keinen von uns, zerstört aber die Kinder. Und du hast sie zum ersten Mal in *Avalon* gewirkt.«

Neve schüttelte den Kopf und wich weiter zurück. »Ich war ja auch vorher nie in so einer lebensbedrohlichen Situation gewesen. Allein das könnte der Grund sein, weshalb sich meine Magie anders manifestiert hat. Es beweist gar nichts.« Sie reckte einen Finger in die Höhe. »*Nichts,* Tamsin.«

Caitriona sah zu mir, und ich erkannte, dass sie es begriff. Allein die Möglichkeit, dass es stimmen *könnte,* reichte aus, um unsere Pläne über den Haufen zu werfen. Denn Lord Death und seine Jäger waren nicht hinter einer uralten Seele aus einer Geschichte her.

Sie waren auf der Suche nach *Neve.*

»Wo ist Percival gestorben?«, fragte Caitriona an die Knochenschneiderin gewandt. »War es in Lyonesse?«

Die Knochenschneiderin nickte.

»Wartet mal ... Moment«, sagte Neve, die sich zwischen die beiden schob. Ihr Schock wich Angst, während meiner zu Wut wurde.

Von allen Leuten in all den vielen Welten, warum musste es ausgerechnet *sie* sein? Warum schwebte sie in Gefahr, wegen des Zufalls ihrer Geburt von Lord Death geholt zu werden?

»Falls du einen Beweis willst«, sagte die Knochenschneiderin, »wirst du ihn haben, sobald ihr Excalibur findet. Eine von der Göttin geschmiedete Waffe, durchtränkt von ihrer Macht, würde die Anwesenheit ihrer Tochter ohne Frage erkennen.«

Neve öffnete den Mund. Und schloss ihn wieder. Ein frustriertes Knurren stieg in ihrer Kehle auf.

»Wie kommen wir nach Lyonesse?«, fragte Caitriona, die Neves Widerspruch ignorierte.

»Dabei kann ich euch helfen«, antwortete die Knochenschneiderin und faltete die Hände vor sich. So gab sie ein lachhaft sittsames Bild ab. »Zu einem Preis natürlich.«

»Natürlich«, murmelte ich und stand von dem Tisch auf. »Was willst du?«

»Ich hätte gern den Spiegel von Shalott«, antwortete sie.

»Was? Nein!«, erwiderte Neve wütend. »Den können wir noch benutzen …«

»Nicht ohne die richtigen Sigillen«, unterbrach ich sie.

»Deswegen habe ich den Zauberinnen geschrieben«, sagte Neve. »Sicher werden sie helfen.«

»Umso mehr Grund, ihn außer Reichweite von ihnen zu schaffen«, sagte Caitriona. »Sie verdienen keine einfache Lösung, sich zu schützen.«

Die Knochenschneiderin kräuselte ihre Oberlippe. »Allmählich fange ich an, dich zu mögen, Caitriona von Avalon.«

»Aber …« Neve sah mich flehend an.

»Wir wollen Lord Death nicht gefangen nehmen«, sagte ich. »Wir wollen ihn und seine Jagd zerstören.«

Die Knochenschneiderin gab einen überraschten Laut von sich. »Läuft dein Bruder jetzt nicht bei der Wilden Jagd mit?«

»Wir wollen die Jagd zerstören«, zwang ich mich zu wiederholen. Cabell unterschied sich nicht von den anderen Mördern.

Neves Enttäuschung war geradezu greifbar; aber wir waren über den Punkt hinaus, an dem wir auf Lord Deaths Schritte reagieren konnten – wir mussten ihm voraus sein.

»Es sind nur noch acht Tage bis zur Wintersonnenwende«, erinnerte ich sie. »Selbst wenn wir verhindern können, dass er dich findet …« Auf Neves skeptischen Blick hin ergänzte ich: »Na gut, dass er die *Seele* findet – die Hexe sagte, dass das Portal nach Annwn bei Wintersonnenwende geöffnet werden kann. Falls Lord Death die Seele nicht bekommt, was ist, wenn er die Welt bestraft, indem er sie mit mehr dunklen Seelen, mehr Kindern flutet? Unschuldige werden sterben, und seine Macht wird weiter wachsen.«

»Er hat schon angefangen«, sagte die Knochenschneiderin.

Sie schnippte mit den Fingern, und Bran erschien so plötzlich an ihrer Seite, dass wir drei zusammenzuckten. Er hielt mir mürrisch einen Stapel Zeitungen hin.

Die Schlagzeilen schrien uns förmlich an, als ich sie durchging. Zeitungen aus Großbritannien, aus den Vereinigten Staaten, sogar aus Frankreich zeigten unzählige Bilder von unter Schnee verschütteten Häusern und verzweifelten Bemühungen, Angehörige auszugraben.

UNVORHERGESEHENER SCHNEESTURM FORDERT HUNDERTE OPFER

DORFBEWOHNER RECHNEN MIT DEM SCHLIMMSTEN.
NACH EISSTURM NOCH DUTZENDE VERMISST

Vieh von verdächtigem Wolfsrudel gerissen

SELTSAME SICHTUNGEN VERSETZEN
DEN OSTEN IN ANGST UND SCHRECKEN

Die schwarze Tinte verschwamm vor meinen Augen. Ich zwang mich, den Blick von den Zeitungen zu lösen. »Jetzt greifen sie Städte an? Nicht nur die Zauberinnen?«

»Die – wie nanntet ihr sie? Die Kinder?«, begann die Knochenschneiderin. »Die Kinder haben sich ernährt. Doch ich nehme an, dass Lord Death weiß, je mehr Seelen er sammelt, desto mehr Reiter hat er, um die Zauberinnen zu jagen.«

»Und desto mehr Todesmagie hat er zur Verfügung«, fügte Neve hinzu.

»Das Cunningfolk versucht, die Kreaturen zu jagen und Berichte über deren Sichtungen unter Verschluss zu halten«, erklärte die Knochenschneiderin. »Doch einige Sterbliche haben die Allsicht, selbst wenn sie sonst keine Magie besitzen. Es wird sich nicht für immer verschweigen lassen. Und ist die Magie erst weithin enthüllt …«

Ich knallte die Zeitungen auf den Tisch. »Du kannst den verfluchten Spiegel haben. Verrate uns einfach, wo Excalibur ist.«

»Wie gesagt, ich biete euch sogar mehr«, antwortete die Knochenschneiderin. »Ich gebe euch alles, was ihr braucht, um hinzukommen.«

Ein kleines Lächeln umspielte ihre Lippen, als sie ergänzte: »Natürlich ist das Problem nicht, nach Lyonesse zu gelangen. Schwierig wird, es zu überleben.«

Kapitel 28

Keine Stunde später befanden wir uns wieder auf dem uralten geweihten Boden von Tintagel, wo wir darauf warteten, dass es Mitternacht wurde und wir uns auf den Weg zu Merlins Höhle am Fuß der Burgruine machen konnten.

Die Knochenschneiderin glaubte, wenn die Nebelhexe die Barrieren zwischen Avalon und unserer Welt manipulieren konnte, gäbe es keinen Grund, dass sie nicht ebenso einen Pfad nach Lyonesse öffnen könnte.

Und ich war bereit, mich auf die Gewissheit von jemand anderem zu stützen, weil ich selbst nur noch sehr wenig davon besaß. Genauso wie ich mich darauf verließ, dass die Knochenschneiderin tatsächlich für Emrys sorgen würde.

Mein Seufzer bildete eine weiße Wolke, als ich über die trostlose Landschaft blickte.

Obwohl kein Schnee lag, bezweifelte ich, jemals eine kältere Nacht erlebt zu haben. Unser Feuer taute kaum die Luft auf. Mich versetzte es zurück zu jener Gruft vor vielen Jahren, in der wir Artus' Dolch gefunden hatten. Zu den Eiswänden, in denen die verstümmelten Hollower-Leichen wie Kunst ausgestellt waren.

Die Kränze aus Schutzzaubern rasselten, als ich mich um unser kleines Lagerfeuer kümmerte. Die wenigen Felsbrocken um uns herum schützten uns kaum vor dem Wind, der aus allen Richtungen gleichzeitig zu kommen schien.

Um die Zeit rumzubringen und sie vielleicht sogar abzulenken, hatte Neve die erstaunte Caitriona gebeten, ihr einige Grundlagen im Umgang mit einem Schwert beizubringen. Natürlich hatte Caitriona zugestimmt und dabei gewirkt, als hätte sie einen heiligen Schwur abgelegt – wobei mir allmählich klar wurde, dass sie all ihre Versprechen so behandelte.

Noch einmal erfüllte Caitrionas Stimme die stille Nacht. »Nein, nein … so …«

Ich stützte mein Kinn in die Hand und beobachtete verwundert, wie Caitriona sich hinter die Zauberin stellte, um deren Haltung zu korrigieren. Mir entging nicht, dass Caitriona ihre Hände ein wenig länger als nötig um Neves geschlungen ließ oder wie Neve sich an die Brust der größeren Frau lehnte.

»So?«, hauchte Neve.

»J-ja.« Caitriona hüstelte, um ihr Stottern zu überspielen. »Und denk dran, erst die Arme auszustrecken, und dann zuzustoßen. Beide Bewegungen müssen am Ende ineinander übergehen.«

Schließlich zwang Caitriona sich, einen Schritt zurückzutreten. Sie verschränkte die Arme vor der Brust, als wollte sie Neves Wärme dort einfangen.

»Ich verstehe ja, dass es im Grunde nur um das Abstechen geht«, sagte Neve, die es probte, »aber ist es wirklich so einfach?«

Sie benutzten ihren Zauberstab anstelle eines Breitschwerts, und die Zauberin konnte nicht widerstehen, am Ende jeden Stoßes einen kleinen Schnörkel anzufügen, indem sie die Stabspitze durch die Luft kreisen ließ, als würde sie ein geschwungenes Sigill malen. Caitriona seufzte jedes Mal, war jedoch nicht so dumm, es unterbinden zu wollen.

»Es sieht nur einfach aus«, sagte sie. »Doch eine gute Verfassung wird dir helfen, richtig zuzustoßen, mit mehr Kraft. Dann kannst du durch Rüstung dringen, durch Knochen …«

Oder einen Metallkörper, dachte ich und musste durch den Schmerz dessen atmen, was Cabell mit Bibliothekar getan hatte. Bei jedem von Neves Stößen sah ich jenen Moment wieder vor mir. Die Entscheidung, die mein Bruder getroffen hatte. Wie leicht die Klinge durch Bibliothekars Brustplatte gedrungen war.

»Ja, ja! Genau!«, lobte Caitriona, als Neve die Bewegung richtig ausführte. »Aber spann deine Arme erst ganz zum Ende der Bewegung an.«

Neve hakte nach: »Kurz bevor ich zustoße?«

»Du scheinst ungewöhnlich erpicht darauf«, bemerkte ich.

Neve nahm den Stab herunter und sah mich an. »Du nicht?«

Nach dem, was in Avalon, in Rivenoak und in der Bibliothek geschehen war … ja. War ich.

»Na gut, ich denke, ich bin fertig für heute Nacht«, sagte Neve. Sie öffnete ihre neonfarbene Bauchtasche, die mit einem Zauber versehen war, um problemlos größere Gegenstände aufzunehmen, und steckte den Zauberstab hinein.

»Aber wir haben gerade erst angefangen«, protestierte Caitriona. »Ich habe dir noch nicht einmal einen richtigen Halbschritt beigebracht!«

»Du musst doch etwas für die nächste Lektion aufsparen«, sagte ich und ergänzte mit einem bedeutungsschwangeren Blick: »Willst du nicht, dass es noch eine Lektion gibt?«

Sie biss sich auf die Unterlippe, und ich fand es witzig zu sehen, wie sie endlich nachgab. Caitriona wollte sich neben mich setzen, aber ich nickte zu dem freien Platz neben Neve – wieder mit dem Blick.

Allein die Aussicht, das zu tun, was sie eindeutig wollte, quälte sie merklich. Trotzdem zögerte sie nur noch einen Moment, ehe sie hinüberging, wo sie allerdings einen respektvollen Abstand zwischen sich und der Zauberin ließ.

Ich seufzte leise. Es war schwer zu glauben, dass ich jemanden gefunden hatte, der in diesen Dingen noch schlechter war als ich. Als würde eine Begriffsstutzige die andere führen.

Neve holte eine Decke und wickelte sich das eine Ende um, bevor sie das andere über Caitrionas Schultern warf. Caitriona erschrak, und der Stoff glitt von ihr.

»Mir geht es gut«, sagte sie, verlagerte linkisch ihr Gewicht und räusperte sich. Das Mondlicht streichelte ihr Haar wie die liebende Hand einer Mutter und ließ den langen Zopf weiß schimmern.

»Tja, mir ist kalt«, entgegnete Neve und schlang diesmal ihren Arm mit der Decke zusammen um Caitrionas Schultern, sodass sie beide in einem kleinen karierten Kokon steckten.

Caitriona holte leise Luft und wurde vollkommen still. Sie hielt das Gesicht nach vorn gewandt und fixierte das Feuer mit einer Selbstdisziplin, von der ich nur träumen konnte. Ich neigte mich näher hin, um mich zu vergewissern, dass sie noch atmete.

Ihre Wangen waren von der Kälte gerötet, aber jetzt wurde der Rest von ihrem Gesicht pink; ein Hauch von Gefühl schien sich in ihren Augen zu zeigen, war jedoch gleich wieder weg. Die einzigen Anzeichen, dass sie nicht zu einer Eisskulptur geworden war.

Ich streckte meine Beine aus und schob dabei Dyrnwyn in den Schmutz. Die Tuchwickel, die als erbärmlicher Scheide für das legendäre Schwert herhielten, verrutschten, doch es war zu kalt, um sie wieder zu richten.

Neve kramte in dem klappernden Inhalt ihrer Bauchtasche und holte ein kleines Glasfläschchen hervor.

»Was glaubt ihr, was das ist?« Sie schüttelte die Gabe von der Knochenschneiderin und hielt das Fläschchen an ihr Ohr, um daran zu lauschen. Ich versuchte, nicht über die dunkle Flüssigkeit nachzudenken, und glaubte lieber, dass es sich bei den runden Objekten am Flaschenboden um winzige Stücke Mondstein handelte, nicht um menschliche Zähne.

»Ich würde den Korken ziehen und raten, wäre ich nicht so in Sorge, dass es Halluzinationen verursachen könnte«, antwortete ich. »Aber ich bin versucht ...«

»Wag es ja nicht«, sagte Caitriona zu mir.

»Wir hätten das übrigens auch allein rausgefunden.« An Neves ungewöhnlich säuerlichem Tonfall erkannte ich, wie müde und frustriert sie war. »Auf diese Weise sind wir nach Avalon gekommen. Wir wären schon von selbst drauf gekommen.«

»Ich weiß.« Ich machte mich auch schon fertig deswegen, seit die Knochenschneiderin uns die Opfergabe für die Hexe überreicht hatte. »Aber es hat uns ein bisschen Zeit gespart.« *Zeit, die wir brauchen, um dich zu retten,* dachte ich, sprach es jedoch nicht aus.

»Also, während wir hoffentlich nicht erfrieren«, begann Neve, »womit haben wir in Lyonesse zu rechnen? Hat eine von euch etwas darüber gelesen?«

Leider fragte sie zwei der unromantischsten Geschichtenerzählerinnen in sämtlichen Welten.

»Sie haben einst bei landwirtschaftlichen Erzeugnissen mit Camelot konkurriert«, sagte Caitriona. »Sie hatten sehr schöne Haine. Und ein großes Vorkommen an Fisch. Ihre Handwerker haben exzellente Wagen gebaut.«

Neve holte tief Luft und schloss die Augen, um nicht ungeduldig zu reagieren. »Irgendetwas, das bei der Suche nach Excalibur nützlich sein könnte? Ich weiß, die Knochenschneiderin denkt, es könnte mit anderen Wertgegenständen auf der Burg versteckt sein, aber was noch?«

»Hoffen wir lieber, dass es auf der Burg ist, denn ich habe keine Ahnung, wo wir sonst suchen sollen«, sagte ich. »Na schön ... mal sehen, ob ich es so erzählen kann wie Nash früher – ohne die Teile, von denen ich ziemlich sicher bin, dass er sie frei erfunden hat ...«

Neves gespannte Züge wurden vom Feuer erhellt, als sie wartete, dass ich weiterredete. Sie würde enttäuscht sein. Ich war nicht dazu geboren, Geschichten zu erzählen; nicht so wie Nash.

»Lyonesse war einst ein prächtiges Königreich – wie Camelots jüngere, weniger schöne Schwester, aber immer noch ein Juwel«, begann ich.

Oder, wie Nash es ausgedrückt hatte: ein Land von Königen, von Liebenden, deren Schicksal unter einem schlechten Stern stand, und Diener des Meers, das es umgab.

»Kurz nach Artus' Tod fiel Dunkelheit über das Reich – ein Monster, das bis heute nur als die Bestie von Land's End bekannt ist, suchte die Stadt heim«, fuhr ich fort. Ich erinnerte mich an die Angst, die mir Nashs Worte gemacht hatten, als er uns diese Geschichte eines Sommerabends erzählte. Mir hatte sie damals nicht gefallen und das tat sie immer noch nicht.

Tamsin mag keine gruseligen Geschichten. Erzähl mir so eine.

Ich verdrängte Cabells Stimme aus meinem Kopf und redete weiter.

»Es hieß, dass es jeden verschlang, der durch die Stadtmauern gelangen wollte. Der Legende nach tötete es sogar so viele, dass Blut in Wellen durch die Straßen floss. Nur sehr wenige entkamen.«

»Oh, *böse«*, hauchte Neve.

»Es wird nicht mehr so cool sein, sollte das Monster uns auch fressen«, sagte ich.

»Denkst du wirklich, dass es noch lebt?«, fragte Caitriona. »Es ist Jahrhunderte her.«

»Glaubt man den schlimmsten Gerüchten, hat das Ding in der Zeit regelmäßig Nahrung bekommen«, antwortete ich. »Ich habe gelesen, dass die Zauberinnen einen Weg in die Stadt gefunden haben und dort gern die Monster abladen, die sie nicht töten können.«

Caitriona stieß ein frustriertes Schnauben aus, schlüpfte aus der Decke und Neves Arm und stand auf. Sie schritt kleine Kreise in unserem Lager ab. »Fahr fort.«

»Da König Artus und seine besten Ritter tot waren, endete das sogenannte Zeitalter der Helden«, sagte ich. »Niemand war mutig – oder idiotisch – genug, um die Bestie zu jagen.«

»Die Priesterinnen von Avalon waren es, die Lyonesse mit Magie von der Sterblichenwelt abspalteten«, erzählte Caitriona. »Es war eine ihrer letzten Taten vor dem Druidenaufstand.«

»Genau«, sagte ich. »Später dann haben die Zauberinnen mit an Geschichten gefeilt, dass die Stadt einer Flutwelle zum Opfer gefallen war, die von einer zornigen Gottheit gesandt wurde, und immer wieder wiederholt, dass das Königreich in die eisige See gezogen worden war, bis schließlich diese Geschichte zur Legende wurde.«

Nachdem die Geschichte zu Ende war, verfielen wir alle in angespanntes Schweigen.

Neve reckte den Hals und suchte den Himmel ab. »Es muss inzwischen Mitternacht sein.«

Die Sterne schienen heute Nacht schärfer umrissen. Sie glitzerten von einem kalten Feuer, als der Mond über den Himmel wanderte. Der Mondstellung nach schätzte ich, dass es bis

Mitternacht noch eine Stunde sein musste, die Schwellenstunde zwischen einem Tag und dem nächsten.

»Fast da«, sagte ich.

»Fast wo?«, fragte eine trällernde Stimme.

Mir sackte das Herz in die Hose.

Caitriona drehte sich um und sprang auf ihren Speer zu. Langsam, während jeder Fluch in jeder mir bekannten Sprache durch meinen Kopf jagte, blickte ich mich über die Schulter um.

Rosydd, die Moorhexe, schwebte träge am Rand der Schutzzauber entlang, den Kopf in eine Hand gelehnt. Sie trug immer noch diese verstörende Mischung aus all unseren Gesichtern.

Neve stand fröstelnd auf. »Hallo, Rosydd, reizend siehst du heute Abend aus.«

Die Hexe plusterte sich auf. »Danke. Du siehst selbst köstlich aus.«

Ich blickte zwischen ihnen hin und her und hielt meinen Atem an, als die Hexe näher an die Zauber glitt. Sie stießen sie mit einem Knall aus Licht und Druck zurück.

»*Aua!* Das war gemein!« Beleidigt sah sie uns an und rieb sich den Arm. »Nehmt die sofort runter!«

»Wie viele Tage hast du noch, in denen du keine Leute fressen darfst?«, fragte Neve.

Rosydd bleckte lächelnd ihre vielen spitzen Zähne. »Keinen.«

»Dreizehn«, korrigierte ich.

»Du hättest nicht mehr als zwei Wochen verlangen können, was?«, murmelte Neve mir zu.

Die Hexe schwebte hinüber zu ihr und inspizierte sie so gründlich, wie es die Zauber erlaubten. Neve wich einen Schritt zurück und zuckte zusammen, als die Hexe ihre Züge wieder veränderte, um die Augen der Zauberin nachzuahmen.

»Hör auf damit«, befahl Neve.

»Womit?«, fragte die Hexe unschuldig, während sie von ihrem weißen Samtgewand in eine Imitation von Neves pflaumenblauen Mantel wechselte. Meine Stiefel schienen ihr allerdings lieber, denn die kopierte sie bis hin zu meiner Schnürung. Und so absurd es sein mochte, fühlte ich mich geschmeichelt.

»Warum kannst du nicht einfach wie du selbst aussehen?«, fragte Neve sie. »Was ist so falsch daran, wer du bist?«

»Was ist so falsch daran, aussehen zu wollen, wie ich aussehen will?«

»Dein Aussehen zu verändern, ist eine Sache«, sagte Neve, »aber eine andere Person werden zu wollen, ist etwas anderes. Erinnerst du dich überhaupt noch daran, wie du ursprünglich ausgesehen hast?«

Die Hexe starrte sie an, die Lippen – Olwens Lippen – leicht geöffnet. »Du bist gemein.«

»Es ist okay, dein Aussehen nach deinem Geschmack zu verändern, aber es ist auch okay, so zu sein, wie du bist«, sagte Neve. »Du musst kein bestimmtes Aussehen oder eine bestimmte Art haben, damit andere dich mögen.«

Die Hexe wurde wütend. »Magst du mich nicht?«

»Das habe ich nicht ...« Neve warf die Hände in die Höhe. »Egal.«

»Was machen wir hier eigentlich, Fleischpastetchen?«, fragte Rosydd mich.

Mein Verstand konnte sich nicht entscheiden, was er als Erstes verarbeiten sollte: das *Wir* oder *Fleischpastetchen.*

»Wir sind hier, um die Nebelhexe aufzusuchen«, antwortete ich. »Eine Verwandte von dir?«

Rosydd richtete sich kerzengerade auf. Hätte ich sie für fähig gehalten, gekränkt zu werden, hätte ich gesagt, dass sie genauso aussah – als hätten wir sie tödlich beleidigt.

»Aber warum … *sie?*«, jammerte sie. »Mich magst du am liebsten, oder nicht? Wo wir doch solchen Spaß hatten.«

»Falls du mit Spaß meinst, dass wir unfassbaren Horror erlebt haben und du uns an die Wilde Jagd ausliefern wolltest«, antwortete ich. »Hör mal, Ros … darf ich dich Ros nennen?«

»Darf ich dich Abendessen nennen?«

Ich stockte. »Touché.«

Wieder tippte sie gegen die Schutzzauber, gerade fest genug, um einen kleinen Energieschlag zu erzeugen. Caitriona ging näher an die Barriere, und ihre Miene reichte aus, dass Rosydd einen Schritt zurückwich. »Was wollt ihr denn von dieser alten Schabracke? Ich dachte, wir sind Freundinnen.«

»Fressen Freundinnen ihre Freundinnen?«, fragte ich sie.

»Wenn sie hungrig sind, ja«, antwortete Rosydd. »Na gut, nein. Aber sie fressen sehr wohl enttäuschende Bekanntschaften.«

»Ein wichtiger Unterschied«, sagte Neve.

»Wir brauchen die Nebelhexe, damit sie uns einen Überweg zwischen dieser Welt und Lyonesse öffnet«, erklärte ich ihr. »Sie hat uns schon nach Avalon gebracht.«

Die Hexe rümpfte die Nase. »Das ist alles? Alle meine Schwestern und ich können das.«

»Wirklich?«, fragte ich. »Ich dachte, nur sie kann die Nebel an den Andersweltgrenzen manipulieren.«

Rosydd stemmte die Hände in die Hüften. *»Selbstverständlich* will sie, dass ihr das glaubt. Sie ist so eingebildet! Dabei ist sie nicht mächtiger als der Rest von uns, nur weil irgendein schlammiger Erdwinkel sie als Erste ausgespuckt hat.«

»Also …«, begann ich. »Wärst du bereit, uns einen Pfad zu öffnen?«

»Kommt drauf an …«, antwortete sie. Einer ihrer gebogenen

Reißzähne blitzte hervor, als sie sich auf die Lippe biss. »Was hat meine Schwester verlangt?«

»Eine Opfergabe und ein paar Haarsträhnen von mir«, sagte ich.

»Dein Haar?« Rosydd wirkte verwirrt.

»Was stimmt nicht mit meinem Haar?« Ich strich es mir hinters Ohr.

»Sie ist schon immer die Komische in der Familie gewesen«, erzählte Rosydd uns. »Es gibt keine Höhle, in der sie nicht herumschleichen will, und am liebsten ist sie so schleimig wie ein Frosch. Wahrscheinlich schnüffelt sie jetzt gerade an diesem Haar.«

Bei dem Gedanken wollte ein kleiner Teil von mir sterben. »Und was willst du?«

»Eine gute Frage ...« Rosydd gab sich enorm vernünftig. »Wie wäre es mit Zehennägeln? Die sind doch gewiss leicht auszureißen.«

»Was ist«, schaltete Neve sich ein, bevor ich etwas sagen konnte, das ich später bereute, »wenn sie dir drei Wimpern gibt? Sterbliche benutzen sie, um sich etwas zu wünschen.«

Rosydd wirkte interessiert. »Sprich weiter.«

Noch nie war ich dankbarer gewesen für Neves schräge Ideen.

»Drei Wimpern für drei Wünsche, die ein Gott erfüllen könnte«, sagte Neve. Sie streckte das Fläschchen vor und schüttelte den Inhalt leicht. »Und diese wundervolle Opfergabe.«

»Ist das, was wie aufgeplatzte Warzen riecht?« Wieder rümpfte Rosydd die Nase. »Was soll ich damit?«

»Was immer Hexen mit seltsamen Mixturen tun«, antwortete ich. »Du bist die mit Jahrhunderten mystischen Wissens.«

»Ach ... na schön«, sagte sie. »Vielleicht bewerfe ich einen ahnungslosen Sterblichen damit und habe etwas zu lachen.«

Neve lächelte gequält, als sie das Fläschchen über die Barriere reichte. »Versuch bitte, nicht auf ihre Köpfe zu zielen.«

»Aber das geht doch nie und nimmer kaputt, wenn es bloß ihre fetten Flanken trifft.«

»Wir geben dir gleich die Wimpern«, sagte ich, denn noch musste der Handel vereinbart werden, »und du schwörst, dass du jetzt gleich einen Überweg nach Lyonesse für uns öffnest und ihn offen lässt, damit wir zurückkommen können, wenn wir so weit sind.«

Die Hexe schmollte, und da wusste ich, dass mein Gefühl mich nicht getäuscht hatte. Sie hätte meinen Trick angewandt, hätte ich es nicht als Schwur formuliert.

»Ich entferne jetzt die Schutzzauber«, sagte ich zu ihr. »Und du hältst dich an deinen Schwur, ja?«

Caitriona nahm das als Stichwort, das Feuer zu löschen, und Neve raffte unsere Sachen zusammen. Rosydd streckte ungeduldig ihre Hand vor.

»Ich schwöre es«, sagte die Hexe.

Ich wand den Kranz aus Zaubern um das Lager herum auf. Dann gelang es mir mit einiger Mühe, mir drei Wimpern am rechten Augenlid auszureißen. »Gib sie nicht alle für einen Wunsch aus.«

Ihre Hand war erschreckend kalt, als ich die blassen Wimpern hineinwischte. Die Hexe schloss die Faust um sie, hob sie dicht an ihren Mund und flüsterte ihre Wünsche.

»Jetzt bläst du sie fort oder lässt sie vom Wind wegwehen«, sagte Neve, die mir Dyrnwyn gab. Ich drapierte den Riemen, den wir daran befestigt hatten, über einer Schulter und hängte mir meine volle Arbeitstasche über die andere.

Die Hexe tat, wie ihr gesagt wurde, und ließ die Wimpern mit kindlicher Freude los. In diesem Moment veränderte sich ihr

Gesicht nur eine Sekunde lang und ihr echtes kam zum Vorschein. Der blaugraue Schimmer ihrer Haut, die zerklüfteten Gesichtszüge, die den nahen Klippen so ähnlich waren, und der goldene Glanz ihrer vorgewölbten Augen – nichts daran war beängstigend. Abgesehen von den rasiermesserscharfen Zähnen.

»Der Pfad?«, erinnerte ich sie.

»Oh, ja, richtig. Ihr bringt mir etwas Leckeres mit, nicht wahr?«

»Wir werden es versuchen«, versprach Neve. »Hast du irgendwelche Vorlieben?«

Ich versuchte, nicht zu stöhnen, als die Hexe überlegte.

»Nicht zu haarig und nicht länger als einen Tag tot«, antwortete sie schließlich. »Zu viel Fell verhakt sich in meinen Zähnen, und zu totes Fleisch ist hart zu kauen.«

»Das Bild werde ich nie wieder los«, sagte Neve.

»Ich kann das Portal aber nicht einfach offen lassen«, erklärte Rosydd. »Eines von den großen Scheusalen könnte rauskommen, und so ungern ich es sage, sind meine Kiefer einfach nicht groß genug für einige von ihnen.«

»Oh …«, brachte Neve heraus.

»Wenn ihr bereit für mich seid, ruft ihr: *Dunkel ist die Nacht, dunkel das Moor, trenne den Nebel, öffne das Tor«,* sagte Rosydd und begann, die Hände vor sich zu drehen, als würde sie Garn aufwickeln.

»Warum das?«, fragte ich.

»Weil es *amüsant* ist«, antwortete die Hexe verschnupft.

Ich hob die Hände. *»Dunkel ist die Nacht,* alles klar. Kannst du uns tatsächlich aus anderen Welten hören?«

»Kann ich, wenn ihr zuerst meinen Namen sagt«, beteuerte Rosydd. »Schön laut rufen. Und lasst ihn hübsch und lecker klingen, ja?«

Die Hexe hob die Hände, senkte sie wieder und hob sie erneut – um wieder innezuhalten und sich das Kinn zu reiben.

»Gibt es ein Problem?«, fragte Caitriona.

»Lasst mir einen Moment Zeit, ja?« Rosydd knackte mit ihrem Genick. »Es ist eine Weile her. Ich will euch nicht an den falschen Ort schicken – glaubt mir, es würde euch in keiner der vergessenen Welten gefallen. Obwohl ich annehme, die eine könntet ihr mögen, falls ihr jemals im Mund eines Gottes baden wolltet.«

»Lyonesse genügt vollkommen«, sagte ich rasch. »Zur Burg, bitte.«

»Lass dir Zeit«, ergänzte Neve.

Rosydd machte sich mit einem zufriedenen Schnauben zurück an die Arbeit. Sie schloss die Augen, atmete tief ein, und ihr Körper stieg auf, sodass sie über dem Boden schwebte.

Als ihre Schwester, die Nebelhexe, den Überweg nach Avalon geöffnet hatte, konnte ich mich nicht dazu bringen, ihr zuzuschauen. Jetzt hingegen konnte ich gar nicht wegsehen.

Schwarze Fäden erschienen in der Nachtluft, verflochten und schlängelten sich um die eigene Achse wie ein Uroboros, die sich in den eigenen Schwanz beißende Schlange. Nebel wirbelte aus der Dunkelheit herbei und sammelte sich in ihrem Zentrum. Als das Portal aufging, wehte uns ein vielversprechender Tannenduft entgegen.

»Da«, sagte Rosydd hörbar zufrieden mit sich. »Dann los mit euch. Und vergesst nicht ...« Sie zeigte auf ihren Mund und klapperte mit den Zähnen, als würde sie essen.

»Glaub mir«, sagte Neve. »Könnten wir nicht, selbst wenn wir wollten.«

Caitriona schnappte sich ihren blassen Speer, als sie sich auf den Weg zum Tor zwischen den Welten begab. Eine leichte

Brise wischte ihr lose silberne Haarsträhnen aus dem Gesicht. Dunkle Magiefäden reckten sich nach ihr, umfingen sie und zogen sie zu sich. Sie blickte sich nicht mehr um, sondern ergab sich schlicht und verschwand in der Dunkelheit.

Neve holte ihren Zauberstab aus der Bauchtasche und richtete dessen Messerende vor sich, als sie durch das Portal trat. Da ich mich an die erste unerfreuliche Reise erinnerte, blieb ich noch zurück und versuchte, meine Nerven zu beruhigen.

Geh, Tamsin, ermahnte ich mich. *Geh!*

Ich straffte meine Schultern, trat vor und wartete, dass mich die Dunkelheit holte. Einen nach dem anderen, streckte sie ihre Finger aus, schlang sie um meinen Hals, meine Handgelenke, meine Hüften. Ich fühlte, wie mein Haar im Nacken angehoben wurde, und ein lautes Schnüffeln füllte meine Ohren.

Das Portal zog mich nach vorn, doch Rosydd stieß einen schrillen, panischen Laut aus und versuchte wieder, eine Handvoll von meinem Haar zu greifen.

»Nein«, sagte sie, »warte …!«

Doch das Portal zog mich fort.

Greenwich, Connecticut

Von unten war klirrendes Glas und bellendes Gelächter zu hören. Ein Moment verschwamm mit dem nächsten zu einer Flut von endlosen Stunden.

Heftige Besäufnisse waren ihm nicht fremd, nur waren alle, die er bisher erlebt hatte, lachhaft harmlos, verglichen mit dem, was die Wilde Jagd in Summerland House veranstaltete. Sie soffen und gackerten, als der Alkohol durch ihre immateriellen Körper lief. Sie warfen Kerzen in der Hoffnung um, dass etwas Interessantes Feuer fing und zu einem amüsanten Lodern wurde. Sie sangen zotige Lieder und erzählten sich wieder und wieder Geschichten von den Tötungen, die sie für sich in Anspruch nahmen – wie eine Zauberin um ihr Leben gefleht hatte, sich eine in den Wänden ihres verfallenen Hauses versteckt hatte oder die Alte, die sie in Wales aufgespürt hatten, tatsächlich gedacht hatte, sie könnte ihnen entkommen.

Mit jeder Jagd wurden sie wahnsinniger. Sogar Endymion Dye war zu einer Art Tier geworden und hieb mit einem Eifer die Klauen in die Wände des Hauses seiner Vorfahren, als gelte es, diese letzte Verbindung zu seiner Menschlichkeit zu zerstören.

Er drehte sich in dem schmalen Bett um, zog die Knie an seinen Oberkörper und lauschte ihnen, wie sie den Kronleuchter in der Eingangshalle zerhackten. Beim Lärm des zerschmetternden Kristallglases auf dem Marmorboden drückte er sich die Fäuste auf die Ohren.

Als einziges noch lebendiges Mitglied dieser Horde, abgesehen von seinem Herrn, brauchte nur er Schlaf, was ihn die Jäger nie vergessen ließen. Statt eines der prächtigen Gästezimmer hatte er sich einen kahlen Raum ausgesucht, der vom Hauptkorridor abging und kam größer war als eine Abstellkammer. Er war eindeutig einst für einen Bediensteten gedacht gewesen, was ihm sehr recht war. Der war er ja schließlich. Der sollte er sein.

Trotzdem hätte er nicht übel Lust, Emrys Dyes Zimmer zu suchen und dort ins Bett zu pissen, nach dem, was auf Rivenoak passiert war. Da er bei der Verschmelzung der Welten nicht dabei gewesen war, hatte der Seneschall angenommen, der Junge wäre tot.

Er hatte den anderen nichts davon gesagt, dass er Emrys gesehen hatte, vor allem nicht Endymion. Denn er lernte zu schätzen, dass Geheimnisse eine Währung waren. Eine Form von Macht. Doch wie immer in seinem Leben hielt er sich gerade so über Wasser. Die Jäger kamen Lord Death immer näher, säuselten ihm Dinge ein, wetteiferten um seine Gunst, weshalb er sich umso mehr anstrengen musste, sich seinen Platz an der Seite seines Herrn zu sichern, damit keiner ihm diesen nahm.

Sein Zögern in der Bibliothek, das letzte Stück von Cabell aufzugeben, war ihn teuer zu stehen gekommen.

Säure brodelte in seinem Magen, und ein Zittern kroch an seinem Körper auf und ab, das nicht aufhören wollte, auch nicht, als ihm Schweiß am Hals und auf der Brust ausbrach oder als er sich hochhievte und die Füße auf den Boden stellte.

Sitzend beugte er sich vor, die Ellbogen auf die Knie gestützt, die Stirn auf seine Fäuste gelehnt. Während sich die Hitze ausbreitete, verschoben sich seine Knochen, knackten und glitten wie Schlangen unter seiner Haut in neue Positionen. Er rang nach Atem.

Seine Hände stanken metallen, aber es war die Asche an seinem Ärmel, die ihn zurückschrecken ließ und dazu bewegte, ihn abzureißen und in die dunkle Zimmerecke zu werfen.

Knarrend lehnte sich das Haus um ihn herum nach innen, und er bekam das Gefühl, dass es ihn die ganze Zeit beobachtet, sein Verhalten studiert hatte.

»Was machst du?«

Das Mädchen beobachtete ihn stirnrunzelnd von der anderen Zimmerseite aus. Er konnte durch ihre durchsichtige Form zu dem Spiegel hinter ihr sehen. Sie hatte kein Spiegelbild, doch sein eigenes Gesicht war kreidebleich.

Er schloss die Augen, rieb sich die Schläfen, und als er wieder hinzusehen wagte, stand sie noch da und beäugte ihn. Als wäre er Dreck, den sie sich von den Stiefeln kratzen musste.

»Du bist nicht real«, sagte er heiser.

Er war erledigt. Die pausenlosen Überfälle, Rivenoak und danach ...

Die Erinnerung war wie eine Würgeschlange, die sich um seinen Hals wand. Seine Hände zuckten, entsannen sich des Schwertgewichts, der Kraft, die nötig gewesen war, den Stahl durch den Körper des Automaten zu treiben.

Junger Lark ...?

Er knurrte, wütend auf sich selbst. Das war nicht sein Name. Das war nie sein Name gewesen.

»Du bist nicht real«, wiederholte er. Auf einmal fühlte er sich fiebrig. Eine Infektion von unerwünschten Gefühlen begann in ihm zu wüten.

»Was hast du getan?«, fragte sie. Ihre Stimme flatterte durch den Raum wie panische Flügelschläge eines Vogelkükens.

»Nichts«, flüsterte er. »Lass mich in Ruhe.«

»Du hast mich gerufen«, erwiderte das Mädchen trotzig.

»Habe ich nicht«, sagte er. »Du bist nicht real.«

Er fuhr sich mit den Händen durchs Haar, riss mit den Fingern durch die Knoten, dass es schmerzte. Wie alle anderen in Avalon hatte auch dieses Mädchen sterben müssen. Sein Herr sah keine andere Option.

Als sein Herr ihm seinen Plan erklärte, hatte der Seneschall endlich den bodenlosen Schmerz in sich verstanden. Er erkannte, wie er in das große Puzzle von allem passte. Er hatte jemanden gefunden, der ihn nie verlassen würde, der sah, wer er war und nicht davor zurückschrak. Er gehörte zu etwas. Zu jemandem.

Aber das Blut ... Da war so viel auf dem Hof gewesen ... Und er hatte schnell herausgefunden, dass es keine Kammer unter dem Turm gab, die tief genug war, um das Schreien zu ersticken.

Oder hatte er sich das auch eingebildet? Irgendwie fühlten sich die Dinge, die er für real gehalten hatte, nicht mehr so an, und seine Albträume wandelten im Tageslicht. Auf der dunklen Insel hatte die Denkart seines Herrn so viel Sinn ergeben; aber das Mädchen vor ihm ließ all diese Gründe zerfransen, sodass er den ersten Faden nicht wiederfand.

»Was hast du getan?«, fragte sie wieder. *Flea.* Der Name des Mädchens war Flea.

»Nichts«, krächzte er. Seine Hände waren unbefleckt gewesen. Er hatte niemanden selbst umgebracht. Nicht die Avalonier, nicht Wyrms Gilde, nicht einmal die neuen Kinder, die sie überall in der westlichen Welt gesammelt hatten.

Bis Bibliothekar.

Junger Lark ...?

Bei seinem nächsten Atemzug würgte er, hieß die Verwandlung willkommen, bei der die Knochen in seinem Rückgrat knackten.

Ja, dachte er, *jetzt.* Die Verwandlung brachte Frieden. Der Hund kannte das Mädchen nicht. Ihm war egal, dass Flea gestorben war.

»Nichts«, sagte er wieder. »Nichts.«

»Was hast du getan?«

Die Frage war so unausweichlich wie seine eigenen Gedanken. Ihre Stimme wurde zu einem spöttischen Singsang.

»Was hast du getan?«

»Es reicht, Tamsin!«, knurrte er und sah endlich auf. Sofort erkannte er seinen Fehler, und sein Herz hämmerte zur Strafe.

Das Mädchen starrte ihn an, doch ihr Gesichtsausdruck bot ihm nichts. Keine Vergebung. Keine Wut. Nicht einmal Mitleid. Es war der Blick von jemandem, der hundert Jahre älter war, nicht das Kind, das nur wenige Jahre gelebt hatte. Das nichts von Entscheidungen wusste oder was es bedeutete, eine Lüge zu leben.

Und das wird sie nie, flüsterte eine Stimme in seinem Kopf. *Deinetwegen.*

Er zwang sich auf die Beine, und alles um ihn herum drehte sich. Er würde sie loswerden und dafür sorgen, dass sie nie wieder zurückkommen konnte. Dass ihre Seele sicher in dem Edelstein seines Herrn verschlossen war, bei allen anderen.

Mit nackten Füßen ging er durch den Flur, mied die Haufen von zerbrochenem Glas und Stuckbrocken, die von der Decke gefallen waren. Die Reliquien im Haus waren genauso zerstört worden wie die in der Gildebibliothek: geschmolzen zu Metallbrocken oder zu Asche geworden. Und jede Zerstörung wurde zu einem Schwur, einem Gelöbnis.

Die Wandleuchten flackerten schwächlich, als er die Treppe erreichte und dem Lärm des Brüllens und Wütens aus dem Esszimmer unten folgte, gleich seitlich von der Haustür. Blondes

Haar tauchte in einem Spiegel auf, an dem er vorbeikam, und der kleine Geist folgte ihm, hielt sogar noch mit ihm Schritt, als er schneller wurde.

»... die Nächste wird eine echte Schönheit, sage ich euch ...«

»... dann behalten wir sie vielleicht ein bisschen länger, zum Spaß ...«

»Hört, hört!«

Die Monster fläzten sich um den riesigen Esstisch, auf dem eine Weltkarte ausgebreitet war. Kleine rote Stecknadeln markierten die Seelen, die sie sich geholt hatten, und sie gingen inzwischen in die Hunderte.

»Ein Haufen eingebildeter Schurken«, bemerkte Flea.

Er wirbelte herum und steuerte das Arbeitszimmer an. Wenn sein Herr nicht bei den Reitern war, musste er dort sein.

Und da hörte der Seneschall schon Lord Deaths Stimme. Seine Phasen als Hund hatten sein Gehör geschärft, und er musste nur wenig näher an die offene Eichentür gehen, um die gemurmelte Unterhaltung drinnen zu hören.

»... natürlich, das lässt sich arrangieren.«

Seine Haut kribbelte, und ein Knurren regte sich in seiner Brust. *Endymion.*

Ihm war nicht aufgefallen, dass der Reiter nicht bei den anderen war, dabei hätte er es sich denken müssen. Endymion schätzte Macht über alles; es war abzusehen gewesen, dass er sich weiter an Lord Death heranwanzen würde, um sich als sein treuester Gefolgsmann zu positionieren.

Er mochte der führende Reiter sein, aber er war nicht der Seneschall ihres Herrn.

»Wie geht es mit der Suche voran?«, fragte Lord Death finster.

»Ich habe mehrere Männer auf die Spur von Excalibur angesetzt, aber ich denke, es ist nicht in dieser Welt und, wie ich glaube, kein Grund zur Besorgnis für Euch«, antwortete Endymion.

»Dann bist du ein noch größerer Narr, als ich dachte«, entgegnete Lord Death.

»Verzeihung, ich hätte nicht annehmen dürfen, Eure Gedanken zu kennen«, entschuldigte sich Endymion sogleich.

»Das Schwert der Herrin vom See ist keine bloße Waffe«, warnte Lord Death. »Nicht einmal Dämonen entkommen seiner Berührung. Ehe es nicht in meinen Händen ist und ich entscheide, ob ich es schwinge oder seine Bedrohung auslösche, solltest du das nicht vergessen.«

Die Herrin vom See. Ja. Sein Herr hatte solch eine Klinge ihm gegenüber erwähnt.

»Natürlich nicht«, versicherte Endymion.

»Umso besser, dass ich noch andere auf die Suche angesetzt habe«, sagte Lord Death.

»Mylord?«, fragte Endymion überrascht. Der Seneschall spürte, wie sein eigener Atem bei dieser Information stockte. »Darf ich fragen, wen?«

»Darfst du nicht«, antwortete der König. »Aber an deiner Stelle würde ich fürchten, dass sie es zuerst finden.«

»Ich finde es zuerst«, sagte Endymion schnell.

Die Oberlippe des Seneschalls kräuselte sich. Warum war ihm das nicht aufgetragen worden?

»Und die andere Suche?«, fragte Lord Death. Glas klimperte, und Scotch-Geruch wehte in die Luft. »Nach der Seele, die zu finden ich dir auftrug?«

Ja, dachte der Seneschall. *Die Seele.* Die Frau, die seinem Herrn so grausam genommen worden war.

»Sie geht weiter«, sagte Endymion. »Ich glaube, die nächste Zauberinnenratte, die wir in unserem Netz fangen, wird Informationen über ihren Aufenthaltsort haben. Ich lasse sie lange genug am Leben, um ihr diese zu entlocken.«

»Gut«, murmelte Lord Death. »Gut. Du kannst gehen.«

Der große Edelstein an seinem Hals pulsierte vom Licht der Seelen, die in ihm gefangen waren. All jene, die nicht zu Reitern gemacht wurden, waren in dem dunklen Stein gefangen – doch irgendwie war die Seele des kleinen Mädchens entkommen.

Anstatt seinen Herrn darauf aufmerksam zu machen, wie er es vorgehabt hatte, wich der Seneschall von der Tür zurück und durchquerte die Eingangshalle in Richtung Treppe. Sollte sie eine Halluzination sein, würde sein Herr ihn nur umso mehr verachten.

»Geheimnisse, Geheimnisse …«, flüsterte das kleine Mädchen hinter ihm.

Das Spötteln umkreiste ihn, als er die Treppe hinaufging und das Mädchen singend hinter ihm die Stufen hochhüpfte.

»Dem Frühling entsprungen, der stetig neu
Den Sternen entsprungen, unsterblich und treu …«

»Hör auf«, flehte er.

Tat sie nicht.

»Als der Herr des Todes sich berauscht an der grausamen Macht
Baut die Göttin den Turm, der über uns wacht …«

Doch als er sich umdrehte, blickte ihm nur sein eigenes Gesicht aus dem Spiegel im Flur entgegen.

»Hey, hey, hey!«, rief einer der Jäger von unten. »Seht an, wer endlich erschienen ist …«

Der Seneschall fuhr herum, und Wut trieb ihn zum Treppengeländer, um nachzusehen, wer es wagte, das zu sagen. Aber keiner der Jäger unten brüllte zu ihm herauf. Sie waren auf zwei Neuankömmlinge konzentriert, die durch den hinteren Korridor herbeigezerrt wurden.

»Was haben wir denn hier?«, höhnte Endymion. »Edward Wyrm, zurückgekehrt von den Toten?«

Wyrm war voller Blut und Schmutz, sein einst edler Smoking hing in Fetzen an ihm. Der Seneschall roch Schweiß und Pisse. Der Mann blickte sehr ängstlich drein, als er auf eine Weise, wie es nur diese reichen alten Männer konnten, erklärte: »I-ich verlange eine Audienz bei unserem Herrn! Sofort!«

»*Unserem* Herrn?«, wiederholte Endymion mit einem grausamen Lächeln.

Die Begeisterung der Jäger wurde zu blanker Gier, als Wyrm beiseitetrat und die Person hinter ihm zu sehen war.

Die Fingernägel des Seneschalls verlängerten sich zu Krallen.

Olwen.

Ohne ihren typischen Duft nach Kräutern und frischem Wasser hätte er sie vielleicht gar nicht erkannt. Sein Puls beschleunigte und hämmerte fest genug, dass seine Zähne klapperten. Der geschwollenen rechten Gesichtshälfte nach zu urteilen, musste Wyrm sie geprügelt haben. Ihr Haar war verklebt und halb aus dem Zopf gerissen.

»Nein«, kam es von dem kleinen Mädchen neben ihm. *»Nein, nein …«*

»Wer ist das?«, fragte Endymion, der um die beiden herumschritt.

»Tu etwas«, sagte Flea.

Wyrm hatte Olwen geknebelt und ihr die Hände auf dem Rücken gefesselt, allerdings auch andere Vorkehrungen getroffen. Beide trugen einen Zauberstab mit einem Sigill um den Hals, das Magie abwehrte. Jeder Zauber, den sie gegen den Hollower heraufbeschwören könnte, würde an ihnen beiden abprallen.

Endymion sprang mit der Präzision und Kraft eines Raubtiers auf Wyrm zu und packte ihn an der Gurgel. *»Wer?«*

Die Stimme ihres Herrn erklang aus der Dunkelheit des Arbeitszimmers, und einen Moment später erschien er an der Tür, von wo aus er alles mit einem verhaltenen Lächeln betrachtete. »Ah, Lady Olwen von Avalon.«

Der Seneschall war bereits auf dem Weg die Treppe hinunter, als Olwen sich von den Jägern losriss und gegen ihren Knebel kämpfte, um einen Zauber zu sprechen. Als einer der Idioten sie wieder packen wollte, trat sie nach ihm und rammte einen anderen mit ihrem Kopf.

»Das reicht«, sagte Lord Death kühl. »Bledig, bring sie zu mir.«

»Mylord«, blökte Wyrm, der schon auf den Knien war, um sich einzuschleimen. »Ich entschuldige mich für mein spätes Kommen. Ich wünsche, Euch zu dienen – als Sterblicher natürlich, der sich in dieser Welt bewegen kann und …«

»Endymion«, sagte Lord Death, der wieder ins Arbeitszimmer ging. »Die Kinder hatten noch kein Abendessen, oder?«

»D-d-die Kinder?«, begann Wyrm. »Wessen Kinder?«

Endymion gab ein kehliges Lachen von sich, als er den anderen Mann im Nacken packte und ihn durch die Vordertür nach draußen schleifte. Abendessen für die Monster.

Olwen zitterte – ob vor Kälte oder Angst, konnte der Seneschall nicht sagen. Er packte ihren Arm und entkam knapp dem Fuß, mit dem sie zutrat. Bei seinem Anblick riss sie die Augen weit auf, und trotz ihres speichelgetränkten Knebels hörte er ihr schockiertes »Cabell?«.

Sie sträubte sich gegen jeden der dreizehn Schritte bis zum Arbeitszimmer, wand sich und rempelte ihn an, als er sie auf den Holzstuhl vor dem Schreibtisch zwang. Lord Death schwenkte die Hand, und scharfe, schweflige Magie versengte die Luft, als Fesseln aus den Armlehnen des Stuhls erschienen und Olwen fixierten.

»Halte sie, Bledig«, befahl Lord Death.

Olwen sah ihn flehend an, und der Seneschall spürte, wie sein Brustkorb so eng wurde, dass es die Luft förmlich aus ihm herauspresste. Es war unnötig. Der Stuhl hatte sich im Boden verwurzelt und würde sich nicht bewegen, nicht einmal unter der vollen Kraft von irgendwelchen Zaubern, die eine Priesterin herbeirufen könnte.

Er ist dein Herr, dachte er und beobachtete, wie Lord Death ein kleines Messer aus der Scheide nahm, die an dem Schreibtischstuhl hing. *Du musst dich wieder beweisen.*

»Cabell, bitte«, sagte Olwen um den Knebel herum. »Tu das nicht!«

»Nicht!«, rief Flea aus der Ecke.

Olwen gab einen kleinen, verzweifelten Laut von sich, als Lord Death mit der Klinge auf sie zukam, die im Kerzenschein blitzte.

»Nur zu«, sagte Olwen, deren Miene sich trotzig verhärtete. »Wir haben schon, was wir brauchen, um dich zu stoppen. Mich zu töten, wird dein Schicksal nicht ändern.«

Er senkte die Klinge zu ihrem Unterarm und schlitzte ihn auf. Olwen rang vor Schmerz nach Luft. Frisches Blut berauschte die Sinne des Seneschalls, und der Hund in ihm knurrte.

»Nun«, sagte Lord Death, der das Blut in seiner von einem Handschuh verhüllten Handfläche einfing. »Sehen wir mal, welche Geheimnisse sich in deinen Erinnerungen verstecken, ja?«

Kapitel 29

Zwischen den Welten war nichts als Dunkelheit.

Rein und endlos. Meine erste Reise war zu chaotisch gewesen, um etwas anderes wahrzunehmen als das Gefühl, zusammengedrückt und mit einer Kraft vorwärtsgeschleudert zu werden, die mir den Atem raubte. Jetzt war mein Verstand ganz auf das ausgerichtet, was ich sah – einen schaurigen Abgrund, in dem kein Leben existierte. Ein Ort außerhalb der Reichweite der Götter.

Dann kam der Nebel, der eine verschwommene Grenze bildete.

Danach das Licht.

Der Schnee.

Ich stürzte mit einem Schwung aus dem Portal, dass ich immer weiter flog, sogar noch, als ich versuchte, die Fersen in den Boden zu stemmen. Doch unter dem Schnee war eine harte Eisschicht, in der nicht einmal die Nägel unter meinen Stiefeln Halt fanden. Ich konnte nichts tun, außer mich fallen zu lassen.

Der peitschende Wind brachte dichtes Schneegestöber mit sich, das einem die Orientierung unmöglich machte. Ich rappelte mich auf und wappnete mich gegen die Böen. Schnee – Eiskristalle – schlugen auf mein Gesicht ein, als ich in dem weißen Wirbeln um mich herum nach den anderen suchte.

»Cait!«, rief ich. »Neve! Kann mich jemand hören?«

Furcht überkam mich. Das Portal war verschwunden. Ich konnte nicht mehr erkennen, aus welcher Richtung ich gekommen war.

Das ergibt keinen Sinn, dachte ich. Die anderen müssten hier sein. Wir waren an denselben Ort gekommen – und ich war gleich nach ihnen gereist.

»Neve!«, versuchte ich es wieder. Mein Gesicht war steif und schmerzte vor Kälte. »Cait! Neve!«

Meine Rufe waren nichts gegen das Heulen des Schneesturms. Er schien mich auszulachen, spie mir Eis und Schnee entgegen, bis das Atmen schwierig wurde. Wachsende Panik simmerte unter meiner Haut.

»Ist hier jemand?«, rief ich, wobei die Worte an den Rändern bröckelten. »Hallo? Irgendjemand!«

Ich drehte mich langsam im Kreis und bemühte mich, die Angst abzuschütteln.

Allein …, flüsterte es in meinem Kopf. *Immer allein.*

»Irgendjemand!«, flehte ich. Sollte ihnen etwas zugestoßen sein …

Ein Schatten tauchte vor mir auf, trat aus dem weißen Schleier hervor wie ein durch Pergament sickernder Tintentropfen. Mein Herz galoppierte los.

»Hier drüben!«, rief ich und wedelte mit den Armen. Ich dankte den Göttern, dem Schicksal oder wem auch immer, der mir diese eine Prüfung ersparte.

Die Gestalt kam näher, langsam, als wollte auch sie erst herausfinden, wer ich war.

Und dann richtete sie ihre gelb glühenden Augen durch den Sturm auf mich. Als sie noch näher war, sah ich, dass sie nicht auf zwei Beinen ging, sondern auf vieren.

Ich ließ die Arme sinken.

»Oh ... Mist«, würgte ich heraus und wich zurück.

Auf meine Bewegung hin *jaulte* das Ding. Der hohe Ton war wie Glasscherben in meinen Ohren, und wäre der reine, primitive Überlebensinstinkt nicht gewesen, ich hätte mich gekrümmt und mir die Ohren zugehalten. Stattdessen wurde die Furcht zu einer Eisenzwinge um meinen Brustkorb, während ich mein Gedankenarchiv von Bestien durchging.

Die Kreatur war so groß wie ein Pferd – sogar aus der Entfernung Furcht einflößend. Das braune Fell war schneeverkrustet, und die Klauen bohrten sich mühelos in das Eis unter ihnen. Dunkle Dornen bedeckten seine Schwanzspitze, sodass sie wie ein Morgenstern aussah.

Cath Palug, lieferte mein Verstand hilfreich. Eine monströse Wildkatze, die einst auf der Insel Anglesey gewütet und mindestens einhundertachtzig Krieger getötet hatte, bis König Artus oder einer seiner Ritter sie erschlug.

Oder auch *nicht*.

Vielleicht hätte ich mich, wären die anderen bei mir gewesen, mutig dem Kampf gestellt, um jemand anderes als mein erbärmliches Selbst zu schützen. Doch ich war allein, hier war ein Monster, und obwohl ich wusste – *wusste* –, dass Raubtiere die Jagd liebten, schrie alles in mir: *Lauf!*

Ich rannte los, als stünde ich in Flammen, und suchte den Horizont nach irgendeinem Versteck ab. Der dichte Schnee verschluckte mich, durchnässte meine Jacke und Stiefel, bis sich alles an mir dreihundert Pfund schwer anfühlte. Meine Arbeitstasche klapperte an meiner Seite, und ich presste sie mir vor die Brust.

Meine Haut kribbelte, als das Ding mit einem lauten Glucksen reagierte – als würde ich es bloß bestens unterhalten.

Mist, Mist, Mist ...!

Von allen Kreaturen, auf die ich stoßen konnte, *musste* es natürlich eine sein, die schneller und länger rennen konnte und mich auch noch überlisten.

Das Geräusch ihrer ratschenden Krallen im Eis bewirkte, dass ich mich umschaute. Cath Palug rannte auf mich zu, das Maul mit den langen Reißzähnen zu einem fiesen Grinsen verzogen.

Ich lief schneller, kämpfte gegen den dichter werdenden Schnee, bis noch ein Schatten weiter vorn erschien. Ein Fluch gegen jeden Gott, der zuhörte, lag mir auf der Zunge, doch das war keine Bestie. Es war eine große Felsformation, die aus dem Schnee aufragte. Wenn es mehr davon gab, könnte ich Cath Palug vielleicht darin abhängen oder zumindest eine Spalte finden, um mich darin zu verstecken, bis der Kreatur langweilig wurde und sie die Jagd aufgab.

Klar, dachte ich. *Viel Glück dabei, Lark.*

Denn natürlich gab es keine anderen Felsbrocken außer den beiden aufrecht stehenden und einem liegenden. Da war nichts als endloser Schneesturm.

Wieder blickte ich über meine Schulter und stellte fest, dass Cath Palug in dem Sturm weiter zurückgefallen war. Doch meine Erleichterung war nicht von Dauer.

Wenige Momente später, als mich eine Mischung aus Hoffnung und Angst abermals veranlasste, hinter mich zu sehen, hatte sie aufgeholt, rannte noch schneller und stieß dabei dieses hämische, monströse Lachen aus – *»Ha! Ha! Ha!«*.

Sie spielte mit ihrem Essen.

Mich überkam wieder jene seltsame, schreckliche Ruhe, als mein Todesmal zu pulsieren begann. Dies war mein Fluch, mit Pelz und Reißzähnen.

Bei der Vorstellung, dass die anderen finden könnten, was

von meinem Körper übrig blieb, wurde mir schlecht. Ich konnte nur hoffen, dass genug Schnee fiel, um alles zu verdecken.

Nein, schien der Wind zu drängen, wurde zu einem Flüstern. Ich hörte es jedoch so klar wie jene Stimme, die einst die Weiße Dame aufhielt. *Kämpfe. Das Schwert.*

Dyrnwyns Heft drückte an meine Schulter, und das Metall fühlte sich wie ein eisiger Kuss auf meiner Haut an.

Aber ich weiß nicht, wie, antwortete ich. Meine Muskeln pochten. Warum hatte ich Caitriona nicht gebeten, mir auch die Grundlagen beizubringen? Zum Beispiel wie man das blöde Ding hielt …

Ich wusste, dass Cath Palug mich einholte, als ich ihren schnaufenden Atem hörte. Sie hatte in dieser desolaten Anderswelt Jahrhunderte gegen alle Widrigkeiten überlebt. Es bestand nicht der geringste Zweifel, dass mein Körper lange vor ihrem schlappmachen, sich der Erschöpfung oder der brutalen Kälte ergeben würde.

Da mir keine andere Wahl blieb, rannte ich auf die Felsen zu; dort könnte ich mich beim Kampf wenigstens mit dem Rücken zu ihnen stellen. Ich packte Dyrnwyns Heft, sprang auf den flachen Felsen zu …

Und verfehlte ihn, sodass ich in den Schnee und durch eine bröckelige Eisfläche knallte.

Bei dem Aufprall erbebten sämtliche Knochen in meinem Leib, und für einen Sekundenbruchteil wurde mir schwarz vor Augen. Dicke Schneeklumpen purzelten herab und füllten die Kuhle, die mein Sturz verursacht hatte, bis der Weg nach draußen vollständig blockiert war.

Oder versteckt, korrigierte mein Verstand.

Ich blickte mich verzweifelt und verwirrt um. Ich war nicht im Wasser, sondern hatte anscheinend den richtigen Grund gefunden. Er war matschig und durchwirkt von Steinen, totem Gras und Moos. Über mir ächzte und knackte eine dicke Eisschicht, die sich mit jeder Windböe verlagerte.

Es war gerade genug Raum zum Kriechen, also krabbelte ich weiter in die Richtung, in die ich vorher unterwegs gewesen war. Ich ignorierte die verstreuten Knochen um mich herum ebenso wie das Dornengestrüpp, das an meiner Kleidung und meiner Haut riss. Es vergingen wenige Minuten, vielleicht mehr, bis ich hörte, wie das Eis über mir zu brechen begann.

Was als Netz aus feinen Linien begann, wurde durch ein zusätzliches Gewicht zu längeren weißen Fugen. Ich konnte Cath Palugs Schritte von unten verfolgen, noch ehe ich ihren Atem hörte. Und das Schnuppern.

Sogleich erstarrte ich und versuchte, das Zittern zu bändigen, das meinen Körper erfasste und das Schwert sowie den Inhalt meiner Tasche klappern ließ. Mein Puls pochte spürbar in jedem meiner Muskel.

Ich zwang mich, mich zu erinnern.

Ich war nicht mehr dieselbe wie früher. Die Tamsin, die Sicherheit über alles schätzte – die nie von Magie berührt worden war, geschweige denn für sie gekämpft hatte. Die sich niemals gegen den Tod wehrte, wenn er sie zu holen versuchte.

Ich erinnerte mich, zu was ich in dieser dunklen Welt geworden war. An die Freundinnen, die irgendwo da draußen im Schneegestöber waren, genauso verloren.

Ich erinnerte mich.

Dünne Spalten breiteten sich in dem Eis aus, als die Katze auf mich zukam. Cath Palugs enorme Pfoten waren durch das trübe Eis und den Pulverschnee oben nur knapp auszumachen. Ich biss mir auf die Unterlippe und rang mit dem verzweifelten Wunsch wegzulaufen.

Die Bestie gab ein verärgertes Wimmern von sich, und ich fragte mich, ob ich ihre Intelligenz überschätzt hatte.

Dann jedoch hieb sie die Krallen auf das splitternde Eis. Wieder und wieder, und schlug damit den Takt eines spöttischen Lieds an. *Tipp-tipp-tipp. Ha! Ha! Ha!*

Die Ruhe war zurück, doch diesmal hielt ich sie fest. Ich ließ mich von ihr zu was auch immer für einem Ende führen – meinem oder Cath Palugs.

Der Schnee verschob sich über mir.

Das Eis zerbrach, indem ein Sprung in den nächsten überging und sich so schnell vermehrte, dass meine Augen nicht mithalten konnten.

Ich korrigierte meine Körperhaltung und griff nach Dyrnwyns Heft.

Cath Palugs Gesicht erschien über mir, von der Barriere zwischen uns verzerrt, sodass es noch gruseliger wirkte. Die gelben Augen glühten – wenn auch nicht so hell wie das blau-weiße Feuer, das über Dyrnwyns Klinge raste, als ich sie nach oben durch das Eis und geradewegs durch ein Auge in den Schädel trieb.

Die Katze kreischte, schlug um sich, doch ich schrie lauter – vor Wut und Verzweiflung. Ich zog das Schwert heraus, um damit nach ihrem Hals zu schlagen, bis der Kopf Blut spritzend vom Körper wegrollte.

Mein Atmen klang schluchzend. Ich ließ das Schwert sinken. Die Gefahr war vorbei, und die Flammen erloschen fauchend, sodass der Stahl abkühlte. Dann wischte ich mir das klebrige Blut vom Gesicht und spie es aus.

»Ha ... ha ... *ha* ...«, knurrte ich und trat den riesigen Kopf der Kreatur tiefer in den Schnee.

Doch mein Triumphgefühl verflog mit dem Wind, der durch

die leere Landschaft fegte und mir klarmachte, dass ich wieder allein in einem Königreich von Monstern war.

Es fühlte sich wie eine Unendlichkeit an, ehe sich am fernen Horizont wieder ein Umriss auftat.

Bis dahin hatte ich sehr gründlich darüber nachgrübeln können, was mit den anderen geschehen war. Mir vorgestellt, dass Cath Palug sie als Erste gefunden hatte, oder wie sie jede allein durchs endlose Weiß wanderten, verzweifelt auf der Suche nach der anderen, während ihnen Monster nachstellten.

Immer wieder quälte ich mich damit, bis ich schließlich akzeptieren musste, dass die anderen recht haben könnten und mein Verstand wirklich ein extrem wenig hilfreiches Instrument war, das nur Angst einflößte.

Doch was das vor mir auch war – es war *real.*

Ich kniete mich hin, hielt mich tief am Boden, bis ich sicher war, was – oder wer – mich dort erwartete. Die dunkle Form veränderte sich nicht, wuchs lediglich, als der Sturm ein bisschen nachließ und in einen sanften Schneefall überging. Die Wolken gaben hinreichend Himmel frei, dass der Sonnenuntergang das frostige Land in ein blendendes Gold tauchte.

»Oh bitte«, flüsterte ich heiser. »Bitte, bitte, bitte …«

Das vorn schien wie Dutzende Hügel, allerdings waren sie zu einheitlich in Form und Größe, als dass sie durch die Natur allein geschaffen sein könnten. Mein Körper fühlte sich schwer wie eine Marmorsäule an, dennoch zwang ich ihn vorwärts, nutzte diese Welle von Unglauben und Erleichterung, als ich mich den Hügeln näherte und runde Holztüren entdeckte, verborgen unter einer Schicht aus Raureif und Schnee.

An dem ersten Hügel kratzte ich die gefrorenen Türränder mit tauben Fingern frei und bemühte mich, nicht darauf zu achten, wie blau meine Fingerspitzen waren. Ich hielt inne und ging einen Schritt zurück. Das hier konnte man schneller machen.

Ich trat gegen die Tür, bis die Eisschindeln herabfielen; dann schaufelte ich den Schnee weg und öffnete die Tür einen Spalt, um ins dunkle Innere zu spähen. Die anderen Türen in der Nähe waren ähnlich versiegelt, was jedoch nicht hieß, dass drinnen keine Kreaturen Winterschlaf machten.

Da ich nichts sehen konnte, lauschte ich konzentriert. Es war nur das Pfeifen des Winds in dem Kamin zu hören.

Mit der Schulter und einem letzten Schub von Energie drückte ich die Tür ganz auf und sackte drinnen zu Boden. Ein Bett aus braunem Laub, vergammelten Matten und einer dünnen Schneeschicht federte meinen Fall ab. Einen Moment lang lag ich nur da und ließ den Wind die Tür hinter mir zuschlagen.

»Steh auf«, befahl ich mir. *»Steh. Auf.«*

Vor Erschöpfung und Bibbern klangen meine Worte undeutlich. Das Feenvolk, das diese Hügel erbaute, hatte sie isoliert, und der Temperaturunterschied war verblüffend. Meine Haut brannte, als die Taubheit nachließ.

Es wäre so leicht, hierzubleiben, zumal meine Beine vor Überanstrengung pochten. Ja, es war geradezu unmöglich, das nicht zu erwägen. Doch Nash in seiner begrenzten Weisheit hatte Cab …

Ich atmete tief durch.

Nash hatte uns beide die Anzeichen von Unterkühlung gelehrt. Die Gefahren. Erschöpfung, Desorientiertheit, Tollpatschigkeit, Vergesslichkeit. Der Körper benutzte seine letzten Energiereserven, um sich selbst warm zu halten. Ruhte ich mich aus, wie es jede Faser von mir zu verlangen schien, standen die Chancen nicht schlecht, dass ich nie wieder aufwachen würde.

Das allein brachte mich dazu, mich zur Feuerstelle zu schleppen. Mit einem kleinen Besen stocherte ich nach oben in den Kamin, um Schutt und Eis zu entfernen, bis alles auf den rußgeschwärzten Stein nach unten polterte. Es war riskant, Rauch aufsteigen zu lassen und damit jedes Raubtier in der Nähe auf mich aufmerksam zu machen. Doch sobald ich wieder warm war, konnte ich Zauber aufstellen, die ihn verbargen.

Der kleine Holzstapel war feucht und wollte sich auch mit einem Streichholz und trockenem Laub nicht anzünden lassen. Doch zwei Hütten weiter war das Feuerholz von einem Wachstuch abgedeckt und der Webteppich mit buntem Blumenmuster von jemandem geschützt worden, der daran gedacht hatte, eine Steinhaube über dem Kamin anzubringen. Dort gab es sogar ein kleines, ordentlich gemachtes Bett hinten im Raum. Der Anblick ließ mich für einen Moment innehalten.

Sie dachten, dass sie eines Tages wieder nach Hause kämen, wurde mir klar. Das Feenvolk, das hier vor Hunderten von Jahren gelebt hatte. Sie glaubten, irgendwann zu ihrem Leben hier zurückzukehren.

Wo waren sie am Ende gelandet?

Da ich die freie Auswahl unter den Hügelhütten hatte, blieb ich in dieser, wo es sich nicht so anfühlte, als würde ich vom Verfall um mich herum verschluckt werden. Ein Bündel getrockneter Lavendel in der Ecke duftete noch genug, um meine Nerven zu beruhigen.

Nachdem ich wieder nach draußen getrottet war, um die Steinabdeckung vom Rauchfang zu nehmen, machte ich Feuer. Der Raum wurde prompt sehr warm, sobald es richtig brannte. Ich hielt meine schmerzenden Hände ans Feuer und hustete von dem Qualm, schaffte so aber auch die Restkälte aus meiner Lunge.

Als meine Hände wieder eine normale Farbe angenommen

hatten, kramte ich in meiner Tasche nach dem Trockenobst und dem Dörrfleisch – beides Gaben von der Knochenschneiderin. Das Wasser in meiner Feldflasche war gefroren; ich stellte es zum Tauen nahe neben die Feuerstelle, ging wieder nach draußen und sammelte Schnee in einem kleinen Kessel. Meine Arme, mein Hals und mein Gesicht waren noch klebrig von Cath Palugs Blut, und auch wenn ich mir wenig Hoffnungen machte, die Flecken von meiner Kleidung zu bekommen, konnte ich vielleicht zumindest den schweren metallischen Geruch loswerden.

Während ich darauf wartete, dass der Schnee schmolz und das Wasser im Kessel kochte, schaute ich mich näher im Raum um. Das Feenvolk, das hier gewohnt hatte, war nicht größer gewesen als Kinder, denn die Decke war niedrig und alles in Miniaturformat. Elfen?

Da ich Essen im Bauch hatte und mein Verstand nicht mehr ausschließlich aufs Überleben konzentriert war, fielen mir kleine Details auf, die ich vorher übersehen hatte. Eimer mit verschrumpelten Beeren. Eine kleine Spielzeugkatze, aus einem blassen Holz geschnitzt. Vier in die lehmverkleideten Wände geritzte Gestalten.

Je länger ich hier saß und je mehr mich die Hitze auftaute, desto größer wurden meine Schuldgefühle.

Die anderen waren noch irgendwo dort draußen – hoffentlich zusammen und in einem eigenen Unterschlupf. In dieser Anderswelt musste es noch mehr Dörfer geben. Von Menschen gebaute Unterkünfte. Caitriona hatte ihren Speer und Neve ihre Magie, so unberechenbar die sein mochte. Sie waren stark. Sie würden das hier überleben, bis wir uns wiederfanden.

Ich nippte an meinem aufgewärmten Wasser, bevor ich meine Jacke und meinen blutverkrusteten Pullover auszog. Mein schwarzes T-Shirt war vom Schlimmsten verschont geblieben und die inzwischen trockenen, harten Spritzer darauf nicht zu sehen. Das behielt ich an. Nachdem ich meine Feldflasche aufgefüllt hatte, tauchte ich meine Kleider ins heiße Wasser und schrubbte an den Flecken. Anschließend hängte ich sie zum Trocknen nahe ans Feuer und machte mich daran, meine Stiefel aufzuschnüren.

Um sofort zu erstarren.

Draußen knirschten Schritte im Schnee. Als Nächstes war angestrengtes Atmen zu hören, als wäre die Kreatur um die halbe Welt gerannt, um die Hügelhütte zu erreichen. Die Tür wurde geöffnet. Innerlich fluchte ich, denn ich hatte den Vorhang drinnen wieder vorgezogen, damit kein Schnee hineinwehte. Jetzt blockierte er jedoch die Sicht auf das, was draußen war. Ich sah bloß einen von zotteligem Pelz verhüllten Umriss.

Rasch griff ich hinter mich nach Dyrnwyn und hatte schon begonnen, die Tücher von dem Schwert zu ziehen, als der Vorhang zur Seite geschoben wurde und die Bestie bei der Wärme, die ihr entgegenschlug, nach Luft rang und ihr dunkles Fell ausschüttelte.

Ich richtete mich auf, das Heft fest in den Händen, um mich zu wappnen.

Menschlich, bemerkte ich.

Das Wesen war sehr gebückt, um die Steine und Äste zu meiden, mit denen die Decke abgestützt waren. In dem Pelzmantel und mit dem um Hals und Gesicht gewickelten Schal waren nur die Augen sichtbar.

Eines grau, eines grün.

Emrys, sang mein Herz.

Er erstarrte und blickte von dem Schwert in meinen Händen zu meinem Gesicht.

»Wie reizend, dich hier anzutreffen!«, sagte er heiser.

Kapitel 30

Es dauerte ein wenig, bevor ich die Worte in meiner Kehle entknoten konnte.

»Was machst du hier?« *Am Leben. Ganz. In Lyonesse.*

Doch in diesem Moment fiel sein Blick auf die auf der Feuerstelle tänzelnden Flammen. »Oh, den Göttern sei Dank, dass du ein Feuer anbekommen hast!«

Er zog seinen verschneiten Mantel aus und stampfte die Eisklumpen von seinen Stiefeln. Dann hockte er sich hin, um seine durchnässten Stiefel und Socken auszuziehen, unter denen sehr blaue Zehen zum Vorschein kamen.

»Das ist mein Unterschlupf«, sagte ich. »Es gibt noch Dutzende andere Feenhügel, such dir deinen eigenen.«

»Aber mir gefällt dieser hier«, erwiderte Emrys. Er seufzte genüsslich, als er die Handschuhe abstreifte und sie neben seine Socken auf den Steinen vor der Feuerstelle auslegte. Mit geschlossenen Augen wärmte er sich die Hände und das windgerötete Gesicht, das einen Ausdruck purer Glückseligkeit annahm.

»Das ist mit Abstand die verdammt beste Hütte, in der ich mich je aufgehalten habe«, verkündete er. »Ehrlich, die beste in jeder Welt.«

»Sprach der, der noch nie eine echte Hütte von innen gesehen hat.« Stellvertretend übernahm ich die Empörung für die früheren Bewohner. »Es ist ein schönes Zuhause.«

Ich ließ Dyrnwyn los, hockte mich auf meine Fersen und verschränkte die Arme vor der Brust. Meine Gänsehaut hatte nichts mit der Kälte auf meinen nackten Armen zu tun, denn sie kroch unter die kurzen Ärmel und über meinen ganzen Körper.

Der anfängliche Unglaube wich einer langsam anschwellenden Freude, die ich direkt niederstampfte. Als sich mein Verstand beruhigt hatte, blieb eine einzige Frage übrig, ähnlich den letzten Rauchfäden nach dem Auspusten einer Kerze.

Wie?

Emrys öffnete ein Auge und fing an, sich zurück zu mir zu drehen, als sein Blick auf meine trocknende Jacke fiel. Er musterte sie und meinen tropfnassen Pullover – ebenso wie das dunkle Blut, das noch beide befleckte. Angst verzerrte seine Züge, als er sich ganz zu mir wandte und mit beiden Händen sanft meine Arme ergriff, um mich panisch zu mustern.

»Was ist passiert?«, fragte er. Seine Stimme war noch heiser von zu wenig Benutzung. »Bist du verletzt?«

Seine Hände waren so warm, und die Schwielen in seinen Handflächen erzeugten eine Reibung, bei der mein Puls raste. Ich musste mich zwingen zurückzuweichen.

Fass mich nicht an, hatte er gesagt. *Fass mich nicht an.*

Und jetzt benahm er sich, als hätte er das nie gesagt? Als wäre es für ihn okay, *mich* anzufassen, solange ich es nicht umgekehrt tat?

»Mir geht es gut … *Emrys.«* Endlich sah er mir in die Augen und hörte zu, als ich wiederholte: »Mir geht es gut.«

»All das Blut …«, begann er.

»… ist von der armen, glücklosen Cath Palug«, sagte ich.

Emrys wich zurück und zog die Augenbrauen hoch. Da war

eindeutig Interesse in seinen Augen. »Cath Palug? Ich dachte, die hätte Artus getötet.«

»Tja, na ja, wie sich herausstellt, schreiben sich Männer gern Verdienste für Dinge zu, die sie nie getan haben. Zieht sich durch die ganze Geschichte.«

»Wir sind auch bloß Wesen mit fragilem Ego und furchtbarem Stolz«, sagte Emrys. »Müssen wir uns sorgen, dass sie uns hier aufspürt?«

»Nicht, sofern sie ihren Kopf nicht wieder auf ihren Körper pflanzen kann oder kleine Cath Palugs hat, die sie rächen«, antwortete ich mürrisch. Was ehrlich gesagt so typisch für mein Glück wäre. »Und *wir müssen gar nichts. Was zur Hölle machst du überhaupt hier?«*

Er hockte sich zurück und wischte sich mit einer Hand übers Gesicht. »Ist das nicht offensichtlich?«

Ich hasste es, dass mir bei seinen Worten ein warmer Schauer über den Rücken lief.

»Als ich das letzte Mal nachsah, warst du halb tot und bewusstlos«, antwortete ich. »Also, nein, es ist eigentlich nicht offensichtlich.«

»Warte mal«, sagte er und hielt die Hände in die Höhe. »Können wir kurz zu dem Teil zurückkommen, in dem du ein legendäres Monster geköpft hast?«

Emrys sah mich mit einem Ausdruck an, der an Bewunderung schrammte. Ich blickte ihn finster an.

»Nein, können wir nicht. Wir bleiben bei dem Thema, wie du mir hierher, nach Lyonesse, folgen konntest.«

»Fragst du, weil du dir Sorgen gemacht hast, dass ich mich nicht erholen würde, oder weil du mir nicht geglaubt hast, dass ich wirklich was wiedergutmachen will?« Es klang trügerisch beiläufig.

Ich biss so fest die Zähne zusammen, dass ich eine Kiefersperre fürchtete. Sein Blick war sanft, als er mich beobachtete, und es war zum Durchdrehen, verwirrend und schmerzlich, denn ich *wollte,* dass er mich so ansah. Wie in Avalon. Stattdessen hatte ich harsche Worte und kalte Abweisungen bekommen, als wäre *er* der Betrogene. Er hatte mich weggestoßen, bevor ich dasselbe mit ihm tun konnte. Mit Sicherheit wollte er mich verunsichern, mich rätseln lassen.

»Mir ist egal, ob du stirbst«, sagte ich. »Oder ob du irgendwas wiedergutmachst.«

»Tja, das ist eine Lüge«, erwiderte er ungerührt. Seine Mundwinkel zuckten – nicht dass ich auf sie starrte. »Du hast übrigens ein Tell, das dich verrät.«

»Habe ich nicht«, widersprach ich sofort. Er wollte mich nur verunsichern. Mein allzeit verschlossenes Gesicht hatte mir ein stetes Einkommen bei Mystic Maven gesichert. Es war ungeschlagen, selbst bei Kartenspielen.

»Tut mir leid, dass ich dir das sagen muss«, sagte Emrys. »Er ist allerdings auch sehr dezent.«

»Und was soll das sein?«, fragte ich streng.

Er grinste und verriet nichts.

»Du bist *unmöglich«,* knurrte ich. »Sag schon!«

»Und den einzigen Vorteil aufgeben, den ich dir gegenüber habe?«, fragte er. »Keine Chance.«

Ich atmete schnaubend durch die Nase aus. »Hör auf!«

»Aufhören, womit?«, fragte er mit all der Unschuld von jemandem, der genau wusste, was ich meinte.

»Damit«, antwortete ich und konnte nichts dagegen tun, dass es fast gequält klang. »Warum machst du das? Dieses … *Spiel,* das du veranstaltest, indem du dich mal benimmst, als wäre nichts gewesen, dann wieder auftauchst und mich behandelst,

als wäre ich nichts und niemand. Wenn du mir nicht erzählen willst, was mit dir los ist, dann … *hör auf.*«

Mich interessierte nicht mehr, ob er mich heulen sah. Ich konnte zugeben, dass er gewonnen hatte, weil dies hier mich schlimmer verletzte, als sein Verrat es getan hatte.

Er senkte den Blick mit seiner Stimme. »In Ordnung.«

Draußen heulte und pfiff der Wind um die Feenhügel. Da es inzwischen richtig dunkel war, würde es Stunden dauern, bis es sicher war, wieder nach draußen zu gehen und die anderen zu suchen.

»Was zur Hölle ist das überhaupt?«, fragte ich, wobei ich auf seinen riesigen Pelzmantel zeigte.

»Das war der letzte Mantel, den die Knochenschneiderin zum Kauf angeboten hat«, antwortete Emrys und kratzte sich im Nacken. »Zumindest hat sie das behauptet. Ich denke, sie wollte vor allem, dass ich wie der Idiot aussehe, der ich bin.«

»Und du bist …« Ich zeigte auf seine Brust, wo die Wunden unter Lagen von Kleidung verborgen waren.

»Geheilt?«, beendete er meine Frage. »Größtenteils. Bran ist ein Alleskönner. Vogel, Barkeeper, Spion, Gelegenheitsheiler.« Er streckte einen Arm über seine Brust und verzog sofort das Gesicht. »Er hat mir irgendein Gebräu eingetrichtert, das mir die schrägsten Träume bescherte … wie ich auf einem Blatt übers Meer segle und so. Aber die Wunden vernarben schon. So ganz in Form bin ich aber noch nicht.«

Ich zupfte an meiner Nagelhaut, um zu überspielen, dass ich erleichtert war. Er verdiente es nicht.

»Was ist passiert, während ich ausgeknipst war?«, fragte er und zog die Augenbrauen zusammen, als er mich beobachtete. »Ich hatte nicht genug, um der Knochenschneiderin diese Information abzukaufen.«

»Chaos, hungrige Urweltmonster, dein Vater und die anderen, die die Bibliothek niederbrannten – es war eine wahre Fundgrube des Terrors«, sagte ich.

»Sie haben die Bibliothek niedergebrannt?« Emrys erstarrte entsetzt. »Was ist mit Bibliothekar?«

Ich sagte nichts. Musste ich nicht.

Er fluchte. »Es tut mir leid, Tamsin. Was ist sonst noch passiert?«

»Wyrm hat Olwen entführt«, flüsterte ich.

»Was?« Emrys kehrte seinen Rücken dem Feuer zu, damit er ganz mir zugewandt war. »Warum?«

Ich konnte nur mit den Schultern zucken. »Wissen wir nicht. Wir haben keine Ahnung, wo sie ist, ob sie entkommen konnte oder ob sie ...«

»Sprich es nicht aus«, fiel Emrys mir ins Wort. »Ist sie nicht.«

»Das weißt du nicht«, sagte ich.

»Tue ich, weil es keinen Sinn ergäbe«, entgegnete Emrys. »Selbst wenn Wyrm sie zu Lord Death gebracht hat, hat der andere Verwendung für sie. Sie kennt unsere Pläne.«

Ich sah ihn entsetzt an. »Soll mich die Vorstellung, dass er sie foltert, beruhigen?«

»Nein ... ja ... ich meine ...« Emrys holte tief Luft, um seine Gedanken zu sortieren. »Ich meine nur, dass Olwen extrem schlau ist und einen Weg finden wird, am Leben zu bleiben, bis wir ihr helfen können.«

»Wir«, wiederholte ich. »Das Wort schon wieder.«

»Ja, *wir«,* sagte er energisch. »Bitte, lass mich euch helfen.«

Mein Frust erreichte einen Höhepunkt.

»Warum?«, fragte ich. *»Warum?* Du hast uns Informationen gegeben, mir in Rivenoak das Leben gerettet. Warum reicht dir das nicht? Was soll das, uns hierherzufolgen, immer noch bleich wie ein Geist? Du sagst selbst, dass du noch nicht wieder vollständig bei Kräften bist! Also, warum?«

»Weil«, antwortete er mit einem beinahe schicksalsergebenen Lachen, als wäre es das Offensichtlichste überhaupt, »ich dir überallhin folgen würde.«

»Nicht«, warnte ich. Mir stockte der Atem. »Sag das nicht.«

Mach mir keine Hoffnung, um sie mir dann wieder zu nehmen.

Emrys ließ den Kopf an die Wand neben der Feuerstelle sinken. Er zog die Knie an, legte die Arme auf sie und beobachtete mich, die Lider halb gesenkt.

»Ich habe dich nicht gebeten zu kommen.«

»Musstest du auch nicht«, sagte er schlicht. »Ich habe es ernst gemeint. Ich würde dir überallhin folgen. Durch staubige Bibliotheken ... in verfluchte Wälder ... durch untergegangene Königreiche ... Du bist die Karte meines Lebens geworden. Es wird nie mehr ein lohnendes Abenteuer geben, keine reizvolle Schatzsuche, die besser ist als du.«

Mein Herz raste, obwohl die Welt um mich herum langsamer wurde.

Ich wusste nicht, was ich dazu sagen sollte. Es ergab keinen Sinn – nichts davon. Seine Worte nicht. Dass er hier war nicht. Dass er mich so ansah wie früher. Dass er immer noch so schön, sein Profil so perfekt gemeißelt war. Er ruinierte alle meine Gedanken, warf alle meine Pläne über den Haufen, indem er einfach nur hier war.

»Ich weiß, dass ich es nicht verdiene«, sagte er und schloss für einen Moment die Augen. »Aber wenn du mich an deiner Seite bleiben lässt, bloß noch ein wenig länger ... um es wiedergutzumachen ...«

Er verstummte. Mit dem Kloß in meinem Hals konnte ich unmöglich sprechen. Ich hatte gefühlt, dass er uns anderen etwas verschwieg, aber das …

»Tamsin«, fragte Emrys heiser, »sind wir jetzt quitt? Können wir bitte quitt sein?«

Ich wusste nicht, wie ich wieder reden konnte.

»Ich dachte, du bist durch damit, Punkte zu zählen«, flüsterte ich.

»Stimmt«, antwortete er. »Aber bist *du* es?«

Ich lehnte mich an die Wand hinter mir und blickte in der engen Hütte zu ihm hinüber. Ich wollte es leugnen, konnte es aber nicht. Vielleicht hatte ich wirklich weiter Punkte aufgerechnet, doch er war es, der immer wieder die Spielregeln änderte.

»Hast du es deshalb getan?«, fragte ich, denn mich holte die Erinnerung mit voller Wucht ein. »Mich in Rivenoak aus dem Weg gestoßen? Weil du quitt sein wolltest?«

»Ich habe es getan, weil nichts von alldem mehr einen Sinn hat, wenn du stirbst«, antwortete er. »Nicht für mich.«

Die Worte waren wie ein Stromschlag, der mich erstarren ließ.

»Götter, Tamsin«, sagte er und presste die Fäuste an seine Schläfen. Sein Tonfall wurde gequält. »Ich hätte nie verschwinden dürfen. Mir ist klar, warum ich es getan habe, und ich kann versuchen, es auf tausend verschiedene Arten zu rechtfertigen. Aber alles hiervon … jeder, der gestorben ist …«

Ab und zu fühlte ich das Phantomgewicht der Leichen, die ich geschleppt hatte, damit sie gereinigt und verbrannt werden konnten, als reichte die Erinnerung an ihre toten Gesichter allein nicht aus. Mein Körper musste sich auch an das Trauma erinnern.

Emrys holte tief Luft. »Ich hätte dich niemals verlassen dürfen.«

»Du …« Die eine Silbe war wie eine Glasscherbe in meiner Kehle, die mich von innen zerschnitt.

»Ich kann es nicht rückgängig machen«, sagte er. »Nichts davon. Könnte ich dir den Ring geben, ich würde es. Du dürftest mich für ihn töten. Es wäre weniger Strafe als dein Hass.«

»Ich hasse dich nicht, weil du den Ring genommen hast.« Etwas in mir riss auf.

»Wenn nicht deswegen, warum dann?«, fragte er.

Ich ballte die Fäuste. »Du hast mich so übel verletzt, weil ... es *anders* war ... zwischen uns war es anders, und du hast kaputt gemacht, was wir hätten sein können. Vielleicht war nichts davon je real für dich, aber für mich war es das, klar? Also, Glückwunsch, du hast wirklich gewonnen.«

»Tamsin ...«

»Ich *brauche* dich nicht«, sagte ich. »Tue ich nicht. Aber jedes Mal, wenn etwas passiert ist ... jedes Mal, wenn ich mich verloren gefühlt habe ... wollte ich mit dir darüber reden können, wie wir es in Avalon getan haben.«

Meine Worte schienen ihn so zu schockieren, dass ich kurz Angst hatte, mein Ton könnte mehr verraten haben, als ich wollte.

»Das möchte ich auch«, sagte er. »Ich möchte all das. Und alles von dir.«

Seine Worte durchströmten meinen ganzen Körper mit einer nie gekannten Wärme.

»Tust du nicht«, entgegnete ich, während ich gegen das Brennen in meinen Augen und meiner Kehle ankämpfte. »Du hast schreckliche Sachen zu mir gesagt, dass ich dich nicht einmal anfassen soll, als wäre ich etwas Ekliges für dich ...«

»Nein!«, widersprach er scharf und drückte wieder die Faust an seine Stirn. »*Verdammt,* nein – nicht deswegen.«

»Dann erzähl mir, was los ist«, flehte ich. »Verrate mir, warum du dich so benimmst.«

Er hatte ebenfalls ein Tell, ob es ihm bewusst war oder nicht. Er senkte den Blick, bevor er sich zurückzog oder log. Ich wollte schreien vor Frust, als ich es nun sah.

»Wag es nicht, mich wieder anzulügen«, warnte ich ihn. »Ich verstehe, warum du den Ring genommen hast. Was ich nicht begreife, ist, warum du *mich* dauernd wegstößt. Also warum? Warum bist du gegangen?«

Emrys rieb sich die Brust und verzog das Gesicht, als er gegen seine Wunden kam.

»Die Wahrheit«, sagte ich streng.

Er ließ die Hand auf seiner Brust, dort, wo sein Herz unter Haut und Knochen klopfte. Schweißperlen traten ihm auf die Stirn, und einen Moment lang dachte ich, er müsste sich übergeben.

Doch immer noch sagte er nichts.

»Wir mögen jetzt quitt sein«, erklärte ich ihm, als sich die vertraute Kälte in meiner Brust ausbreitete. »Aber das hier ist der Grund, weshalb es nicht mehr sein kann, wie es war.«

Er stieß ein verbittertes Lachen aus und hatte sichtlich Mühe, seine Mimik zu kontrollieren. Da war Panik in seinem Blick, wie bei einem in die Ecke getriebenen Tier. »Wenn ich es dir sage ... wird es definitiv nicht mehr so sein.«

»Was soll das denn heißen?«, fragte ich.

Emrys zögerte. »Ich bin nicht ... richtig. Dafür hat mein Vater gesorgt.«

Ich hielt den Blick auf ihn gerichtet, auch als mein Puls losraste, weil ich versuchte, es zu verstehen. »Weil er dich misshandelt hat?«

»Nein.« Emrys holte tief Luft und schloss die Augen. »Er hat mich nicht nur verletzt, Tamsin. Er hat mich umgebracht.«

Kapitel 31

Das Feuer spie und knackte in der Feuerstelle, brannte sich durch den schwindenden Holzvorrat. Ein Teil meines geschockten Verstands erkannte, dass es gespeist werden musste, aber gerade spielte nichts davon eine Rolle. Ich öffnete den Mund, konnte jedoch nicht atmen. In mir hatte sich eine Schwere verwurzelt, die eine Chimäre von Emotionen war – Unglaube, Wut, Misstrauen und schließlich Entsetzen.

Emrys hatte schon unzählige Male gelogen. Aalglatte Lügen, charmante, sogar schützende. Doch dieser Ausdruck von fragiler Hoffnung in seinem Gesicht war echt. Ich sah das Kind, das er einst gewesen war und das nie wusste, ob sein Vater es akzeptieren oder ablehnen würde.

»Ich ... was?«, brachte ich heraus.

Emrys griff hinunter zum Saum seines Pullovers und Shirts und zog beides aus. Der Feuerschein streichelte die harten Konturen seines Körpers, seine starken Schultern und Arme, seine Brust – doch er enthüllte auch die rissigen Narben, die im Zickzack über seine Haut verliefen. Sogar seine jüngsten Wunden mit ihren dunklen Stichen schienen weniger finster.

Als ich die Narben das erste Mal gesehen hatte, im Licht von Avalons heiligen Quellen, hatte ich gedacht, dass er aussah, als wäre er zerbrochen und hastig wieder zusammengesetzt worden, sodass Spuren der Brüche blieben, die nicht einmal Magie ausradieren konnte. Sie jetzt zu sehen, mit dem Echo seiner Worte im Kopf, bewirkte, dass ich eine Hand auf meinen Mund presste.

»Der Abend fing wie unzählige andere an«, erzählte er und überkreuzte die Beine vor sich. Er stemmte die Hände auf die Knie und beugte sich leicht vor. »Er hatte ... mein Vater hatte meine Mutter geschlagen, bevor ich dazwischengehen konnte. Als ich das Schwein endlich von ihr wegbekam, ist sie nach oben in ihr Zimmer geflohen und ich bin weg, um mich zu beruhigen.«

Er sah durch den dunklen Vorhang seiner Haare zu mir, als wollte er meine Reaktion einschätzen. Da er feststellte, dass ich ihm immer noch zuhörte, fuhr er fort.

»Als ich nach Hause kam, hatte ich eine Nachricht, dass ich zu ihm in sein Arbeitszimmer kommen soll. Es war dasselbe Spiel wie immer. Ich würde mich entschuldigen, weil er es nicht würde, und wir würden nie wieder darüber reden. Nur ...«

»Nur was?«, fragte ich leise.

Der Traum, dachte ich. Mein Herz hämmerte in meinen Ohren. Er war keine Vorahnung gewesen.

Ich war bereits zu spät.

»Der Orden des Silberzweigs«, sagte er. »Als ich die Tür zu seinem Arbeitszimmer öffnete und hineinging, warteten sie auf mich.«

Ich hörte, wie meine Atmung angestrengter wurde.

»Zu der Zeit habe ich es gar nicht richtig verstanden, weil dazu keine Zeit blieb.« Emrys erschauderte. »Aber als wir nach Avalon kamen und diese Statue unter dem Turm fanden und hörten, was die Druiden getan hatten, fing ich an, mir alles zusammenzureimen. Da waren überall Stechpalmen, Kerzen, Gesang – offensichtlich war es ein Ritual.«

»Oh nein«, flüsterte ich.

Ich bekam die Bilder nicht aus meinem Kopf.

Er nickte. »Sie wollten den Stechpalmenkönig rufen, und um das zu tun, brauchten sie ein Opfer. Jemanden, der den Eichenkönig darstellte, seinen Feind. Ich hatte nicht den Hauch einer Chance, weil sie zu viele waren.«

Inzwischen hatte ich die Hände vor mein Gesicht gezogen, versuchte die Worte abzublocken, sie davon abzuhalten, dass sie die Erinnerung an den Traum wachriefen. Sein lebloser Körper. Das Blut. Ich konnte nicht atmen.

»Das Nächste, woran ich mich erinnere, ist, wie ich im Rook House aufwachte«, sagte Emrys, dessen Stimme schwächer wurde. »In einem Kessel, splitternackt, aber ... ganz. Am Leben. Ich schrie fast, als ich fühlte, dass mein Herz schlug. Meine Mutter war dort, aber sie war so ... verändert. Und Madrigal. Sie lachte, als sie mich sah, fand das alles ganz entzückend.«

Unwillkürlich ließ ich die Hände in meinen Schoß sinken. »Was für ein Kessel?«

»Weiß ich nicht«, sagte er leise. »Aber es war eindeutig Todesmagie.«

Der Wind drückte mit einem kehligen Ächzen gegen die Tür. Ich zwang mich wegzusehen, als Emrys sein Shirt und den Pullover wieder anzog.

»Was hat Madrigal mit deiner Mutter gemacht, um sie so altern zu lassen?«, fragte ich.

Er rieb sich die Arme, und sein Gesichtsausdruck wirkte seltsam leer. »Es gehörte zu dem Zauber, um mich wiederzuerwecken. Sie musste ihre eigene Lebenskraft hergeben, einen Teil ihrer Seele. Mom hatte Gerüchte über Madrigal gehört und brachte meine ...« Er brach ab, doch das Wort, das er nicht aussprach – *Leiche* –, flatterte wie Mottenflügel durch meine Gedanken. »Sie brachte mich zum Rook House. Was von mir übrig war.«

Mir wurde wieder schlecht. Ich wollte mir die Ohren zuhalten wie ein Kind, ihm sagen, dass er aufhören sollte, doch wie könnte ich?

»Du bist immer noch du.«

»Bin ich?«, fragte er. »Ich hatte nicht einmal dir die ganze Wahrheit gesagt, weil ich nicht wollte, dass du das Schlimmste weißt – den Teil, der dir Angst vor mir macht.«

»Du machst mir keine Angst«, sagte ich.

Er fuhr sich mit der Hand durchs Haar, packte es mit der Faust. Sein Blick war flehend, als wollte er mich bitten, es wahr zu machen. »Sie haben mich nicht nur getötet, Tamsin. Teil des Rituals war, dass sie mir das Herz aus der Brust schnitten und es verbrannten.«

Eine schreckliche Stille trat ein.

»Das ist …«, stammelte ich. »Nein, das kann nicht sein …«

»Es kann, und es ist«, sagte Emrys. Er blickte hinunter zu seinen Händen. »Ich merkte, dass etwas falsch war, als ich aufwachte. Dass *ich* falsch war. Aber Madrigal wartete, bis ich ihr den Ring brachte, und ich dachte, ich wäre endlich frei und könnte zurück nach Avalon gehen. Exakt bis zu dem Moment hat sie gewartet, als ich glaubte, meine Welt hätte sich wieder geöffnet, um mir zu sagen, dass sie mir ein neues Herz gemacht hat. Mit Todesmagie.«

»Und du hast ihr geglaubt?«

»Das musste ich nicht.« Er rieb sich die Brust. »Meine Mutter hat es bestätigt.«

Oh, flüsterte es in meinem Kopf.

»Madrigal lachte, als sie mir erzählte, dass ein Teil meines Herzens immer für sie schlagen würde«, fuhr Emrys fort, und nun schlich sich Wut in seinen Ton. »Und dass sie, sollte ich sie jemals verärgern oder kränken, es ebenso leicht wieder rückgängig machen kann.«

»Aber du hast ihr den Ring gebracht«, sagte ich. »Du hast deine Schuld beglichen.«

»Weiß ich. Sie ließ mich gehen, aber da bleibt ein Band. Ich fühle es in jeder Sekunde von jedem Tag. Wenn ich laufe, wenn ich zu schlafen versuche, wenn ich dich ansehe ... Verstehst du?«

Er wirkte beinahe verzweifelt, als bräuchte er die Gewissheit, dass ich es akzeptierte. Ihm glaubte.

»Ich werde nie ganz frei sein«, sagte er. »Auf die eine oder andere Weise werde ich *immer* von ihr kontrolliert werden. Ich kann mit dem Wissen leben, dass sie mich jederzeit an der Leine zurückziehen kann oder meinen Lebensfaden zerschneiden, aber das kann ich weder von dir noch von sonst jemandem erwarten. Und sollte sie von mir verlangen, dir wehzutun ...«

Wieder verstummte er, als wollte er diesen Gedanken nicht lebendig werden lassen. »Ich dachte, es wäre einfacher, wenn du mich hasst. Deshalb wollte ich, dass du mich so verabscheust wie ich mich selbst.«

»Emrys, wir alle könnten jederzeit sterben ...«, begann ich, doch er ließ mich nicht ausreden.

»Ich denke die ganze Zeit, dass Todesmagie Monster macht, keine Menschen. Wir haben es *gesehen.* Wir haben erlebt, was Todesmagie aus den Toten macht. In mir lebt ein Schatten. Das Herz eines Monsters. Ich werde so schnell wütend und erliege diesen dunklen Gefühlen ... und ich wüsste nicht, was es sonst sein sollte.«

Vor lauter Schock hatte ich Mühe, die richtigen Worte zu finden. »Oder es ist schlicht *Trauer.* Große Trauer. Wegen dem, was dein Vater getan hat, was deine Mutter aufgegeben hat und was du verloren hast. Wegen dem, was uns in Avalon passiert ist.«

Emrys sah weiter auf seine Hände, als könnte er etwas aus der Dunkelheit formen, das mich verstehen ließ. »Ich wünschte wirklich, das wäre wahr.«

»Könnte ein Monster Liebe empfinden?«, fragte ich. Als er aufblickte, fügte ich hastig hinzu: »Du liebst doch deine Mutter. Oder Bedauern? Du bereust, was in Avalon geschehen ist. Du wolltest jedem dort helfen. Wir haben Monster gesehen, Emrys. Wir haben sie nur knapp überlebt.«

»Trotzdem …«, flüsterte er.

»Du hast gesagt, mit mir wäre nichts falsch, sogar nachdem du den Silberknochen gesehen hattest«, erinnerte ich ihn. »Glaubst du das immer noch?«

»Natürlich«, antwortete Emrys.

»Dasselbe glaube ich von dir«, sagte ich. »Nichts an dir ist falsch. Nicht für mich.«

Er holte zittrig Luft.

»Du kannst nervig, hinterhältig und ein bisschen schräg sein, was Pflanzen angeht, ja«, ergänzte ich. »Aber dunkel? Nein. Das wünschst du dir vielleicht, aber dafür fehlt dir der Schneid.«

Emrys schüttelte den Kopf, aber da war ein kleines Lächeln auf seinen Lippen. »Ich würde *raffiniert* bevorzugen, nicht *hinterhältig.«*

»Hinterhältig«, wiederholte ich und verschränkte die Arme vor der Brust. Mein Herz hämmerte gegen meine Rippen, als würde sich alles zu schnell um mich drehen. Würde er mich jetzt berühren, mit den Händen und Lippen dem Weg seiner Augen folgen …

Ich holte tief Luft und schüttelte den Kopf.

Das Feuer war bis auf wenige letzte Flammen heruntergebrannt. Ich begann, auf den Holzstapel zuzukriechen, aber Emrys war schneller. Er ließ sich allerdings Zeit dabei, die Scheite sorgsam zu arrangieren, und ich fragte mich, ob er kurz mit seinen Gedanken allein sein musste.

Alles fühlte sich zu zerbrechlich an; als könnte jedes Wort diesen Waffenstillstand zwischen uns gefährden, sofern man überhaupt von einem sprechen konnte. Nichts fühlte sich richtig an. Und ich konnte nicht auf ihn zugehen, wenn er es war, der mich verlassen hatte.

Aber er ist noch hier, dachte ich und zog meinen Rucksack zu mir. Der Schlafsack war Jahrzehnte alt, aber immer noch besser, als mich würdelos in ein Bett mit den Maßen für ein Kleinkind zu quetschen. Der Läufer davor war wenigstens eine weiche Unterlage auf dem harten Sandboden.

Emrys rollte seinen dicken Schlafsack neben meinem aus. Ich wollte auf eine Stelle näher an der Tür zeigen, erkannte jedoch schnell, dass wir beide in der engen Hütte nebeneinanderliegen mussten, um hineinzupassen.

»Das fühlt sich …«, begann er.

»Sag es nicht«, würgte ich ihn ab.

Ich legte mich auf die Seite, mit dem Gesicht zu der Wand, in der ich vorhin die eingeritzte kleine Familie entdeckt hatte. Als Emrys sich neben mir ausstreckte, war schwer zu sagen, wer meinen Rücken mehr wärmte, er oder das Feuer.

»Also … dein Dad ist ein Untoter der Wilden Jagd«, sagte ich, als die Stille unerträglich wurde. »Das passt.«

»Ja«, antwortete Emrys und legte sich auf den Rücken. Ich drehte mich ebenfalls um, als würde ich von einer unsichtbaren Schnur gezogen. Er fing meinen Blick ein, und ein trauriges Lächeln umspielte seinen Mund. »Jetzt ist er äußerlich so hässlich wie innerlich.«

»Tja, mein Nicht-Dad ist auch *nicht-tot* tot«, sagte ich. »Also bilde dir ja nicht ein, was Besonderes zu sein, Dye.«

»Was das betrifft ...« Emrys runzelte die Stirn. Ich musste die Finger auf der Brust verschränken, um nicht hinüberzugreifen und seine Haut zu glätten. Über seine Wange zu streichen. »Wie kann es sein, dass Nash am Leben ist?«

»Man kann eher sagen, er ist wie ... wiedergeboren? Neu gemacht? Bisher gibt es immerhin keine Anzeichen, dass er gern Blut oder Gehirne konsumieren würde, aber er bleibt ein echter Schuft.«

Emrys schien sofort zu kombinieren. »Demnach ist Todesmagie im Spiel?«

»Die Münze.«

Er zog die Brauen hoch, als er die richtige Erinnerung fand. Und ich nickte.

»Ich frage nur ungern, da ich ja weiß, wie wild du auf solche gefühlsduseligen Gespräche bist, aber geht es dir gut?«

Die bissige Erwiderung war zum Greifen nahe und ginge mir so leicht von der Zunge. Es war inzwischen ein Reflex, mit Sarkasmus oder Wut zu reagieren, um nicht darüber nachdenken zu müssen, wie ich mich fühlte oder was ich tief im Innern dachte.

»Ich ... verarbeite es noch«, antwortete ich schließlich.

Eine ganze Weile war nichts zu hören außer dem angenehmen Knacken des Feuers und dem Heulen des Winds. Ich schloss die Augen und versuchte, das Bild der anderen, die noch durch den Schneesturm wanderten, aus meinem Kopf zu vertreiben.

»Ich kann dich praktisch denken hören«, murmelte Emrys. »Sorgst du dich um die anderen?«

Es hätte mich nervös machen sollen, dass er meine Gedanken lesen konnte, doch stattdessen fand ich es beinahe … tröstlich.

»Ja«, flüsterte ich. »Ich verstehe nicht, wie wir beim Übertritt nach Lyonesse getrennt werden konnten.« Dieser Gedanke löste einen anderen aus, und ich riss die Augen auf. »Wie bist du überhaupt hergekommen?«

»Genau wie du, nehme ich an«, antwortete Emrys. »Die Nebelhexe.«

»Nein«, sagte ich. »Gleiche Methode, aber andere Hexe.«

Er stützte sich auf einen Ellbogen auf. »Die Sumpfhexe«

»Moor«, korrigierte ich. »Und ja. Sie war sehr hilfsbereit. Wollte nicht mal unser komisches kleines Fläschchen.«

Er schüttelte den Kopf, sodass ihm einzelne Locken in die Stirn fielen. Ich faltete die Hände fester.

Lass es, ermahnte ich mich streng. Die freundliche Distanz dieser Unterhaltung war gut. Und die Distanz zwischen unseren Körpern war gut.

»Du hast endlich eine Freundin gefunden«, sagte er staunend. »Und zufällig handelt es sich um ein uraltes Monster. Eines mit der Neigung, jeden aufzuessen, der ihm über den Weg läuft.«

»Ich habe auch andere Freundinnen«, entgegnete ich. »Neve und die anderen mögen mich solide sechzig Prozent der Zeit.«

»Weißt du, wie sie die Moorhexe in dem Spiegel fangen konnten?«, fragte Emrys, der sich wieder hinlegte. »Sie mussten sie bloß einen Blick auf ihr Spiegelbild werfen lassen. Da war sie so abgelenkt von ihrem eigenen Gesicht, dass sie sich gar nicht gewehrt hat.«

»Wie fies von ihnen«, sagte ich.

»Du verteidigst eine Menschenfresserin«, erinnerte Emrys mich.

»Jeder hat hin und wieder Hunger.«

Nun lachte er tatsächlich – ein echtes Lachen, das tief in seinem Brustkorb vibrierte. Ich wollte den Klang einfangen und dicht an meinem Herzen festhalten.

Mich an ihn erinnern.

Ausnahmsweise war ich nicht die, die Albträume hatte.

Ein tiefer, verzweifelter Laut schlich sich in meinen Halbschlaf, kaum vom Windheulen zu unterscheiden. Wäre ich die letzten Wochen nicht so konditioniert darauf gewesen, immerzu auf alle erdenklichen Gefahren gefasst zu sein, hätte ich vielleicht gleich wieder meiner Erschöpfung nachgegeben.

»Bitte … nicht …«

Ich setzte mich zu schnell auf, sodass sich die dunkle Hütte um mich drehte, während ich zu begreifen versuchte, wo ich war. Und wer neben mir war.

Emrys' Stimme war gequält. »Nicht …«

Er warf sich wild herum, und seine Beine kollidierten mit meinen, als er seinen Oberkörper verdrehte und die frischen Nähte zu reißen drohten. Nun war ich richtig wach.

»Emrys!« Ich packte seine Arme, hatte Mühe, sie zu halten, weil er sich mir entwinden wollte. Sein Gesicht war angstverzerrt und die Haut von einem Schweißfilm überzogen, obwohl es in der Hütte merklich abgekühlt war.

Jemanden aus einem Albtraum zu wecken, kam einer Rettung vor dem Ertrinken gleich. Ich zog ihn zurück zu mir, schaffte es, meine Arme unter und um ihn herum zu bekommen, und hob ihn leicht an, um ihn aufzuwecken. *»Emrys!«*

Seine Augenlider hoben sich flatternd, sein Körper bebte an meinem, als er wieder zu sich kam. Dann sah er mich an, desorientiert vor Furcht. Ein Gefühl beinahe unerträglicher Zärtlichkeit erfüllte mich, das umso schrecklicher war, da ich es jetzt benennen konnte. Da ich ihm nachgeben wollte.

Alles an mir zitterte, und meine Kehle brannte, als ich ihn losließ. So blieben wir beide, umhüllt von Dunkelheit.

»Tamsin?«, fragte er heiser vom Schlaf. »Ist das hier real?«

Ich legte die Hände an seine Wangen.

»Es ist real«, sagte ich, auch wenn es sich wie ein Traum anfühlte. Wie eine Schwellensphäre, in der alles möglich war. In der es keine Konsequenzen, keine Vergangenheit, keine Zukunft gab. Nur ...

Der Gedanke löste sich auf, als er seinen Arm um meine Taille legte; seine Sicherheit und der Ausdruck unverhohlenen Verlangens gaben mir ein Gefühl von Macht. Ausnahmsweise hatte ich die Kontrolle – über was auch immer das hier war.

Ich kniete mich hin und ließ zu, dass er mich näher an sich zog, während ich mit den Fingern über sein Gesicht strich, fühlte die rauen Stoppeln dort und die sich entspannenden Wangenmuskeln. Vielleicht wäre mir peinlich gewesen, wie intensiv ich ihn beobachtete, aber er machte es umgekehrt auch. Sein Atem stockte, als ich mich rittlings auf seine Beine hockte.

Ich neigte mein Gesicht zu seinem, fühlte seine von meiner Berührung gewärmte Haut, atmete seinen Kieferndunft ein. Als ich ein klein wenig zurückwich, vermischte sich mein Atem mit seinem, doch ich wollte ihm die Chance geben, zurückzuweichen und dies hier aufzulösen.

Stattdessen lehnte er seine Stirn an meine und legte eine Hand in meinen Nacken.

»Ich will keinen Traum«, flüsterte er. Der Klang seiner Worte bewirkte, dass ich mich beinahe betrunken fühlte. »Für mich ist es immer real gewesen.«

Tu mir nicht weh, dachte ich verzweifelt.

Emrys hatte früher schon gelogen. Immer wieder gelogen und sich hinter einem Schleier von Geheimnissen versteckt. Doch sein Körper sagte die Wahrheit, und meiner antwortete entsprechend. Flüssige Hitze sammelte sich in meinem Bauch. Mir war so schwindlig davon, ihn zu spüren, dass mir nicht bewusst war, dass ich die Worte laut ausgesprochen hatte. Bis er an meinem Ohr flüsterte: »Niemals.«

Sein Griff an meiner Taille wurde fester. »Du weißt, was ich bin …«

Doch ich verstand, was er eigentlich meinte. *Du kannst mir auch wehtun.*

Ich sah ihm in die Augen.

»Ich weiß, was wir sind«, sagte ich und tauchte eine Hand in seine dunklen Locken. Das Wort brannte sich mir ein. *Quitt.*

Dann waren seine Lippen auf meinen, und ich war mir sicher, dass ich recht hatte – dass das Gefühl in mir, die heiße, verzweifelte, schmerzliche Sehnsucht, sein Echo in ihm hatte. Ich erwiderte seinen Kuss, gierte danach, sein rasendes Herz zu spüren – *seines. Lebendig.* Ich drängte mich an ihn, wobei ich achtgab, nicht gegen seine Brust zu kommen, und verschlang den tiefen, rohen Laut, den es ihm entlockte.

Ein Moment ging in den nächsten über. Mit der Zunge öffnete er meinen Mund, als hätte er es schon Tausende Male getan, Tausende Jahre lang. Er drehte sich, legte mich auf die Decke und bedeckte mich mit seinem Körper. Die Spannung zwischen uns veränderte sich, und das lavaähnliche Gefühl in meinem Bauch breitete sich rasant aus.

Er war überall, nahm meine sämtlichen Sinne ein, löschte die Angst aus meinem Geist, den Schmerz aus meinem geschundenen Körper. Meine Haut zuckte, als er mit der Hand unter meinen Pullover glitt und über sie strich, wobei er sorgsam die empfindliche Stelle an meinen Rippen mied. Ich wanderte mit beiden Händen an seinem muskulösen Rücken hinauf, um ihm Shirt und Pullover abzustreifen.

Er stützte sich ein wenig auf, damit ich sie ihm über den Kopf ziehen konnte. Dann fing er mein Gesicht mit den Händen ein und hielt es fest, als ich ihm meinen Kopf entgegenheben wollte. Er strich das Haar aus meiner Stirn, und ich erkannte Angst in seinem Gesicht.

»Nein«, flüsterte ich. »Hör auf zu denken. Du weißt, was ich bin. Ich weiß, was du bist. Hier sind nur wir.«

Es war so erschreckend wie vollkommen natürlich ihn zu wollen, den Trost der Verbundenheit. Etwas in mir, jene Stimme, die so gern gemein wurde, sagte mir, dass ich blöd sei. Dass ihm alles zu entblößen, eine Einladung an den Schmerz sei, der unweigerlich käme. Aber ging dieses Risiko nicht jeder ein, der sein Herz einer anderen Person öffnete? Und mich zu verschließen, hatte mich nicht geschützt. Es hatte lediglich bewirkt, dass ich allein blieb.

Emrys rang nach Luft und zitterte, als ich seinen Rücken streichelte und nach dem Knopf an seinem Jeansbund griff.

»Bist du sicher?«, flüsterte er.

Ich hatte falsch damit gelegen, dass er nichts zu verlieren hätte, dass er die absolute Macht hatte. Seine Haut war so nachgiebig wie meine, sein Herz so verwundbar wie meines. Sollte um uns herum alles zusammenbrechen, würde dies hier zumindest bleiben.

»Ja.« Zum ersten Mal seit Wochen fühlte ich mich ruhig, so ungeschickt meine Bewegungen auch vor lauter Ungeduld sein mochten. Doch hier ging es nicht um ein schnelles, von Neugierde getriebenes Fummeln. Dies war ein Versprechen.

Ja, ich sehe dich.

Ja, ich will dich.

Seine Hitze überwältigte mich, brannte die Welt mit allem weg, außer dem Gefühl von ihm.

Die seidige Nacht umfing uns, dämpfte den Schneesturm draußen zu einem Flüstern, bis nur noch ein Gedanke in mir sang, als ich ihn wieder küsste.

Am Leben, am Leben, am Leben …

Kapitel 32

»Na gut … das kommt mir bekannt vor«, gestand ich. »Ein bisschen.«

Emrys lachte leise, als er die gefrorene Landschaft vor uns betrachtete. »Dann sieh es als zweiten Versuch.«

Ich blickte kurz zu ihm, doch er sah nach vorn und zeigte auf einen kleinen Umriss meilenweit vor uns. »Das ist die Burg, oder?«

Ich schirmte meine Augen gegen das grelle, seltsam milchige Sonnenlicht auf. »Scheint so.«

Der Schneesturm hatte bis zum Morgen gewütet und erst vor Kurzem aufgehört. Hinter uns brauten sich Wolken zusammen, und die beißende Note in der Luft legte nahe, dass er sich nur zeitweise zurückgezogen hatte.

»Da hätte Rosydd das Portal für uns öffnen sollen«, sagte ich. Ich versuchte, ein wenig Wärme in meine Arme zu reiben. »Hoffentlich sind die anderen auch dorthin unterwegs.«

Sollte ihnen nachts etwas zugestoßen sein, während ich sicher mit Emrys an einem wärmenden Feuer gelegen hatte … Ich atmete tief ein und ließ die kalte Luft den restlichen Nebel des Schlafs vertreiben.

Emrys schwenkte einen Arm nach vorn. »Wollen wir?«

Letzte Nacht hatte ich einige wenige Stunden Schlaf bekommen, zwischen den Phasen, in denen ich sein entspanntes Gesicht beobachtete und nach Zeichen suchte, dass er bereute, was wir getan hatten. Mein Körper fühlte sich entspannt, aber schwer an, als würde ich kleine Brocken Erschöpfung sammeln und sie mit mir herumtragen wie Steine in meinen Taschen.

»Tamsin«, sagte Emrys leise. Beinahe musste ich lachen, weil er mir den lächerlichen Pelzmantel hinhielt. Er lächelte – es war sein typisches Lächeln, wie früher und viel zu charmant. »Was denn? Es ist ein *Look.«*

»Dann trag du ihn«, antwortete ich und blickte zur Schneelandschaft.

Er ergriff meine Hand und zog mich zurück in die weiche Hülle des Mantels und die Wärme, die von ihm abstrahlte. Sein Duft nach Kiefer und Erde war nun auch auf meiner Haut, und meine Sinne waren überwältigt von meinem neuen Bewusstsein für ihn. Die Erinnerung an sein Gewicht auf mir, das Reiben seiner Bartstoppeln auf meiner Haut. Mein Blick fiel wieder auf seine Lippen. Meine eigenen waren noch geschwollen. Ich legte die Hände an seine warme Brust, in der ich sein Herz unter den Schichten von Kleidung und Haut heftig pochen fühlte.

Doch als die Nacht Stück für Stück immer weiter wegglitt und die Welt hereindrängte, formte sich ein Eisklumpen in mir. Ich erkannte sofort, was es war.

Furcht.

Wieder blickte ich zu Emrys auf, suchte nach den Zeichen, die ich in Avalon verpasst hatte und die mir verraten hätten, was er plante. Mein Puls beschleunigte, weil der Drang zur Flucht einsetzte.

Ich bin sicher, sagte ich mir und ließ meine Hände zu Emrys' Hüfte gleiten.

Ich hielt an ihm fest. An *uns.*

Emrys neigte sich zu mir, streifte meine Wange mit seinen Lippen, bevor er mir zuflüsterte, was ich selbst letzte Nacht gesagt hatte: »Hör auf zu denken. Hier sind nur wir.«

»Was passiert, wenn das nicht stimmt?«, hörte ich mich fragen. Mein Körper reagierte auf seine Nähe – wie auch nicht, wenn er mir so in die Augen sah?

»Wo willst du, dass das Ganze hinführt?«, fragte er und trat ein wenig zurück, um mein Gesicht zu mustern. »Ich werde nicht so tun, als wollte ich nicht, dass dies hier etwas bedeutet, und ich werde es so weit gehen lassen, wie du es zulässt.«

Ich nagte an meiner Unterlippe, und er beobachtete mich wie gebannt. Prompt stieg diese warme Kraft wieder in mir auf.

Ich war nie eine Träumerin gewesen. Wie ich bisher gelebt hatte, verfolgt von der Vergangenheit, gezwungen, einen Tag nach dem anderen mit dem bisschen Geld anzugehen, das wir zusammenkratzen konnten, hatte ich mir Träume schlicht nicht leisten können.

Aber Emrys war anders. Er war jemand, der für die Zukunft lebte, der sie gestaltete, wie er wollte. Und sie so dringend wollte wie seinen nächsten Atemzug.

»Ich kann mich nur auf jetzt gerade konzentrieren«, antwortete ich. »Was anderes habe ich nie gelernt.«

Er küsste mich kurz. »Dann treffe ich dich dort, zwischen heute und morgen.«

Und das genügte für mich.

Ein Brüllen hallte über die schneebedeckten Hügel, und wir beide duckten uns sofort. Der Wind spielte mit uns und übertrug das Geräusch aus allen Richtungen gleichzeitig.

Danach sagten wir nichts mehr, wurden nur schneller und hielten die Augen weit offen.

Es verging eine Stunde, vielleicht mehr, bis wir auf eine komische, wellenartige Spur und erste Blutspritzer im Schnee stießen.

Ich ballte die Fäuste in den Jackentaschen, und mein Herzschlag trommelte einen verräterischen Refrain. *Sie sind tot. Sie sind tot. Sie sind tot.*

»Sag mir, dass das nicht die Spur ist, der wir folgen«, bat Emrys.

Ich sah ihn nur stumm an und stapfte weiter.

Dieser blutigen Spur konnten wir unmöglich ausweichen; sie führte in dieselbe Richtung, in die wir wollten: zu dem verlassenen Dorf am Fuß der Burgmauern. Dass wir die Spur nachverfolgen konnten, hieß, sie war heute Morgen hinterlassen worden, nach dem Schneefall letzte Nacht.

Wenn die anderen hier entlanggekommen waren ...

Diesen Gedanken würgte ich gleich wieder ab und sah hinauf zu dem hochaufragenden Gebäude vor uns. Das war mehr als ein Domizil für Könige, eher eine Zitadelle, die in einen kleinen Gipfel geschlagen worden war. Vierstöckige Außengebäude reihten sich bis zur Burg in ihrem Zentrum aneinander. Ich zählte vier Türme, deren Spitzen trotz Schnee golden schimmerten.

Das Dorf war um den Hauptweg zu den Burgtoren erbaut worden. Abgesehen von der Schmiede und einer Handvoll Gebäude mit verfallenen Schildern, die ihre jeweiligen Gewerke und Waren auswiesen, schienen alles hübsche kleine Cottages zu sein. Einige mit Pferchen für Vieh, das sie nicht mehr brauchte, andere mit schneebedeckten Gärten. Die einzige Begrüßung für uns war das Quietschen eines Brunneneimers an seiner Winde.

Wie die Feenhügel sahen auch die meisten der Cottages aus,

als wären ihre Bewohner vom Frühstückstisch aufgestanden und nie zurückgekehrt. Fensterläden klapperten und knackten bei der leichtesten Berührung wie Zweige. Schon wenige Blicke ins Innere enthüllten uns Spuren häuslichen Lebens, die einem das Herz brachen. Eine auf einem Bett zurückgelassene Strohpuppe. Kerzen und Tierhäute, die zum Trocknen aufgehängt waren, um nie benutzt zu werden. Zerfranste Fäden auf einem Spinnrad.

Wir wurden langsamer und blieben dicht beieinander, als sich die Spur weiterzog und Blutlachen erschienen. Mein Puls schlug mit jedem Schritt stärker. Als wir zur Ecke eines eingefallenen Stalls kamen, griff ich nach Dyrnwyns Heft und hielt den Atem an.

Nicht Neve, betete ich im Geiste. *Nicht Cait.*

Aber in dieser Welt waren keine Götter mehr, die mich hören könnten. Hier gab es nur uns und die Monster.

Emrys kam näher und nickte mir aufmunternd zu. Ich atmete aus und zwang mich, um die brüchige Mauerecke zu spähen.

Meine Knie wurden weich, und ich stützte eine Hand an den Resten des Gebäudes ab, während ich versuchte, mein pochendes Herz zu beruhigen.

»Was ... könnte *das* gemacht haben?«, fragte Emrys.

Eine schwarze Schlange, dreimal so lang wie ich, lag in Stücken auf dem Weg. Teile ihrer glänzenden Schuppen waren zerlöchert. Eine nicht identifizierbare, halb gefressene Masse blutigen Fells lag neben ihrem weit aufgerissenen Maul, und weiße Haarbüschel hafteten an ihren blutverklebten, schwertähnlichen Reißzähnen. Sofort reimte ich mir eine Geschichte zusammen: Die Kreatur hatte gejagt, ihre Tagesmahlzeit gefunden und wollte sie zurück zu ihrer Höhle bringen, als sie von einem noch tödlicheren Raubtier überrascht wurde.

Ich rannte zum Burgtor, sodass Emrys mir nacheilen musste.

Der Weg nach oben offenbarte noch mehr mehr Häuser, Werkstätten und Waffenschmieden. Hier waren die Pflastersteine noch rot gefärbt von Blut, das nie ganz weggewaschen wurde.

»Ich dachte … diese Flüsse von Blut … wären nur eine Geschichte«, keuchte Emrys zwischen den Laufschritten. Auch meine Lunge arbeitete wie ein Blasebalg und jagte bebende Schauer durch meinen Körper.

»Im Garten jeder Geschichte findet sich ein Samen Wahrheit«, sagte ich. Noch ein Lieblingsspruch von Nash.

Oh Mann. Seit ich in Lyonesse war, hatte ich keinen Gedanken an ihn verschwendet, doch er musste ebenfalls in diesem Königreich sein. Und angesichts seines Vorsprungs war es gut möglich, dass er die Zitadelle vor uns erreicht und vielleicht Excalibur gefunden hatte.

»Komm schon«, sagte ich und wappnete mich für diese Möglichkeit. »Wir sind fast da.«

Emrys blickte sich zum Weg hinter uns um. Beim Anblick seines schmerzhaft schönen Profils wurde mir warm. Er hätte gut hierhergepasst, dachte ich bedauernd. Als Prinz eines legendären Königreichs.

Der Wind zerzauste sein schneebestäubtes Haar, und als er wieder zu mir sah, verdunkelten sich seine Augen. Prompt fühlte ich, wie ich rot wurde.

»Sieh mich nicht so an«, stöhnte er beinahe. »Nicht, wenn ich keine Zeit habe, darauf zu reagieren.«

Mein Atem stockte, und irgendwie zwang ich mich, nur nach seiner Hand zu greifen.

»Später«, flüsterte er.

Ein Versprechen.

Doch als wir die Stufen in die Burg erreichten, war in mir nichts mehr außer dem Wunsch, mich auf den eisigen Steinen auszustrecken und meine brennenden Muskeln zu kühlen. Der meilenweite Aufstieg durch die Straßen hatte zur Folge, dass wir beide leise nach Luft japsten, als wir auf den Eingang zugingen.

Die Außentüren waren fast so hoch wie das Gebäude selbst, verziert mit Eisenbeschlägen und dem Symbol von Lyonesse, dem Kopf eines brüllenden Löwen. Und zum Glück waren sie, dank Wind oder anderem, bereits weit genug offen, dass wir hineinkonnten. Drinnen verlief ein Korridor zwischen zwei Treppenaufgängen auf eine weitere Flügeltür zu, die in die große Halle führte.

Nachdem wir noch einen letzten misstrauischen Blick gewechselt hatten, ließ ich Emrys' Hand los und trat vorsichtig durch die Tür.

Der muffige Fäulnisgeruch war überwältigend. Die Luft selbst schien tot – unnatürlich schwer und reglos, hing sie einem Trauergewand gleich über den verlassenen Festtafeln.

»Hallo?«, rief ich. »Cait! Neve! Seid ihr hier?«

Meine Stimme hallte klein und ängstlich. *Seid ihr hier? Seid ihr hier?*

»Willst du warten oder nach ihnen suchen?«, fragte Emrys.

Mein Blick schweifte ab zu den beiden Thronen ganz hinten in der Halle. Sie waren aus Holz gearbeitet und mit Gold verziert. Der samtartige Polsterstoff war von Motten und Feuchtigkeit zerfressen. Und sofern es hier Kronen gegeben hatte, waren die mit den Herrschern des Königreichs – tot oder lebendig – verschwunden.

Ein Teil der Gewölbedecke war eingefallen, und irgendwie musste viel Wasser zwischen den zersplitterten Steinen eingedrungen sein, sodass sich eine feste Eiswand auf der Ostseite des prächtigen Raums gebildet hatte. Dort hingen Wandteppiche.

Wie ferngesteuert ging ich näher hin, während mein Verstand mich noch zurück zu dem Korridor ziehen wollte, der von diesem Raum in den nächsten führte. Ein Windhauch aus der offenen Tür drückte gegen meinen Rücken, trieb mich vorwärts. Die Luft summte leise und sanft in meinen Ohren wie die beruhigenden Worte einer Mutter.

Emrys holte eine Taschenlampe hervor. Ich nahm meine eigene aus der Tasche und trat auf das erste Bild hinten in der Halle zu. Mit einer Hand wischte ich die Frostschicht weg und richtete den Lampenstrahl auf den Wandschmuck.

Die Szene wurde von dem gläsernen Eis verzerrt und vergrößert, aber nicht einmal das konnte ihrer Schönheit etwas anhaben. Langsam schritt ich das Bild ab und rieb mehr von dem Raureif weg. Als ich das Ende erreicht hatte, trat ich zurück, um das ganze Bild zu sehen. Emrys stand hinter mir, sodass sein Körper meinen Rücken wärmte. Er gab einen nachdenklichen Laut von sich, bei dem seine Brust vibrierte.

»Die Erschaffung der Welt durch die Göttin?«, schlug er vor.

»Sieht so aus«, murmelte ich.

In der Mitte der Wandteppiche war eine hellhaarige Frau in einer weißen Robe zu sehen. Etwas an ihrem Gesicht, an der Gelassenheit ihres Lächelns, weckte einen Gedanken in meinem Hinterkopf, doch ich wusste nicht, nach welcher Erinnerung ich suchen sollte.

Um ihre ausgestreckten Arme herum entstand ein Garten, in dem sich Geschöpfe aller Arten sammelten.

»Und hier haben wir Menschen«, sagte Emrys, der zu den Figuren unter dem Garten zeigte. »Die Mühe haben, ein Feuer zu machen, zu ernten …«

»Keine Menschen«, korrigierte ich. »Die Erstgeborenen.«

Emrys blickte mich überrascht an.

»Die Túatha dé Danann. Die Aes Sídhe. Tylwyth Teg«, erklärte ich. »Der Knochenschneiderin nach sind das alles Namen für dieselben Wesen. Geboren mit Magie und unsterblich, aber nicht unverwundbar durch den Tod.«

Emrys rieb die Bartstoppeln an seinem Kinn, als er zum zweiten Bild ging und es mit einigen vorsichtigen Wischbewegungen seines Arms enthüllte.

Dort waren die Sterblichen, über die Erstgeborene mit Magie und Kronen herrschten. Schwerter erschienen, und aus den Duellszenen wurden Schlachten. Auf dem dritten Wandteppich streckte ein Mann seine silberne Hand nach einer Gruppe aus, bei der es sich um seine Kinder zu handeln schien. Drei Söhne mit weizenblondem Haar und grauen Augen. Die nächsten Bilder waren leider so eingerissen und vom Verfall verdunkelt, dass man nicht mehr erkannte, was sie darstellten.

Ein donnerndes Krachen ertönte über uns, als würde eine Wand einstürzen. Wir erstarrten, als Staub von der Decke rieselte.

»Sag mir bitte, dass wir nicht nachsehen, was für ein unvorstellbar dunkler Horror das war«, sagte Emrys.

Aber ich rannte bereits zur Tür.

Kapitel 33

Von der Eingangshalle führten zu beiden Seiten Wendeltreppen nach oben. Ich ließ mich von meinen Füßen zu der rechten leiten und horchte angestrengt auf ein Echo des Lärms, den wir gehört hatten. Doch bis auf das Klappern von losen Steinchen und Rieseln von Staub war es in der Burg wieder totenstill geworden.

Die Steinstufen waren teilweise eingebrochen, was den Aufstieg heikel machte, doch als wir ein Geräusch wie von schabendem Stein über uns in dem Treppenaufgang hörten, beeilten wir uns, nach oben zu gelangen, ehe wir die Spur wieder verloren. Es schien aus dem zweiten Stock zu kommen.

»Neve?«, rief ich leise von der obersten Stufe. »Cait?«

Der Flur lag voll mit schmutziger Kleidung und zerbrochenen Möbeln, als wäre alles auf der hastigen Flucht aus der Burg fallen gelassen worden. Die offenen Türen führten in Schlafgemächer in unterschiedlich chaotischen Zuständen, angefangen von einst prächtigen Himmelbetten, die zu Streichhölzern zerlegt waren, bis hin zu schmutzverkrusteten Schränken.

Emrys wollte in das erste Zimmer, um es abzusuchen. Ich stoppte ihn, doch er zog beide Brauen hoch und machte eine Geste, als würde er ein Schwert halten.

Ich seufzte. Er hatte ja recht; egal wo die anderen waren und was das Geräusch gemacht hatte, wir waren hier, um Excalibur zu finden.

Ich schaute in das nächste Zimmer und blickte mich rasch um. Hier war wenig mehr als Möbel, die mit sich auflösendem Stoff bedeckt waren. Jedes Mal, wenn ich eines der Laken anhob, um nach Anzeichen von dem Monster oder Excalibur zu suchen, konnte ich Spuren des Verfalls auf meiner Haut spüren.

Etwas baute sich von Raum zu Raum in mir auf – ein Drängen. Nicht wegzulaufen, zu sprechen oder zu kämpfen. Es hatte keinen Namen, folgte mir aber bei jedem Schritt. Und nicht einmal das beruhigende Gefühl, dass Emrys jede meiner Bewegungen beobachtete, konnte es verscheuchen.

Auf halbem Weg den Flur hinunter schlug uns der fieseste Gestank entgegen, den ich jemals wahrgenommen hatte – wie von der Sonne geröstetes Abwasser. Ich wich zurück, und obwohl mein Magen leer war, revoltierte er.

Emrys hustete und bedeckte sich Mund und Nase mit dem Jackenärmel. Er sah mich an. »Dir ist klar, dass wir zurück nach unten gehen könnten und auf die anderen warten.«

Das wollte ich wirklich sehr, sehr gern, aber dies war einer von den unglaublich raren Momenten, in denen der Zweck die Oberhand hatte. »Nein, wir müssen weiter.«

Sichtlich widerwillig ging er einen Schritt vor.

»Hast du Angst, Dye?«, flüsterte ich spöttisch.

»Ja.« Er drehte sich mit weit aufgerissenen Augen zu mir um. »Kannst du meine Hand halten?«

Die Luft war bitterkalt, konnte jedoch nicht verhindern, dass meine Wangen sehr heiß wurden. »Nein!«

Ich eilte ihm voraus und sah mich schnell in den Zimmern rechts um, während er die links überprüfte. Da er die längeren Beine hatte, holte er mich leicht ein, als ich eine der letzten

Türen erreichte. Und wir zusammen die Quelle des ekligen Gestanks entdeckten.

Ich musste alles an Selbstbeherrschung aufbieten, was ich noch hatte, um nicht das Phantomgefühl von juckender Fäulnis von meinen Armen zu rubbeln. Der Gestank der Verwesung überwältigte meine Sinne, bis mir war, als würde ich selbst verwesen. Wir standen noch in der Türöffnung, als ich meine Ärmel hochschob, um mich zu vergewissern, dass mir keine tote Haut von den Knochen bröselte.

Meinen silbernen Knochen.

Die Tür zu dem Zimmer lag auf dem Boden, sodass wir über sie und den aufgehäuften Schutt steigen mussten. Es sah so aus, als wäre sie mit solcher Wucht ausgerissen worden, dass die Steine um den Sturz herum gleich mit weggebrochen waren, sodass nur eine rissige Öffnung in der Wand zurückblieb.

Emrys warf mir einen letzten gequälten Blick zu, bevor er hindurchtrat, wobei seine vernarbte Hand den rohen Stein streifte.

Ich blieb dicht bei ihm. Der Todesgestank umringte mich, der metallische Blutgeruch und der ekliger Fäule zwang mich beinahe in die Knie. Mit meiner freien Hand griff ich nach Dyrnwyns kaltem Heft, und wir schlichen uns langsam in den Raum.

Er war riesig, einzig von wenigen eingefallenen Wänden unterteilt. Wie in den anderen Zimmern war auch hier das meiste Mobiliar von Laken verhüllt.

Ein rundes Sofa unter einem groben Stoff in der Zimmermitte wirkte erstaunlich modern, und das gigantische Himmelbett in der hintersten Ecke legte nahe, dass dies einst das Schlafgemach einer sehr hochgestellten Person gewesen war. Mein Blick wurde von den seidenen Wandbehängen zu angelaufenen Rüstungen neben dem Kamin gelenkt. Allerdings nur kurz.

Emrys schrak zurück, und ihm stockte hörbar der Atem. Sehr

vorsichtig hob er den Fuß von einem langen gelben Knochen, den er um ein Haar durchgebrochen hätte.

Noch mehr Knochen lagen auf dem Boden verstreut, manche von ihnen so übel zerbrochen, dass die Bruchkanten wie spitze Waffen wirkten. Je länger ich hinschaute, desto leichter konnte ich mich davon überzeugen, dass es einst Tiere gewesen waren – zumindest bis ich den ersten Schädel sah, der achtlos unter einen kleinen Tisch geworfen worden war.

Menschlich, schrie mein Verstand.

Ich trat vor, bahnte mir meinen Weg durch die Überreste. Sichtlich widerwillig tat Emrys es mir auf der anderen Seite des Raums gleich. Ich blickte in die Durchgänge, die ein Zimmer mit dem nächsten verbanden, doch die waren größtenteils leer geräumt.

Es verging ein Moment, ehe mir auffiel, dass die Luft hier wärmer war – fast dampfend von dem Abwassergestank.

Während Emrys sich hinkniete, um unter dem Bett und der Matratze nach dem Schwert zu suchen, folgte ich meiner Nase zur Quelle des Geruchs und griff nach dem Tuch, das ein großes Sofa zu verhüllen schien. Vorsichtig zog ich daran.

Es glitt beinahe geräuschlos herunter, da die glatten schimmernden Schuppen auf dem hochgewölbten Rücken keinen Widerstand boten.

Donnergrollen dröhnte in meinen Ohren, als mein Puls durch die Decke ging. Mein Kopf schien nicht mehr mit dem Rest meines Körpers verbunden. Aus dem Augenwinkel sah ich, dass Emrys sich lautlos bewegte und mir verzweifelt stumm etwas zu sagen versuchte.

Die Bestie schnaufte im Schlaf, den riesigen Kopf auf den blutbesudelten Teppich gebettet. Sie war kleiner, als ich sie mir früher immer vorgestellt hatte; nur zweimal so lang wie das Bett in der Nähe. Die Schuppen erinnerten mich an Spiegelungen von roten Sonnenaufgängen auf fernen Bergkämmen. Jede einzelne Schuppenkante schien wie gemacht, um Fleisch zu zerschlitzen.

Draig Goch. Roter Drache.

Der massive Schwanz bewegte sich wie der einer schlafenden Katze. Er schabte über den Boden, dass Glas und fleckige Dekoration erbebten wie verängstigte Tiere. Der Lärm, den wir vorhin gehört hatten, war der Drache gewesen, der sein enormes Gewicht verlagert hatte, um eine bequemere Position einzunehmen. Der Boden wippte unter meinen Füßen, als sich das Monster wieder rührte und den Kopf auf eines seiner Beine legte.

Mein Magen verflüssigte sich.

Wenn dies die Bestie von Land's End war, wurde schmerzlich klar, warum das Königreich verlassen worden war. Keine Klinge konnte Drachenhaut durchdringen. Auch kein Zauber. Deshalb waren die Hollower so scharf darauf, ihre Arbeitshandschuhe daraus zu fertigen.

Und deshalb mussten wir diese Zitadelle *auf der Stelle* verlassen.

Die anderen, dachte ich und bekam wieder schreckliche Angst. Wenn sie hergekommen und von dem Drachen überrascht worden waren ...

Emrys streckte mir seine Hand hin, und sein panischer Blick wechselte zwischen mir und dem schlafenden Drachen. Ich machte einen behutsamen Schritt auf ihn zu, wobei ich sorgsam die Knochen um uns herum mied. Heißer, rauchender Atem stieg aus dem Maul und den Nüstern auf und malte bizarr schöne Muster in die Luft.

Noch ein Schritt.

Noch einer.

Ich reckte einen Arm in Emrys' Richtung, weil ich etwas

brauchte, das mich stabilisierte, da mein Körper vor Adrenalin zu explodieren drohte.

Der Drache schnaufte wieder und blies eine Aschewolke aus.

Ein ledriges Augenlid hob sich. Eine feuchte, klare Membran zog sich über der glühend goldenen Iris zurück. In deren Oberfläche spiegelten sich unsere Gesichter, als der Drache den Kopf hob.

Emrys schloss seine Hand um meine, und nach einem letzten verzweifelten Blick rannten wir los.

Kapitel 34

Der Boden bebte. Steine zerstoben zu Staub, als der große Drachenleib immer wieder gegen Wände rammte, weil seine Klauen auf dem glatten Steinboden ausrutschten.

Wieder roch es nach Rauch, als der Drache würgend hustete und aus seinem Maul Flammen in alle Richtungen sprühten. Ich schlug eine Hand auf Emrys' schwelenden Ärmel, bevor ich ihm den Mantel ganz herunterriss. Der Drache sollte ihn nicht für einen pelzigen Leckerbissen halten.

Ich trieb meinen Körper zur Eile an, als aus der Staubwolke vor uns ein Treppenaufgang erschien.

Das Brüllen des Drachen hallte von den Wänden wie ein Heer ungestimmter Streichinstrumente. Er fauchte und kreischte abwechselnd, und in jedem Ton schwang eine zitternde, qualvolle Note mit. Der bellende Husten wurde zu einem von Feuer begleiteten Schrei.

In dem engen Aufgang wurden die Flammen direkt zu uns geleitet, doch es gab keine Alternative – wir stürzten die Wendeltreppe hinab. Die Stufen erschütterten meine Rippen, belebten den stechenden Schmerz meiner früheren Verletzung aufs Neue. Wenigstens war ich besonnen genug, meinen Kopf mit den Armen zu schützen, als das Feuer über uns wütete und uns verfolgte.

Die Flammen versengten die Luft. Ich versuchte, nicht zu atmen, weil mir klar war, dass es meiner Lunge und meinem Hals nicht guttäte. Als wir unten waren, tastete ich nach Emrys.

»Alles okay«, sagte er und richtete sich wacklig auf. »Weiter, weiter …«

Der Drache kreischte, als sein massiger Körper in den engen Biegungen stecken blieb, und füllte die Luft mit dem giftigen Dampf seines Atems.

Doch von einer Sekunde zur anderen verstummte der Rote Drache, als würde er aufgeben. Schuttbrocken purzelten die Stufen herunter. Emrys' Puls raste unter meinen Fingern, als ich seinen Unterarm fest umschlang, aber immer noch schien sich keiner von uns rühren zu können, nicht einmal, um uns selbst zu retten.

Mein eigener Herzschlag war überall an meinem Körper zu spüren, als ein neuer Schwall kochender Dampf an uns vorbeiblies. So elegant und lautlos wie eine Schlange hatte der Drache seinen sehnigen langen Hals um die Treppenkurve gestreckt, sodass sein gehörntes Haupt hinter uns auftauchte. Die Kreatur öffnete ihr Maul wie zu einem finsteren Grinsen und ließ die gespaltene Zunge vorschnellen. Neckend. Kostend.

Ich war ganz auf die goldenen Augen konzentriert, die in der Dunkelheit leuchteten. Blaues Feuer begann, sich hinten in der Drachenkehle zu sammeln und jeden der onyxxschwarzen Zähne zu erhellen.

»Tamsin!« Emrys zerrte mich nach oben, als die Flammen schon in das sich weiter öffnende Maul vordrangen. Anscheinend grillte er seine Mahlzeiten gern, ehe er sie verschlang.

Plötzlich hustete und würgte der Drache erneut. Die Flammen erloschen, und der Drache schlug seinen Kopf gegen die Treppe, dass Staub und Steine auf uns niederprasselten. Wir flohen.

Wir waren schon halb durch den Korridor, da rammte sich der Drache durch die einstürzende Treppe und die Wand, um zu uns zu gelangen. Eine Explosion von Staub und Schutt traf uns von hinten. Ich blickte mich um und kreischte, denn die Kreatur jagte auf allen vieren auf uns zu. Der Drache hatte die Flügel eng angelegt, um durch den Flur zu passen, aber sein linker stand in einem komischen Winkel ab, als wäre er gebrochen gewesen und nicht richtig verheilt.

An seinem Gesicht und dem Hals waren zahlreiche Narben, und stellenweise fehlten Schuppen. Ich registrierte jede einzelne und begriff, dass es ein ganz mieses Zeichen war, wenn ich sie so genau erkannte. Er war zu nahe!

Der Drache holte tief Luft, und Rauchgestank warnte vor dem nächsten Feuer. Dann blieb er schlitternd stehen, richtete sich auf die Hinterbeine auf und breitete die Flügel aus. Eine dicke, geäderte Membran verband die Knochen und Gelenke, und beide hatten krallenartige Haken an den Enden, mit denen sie die Wände zerkratzten, als der Drache mit ihnen schlug.

Der Wind, den die Flügel erzeugten, krachte mit Wucht in mich hinein, sodass ich unsanft auf dem harten Steinboden landete. Emrys fiel neben mich und japste nach Luft.

Feuer raste auf uns zu, das wirbelte und ausschlug wie ein Tier.

Aber es waren keine Flammen, die über uns hinwegrauschten, sondern ein kalter Sturm, der das Feuer zurück auf den Drachen lenkte.

Ich blickte auf und erschrak, als ich Neve wenige Schritte entfernt in der Tür stehen sah, die Hände noch ausgestreckt. Hinter ihr war eine Treppe, die zur Haupthalle führte.

»Hi!«, sagte sie munter. »Nett, dass ihr auch aufkreuzt! Ich fing schon an, mir Sorgen zu machen.«

Meine Erleichterung wich direkt blankem Horror. »Raus hier!«

Wieder baute sich Hitze hinter uns auf, wo der Drache zornig würgte und fauchte.

Er stürzte erneut auf uns zu, preschte durch den brennenden Schutt. Ich wollte nach meinem Schwert greifen, hielt jedoch inne. Drachen wurden aus Feuer geboren. Sie würden niemals durch es sterben.

Blödes Feuerschwert, dachte ich wütend. Es würde nicht einmal die Drachenhaut durchdringen.

»Weg hier!«, sagte Emrys, der erst meinen Arm unterhakte, dann Neves und uns wegzog.

Die Bestie stürmte knurrend und würgend vorwärts. Wir rannten die Treppe hinunter. Alles in mir tat weh von den Erschütterungen durch meine donnernden Schritte.

Doch diesmal folgte uns der Drache nicht. Als wir im Erdgeschoss der Burg ankamen, drehte ich mich um und sah nur noch Schatten hinter uns.

»Hier lang!«, keuchte Neve. Ihr Befehl hallte durch den höhlenartigen Korridor. In der Ferne löste das Echo ein Rieseln von losem Stein aus.

Am imposanten Burgeingang stand Caitriona mit dem Rücken zur großen Halle. Sie schwenkte eine Fackel über ihrem Kopf.

»Hier!«, rief sie – aber nicht an uns gerichtet.

Ehe einer von uns reagieren konnte, ließ sie die Fackel fallen, drehte sich um und rannte zur großen Halle. Eine Sekunde später flog der Drache tief durch den Eingang. Schnee und Asche fielen von seinen Schuppen, als er ihr nachjagte.

»Cait!«, schrie ich und rannte hinter ihr her.

Der Drache spie Flammen, als Caitriona an den Wandteppichen entlangsprintete. Feuer traf auf das Eis vor ihnen, das umgehend zu Dampf wurde, in dem Caitriona nicht mehr auszumachen war.

Wieder erstarb der Feueratem des Drachen, und er hustete und würgte, wobei er die Krallen in den Boden schlug und den Rücken durchbog.

Nash, der oben in den Querbalken gehockt hatte, bemerkte ich erst, als er heruntersprang und mit einem Ächzen auf dem Drachenrücken landete. Er glitt an den glatten Schuppen herunter, packte jedoch in letzter Minute eine der dornigen Schultern, um sich wieder nach oben zu ziehen.

Mein Schrei wurde von dem der Bestie übertönt, als Nash den Dolch in seiner linken Hand benutzte, um dem Drachen in das eine Auge zu stechen. In der anderen Hand hatte er ein rostiges Schwert, mit dem er nach dem offenen Maul hieb, sodass Drachenzähne in alle Richtungen flogen.

Einer hätte beinahe Neve durchbohrt, als sie auf den Kampf zulief.

»Jetzt, Caitriona!«, rief Nash, der Mühe hatte, sich im Nacken des Drachen zu halten, denn das Ungeheuer versuchte, ihn mit seinen Flügeln wegzuschlagen.

Caitriona stürmte hin, stoppte kaum, als sie einen langen schwarzen Reißzahn aus einem zertrümmerten Tisch riss. Der Drache senkte den Kopf, die restlichen Zähne gebleckt, aber Caitriona glitt schon unter ihm über den Boden und schlitzte ihn vom Schlund bis zum Magen mit seinem eigenen Zahn auf.

Die Bestie würgte und wütete, schwang sich nach vorn und erbrach schwache Flammen.

Natürlich, dachte ich.

Schwert und Zauber konnten nichts ausrichten. Das Einzige, was einem Drachen etwas anhaben konnte, war ein Drachenzahn oder eine Drachenklaue.

Das Monster sackte schwer zu Boden, und das Feuer in seinen Augen erlosch. Während sich der gewaltige Körper entspannte, sich dem Tod ergab, quoll eine faulige, dampfende Masse von Eingeweiden auf den Boden, gefolgt von dem Mageninhalt.

Knochen, Helme, Steine, Brustpanzer, Statuenköpfe und Silberkrüge wurden in dem ekelhaften Schwall mit nach draußen gespült. Ich wagte mich einen Schritt vor, da wurde mir der Weg von der letzten Welle abgeschnitten, mit der eine Kanonenkugel, eine Krone und ein Serviertablett hinausgeschwemmt wurden.

Nash rutschte von dem Drachen.

»Bist du komplett durchgeknallt?«, fragte ich ihn ernst. »Oder ist dein Gehirn bei deiner Wiedergeburt vergessen worden?«

»Was denn?« Nash rupfte seinen Dolch aus dem Drachenauge und stieg mit einem angewiderten Blick über die heraushängende Zunge. »Das alte Biest hat über Jahrhunderte mehr als seinen gerechten Anteil an Leuten verputzt. Es hat nur bekommen, was es verdient. Eine würdige Hilfe, Caitriona. Hervorragend.«

Das Lob weckte einen hässlichen, eifersüchtigen Zug in mir, der jedoch gleich wieder verschwand, als Caitriona nickte und sehr zufrieden aussah. Vielleicht hatte sie das gebraucht, um all die Wut rauszulassen, die sich in ihr aufgebaut hatte.

Neve rannte zu ihr und packte ihre Arme. »Das war unglaublich und unglaublich dumm, aber vor allem unglaublich.«

Es war schwer zu sagen, ob Caitriona rot wurde oder ob ihre Wangen wie ihr Haar von den blutigen Eingeweiden pink verfärbt waren.

»Ich …«, begann Caitriona, wurde jedoch wie versteinert, als Neve ihr Gesicht mit beiden Händen umfing, um es zu inspizieren. »Mir geht es gut.«

»Du«, sagte Nash zu Emrys. »Wenn Eure Königliche Hoheit

fertig damit ist, uns bei der Arbeit zuzugucken, wärst du vielleicht so gut nachzusehen, ob sich in dieser Sauerei etwas Nützliches findet.«

»Super, klar«, antwortete Emrys. Er war ein bisschen blass, als er die ekligen vor uns ausgebreiteten Gaben betrachtete. »Übrigens danke fürs Zusammennähen.«

»Das habe ich ganz sicher nicht für dich getan«, sagte Nash, und auf meinen warnenden Blick hin ergänzte er: »Und ich dulde diese Haltung jetzt gerade nicht von dir, Tamsin Lark. Ich hatte dich aus einem sehr guten Grund zurückgelassen. Ich hatte dir gesagt, dass die Bestie nicht bloß eine Geschichte ist!«

Schlagartig erinnerte ich mich an meine Wut, zurückgelassen worden zu sein, und daran, dass wir beinahe unser Leben verloren hatten, ehe ich die Antworten bekam, die ich brauchte.

»Ja, und hier hast du eindeutig keine Hilfe nötig gehabt«, erwiderte ich. »Das hättest du auch ganz allein hinbekommen.«

Er starrte mich an, und sein Kiefer mahlte.

»Mein Job ist, dich zu beschützen, du verdrießlicher kleiner Troll«, sagte er. »Du musst mich nicht mögen, aber du *musst* auf mich hören …«

»Ach, ich bitte dich!« Mir kam noch ein Gedanke, während ich ihn unterbrach. »Und woher hast du überhaupt gewusst, dass die Bestie noch lebt?«

Nun wurde Nashs Miene so finster, wie meine sein musste, und er drehte sich wieder zu Emrys um, wobei er auf den Drachen zeigte. »Ein bisschen fixer, junger Prinz. Wir müssen noch das verdammte Schwert suchen.«

Emrys erledigte seine Aufgabe, wirkte allerdings wie ein Mann auf dem Weg zum Galgen. Der metallische Gestank nach Blut und Gedärmen brachte mich zum Würgen, als ich zu ihm ging und ihm half, sodass ich mir mein Shirt vor Mund und

Nase hielt. Anscheinend hatte die Kreatur eine große Portion Mittelalterplunder gefressen.

»Oho«, sagte Nash, der in den offenen Brustkorb des Drachen griff. Ellbogentief tastete er herum und benutzte seinen Dolch, um irgendetwas freizuschneiden, das wie ein Stück Muskel aussah, sehr zum Leidwesen meines ohnehin revoltierenden Magens. »Ich habe einen Schatz für euch.«

Caitriona kam herüber und erlaubte ihm, ihr einen Klumpen davon in die Hände fallen zu lassen. Sie hob es näher zu ihrem Gesicht, um es genauer anzuschauen, und schnupperte auf eine Weise daran, dass ich automatisch wieder würgte.

»Drachenherz ist eine mächtige Substanz«, erklärte Nash ihr. »Es kann für eine ganze Reihe von Heilsalben und Tinkturen benutzt werden, um deren Wirkung zu steigern. Ich denke, Lady Olwen wird sehr gern etwas davon nehmen.«

Caitriona wurde sichtlich betrübt, als er ihre Schwester erwähnte, doch sie nickte. Neve nahm es ihr ab, holte eine Plastiktüte aus ihrer bodenlosen Bauchtasche und legte es hinein. Dann löste sie den Gurt und warf die Tasche auf einen Tisch in der Nähe. Ich stellte meine daneben ab.

»Was sollte ich sonst noch für sie einsammeln?«, fragte Caitriona begierig. »Einige Schuppen? Zähne?«

»Kannst du einen der Zähne für mich mitnehmen?«, murmelte Emrys neben mir. »Ich hätte gern ein Andenken an dieses Furcht einflößende Erlebnis, das ich nur knapp überlebt habe.«

»Ich auch!«, sagte Neve.

Ich verzog das Gesicht und schritt um die Kreatur herum. Der Knoten in meinem Bauch spannte sich an, und das seltsame Gefühl von Verfall kehrte zurück, um sich wie Gift in mir auszubreiten. Beinahe als …

Als könnte ich den Tod über ihm schweben spüren, beendete mein Verstand den Satz.

Wie von allein bewegte sich meine Hand nach vorn, sodass meine Finger die leuchtend roten Schuppen streiften.

»... verzeih, große uralte Flugechse«, sagte Neve, die plötzlich neben mir war. Sie hielt den Zahn in die Höhe, den sie sich ausgesucht hatte, und ich erschauderte bei dem Anblick. Das Ding war länger als mein Zeigefinger und leicht gekrümmt.

Neve steckte ihn in ihre Jackentasche, bevor sie den Hals der Bestie tätschelte. »Hättest du nicht versucht, uns zu grillen und zu essen, wären wir wahrscheinlich Freunde geworden.«

Ich öffnete den Mund, um zu widersprechen, doch sogar ich musste zugeben, dass das nicht vollständig aus der Luft gegriffen war. Drachen waren verschlagene, äußerst intelligente Kreaturen, und einige Arten waren angeblich zahm genug, um sich mit Sterblichen anzufreunden – auch wenn sie zu dickköpfig waren, um jemals erzogen zu werden. Dieser Gedanke führte zu der melancholischen Erinnerung an die Drachenknochen, die schützend um das verschneite Cottage in Avalon gebogen gewesen waren.

»Hey, alter Mann«, rief Neve Nash zu. »Hast du nicht gesagt, dass in Excaliburs Heft Kreaturen eingeritzt sind?«

»Ja, habe ich«, bestätigte Nash, der hinter dem Dornenschwanz des Drachen hervorschaute. »Warum?«

Neve ging an mir vorbei und kniete sich neben den Drachenhals an der Stelle, an der Caitrionas Schnitt begann. Jetzt sah ich es auch – das silberne Metall, das aus der sickernden Wunde ragte. Es war ein blutverschmierter Stahlknauf.

Das Schwert hatte also wer weiß wie viele Jahre im Hals des Drachen gesteckt.

»Gefunden!«, rief Neve. »Und Überraschung! Es reagiert gar

nicht auf mich, denn wie ich ja gesagt habe …« Sie packte den Griff und zog das Schwert mit einer einzigen schwungvollen Bewegung heraus.

Ein phosphorartiges blau-weißes Licht leuchtete grell um sie herum auf, zog an ihrem Haar, ihrer Kleidung. Erschrocken griff ich nach ihr, flog jedoch im nächsten Moment zurück, als eine Druckwelle um sie herum explodierte wie um einen sterbenden Stern.

Kapitel 35

Das Licht warf den Schatten zurück, der über der Eingangshalle hing, vertrieb die Dunkelheit bis an die Ränder des Raums. Es bewegte sich in beängstigend starken Wellen und zeichnete den Steinboden mit blitzartigen Brandmustern.

»Neve!«

Während ich mich abmühte, wieder auf die Beine zu kommen und den Schlag der Magie abzuschütteln, rannte Caitriona an mir vorbei. Sie blieb direkt außerhalb des Magiebereichs stehen, wo die Angst in ihrem Gesicht von der schieren, überirdischen Kraft angestrahlt wurde.

Neves Umrisse waren gerade noch so im Zentrum der wachsenden Kugel zu erkennen; der Rücken furchtbar gebogen und der Kopf zurückgeworfen, wie in einem herzzerreißenden Schrei eingefangen.

»Lass es los!«, rief Nash. Das Licht antwortete mit einem tiefen, dröhnenden Summen, als wäre es verärgert. »Du musst das Schwert loslassen!«

Starke Hände packten mich unter den Ellbogen und hoben mich hoch, auch wenn meine Beine verdammt wacklig waren.

»Was ist das?«, hauchte Emrys, der mich dicht an seine Seite zog.

»Neve!«, schrie ich, konnte mich selbst aber kaum in dem wummernden Vibrieren hören. »Du musst loslassen!«

Neve und das Licht stiegen auf, während sich ein Krater unter ihnen auftat, von dem aus Risse über den Boden und die Wände hinauf jagten. Da war eine schwache Bewegung in der Magie – Neve, die ihren Kopf kaum merklich nach rechts zu Caitriona drehte, in deren Augen Entschlossenheit aufblitzte.

»Nicht ...!«, warnte ich, doch Caitriona warf die Arme bereits nach vorn durch die Magiebarriere.

Anstatt sie wie mich zurückzuwerfen, verschob sich das Licht und schluckte sie.

Emrys sah mich unsicher an, als wüsste ich, was jetzt zu tun war.

Ich trat vor, schirmte meine Augen gegen das grelle Licht ab und sah aus dem Augenwinkel, wie Nash das Gleiche tat. Wir kämpften uns vor, um wieder und wieder zurückgestoßen zu werden.

Silber blitzte auf, zerschnitt die Luft über mir, und auf einmal erlosch die Magie. Excalibur schepperte laut, als es über den Schutt und durch die Tür aus der Halle schlitterte.

Die noch verbliebenen Lichtblitze trieben um uns herum, und das tiefe Schnurren der Magie verblasste, während Caitriona in der Kratermitte kniete. Rauch stieg aus ihrem silbernen Haar auf, dessen Längen versengt waren. Ihre dunkle Kleidung war zerrissen und ausgefranst, sodass üble Verbrennungen auf ihrer Haut freigelegt waren. Sie schien nichts davon zu spüren, denn ihre Aufmerksamkeit galt ganz dem Mädchen in ihren Armen.

»Lebt sie?«, fragte ich krank vor Sorge, als ich auf sie zulief. »Cait, lebt sie?«

»Bleibt zurück«, befahl Caitriona leise. »Die Magie ist noch nicht fertig mit ihr.«

Sie hatte recht. Das Licht, das sich um Neve gesammelt hatte, verlief nun wie zig glühende Flüsse unter ihrer Haut und beleuchtete sie von innen. Der Geruch nach verbranntem Fleisch war fast überwältigend, als ich mich entsetzt über Caitriona beugte.

Da war kein Fleck, kein noch so winziger Kratzer an Neve, doch einen schrecklichen Moment lang sah es aus, als würde sie auseinanderbrechen.

Schweiß rann über ihr Gesicht, und sie gab ein leises Stöhnen von sich, die Züge schmerzverzerrt. Ich konnte die Hitze sehen, die von ihr abstrahlte, als würde sie von innen nach außen verbrannt.

»Sie ist es wirklich«, flüsterte ich.

»Ich glaube, ich habe etwas verpasst«, sagte Emrys, der von der erschütterten Caitriona zu mir sah. »Etwas anderes, meine ich. Warum hat das Schwert so reagiert?«

»Das Schwert wurde mit der Macht der Göttin geschmiedet«, antwortete ich. »Die Knochenschneiderin sagte, es würde auf die Person reagieren, der die Seele ihrer Tochter innewohnt.«

Die anderen mussten ihm die Geschichte in Rivenoak erzählt haben, als ich hinter Cabell hergelaufen war, oder er ahnte, dass ich es jetzt gerade nicht erklären konnte, denn er nickte nur zittrig.

Nash murmelte etwas vor sich hin, als er sich neben Caitriona stellte. »Lass sie mich zu einem der Tische tragen, damit wir sie uns genauer ansehen können.«

Caitrionas Finger schlossen sich sichtbar fester um Neves Schultern.

»Lady Caitriona«, sagte Nash mitfühlend und streng zugleich. »Ich werde vorsichtig sein, das schwöre ich.«

»Sie brennt noch«, entgegnete Caitriona heiser. Ihre Hilflosigkeit war erschütternd. »Wir brauchen Olwen. Olwen würde wissen, was zu tun ist.«

»Cait«, sagte ich und kniete mich zu ihr. »Ich helfe dir.«

Emrys wollte zu uns kommen, doch ich bedeutete ihm mit erhobener Hand zurückzubleiben.

Schließlich gab Caitriona nach und rückte zur Seite, sodass ich Neve mit ihr anheben konnte. Ich versuchte, nicht zusammenzuzucken, als ich die kochend heiße Magie spürte, die sich wütenden Schlangen gleich unter ihrer Haut bewegte.

»Wir müssen sie abkühlen«, sagte Nash, der voraus zu dem letzten unbeschädigten Tisch in der Halle ging. Emrys wischte mit einem Arm den Schutt von der Platte, bevor wir Neve hinlegten. »Und du, Caitriona, nimm die Salbe aus meiner Tasche und trag sie auf deine Verbrennungen auf.«

»Ich hole Schnee«, sagte ich zu ihm.

Neve stöhnte wieder leise.

»Ich helfe dir, Tamsy«, meinte Nash. »Du auch, junger Prinz, falls du einige Minuten echter Arbeit ertragen kannst.«

Emrys biss die Zähne zusammen und warf noch einen besorgten Blick auf Neve, ehe er antwortete: »Ich werde mein Bestes tun, deiner heroischen Führung zu folgen.«

Doch der Schnee, den wir um sie herum anhäuften, schien Neve überhaupt keine Erleichterung zu bringen; er schmolz, sobald er ihre Haut berührte.

»Das wird nicht funktionieren«, erklang eine seidige Stimme hinter uns. »Ihr Körper braucht Zeit, sich an die Magie anzupassen.«

Langsam drehte ich mich um, hob eine Hand zum Heft meines Schwerts, um gleich wieder innezuhalten.

Sieben Frauen standen in der Mitte der Halle, manche in langen Samtgewändern und pelzgesäumten Umhängen, andere in modernerer Kleidung – Daunenmänteln und so praktischen Stiefeln, von denen ich nie gedacht hätte, dass sie für Zauberinnen jemals in Betracht kommen würden.

Denn Zauberinnen waren sie alle.

Ich erkannte die große Frau, die vor den anderen stand, sofort von den neidgeschwängerten Beschreibungen, die ich in den neueren Unvergänglichkeiten in der Bibliothek gelesen hatte. Kasumi war seit inzwischen beinahe hundert Jahren die Hohezauberin im Rat, obwohl sie sich, wie so viele andere, ihr jugendliches Aussehen trotz der vielen Jahrhunderte erhielt, die hinter ihr liegen mussten.

Ihre helle Haut schien das letzte Glühen der Magie um uns herum aufzusaugen. Das lange glatte Haar, das über ihre Schultern floss, war dunkler als die Nacht. Die Zauberin rechts von ihr, eine zarte, nervöse Brünette, beobachtete uns mit gesenktem Kopf, den langen Zauberstab vorgestreckt.

»Kasumi«, sagte Nash und vollführte eine leichte Verbeugung über der reglosen Neve. »So strahlend wie am ersten Tag, an dem ich dich erblicken durfte.«

»Wie kommt es, dass du am Leben bist?«, fragte sie. »Ich habe so verzweifelt gehofft, die Geschichten von deinem Ableben wären wahr.«

»Du weißt, wie gern ich Leute auf den Arm nehme, Kas«, antwortete er.

Ich schnitt eine Grimasse und wollte etwas sagen, doch plötzlich griff Emrys nach meiner Hand, zog unsere verschränkten Finger auf seinen Rücken und drückte sie. Ich folgte seinem Blick.

Die Zauberin Madrigal stand hinten in der Gruppe und funkelte uns alle an wie ein trotziges Kind, das zu etwas Langweiligem gezwungen wurde. Ihre flammend rote Mähne war zu einem tiefen Knoten gebunden, und verglichen mit den Unmengen an schwarzem Tüll, in denen ich sie zuletzt gesehen hatte, wirkte ihr dunkelrotes Gewand mit passendem Mantel, der mit allen erdenklichen Knochen bestickt war, ungewöhnlich dezent.

»Hatte ich nicht gesagt, dass sie hier sind?«, fragte Madrigal. »Darf ich mich jetzt von diesem göttinnenverlassenen Ort entfernen, bevor mir eine Titte abfriert?« Ihr Blick schweifte über uns hinweg, gelangweilt und genervt, bis er auf Emrys landete. »Ah, hallo, Hundchen.«

Ein kleines Lächeln flackerte in ihrem Gesicht auf, und hätte Emrys mich nicht festgehalten, wäre ich vielleicht auf sie zugestürmt und hätte ihr das Gesicht zerkratzt.

»Nun, mein süßes, rotwangiges Schätzchen, sosehr ich unsere Begegnung auch genieße«, sagte Nash, »würde ich doch gern wissen, was ihr alle hier tut.«

Von den Steinen um uns herum stieg kalte Luft auf, die jedoch nichts gegen Kasumis eisige Miene waren. »Ich bin wegen des Mädchens hier.«

»Ach ja?«, sagte Nash. Er und Caitriona rückten so zusammen, dass sie der Zauberin den Blick auf Neve versperrten. »Tja, wir hätten hier gleich einige Mädchen zur Auswahl.«

Kasumis Augen blitzten, aber sie schaffte es, ihren Ton im Zaum zu halten. »Das Mädchen, das Creiddylads Seele besitzt. Sie hat an Madrigal geschrieben, wollte mehr über ihre Mutter erfahren und hat ihre einzigartige Kraft beschrieben.«

Die andere Zauberin, die eben noch an ihren krallenartigen Nägeln genestelt hatte, blickte auf. »Ihre Briefe waren so mitleiderregend, dass ich fand, ich sollte sie dem Rat bringen.«

»Und dich damit Liebkind machen«, fügte eine der anderen beißend scharf hinzu.

»Sei nicht neidisch, Belinda«, sagte Madrigal. »Es steht jemandem mit solch einem Reptilienteint schlecht zu Gesicht.«

»Das reicht«, ermahnte Kasumi sie. »Excaliburs Reaktion hat meinen Verdacht bestätigt, dass sie die ist, die Lord Death will. Du musst mich das Mädchen sehen lassen, Nashbury.«

»Nein.« Caitrionas Stimme war wie ein Schwerthieb und ließ die Anführerin des Rats der Schwestern stocken, bevor sie sich auch bloß gerührt hatte. Die anderen Zauberinnen hoben ihre Stäbe.

»Wer ist das?«, fragte Kasumi an Nash gerichtet, während sie frostig zu Caitriona sah. Letztere hatte seinen Rat befolgt und Salbe auf die Verbrennungen in ihrem Gesicht und auf ihren Armen aufgetragen. Die Wunden begannen schon, besser auszusehen.

»Dies ist Lady Caitriona aus Avalon«, antwortete Nash.

Die anderen Zauberinnen regten sich, sichtlich fasziniert, als sie versuchten, einen besseren Blick auf sie zu bekommen. Die schmale Brünette neben der Hohezauberin erklärte: »Eine von den zwei überlebenden Priesterinnen.«

»Ich bin keine Priesterin mehr«, knurrte Caitriona.

»Und die anderen?«, fragte Kasumi.

»Das ist meine Tochter, Tamsin«, sagte Nash.

Bei dem Wort empfand ich einen komischen Stich. Es stimmte natürlich nicht, doch er hatte es noch nie zuvor gesagt.

»Große Mutter, du hast dich fortgepflanzt?«, fragte Kasumi entgeistert.

»Adoptiert«, stellte ich klar.

»Und das ist Emrys Dye, aus der Dye-Familie«, fuhr Nash fort. »Doch wir bemühen uns, es ihm nicht vorzuhalten, denn er scheint seinen Vater noch weniger zu mögen als der Rest von uns.«

Kasumi nahm die Informationen auf, ohne eine Miene zu verziehen. Dann zeigte sie auf die bewusstlose Neve. »Darf ich?«

»Cait«, sagte ich. Sie sah mich trotzig an. »Lass sie nachsehen. Es könnte Neve helfen.«

Caitriona rührte sich nicht, ließ sich jedoch weit genug von mir zur Seite ziehen, dass Kasumi und zwei andere Zauberinnen sich dem Tisch nähern konnten.

»Rührt sie ja nicht an«, warnte Caitriona.

»Das muss ich nicht, Schwester«, entgegnete Kasumi.

»Ich bin nicht deine Schwester«, fauchte Caitriona.

Nash gab einen beschwichtigenden Laut von sich und legte eine Hand auf ihre Schulter. Die anderen Zauberinnen, Madrigal eingeschlossen, gruppierten sich gleichfalls um den Tisch, und auf einmal kam ich mir wie ein Lamm vor, das sich von Wölfen umringt fand. Ich zog meine Arbeitstasche und Neves Bauchtasche über den Tisch zu mir und packte Neves Tasche sicherheitshalber in meine.

Kasumi beugte sich ungerührt über Neve und musterte sie. Dann strich sie mit einem dünnen Zauberstab über Neves Körper. Magie blitzte aus Neves Haut auf und zog knisternd über das Holz des Stabs. »Und dieses Mädchen ist eine Novizin?«

»Nein, sie hat keine Verbindung zu den Schwestern«, antwortete die Brünette.

»Ihr Name ist Neve«, sagte ich. »Und ihr habt sie abgelehnt, als sie zu euch kam und unterrichtet werden wollte.«

Plötzlich fragte ich mich, ob es Kasumi persönlich gewesen war, die Neve abwies – die sich über Neves fehlenden Herkunftsnachweis lustig machte und ihr das Gefühl gab, ein Niemand zu sein. Wut pulsierte in mir.

Emrys strich beruhigend mit dem Daumen über mein Handgelenk. Sein Blick wich nicht von Madrigal, als sie sich an Kasumis

Schulter vorbeineigte und merklich Mühe hatte, sich desinteressiert zu geben. Ihre perfekt geschwungenen Augenbrauen wanderten etwas höher, als Kasumi den anderen etwas zumurmelte.

»Und?«, fragte Nash. »Was ist?«

»Ja«, sagte Kasumi. »Dies ist die Kraft, die als Licht der Göttin bekannt ist. Ich glaube, sie ist es.«

Die Worte verwandelten die Burg und alles um mich herum zu Asche.

Sie wird niemals sicher sein, dachte ich entsetzt. Solange Lord Death lebte, würde sie nie in ein normales Leben zurückkehren können. Sie wäre nie sicher vor ihm.

»Sie braucht mehr Schutz, als ihr vier ihr geben könnt«, sagte Kasumi. »Ich muss sie mit zum Rat nehmen.«

»Auf keinen Fall«, knurrte Caitriona. »Du bringst sie nicht in deine Schlangengrube!«

»Wie ich sehe, hat sich die avalonische Meinung über Zauberinnen um nichts gebessert«, raunte Nash. »Denk nach, Kind. Sie sind wie sie ...«

»Sind sie *nicht«,* fiel Caitriona ihm ins Wort. »Und sie werden sie Lord Death ausliefern, um sich selbst zu retten.«

»Wie kannst du es wagen?« Kasumis ruhige Haltung war Furcht einflößender als all die Zauberstäbe, die auf uns gerichtet waren. »Wir sind Dienerinnen der Göttin. Wir werden die Seele ihres Kindes nicht diesem Monster überlassen, ebenso wenig wie eine von uns.«

»Eine von euch?«, wiederholte ich ungläubig. »Ihr habt sie auf die grausamste Art weggeschickt. Ihr habt euch schon einmal geweigert, ihr zu helfen, also warum sollten wir glauben, dass ihr jetzt gewillt seid, es zu tun?«

»Kind, sitzt du dem irrigen Glauben auf, du hättest eine Wahl?«, fragte Kasumi, was nach einer Warnung klang.

Nash hob beide Hände auf eine bevormundende Weise, die mich selbst in dieser Situation auf die Palme brachte.

»Die Schwestern verfügen über Wissen aus Jahrtausenden«, sagte er. »Möchtest du lieber riskieren, dass die Magie sie verbrennt? Das arme Ding hat ihnen geschrieben, sie um Hilfe *gebeten.* Denkst du nicht, dies ist es, was sie wollen würde?«

Ich ballte die Fäuste, konnte jedoch schlecht widersprechen. Emrys drückte meine Hand.

»Es gibt noch einen Grund, weshalb wir die Seele nicht Lord Death übergeben«, sagte Kasumi.

»Das ist …«, unterbrach Nash. »Das ist alles Hörensagen, oder?«

Sie ignorierte ihn. »Die Seele besitzt eine Magie jenseits unserer Vorstellungskraft. Sollte er eure Freundin töten und Creiddylads Seele nach Annwn bringen, stünden sowohl sie als auch die Macht ganz unter seinem Befehl, was für uns alle das Ende bedeuten würde.«

»Noch mehr Lügen.« Caitriona schüttelte den Kopf. »Ihr habt sie abgewiesen, so wie ihr euch weigertet, Avalon zu helfen. Ihr wusstet Bescheid, nicht wahr? Was auf der Insel geschah, wie wenige von uns übrig waren. Und ihr habt *nichts* getan.«

Kasumis ruhiger Blick machte mich erst recht wütend. »Bis wir erfuhren, was vor sich ging, war es bereits zu spät. Ich bedaure lediglich, nicht geglaubt zu haben, dass ihr so närrisch sein könntet, das Ritual zu vollführen, das Avalon zerstörte.«

Caitriona stürzte sich auf sie, wurde aber von Nash gebremst.

»Ganz ruhig«, raunte er. »Es ist kein fairer Kampf.«

»Vielleicht würde keine von uns hier stehen, wärst du selbst gekommen, anstatt deinen kleinen Spion zu schicken«, sagte ich.

»Spion?«, fragte Kasumi, die sich nur ein wenig zu mir wandte.

»Deinen Púca.«

Sie neigte den Kopf zur Seite. »Ich habe keinen Spion geschickt.«

Die anderen blickten zu Madrigal, die empört reagierte. »Warum sollte ich Dearie an solch einen Ort schicken, wenn ich dort schon einen Laufburschen hatte?«

Emrys holte tief Luft; ich war maßlos wütend, während er mit aller Kraft Haltung wahrte.

»Wenn du ihn nicht geschickt hast, wer dann?«, fragte Nash. »Ein anderes Ratsmitglied?«

»Niemand würde so etwas ohne meine ausdrückliche Anweisung tun«, antwortete Kasumi. »Es würde voraussetzen, alle sorgsamen Zauber zu entfernen, die wir gewirkt haben. Wie auch immer jener Púca nach Avalon gelangt ist, es war nicht unser Tun. Vielleicht war er die ganze Zeit dort. Jetzt zählt, dass wir dies beenden, solange wir noch atmen.«

Meine Gedanken wirbelten durcheinander. Einer Zauberin durfte ich nicht trauen, das wusste ich; aber sie schien wirklich überrascht von dem Vorwurf.

Die anderen Zauberinnen können sie nicht leiden, erinnerte ich mich. Wir hatten sie gehört, wie sie in der Gruft vor gefühlten Wochen ihre Führung kritisierten. Sollten der Rat oder andere Zauberinnen hinter ihrem Rücken agieren, was sagte das über ihre Fähigkeit aus, Neve zu beschützen?

Caitriona schien dasselbe zu denken. Sie ging wieder auf Neve zu, als wollte sie sie von allem hier wegtragen. Doch Neve hatte nach wie vor die Augen geschlossen, und als eine Magiewelle über sie hinwegrollte, schrie sie vor Schmerz.

Das genügte mir als Antwort.

Wir müssen, dachte ich, auch wenn es mir das Herz brach. *Es gibt keine andere Wahl.*

Ich musste glauben, dass dies der Weg war, den Neve selbst für sich wählen würde.

»Die ganze Zeit«, sagte ich zu Kasumi, »wollte sie nichts anderes, als den Schwestern zu helfen. *Euch* zu retten.«

»Dann lasst uns den Gefallen erwidern und ihr helfen«, antwortete Kasumi. »Wir haben keine Zeit für Diskussionen. In unserer Welt vergehen die Stunden schnell. Wenn wir zurückkehren, werden es nicht einmal mehr zwei Tage bis zur Sonnenwende sein – bis er den Pfad nach Annwn öffnet und die Toten zurück in unsere Welt lässt.«

Bei der Vorstellung lief mir ein kalter Angstschauer über den Rücken. »Ist die Zeit hier so langsam?«

Die Hohepriesterin nickte, und da war etwas Siegesgewisses in ihrem Gesichtsausdruck, als wüsste sie, dass sie ihre Trumpfkarte ausgespielt hatte.

»Tamsin, das kannst du nicht ernsthaft wollen«, sagte Caitriona, die ihre Augenbrauen zusammenzog.

»Wenn ihr sie mitnehmt, kommen wir mit euch«, sagte ich an Kasumi gewandt.

»Tamsin«, flehte Caitriona. »Tu das nicht!«

»Etwas anderes würde ich auch nicht erwarten.« Kasumi blickte mit purer Verachtung zu Nash. »Ich werde sogar seine Anwesenheit dulden.«

»Cait«, sagte Nash. »Ich verstehe es, ehrlich. Aber dies hier geschieht, ob du es willst oder nicht. Nimm dir einen Moment, dich zu sammeln. Hol unsere Sachen, ich bitte dich. Aber beruhige dich.«

Caitriona sah mich an. »Alles hiervon war ein Fehler.«

Sie klang überhaupt nicht wie sie selbst. Es war, als wäre das verwundete Tier, das wir alle in ihr gespürt und die ganze Zeit zu beschwichtigen versucht hatten, auf einmal aus seinem Käfig ausgebrochen. Sie sah panisch aus, in die Enge getrieben – und in ihrem Schmerz konnte sie am leichtesten auf Wut zugreifen.

Mich erstaunte, wie wenig mich ihre Worte kränkten, sobald ich verstand, was sie nährte.

»Cait«, probierte Emrys es, doch sie fuhr herum zu ihm und sah ihn warnend an. Aber er gab nicht auf. »Es ist nur ein Fehler, wenn wir es nicht korrigieren.«

Sie machte auf dem Absatz kehrt und verließ die große Halle. Ihre Schritte hallten wie Schläge in meiner Brust nach. Ich wollte ihr nach, doch Nash packte meinen Arm.

»Lass ihr Zeit«, sagte er. »Sie braucht einen Moment für sich.«

»Sie wird mehr als das brauchen«, bemerkte Madrigal. »Ich würde eine große Menge Wein empfehlen, und, falls die nicht hilft, eine oder zwei Stunden in der Eisernen Jungfrau.«

»Madrigal!«, ermahnte Kasumi sie streng. »Isolde.«

Die dünne Brünette neben ihr richtete sich auf und wartete auf ihre Anweisungen.

»Hol das Schwert, damit wir es untersuchen können«, befahl Kasumi. »Aife, Annalise – sammelt alles von dem Drachen ein, was ihr könnt.«

»Bedient euch gern«, sagte Nash.

Kasumi presste die Lippen zusammen, bevor sie zischte: »Bring mich nicht dazu, dich in das faulige Ende zu stopfen.«

Die übrigen Zauberinnen benutzten ihre Zauberstäbe, um Sigillen in den Tisch unter Neve zu ritzen. Die Platte löste sich von den Beinen und schwebte auf.

»Oh, seht euch *das* an«, sagte die Zauberin Annalise und hielt die schlaffe Drachenzunge in die Höhe. »Die Gelehrten werden begeistert sein.«

Ein kicherndes Echo hallte von den Steinwänden wider. Isolde huschte mit einem panischen Ausdruck zur Tür, doch Madrigal lehnte sich nur lachend an die Mauer.

Und ich wusste Bescheid. Irgendwie wusste ich es und fühlte, wie die Welt unter mir zerbröckelte.

»Was?«, fragte Emrys und stockte, als es ihm ebenfalls klar wurde. »Oh, Götter, nein …«

Ich lief zu ihnen, schloss mich Isoldes hektischer Suche an und folgte dem Pfad, den das Schwert genommen hatte, als es von uns weggeschlittert war.

Doch ich fand nur Fußspuren. Ich folgte ihnen zum einst prächtigen Burgeingang und die Stufen hinunter in das tote Königreich.

Ein Schrei stieg in meiner Kehle auf, aber als ich auf die Knie sackte, kam kein Laut heraus.

Caitriona war fort, und sie hatte Excalibur mitgenommen.

Kapitel 36

Wie sich herausstellte, hatte Nash auf seiner Reise nach Lyonesse nicht mit schlecht gelaunten uralten Wesen verhandeln oder die Zauberbarrieren hoher Magie durchbrechen müssen, mit denen unsere Welt von den Anderswelten abgeriegelt war. Er war wie eine Spinne durch einen Riss zwischen den Welten geschlüpft – denselben, den die Zauberinnen auch nutzten.

»Wie zur Hölle hast du davon gewusst?«, fragte ich ihn entrüstet.

Kasumi und die anderen Zauberinnen wirkten nicht minder verwundert, als sie durch den eisigen Schnee zu uns gestapft kamen, mit Neve auf der schwebenden Tischplatte zwischen sich.

»Ja, das würde ich auch gern wissen«, sagte Kasumi.

Auf dem weiten Weg von der Burg zurück zum verlassenen Dorf war das Knirschen unserer Schritte im Schnee das einzige Geräusch gewesen. Dort führte Nash uns zur Tür eines anscheinend einfachen Unterschlupfs.

Der Schlüssel, den Nash aus der Tasche seiner Lederjacke zog, ähnelte den Skelettschlüsseln, die wir früher benutzten, um eine Ader zu öffnen oder in eine Zauberinnengruft zu gelangen. Dieser Knochen allerdings war mehr eine Kralle als ein Knochen und länger als die Hand, die ihn umfasste.

»Ist das eine Ader?«, fragte Emrys. »Oder nur ein Spalt zwischen den Welten?«

»Gib mir das«, forderte Kasumi und entriss Nash den Schlüssel. Sie hielt die rasiermesserscharfe Spitze stumm drohend in die Höhe, und Nash hob beide Hände, um sich zu ergeben.

»Nach dir, Mylady«, sagte er mit einer Armbewegung nach vorn, als er die Tür aufgestoßen hatte.

Und Emrys bekam seine Antwort. Es sah anders als jede Ader aus, die ich bisher gesehen hatte – eher wie ein spiralartig wirbelndes Gewebe aus leuchtenden Zaubern vor einer in Dunst gehüllten Dunkelheit. Der Dunst waberte in suchenden Fäden auf uns zu.

»Wie?«, fragte ich erneut und zwang Nash, mich anzusehen.

»Ich bin ein Mann mit stets weniger werdenden Geheimnissen, mein kleiner Troll«, antwortete er mit einer Selbstgefälligkeit, die ich nur allzu gut kannte. »Erlaube mir bitte, dieses hier zu wahren.«

»Nein«, erwiderte ich matt. Er zog mich beiseite, um Kasumi und die anderen zuerst durch die Tür zu lassen. Sie behandelten Neve sehr sanft, was ich leider nur gutheißen konnte.

»Ich habe eine Zauberin dagegen eingetauscht, okay?« Nash rieb sich Schnee vom Gesicht. Er sah müde aus, als er zu Neve schaute.

»Das Mädchen hat das Schlangenbiest sehr sauber erledigt«, erzählte er mir. »Sie kommt klar.«

»Weiß ich«, sagte ich gereizt. Deswegen habe ich mich nie gesorgt. Caitriona war mehr als fähig, sich selbst zu schützen. Nash hatte vorgeschlagen, die anderen Räume in der Nähe abzusuchen, falls sie auf irgendeinem Fußboden eingebrochen war oder irgendwo festsaß, doch wir beide hatten gewusst, dass es Zeitverschwendung war. Wahrscheinlich hatte sie Rosydd in dem Moment gerufen, in dem sie die Burg verließ.

Meine Enttäuschung raubte mir beinahe den Atem. Ich zupfte an meinem geflochtenen Armband, wollte es abreißen, aber der Knoten hielt.

Caitriona war unglaublich stur, und jetzt könnte sie nur noch der Tod von ihrem eingeschlagenen Weg abbringen. Ein Teil von mir hasste sie dafür, und je länger ich in meinem Schmerz und Groll verharrte, desto hässlicher wurde meine Wut.

Wir hatten einander gewählt. Wir wollten dies hier zusammen durchstehen.

Zusammen bis zum Ende.

Aber ich machte mir auch Vorwürfe. Ich hatte die ganze Zeit gespürt, dass sie an einem Kipppunkt war, schon seit dem letzten Tag in Avalon. Nur hatte ich gedacht, solange wir zusammen waren, könnten wir sie aus der Dunkelheit zurückholen, die sich immer wieder um uns zu scharen schien. Sie vor ihrer eigenen Wut retten.

»Es gibt Reisen, die wir nur selbst unternehmen können«, sagte Nash.

»Aber das ist nicht richtig«, erwiderte ich.

»Nein.« Er legte eine Hand auf meine Schulter. »Aber es ist notwendig.«

Keiner von uns war mehr, wer er früher gewesen war. Die Caitriona, die ich kannte, hätte nie eine Schwester oder eine Freundin verlassen. Sie hätte nie Rache gewollt, nicht wie die Zauberinnen vor so vielen Jahrhunderten.

Du warst nicht genug, ertönte die alte Stimme in mir. Dieselbe, die seit Jahren wie eine Tyrannin über mein Herz herrschte. *Du warst nie genug, die Leute zu retten, die du liebst. Sie bei dir zu halten.*

»Das Leben ist ein Spiegel«, sagte Nash. »Es gibt Zeiten, in denen wir in die Tiefe blicken und erkennen müssen, zu was wir geworden sind. Der wahre Kampf besteht darin, uns selbst zu retten, wenn wir nicht akzeptieren können, was wir dort sehen.«

Ich bin genug, dachte ich. *Ich bin genug.* Ich würde nicht diejenige sein, die uns aufgab. Vielleicht machte mich das zur Idiotin, erbärmlich und all das, wovor ich immer Angst hatte. Doch jetzt wusste ich, dass es mutiger war, Hoffnung zu wählen, als zuerst loszulassen und zu vermeiden, verletzt zu werden.

Ich wählte sie, und das würde ich weiterhin tun, egal was geschah oder zu wem wir wurden.

»Bis sie zurückkommt, müssen wir weitermachen«, sagte Nash und wies auf die Tür, durch die die Zauberinnen schon verschwunden waren. Er ging als Erster hindurch, wobei er eine leise Melodie pfiff, sodass Emrys und ich blieben und zuschauten, wie er verschwand.

Emrys neigte den Kopf, um mich auf die Wange zu küssen. Überrascht drehte ich mich zu ihm und wurde rot.

»Wird schon«, sagte er leise, als wüsste er von dem Unwetter in meinem Herzen.

»Das kannst du nicht versprechen«, entgegnete ich.

Er nahm meine Hand. »Habe ich gerade.«

Wir gingen zusammen durch den Spalt zwischen den Welten. Ich drehte mich ein letztes Mal um, um zu sehen, wie das Schattenland Lyonesse verschwand, als ich die Tür hinter uns schloss.

»Wo sind wir hier?«

»Highgate Cemetery«, antwortete Emrys, der sich nur einmal kurz umgeschaut hatte.

»Es ist der Circle of Lebanon«, korrigierte Nash.

»Der Circle of Lebanon ist im Highgate Cemetery«, sagte Emrys.

Nash starrte ihn in der Dunkelheit an und sah mit jeder Sekunde genervter aus.

»Also London.« Ich verdrehte die Augen.

Und lief an ihnen vorbei, um die Zauberinnen einzuholen, die langsam zwischen den nahen Gräbern hindurchgingen. Gruften reihten sich an den Mauern zu beiden Seiten von uns auf, die sich in einem versunkenen Kreis vom Rest des Friedhofs abhoben.

Der Sitz des Rats der Schwestern war ein streng gehütetes Geheimnis, obwohl viele annahmen, dass er sich in London befand, schon weil dort so viele Zauberinnen gesichtet wurden. Jedes Mal, wenn ein Hollower versuchte, ihnen zurück zu ihrem Treffpunkt zu folgen, verirrte er sich und fand sich auf den Treppen zum Tower wieder. Ich fand immer, dass das ein witziger Trick war.

Emrys lief neben mir her und betrachtete intensiv die junge Zeder, die uns überragte. Sie war über den Gräbern in der Mitte des Kreises gepflanzt worden, und dass sie so jung war, passte nicht zur moosbewachsenen Steinfassade der Gruft. Deren ägyptisch angehauchte Architektur war vom Alter verschleiert.

Die in den Stein gemeißelten Namen über dem Eingang waren kaum noch auszumachen, weil die Natur von allen Seiten eingriff. Kriechender Efeu und totes Gras breiteten sich üppig aus.

Der Abend schien Unruhe zu atmen. Ich fühlte unsichtbare Augen, die uns aus den Bergen von getrocknetem Laub beobachteten, das aus Schneewehen lugte, oder durch die rissigen Gruftmauern. Kalter Druck wurde an unserem Rücken spürbar, als füllte er den Platz aus, den Caitriona freigemacht hatte.

Doch als ich mich umdrehte, war nur Nash dort, der sich mit ernster Miene auf dem Friedhof umblickte.

»Alles okay?«, fragte Emrys leise.

»Bestens«, brachte ich mühsam heraus.

Ich hasste es, dass mein erster Impuls war zu lügen, doch Paranoia war ansteckend. Und es war besser, wenn einer von uns die Nerven behielt.

»Ich sorge mich nur um Neve«, fügte ich hinzu, was stimmte. An Neve zu denken, gab mir etwas, auf das ich mich neben dem entsetzlichen Gefühl von Kribbeln und Verfall konzentrieren konnte, das mich wieder eingeholt hatte.

Wir folgten der Wegbiegung, bis wir auf einige Stufen stießen, die in den angrenzenden Wald führten. Dort war die Verwebung aus Mensch und Natur noch deutlicher. Gräber waren von der Wildnis zurückgefordert worden, Steine waren umgekippt oder von trotzigen Wurzeln geneigt.

Rotes Haar, das weiter vorn aufblitzte, ließ mich meine Schritte verlangsamen.

»Super«, murmelte Emrys und senkte den Kopf, den Blick auf den Boden gerichtet.

Madrigal schnaufte, ächzte und murmelte verärgert vor sich hin, weil die hohen Absätze ihrer Stiefel das Gehen auf dem Kopfsteinpflaster beschwerlich machten.

»Eine schöne Nacht für einen Spaziergang«, bemerkte Nash, als wir an ihr vorbeikamen.

Sie funkelte ihn erbost an, bevor ihr Blick auf Emrys fiel und sie ihn musterte. Einen Moment lang befürchtete ich ernsthaft, sie würde von ihm verlangen, sie den Rest des Weges zu tragen.

»Warum bist du überhaupt mitgekommen?«, fragte ich sie, denn mein Hass auf sie war noch stärker als die Angst vor dem, wozu sie fähig war.

»Küken«, knurrte sie mich an. »Glaubst du wirklich, ich hätte mein bequemes Zuhause verlassen, wenn es nach mir gegangen wäre?«

»Mir war nicht klar, dass man eine Älteste wie dich zu etwas zwingen kann«, bemerkte Nash, wobei er eine Augenbraue hochzog.

»Selbst ich muss mich dem Befehl des Rats beugen«, antwortete Madrigal, »und die Erniedrigung hinnehmen.«

»Ach, arme Unterdrückte.« Ich verdrehte die Augen.

»Aber, aber«, entgegnete Madrigal. »Ich habe beim Rat für dich gebürgt, oder etwa nicht? Das war dein Trostpreis. Sei keine schlechte Verliererin. Immerhin habe ich dir mein Lieblingshaustier zurückgebracht ...«

»Er ist kein Haustier!«, fuhr ich sie an.

»Tamsin ...«, begann Emrys, aber ich war zu wütend, um aufzuhören.

Ich drehte mich zu ihr. »Was hast du eigentlich mit dem Ring gemacht?«

»Nachdem ich erkannte, dass Lord Deaths Racheschwur kein Fluch war, wie wir annahmen, hatte er keinen Wert mehr für mich, also habe ich ihn an einen sicheren Ort gepackt«, erklärte Madrigal. »Wo ihn niemand je finden wird.«

Ich wollte noch etwas sagen, aber Emrys ergriff meine Hand und zog mich weiter, weg von der Zauberin. Ich war sauer auf ihn, weil er nicht wütend war, doch ein einziger flehender Blick erinnerte mich, warum.

Oh Mann, dachte ich, und mein Herz stockte. Egal, was er zu ihr sagte, sollte sie es falsch auffassen ...

»Wie sich herausstellt, kann ich diese Katastrophe, für die ich nicht einmal verantwortlich bin, nur überleben, indem ich auch die anderen rette«, murrte sie. »Also bin ich hier, schon wieder eine der Schwestern, und muss diese warzennasigen Todesfeen vor sich selbst schützen.«

»Reizend«, murmelte Emrys.

Loser Kies bröselte unter unseren Sohlen heraus, als wir weitergingen und sich wieder Stille über uns senkte. Eine dichte Wand von Bäumen schirmte den Friedhof vom Rest der Stadt ab. Es war beunruhigend, nicht einmal einen Wagen vorbeifahren zu hören, ganz egal wie spät es war.

Nashs Miene war ernst, und er hatte die Hände bei Gehen auf dem Rücken verschränkt.

»Was?«, fragte ich ihn.

Zu meiner großen Überraschung antwortete er sogar: »Ich gehe unsere Optionen durch, sollte Caitriona das Schwert nicht zurückgeben.«

»Und?«

»Ich überlege noch«, sagte er. »Das Problem ist, solange Lord Death die gehörnte Krone trägt und es so kurz vor der Sonnenwende ist, kann er die ganze Macht von Annwns Todesmagie anrufen.«

»Heißt das, ganz gleich, was wir tun, wir müssen ihm irgendwie erst mal die Krone vom Kopf schlagen?«, fragte ich. »Das kannst du nicht mit Sicherheit wissen.«

»Tut er auch nicht«, sagte Madrigal spöttisch. »Aber ich.«

Ich wirbelte herum. »Da ihr hier in Gefahr seid, würde ich langsam mal ein bisschen deutlicher werden.«

»Schätzchen«, erwiderte Madrigal. »Ich bin nie in irgendeiner Gefahr, außer in der, Spaß zu haben.«

»Wir suchen also eine andere von der Göttin geschmiedete Waffe oder spüren Cait auf, dann greifen wir an und nehmen uns seine Krone«, sagte Emrys.

»So einfach ist das nicht«, entgegnete Nash. »Es muss immer

einen König in Annwn geben. Wenn er fort ist, muss ein anderer seinen Platz einnehmen. Die Toten brauchen einen Wächter.«

»Sollen die Zauberinnen sich darum kümmern«, sagte ich. »Sie schulden uns eine Menge, weil sie diesen Mist verursacht haben.«

Nash brummte zustimmend.

»Was?« Ich drehte mich um. »Willst du nichts dazu sagen?«

Doch Madrigal war verschwunden.

»Im Ernst?«, fragte ich die Luft.

»Ich glaube, sie hat ihr Limit an Teamwork erreicht«, sagte Emrys. »Gut, dass sie weg ist.«

Er richtete den Blick weiter nach vorn, beobachtete die schattigen Äste – oder zählte die Sterne zwischen ihnen. Seine angespannten Schultern hatten sich endlich entkrampft.

»Kannst du sie hören?«, fragte ich und rieb seine Arme, um sie zu wärmen. »Die Bäume?«

Emrys' Lächeln war beinahe jungenhaft. »Oh ja, die sind ziemlich gesprächig. Die meisten sind schon sehr lange hier, und sie singen den jüngeren Bäumen vor, erzählen ihnen, wie sie Nahrung finden. Viele von ihnen mögen die Kälte nicht.«

Ich blinzelte skeptisch zu ihnen hoch.

»Es ist alles Gesang«, erklärte er. »Ich erkenne die Laute nicht, weiß aber, was sie bedeuten. Wie sie sich fühlen.«

»Und das wäre?«, fragte ich und strich mit einer Hand über einen Baumstamm, an dem wir vorbeigingen.

»Sie haben Angst.« Er vergrub die Hände in den Taschen. »Sie sind nicht sicher, ob sie den Winter überleben.«

»Tja«, murmelte ich. »Das wissen wir alle nicht.«

KAPITEL 37

Die Schwere in unserem Rücken blieb und wurde nur intensiver, als wir durch das Friedhofstor gingen. Ich holte tief Luft, bevor wir einen verschneiten modernen Park betraten, und versuchte, das Gefühl abzuschütteln.

Dann sah ich blaues Licht aufblitzen.

Notarztwagen, wild verteilt entlang der Straße am Ende der Grünfläche. Hinter ihnen, zwischen den stattlichen Gebäuden, war ein monumentaler Schneeberg. Er hatte beängstigende Umrisse und war fast so hoch wie die Häuser drum herum. Die weiße Schneedecke erstreckte sich über mehrere Blocks, beinahe so weit, wie das Auge reichte.

Ein Hubschrauber traf gleichzeitig mit uns ein, leuchtete den Bereich mit einem Suchscheinwerfer ab, als noch mehr Streifen- und Krankenwagen herbeigerast kamen. Auch Schaulustige sammelten sich und gafften oder gruben teils mit bloßen Händen im Schnee.

Auf der Suche nach Toten.

»Heilige Mutter«, hauchte die Zauberin Isolde. Entsetzt sah sie erst zu Kasumi, dann in die Runde. Kasumi betrachtete die Szene mit ihrer typischen Abgeklärtheit.

»Was sollen wir tun, Mylady?«, fragte eine der anderen Zauberinnen.

»Seht nach, ob ihr die Körper findet, bevor sie sich wandeln«, antwortete Kasumi. »Könnt ihr sie verbrennen, ohne dass die Sterblichen es mitbekommen?«

»Selbstverständlich«, sagte die Zauberin mürrisch.

Ich wollte schreien. Es war wieder wie in Avalon. All die Leute, die gestorben waren, denen die Seelen aus dem Leib geraubt wurden. Ihre Familien könnten sie nie beerdigen. Und das würde so weitergehen, bis Lord Death und seine Jäger gestoppt waren.

Und Cabell, dachte ich. Sollte es dazu kommen, würde ich ihm selbst eine Klinge ins Herz rammen.

Nash blieb bei Neve, die Arme vor der Brust verschränkt. Er sah sie freundlich an. »Alles in Ordnung, Täubchen?«

Ich stieß ihn beinahe zur Seite, um seinen Platz an der improvisierten Trage einzunehmen.

»Neve?«, fragte ich. »Kannst du mich hören?«

In ihren Adern pulsierte immer noch das schreckliche Licht, wurde jetzt aber schwächer, und ihre Haut war weit genug abgekühlt, dass ich ihren Arm halten konnte. Doch ihre Augen glänzten fiebrig, und an ihrem Gesichtsausdruck erkannte ich, dass sie noch nicht wieder ganz zurück war.

»Wo …?«, hauchte sie.

»Du kommst mit zum Rat der Schwestern, Novizin Neve«, antwortete Kasumi.

Neve sah mit großen Augen zu mir.

»Sie wollen sehen, ob sie aufhalten können, was mit dir passiert«, erklärte ich ihr. Als ich ihre Hand nahm, bemerkte ich, dass ihr Armband entweder verbrannt war oder in Lyonesse verloren gegangen. Mir wurde eiskalt. »Ist das okay?«

Neve nickte.

»Cait?«, flüsterte sie.

Ich kam nicht mehr dazu, ihr zu antworten, bevor ihr die Augen wieder zufielen. Das Gespräch hatte kaum einen Moment gedauert, beruhigte mich aber und machte mir ein wenig Hoffnung.

»Hier entlang«, sagte Kasumi und dirigierte die Trage mit Neve vorwärts.

Der viktorianische Backsteinbau stand ganz am Rand des Parks. Er war von einem hohen schwarzen Zaun mit Dornen auf den Pfahlspitzen umgeben. Ich musste zweimal hinsehen, um zu erkennen, dass sie nicht rein dekorativ waren – jeder einzelne war scharf geschliffen. Wer über diesen Zaun zu klettern versuchte, der riskierte, bei einer falschen Bewegung ausgeweidet zu werden.

Beim Anblick des Gebäudes verzog ich das Gesicht. Viktorianische Architektur war im besten Fall übertrieben, im schlimmsten ähnelte sie einem Hexen-Zuckerhäuschen, das Kinder anlocken sollte.

»Das muss ein Scherz sein«, sagte Emrys amüsiert.

Ich folgte seinem Blick zu dem eingravierten Namen über der Vordertür. *LAKE INTERNATIONAL SCHOOL.*

»Ist das wirklich eine Schule?«, fragte ich Nash.

»Oh ja«, sagte er und blickte zur Klingel mit der Schalttafel und der Kamera daneben. »Nur nicht für Sterbliche.«

Kasumi hob eine Hand, und das Schloss im Tor entriegelte mit einem lauten Klicken, bevor die Torflügel gruselig ächzend aufgingen. An Kasumis Taille hing ein Ring mit zierlichen Silberschlüsseln, und sie suchte sorgfältig einen heraus, bevor sie und Isolde Neve über den Hof und die Stufen hinauf zur schwarzen Tür leiteten.

Natürlich hätte ich damit rechnen müssen, dennoch überraschte mich, dass die Schultür zu einem weiteren Portal führte.

Hinter der wirbelnden Dunkelheit erwartete uns eine Art

prächtiger Eingangsbereich wie in einem Luxushotel, in dem Marmorsäulen ein hohes Deckengewölbe trugen. Doch nicht einmal diese Opulenz konnte davon ablenken, dass man sich hier auf eine Schlacht vorbereitete.

Alle Möbel waren zur Seite geräumt und so zusammengestellt worden, dass sie die Lücken zwischen unzähligen Felsspitzen ausfüllten, die aus dem Steinboden ragte. Es gab nur einen schmalen Weg, der zwischen ihnen hindurch weiter ins Gebäude führen musste.

Emrys beugte sich über ein Gewirr aus Messing und Kristall und stieß einen leisen Pfiff aus; wie es aussah, hatte jemand absichtlich einen Kronleuchter zerschlagen und die Scherben auf dem Boden gelassen, damit sich jedes Wesen an ihnen schnitt, das es wagte, dort entlangzugehen.

Rufe, Hämmern und hektisches Schaben hallten durch das Haus. Als wir uns näherten, blickten mehrere Zauberinnen, die Sigillen in den Boden und die Wände ritzten, von ihrer Arbeit auf. Mein Beschützerinstinkt regte sich, da sie Neve unverhohlen angafften.

»Es kommt niemand mehr durch diese Tür«, sagte Kasumi zu ihnen. »Ihr könnt den Pfad jetzt mit Flüchen versiegeln.«

Die Zauberinnen taten, was ihnen gesagt wurde, schoben die Ärmel ihrer Gewänder und Tuniken nach oben und machten sich mit frischer Verve an die Sigillen. Allerdings hörte ich sie flüstern, und ein Wort folgte uns weiter in das Gebäude. *»Weltenvernichter.«*

Rechts von mir bewegte sich etwas, und als ich hinsah, zuckte ich vor Schreck zusammen – bis ich erkannte, dass es nur mein eigenes schmutziges Spiegelbild war, das mich anstarrte. Im Inneren des Gebäudes waren die Wände verspiegelt. Ich stellte fest, dass Nash sich genau wie ich den Schnitt der Räume aufmerksam ansah und sich stumm den Weg einprägte, den wir gegangen waren, mitsamt allen möglichen Ausgängen.

Von der Eingangshalle kam man in ein großes Atrium mit durchgehenden Fenstern zu einem großen Garten, und dahinter war das erste violette Morgenlicht über einem verschneiten Bergkamm zu sehen.

Sehr abgelegene Gegend, stellte ich fest.

Während wir uns umsahen, arbeiteten Zauberinnen an den Fenstern daran, das Glas mit Stein zu verdecken und so den Raum von der Außenwelt abzuschirmen.

Vom Atrium schienen zwei Flügel abzugehen. Emrys legte eine Hand auf meinen Rücken, um meine Aufmerksamkeit auf sich zu lenken. Ich folgte seinem Blick zu zwei oberen Ebenen. War dies hier wirklich mal ein Hotel gewesen? Ich konnte keine Aufgänge sehen, bis Kasumi auf die östliche Wand zuging und ein unsichtbares Sigill auslöste. Nun stieg eine riesige Holztreppe spiralförmig aus dem Steinboden auf.

»Dieses Stockwerk wird von Flüchen gesichert«, sagte sie zu uns. »Ihr kehrt nicht wieder hierher zurück, es sei denn, es wird euch ausdrücklich gesagt.«

Ich war entsetzt. »Dann sind wir jetzt mit euch hier drinnen gefangen?«

»Schon gut«, sagte Nash. »Es ist der sicherste Ort, an dem wir sein können.«

»Irgendwie bezweifle ich das«, murmelte Emrys. Sein Blick schweifte zurück zu den Zauberinnen an der Fensterfront. Sie hatten die Wand versiegelt und packten nun mehrere große Kisten mit Spiegeln aus. »Hey, ist das nicht …«

Eine Zauberin hängte einen vertrauten Spiegel in die Mitte der Wand. Schutzzauber glitten über den mit Bestien verzierten Rahmen.

»Sie hat *ihnen* den Spiegel verkauft?«, fragte ich ungläubig.

»Die Abzocke ist bewundernswert«, sagte Emrys. »Sie müssen herausgefunden haben, wie sie die Zauber so anpassen, dass sie die Jäger und Lord Death einfangen können.«

»Klar«, entgegnete ich. »Und wie wollen sie die da reinlocken?«

Kasumi führte Neve zur Treppe, wobei sie die neugierigen Blicke der anderen Zauberinnen nicht beachtete. »Isolde?«

»Ja, Mylady?«, antwortete die andere Zauberin.

»Informiere die anderen, dass es in einer Stunde eine Ratsversammlung gibt, und schick Davina in meine Räume.«

»Na...natürlich.« Die andere Zauberin eilte mit rauschenden Röcken davon.

Oben an der Treppe zeichneten zwei Zauberinnen noch mehr Sigillen in den Boden. Magie strömte durch die Luft um uns herum, als Zauber miteinander verwoben wurden, um ein Schutznetz zu bilden.

»Die müssen subtiler sein«, sagte Kasumi. »Fügt mehr Tarnzauber ein.«

Eine hellhaarige Zauberin blickte auf, und ich erschrak, als ich das mürrische Gesicht wiedererkannte. Es war Acacia, eine von den Zauberinnen, die uns in der Gruft gefangen gehalten hatten. Von ihrem stolzen Grinsen und ihrem makellosen Gewand war nichts mehr übrig. Ihr Haar löste sich aus dem hoch aufgesteckten Knoten, und Schweiß und Sägespäne zogen Streifen über ihr Gesicht.

»Du«, knurrte sie mich an.

Emrys schob sich halb vor mich und verspannte sich.

»Sie sind unsere Gäste«, wies Kasumi sie zurecht.

»Sie ist eine Weltenvernichterin«, fauchte Acacia.

Kasumi hob eine Hand und strafte sie mit einem Windstoß.

Acacia knallte an die Wand, und ich bemühte mich, nicht schadenfroh zu grinsen. Jetzt wusste sie, wie sich das anfühlte.

Die anderen Zauberinnen kehrten schnell wieder zu ihrer Arbeit zurück und gaben acht, die Hohezauberin nicht direkt anzusehen.

»Stellt das hier fertig und macht dann bei den anderen im Atrium mit«, befahl Kasumi.

Acacia stand verärgert auf und staubte ihr Kleid ab. Ihre Stimme klang frostig. »Ja, Mylady.«

Wir erreichten den zweiten Stock und blickten einen langen Korridor hinunter. Ganz hinten, wo er eine Biegung nach links machte, hing ein imposantes Porträt von einer dunkelhaarigen Frau. Etwas an dem Wald, der sie umgab, kam mir bekannt vor – ebenso wie an dem See am Bildrand.

»Morgana«, sagte Nash, der das Gemälde mit seltsamer Miene betrachtete.

»Octavia bringt euch auf eure Zimmer, damit ihr euch waschen und ausruhen könnt«, erklärte Kasumi, die mit Neve an uns vorbeirauschte. »Frische Kleidung wird euch gebracht. Es steht euch frei, die Sachen zu verbrennen, die ihr tragt.«

Neben mir tauchte eine Zauberin auf und packte meinen Arm.

»Fass sie nicht an!«, sagte Emrys streng, doch ich hatte mich bereits losgerissen.

»Verlasst eure Zimmer nicht, es sei denn, man bittet euch darum«, befahl Kasumi. Als ich ihr folgen wollte, waren auf einmal noch mehr Zauberinnen da und versperrten mir den Weg. »Es wird euch in Kürze Essen gebracht.«

Eine der Frauen packte Emrys, und ein Mann mit weißem Haarschopf nahm seinen anderen Arm. Seine Augen glitzerten meerblau, als er Emrys von mir wegzog.

Púca, dachte ich. Dasselbe galt für den Mann und die Frau, die

Nash ergriffen. »Ist ja schon gut, ich sträube mich nicht … *ganz ruhig!«* Er drehte sich zu mir um. »Tu, was sie sagen, Tamsy. Es ist in Ordnung.«

Die Frau mit dem strohblonden Haar und dem geröteten Gesicht, die meinen Arm gepackt hatte, beäugte mich misstrauisch. Kasumi bog weiter vorne um eine Ecke, und dass Neve mit ihr verschwand, ließ meinen Puls in die Höhe schnellen.

»Hey!«, rief ich ihr nach. Ein Stück weiter wurde Emrys in ein Zimmer bugsiert und Nash in ein anderes. »Du hast gesagt, wir wären keine Gefangenen!«

Kasumi blieb stehen, blickte sich jedoch nicht zu mir um. Trotzdem erreichten mich ihre frostigen Worte.

»Ich habe nichts dergleichen versprochen.«

Greenwich, Connecticut

Jedes Mal, wenn er die Augen schloss, begann das Schreien wieder von Neuem. Es blutete durch die Wände, die Tür, den Korridor hinunter. Nicht einmal das riesige Summerland House war groß genug, um ihm zu entkommen.

»Lasst mich raus! Bitte!«

Irgendwann in der Nacht hatte Olwen den Knebel aus ihrem Mund bekommen und sich binnen Stunden heiser geschrien. Das Mädchen verstand nicht, welches Glück sie hatte, dass sein Herr vorausschauend genug war, sie am Leben zu lassen, um sie gegen die anderen einzusetzen. Doch wenn sie so weitermachte, würde ihr Glück versiegen, und er wäre nicht da, um sie zu retten.

Die Jäger waren ganz auf die Beutesuche ausgerichtet, und sie erinnerte sie mit jedem idiotischen Laut daran, dass sie hier war.

Ein eisiger Lufthauch strich über seine Haut. Er musste sich nicht umdrehen, um zu wissen, wer es war.

»Geh wieder runter, Primm«, kläffte er die Gestalt an, die bereits auf dem obersten Absatz der Treppe herumlungerte.

Hinter seiner widerlichen Figur drängten sich noch drei andere. Sie mochten einst Männer gewesen sein, doch mit jedem Töten, mit jedem Quantum Todesmagie, das sie in ihre dahinschwindenden Seelen aufsogen, wurden sie den Kindern ähnlicher.

»Wenn du die Schlampe nicht ruhig halten kannst wie eine brave Hündin, mache ich das«, sagte Primm und zog das Messer aus seinem Stiefel. Es glühte vor Todesmagie und verbrannte die Luft in dem unbeleuchteten Korridor.

Die Jäger bewegten sich so fließend zwischen körperlicher und nicht-körperlicher Form, dass es den Seneschall erschreckte. Erstere erlaubte ihnen zu töten, Letztere verhinderte, dass sie getötet wurden.

»Und?«, fragte Primm. »Bellst du nur auf Kommando?«

Der Seneschall ging darauf nicht ein. Er blieb, wo er war, mit dem Rücken zur Wand neben der fensterlosen Kammer, in der sie eingesperrt war, und beobachtete unter halb geschlossenen Lidern, wie die vier sich anpirschten.

»Wagt es, und ihr müsst euch vor unserem Herrn verantworten«, warnte er. Die anderen Jäger wichen zurück, nur Primm kam näher.

»Er hat aber nichts dazu gesagt, dich zu töten, oder?« Der Jäger hatte praktisch Schaum vorm Mund, zitterte vor Verlangen.

»Geh und bring eines der Kinder um, wenn du so dringend etwas in Fetzen reißen willst«, erwiderte der Seneschall.

Er griff nicht nach seinem eigenen Messer. Primm war im Leben ein abscheulicher alter Mann gewesen, und der Tod hatte seine Widerwärtigkeit und Gier nur verstärkt. Sein Herr hatte ihm gesagt, dass Todesmagie die größte Kraft in all den vielen Welten war, und er fragte sich, warum Lord Death es für angebracht hielt, sie jemandem wie Primm zu verleihen.

Der Jäger kam näher und hielt seine Klinge an die Kehle des Seneschalls.

»Und was genau ist deine Rolle in alldem? Er hat dich nicht zum Jäger gemacht, aber du scheinst zu glauben, weil du nicht mit den anderen Hunden im Stall schläfst, bist du irgendwie anders. Besser. Doch was wird aus dir, wenn unsere Aufgabe hier erledigt ist?«

»Ich bin sein Seneschall«, antwortete er.

Primm lachte prustend. »Geben wir uns jetzt Titel? Soll ich sein Haushofmeister sein? Sein Falkner?«

Den jüngeren Mann traf es mitten ins Herz. Sein Herr hatte den anderen offenbar nichts von seiner Rolle erzählt. Blut quoll aus der Haut, wo Primms Klinge sie berührt hatte, und der Geruch flutete seine Sinne.

»Na?«, fragte Primm. »Du hattest nie die flinke Zunge deiner Schwester, dieser kleinen Schlampe …«

Der Jäger hatte eine körperliche Form annehmen müssen, um ihn zu verletzen, und jetzt riss ihm der Seneschall das Messer aus der Hand. Der Jäger wich einen Schritt zurück, bevor ihm wieder einzufallen schien, dass er hier das Monster sein sollte.

Doch der Seneschall – der Hund – war von jeher der mit den größeren Zähnen gewesen.

Er ließ seine Fangzähne länger werden, in seine Lippe stechen, bis Blut über sein Kinn rann und auf den Boden zwischen ihnen tropfte. Primms selbstgewisses Grinsen schwand.

»Gehen wir«, rief er den anderen zu. »Es gibt weit Eindrucksvolleres zu töten als diesen Welpen.«

Der Seneschall schnappte nach Primm und schaute zufrieden zu, wie die Jäger die Treppe hinuntereilten.

Sie hatten ihm von Anfang an nichts als Verachtung entgegengebracht, indem sie ihn mal ignorierten, dann wieder anheulten und veralberten. Er, den sie eigentlich respektieren sollten, weil er den Haushalt und das Personal seines Herrn beaufsichtigte.

Keiner von ihnen war würdig, dem Herrn zu dienen. Als er und Lord Death aus den Ruinen von Avalon kamen, schien der Plan nobel, eine Abrechnung.

Doch während die Wilde Jagd größer wurde und der Stein am

Hals seines Herrn von den Seelen der neuen Toten zu schimmern begann, wirkte der Plan nicht mehr so klar wie zu Beginn. Der Herr hatte die korruptesten Seelen für sein Streben nach dem rechtmäßigen Sieg verpflichtet, ihm zu dienen. Das Ende würde letztlich die unmoralischen Mittel rechtfertigen, trotzdem wünschte er, Lord Death hätte sich nicht mit jenen beschmutzt, die ihn wie einen Schurken aussehen ließen, war er doch der Held dieser Geschichte.

Der Seneschall sank auf den Boden. Er wischte sich mit der Hand über den Mund, verschmierte das Blut.

»Cabell?«, erklang Olwens Stimme leise durch die Tür. »Bist du das?«

So heiße ich nicht, dachte er. Er lehnte den Kopf an die Wand und wünschte, er könnte den Schädel durch den Stein treiben, um das Pochen abzustellen, das sich für immer in seinen Schläfen eingenistet zu haben schien.

»Antworte ihr, du Schwein«, erklang Fleas Stimme. Er gab sich nicht mal die Mühe, sie zwischen den ruinierten Gemälden und zerfetzten Tapeten zu suchen.

»Cabell, ich höre dich atmen«, sagte Olwen. »Kannst du nach allem nicht einmal mit mir reden?«

So heiße ich nicht.

»Antworte ihr!«, befahl Flea bleich, wütend und tot.

»Nein«, erwiderte er.

»Aber warum?«, fragte Olwen. »Waren wir nicht Freunde? Bevor sich alles verkehrte?«

»Wir sind nie Freunde gewesen«, entgegnete er.

»Ich glaube dir nicht«, widersprach sie ungewöhnlich streng. »Wenn es das ist, was du glauben willst, weil es einfacher ist, dann ist das so. Aber du entscheidest das nicht für uns beide, hast du verstanden?«

»Ich lasse dich nicht raus«, sagte er zu ihr. »Spar dir den Atem.«

»Darum habe ich dich auch nicht gebeten.«

Er starrte ungläubig auf die Tür. »Du schreist da seit Stunden.«

»Weil ich nicht wusste, dass du es bist«, sagte sie.

»Es gibt nichts zu sagen«, fuhr er sie an. »Falls du auf eine Entschuldigung hoffst ...«

»Hast du mich nach einer fragen hören?«

Das Gespräch schien verwirrend zu kippen, und er hatte Mühe zu folgen.

»Ich weiß nicht, was deine Gründe sind«, sagte Olwen. »Aber ich kann nicht mit Hass in meinem Herzen leben. Konnte ich nie, egal, wie sehr ich es versucht habe. Meine Schwester trägt dessen Gewicht allein für uns beide, und es zerbricht sie.«

Er sah wieder zu Flea, als hätte sie die Antwort auf die Frage, die in seinem Kopf kreiste.

»Es kam so schnell über sie – dieses Bedürfnis, die Leute von Avalon zu rächen«, fuhr Olwen fort. Die Tür bewegte sich leicht, und er stellte sich vor, dass sie sich von innen dagegenlehnte. »All ihr Schmerz und ihr Kummer nährten es, und ich fürchte ehrlich um sie.«

»Soll mich das interessieren?«, fragte der Seneschall.

»Ich verstehe, warum sie so empfindet«, sagte Olwen. »Genauso wie ich verstehe, warum Lord Death durch die Welt streift und die Seele der Frau sucht, die er geliebt hat. Ich kann es nicht akzeptieren, niemals, aber ich kenne seinen Grund, Avalon zu zerstören. Was ich nicht verstehe, ganz gleich, wie sehr ich es versuche, ist, warum du ihm hilfst.«

Er holte tief Luft.

»Wir hätten dir geholfen, wärst du zu uns gekommen.«

Er zog die Knie an die Brust und drückte die Hände auf sein Gesicht. Sie würde es nicht verstehen, weshalb es zwecklos war, es ihr zu erklären. Was er getan hatte und was er geschehen ließ, das ihn für immer zu ihrem Feind machte.

»Es ist nicht zu spät«, sagte sie. »Tamsin kämpft um dich. Sie glaubt noch an dich, Cabell.«

»Sei still!« Er hieb mit der Faust gegen die Tür. »Das ist nicht mein Name!«

»Hast du es gewusst?«, fragte Olwen. »Was er mit ihnen tun wollte?«

Flea erschauerte vor ihm und versteifte sich vor Schmerz. Blut quoll aus ihrer aufgeschlitzten Brust, und sie würgte an dem, das aus ihr heraus und über ihre Lippen floss.

Er krallte die Hand in sein Haar, kniff die Augen fest zu. Nur hatte sich das Bild jetzt in seinen Geist gebrannt.

»So wütend du auf deine Schwester gewesen sein magst«, fuhr Olwen weinend fort, »warum musstest du meine verletzen?«

»Habe ich nicht«, würgte er hervor. »Ich habe nicht ...«

Er hatte kein Schwert erhoben. Er hatte sich nicht verwandelt und mit den Kindern gejagt. Er hatte sich feige in den Gängen unter dem Turm versteckt und gewartet, bis die entsetzliche Tat vollbracht war.

Er war nichts.

Verwandle dich, dachte er. Mach ihre Worte, ihr Schluchzen zu menschlichen Worten, die er nicht mehr verstand. Sein Körper lechzte nach der Befreiung.

»Es kann beendet werden«, sagte Olwen. »Noch ist es nicht zu spät. Sie müssen nicht umsonst gestorben sein. Diese Leute, diese Jäger, mit denen du dich zusammentust ... du bist nicht wie sie. Du bist besser als sie, als all dies hier.«

»Sei still!« Die Worte fühlten sich rau in seinem Hals an und

klangen noch harscher in seinen Ohren. Wieder schlug er die Faust gegen die Tür. »Sei still, oder ich lasse sie dich nächstes Mal in Stücke reißen!«

Er floh nach unten, bevor er ihre Antwort hören konnte, und verachtete sich mit jedem Schritt mehr. Ihm war bewusst, dass er ein Feigling war, doch er hielt es nicht aus. Weder den Klang ihrer Stimme noch das Salz ihr Tränen.

Keiner würde sie belästigen. In den frühen Morgenstunden war es still im Haus. Einige der Jäger waren ausgeschickt worden, mehr Zauberinnen in ihren Verstecken aufzuspüren, doch die anderen hörte er hinten, wie sie den Kindern gequälte Kreischlaute entlockten.

Verwandle dich, befahl er sich wieder. *Renn.*

Rennen, bis alles von ihm abfiel und seine Gedanken wieder klar waren. Er könnte das große Grundstück um das Haus herum nutzen. Bis zum nächsten Nachbarn waren es Meilen. *Renn!*

Und vielleicht wäre er gerannt, hätte sich nicht die Arbeitszimmertür seines Herrn geöffnet.

Ihm gefror das Blut beim Anblick Endymions, der aus der Dunkelheit trat, gefolgt von ...

Sie war da und im nächsten Moment durch die Vordertür hinaus. Aber das unverwechselbare rote Haar, die flirtende Art, wie sie Endymions geisterhafte Gestalt streichelte – er würde sie überall wiedererkennen.

Was zur Hölle ...?

Lord Death murmelte Endymion zu: »Ja, kümmere dich darum.« Und schickte ihn mit einer Handbewegung weg.

»Guten Abend, Bledig«, sagte sein Herr. »Ist etwas mit unserem Gast?«

»Ihr geht es gut«, antwortete der Seneschall. Aber er konnte seinen Blick nicht von der Vordertür abwenden. Wäre sein Geist nicht so aufgewühlt gewesen, hätte er niemals zu fragen gewagt: »Warum habt Ihr diese Zauberin nicht getötet?«

Die Stille würgte ihn mit eisigen Händen.

»Kennst du sie aus deinem falschen Leben?«, fragte Lord Death. »Ich gestehe, dass sie nützlich ist. Sie hat uns geliefert, was wir in den Erinnerungen des Mädchens nicht finden konnten.«

Warum habt Ihr mir nicht erzählt, dass Ihr mit einer Zauberin zusammenarbeitet? Diese Frage schrie in ihm. Was hatte er getan, das Vertrauen seines Herrn zu verlieren? Wenn er das nicht mehr hatte, wie lange dann noch, bevor er alles andere verlor?

Primms Worte lauerten in seinem Nacken. *Doch was wird aus dir, wenn unsere Aufgabe hier erledigt ist?*

Lord Death musterte ihn einen Moment lang, bevor er zurück in sein Arbeitszimmer ging. »Komm mit mir, Bledig.«

Ihm blieb keine andere Wahl, als zu gehorchen. Das Arbeitszimmer roch nach getrocknetem Blut und dahinschwindendem Leben, und die Dunkelheit wurde nur von Kerzen und dem Kaminfeuer erhellt, wie es sein Herr mochte. Mit jedem Herzschlag wurde Cabell sicherer, dass er diesen Raum nicht lebend verlassen würde. Keiner, der seinen Lord infrage stellte, tat das.

Der König setzte sich in den Ledersessel vor dem Feuer. »Komm. Ich fürchte, ich habe dich vernachlässigt.«

Ja, sang sein schwaches Herz.

Der Seneschall kniete sich vor ihn, wobei er erwartete, ein Messer auf dem kleinen Tisch neben dem Sessel zu sehen. Aber da war lediglich ein nicht ganz geleertes Glas Whisky. Lord Death nippte daran und betrachtete seinen Diener.

»Ich hätte Euch nicht infrage stellen dürfen«, sagte der jüngere Mann. »Ich ... ich will Euch nur nützlich sein. Wie kann ich Euch dienen? Gebt mir eine Aufgabe, und ich werde sie erfüllen.«

Bin ich noch Euer Seneschall?

Lord Death strich ihm mit der Hand über das dunkle Haar, und der Hund in ihm verlangte, sich an ihn zu schmiegen – wann hatte ihn zuletzt jemand berührt? Die Schwere in seiner Brust ließ nach.

»Es ist in Ordnung«, sagte Lord Death. »Ich werde dir immer vergeben. Du bist mein Seneschall, den ich vor allen anderen brauche.«

Der jüngere Mann atmete zitternd aus. Es gab sonst nichts für ihn. Nur eine andere Art von Tod.

»Wir haben das Ende unserer Suche erreicht«, sagte Lord Death leise, »und kehren bald gemeinsam nach Hause zurück. Wirst du an meiner Seite bleiben und unseren Sieg bis zum Ende begleiten?«

Nach Hause. Ein befremdlicher, furchtbarer Ausdruck. Ein Überbleibsel aus seiner menschlichen Vergangenheit. Die würde er bald ablegen. Alles davon.

»Ja«, flüsterte der Seneschall, der ins knisternde Feuer blickte. »Werde ich.«

Kapitel 38

Das Zimmer, in das sie mich gesteckt hatten, ließ sich schwerlich als Gefängniszelle beschreiben, und doch fühlte ich die Gitterstäbe.

Sie hatten die Tür abgeschlossen, nachdem sie mich reingestoßen hatten. Und da ich sonst nichts zu tun hatte, duschte ich. Das Badezimmer war beinahe obszön – größer als mein ganzes Apartment und komplett aus makellosem weißem Marmor mit vergoldeten Akzenten. Das Wasser war heiß und der Druck perfekt. Ich hätte es vielleicht genossen, mich zu einem neuen Stadium herrlichen Seins aufgeschwungen, wäre die Welt nicht um mich herum eingestürzt.

Wie versprochen, hatten die Zauberinnen frische Kleidung – Jeans, T-Shirt und Pullover sowie neue Unterwäsche – hingelegt. Diese und der Korb mit Essen neben den Sachen erwärmten mich allerdings kein bisschen für den Rat der Schwestern. Nach einer raschen Inspektion der Kleidung zog ich mich an und war fast genervt, weil die Stoffe so weich waren und alles wie maßgeschneidert passte.

Etwas anderes war es mit dem Essen. Wäre ich nicht am Verhungern gewesen, hätte ich es komplett gemieden. Es gab zu viele Geschichten über Narren, die Feenessen zu sich nahmen und zu Gefangenen in Anderswelten wurden oder schon mit einem einzigen Bissen zu ewigem Schlaf verflucht waren. Aber ich war jenseits der Verzweiflung. Meine Gedanken bewegten sich schleppend, und das Anziehen allein hatte mir das bisschen Energie geraubt, das ich noch übrig hatte.

Also aß ich einen Apfel, etwas Brot und kleine Happen eines undefinierbaren Käses, ehe ich im Zimmer auf und ab ging und Pläne schmiedete.

Die dunkelblauen Wände hingen voller gerahmter Gobelins, Erklärungen und Porträts von Zauberinnen, die ich lediglich am Namen erkannte. Die tiefen Sessel und mit smaragdgrünem Satin bespannten Sofas luden zum Ausruhen ein, doch ich würde mich nicht von einer hübschen Suite und Delikatesskäse verführen lassen, unvorsichtig zu werden.

Das sich verändernde Licht unter der Tür verriet mir, dass jemand draußen Wache stand. Selbst wenn ich an der vorbeikäme, waren die Korridore voller Fluchsigillen; eventuell schaffte ich es nicht einmal bis zu dem Raum, in dem sie Neve festhielten, wo immer das sein mochte. Bis zu Emrys' Zimmer womöglich. Aber wenn ich bewacht wurde, würde er es auch.

Ein warmer Windhauch kam aus den Lüftungsschlitzen über mir. Langsam neigte ich den Kopf in den Nacken.

Auf dem Flur hatte ich einige Sicherheitskameras gesehen, die recht auffällig aus der altmodischen Eleganz herausstachen, die die Zauberinnen vorzogen. Trotzdem war ich nicht auf den Gedanken gekommen, meine Räume auf welche zu überprüfen. Und tatsächlich sirrte eine Kamera in der oberen rechten Ecke des Zimmers und folgte meinen Bewegungen.

Mein Gesicht wurde heiß vor Wut, als ich mein schmutziges altes T-Shirt zusammenknüllte und nach dem schwarzen Glasauge schleuderte. Ich brauchte drei Versuche, bis es an der Kamera hängen blieb und die Sicht auf mich versperrte.

Zufrieden drehte ich mich zur gegenüberliegenden Wand um, an der sich ein großer Abzug befand.

Natürlich hatten sie mir meine Arbeitstasche abgenommen, waren aber so freundlich gewesen, mir eine Plastikzahnbürste zu lassen. Deren Stiel zerbrach ich über meinem Knie und benutzte das gesplitterte Ende, um die Abdeckung abzuschrauben. Das dünne Metall schepperte, als ich mich in den Abzug quetschte und die Abdeckung hinter mir wieder einfügte.

Ich hatte knapp genug Platz, um mich nach oben kämpfen, wo der Kanal in einem Neunziggradwinkel geknickt war, bevor er horizontal über den anderen Räumen auf dieser Seite des Flurs verlief. Ich musste mich flach auf den Bauch legen und konnte mich nur mit den Armen vorwärtsziehen.

Ich zuckte zusammen, als das dünne Metall ein ominöses Knacken von sich gab. Vor mir drang Licht von oben in den Schacht; darauf konzentrierte ich mich, nicht auf den Umstand, dass es immer enger zu werden schien.

»Ähm … hallo?«

Vor Schreck stieß ich mit dem Kopf an die Schachtdecke. Durch deren Messinglamellen blickte mich ein verwundertes Gesicht an.

Und weil mein Plan gerade mal fünf Minuten alt war und keinerlei Zwischenfälle vorsah, erstarrte ich.

»Ich bin Mage Robin«, kam aus dem Gesicht. »Steckst du fest? Brauchst du Hilfe?«

»Mage« war der neutrale Titel, den diejenigen wählten, denen »Zauberin« mit der femininen Form nicht passend erschien; sie verfügten indes über dieselben Fähigkeiten.

»Kannst du so tun, als hättest du mich nicht gesehen?«, flüsterte ich hoffnungsvoll.

»Wie wäre es, wenn ich sogar noch mehr tue und dich einfach

dorthin bringe, wohin du willst?« Währenddessen schraubte Robin bereits das Lüftungsgitter ab. Robins Zauberstab war ungewöhnlich kurz, zumindest verglichen mit denen, die ich von Neve und den anderen kannte. Dafür war das Athame-Ende ein praktischerer Schraubenzieherersatz als meine durchgebrochene Zahnbürste.

Als das Gitter abgenommen war, konnte ich Robin besser sehen: blondes, kurz geschnittenes Haar, das einen hübschen Kontrast zur dunkelbraunen Hautfarbe bildete; freundliche Züge und Augen, die geradezu funkelten vor Begeisterung, als sie mich musterten. Und ich merkte, wie ich mich ein klein wenig entspannte.

Robin reichte mir eine Hand, um mir beim Ausstieg aus dem Schacht zu helfen. Da mir klar war, dass ich nun nicht mehr entkommen konnte, packte ich den angebotenen Arm. An dem amethystfarbenen Samtärmel waren lauter Flecken, die nach Tinte aussahen. Unter dem Samtkittel trug Robin ein schwarzes Shirt und eine schwarze Hose, beides schlicht, aber elegant.

Irgendwie konnte ich mich aus der Öffnung zwängen, indem Robin zog und ich mich rausdrückte, um auf den Holzboden zu krabbeln. Dort drehte ich mich auf den Rücken und blickte mich in dem Raum um.

Auf allen Seiten reihten sich Regale voller Unvergänglichkeiten bis hinauf zur Gewölbedecke. Als ich einatmete, roch ich altes Papier und Tinte. Auf einem Tisch in der Nähe lagen mehrere Ledernotizbücher und aufgeschlagene Unvergänglichkeiten.

Eine Bibliothek, juchzte es in meinem Kopf.

»Wo …?«, begann ich und setzte mich auf.

»Willkommen auf dem Dachboden«, sagte Robin. »Auch bekannt als Ratsarchiv. Ich gehöre zu den Archivaren.«

»Freut mich, dich kennenzulernen.« Skeptisch strich ich mir

das klamme Haar aus dem Gesicht. Robin mochte bisher vollkommen nett sein, war aber immer noch Ratsmitglied. Also müsste ich aufpassen, was ich sagte … und überhaupt.

»Du bist Tamsin, nicht wahr?«, fragte Robin. »Eine von den Weltenvernichterinnen.«

Ich versuchte, nicht direkt wieder im Boden zu versinken. »Ja. Wir sind echte Fans von diesem Spitznamen.«

»Tut mir leid, das verstehe ich. Wo wolltest du eigentlich hin?«

»Ich wollte Neve suchen«, sagte ich, wobei ich wieder sehnsüchtig zu den Regalen schaute. »Weißt du, wo sie ist?«

»Sie ist bei den Ältesten«, antwortete Robin. »In diesem Moment sichern sie den Raum zu ihrem Schutz. Ich kann dir versprechen, dass sie ziemlich gut aufgehoben ist.«

Ich sah Robin ungläubig an.

»Schon gut«, sagte Robin. »Sie werden sie nicht verletzen. Ich recherchiere für sie, ob so etwas schon einmal vorgekommen ist.«

»Ich muss sie sehen«, beharrte ich. »Du scheinst ja nett zu sein und so, aber ich hoffe, du verstehst, warum ich dich nicht einfach beim Wort nehmen kann.«

»Das verstehe ich, glaub mir.« Robin ging hinüber zu einem Arbeitstisch und hob etwas hinter den bedenklich schiefen Bücherstapeln hoch: einen sehr modernen Laptop.

Auf dem Bildschirm lief ein stummer Video-Feed. Dort war Neve zu sehen, die auf einem großen Bett lag, die Augen geschlossen. Sie hatten sie von Schmutz und Blut gereinigt und ihr ein schneeweißes Gewand angezogen. Auf ihrem Kopf war ein Blumenkranz und noch mehr Blumen waren um sie herum verstreut. Bei dem Anblick wurde mir speiübel. Sie sah aus, als sollte sie geopfert werden. Oder begraben.

»Warum wurde sie so angezogen?«

»Um sie zu ehren«, antwortete Robin.

Ein Zirkel von Zauberinnen, einschließlich Kasumi, diskutierte über etwas, das ich nicht hören konnte, nicht einmal, als ich die Lautstärke aufdrehte. Während ich hinsah, glitt wieder eine brennende Magiewelle über Neves Haut und verbrannte eine der Blüten auf ihrem Haar zu Asche. Das Bettlaken fing Feuer, wurde jedoch rasch ausgeklopft.

»Hör zu, ich weiß, dass du deine Freunde sehen willst«, sagte Robin. »Ich kann dir helfen, zu ihnen zu kommen. Allerdings frage ich mich, ob ich dich im Gegenzug um einen Gefallen bitten kann.«

»Ich höre.« Immer noch war ich auf der Hut.

»Ich wollte dich fragen, was ihr in Lyonesse bezeugt habt, und nach Neves Kraft«, erklärte Robin. »Doch die Hohezauberin hielt es für keine gute Idee.«

»Natürlich nicht«, bemerkte ich verbittert.

Wieder schaute ich zu den Regalen, und jetzt kam mir ein Gedanke. Wir mussten in einer abgeschiedenen Ecke des Gebäudes sein, denn ich hörte nur sehr gedämpfte Stimmen und knarzende Dielenbretter von irgendwo hinter den Bücherregalen.

»Ich erzähle dir alles, was du wissen willst, wenn du mir hilfst, zu Neve zu kommen, *und«,* sagte ich, »nachsiehst, wer ihre leibliche Mutter ist. Auch wenn sie Creiddylads wiedergeborene Seele sein soll, ist sie von einer Frau geboren worden, die Hinweise hinterlassen hat, dass sie eine Zauberin ist oder war. Kann man das herausfinden?«

»Selbstverständlich«, antwortete Robin. »Ich kann ihr Blut mit der Datenbank der Unvergänglichkeiten und anderen verzauberten Objekten abgleichen, ob es Übereinstimmungen gibt. Falls ja, sollte es recht leicht sein, ihre Herkunft zurückzuverfolgen.«

Ich bemühte mich, mir meinen glühenden Zorn nicht anmerken zu lassen, doch Robin entging er nicht. »Was ist?«

»Sie war vor Monaten zum Rat gekommen, um sich ausbilden zu lassen, aber die wiesen sie ab, weil sie ihre Herkunft nicht kennt. Und du erzählst mir, sie hätten sie gleich da testen können? Wie ergibt das einen Sinn?«

»Tut es nicht.« Robin seufzte. »Hat es nie und wird es nie, aber sie werden nie etwas ändern, weil es immer so gehandhabt wurde.«

»Viel blöder geht's wohl kaum.«

»Wem sagst du das? Kannst du dir vorstellen, wie es sich anfühlt, all dies hier zu haben« – Robin zeigte zu den Büchern – »all diese Informationen direkt greifbar, und immer wieder zu erleben, wie der Rat sich von Gefühlen leiten lässt anstatt von Fakten?«

»Hilfst du mir?«, fragte ich. »Denn ich werde dir helfen.«

»Natürlich.« Robin streifte den Kittel ab und gab ihn mir. »Zieh den an und versuch, den Kopf gesenkt zu halten. Ich kann uns in einen Raum bringen, in dem wir es bequemer haben, weit weg von neugierigen Blicken.«

Ich tat, was mir gesagt wurde, konnte aber nicht widerstehen, verstohlen zu den beleuchteten Vitrinen mit Reliquien zu schauen, als wir durch das labyrinthartige Archiv gingen. Hier und da entdeckte ich Dinge, die ich erkannte, wie ein Stück vom Avalon-Banner. Um uns herum waren noch mehr Sachen von der Insel: Rindenstücke vom Mutterbaum, Gewänder von den ersten Zauberinnen, die aus dem Exil in die Sterblichenwelt zurückgekehrt waren, Dolche, Schmuck – doch es war das Wandgemälde hinten an der linken Wand, das mich langsamer werden und ein zweites Mal hinschauen ließ.

Der Turm und der Mutterbaum strahlten im Sonnenschein,

umgeben von großen Obstgärten und kleinen Häusern. Ein Fluss verlief unterhalb entlang und mündete in das Blau des Kanals darunter.

»Ist es gut getroffen?«, fragte Robin neben mir und blickte ebenfalls hin. In der Frage schwang ein Anflug von Sehnsucht mit, und ich empfand von Neuem, welche Tragödie der Verlust der Insel war. »Wir hatten Archivare und Gelehrte zu den Ruinen geschickt, aber ... es war schwer, bei der Zerstörung noch irgendetwas zu erkennen.«

Diese Darstellung von Avalon war lebendig und herrlich. So sollte es in Erinnerung bleiben.

»Ja«, log ich und zeigte zu einer Gestalt in einem Kapuzenumhang, die halb von den gemalten Bäumen verdeckt war. »Wer soll das sein?«

»Die Herrin vom See«, antwortete Robin. »Das heißt, die erste, die den Orden der Priesterinnen von Avalon gegründet hatte und angeblich enorme Kräfte besaß. Ihre Tochter erbte am Ende ihre Aufgabe und war leider die Letzte, die diesen Titel trug.«

Ich stutzte. »Das war ein ererbter Titel? Seid ihr euch sicher?«

Mir hatte Flea etwas anderes erzählt – oder hatte ich es bloß falsch verstanden? Bei ihr hatte es geklungen, als würde in jeder Generation eine neue Priesterin für diese Aufgabe ausgewählt. Dass es viel mehr als zwei gegeben hatte.

»Ja, wirklich«, sagte Robin. »Ihre Blutlinie war mein Schwerpunkt während meiner Ausbildung in den Archiven. Die Tochter, Caniad, wollte in der Sterblichenwelt bleiben, als Avalon in sein eigenes Reich abgetrennt wurde.«

»Hm«, brachte ich heraus. Etwas an Robins Erklärung ließ einen Gedanken in meinem Hinterkopf wach werden, den ich nicht zu fassen bekam. »Warum war sie nicht nach Avalon zurückgekehrt?«

»Den Aufzeichnungen nach war sie wütend, weil das Schwert ihrer Mutter den Nachkommen von Sterblichenkönigen geschenkt wurde, Artus eingeschlossen.« Robin gestikulierte lebhafter. »Caniad fand, das von der Göttin geschaffene Schwert stünde nur ihrer Linie zu. Und der Fairness halber muss man zugeben, dass es nicht klingt, als hätte einer jener Männer seine ganze Kraft nutzen können.«

Mir fiel die Geschichte ein, die wir in Bibliothekars Büro gelesen hatten ... *Spiegel der Sterblichkeit, Richter und Henker der mitleidlosen Verderbten, Retter der Verhexten und Begnadiger der Unschuldigen.*

»Entschuldige«, sagte Robin und hielt sich eine Hand vors Gesicht. »Tut mir leid. Ich kann immer und immer weiterreden, wenn du mich lässt. Komm, wir sind fast da.«

Nachdem ich einen letzten Blick auf das Wandgemälde und die Kapuzengestalt geworfen hatte, folgte ich Robin.

Trotz Robins Befürchtungen, dass ich entdeckt würde, waren alle anderen rot gewandeten Arbeiterinnen, an denen wir vorbeikamen, entweder damit beschäftigt, hektisch in Büchern zu blättern oder sie in große Kisten zu packen und durch ein offenes Portal zu schicken. Niemand beachtete uns; dafür war keine Zeit.

»Was tun sie?«, fragte ich flüsternd.

»Einige gehen alles durch und suchen nach anderen göttlich geschmiedeten Waffen, falls Excalibur nicht wiederauftaucht«, antwortete Robin.

Dazu bleibt keine Zeit, dachte ich unglücklich.

»Andere bringen die wertvollsten Stücke aus dem Archiv an einen sicheren Ort, bis die Bedrohung vorbei ist«, erklärte Robin. »Reliquien, die sie gegen uns benutzen könnten, Unvergänglichkeiten, die wegen ihrer Einblicke in die Geschichte und die Zauber von großem Wert sind – solche Sachen. Ich würde alles wegbringen, wenn ich könnte, aber die Hohezauberin hat uns eben erst erlaubt, mit dem Sichern anzufangen. Sie fand, Vorsorgemaßnahmen zu ergreifen, käme einer Kapitulation gleich.«

Was sicher schlecht für die Kampfmoral wäre.

»Hier«, sagte Robin, legte eine Hand auf meinen Arm und führte mich durch eine der letzten Regalreihen. Das Archiv war auf den mittleren Bereich des Dachbodens beschränkt, dennoch hatten wir mehrere Minuten von einem Ende zum anderen gebraucht und standen nun vor einer Wand mit mehreren Türen.

Anscheinend handelte es sich um eine Art kleine Studierzimmer, alle bis auf eine Tür hatten ein Schild mit der Aufschrift *BESETZT*. Robin drehte das Schild auf der letzten Tür um und dirigierte mich hinein.

Der Raum war größer, als man von außen annehmen würde, und bot Platz für einen Tisch mit sechs Stühlen. Neben der Tür stand eine kleine Statue der Göttin, als sollte sie den Eingang bewachen. Die Kerze in ihren Händen brannte nicht, aber ein schwaches Licht strahlte hinter den Vorhängen, die den Raum zu allen Seiten umgaben.

»Setz dich«, sagte Robin und hockte sich auf die Tischkante, in Reichweite von Papier und Schreibfedern. »Macht es dir etwas aus, wenn wir direkt anfangen?«

»Nein«, antwortete ich und runzelte die Stirn. Ein komisches, fast elektrostatisches Gefühl regte sich in meinem Nacken. Ich rieb darüber, doch es ging nicht weg.

»Kannst du mir erzählen, was passiert ist, als ihr Excalibur gefunden habt?«, fragte Robin und tunkte eine Feder in die Tinte. »Lass keine Einzelheiten aus. Auch was du für irrelevant hältst, könnte hilfreich sein.«

»Na gut … tja, da war ein Drache«, begann ich.

Robin hob ruckartig den Kopf und riss die bernsteinbraunen Augen weit auf. *»Wirklich?* Ein Roter Drache?«

»Jap«, antwortete ich und erzählte, wie Neve rechtzeitig am Ende der Eingangshalle aufgetaucht war, um uns zu retten.

»Wie seid ihr überhaupt nach Lyonesse gekommen?«, fragte Robin.

»Mithilfe einer Hexe. Der Moorhexe?«

»Eine *Hexe?«,* wiederholte Robin sichtlich neidisch. »Wie war sie so? Hat sie …« Mit einem Blick auf meinen Gesichtsausdruck riss sich Robin zusammen. »Okay, darauf kommen wir später zurück. Erzähl weiter.«

Ich fuhr fort und schilderte, wie Nash und Caitriona den Drachen töten und ausweiden konnten. Robin schien sich eine Frage zu verkneifen, was mich so auffällig an Neve erinnerte, dass es mir einen Stich versetzte.

»Also, der Drache war aufgeschlitzt, und all die Sachen quollen heraus, auch Excalibur?«, hakte Robin nach.

»Nein, Excalibur nicht«, antwortete ich. »Das fand Neve verklemmt im Hals des Drachen. Sie versicherte sich, dass Bestien in das Heft eingraviert waren, dann packte sie es, riss es raus, und da ist all die Magie und das Licht um uns herum explodiert.«

Robin notierte etwas auf einem Blatt Papier und legte die Stirn in Falten. »Und das Licht, das um sie herum explodierte, hat sie das früher schon ohne das Schwert rufen können?«

»Ja.« Etwas an der Frage bewirkte, dass mein Puls beschleunigte. »Was ist?«

Robin ignorierte meine Frage und stellte selbst eine: »Hast du jemals andere Fähigkeiten an ihr beobachtet – solche, die vielleicht mit Pflanzen oder kürzlich Verstorbenen zu tun haben?«

Das komische Kribbeln stellte sich wieder ein und breitete sich auf meine Arme aus, an denen sich die kleinen Härchen aufrichteten. Mir wurde beinahe schwindlig davon. »Nein.«

Bevor ich fragen konnte, war Robin schon halb zur Tür hinaus und sagte: »Bleib hier – *hier drinnen,* okay? Ich bin gleich wieder da. Ich muss nur ...«

Dann war die Tür zu, ohne dass ich eine Erklärung bekommen hätte.

Das Surren um mich herum wurde lauter, bis die Vorhänge und das seltsame Licht dahinter zu vibrieren schienen. Ich trat auf den Vorhang direkt in meiner Nähe zu und zog ihn zurück.

Dahinter war eine Wand aus Schutzglas. Und hinter dieser ...

Der Gobelin war annähernd so groß wie der in der großen Halle in Lyonesse, doch ich erkannte ihn sofort, auch ohne die Eisschicht. Die Sterblichen auf ihren Feldern, die versuchten, ein Feuer zu entzünden. Die Erstgeborenen mit ihren Kronen. Die aneinanderschlagenden Schwerter.

Mein Herz hämmerte, als ich den nächsten Vorhang wegzog. Der Mann mit der Silberhand, Nudd Llaw Ereint, und seine drei Söhne.

Das Surren wurde noch lauter. In der Halle hatte ich die anderen Gobelinabschnitte nicht gesehen – sie waren von zu viel Eis verdeckt oder von Wasser und Alter zerstört gewesen. Ich zog noch einen Vorhang auf.

Nun spürte ich ein Kriechen an meiner Haut, als würde sich etwas darunter bewegen, das unbedingt herauswollte.

Meine Atmung wurde flacher und schneller, als ich mich nahe an das Schutzglas presste. Wieder war die Göttin da, diesmal mit einem Kind in den Armen, dem sie ins Gesicht schaute. Um sie herum blühte der Frühling in lebhaften Farben, spiegelte strahlend ihre Freude.

Schwarze Flecken erschienen auf dem Glas und schwebten vor mir. Ich trat zurück, wobei ich Mühe hatte, meine Füße richtig aufzustellen, weil der Boden sich auf einmal drehte. Ein stechender Schmerz fuhr mir durch den Bauch.

Ich klammerte mich an die Tischkante, hielt mich verzweifelt aufrecht. Wärme lief mir übers Gesicht, und ich hob eine Hand an meine Wange.

Ich weinte. Warum weinte ich?

Die Dunkelheit in meinem Sichtfeld nahm zu. Szenen von anderen Hallen, anderen Welten, anderen Gesichtern blitzten in meinem Kopf auf, zu schnell, um sie zu packen oder auch nur richtig zu sehen.

»Das solltest du nie sehen.«

Ich drehte mich auf wackligen Beinen um.

Nash stand in der Tür, und sein Gesicht verschwamm, als er näher kam. Ehe ich etwas sagen oder mich auch nur rühren konnte, tauchte mein Geist in die Dunkelheit ein, die an mir zerrte, und ich verlor das Bewusstsein.

Kapitel 39

Zuerst war da nur Wärme um mich herum, das stete Wiegen der Welt und ein kräftiger Herzschlag an meinem Ohr. Die Verlockung, dort, in diesem Moment dunkler Abgeklärtheit zu bleiben, war überwältigend.

Doch letztlich zwang ich mich, die Augen zu öffnen.

Nashs Gesicht war direkt über meinem und sein Blick nach vorn gerichtet, als er die Dunkelheit um uns herum absuchte. Einen Moment lang verstand ich nicht, was geschah; nur, dass er einen meiner Arme um seinen Nacken gelegt hatte und mich trug.

»Du kannst nie tun, was ich dir sage, oder?«, murmelte er und ging schneller. »Den Wagemut eines Pfaus, aber den Verstand einer Taube ...«

»Ich glaube, du meinst Lerche«, krächzte ich.

Seine Schritte wurden langsamer, und er sah zu mir. Wir waren in einem dämmrigen Korridor, die Wände um uns herum aus Stein, und hier da hingen Laternen zwischen den einzelnen Räumen. Die feuchte Kälte fühlte sich an, als wären wir unter der Erde gefangen.

Hier sollte ich nicht sein.

Die Erinnerung stellte sich so schnell und schmerzhaft ein wie eine Brandblase. Ich wand mich, um mich aus seinen Armen zu befreien, weg von seinen Händen. Meine Beine drohten einzuknicken, zu schwach, um mein Gewicht zu halten.

»Sei nicht dumm«, begann er.

Ich schaute mich mit wachsendem Entsetzen in dem Korridor um. Es war eine Art Keller. Das musste es sein. »Wo sind wir?«

»Wir verschwinden«, antwortete er.

»Nein, tun wir nicht.« Ich wollte an ihm vorbei. »Wir holen die anderen. Wir können sie nicht hierlassen.«

»Und ob wir das können, und das werden wir auch!«, erwiderte Nash streng. »Du bist es, um die es mir geht, nicht die. Wir finden die Portale, die Kasumi hier unten versteckt, und wenn ich dich zeternd und um dich tretend zu ihnen zerren muss!«

Angewidert wich ich einen Schritt zurück. »Du bist wirklich ein Feigling, oder? In Lyonesse hast du eine große Show abgezogen, aber alles, was du jemals tust, ist wegzulaufen …«

»Mir ist egal, ob du mich in alle Ewigkeit hasst – ich hasse mich selbst schon seit Jahrhunderten genug für uns beide.« Er packte meine Schultern und schüttelte mich. Sein typisches lässiges Selbstbewusstsein war dahin, und was blieb, war roh und angespannt. »Alles, was ich je gewollt habe, was ich je zu tun versucht habe, ist, dich zu beschützen, und jedes Mal, wenn ich dich gefunden hatte, war es zu spät.«

»Was redest du denn?«, fragte ich. »Was hat … was hast du damit gemeint, ich hätte diese Wandteppiche nie sehen dürfen?«

Sein Griff an mir lockerte sich, aber er ließ nicht los. Brennender Schmerz blitzte in seinen Augen auf.

»Du bist immer gestorben – dieser verdammte Zauber sollte dich schützen, aber er wurde zu einem Fluch«, sagte er heiser.

»Sie muss etwas falsch gemacht haben, und meine war zu nutzlos, um es aufzuhalten.«

Mein Puls schlug einen harten Rhythmus, und ich atmete flacher. »Deine … Macht?«

Ich wusste, dass Nash Allsicht besaß, also hatte er zumindest einige magische Vorfahren. Aber er hatte uns erzählt, dass er das Cunningfolk-Talent seines Vaters nicht geerbt hatte.

Wieder sah er mich stumm an. Dann schüttelte er den Kopf, als würde er ein für alle Mal eine Entscheidung treffen. »Jetzt musst du dich daran erinnern – an deinen Fluch. Du musst dich erinnern.«

»Daran erinnern?« Mich überkam ein dunkles, flaues Gefühl. »Das ergibt keinen Sinn. Warum sollte ich nicht …?«

Die Erinnerung, die ich vergessen hatte. Die Geschichte von der Tochter der Göttin.

Entsetzen raubte mir den Atem. »Du hast etwas mit meinen Erinnerungen angestellt, oder? Das ist deine Kraft.«

Er hielt meinen Blick, und seiner war beinahe flehend, aber er leugnete es nicht. Trotzdem war es nicht möglich – das war keine der bekannten Cunningfolk-Fähigkeiten.

Druck baute sich in meiner Brust auf, als würde sich Eis um meine Lunge legen. »Du hattest kein *Recht,* mit meinem Verstand zu spielen! Mir *irgendwas* wegzunehmen!«

»Das hatte ich sehr wohl!«, brüllte er und fuhr sich mit einer Hand durchs Haar. »Ich konnte nicht riskieren, dass etwas deine Magie weckt und deinen Fluch wieder triggert! Es hat dich jedes Mal eingeholt, wenn Gefahr bestand, es hat dir den Atem genommen, dein Herz angehalten. Wieder und wieder und wieder. Ich habe deine Seele in einen neuen Körper gebracht, damit er dich nicht findet. Und jedes Mal war ich machtlos, es zu stoppen!«

Ich schrak zurück. »Du …«

»Jetzt habe ich alle meine Münzen aufgebraucht. Sie wurden mir gegeben, um dich zu schützen, damit ich dafür sorgen konnte, dass du wiedergeboren wurdest und ein erfülltes Leben führst«, sagte er. »Es war das Einzige, was sie wollte. Ihr letzter Akt, bevor sie eins mit der Welt wurde.«

»Du redest Unsinn«, erwiderte ich. »Du …«

Nash ließ mich nicht ausreden. Er war jetzt panisch, und die Worte kamen immer schneller. »Ich bat die Herrin vom See, einen Zauber zu wirken, um deine Seele zu verstecken, sie zu schützen, aber etwas an dem war fehlerhaft, und jetzt fängt es wieder an – wenn ich dich nicht weg von hier bringe, weit weg von hier, *wirst* du sterben.«

Ich schüttelte den Kopf und wich weiter weg von ihm. Dabei reckte ich einen Finger, als handelte es sich um eine Kralle, die ich ihm in den Hals rammen könnte, damit er aufhörte zu reden. Nur fühlte es sich an, als hätte sämtliches Blut meinen Körper verlassen.

»Neve hat Creiddylads Seele«, flüsterte ich. Unwillkürlich hob ich eine Hand an meine Brust, als könnte ich mich physisch an mein Leugnen klammern.

»Sie hat in alledem eine andere Aufgabe«, entgegnete Nash. »Ich hatte es vor Lyonesse nicht gesehen, bis sie das Schwert anhob. Natürlich habt ihr einander gefunden. Das Schicksal ist von jeher eine keckernde alte Krähe.«

»Was sagst du?«

»Hör mir zu, Tamsin«, drängte Nash. »Du warst nicht in Gefahr, weil deine Kraft nicht geweckt war, aber das ist jetzt anders, nicht? Du hast es auf dem Friedhof gespürt, den Funken Potenzial, den Ruf neuen Lebens. Ich weiß, dass du es hast.«

Ja, ich hatte etwas gefühlt, aber …

»Es bleibt keine Zeit mehr«, sagte Nash. »Wenn er dich holt, aktiviert der Fluch sich und du stirbst daran, oder, was die Mutter verhüte, falls er dich selbst tötet, kann er deine Seele gefangen nehmen – genau das, was verhindert werden muss. Verstehst du, was ich sage?«

Mein Geist schien bloß eines zu verstehen.

»Du hast gelogen«, hauchte ich. »Bei allem. Dem Fluch. Wo du mich gefunden hast. Warum du mich aufgenommen hast … Du hast meine *Erinnerungen* unterdrückt. Wie kann irgendwas von dem, was du sagst, wahr sein?«

»Du bist mir so teuer wie mein eigen Fleisch und Blut«, sagte er leise. »Du bist die Tochter, die ich nie hatte, in einem Leben, das ich nie für mich gesehen hatte.«

Ich schrak vor den Worten, vor ihm zurück, und mein Herzschlag flatterte. Wie viele Jahre hatte ich mich danach gesehnt, das von ihm zu hören?

»Ich habe so viele Fehler gemacht, aber ich kann nicht zulassen, dass dies noch einer wird«, schwor Nash. »Du *wirst* leben. Du *wirst* dies hier überleben.«

»Die anderen …«, begann ich.

»Die Zauberinnen werden inzwischen wissen, wer Neve ist«, unterbrach er mich hastig und ergriff wieder meinen Arm. »Und der Dye-Junge wird überleben. Irgendwie scheinen sie das immer zu tun.«

»Das kannst du nicht wissen!« Ich wollte an ihm vorbei, zurück durch den langen Korridor, aber mein Körper war noch zu wackelig, und er hielt mich eisern fest, als er mich in die entgegengesetzte Richtung zog.

»Oh, das tue ich sehr wohl«, sagte er. »Bei seinem Vater war es dasselbe, genauso wie bei dessen Vater und dem davor …«

Eine nach der anderen öffnete er die Türen, an denen wir vorbeikamen. Es waren Erdkeller, Räume mit Stapeln von Weinfässern, Bücherkisten, aber keine Portale.

»Das einzige Portal, das ich gesehen habe, war oben«, sagte ich, denn mir kam eine Idee. »In dem Archiv. Du musst es gesehen haben. Ist es nicht sinnvoller, nach oben zu gehen?«

Er blieb stehen und sah mich an. Sein Atem ging schwer.

»Na gut«, sagte er seltsam matt, gefühllos. »Dann geh nach oben und such es, Täubchen.«

Sein Blick war der eines Fremden, ohne jegliche Wärme. Etwas stimmte nicht.

»Was ist los?«, fragte ich.

»Geh an mir vorbei und zurück nach oben«, sagte er streng. »Jetzt sofort.«

»Was zur Hölle ist mit dir?«

Nash wurde bleich, und er sah mich auf eine flehende Weise an, die ich nie zuvor bei ihm erlebt hatte. *»Geh zurück auf den Dachboden.«*

Gleich darauf spürte ich es.

Eine kalte Schwere war uns bereits über den Friedhof gefolgt, allerdings war sie nichts im Vergleich zu der, die ich jetzt fühlte. Wie sie in meine Brust zu greifen und mein Herz zu packen schien.

»Bitte«, sagte Nash leise. »Geh, Tamsin.«

Doch ich hatte es bereits bemerkt – das subtile Beben der Luft hinter mir in dem Korridor. Das leichte Verschwimmen der Linien auf den Steinwänden, unerklärlich gewunden.

Mir stockte der Atem, und jetzt ließ ich zu, dass Nash mich hinter sich zog.

Ein ungläubiges Lachen hallte durch den Gang, so kalt wie hämisch. Mit einem leisen Stoffrascheln streifte Lord Death Artus' Mantel und die Kapuze ab, um sich vollständig zu enthüllen. Die schwarze Rüstung. Das hasserfüllte Grinsen. Das Gesicht eines toten Königs.

»Hallo, Bruder«, sagte er.

Und hoch über uns rollte das Horn der Wilden Jagd wie Donner über den Himmel.

Kapitel 40

Ein bitterkalter Wind blies fauchend durch den Korridor, drückte mich gegen Nashs Rücken und löschte die magischen Flammen der Wandlaternen. Die Rufe, die sich über uns auf das Horn hin erhoben, kamen schnell und energisch. Kaum erfüllten Hufdonner und schadenfrohes Johlen der Reiter die Luft, setzte eine Reihe von Explosionen ein. Das ganze Gebäude erbebte unter der Wucht jeder einzelnen. Schreie, menschliche wie monströse, drangen durch die Fußböden zu uns.

Unterdessen war es im Keller beängstigend still.

»Erkennst du deinen eigenen Bruder nicht, Erden?«, fragte Lord Death amüsiert. »Ich gestehe, dass ich überrascht bin, dich lebend anzutreffen. Dein ungestümes Verhalten sollte dich schon Tausende Male getötet haben.«

Erden. Ich sah Nash an, beobachtete seine Reaktion. Das Gewicht, das sich auf meinen Körper legte, fühlte sich an, als würde ich in den Fußboden einsinken. *Bruder.*

Die drei hellhaarigen Brüder auf den Gobelins.

Es ist wahr, dachte ich. *Alles ist wahr.*

Nashs Verzweiflung zeigte sich nur darin, wie sich sein Kiefer anspannte, als er seine Worte mit Bedacht wählte.

»Ich sehe das Gesicht von Artus Pendragon, den wir vor langer Zeit verloren«, antwortete er schließlich. »Der uns von jemandem geraubt wurde, den ich nicht mehr als den Bruder anerkenne, den ich einst geliebt hatte.«

Das Grinsen schwand von Lord Deaths Zügen. Vage fragte ich mich, wie er ursprünglich ausgesehen haben mochte – ob sie sich ähnlich gewesen waren.

»Du hast dich früher schon von mir abgekehrt«, sagte Lord Death. »Und jetzt willst du es wieder tun, zu deinem Schaden. Ich werde dich nicht vor meinen Reitern schützen.«

»Das würde ich auch nicht erwarten.« Nash nickte zur Tür. »Anscheinend sind deine Ansprüche über die Jahrhunderte gesunken. Andererseits sind jene Männer schon immer Schoßhündchen gewesen, die sich für Wölfe hielten.«

Als Lord Death langsam auf uns zuschritt, bewegten auch wir uns. Ich blieb einen Schritt hinter Nash, packte seine Lederjacke hinten wie ein Kind, das sich zu verirren fürchtete, als er mich zur Treppe lenkte.

»Wo ist das Mädchen?«, fragte Lord Death.

Nash nahm eine Kampfposition ein. Automatisch streckte er eine Hand nach hinten, doch da war keine Klinge mehr. Die Zauberinnen hatten alles konfisziert, sogar das Messer, das er in seiner Stiefelspitze versteckte. Mir schlug das Herz im Hals.

Er spricht von Neve, dachte ich. Aber wie konnte er von ihr wissen?

Lord Death griff nach dem Schwert an seiner Seite. Bei der Bewegung verschob sich eine lange Silberkette unter dem Kragen seiner Tunika. An der hing ein dunkelroter Edelstein, so dunkel, dass er fast schwarz wirkte. In dem Stein wirbelten silberne Fäden von Todesmagie.

Nach der Verschmelzung in der Ruine hatte er behauptet, er würde die Seelen von Avalons Toten mit sich nehmen – hatte er es so gemacht?

Lord Deaths Klinge sang, als er sie aus der Scheide zog, und er genoss sichtlich die knisternde Magie, die über ihre rasiermesserscharfe Schneide flirrte.

»Des Bluts wegen, das wir einst teilten, gebe ich dir eine letzte Chance, zur Seite zu treten, Erden, oder ich bringe dieses bockige Mädchen um, von dem du zu glauben scheinst, dass es deinen Schutz wert ist.«

»Sie ist mir fremd, Gwyn«, sagte Nash. Sein förmlicher Tonfall irritierte mich; als wäre er binnen Sekunden zu einer anderen Person geworden. »Erlaube ihr zu gehen, dann können du und ich dies hier klären, wie wir es vor all den Jahren hätten tun sollen. Ich war stets der bessere Schwertkämpfer, aber du hattest Jahrhunderte, dich zu verbessern, nicht wahr?«

Lord Death machte jedoch keine Anstalten, sein Schwert zu schwingen. Er hielt es still in der Hand, und die Magie trübte die Luft zwischen uns.

»Welche Angst du hast«, sagte Nash, dessen Worte eine spöttische Note annahmen. »Du nennst dich Tod, und dennoch fürchtest du ihn am meisten.«

»Meine Macht ist Lohn genug«, erwiderte Lord Death. »Sie ist endlos. Ewig.«

»Wie die Leere, die jetzt in dir gedeiht«, sagte Nash. »Sie nährt sich seit Jahren von deiner Wut und deinem Hass und hat dein Herz ausgehöhlt. Alles, weil dir verweigert wurde, was nie dein war.«

»Alles, weil sie mir genommen wurde!« Lord Death machte festere Schritte auf uns zu, und diesmal wich Nash nicht zurück. Ich drückte mich gegen die nächstgelegene Wand, konnte mich nicht aufraffen wegzulaufen.

»Sie selbst hatte jene Wahl getroffen«, sagte Nash. »Nur *du* konntest sie nicht akzeptieren.«

»Wie fühlt es sich an, endlich der minderwertigere Sohn zu sein?«, höhnte Lord Death. »Du magst Vaters Liebling gewesen sein, doch wo ist dein Königreich jetzt? Wo ist deine Macht, dein Ruhm? Ich habe den Tod meinem Willen gebeugt, die Krone gewonnen. Und du, Erden, bist das, was du immer warst. Ein erbärmlicher, verblassender Schatten hinter größeren Männern. *Nichts.«*

Ich verlagerte meine Position, glitt an der Wand entlang, bis mein Fuß von einem großen Stein blockiert wurde, der sich gelockert hatte.

»Mir scheint, du musst dich selbst mehr von dieser hübschen Ansprache überzeugen denn mich«, bemerkte Nash.

Lord Death verzog hämisch das Gesicht und legte seine Schwertspitze an Nashs Hals.

Über uns wütete die Wilde Jagd durch das Gebäude, sodass sich mehr Steine aus Decke und Wänden lösten. In einem nahe gelegenen Raum zerbarst Glas. Als ich mich umsah, stürmten Zauberinnen durch eine Tür oben an der Treppe und warfen Flüche über die Schulter hinter sich, als die Jäger ihnen zu Fuß und auf geisterhaften Pferden folgten. Das kreischende Klirren von Metall auf Metall hallte zusammen mit den wütenden Schreien der Jäger durch die Luft.

»Gwyn«, sagte Nash ruhig. »Du warst mein Bruder. Ich hätte an deiner Seite gekämpft, bis die Sonne nicht mehr aufgegangen und alle Welten zu Staub zerfallen wären. Aber du trafst eine furchtbare Wahl, und wir alle bezahlen immer noch für sie. Ist dein Stolz so groß, dass du es immer noch nicht erkennst?«

»Sie war mein«, knurrte Lord Death. »Ich liebte sie.«

»Das war keine Liebe«, widersprach Nash. »Es war eine Obsession. Neid.«

»Nash?«

Mein Blick schwenkte zur Treppe unten, wo Cabell stand. Hinter ihm wallte seidig grauer Rauch durch den Korridor, der sein schwarzes Haar und die schwarze Kleidung noch betonte. Und irgendwie hatte nichts, was in den letzten Tagen geschehen war, die unbewusste Erleichterung töten können, dass ich meinen Bruder unversehrt sah.

Doch das Blut von Avalon, die Toten von Rivenoak und die Asche der Gildebibliothek fluteten den Abgrund zwischen uns.

Er sah furchtbar aus – die Wangen eingefallen und mit dunklen Ringen unter den Augen. Trotzdem war da ein Aufflackern von etwas in seinem Gesichtsausdruck, und er sah wie der Junge aus, der er gewesen war, nicht wie das Monster, zu dem er wurde.

Nash sagte nichts, aber ich fühlte, wie es in seinem Kopf arbeitete. Erst jetzt, als Lord Death sein Schwert anhob und einen Schritt zurückging, begriff ich, dass sich etwas drastisch verändert hatte.

Lord Death blickte zwischen dem verblüfften Cabell und Nash hin und her, wobei sich ein bedrohliches Lachen in den Tiefen seiner vergifteten Brust aufbaute.

»Sicher nicht«, sagte Lord Death, dessen Oberlippe sich kräuselte, als er wieder zu Nash und dann zu mir schaute. *»Sicher.«*

Vor Angst wurde mein Herz zu Stein. Ich kämpfte um meinen nächsten Atemzug, als die Schatten des Korridors mein Sichtfeld begrenzten.

Das ist nicht der Fluch, sagte ich mir. *Ich sterbe hier nicht.*

»Nash, was bist du …«, begann Cabell, der auf uns zukam. Er streckte eine Hand aus, wirkte vollkommen verwirrt, als wäre er unsicher, ob das, was er sah, real war. Seine Stimme brach. »Bist du wirklich hier?«

»Ja, Cab«, antwortete Nash schließlich. »Tut mir leid, dass ich so lange gebraucht habe.«

Ein kleines Stück vor uns blieb Cabell stehen und sog den Anblick Nashs nach der langen Zeit in sich auf.

Mein Bruder hatte jahrelang von diesem Moment geträumt. Er hatte geglaubt, dass Nash wiederkommen würde, bis ich diese Hoffnung in ihm tötete. Und es war, als würde alles, was unser Leben hätte sein können, wenn wir nie nach Tintagel gegangen wären, uns jetzt geisterhaft umgeben, verlockend nahe und dennoch nie zu haben.

Der komische Bann, der sich über den Raum gelegt hatte, wurde von einem einzigen Wort erschüttert.

»Sie?«

Lord Death wandte sich mir mit einem Ausdruck zu, in dem Ekel und Schrecken rangen, als er näher kam.

»Sie ist kein Fremde, nicht wahr, Bruder?«, fauchte Lord Death.

Cabell zuckte bei dem Wort *Bruder* zusammen. »Was?«

»Er hat mir von seinem Vormund erzählt, der auf der Suche nach dem Ring der Zerstörung verschwunden war«, fuhr Lord Death fort. »Ein Hollower. Ein Mann von zweifelhaftem Ruf.«

»*Der zweifelhafte Ruf* hätte dein erster Hinweis sein müssen, Gwyn«, sagte Nash ernst. »Wie wir beide wissen, kann sich ein Vogel noch so oft mausern, seine Federn kommen immer gleich wieder.«

»Was geht hier vor?«, fragte Cabell mit einer neuen Schärfe.

»Die ganze Zeit, all die vielen Jahrhunderte, hast du gegen mich gearbeitet«, sagte Lord Death. »Sie vor mir versteckt.«

Nash schmunzelte spöttisch. Anscheinend war er zu einem Entschluss gekommen, und jetzt endete jede Täuschung. »Wie sehr es dich quälen muss, dass sie die ganze Zeit vor deiner Nase war und du es nicht sehen konntest.«

»Ihre Mutter hatte sie mit einem Zauber versehen, um sicher zu sein, dass ich es nicht konnte«, konterte Lord Death zornig.

»Nein«, sagte Nash. »Du hast nie gesehen, wer Creiddylad wahrhaftig war, also wie solltest du ihre Seele in neuer Gestalt erkennen können?«

Cabell, der endlich begriff, rang nach Luft. Langsam ließ ich mich in die Hocke herunter und umfing den Stein unter meiner Ferse mit der Hand.

Lord Deaths Nasenflügel blähten sich. »Du wagst es …«

Ich schwang den Arm und warf den Stein nach seinem Kopf. Lord Death wich ihm mühelos aus, doch der Moment war Ablenkung genug, dass Nash die Hände auf die flache Seite des Schwerts schmettern konnte, sodass er es seinem Bruder aus den Händen schlug und er es am Heft fangen konnte. Er machte einen Schritt vor und zwang damit Lord Death zurück.

»Cabell«, sagte Nash, ohne den Blick von Lord Death abzuwenden, streckte jedoch die freie Hand nach Cabell aus. »Es ist gut. Du kannst nach Hause kommen. Das kannst du immer.«

Cabell schluckte angestrengt. »Wir haben kein Zuhause. Hatten wir nie.«

»Das ist nicht wahr«, erwiderte Nash. »Unser Zuhause sind wir drei, wo immer uns das Schicksal hinführt. Du hast dich vor all den Jahren entschieden, bei uns zu sein. Du hast entschieden, was du bist, und jetzt darfst du wieder entscheiden.«

Cabell schien am ganzen Leib zu zittern, rührte sich aber nicht. Er reagierte gar nicht.

»Er hat dich verlassen, Bledig«, höhnte Lord Death. »Er ließ dich glauben, dass du etwas bist, was du nicht warst, hat deine wahre Natur verborgen …«

Nash fuhr unbeirrt fort: »Ich wollte euch nicht verlassen. Das hatte ich nie vor.«

Cabell rührte sich nicht, als Nash langsam auf ihn zuging. Sein Gesichtsausdruck war beinahe flehend, als bettelte er, dass es wahr war. »Hast du aber. Annwn ist mein richtiges Zuhause.«

»Das ist eine Welt von Dunkelheit. Da gehörst du nicht hin.«

»Tue ich nicht?«

Die Frage zwang Nash, sich umdrehen. Und seine Worte waren geradezu glühend. »Du bist mein Junge. Keine Magie in irgendeiner Welt ist mächtig genug, das zu ändern.«

Aus dem Augenwinkel hatte ich Lord Death beobachtet und wartete darauf, dass er mit Todesmagie oder einer anderen Waffe zuschlug, die wir noch nicht gesehen hatten. Stattdessen bot er Cabell seine Hand an.

»Du weißt, was du bist«, sagte er, als Cabell ihn ansah. »Du weißt, wo du jetzt hingehörst.«

Oben an der Treppe bewegte sich etwas. Ich sah mich gerade rechtzeitig um, dass ich einen Wirbel von smaragdgrün gemustertem Stoff sah. Ein Zauberstab brannte mit drei schnellen Strichen ein Symbol in die Luft.

Der Fluch machte kein Geräusch. Er blitzte nicht oder löste eine Explosion aus, nicht einmal den Gestank von Magie, die Luft verbrannte. Vielmehr war er ein schwacher Lichtfaden, der wie ein Blitz direkt auf Cabells Brust losschoss.

Ich stürzte nach vorn, doch Nash war schneller und warf Cabell zu Boden. Der Magieschwall erwischte ihn am linken Arm, sodass er in einer Druckwelle durch die Luft geschleudert wurde. Ich schrie auf, als er auf dem Boden aufschlug.

Hinter mir tobte der Kampflärm; das Kreischen der Jäger, die Zauberinnen, die sich Befehle zubrüllten. Flüche blitzten durch die Luft um meinen Kopf, brannten sich chaotische Wege, die Brocken aus den Mauern lösten, Risse in die Decke sprengten und mir den Arm versengten. Ich warf mich auf den Boden und versuchte, meinen Kopf zu schützen. Ein Fluch prallte an der Tür neben Lord Death ab, als dieser Cabell an der Schulter packte. Beide verschwanden in einem Schattenwirbel.

»Nash!« Ich blieb unten, auch als sich das Kampfgeschehen wegbewegte, tiefer in die Zentrale, und krabbelte auf ihn zu.

Er atmete mühsam. Seine hellen Augen wurden größer, als er sie auf mein Gesicht richtete. Mit einer Hand tastete er über den Boden nach meiner. Es war sein Griff, der mir Angst machte, wie er mit jedem Schmerzschauer zudrückte, noch ehe ich sah, was mit seinem Körper passierte.

Grauer Stein brach aus dem Loch hervor, das der Fluch am Ärmel seiner Jacke hinterlassen hatte, und breitete sich flüssigem Zement gleich über seinen Arm aus, verhärtete sich zu schnell, um ihn wegzuwischen.

Furcht packte mich, als ich mich wieder zur Tür wandte und schrie: *»Hilfe! Hilfe! Bitte, Hilfe!«*

Eine Zauberin hatte den Fluch gewirkt, und eine andere könnte ihn brechen ...

»S-sieh mich an.«

Ich tat es und fühlte, wie mir heiß wurde vor Panik und Verzweiflung.

»Du weißt ... was das ist.«

Die steinerne Umarmung. Einer der frühesten Flüche, die er uns gelehrt hatte, als wir kaum alt genug waren, unsere eigenen Namen zu schreiben.

Nashs Augen schienen meinen Anblick in der Dunkelheit in sich aufzusaugen, während er sich angestrengt ein Lächeln abrang. Der Stein breitete sich über seine linke Seite aus, von seiner Schulter bis zu seinen Füßen.

»Halt ... halt einfach durch, okay, alter Mann?«, würgte ich hervor. »Das kannst du nicht machen ... du wirst nicht ...«

»Tamsymädchen«, sagte er und rang nach Atem, als der Stein über seine Brust wanderte. »Jetzt … weiß ich … dass es gut wird. Du … fühlst sie … weil deine … Kraft …«

»Nash, nein … nicht …« Ich brachte die Worte nicht heraus.

Sein Blick war immer noch auf mich fixiert, und seine freie Hand drückte meine, als sich sein Unterleib und die Organe versteinerten und der Fluch nach oben wanderte, der Schmerz ihn überkam.

»Konnte mir nie … eine bessere Geschichte … erträumen … als … dass … meine Wichte …« Seine letzten Worte kamen in einem atemlosen Schwall heraus, als sich der Fluch über seinen Brustkorb legte. Und die Kehle.

Seine Hand über meiner wurde zu Stein, hielt sie gefangen. Und ich war gezwungen zuzusehen, wie der Stein über seinen Mund, seine Wangen, seine Augen zog.

Und als würde eine letzte Seite umgeschlagen, endete seine Geschichte.

Kapitel 41

Es waren nur wenige Minuten vergangen, als mein Name gerufen wurde. Doch mich hatte etwas seltsam Surreales erfasst, das Sekunden zu Tagen dehnte. Ich beobachtete das Steingesicht, in der Erwartung, dass sich ein Riss auftat, in dem Nash zum Vorschein kam und er wieder einmal den Tod überlistet hatte.

»Tamsin!«

Vertraute Hände, warm und schwielig, umfingen mein Gesicht und drehten es weg vom Stein. Emrys erschien inmitten der Schatten und sah mich eindringlich an, bevor sein Blick auf Nash fiel.

»Oh, verdammt«, flüsterte er. »Es tut mir leid. Es tut mir so verdammt leid.«

»Es war … da war ein Fluch …«, stammelte ich heiser. Der nach wie vor rationale Teil von mir wusste, dass ich unter Schock stand, doch in diesem Moment war das Einzige, was ich wahrnahm, das Gefühl, in meinem eigenen Körper eingesperrt zu sein. Als hätte sich der Fluch durch Nashs Berührung irgendwie übertragen und hielte uns beide nun im steinernen Grab fest.

Ich versuchte, meine Hand zurückzuziehen, doch sie war in Nashs rauen Steinfingern gefangen. Je mehr ich mich bemühte, desto schlechter konnte ich atmen, und Wellen von Panik und Entsetzen brandeten über meinen Körper.

»Warte«, sagte Emrys. »Nur eine Sekunde, Lerche, das wird gleich ...«

Wieder drehte er mein Gesicht weg und presste es an seine Brust, damit ich nicht zusehen musste. Sein Herz raste an meinem Ohr, als er ein Schwert aufnahm. Das brutale Scheppern von Metall auf Stein war nicht halb so furchtbar wie das dumpfe Pochen mit jedem Schlag und schließlich das Gefühl von Nashs zerbröckelnder Hand, als Emrys die Finger mit dem Knauf zertrümmerte.

Sobald ich frei war, half Emrys mir auf und hielt mich, bis meine Beine wieder bei Kräften waren und der Puls nicht mehr in meinen Ohren rauschte.

»Was habt ihr hier unten gemacht?«, fragte er.

Das Rufen und Grölen der Wilden Jagd hatten ebenso wenig nachgelassen wie das Zischen von Zaubern. Ein fieser Geruch hing in der Luft – brennendes Fleisch und Ozon. Rauch und Magiefunken waberten oben an der Treppe an der offenen Tür vorbei.

»Tamsin?«, lenkte Emrys meine Aufmerksamkeit auf sich zurück.

»Er wollte ...« Ich konnte ihm nichts erklären, nicht hier und jetzt. »Wir müssen ... wir müssen Neve finden.«

Die Hohezauberin hatte es klingen lassen, als würde sie Neve zu ihren eigenen Räumlichkeiten bringen, die anscheinend im zweiten Stock waren. Weiter den Ostflügel hinunter, in dem wir eingesperrt worden waren. Und der Video-Feed, den Robin mir gezeigt hatte, schien es zu bestätigen.

»Weißt du, wo sie ist?« Wieder musterte Emrys mich sichtlich besorgt, doch er würde mich nie aufhalten. Das wusste ich so gut wie er. »Denkst du, sie ist noch im zweiten Stock?«

Ich nickte.

»Sie haben das Dach geschützt, sodass die Jagd von unten eindringen und sich nach oben kämpfen musste«, sagte Emrys. »Wir müssen herausfinden, wie wir sie überholen können.«

Meine Gedanken waren noch von Angst überlagert, trotzdem formten sich ersten Teile eines Plans.

»Wenn wir nicht auf dem normalen Weg zu ihrem Zimmer gelangen, können wir versuchen, durch die Lüftungsschächte zu krabbeln«, sagte ich.

»Neve ist wahrscheinlich von allen im Gebäude am sichersten. Woher wollen wir wissen, ob sie nicht schon längst weggebracht wurde?«, fragte Emrys.

Ich biss die Zähne zusammen. »Wissen wir nicht, weshalb wir nachsehen müssen. Sobald wir sie haben, gibt es ein offenes Portal auf dem Dachboden, das wir zur Flucht nutzen können.«

Emrys sah aus, als würden ihn die vielen Informationen verwirren, doch er nickte. »Dann machen wir das. Fliegen wir los, Lerche.«

Ich ergriff die Hand, die er mir hinhielt, und lief hinter ihm her durch den Korridor zurück zu der Treppe ins Erdgeschoss. Auf der obersten Stufe blickte ich noch einmal zurück, aber Nashs Steinkörper war von Rauch verschleiert.

Es war eine Warnung vor dem, was kommen sollte.

Das Erdgeschoss stand in Flammen.

Die Jäger hatten mehrere der Flüche ausgelöst, und die Feuerlinien ließen ihnen nur einen schmalen Weg durch die Eingangshalle ins Foyer.

»Lasst mich raus! *Lasst mich raus!*«

Ich drehte mich um, suchte in den dicken Rauchwolken nach den Stimmen, die wie Sirenen heulten.

»Verflucht seid ihr!«

Ich wich vor der Wand zurück – und dem Spiegel, der dort hing. Ein Jäger warf sich gegen das Glas, um es von innen zu zerschmettern. Als der Rauch sich hob, erschienen noch Dutzende weitere Gesichter in den Spiegeln, die alle jammerten und flehten.

»Die Zauber halten«, sagte Emrys, und das unausgesprochene *Vorerst* hing zwischen uns. »Weiter.«

Die sorgfältig ausgelegten Dornen waren jetzt doppelt so groß und bildeten ein stacheliges Gewirr in dem Korridor. Ich folgte in Emrys' Fußstapfen, als er sich einen Weg durch das unheimliche Flammenmeer bahnte. Dabei musste ich seine Hand loslassen, damit wir über und um die tödlichen Spitzen herumsteigen konnten.

Mit nur einem Aufkeuchen als Vorwarnung drückte Emrys mich an den äußeren Rand des Raums. Wir kauerten hinter einem der Dornen, die aus dem Boden ragten. Einen Moment später torkelten drei Jäger an uns vorbei, deren gespenstische Gestalten immer wieder zu Schemen verblassten.

»Wa...was haben sie mit uns gemacht?«, keuchte einer von ihnen.

Die in den Spiegeln gefangenen Jäger hämmerten gegen das Glas und schrien sich heiser. Die Neuankömmlinge erschraken, als sich der Rauch teilte und die Fallen zu sehen waren.

»Verdammt!«, schrie einer der Jäger und wich zurück. »Ich habe doch gesagt, dass es der falsche Weg ist ...«

»Da!«, ertönte eine Frauenstimme. Vier Zauberinnen tauchten aus den Qualmwolken am Ende des Korridors auf und feuerten frische Flammenwellen auf die Jäger ab. Sie krähten triumphierend, als einer der Jäger, der sich eben materialisierte, Feuer fing.

Der Sieg währte nicht lange. Fauchend warf der Jäger, der ihnen am nächsten war, erst einen Dolch, dann noch einen. Die Zauberinnen ganz vorn wichen schnell genug aus, doch die hintere, eine statuenhafte Blondine, bekam einen Dolch in den Hals, und sie erstickte an ihrem eigenen Blut, als sie zu Boden ging.

Mit einem herzzerreißenden Schrei griffen die Zauberinnen an, drängten die Jäger zurück gen Eingang. Emrys nutzte die Chance, um mich hoch- und weiterzuziehen. Wir wurden langsamer, als wir an der gefallenen Zauberin vorbeikamen; ihre smaragdgrünen Augen starrten uns leer an.

Mit einer Grimasse riss Emrys den Dolch aus ihrem Hals, der eine grausame Blutspur hinterließ. Er wischte die Waffe an seiner Jeans ab und reichte sie mir. »Nimm den.«

Ich konnte nicht einmal widersprechen.

Als wir die Dornen hinter uns hatten, hielten wir uns halb geduckt an der rechten Seite des Korridors. Roter Dunst quoll im Atrium auf und raubte mir die Orientierung, als er sich durch den silbernen Rauch wob. Am Eingang des Atriums empfingen uns klirrende Klingen und Rufe. Kasumis Stimme übertönte die anderen: *»Drängt sie zurück!«*

Magielichter blitzten auf den Stockwerken über uns auf und erloschen rasch wieder. Ein Reiter zerriss den roten Vorhang. Seine Rüstung schimmerte silbern, als sein Pferd vorwärtsgaloppierte und auf nichts als Luft in den ersten Stock aufstieg. Eine Zauberin, deren Gesicht schweißnass und deren Kleid zerfetzt war, rannte ihm nach. Aus ihrem Zauberstab schossen Magiespiralen, und ihre zornigen Schreie hallten mir in den Ohren. Mit einem Schwenk ihres Zauberstabs erzeugte sie genug wirbelnden Wind, um sich hinter dem Reiter herzukatapultieren.

Mein Herz raste schneller als meine Füße, bis mir vom Adrenalin schwindlig wurde. Ich packte den Dolch so fest wie möglich, weil ich fürchtete, dass er mir aus der verschwitzten Hand gleiten könnte.

Emrys rannte zu der Stelle, an der er die Treppe vermutete. Ich erinnerte mich, wie die Stufen vorher verschwunden waren, nur um auf Kasumis Kommando wiederaufzutauchen, und begann, auf dem Boden nach einem Sigill zu suchen.

»Die Treppe war hier, als ich nach unten gekommen bin!«, sagte Emrys. Ihm schien etwas einzufallen. »Ich glaube, es gibt noch einen anderen Weg nach oben ...«

Ich versuchte, hinter ihm herzulaufen, aber der Dunst war zu dicht, zu verwirrend. Panik überfiel mich, als ich ihn aus den Augen verlor, doch einen Moment später erkannte ich seine Umrisse wieder.

Aber dann teilte sich der Schatten, und als ich mich näherte, formte sich eine Szene in dem Nebel.

Einer der Jäger stand über einer verängstigten Zauberin, die auf allen vieren über die blutgetränkten Teppiche entfliehen wollte. Er hob sein Schwert über den Kopf, an dessen Klinge tanzte Todesmagie, als es darauf wartete, eine weitere Seele zu nehmen. Der Jäger wandte sein Gesicht weit genug in meine Richtung, dass ich den Mann erkannte, der er einst war.

»Dye!«, rief ich.

Endymion blickte sich um, seine glühenden Augen funkelten amüsiert. Seine Menschlichkeit war die Maske gewesen, und der Tod hatte bloß die Monstrosität enthüllt, die stets in ihm gewesen war.

Die Zauberin nutzte die Gelegenheit zur Flucht in den Mahlstrom, ohne sich noch einmal umzuschauen. Nun galt die volle Aufmerksamkeit des Jägers mir, und ich wusste nicht mehr, warum ich das für eine gute Idee gehalten hatte.

»Na, das ist ja eine Überraschung«, sagte er mit einem Lächeln, bei dem er die geschärften Zähne bleckte. »Wie praktisch, dass ich dich auch endlich töten kann.«

»Ich kann nicht behaupten, dass mir der neue Look gefällt«, sagte ich und wich in Richtung Korridor zurück. »Aber untot zu sein schmeichelt wohl den wenigsten.«

»Untot?« Endymion lachte. »Mein Kind, ich bin so viel mehr als das. Meine Macht geht weit über alles hinaus, was du verstehen könntest.«

»Wahrscheinlich stimmt das«, sagte ich. »Ich spreche kein Arschloch, und die Allsicht scheint nicht gewillt zu übersetzen.«

»Und da dachte ich, ich würde nie wieder den legendären Witz der Larks hören. Wie befriedigend zu wissen, dass ich ihm tatsächlich zum letzten Mal ausgesetzt bin.«

Ich blieb stehen, als er auf mich zugeschlendert kam. Mir war klar, dass der Dolch in meiner Hand ihm nichts anhaben konnte.

Todesmagie strahlte von ihm ab. Ich empfand ein Brennen an meinem Kinn, als seine Phantomhand zu eiskaltem Fleisch wurde und es umfasste. Mein Todesmal spiegelte erbarmungslos den Schmerz.

Sag ihm, wer du bist, flüsterte es in meinem Kopf. *Er wird nicht umbringen, was sein Herr will.*

»Hast du deine Zunge verschluckt?«, höhnte Endymion und hob mich an meinem Shirtkragen hoch. Ich wehrte mich, strampelte, aber vergebens.

»Vater.«

Emrys stand nur ein Stück entfernt, die Hand fest um sein Schwertheft geschlungen. Er hatte die Schultern gestrafft, und da war keine Furcht in seinen Augen. Nur sorgsam kontrollierter Hass.

Es war eine Wohltat, den Schock zu beobachten, der Endymions eingefallene Züge erfasste, als er sich zu seinem Sohn umdrehte. Seine Hand erschlaffte, und ich fiel japsend zu Boden. Emrys richtete seine zweifarbigen Augen kurz auf mich, versicherte sich, dass alles in Ordnung war, bevor er wieder zu seinem Vater sah.

»Das ist nicht …«, begann Endymion matt. »Du bist nicht …«

»Real?«, beendete Emrys den Satz und schritt um uns herum. Endymion blickte ihm nach und verdrehte den Hals unnatürlich. »Atmend? Hier? Es gibt eine Vielzahl von Worten, aus der du wählen kannst.«

Endymion schüttelte den Kopf. Wäre er am Leben, hätte er vielleicht schwer geatmet oder die Hände in sein helles Haar gekrallt. Jetzt jedoch konnte er nur einen kehligen Laut ausstoßen.

»Du bist tot«, sagte Endymion. »Das ist eine Täuschung.«

»Keine Täuschung«, erwiderte Emrys, seinem Vater zugewandt. Er begann, in den roten Rauch zurückzuweichen, und höhnte: »Komm schon, *Dad.* Ist das eine Art, dein geliebtes einziges Kind zu begrüßen? Deinen Sohn und Erben?«

Ich rappelte mich auf. Der Jäger knirschte mit dem Kiefer, dass es krachte.

»Eine Täuschung«, wiederholte Endymion. Jetzt schwang ein Flehen in seiner Stimme mit. Das Schwert fiel aus seiner schlaffen Hand, und silberne Funken stoben auf, als es auf dem Boden aufschlug.

»Hat es sich gelohnt?«, fragte Emrys, der im Rauch verborgen war. »Alles, was du uns angetan hast? Hast du dich mächtig gefühlt, weil du deine Frau verletzen konntest? Deinen Sohn?«

»Du bist *nicht er!«,* wütete Endymion, der auf die Stimme seines Kinds zustürmte. »Du bist nicht mein Sohn!«

»Wurde es immer schwerer, die nötige Befriedigung zu finden, mit jedem Schlag, jeder Bestrafung? Hat es die Schwäche in dir so abtöten können, wie du gehofft hattest?«, fragte Emrys. »Als mein Blut auf dein Gesicht spritzte, hast du da den Geschmack als den deines eigenen erkannt?«

Endymion verfiel in unheimliches Schweigen. Doch dann wechselte sein Gesichtsausdruck sehr langsam von verbittert zu beinahe … mürrisch.

»Ich habe dein Herz verbrannt«, sagte Endymion, als Emrys wieder vor uns erschien. Er neigte den Kopf in Richtung seines Sohns, als lauschte er auf etwas. »Wie kann es noch schlagen?«

»Du *Schwein!*«, fauchte ich und stürzte mich auf ihn, doch meine Klinge ging durch seinen Geistkörper hindurch, und ich fiel auf die Knie.

»Ich werde dir zeigen, wie«, antwortete Emrys vollkommen ruhig. »Gib mir deine Hand. Fühl meine.«

Entsetzt beobachtete ich, wie er seinem Vater die Hand hinstreckte. Endymion schwebte auf ihn zu und hob seine gespenstischen Finger wie in einem Traum. Die Hände des Jägers wurden vor meinen Augen wieder zu Fleisch und Knochen, die Haut grau und blutleer. Emrys schloss seine Hände darum.

»Lebwohl, Vater«, sagte er.

Endymion schaute verwirrt auf, aber es war bereits zu spät. Emrys schleuderte ihn kräftig herum, stieß ihn vorwärts durch den Dunst – auf den Spiegel von Shalott zu.

Endymion kollidierte mit dessen Magie, und mit einem zornigen Aufschrei versuchte er, sich von der Falle abzuwenden. Fetzen von Körper und verwandelter Seele rissen bei der Berührung mit dem sich wellenden Glas ab, als würde der Spiegel ihn inhalieren.

Endymion ging knurrend zu Boden und klammerte sich dort fest, in dem vergeblichen Versuch, die Macht des Spiegels über ihn zu brechen.

»Mylord!«, rief er. *»Mylord!«*

Der Spiegel erbebte und klapperte an der Wand, als er den Rest von Endymion Dyes Seele mit einem zufriedenen Seufzer schluckte.

Emrys hakte meinen Arm in seinen ein und zog mich weg von den wütenden Schreien seines Vaters – ausnahmsweise sicher in dem Wissen, dass dieser Mann ihn nicht mehr verletzen konnte. Seine Schultern bebten, als wir uns zur Eingangshalle zurückzogen.

»Alles okay?«, fragte ich vorsichtig.

Doch als er mich direkt ansah, begriff ich, dass er *lachte.*

Es war ein ungläubiges und freudiges Lachen – die enorme Erleichterung, ein unmögliches Gewicht, einen fiesen Schatten abgeworfen zu haben. Er beugte sich zu mir und gab mir einen Kuss, in den er alle seine Freude und Erleichterung legte. Ich packte seine Arme, um uns beide aufrecht zu halten.

»Wie niedlich«, erklang eine seidige Stimme vom Atriumeingang aus.

Das Lachen auf Emrys' Lippen erstarb.

Wir drehten uns zu der Zauberin um, die auf uns zugeschritten kam. Madrigal schien der Kampf nicht zu stören, der noch auf den Stockwerken über uns tobte, ebenso wenig wie das unnatürliche Bellen von Phantompferden und deren Reitern. Ihre Erscheinung war makellos, und jede Strähne ihres roten Haars lag genau dort, wo sie sein sollte. Als wäre sie gerade erst eingetroffen. Sie bewegte sich mit dem Selbstvertrauen derjenigen, die sich ihrer Unantastbarkeit bewusst waren. In dem Bewusstsein, dass sie nicht in Gefahr schwebten.

Und mir wurde entsetzlich kalt.

»Du«, hauchte ich. »Du hast ihm von Neve erzählt – wo er sie findet.«

Sie war es also, die Lord Death die Information über Neve hatte zukommen lassen, aber wie lange arbeitete sie schon mit ihm zusammen? Seit Neves erstem Brief?

Emrys sah mich fragend an, doch die Zauberin sprach zuerst.

»Diesmal versagt deine Klugheit, Küken«, sagte Madrigal. Sie musterte mich von oben bis unten, wobei in ihrem Gesichtsausdruck Ekel mit Neugier rang. »Lord Death erzählte mir, dass ich mich irrte, dass *jemand anderes* – jemand sogar noch Erbärmlicheres – die Seele hat.«

Er ist noch in der Nähe, dachte ich und rang mit meiner Angst. Ich konnte den kalten Druck seiner Gegenwart nicht fühlen, aber da der Kampf noch andauerte, konnte er nicht weit sein.

Madrigal wandte sich an Emrys. »Schieb dein Schwert her und bring sie zu mir, Hundchen.«

Emrys stellte sich vor mich. »Ich bin nicht dein Hundchen.«

Madrigal kräuselte die Oberlippe und hob ihren Zauberstab an. »Ich bitte dich ein letztes Mal.«

Sein Schweigen deutete sie als Antwort.

»Emrys ...« Weiter kam ich nicht, denn sein Körper verkrampfte sich auf einmal, spannte sich an, bis sein Rückgrat so gerade wie ein Brett war. Die Sehnen in seinem Hals dehnten sich, die Muskeln an seinen Armen und seinem Rücken wölbten sich. Das Schwert fiel ihm aus der Hand und scheppernd auf den Boden.

»Emrys!« Angst flutete meine Adern, und ich packte seinen Arm. Er hob zitternd die Hand.

»Lauf«, würgte er heraus. *»Lau...«*

Seine Gesichtszüge wurden hart, und zwischen einem verängstigten Herzschlag und dem nächsten schnellte seine Hand vor und schlang sich um meinen Hals.

Kapitel 42

Seine Finger drückten wie eine Schraubzwinge immer fester zu. Doch das Würgen schmerzte weniger als sein entsetzter Blick.

»Was hast du gedacht, was ich gemeint habe, als ich dir sagte, dein Herz gehört mir?«, fragte Madrigal ihn in einem Singsang. »Dein Leben ist mein, Hundchen. Es sei denn …«

Emrys' Gesicht war furchtbar, bar jeder Emotion, ausgenommen seine Augen. Ich sah zu der Zauberin, und Wut baute sich in mir auf. Sie blickte mich mit perversem Entzücken an.

»Es sei denn, Küken, du möchtest den Dolch in deiner Hand benutzen«, fuhr sie fort, »und ihn in das hübsche kleine Herz rammen, das ich für ihn gemacht habe? Du könntest natürlich auf Risiko gehen und ihm nur die Hand abschneiden, aber selbstverständlich besitzt er noch eine zweite.«

Unser Sterblichenleben war für sie von jeher ein Spiel gewesen. Das hatte ich in dem Moment begriffen, in dem ich sie kennenlernte. Sogar jetzt noch waren wir kaum mehr als Unterhaltung für sie.

»Du kranker Freak …«, keuchte ich, doch Emrys würgte mich noch fester. Sein Gesicht war eine steinerne Maske, während sich in seiner Brust ein Laut von reinem, rohem Schmerz regte. Mit der freien Hand packte er meine mit dem Dolch und führte sie an seine Brust.

»Na los, Küken«, ermunterte Madrigal mich. »Tu es.«

Seine Augen baten mich darum. *Flehten.* Und wieder wurde sein Griff an meinem Hals fester, bis ich keine Luft mehr bekam.

»Na gut«, sagte Madrigal schmollend. »Bring sie mir, Hundchen.«

Sie machte einen Schritt auf uns zu und winkte ihn mit einer Hand zu sich. Bei der Bewegung fiel mein Blick auf ihre Schuhspitze – und auf das, was nur ein kleines Stück vor ihr war.

Schatten schlichen sich in den Rand meines Sichtfelds, als ich um Atem rang. Da war immer noch der furchtbare Ausdruck in Emrys' Augen – sie leuchteten silbern und grün in dem seltsamen Licht.

Als Emrys sich bewegte, musste ich ihm folgen. Jeder Widerstand hätte den Dolch in seine Brust gedrückt. Ein Schritt. Noch einer.

Madrigal hob grinsend ihren Zauberstab.

Mit allem, was ich noch an Kraft hatte, hakte ich den Fuß hinter das Heft des Schwerts, das Emrys fallen gelassen hatte, und kickte es, so fest ich konnte, in Madrigals Richtung. Es zerschnitt den Rauch, sodass das Fluchsigill zu sehen war, bevor das Heft drüberschabte.

Der Fußboden um Madrigal herum zersplitterte, und noch ehe sie ihren Zauberstab weiter anheben konnte, brach der Boden ein und schickte sie in den dunklen Keller.

Emrys rang zittrig nach Luft, als der Bann ihn freigab und sich seine Muskeln entspannten. Er riss seine Hand von mir, und rauchige Luft füllte meine Lunge. Ich krümmte mich, fasste nach meinem Hals.

»Geht es dir gut? Tamsin? Bist du okay?«, fragte Emrys panisch, richtete mich auf und drückte mich an sich. »Es tut mir leid. Es tut mir so leid …«

Ich schlang die Arme um seine Taille. Auf einmal war mir nach Heulen zumute. Er zitterte, und als er zurückwich und mit den Händen über meinen Hals strich, wirkte er krank vor Kummer.

Ich ergriff seine Handgelenke. »Mir geht es gut. Ich bin … wir …« Ich holte tief Luft. »Wir müssen Neve finden.«

Er nickte, während sein Blick auf meinem Gesicht verharrte. »Ja, klar. Ich denke … es gibt noch einen anderen Weg nach oben.«

Er führte mich weg vom Eingangsbereich zum Westflügel, aus dem der Qualm zu kommen schien. Doch als wir den Bogendurchgang erreichten, der das Foyer vom Korridor trennte, wurde Emrys plötzlich so langsam, dass ich gegen seinen Rücken stieß.

»Was?«, fragte ich und schaute mich nach einer Bedrohung um. »Dieser verdammte Rauch … ich kann nichts sehen …«

Das stimmte nicht. Als ich mich umdrehte, sah ich sein Gesicht, das seltsam verzerrt war. Verwirrung und Angst spiegelten sich in seinen Augen.

»Emrys?«

Er stolperte vorwärts und griff sich keuchend an die Brust.

»Emrys!«

Hustend sank er auf die Knie, und Blut tropfte auf den Steinboden.

»Was? Was ist?« Ich kniete mich neben ihn, packte seine Schultern, doch sein Gewicht machte es mir unmöglich, ihn aufrecht zu halten. Er fiel mir auf den Schoß, hustete mehr Blut. »Emrys!«

Seine Worte in Lyonesse fielen mir wieder ein. Sie waren wie ein Messer zwischen meinen Rippen. *Sie hat mir ein neues Herz gemacht.*

»Nein!«, rief ich. »Bitte!«

Sie hat mir gesagt, dass ein Teil meines Herzens immer für sie schlagen würde.

Emrys umklammerte meinen Arm, rang nach Luft. Blut rann über seine Lippen, und seine Haut war totenblass.

Sie kann es genauso leicht wieder rückgängig machen.

»Bitte, hör auf!« Ich blickte mich zu dem eingestürzten Fußboden um, bettelte um Gnade, obwohl ich wusste, dass ich sie nie gewährt bekäme.

Zitternd umfing ich Emrys' Gesicht und drehte es zu mir. Seine Augen waren weit aufgerissen vor Schmerz und Furcht. »Nein, nein, nein ... alles wird wieder gut, hörst du mich? *Hörst du mich?*«

Nicht wieder, nicht wieder, nicht wieder ...

Ich wandte mich abermals zum Korridor um und schrie: »Hilfe! Kann uns jemand helfen?«

Emrys drückte meinen Arm, sodass ich wieder ihn ansah.

»Du ... du wirst wieder«, sagte ich, auch wenn mir bewusst war, dass ich Unsinn redete. Ich strich mit einer Hand über sein Gesicht, wischte das Blut so schnell weg, wie es erschien. Dann küsste ich ihn verzweifelt. »Du wirst wieder ...«

»Dein ... Tell ...«, sagte er matt. »Du siehst ... nach unten ... nach links ...«

»Nicht«, bettelte ich und fühlte, wie ich zerbrach. *»Nicht.«*

Sein angestrengter Atem wurde langsamer. Fast hörte ich ihn nicht, als er sagte: »Ich wäre ... geblieben.«

Ich wäre bei dir geblieben.

Und dann hörte er auf zu atmen, und es war kein Herz mehr da, das schlagen konnte.

»Emrys?«, flüsterte ich.

Seine Augen waren noch offen. Immer noch auf mich gerichtet. Aber da war nichts mehr in ihnen. Gar nichts mehr.

Mein Schrei ging in ein Schluchzen über. Ich ließ meine Hände über ihm schweben, wollte ihn nicht berühren und fühlen, wie seine Haut kalt wurde, obwohl ich es musste.

Dies ist nicht real.

Es konnte nicht sein.

Ich beugte mich über ihn und legte meinen Kopf auf seine regungslose Brust. Die Narbe auf meinem Herzen riss auf, und Schmerz durchströmte mich, bis ich ihn nur noch halten konnte, während ich zerbrach.

»Nein!«

Neve stand nur ein kleines Stück entfernt von uns im Atrium, das weiße Gewand von Blut verschmiert. Wären die Blumen nicht schon aus ihrem Kranz gefallen, ihr zorniger Gesichtsausdruck allein hätte sie verbrannt. Oder der Schmerz, als ihr Blick meinem begegnete.

Blauweißes Licht sammelte sich auf ihrer Haut, und sie schrie, als es aus ihr explodierte. Die Magie flutete die Räume mit ihrer brennenden Kraft, trieb den Rauch genauso zurück wie die Dunkelheit. Die letzten Jäger kreischten, als sie in Flammen aufgingen.

Doch nicht einmal das reinste Licht konnte retten, was verloren war.

Teil IV

Der Totenpfad

Kapitel 43

Das Heiligtum des Rats der Schwestern war ein Sitzungszimmer im Westflügel des Gebäudes. Mehrere Tischreihen umgaben einen runden Mitteltisch, an dem die Ratsmitglieder die Geschäfte tätigten, während die anderen Zauberinnen zuschauten. Es war ein Ort für Diskussionen, Argumente und Bitten – sowohl geheime als auch heilige. Ein Teil von mir fragte sich vage, ob sie den Namen jetzt ändern würden, da der Raum zu einer Leichenhalle geworden war.

Das gedämpfte Licht ließ ihn deutlich kleiner wirken, als er war. Die Schatten hatten sich über uns zusammengezogen, und das Kerzenlicht war zu schwach, um sie zurückzuhalten. Jetzt, da es Nacht geworden war, ließ die Glaskuppel oben kein Licht herein, bis der Mond über ihr stand.

Die Zauberinnen hatten die Toten auf die Tische gelegt, um sie für die Verbrennung vorzubereiten. Zwanzig Zauberinnen und Mages waren es insgesamt, annähernd ein Drittel von ihnen. Und dann waren da noch … die anderen beiden.

Ich saß auf der Stufe, die zwei Tische trennte, und starrte den Gang hinunter ins Nichts. Ein Eimer mit süßem Kräuterwasser und ein Lappen warteten auf der Stufe unter mir, aber ich konnte mich nicht dazu überwinden. Eine der Zauberinnen hatte versucht, die Leichen zu reinigen, doch ich drehte bei dem bloßen Gedanken durch, dass sie jemand anders berührte.

Ich holte tief Luft und fragte mich, warum es so schmerzte, auch nur ihre Namen zu denken.

Eine Zauberin in der Nähe begann, ein leises Gebet zu singen, als sie ein Leichentuch über eine andere deckte – eine Schwester vielleicht oder ihre Mutter. Andere warteten in der Nähe, um die Leiche zum Begräbnisfeuer zu bringen. Der Anblick der Liebenden war am schwersten auszuhalten; ihre Gesichter glänzten vor Tränen im Kerzenschein.

Doch sie konnten sich zumindest denen zuwenden, die sie verloren hatten.

Hier zu sein, in dieser furchtbaren Stille, war beinahe unerträglich. Der Tod im Raum fühlte sich wie ein dumpfes Summen auf meinen Sinnen an und machte mir eine Gänsehaut. Es war ein schärferes, klarer definiertes Gefühl als das auf dem Friedhof noch vor Stunden. Doch während die Stunden vergingen, nahm es ab. Und ich wagte nicht, darüber nachzudenken, was das bedeutete.

Nashs unvollendeter Satz kam mir wieder in den Sinn. *Deine … Kraft ist …*

Was?, dachte ich hilflos.

Nützlich war sie schon mal nicht. Nichts, was all dies hätte verhindern können. Und falls es dieses Gefühl war, das er gemeint hatte, dann wollte ich sie nicht. Ich wollte mich nicht fühlen, als würde der Tod permanent in meinem Schatten wandern, mit seinen knochigen Fingern durch mein Haar streifen, oder als würde ich lebendig in einer flachen Grube voller Fäulnis begraben.

Du hast es auf dem Friedhof gespürt, den Funken Potenzial, den Ruf neuen Lebens.

Was sollte das überhaupt heißen?

Die toten Zauberinnen und Mages waren durch Todesmagie gestorben, ihre Seelen von Lord Death genommen, aber sie hatten sich nicht in Kinder der Nacht verwandelt. Noch nicht. Ihre Toten zu beerdigen, hätte den Überlebenden eventuell einen Hauch von Frieden geschenkt, doch die Hohezauberin fand, dass das Risiko zu groß war.

Eine kleine Gnade war, dass Neve nicht unter den Leichen um mich herum war. Als die Kämpfe vorbei waren, konnte ich nicht zu ihr gelangen, bevor sie von lauter Zauberinnen umringt wurde, die sie voller Ehrfurcht und Angst beobachteten.

Ich hatte Mage Robin stumm zugehört, das Gesicht noch von Schweiß und Ruß verschmiert, als Neve weggeführt wurde. Excalibur hatte auf Neves Berührung reagiert und das volle Potenzial ihrer Macht geweckt, weil es sie als seine rechtmäßige Erbin erkannte. Die Enkelin der ersten Herrin vom See, die eine der Erstgeborenen gewesen war, wie Gwyn ap Nudd. Wie sein Bruder ... Nash.

Nein, korrigierte ich im Geiste. *Erden.*

Und Neve besaß dieselbe Gabe wie ihre Mutter und ihre Großmutter vor ihr – sie konnte die reinigende Kraft des Göttinnenlichts anrufen.

Ich musste sie suchen gehen, mich selbst überzeugen, dass es ihr gut ging, konnte mich jedoch nicht dazu bringen, diesen Raum zu verlassen. Nicht, ehe ich getan hatte, was getan werden musste.

Noch einmal holte ich tief Luft; dann zwang ich meinen Körper, sich zu bewegen. Aufzustehen. Sich umzudrehen. Die zitternden Gesänge der Zauberinnen füllten die Stille. Ich griff nach dem Eimer und dem Lappen.

Nashs steinernes Gesicht war noch in meine Richtung gewandt, nur schienen seine leeren Augen durch mich hindurchzuschauen, als sähen sie etwas hinter mir. Seine Lippen waren zu einem kleinen, furchtlosen Lächeln gebogen. Er war nicht in Bernstein gefangen und dennoch im Moment seines Todes eingefroren.

Ich fragte mich, ob es noch ein Leben für ihn gab, ob seine längst verstorbenen Eltern ihn am Ende begrüßten oder seine Seele für immer in diesem Stein eingesperrt wäre.

Für ihn konnte nichts getan werden. Das hatte die Hohezauberin gesagt. Der Stein hatte seinen Körper zerstört.

Dennoch ertappte ich mich dabei, wie ich den Lappen in das Wasser tauchte und sein versteinertes Gesicht abwischte, um es von Asche und Staub zu reinigen.

»Vor langer Zeit«, murmelte ich, »herrschte in einem längst vergessenen Königreich ein König namens Artus über die Menschen wie auch über das Feenvolk, aber dies ist die Geschichte von seinem Ende. Von dem Kahn, der aus dem Nebel kam und ihn zur Insel Avalon brachte …«

Mein Hals tat weh, als ich ihm eine letzte Geschichte erzählte und dabei langsam und stetig die Hände bewegte. Als meine Arbeit getan war und die Geschichte ihr Ende erreichte, wandte ich mich der anderen Leiche zu. Zwang mich, sein wunderschönes Gesicht anzusehen.

Sie haben ihm die Augen geschlossen. Bei dem Gedanken wurde ich wütend. Niemand hätte sein Gesicht berühren dürfen. Sie hatten kein Recht dazu. Wasser tropfte von dem Lappen auf den Boden und meine Stiefel.

»Tamsin«, hörte ich Neves leise Stimme. »Ich kann das machen. Du solltest das nicht müssen.«

Nein, dachte ich energisch. *Ich muss es.*

Neve hatte wieder die Sachen an, die sie trug, als wir Lyonesse verließen, und ihr lockiges Haar rahmte offen und wolkenweich ihr Gesicht. Sie hatte frisches Wasser und einen neuen Lappen dabei. Wortlos tauschte ich mit ihr und ließ sie die schmutzigen Sachen wegbringen. Doch als sie zurückkehrte, hatte ich mich immer noch nicht gerührt.

»Was ist passiert?« Die Tränen in ihren Worten waren ansteckend, und die Festung aus Wut, die ich um mich herum zu mauern versucht hatte, bröckelte.

»Warum hast du mir das angetan?«, fragte ich sie heiser. »Warum musstest du mich dazu bringen, mich zu interessieren?«

»Weil du es immer hast«, sagte Neve, die wieder die Stufen hinaufkam. »Du wolltest es nur nicht.«

»Nein«, sagte ich, wobei meine Stimme brach. »Nein, habe ich nicht. Ich war okay. Ich war sicher. Nichts hat mich berührt. Ich war *sicher.«*

Was auch nicht stimmte. Tief in mir war ein Teil, den ich nicht töten konnte – das kleine Mädchen. Es litt die ganze Zeit Schmerzen, und ich hatte ihre Wunden nie heilen lassen. Um zu überleben, musste ich stark sein. Ich musste meinen eigenen Turm in mir errichten.

Als Neve eine Stufe unter mir war, blieb sie stehen, und ihr Gesichtsausdruck war herzerweichend. »Was brauchst du?«

Heiße Tränen rannen mir übers Gesicht, und ich hasste sie, hasste mich, hasste den grausigen Schmerz, der aus meiner Brust strahlte. Ich krümmte mich, und Neve war sofort da, nahm mich in die Arme und hielt mich. Schluchzend klammerte ich mich an sie.

»Es tut weh«, sagte ich und presste eine Hand auf meine Brust. »Es tut so weh … und ich kann es nicht stoppen …«

»Der Schmerz ist *real«,* sagte Neve in mein Ohr. »Zu denken, dass du dich vor ihm schützen kannst, war immer eine Illusion.

Wenn wir jemanden verlieren, können wir unsere Gefühle nicht begraben. Sie zu leugnen, lässt sie nicht verschwinden. Du musst fühlen, dich erinnern, denn das hält sie bei uns am Leben.«

Aber sie sind nicht am Leben, dachte ich. *Sie sind nicht hier.*

Es dauerte lange, bis ich mich wieder beruhigte. Als ich mich aufrichtete und zurückwich, sagte Neve nichts. Sie nahm nur den Eimer wieder auf und reichte mir den Lappen.

Ich ergriff Emrys' Hand und rang nach Luft, weil sie so kalt war. Seine Finger und die Handflächen waren schwielig, vielleicht vom Schnitzen oder, was wahrscheinlicher war, von der Gartenarbeit. Um sie kümmerte ich mich zuerst und versuchte, mir das Gefühl einzuprägen. Neve ging zwei Leichentücher holen. Sie streute getrocknete Blüten und Kräuter auf seine Brust, wobei sie ein Gebet sang, zu leise, als dass ich es verstand.

Und in diesem Moment, in diesem schattigen Raum, waren wir wieder in Avalon. Knieten auf den kalten, blutbefleckten Steinen und reinigten die zerstörten Gesichter der Toten. Ich wusste, dass Neve auch daran dachte, als sie mit zitternder Hand meinen Arm streichelte.

Schließlich kam ich zu seinem Gesicht.

Das Blut auf seinen Lippen war eingetrocknet und ich tupfte vorsichtig daran.

»Er war so glücklich«, flüsterte ich. »Kurz bevor …«

»Miss Lark?«

Die Hohezauberin stand auf der untersten Stufe des Gangs, und ihr Gesicht war so bleich wie die Leichentücher um sie herum.

Rasch drehte ich den Kopf weg und rieb mir die Tränen aus dem Gesicht.

»Ja?«, fragte ich schroff.

Sie hatte ihr ruiniertes Gewand ausgezogen und trug stattdessen ein Shirt und eine Hose – Arbeitskleidung. Jeder Anschein von Glamour und Macht war fort.

Doch da war eine komische Intensität in ihrem Gesichtsausdruck. Statt zu Asche zu zerfallen, hatten die Flammen anscheinend nur bewiesen, dass sie unter all den Schichten von Seide ein stählernes Rückgrat besaß. Ihr glattes schwarzes Haar war zu einem Zopf geflochten, weg von den Schnitten und Blutergüssen in ihrem Gesicht.

Die Wunden waren auffallend. Kasumi trug ihre Verbände mit Stolz, wie eine Königin es mit ihren besten Edelsteinen täte. Allerdings war da nichts Überhebliches an ihrem Auftreten. Die Hohezauberin wusste genauso gut wie der Rest von uns, dass wir ohne Neve alle tot wären.

Sie kam die Stufen mit weichen Schritten auf dem alten Holz herauf, und ich bemerkte, dass ihre Arme von der Schulter bis zu den Fingerspitzen verbunden waren. Die Verbände waren von einer Art Salbe getränkt, wahrscheinlich um die heftigen Brandwunden zu heilen, die ich vorhin noch gesehen hatte. Diese klebrige Feuchtigkeit musste der Grund sein, weshalb sie nur Zeigefinger und Daumen benutzte, um etwas aus ihrer Hosentasche zu ziehen.

Einen zerknitterten Briefumschlag.

Direkt vor uns zögerte sie und blickte verstohlen zu dem versteinerten Nash.

»Er …« Kasumi räusperte sich. »Er … Ihr Vater …«

»Er ist nicht ihr Vater«, fiel Neve ihr ins Wort. Sie verengte die Augen und sah richtig genervt aus.

»War er«, sagte ich leise. »Na ja, er hat es versucht. Auf seine Art. Mit wenig verlässlichem Erfolg. Aber er hat es versucht.«

Kasumi atmete leise aus, als sie mir den Umschlag hinhielt. »Es tut mir leid, Miss Lark. Ihr Verlust.«

»Und mir tut Ihrer leid«, sagte ich und blickte zu den Reihen von Leichentüchern und Leichen um uns herum. Die Hohezauberin nickte.

»Vielleicht hätten Sie früher daran denken sollen, mich aus dem Zimmer zu lassen«, kam es streng von Neve.

»Dann würden wir jetzt vielleicht auch Sie betrauern«, erwiderte Kasumi.

Sie hatte recht. Was geschehen war, war geschehen, und jeder Wunsch, es wäre anders gewesen, war verschwendeter Atem und Feenstaub.

»Was ist das?«, fragte ich und hielt den Umschlag in die Höhe.

»Ich habe keine Ahnung«, antwortete Kasumi.

»Echt?« Neve war skeptisch.

»Der Umschlag ist verflucht, sich selbst zu zerstören, sollten er von jemand anderem als der beabsichtigten Person geöffnet werden«, erklärte Kasumi. »Ich muss es wissen, habe ich den Fluch doch selbst gewirkt.«

Ich drehte das Ding um, und tatsächlich war da eine verblichene Reihe von Fluchsigillen unten am Rand des Papiers.

»Hm.« Neve verschränkte die Arme vor der Brust und gab sich redliche Mühe, wenig beeindruckt zu wirken.

»Ich lasse Sie dann mal allein«, sagte Kasumi und wollte wieder nach unten gehen.

»Haben Sie das Grundstück nach Lord Death abgesucht?«, fragte ich. »Ich habe Ihnen gesagt, dass er Artus' Mantel hat.«

»Haben wir«, antwortete Kasumi. »Er ist nicht mehr auf dem Anwesen oder dem Land drum herum.«

»Was ist mit Madrigal?«, fragte ich.

Wie ich geahnt hatte, war da keine Leiche.

»Bisher nicht«, sagte Kasumi. »Seien Sie versichert, die Strafe des Rats wird schnell und der Tat entsprechend erfolgen.«

Vor lauter Wut biss ich die Zähne so fest zusammen, dass sich beinahe mein Kiefer verkrampfte. Und ich konnte den Zorn nicht aus meinen Worten halten. »Was von dem Rat noch übrig ist, meinen Sie.«

Die einzige »entsprechende« Strafe wäre, was mich betraf, der Tod. Doch nach dem Schlag, den sie erlitten hatten, würde sie ihre Zahl sicher nicht freiwillig noch weiter reduzieren wollen.

»Kommen Sie bitte zu mir, wenn Sie hier fertig sind«, sagte Kasumi zu Neve. »Da heute Sonnenwende ist, müssen wir besprechen, wie wir Ihre Kräfte nutzen können, um unseren Feind zu zerstören.«

»Wir müssen gar nichts besprechen«, entgegnete Neve, die ihre Hände zu Fäusten ballte. »Wir müssen Excalibur finden. Das Licht allein hatte ohne das Schwert keine Wirkung auf Lord Death, als wir in Avalon waren, und ich habe keinen Schimmer, wie ich das ändern soll.«

Ein heißes, statisches Summen hob in meiner Brust an.

»Ich habe schon Schwestern ausgesandt, nach Caitriona zu suchen«, sagte Kasumi.

»Überprüfen Sie das Dye-Familienanwesen«, riet ich ihr, weil ich mich an meinen Traum von Emrys' Tod erinnerte. »Lord Death und die anderen könnten es nutzen oder zumindest Olwen dort festhalten.«

»Sind Sie sicher, dass sie dorthin gegangen wäre?«, fragte Kasumi. »Um Lady Olwen zu finden?«

»Ja«, antworteten Neve und ich im Chor.

Kasumi hob die Hand zu einem stummen Abschied, stieg schnell die Stufen hinunter und achtete darauf, nicht in die Gesichter der Toten um sie herum zu sehen.

Ich wartete, bis sie den Raum verlassen hatte, ehe ich mich

wieder zu Neve wandte. »Wir müssen Caitriona finden. Und Olwen.«

Neve seufzte. »Das Problem ist, dass sie mich nicht aus den Augen lassen. Ich habe versucht, nach draußen zu gehen, um frische Luft zu schnappen, und da sind mir vier von denen gefolgt.«

Und selbst jetzt bemerkte ich, dass zwei neue Zauberinnen erschienen waren und so taten, als würden sie uns nicht beobachten.

»Geht es dir … einigermaßen?«, fragte ich.

Neve stieß ein spöttisches Lachen aus und sackte zurück auf die Stufe. »Ich schätze, so gut, wie es mir gehen kann. Die Antwort zu haben, was meine Mutter betrifft … das fühlt sich unwirklich an. Und da bleibt immer noch die Frage, wer mein Vater ist.«

Ich hockte mich neben sie. »Denkst du, sie leben noch?«

»Robin wusste es nicht mit Sicherheit«, antwortete Neve. »Sie muss jahrhundertealt gewesen sein, als ich geboren wurde … was überhaupt keinen Sinn ergibt.«

»Viele Zauberinnen warten Jahrhunderte, bevor sie ihr erstes Kind bekommen, falls überhaupt je«, sagte ich. »Das finde ich noch am wenigsten verwunderlich von allem.«

Was Neve immerhin zu beruhigen schien.

»Wenn ich die Seele nicht habe«, begann sie, »heißt das, dass sie noch da draußen ist?«

Hierauf antwortete ich nicht.

»Tamsin?« Neve runzelte die Stirn. »Was erzählst du mir nicht?«

»Es …« Es war ein Kampf, die Wahrheit aus mir zu bekommen, die ich gerade erst angefangen hatte zu akzeptieren. Ich senkte die Stimme zu einem Flüstern. »Ich habe die Seele. Ich war es die ganze Zeit.«

»Was?!« Neves Schrei war so schrill, dass die anderen im Raum zu uns sahen, aber das war ihr egal, denn sie schlug mir mit der flachen Hand auf den Arm. *»Was?* Ich schwöre bei der Göttin, wenn das ein Witz sein soll, Tamsin Lark …«

Ich bedeutete ihr, leise zu sein, denn es würde uns nicht helfen, sollten es alle Zauberinnen wissen. Sie würden versuchen, mich hinter Schloss und Riegel zu halten. Und ich wollte unsere Freundinnen finden und dies hier ein für alle Male beenden.

Neve sah mich entsetzt an. Sie begriff sofort, wie immer. »Das ist kein Scherz.«

Ich erzählte ihr den Rest so schnell und leise wie möglich.

»Oh nein«, flüsterte sie. Ihr kamen die Tränen. »Oh nein, Tamsin …«

»Schon okay«, sagte ich, weil ich inzwischen abgestumpft war. »Mir gefällt diese Option besser als die letzte, als er hinter dir her war.«

»Mir nicht!« Sie nickte zu dem Umschlag in meinen Händen. »Willst du den aufmachen?«

Ich strich mit den Fingern über das verwitterte Papier, um die Form des Inhalts zu ertasten. Es schien ein Brief zu sein, aber auch noch etwas anderes – hart und rund, und es verlieh dem Umschlag ein überraschendes Gewicht.

Rasch brach ich das Wachssiegel, ehe ich es mir anders überlegen konnte. Etwas fiel laut klappernd auf die Holzstufe. Ich faltete den Zettel drinnen auf und fand drei Worte.

Nicht für mich.

»Tamsin …«, begann Neve mit einem leichten Zittern in der Stimme. Sie bückte sich um aufzuheben, was herausgefallen war. Als sie es mir hinhielt, setzte das heiße, statische Surren in meinen Ohren wieder ein.

Ohne Patina und Schmutz wirkte die Münze eher perlmuttfarben als silbern. Doch da waren die Worte, die ich schon gesehen hatte, als mir der kalte Wind von Tintagel in den Rücken blies und das Meer unter mir toste.

Ich bin der Traum der Toten.

»Hattest du nicht gesagt, er hätte seine letzte verbraucht?«, flüsterte Neve.

»Das hat er mir erzählt, aber wie ich schon sagte, er lügt …« Ich schluckte und korrigierte mich. »Er *log* so leicht, wie er atmete.«

Du Mistkerl, dachte ich. *Du nichtsnutziger, verlauster Mistkerl.*

Wie in Trance griff ich nach der Münze, nahm sie Neve ab und drehte sie um.

Die andere Münze war so von Schmutz und vermutlich Blut verkrustet gewesen, dass ich die auf der anderen Seite eingravierten Worte nicht erkennen konnte.

»Ich bin der Schrecken der Lebenden«, las ich vor.

»Und ich bin der Traum der Toten«, beendete Neve es. »Tod und Leben.«

Mir wurde schwindlig. Ich schloss die Faust um die Münze, hob die andere Hand an meine Stirn und versuchte, wieder halbwegs die Kontrolle über meine Gedanken zu bekommen.

Erinnerungen rauschten mir in einem Strom von endloser Farbe und Licht durch den Kopf. Stimmen erhoben und senkten sich wie ein Chor. Das gewobene Bild der Göttin, leuchtend vor Freude, als sie ihre Tochter hielt, umgeben von der blühenden Schönheit der Welt, die sie geschaffen hatte.

Alles steigerte sich zu einem Crescendo, klärte sich zu einem einzelnen Gedanken. Was belegte den Platz zwischen dem kalten, tödlichen Griff des Winters und dem sonnengewärmten Grün des Sommers? Zwischen dem Lebenden und dem Toten?

Frühling. Wiedergeburt.

Und irgendwo darin lag die Kraft, die Nash mir mit seinen letzten Atemzügen zu erklären versuchte.

Neve hockte sich neben mich. »Das ist etwas Gutes, oder nicht?«

Ich schloss die Augen. »Wie kann es gut sein, solch eine Wahl treffen zu müssen?«

»Was meinst du?«, fragte Neve.

Ich schüttelte den Kopf. »Erinnerst du dich an die ursprüngliche Nachricht? Er sagte, wir dürften die Münze nicht reinigen. Ich denke, sie muss mit dem Blut der Person benetzt sein, die man wiedererwecken will, wenn man sie vergräbt.«

Sie blickte sich zu Nash um, dessen Körper versteinert war. Da war kein Blut, das man benutzen könnte. »Dann also Emrys.«

»Aber was ist mit Olwen?«, fragte ich heiser. »Was ist mit Caitriona oder dir, falls etwas Furchtbares geschieht? Was ist mit den Toten um uns herum? Warum darf ich diese Wahl treffen, wenn auch alle anderen hier leiden?«

»Da spricht der Chaosdämon aus dir«, sagte Neve. »Letztlich ist doch die Frage: Glaubst du, dass Olwen noch lebt und wir sie finden werden?«

»Ja«, flüsterte ich. Viel glaubte ich nicht, aber hiervon war ich tief im Innern überzeugt.

»Denkst du, dass Caitriona und ich imstande sind, für uns selbst zu kämpfen und uns und die um uns herum zu schützen?«

»Ja, aber …«

»Denkst du, dass Emrys zu leben verdient?«, fuhr Neve unbeirrt fort. »Denkst du, er würde es wollen?«

Ich wäre geblieben …

»Ja«, flüsterte ich. »So einfach ist das nicht …«

»Doch, ist es«, erwiderte Neve. »Die Zauberinnen und Mages um uns herum sind hergekommen, um gegen die Wilde Jagd zu kämpfen, und genau dabei sind sie gestorben. Die meisten von ihnen sind Jahrhunderte alt – älter, als sich eine von uns vorstellen kann – und sie werden noch Jahrhunderte weiterleben. Die überlebenden Schwestern und Mages haben schon angefangen, ihre Unvergänglichkeiten zu verfassen.«

Ich drückte die Münze so fest in meine Faust, dass sich meine Fingernägel in die Handfläche bohrten.

»Denkst du, er würde nicht wiederkommen wollen?«, fragte Neve.

Wieder schloss ich die Augen für einen Moment. »Er wollte frei sein.«

Frei von seinem Vater, frei von den Narben seiner Vergangenheit, frei von dem Vertrag seiner Mutter mit Madrigal.

Er wollte seine Zukunft.

Die könnte ich ihm geben.

Ich zwang mich, die Faust zu öffnen, und sah die Münze noch einmal an.

Sie gäbe ihm einen neuen Körper, oder nicht? Einen, der ganz ihm gehörte ... ein Herz, dass allein für ihn schlagen würde.

Neve lächelte traurig.

»Was«, fragte ich.

»Ich glaube, Nash wollte, dass du sie für dich selbst benutzt«, sagte sie. »Aber auf den Gedanken bist du gar nicht gekommen.«

Jetzt blickte ich wütend auf die Münze. »Ich benutze die *nicht* für mich selbst!«

»Das ist es doch, was ich dir zu sagen versuche. Du willst es mir nie glauben, aber du *hast* ein wunderschönes Herz.«

Sie griff in ihre Jackentasche und holte einen kleinen Knochen hervor. Fast musste ich lachen. Es war der Vogelschädel, den sie unterwegs gefunden und eingesteckt hatte, um ihn zu verwahren.

»Denk drüber nach, ja?« Neve strich mir mit der Hand über den Rücken. Dann nickte sie zu den Zauberinnen, die vorgaben, sich die anderen Leichen unten anzuschauen. »Meine Babysitter sehen aus, als wollten sie mich gleich zurück zum Rat zerren, also gehe ich lieber. Komm zu mir, wenn du fertig bist, ja? Wir überlegen uns, wie wir hier rauskommen.«

Ich nickte, weil meine Kehle zu eng war, um zu sprechen. Als sie an der untersten Stufe war, drehte sie sich noch einmal zu mir um. »Tamsin?«

Ich schaute auf.

»Meinst du, wir sollten uns finden?«, fragte sie. »Wenn nicht in diesem Leben, dann in einem anderen?«

Ich atmete langsam aus. »Das dürftest du besser wissen als ich.«

Neve lächelte mir verhalten zu, dann war sie weg.

Am Ende war es ein einzelner Moment, der es für mich entschied: Emrys' Blick, als er begriff, was passierte. In jenen letzten Sekunden waren da Verwirrung, Schmerz und vor allem Angst gewesen.

Er wollte nicht sterben. Nicht, als er sich endlich von seinem Vater befreit hatte und ihm die Zukunft die Tür geöffnet hatte.

Mein Herz pochte schmerzhaft, als ich neben seiner Leiche stand. Neve hatte das Leichentuch bis unter sein Kinn gezogen, und sein Gesicht war noch voller Schmutz und Blut.

Mit frischem Wasser und einem neuen Lappen betupfte ich behutsam das dunkle, eingetrocknete Blut auf seinen Lippen, bevor ich die Münze auf sie legte.

In der Antike hatten die Griechen ihre Toten mit Münzen auf den Augen oder im Mund begraben, die als Obolus an Charon dienen sollten – als Bezahlung dafür, dass er sie in die Unterwelt brachte. Es fühlte sich richtig an, dass diese Münze stattdessen wie ein Samen in die Erde gepflanzt würde.

Ich neigte mich zu Emrys' Gesicht und presste die Lippen auf die andere Seite der Münze. So verharrte ich eine kurze Weile.

»Bis bald«, flüsterte ich.

Dann zog ich das Leichentuch über sein Gesicht und blickte zu Nash. Unter dem dünnen Stoff sah es aus, als würde er nur schlafen.

»Danke«, sagte ich zu ihm. »Dass du es versucht hast.«

Mit der Münze und dem winzigen Schädel in der Hand verließ ich den dunklen Raum und trat wieder in die Welt der Lebenden.

Ich nahm eine kleine Handvoll Asche von einem Seitentisch auf und wanderte durch die ruinierten Korridore, bis ich eine Tür fand, die in einen ummauerten Garten führte, der von den Schneewehen auf den nahen Bergen und Hügeln verschont geblieben war.

»Oh, das hätte dir gefallen«, flüsterte ich. »Du Nerd.«

Die Nachtluft war frisch und rein, als ich einatmete. Üppige Reihen von Kräutern und Rankpflanzen auf Gittern erstreckten sich um mich herum, beleuchtet von schwach glimmenden Laternen. Obwohl sämtliche Pflanzen sorgsam beschriftet waren, wirkte alles ein wenig verwildert, als hätte man ihnen überlassen, so zu wachsen, wie sie wollten.

Ich wanderte in die Mitte des Gartens und wunderte mich, dass hier überhaupt kein Schnee lag, bis ich die Schutzsigillen bemerkte, die in die niedrigen Mauern geritzt waren.

Ich kniete mich hin und grub mit der Hand in der weichen

Erde. Als ich sicher war, dass das Loch tief genug war, legte ich die Asche, den Knochen und schließlich die blutbefleckte Münze hinein.

Bitte wirke, dachte ich. *Bitte.* Ich hatte bloß die vagen Anweisungen, nach denen wir schon einmal vorgegangen waren, und sie schienen mir kaum ausreichend.

Als ich das Loch eben wieder geschlossen hatte, hörte ich eine scheue Stimme nach mir rufen.

»Miss Lark?«

Es dauerte ein wenig, bis ich Isolde erkannte, die kleine, nervöse Zauberin, die Kasumi und die anderen nach Lyonesse begleitet hatte. Jetzt sah sie wie eine Kämpferin aus, als wäre sie an den Füßen durch die Hölle und zurück gezerrt worden. Die Schnittwunden und Blutergüsse in ihrem Gesicht heilten unter einer dicken Salbenschicht. Und sie wirkte nicht mehr, als fürchtete sie sich vor ihrem eigenen Schatten.

Manchmal tat Überleben das mit jemandem.

Ich richtete mich auf. »Stimmt etwas nicht? Geht es Neve gut?«

»Ja«, antwortete Isolde mit einem strahlenden Lächeln. »Deshalb suche ich nach Ihnen. Sie und der Rat haben einen Durchbruch erzielt.«

Mein Puls wurde schneller. »Schon?«

Isolde öffnete die Tür. »Wenn Sie mit mir kommen wollen.«

Das tat ich gern. Wir wanderten zurück durch die Korridore und die Treppen hinauf zu dem Raum, in dem sie mich erst wenige Stunden zuvor eingeschlossen hatten.

Zwei andere Ratsmitglieder standen im Raum mit dem Rücken zu uns. Eine kleine Alarmglocke schrillte in meinem Hinterkopf, als sich eine der Frauen mit versteinerter Miene zu uns umblickte. Diese Bewegung reichte aus, dass ich sah, wer auf dem Sofa saß, die Arme auf der Rückenlehne ausgestreckt und die Beine überkreuzt.

Grinsend.

Madrigal stand hinter ihm und schien äußerst zufrieden mit sich.

»Nein …«, begann ich und wich von der Tür zurück. Ein dunkler Schatten lauerte in der Ecke, und kam nun mit bleichem Gesicht auf mich zu. »Cabell …«

Isolde packte meine Schulter, und ich fühlte, wie ein eisiger Funke von ihrer Haut auf meine übersprang.

Dunkelheit senkte sich über meinen Geist, durchdrang meine Gedanken und raubte mir jedes Körpergefühl. Cabell fing mich an den Armen auf, als meine Beine einknickten, und hielt mich fest. Sein Gesicht war vollkommen ausdruckslos.

Und das Letzte, was ich hörte, war Lord Death, der tief und siegesgewiss sprach.

»Damit ist unser Handel abgeschlossen.«

Greenwich, Connecticut

Zum allerersten Mal kehrten sie allein zum Haus zurück.

Ohne die Jäger hier ließ sich der Schaden besser einschätzen, den sie angerichtet hatten. Getreu ihrer Hollower-Vergangenheit hatten sie Summerland House alle Schätze, alle Wertgegenstände und alle Erinnerungen geraubt.

Was übrig blieb, war eine Hülse, die jeden Moment in sich zusammenzustürzen schien.

Die Kinder schnarrten vom Dach, um sie zu begrüßen, und rutschten an den Türmen nach unten. Ihm war klar, dass sie von dem verlockenden neuen Duft des Mädchens auf den Armen seines Herrn angelockt wurden.

»Fort mit euch«, fauchte Lord Death und winkte sie mit einer Hand weg.

Sie wimmerten und huschten über die Steinfassade zurück.

Die Vordertür war schon vor Stunden rausgerissen worden, als die Wilde Jagd losstürmte, um sich den finalen Sieg über ihre Feinde zu holen – zumindest glaubten sie das. Am Ende war es ihr letzter Ritt gewesen.

Und jetzt würde alles wieder so, wie es sein sollte. Er und sein Herr würden nach Annwn zurückkehren. Und Tamsin …

Als der Seneschall sie aus der fauligen Schlangengrube tragen wollte, war sein Herr eingeschritten. Hatte insistiert, sie selbst zu tragen.

Sein Zögern daraufhin war noch ein Punkt gegen ihn gewesen, noch eine Peitsche, mit der sein Herr nach ihm schlagen konnte. Dennoch hatte er sie nur fester gehalten und ein Aufflackern von Trotz seine Furcht übertrumpft.

Er war vollkommen geschockt gewesen, als sein Herr ihm erklärte, wer – was – Tamsin war. Doch als sie das zweite Mal vor ihm aufgetaucht war, hatte er nur die Tamsin gesehen, die er kannte. Die nervtötende, sarkastische, rüde Tamsin.

Letztlich hatte er sie doch in Lord Deaths Arme übergeben. Der Anblick von … von Nash hatte ihn aus dem Gleichgewicht gebracht, und bis jetzt schien die Welt unter seinen Füßen zu zittern.

Du kannst nach Hause kommen. Das kannst du immer.

Nein. Seine Fingernägel verlängerten sich zu Krallen, durchbohrten Haut, als er die Fäuste ballte. *Nein.* Nichts, was Nash gesagt hatte, war wahr. Er musste bloß den Hass in Tamsins Gesicht sehen, um zu wissen, dass es kein Zurück gab.

Er musste mit seinem Herrn nach Annwn zurückkehren.

Du bist mein Junge. Keine Magie in irgendeiner Welt ist mächtig genug, das zu ändern.

Doch das war sie. Ein einzelner Fluch hatte ihm Nash ein zweites Mal genommen. Nichts von dem, was er gesagt hatte, spielte noch eine Rolle.

Unser Zuhause sind wir drei, wo immer uns das Schicksal hinführt.

Der Seneschall senkte den Kopf und wappnete sich gegen den fauligen Gestank, den die Jäger hinterlassen hatten. Lord Deaths schwere Schritte trugen eine Spur von Schnee und verfallenem Laub auf dem von Glasscherben übersäten Boden auf.

»Keine Sorge, Bledig«, sagte Lord Death. »Wir werden die Jagd beizeiten neu aufbauen. Sie haben nicht gesiegt. Doch wenn der Winter zurückkommt, werden wir es auch.«

»Und mich verschonen, will ich hoffen.« Madrigal kam hinter

ihnen die Stufen hinauf und blickte sich amüsiert die Zerstörung an.

»Durch meine Klinge wirst du nicht fallen, auch nicht durch die einer meiner Jäger«, antwortete Lord Death. »Deine eigene Art ist es, die du fürchten solltest.«

»Welcher Fuchs fürchtet die Kaninchen?«, erwiderte sie. »Noch dazu mit der Macht, die Ihr mir gewähren werdet. Sie werden sich jetzt in ihre Kaninchenbauten verkriechen und ihre Wunden lecken.«

Ihre Worte klangen sehr stolz für jemanden, der noch reichlich Staub in den Haaren hatte. Ihr Kleid mit den langen weiten Ärmeln war an mehreren Stellen eingerissen, aber das hatte sie entweder nicht bemerkt oder wollte es nicht korrigieren.

Ein kaltes Lächeln erschien auf dem Gesicht seines Herrn. Der Seneschall wollte sich einreden, dass er die Anwesenheit der Zauberin lediglich duldete; dass sein Ehrgefühl verlangte, sie zu verachten, weil sie ihre Schwestern verraten hatte. Aber Madrigal hatte seinem Herrn gegeben, was er am meisten begehrte. Nicht sein Seneschall. *Sie.*

»Ich würde den Pfad nach Annwn gern wieder offen sehen.« Madrigal folgte ihnen uneingeladen ins Arbeitszimmer. »Wenn Ihr mir gestattet ...?«

»Tu, was du willst«, antwortete Lord Death, der wieder ins Gesicht der schlafenden Tamsin schaute. Das war kein bewundernder Blick. Er suchte nach etwas.

Der Magen des Seneschalls verkrampfte sich schmerzhaft. Er zwang sich wegzusehen.

»Wunderbar«, sagte Madrigal und setzte sich quer in einen der Sessel. Sie schwang die Beine, dass sich ihre Samtröcke bauschten. »Tötet Ihr den Sterblichenkörper jetzt?«

Der Seneschall kämpfte damit, sich nichts anmerken zu lassen, doch die Frage erschreckte ihn. Sein Herr, der Tamsin auf dem großen Schreibtisch ablegte, nahm es nicht wahr.

»Nein«, sagte er. »Solange sie in dieser Welt ist, besteht die Gefahr, dass der Zauber ihrer Mutter die Seele erneut fortreißt. Es muss in Annwn geschehen, wo ich sicher sein kann, die Kontrolle zu haben.«

Er spielte mit einer Strähne von Tamsins Haar, und unwillkürlich wurde dem Seneschall übel.

»Bledig«, sagte Lord Death plötzlich. »Du kümmerst dich um unseren Gast.«

Zunächst war der Seneschall unsicher, was – oder wen – er meinte.

Bis sein Herr ihm einen alten Messingschlüssel zuwarf.

»Wir brauchen sie jetzt nicht mehr«, sagte Lord Death. »Gib sie den Kindern. Sie müssen vor unserer Reise heute Nacht gefüttert werden.«

Bei den Worten jagte ihm ein kalter Schauer über den Rücken.

»Und die Seele der Priesterin?«, hörte der Seneschall sich fragen.

»Ich habe genug für mein Vorhaben«, sagte er und strich mit einem verhüllten Finger über Tamsins Wange.

Madrigal stützte ihr Kinn in die Hand und beobachtete, wie der Seneschall steif zur Tür ging. »Herrje. Was wirst du jetzt tun?«

»Was immer mein Herr befiehlt.«

Dies war die Wahl, die er getroffen hatte. Dies war es, was ihm jetzt noch blieb.

Er stieg die Treppe hinauf, den kalten Schlüssel in der Hand. Der Dolch an seiner Hüfte fühlte sich schwer an. Wieder wurde ihm übel, und es brannte in seiner Kehle, bis er nichts als Galle schmeckte. Aus dem Augenwinkel sah er einen kleinen blassen Umriss aufflackern, hörte jedoch nichts als das Knarzen des Hauses und seinen rasenden Puls.

Als er oben an der Treppe ankam und die Tür zu der Vorratskammer sehen konnte, erlaubte er sich nicht stehen zu bleiben.

Dies war die Wahl, die er getroffen hatte.

Er steckte den Schlüssel ins Schloss.

Dies war es, was ihm jetzt noch blieb.

Stunden später folgte er den langsamen Schritten seines Herrn über knotige Baumwurzeln und um von Flechten und schmelzendem Schnee bedeckte Findlinge herum. Und alles, woran er denken konnte, war, dass seine Schwester im Schlaf weinte.

Er roch ihre Tränen eher, als dass er sie sah, atmete die sanfte Salznote in der Luft. Der Seneschall erinnerte sich nicht, wann er das letzte Mal Tränen bei Tamsin gesehen hatte. Wenn er es genau bedachte, tauchten in seinem Kopf Bilder vom dunklen Dachboden der Gildebibliothek auf; von all den Malen, die sie gewartet hatte, bis sie dachte, er würde schlafen, um leise in ihre Wolldecke zu weinen. Oder die Male, die sie bei Unwettern unterwegs gewesen waren und es unmöglich war, Tränen von Regen zu unterscheiden.

Hatte sie geweint, als sie sich in den Ruinen von Avalon wiedersahen? Diese Nacht schien so lange her zu sein, als gehörte sie in ein anderes Leben. Alles seither war zu einem Nebel von schattenhaften Gestalten geworden. Früher hatte er Tamsin um ihr perfektes Gedächtnis beneidet. Jetzt war er sich nicht mehr so sicher, wie beneidenswert es war.

Sie wanderten immer tiefer in den Wald »Wistman's Wood«. Er versuchte, sich auf den Geruch des fremden Bluts an ihrer Jacke zu konzentrieren, nicht darauf, wie ihre blasse Hand schlaff in der Luft schwankte, als wäre sie bereits tot. Ihr welliges Haar schimmerte golden an der Rüstung seines Herrn; beides war für ihn nur knapp zu sehen, da er einen Schritt hinter ihnen ging.

Ein leises Knurren regte sich in seiner Kehle. Lord Death neigte den Kopf zu ihm, hörte es, entschied sich in seiner Gnade aber, es nicht zu kommentieren.

Madrigal schimpfte leise hinter ihm, weil sie Mühe hatte, um die Findlinge herumzukommen. Sonst war nichts zu hören, als sie durch die verwilderte Landschaft zu der dunklen Welt seiner Geburt liefen.

Cabell war klar, dass er durch exakt jenes Moor musste, in dem Nash ihn einst als verirrten Welpen gefunden hatte. Oder dass Lord Deaths Portal nach Dartmoor auf den Lych Way geführt hatte – den Nash einst den »Totenpfad« genannt hatte.

Jahrhundertelang hatten Gläubige die Särge ihrer Toten über die Meilen getragen, um sie in Lydford im Westen beerdigen zu können. Ihn hatten immer die Geschichten von den Geisterlichtern fasziniert, die von den Wanderern gesehen wurden, von rastlosen Geistern, die vom Weg abgekommen waren. Und jetzt, da er sah, wie sie erschienen und in vollkommener Hingabe auf Lord Death zutrieben, empfand er weder Freude noch Bewunderung. Er fühlte überhaupt nichts.

Tamsin hatte gruselige Geschichten nie gemocht, doch er fürchtete sich nicht. Er erinnerte sich noch, wie Nash sich näher zum Feuer beugte, wenn er ihnen erzählte, die Toten müssten stets so getragen werden, dass ihre Füße von ihrem Heim wegzeigten, damit ihre Geister nicht wieder zurückfänden.

Aber der Seneschall wusste, wie es die Toten auch wussten, dass man nie heimkehren konnte.

Die kalte Luft reizte seine Sinne. Von dem uralten Wistman's Wood waren nur noch wenige Hektar übrig, dennoch schien er sich um sie herum auszudehnen, je tiefer sie in die Schatten vordrangen, als führte er sie in die Vergangenheit.

Eisgirlanden klammerten sich an die Äste der alten Bäume und glitzerten im Mondschein. Die Eichen standen nicht so hoch wie in anderen Teilen des Landes; hier waren sie gebeugt und zu finsteren Formen verdreht. Ohne ihr Laub und mit den moosbedeckten Körpern ähnelten sie den spinnenartigen Kindern, die wiehernd und schmatzend hinter ihnen herkamen.

Das Vollmondlicht verlieh dem Dunst, der den Wald umhüllte, einen seltsamen Schimmer. Irgendwie fühlte es sich falsch an, dass die längste Nacht des Jahres so hell war.

Unruhe überfiel ihn, und seine Haare stellten sich im Nacken auf. Eine kleine, leuchtende Gestalt nahm in der bleichen Luft Form an. Der Seneschall wandte das Gesicht trotzig ab, doch ganz gleich, wohin er sah, das kleine Mädchen war da. Sie beobachtete ihn. Und ihre stumme Präsenz strahlte Enttäuschung und Verachtung aus.

Hör auf, bat er sie im Geiste. *Geh weg.*

»Du bist mein Junge«, flüsterte sie, allerdings war es Nashs Stimme, die er hörte. *»Du kannst immer nach Hause kommen.«*

Die Erinnerung an Blut, Tod und Feuer blitzte in seinem Kopf auf, presste ihm den Atem aus dem Leib.

Als er wieder hinschaute, stand Flea auf einem anderen Findling, auf dem eine Spirale eingemeißelt war. Der letzte Beweis, dass hier in dem Eichenwald einst Druiden ihren Glauben praktiziert hatten.

Ein Blitz lenkte seinen Blick nach oben zum dunklen Himmel. Dort schien ein Silberstreifen auf und blieb flackernd stehen, wie verzinkt durch ihre Anwesenheit.

»Ah«, begann Lord Death, der sich zur Zauberin umschaute. »Anscheinend hattest du recht. Sie haben das Portal nach Annwn mit Magie versiegelt.«

»Ihre Magie kann es nicht mit Eurer aufnehmen«, säuselte Madrigal schmeichelnd.

»Fürwahr«, sagte Lord Death. »Ich habe mehr als genug Macht, um es aufzuzwingen.«

Der Weg führte sie in die Mitte des kleinen Walds. Lord Death bückte sich und legte Tamsins zusammengekrümmten Körper in einen Hohlraum am Fuße eines Baumes. Von silberner Todesmagie schimmernde Baumwurzeln reckten sich aus dem Boden und schlangen sich um ihren Brustkorb, um sie dort festzuhalten.

Als Lord Death sich wieder aufrichtete, zog er den Anhänger unter seinem Umhang hervor und umfing ihn mit beiden Händen.

Fleas Geist blieb hinter einem Baumstamm in der Nähe und beobachtete, wie die ersten Seelen aus dem Stein entlassen wurden. Die Lichtkugeln waren kaum von den Sternen zu unterscheiden, als sie immer höher in den Himmel aufstiegen und auf das versiegelte Portal zuschwebten. Ihre Magie wäre die Klinge, die den Pfad zwischen den Welten wieder aufschnitt.

»Du kannst immer nach Hause kommen«, flüsterte Flea.

Der Seneschall schloss kopfschüttelnd die Augen. Wieder wurde ihm speiübel, als er wie von selbst auf Tamsin zuging, die sich regte.

Unser Zuhause sind wir drei, wo immer uns das Schicksal hinführt.

Dies war Tamsin. Sie war seine Schwester gewesen. Sie war nicht das Mädchen, das Lord Death seit Jahrhunderten begehrte und deren Seele er immer noch stehlen wollte. Dies war *Tamsin.*

Nash hatte immer zu allem eine Geschichte gehabt, und wenn

nicht, konnte er eine aus Rauch und Sternenstaub spinnen. Ihr Leben lang hatte Tamsin sich nach Antworten gesehnt, während er nie etwas anderes wollte als die Zuflucht im Glauben.

Du hast dich vor all den Jahren entschieden, bei uns zu sein. Du hast entschieden, was du bist, und jetzt darfst du wieder entscheiden.

Er hatte es vergessen, bis Nash es ihm wieder ins Gedächtnis rief. Die Erinnerungen waren tief in ihm vergraben gewesen, und sie erzählten ihre eigene Geschichte. Wie Nash ihn in eine Decke hüllte, als er furchtbar zitterte. Wie er sich neben einem kleinen Mädchen mit blonden Locken zusammengerollt hatte und sie sich am Feuer gegenseitig wärmten. Wie er sich danach gesehnt hatte, wie sie zu sein. Einer von ihnen zu sein.

Vor langer Zeit träumte ein Hund davon, ein Junge zu sein. Aber jeder Traum endete irgendwann.

Lord Deaths tiefe Stimme wehte ihm zu. »Es ist nicht nötig, dass du länger diese idiotische Form behältst. Verwandle dich, Bledig.«

Er empfand nichts als Erleichterung, als er die Luft freigab, die in seiner Lunge brannte. Seine Gedanken entließ. Den Anblick des Geists, der ihn von den Bäumen aus beobachtete. Den Schmerz entließ.

Er verwandelte sich – in das, was er immer gewesen war, was er zu sein bestimmt war.

Kapitel 44

Etwas Scharfes bohrte sich in meinen Rücken.

Der Schmerz wurde schlimmer, als ich versuchte, mich zu bewegen, und feststellte, dass ich es nicht konnte. Etwas war stramm um meine Brust geschlungen, sodass es an dem Stoff meiner Jacke riss. Feuchte Kälte strich über mein Gesicht, drängte mich, in der Dunkelheit zu bleiben, die mein Denken umgab.

Doch aus den Schatten dort erreichte mich eine leise, beharrliche Stimme. *Wach auf. Wach sofort auf!*

Der Geruch von Schmutz und Grün füllte meine Nase und benetzte meine Zunge, als ich mich zwang, die Augen zu öffnen.

Der Dunst um mich herum nahm trügerischere Formen an – um diese zu erkennen, brauchte mein benebelter Verstand einen Moment. *Bäume.*

Es schien unmöglich; sie hatten so etwas Unheilvolles. Knorrig, kahl und die Rinden bedeckt von eklig grünem Moos. Ich fragte mich, ob hier etwas wahrhaft Böses geschehen war, dass sie so verformt hatte.

Wie ein wütender Geist tauchten die Bilder von Avalons toten Wäldern und Hainen vor meinem inneren Auge auf, sodass mir das Herz stehen blieb. Meine Finger krallten sich in eisige Erde.

Nein, dachte ich. *Avalon gibt es nicht mehr.*

Der Mond hoch oben war hell, ließ sich nicht von dem dichten Astbaldachin bremsen, als er auf den felsigen Waldboden schien. Dies war *meine* Welt.

Ein seltsames Licht flackerte in der Nähe. Ich wollte mich vorbeugen, aber das konnte ich auch nicht. Mein Rücken war an einen der Bäume gepresst, und dicke, leicht schimmernde Wurzeln fesselten mich an ihn. Schlagartig holten mich die Erinnerungen wieder ein, und pures Feuer rauschte durch meine Adern.

Damit ist unser Handel abgeschlossen.

Lord Death stand nicht weit weg am Rand der kleinen Lichtung, wo sie direkt in den Wald überzugehen schien. Licht strömte von einem Stein aus, den er in den Händen hielt, und ich sah gen Himmel.

Brodelnde Magie hatte das dunkle Gewebe der Nacht zerrissen und enthüllte einen Blick auf das, was dahinterlag. Eine Welt von grauem Stein … das Königreich der Toten.

Seelen flossen aus dem breiter werdenden Spalt; manche angezogen von dem Zauber, der das Portal offen hielt, andere rasten zurück in die Sterblichenwelt wie fallende Sterne.

Mich überkam eine Angst, die wie ein heftiges Zittern durch meinen Körper fuhr. Ich kämpfte gegen die Wurzeln, da ließ mich ein tiefes, warnendes Knurren erstarren. Ein riesiger Hund, dessen schwarzes Zottelfell von Schnee und Eis glänzte, erhob sich hinter einem weiteren Wurzelgewirr. Seine roten Augen glühten, als er den Kopf senkte und mich ansah.

Cabell.

Ich hielt seinem Blick stand und stemmte mich vom Boden ab. Dabei ignorierte ich, dass er die Lefzen zurückzog, um seine spitzen Zähne zu zeigen.

Wenn es hierzu gekommen war, wo so vieles bereits verloren war, wovor sollte ich mich dann noch fürchten?

»Wie freut es mich, dich wach zu sehen, meine Liebste«, ertönte Lord Deaths seidige Stimme. »Nur noch wenige Momente, dann bist du sicher wieder zu Hause.«

»Ich bin nicht deine *Liebste,* du stinkender Mistkerl«, erwiderte ich. »Ich bin der Albtraum, den du blöd genug warst zu kidnappen.«

Ein Grinsen erschien auf Lord Deaths blassem Gesicht. Seine gehörnte Krone war mit Geisterlichtern geschmückt, was ihm ein heimtückisches Strahlen verlieh. Er sah weniger mich an, eher *in mich hinein,* als wäre mein Körper, mein Ich, bloß ein Gefäß.

»Sobald du frei bist, werden wir uns nie wieder trennen«, sagte Lord Death. »Niemand wird mächtig genug sein, mir zu nehmen, was rechtmäßig mein ist.«

»Du bist krank«, teilte ich ihm mit.

»Creiddylad von deiner groben Gestalt zu befreien, wird mir das größte Vergnügen bereiten«, höhnte Lord Death.

Da er auf mich konzentriert war, verlangsamte sich der Strom der Seelen, die seinem Stein entkamen und versiegte schließlich ganz. Doch die Seelen von Annwns Verdammten rasten nach wie vor durch den Riss im Himmel, weil nichts sie aufhielt.

Meine einzige Überlebenschance bestand darin, Lord Death lange genug abzulenken, um mir einen besseren Plan auszudenken.

»Sie hat dich gehasst, nicht wahr?«, fragte ich und zerrte wieder an den Wurzeln. »Sie wusste, dass du ein Monster warst und keine Liebe und Freundlichkeit verdientest. Ich fühle ihren Ekel wie brodelnde Säure in mir.«

»Du lügst!« Lord Death ließ seinen Stein fallen, als er sich ganz zu mir drehte. Und, ehrlich, das tat ich. Aber es war zu leicht, sich Creiddylads Gefühle als meine vorzustellen.

Er stieß ein finsteres Lachen aus, das wie der Kuss eines Skorpionschwanzes wirkte. »Du bist so doppelzüngig wie Erden. Verrate mir, war sein Tod so erbärmlich wie sein Leben?«

Neben mir war ein Geräusch zu hören – beinahe ein Wimmern. Doch dort war nur der Hund, und ich war nicht so dumm zu glauben, dass es mehr als der Wind sein könnte. Die eisige Brise konnte meine Wut jedoch nicht abkühlen.

»Ihr verursachte es jedes Mal einen kalten Schauer, wenn sie dich sah«, sagte ich. »Du hast sie *abgestoßen.* Und was dich richtig angefressen macht, ist nicht, dass sie dich nach Annwn geschickt hatten, sondern dass sie einen anderen wählte. Sie wollte *dich* nicht.«

»Das reicht!« Lord Death schwenkte eine Hand in meine Richtung. Zischelnde Magie wirbelte von dem Steinanhänger seinen Arm hinauf und schoss aus seinen Fingerspitzen. Die Wurzeln um meine Brust leuchteten heller als gerade eben, und ich fühlte, wie sie sich fester um mich wanden, bis ich Mühe hatte, noch hinreichend Luft zu bekommen, um bei Bewusstsein zu bleiben. Schwarze Kleckse tauchten vor meinen Augen auf.

»Na also«, säuselte Lord Death und hob den Stein wieder auf. »Ist das nicht besser?«

»Ist es«, schnurrte Madrigal ganz in der Nähe. »Sie ist schon kaum zu ertragen, wenn sie still ist, geschweige denn, wenn sie den Mund aufmacht.«

Die Zauberin trat aus den Bäumen vor. Ihr Gewand schimmerte im Mondlicht, und ihr nun offenes Haar war wie ein Flammenmeer um ihr Gesicht. Ich blickte nach rechts, wo der Hund regungslos stand. Die am Himmel pulsierende Magie spiegelte sich im Glanz seines dunklen Fells.

»Wenn Creiddylads Macht das ist, was Ihr glaubt«, sagte Madrigal zu Lord Death, »warum warten, bis Ihr sie freisetzt? Warum überhaupt nach Annwn zurückkehren, wenn sie eine neue Welt nach Eurem Gefallen schaffen könnte?«

Sie könnte eine neue Welt erschaffen …

Etwas regte sich in mir. Ein Kribbeln breitete sich auf meiner Haut aus und drang bis in mein Blut. Gleichzeitig wurde mir die Fäulnis und der Verfall um mich herum bewusst und drohte mich zu überwältigen. Tod hatte sich wie eine Infektion angefühlt, die mein Körper nicht abwehren konnte.

Deine … Kraft … ist …

Emrys hatte mir erzählt, dass er den Gesang des grünen Lebens um sich herum hören konnte und intuitiv verstand, was er bedeutete. Das war nicht das Summen, das ich jetzt hörte; und ich sah nichts als den dunklen Wald um mich herum. Aber ich *fühlte* sie – Abertausende von Magiefunken, die wie winzige Flammen an Kraft gewannen. Unter meinen Füßen, unter dem Dornengestrüpp, verschattet von den Findlingen – überall um mich herum.

»Ich habe es dir schon mal gesagt«, sagte Lord Death mit einer neuen Schärfe. »Ich kann mir meiner Kontrolle nicht sicher sein, bis wir in Annwn sind. Und diese Welt muss sterben, bevor sie von ihrer Kraft wiedererschaffen werden kann.«

Als ich die Worte richtig begriff, riss ich die Augen weit auf.

Der Funken des Potenzials, hatte Nash gesagt. *Der Ruf nach neuem Leben.*

Es war nicht die Macht zu töten oder Leben wiederherzustellen. Es war nicht die Fähigkeit, aus nichts als Luft und Dunst zu kreieren, sondern es war die *Wiedergeburt.* Wie Neves geliebte Fungi, die zu toter Materie zerbrachen, damit Neues aus ihnen geboren werden konnte. Das Gefühl von Verwesung, das ich gespürt hatte, war rohes Potenzial, wie Ton, den ich mit meiner

Hand formen konnte. Es hatte mich erreicht, bevor ich wusste, wie ich es herbeirufen könnte.

Cabells Ohren richteten sich auf, und mir wurde flau, als ich das allzu vertraute Schnattern der Kinder hörte, die etwas im Wind rochen.

»Perfekt«, sagte Madrigal zuckersüß. »Mehr wollte ich nicht wissen.«

Ein dunkler Schatten rauschte durch die Bäume und kreischte, als er sich mit den Krallen voran auf Lord Death stürzte und ihm die Krone vom Kopf riss. Der Strom der Geister flackerte wie eine Flamme, die zu erlöschen drohte, jedoch schnell wieder aufschien, als der König von Annwn ein zorniges Knurren ausstieß.

Der Falke drehte seine Runden über den Bäumen mit der Krone, die nur noch ein Schatten vor dem hellen Mondgesicht war. Doch so schnell er auch war, konnte er dem Speer von silberner Magie nicht entkommen, den Lord Death ihm hinterherjagte. Der Falke schrie vor Schmerz, als die Magie seine Brust durchfuhr, und die Krone fiel aus seinen Krallen, als beide nach unten stürzten.

Licht explodierte, als der Falke so schnell die Gestalt wandelte, dass es kaum nachzuverfolgen war – von Vogel zu Fledermaus zu Hund zu Mann. Der große menschliche Körper von Dearie krachte durch das Gewirr kahler Äste und war leblos, als er auf den Felsen aufschlug.

In der Stille, die nun folgte, gab Madrigal einen kehligen Schrei von sich.

Magie explodierte aus den Sigillen, die sie in die Wurzeln zu ihren Füßen geritzt hatte, und jagte in Spiralen von Blitzen auf Lord Deaths Rücken zu.

Sein Umhang flog auf, als er sich umdrehte und zornige Magie mit einem Handschwenk losschleuderte.

»Was für eine verräterische Schlange du bist«, spie Lord Death aus und hob die geballte Faust. »Kriechst herum und bist keinem treu.«

»Kann man einer Frau verübeln, es zu versuchen?«, fragte Madrigal mit gebleckten Zähnen. »Warum soll ich mich mit einem Fetzen der Macht abgeben, wenn ich über ganz Annwn herrschen könnte?«

Lord Death lachte kalt, und sein Gesicht im Schimmer der Toten war so bleich wie ein Schädelknochen. Er überquerte die Lichtung, hob seine Krone auf und setzte sie sich wieder auf den Kopf.

»Wenn es die Krone von Annwn ist, die du begehrst«, sagte er, »dann komm und hol sie dir.«

Kapitel 45

Die Kollision der Kräfte hallte in Furcht einflößenden krachenden Wellen über die Lichtung.

Madrigals Zauberstab malte Muster in die Nacht, und ein Flammenschweif folgte ihm, der sich auf Lord Deaths tödliche Ringe stürzte. Sie verschlangen alle Luft um uns herum, sodass ich keuchte. Er erwiderte ihre Volte mit Leichtigkeit, verwandelte den Boden unter ihr in Asche. Madrigal sprang weg, als der Fels unter ihr zu einer brodelnden Sandfalle wurde.

»Ist das das Beste, was du zu bieten hast?«, höhnte sie. Ihr Gesicht glänzte vor Schweiß.

»Nein«, antwortete er.

Die Kinder preschten aus den Bäumen vor, und Madrigal lenkte ihr Feuer gänzlich unbeeindruckt auf sie. Flammenpfeile schossen aus einem Sigill auf dem Boden und zerschredderten die beiden nächsten Kreaturen.

Madrigal schwenkte ihren Zauberstab wild durch die Luft und brannte ein Sigill hinein. Die Steine zu Lord Deaths Füßen bröckelten, und er sackte auf die Knie, als sie sich vom Boden lösten. Einer kullerte auf ihn zu, doch die anderen fügten sich neu zusammen – zu einer golemartigen Kreatur, die ihre Steinfaust nach dem Kopf des Königs schwang.

Lord Death konnte dem Schlag knapp ausweichen. In wachsendem Zorn schrie er auf, und die Geister aus dem Stein an seinem Hals flossen weg von dem Portal zu dem sich verbreiternden Riss am Himmel, wo sie um die Schutzschicht herumflatterten. Als Lord Death einen Arm ausstreckte, schossen sie nach vorn, durch die klappernden Gelenke zwischen den Steinen, und sprengten Madrigals Schöpfung.

Die Bäume erbebten unter der Wucht der Felsbrocken, als sie zu Boden fielen. Cabell stürmte bellend und heulend vorwärts, womit er Madrigal Raum ließ, sich neben mich zu drängen und das Messerende ihres Zauberstabs an meinen Hals zu pressen.

Ihr Atem ging stoßartig und rüttelte ihren Körper durch. In ihrem schmutzbespritzten Gesicht spiegelte sich eine verzweifelte Intensität. Mein Bild von ihr löste sich auf und wich dieser barbarischen Kreatur.

»Genug«, knurrte Lord Death. »Du hast dein letztes Blatt ausgespielt.«

»Ich fange gerade erst an«, erwiderte Madrigal höhnisch. »Du hast die Wahl. Gib mir die Krone, oder du verlierst sie wieder.«

Seine Züge verhärteten sich. »Ich hätte wissen müssen, dass man eine Schlange nur töten kann, indem man ihr den Kopf abschlägt.«

Alles ging so schnell, dass ich kaum wahrnahm, wie der Zauberstab runterfiel oder es plötzlich sehr säuerlich stank. Eben war die Zauberin noch da, gleich neben mir am Baum, und im nächsten Augenblick stürzte sich eines der Kinder auf sie, hakte seinen Kiefer aus, um damit ihren Kopf zu packen und sie fortzureißen.

Ich kniff die Augen zu und wandte das Gesicht ab, als Muskeln und Knochen zerquetscht wurden und heißes Blut auf mich spritzte. Sie hatte nicht einmal mehr Zeit gehabt zu schreien.

Ekel und Entsetzen durchfuhren mich, und ich würgte, während ich mich gegen die Wurzeln stemmte, um ihnen zu entkommen, als noch eines der Kinder zu dem ersten eilte, um etwas von der Beute abzubekommen. Einzig Lord Deaths Lachen übertönte das Reißen von Haut und Fleisch.

»Aber, aber, meine Liebe«, sagte Lord Death. »Wie empfindlich du bist …«

Ich öffnete die Augen, als ein neuer Schrei die Nacht durchschnitt.

Ein Speer blitzte in der Dunkelheit auf und zersplitterte in einen Schwarm von Pfeilen, die auf die beiden Kinder niederregneten. Sie kreischten, als sie durchbohrt und an die Bäume hinter ihnen genagelt wurden.

Ein silberner Streifen tauchte in dem Dunst zwischen den Bäumen auf, so schnell und fokussiert wie ein Pfeil, und eine lange Klinge schnellte auf Lord Deaths Hals zu.

Er trat lässig beiseite, ohne den Stein in der Hand loszulassen. Ein kaltes Grinsen erschien auf seinem Gesicht, als seine Gegnerin erneut ihr Schwert anhob und in Angriffshaltung ging.

»Ich habe dich erwartet«, sagte Lord Death.

»Zieh dein Schwert«, befahl Caitriona, die Excaliburs Heft fester umfing. Ihr nun kurzes Silberhaar wurde vom Mondschein beleuchtet.

»Cait…!« Eine Wurzel legte sich enger um meinen Hals und schnitt meinen warnenden Ruf ab.

Dann spürte ich eine warme Hand an meinem Arm und blickte auf. Ich riss die Augen weit auf, als ich Olwen entdeckte, die mich besorgt anblickte. Freude wallte in mir auf.

»Du bist … hier …«, brachte ich mühsam heraus.

Olwen bedeutete mir, still zu sein, und musterte die Wurzeln einen Moment lang, bevor sie anfing, sie mit ihrem Dolch zu durchtrennen. Sie heilten beinahe genauso schnell wieder, wie Olwen sie zerhacken konnte.

Lord Deaths Blick fiel auf sie, dann auf Cabell, der zwischen den Bäumen umhertrottete und auf ein Kommando wartete. Ich verstand den enttäuschten Gesichtsausdruck von Lord Death nicht, ebenso wenig wie Cabells Winseln, als er zurück über die Findlinge und die sehnigen Wurzeln auf uns zusprang.

Doch dann hörte ich sie – tief im Wald. Mehr Kinder kamen in unsere Richtung.

»Olwen!«, japste ich. Sie wirkte entschlossen, als sie aufstand. »Nicht …«

»Bin gleich wieder da«, versprach sie und verschwand aus meinem Sichtfeld.

Ich reckte den Hals, um dem Klang ihres klaren, festen Zaubergesangs zu folgen. Lanzen von Feuer und Licht zischten zwischen den Bäumen hindurch und in die Kinder hinein, als sie auf Olwen zustürmten.

Lord Death widmete seine Aufmerksamkeit wieder Caitriona und dem Schwert in ihren Händen. Er schien kein bisschen geschockt. Oder ängstlich.

»Ich weiß, dass ich dich gelehrt habe, solch eine legendäre Waffe nicht mit schlechter Fußarbeit zu entweihen«, sagte er und strich mit der Hand über seinen schimmernden Steinanhänger. »Oder dich allein einem überlegenen Gegner zu stellen. Nicht einmal Excalibur ist mächtig genug, deine mangelnde Erfahrung wettzumachen.«

Caitriona bleckte die Zähne. »Ich habe hinreichend Erfahrung im Töten von Monstern.«

»Hm.« Lord Death hob eine Hand von dem Stein. Das grausame Vergnügen in seiner Miene wurde auf einmal von den Seelen erhellt, die durch die kalte Oberfläche des Edelsteins schlüpften. Sie wirbelten um ihn herum, bildeten einen glühenden Ring, der sich mit jedem Herzschlag abwechselnd neigte und wieder aufrichtete.

»Übung im Töten avalonischer, das gebe ich zu«, sagte Lord Death, der Caitrionas Wut sichtlich genoss. »Aber bist du gewillt, dasselbe mit den Seelen deiner geliebten Schwestern zu tun?«

Der Hohn war wie kochender Teer, der mir über die Haut gegossen wurde. Caitriona wurde kreidebleich vor Entsetzen. Einen flüchtigen Moment lang verwandelten sich die Seelen von Lebensfunken in die Gestalten, die sie in ihrem letzten Leben besessen hatten. Mir wurde angst und bange, als ich die Priesterinnen von Avalon sah.

Caitriona stieß einen zornigen Schrei aus.

»Selbst wenn dir ein Treffer gelingen sollte – und hier müssen wir eine Menge Fantasie aufbieten«, fuhr Lord Death fort, »würdest du erst durch sie hindurchschlagen müssen. Bist du bereit zu riskieren, dass Excaliburs Magie sie zerstört?«

Nein, dachte ich. Das war falsch. So war Excaliburs Magie nicht. Sollte der Text stimmen, den wir gesehen hatten, zerstörte es einzig die Seelen der Verderbten.

Ich zerrte wieder an meinen Fesseln. »Er lügt, Cait! Hör nicht auf ihn!«

Olwen rief etwas hinter mir, das ich nicht verstand. Ich fragte mich, ob Caitriona uns überhaupt hörte, denn ihr Puls musste viel zu laut in ihren Ohren rauschen.

Sie packte Excaliburs Heft fester, und die Schatten auf ihrem Gesicht verlängerten sich in ihrer Verzweiflung. So mächtig ihr erster Schlag gewesen war, so groß ihr Zorn auch war, alles wich nun aus ihr.

Sie senkte das Schwert nicht – dazu war sie zu gut ausgebildet. Aber ihr Zögern verriet, was sie nicht sagte. Zum ersten Mal war ihr die Pein der letzten Wochen deutlich anzusehen, und ihr roher Schmerz raubte mir den Atem.

Ich blickte nach rechts, wo der Hund – *Cabell* – neben mir Wache stand. Sein Nackenfell sträubte sich, und als sich sein langer Körper anspannte, während er auf einen Befehl wartete, wirkte sein Rückgrat wie aus Stein gemeißelt.

»Tu etwas«, bat ich ihn. Ich wusste, dass er meine heiseren Worte gehört hatte, auch wenn er es sich nicht anmerken ließ. Seine Ohren zuckten, und sein leises Knurren wurde tiefer.

»Ich weiß, dass du mich hören kannst«, presste ich hervor. »Ich weiß, wer du bist.«

Vielleicht war es bloß mein verzweifelter Verstand, der mir Streiche spielte, doch das Knurren schien weicher zu werden. Alle Erinnerungen an unser gemeinsames Leben schienen auf einen Schlag lebendig zu werden, und mein Kummer war so unerträglich wie echt.

»Du kannst noch zurück«, begann ich, und heiße Tränen rannen über meine eiskalten Wangen. »All diese Unschuldigen sind gestorben, und du hast nichts dagegen getan. Mach jetzt etwas. *Irgendetwas.* Bitte, Cab.«

Meine Hoffnung erlosch, als er mit einem wütenden Bellen auf mich zusprang und warnend in die Luft schnappte. Genauso gut hätte er mir die Kehle aufreißen können.

Doch als er mich anschaute, glühten seine Augen nicht wie Feuer. Sie waren dunkel – so dunkel, dass sie fast schwarz aussahen.

»Hast du dich schon entschieden?«, fragte Lord Death spöttisch. Er ließ sich von Caitriona umkreisen, als handelte es sich bei dem Schwert in ihrer Hand lediglich um eine hölzerne Trainingswaffe und als wären sie wieder auf dem Übungsplatz am Turm, die eifrige Schülerin und ihr Lehrmeister.

»Cait, nicht!«, schrie Olwen. »Hör nicht auf ihn! Konzentrier dich!«

»Soll ich es dir leicht machen?«, fragte er. »Vielleicht kannst du anfangen mit ... der starken, noblen Betrys, die als Erste am Tor zum Turm fiel? Oder der jungen Flea ...?«

Caitriona schrie und schwang Excalibur über ihren Kopf. Cabells dunkles Fell schimmerte im Mondlicht, als er mit gebleckten Zähnen losrannte.

Hätte ich wieder weggeschaut, auch nur zu blinzeln gewagt, ich hätte verpasst, wie sich das Ziel des Hunds plötzlich verschob.

Excaliburs Bogen durch die Luft stoppte abrupt, als Caitriona antäuschte und Lord Death in den Bauch trat.

Der Hund hieb seine Zähne in die Haut und die Muskeln der Wade seines Herrn. Lord Death schrie vor Wut und Schmerz und nutzte seine gesamte Kraft, um Cabell von sich zu schleudern. Fetzen von blutigem Fleisch hingen an den Reißzähnen des Hunds, als er gegen einen Baumstamm knallte und schlaff zu Boden sackte.

»Cab!«, hauchte ich.

Das brachte Lord Death dazu, zu mir zu blicken, und es war die Chance, die Caitriona brauchte. Sie rammte ihren Stiefel in das Bruststück ihres früheren Mentors, worauf er so hart auf dem Waldboden aufschlug, dass seine Rüstung schepperte. Und anscheinend war auch sein Fokus erschüttert.

Der Schild aus den Seelen der Priesterinnen entglitt seinem Griff und stob in den Wald. Seidiger Dunst schimmerte dort, wo sie sich versammelten; allesamt stumme Zeugen dessen, was als Nächstes geschah.

Die kurze Ablenkung hatte Lord Death seine Konzentration gekostet, und auf einmal gaben mich die Wurzeln um mich herum mit einem fauchenden Knacken frei. Ich rang nach Luft, als ich, ohne zu zögern, loslief, wobei ich nur mühsam das Gleichgewicht hielt. Ich kämpfte mich über die Findlinge zu meinem Bruder.

Mein Körper war starr vor Angst, als ich mich zu ihm kniete und eine Hand auf seine Seite legte. Alle seine Rippen wölbten sich vor, doch er atmete. Flach, aber immerhin.

Der metallische Blutgeruch übertönte den nach feuchter Erde, und seine Schnauze war von Blut befleckt.

»Cab?«, flüsterte ich.

Er hatte ... er hatte zu helfen versucht, oder nicht?

Die Hundeaugen blieben geschlossen. Sein Fell war blutverklebt, und Rindenstücke hafteten darin.

Die übrigen Kinder näherten sich uns durch das Astgewirr oben. Sie rissen einander an der schlaffen grauen Haut und den Gliedmaßen, um es als Erste zu Cabell zu schaffen, und kreischten, dass mir das Trommelfell zu platzen drohte.

Es war ein Wagnis, und ein blödes noch dazu, aber ich warf mich über ihn und grub die Fäuste in sein Fell, als die Kinder uns umkreisten und mit den Zähnen klapperten.

Feuer blies mir über den Rücken, als Olwen einen Zauber sang, der die Kinder versengte. Mit atemberaubender Kontrolle lenkte sie das Feuer erneut zwischen den Bäumen hindurch, um sie dann doch zu verschonen.

»Kämpfe, du Feigling!«, brüllte Caitriona. »Kämpfe!«

Ich schaute hinter mich, als Caitriona Excalibur nach unten hieb, sodass sich der singende Stahl Lord Deaths Hals näherte. Er war immer noch am Boden, rollte sich jedoch herum und zückte sein Schwert mit einer geschmeidigen Bewegung.

Zwei Klingen, eine aus reinem Silber, die andere fleckig von dunkler Magie, schwangen aufeinander zu.

Ein Knall von donnernder Magie explodierte um uns herum, als die Schwerter zusammentrafen – und Excaliburs Klinge wie Glas zerbrach.

Kapitel 46

Ein einsamer Laut durchdrang den Nebel meiner Fassungslosigkeit.

Lachen.

Lord Death lachte dröhnend. Er senkte sein Schwert und schien den Anblick von Caitriona auszukosten, die zu dem Heft in ihrer Hand blickte, an dem nur noch der Stumpf der abgebrochenen Klinge war. Ihre Sommersprossen betonten, wie blass sie geworden war.

Oh nein. Das durfte nicht wahr sein.

»Nein«, hauchte Olwen, die wieder zu mir kam. »Oh, Mutter, nein ...«

»Das ist die göttliche Klinge?« Lord Death warf den Kopf in den Nacken und lachte wieder bellend. *»Das* ist der Vernichter von Göttern?«

Einzig Neves Linie kann seine ganze Macht nutzen, dachte ich, setzte mich auf, lockerte meinen Griff an Cabell jedoch nicht. *Sonst ist es nur ein Schwert.*

Und jetzt lag die eine Waffe, von der wir glaubten, sie könnte Lord Death zerstören, in Stücken zu Caitrionas Füßen.

Mein Körper schien zu vibrieren vor Adrenalin, mit jedem Herzschlag zu pulsieren.

Tu etwas, dachte ich. *Irgendetwas.*

Ich wusste jetzt, was meine Kraft war – aber Magie zu erkennen war nicht dasselbe, wie sie anzuwenden.

Was übersehe ich? Ich kniff die Augen zu. Da waren die Träume – von denen Olwen behauptete, sie erlaubten mir, die Botschaften von etwas Höherem zu verknüpfen. Von der Göttin.

Und dann war da die weiße Rose von Avalon.

Der Traum war anders gewesen als alle anderen. Nachdem ich die Blume im Turmhof, in dem sonst nichts wuchs, gefunden hatte, blühend in einem Spalt zwischen den Steinen, hatte ich mich gefragt, ob ich sie irgendwie durch meinen Traum geschaffen hatte. Ich hatte mir gesagt, dass es bloß eine Vorahnung gewesen war – aber was, wenn nicht?

Was, wenn ich richtiglag und sie irgendwie geschaffen hatte, den Verfall in Avalons Erde verändert hatte, um ihr neue Form zu geben ... neues Leben?

Lord Death umkreiste Caitriona, beobachtete sichtlich amüsiert, wie sich ihre Schultern hoben und senkten.

»Erinnerst du dich an den ersten Tag, als ich im Turm angekommen bin«, begann Lord Death, »und du zu mir getreten bist, dein Kleid noch befleckt vom Blut eurer geliebten Hohepriesterin, und mich gebeten hast, ausgebildet zu werden? Weißt du noch, was ich da zu dir gesagt habe?«

Caitriona reckte nur das Kinn, die Zähne zusammengebissen.

»Fertigkeiten können gelehrt werden, Courage nicht«, sagte Lord Death, der sie weiter langsam umrundete. »Ich habe immer gewusst, dass du in dieser Hinsicht besonders warst.«

Olwen erschien wieder neben mir und legte einen Arm um meine Schultern, um uns beide dort zu halten. Ich sah zu ihr auf. Sie hatte Blutergüsse und wirkte erschöpft von den Strapazen der letzten zehn Tage, dennoch bewies sie eine Klarheit, die mich verblüffte.

»Du warst schnell auf den Beinen, noch schneller im Denken«, fuhr Lord Death fort. »Und es schien dir Spaß zu machen – es reicht wahrlich nichts an den Blutrausch heran, an die Euphorie, wenn man sich in die Schlacht stürzt und weiß, dass man jederzeit sterben könnte.«

Caitriona stand kerzengerade da, ihre Miene gab nichts preis.

»Womöglich fühlst du es sogar jetzt, wenn ich dir dies anbiete«, sagte Lord Death. »Töte den Hund, und ich gebe die Seelen von Avalon frei, damit sie wiedergeboren werden.«

Nash sagte früher oft, das Leben sei, als würde man ein Kartenspiel mischen. Den einen Tag zog man ein gutes Blatt, den nächsten ein mieses. Doch das zu glauben, hieße, das bisschen Kontrolle aufzugeben, das wir besaßen.

Leben bedeutete nicht, willkürlich Karten zu ziehen; es hieß zu entscheiden, das Kartenspiel aufzunehmen, zu wählen, wie man mischte und welche Spielregeln galten. Es waren die unzähligen Entscheidungen, die wir jeden Tag trafen, und der Weg, den diese Entscheidungen für uns schufen.

Olwen hielt mich fest, als ich aufspringen wollte.

»Lass mich los«, keuchte ich.

»Warte«, entgegnete Olwen und wiederholte das Wort, bis es zu einem Gebet wurde. Zu einer Litanei. »Warte, warte …«

In dem wirbelnden Dunst konnte ich Caitrionas Gesicht nicht mehr sehen. Sie war nur noch ein dunkler Umriss, bis ein Windstoß über die Lichtung fegte und den Blick wieder freigab.

Sie stand an derselben Stelle wie zuvor und starrte hinunter zu den zerbrochenen Resten von Excalibur.

»Ich habe dich nie zögernd erlebt«, sagte Lord Death und schob sein Schwert zurück in die Scheide.

Eine neue, schmerzliche Kälte erfasste mich, als mir ihre Worte vom Dachboden der Bibliothek wieder einfielen, und sie waren beim zweiten Mal nicht minder grausam und furchtbar.

Er ist ein Monster, Tamsin, und du weißt, was getan werden muss. Es gibt nur eine Art, ein Monster aufzuhalten.

»Cait …«, hob ich an, wurde jedoch von Lord Deaths Bariton übertönt.

»Du bist immer zu stark, zu kämpferisch gewesen, um nur eine Priesterin zu sein.« Er ging einen Schritt näher zu ihr, dann noch einen. »Was bindet dich jetzt noch an die Insel? Ich weiß, was dein Herz begehrt. Du hast die Überzeugungen schon verworfen, die dich einst zurückhielten. Erlaube mir jetzt, die Fesseln zu brechen, die geblieben sind. Töte den Hund. Beweise mir deine Treue, und deine Schwestern, alle von Avalon, werden in dieser Welt wiedergeboren.«

Olwen hielt mich fester, verzog jedoch keine Miene. Sie rief keine Ermunterungen oder bat ihre Schwester, auf sie zu hören, wie ich es erwartet hätte.

»Du … du willst, dass ich mit nach Annwn komme?«, fragte Caitriona leise.

»Du würdest Armeen von Toten anführen, um die Verderbten zu bestrafen – all die Verderbten in allen Anderswelten«, erklärte Lord Death. »Du würdest in der endlosen Jagd neben mir reiten und hättest grenzenlose Macht.«

»Tu das nicht«, flehte ich sie an. »Das ist es nicht, was du willst. Das bist du nicht.«

Falls sie mich gehört hatte, ließ Caitriona es sich nicht anmerken. Stattdessen blickte sie auf. Mir wurde kalt, als Lord Death eine schwere verhüllte Hand auf ihre Schulter legte und einen ekelhaft väterlichen Gesichtsausdruck bekam.

Sie wird es tun, schrie es in mir. *Sie bringt ihn um.*

»Das bist du«, sagte er. »Meine Krone erlaubt mir, den Wert

einer Seele einzuschätzen, sie zu beurteilen. Was ich jetzt in dir spüre, ist der Hass, den es braucht, um zu überleben.«

Selbst aus der Entfernung sah ich, wie ihre Lippen bebten, als Caitriona sie zusammenpresste. Die Leere in ihren dunklen Augen. Sie ließ die Schultern hängen, als wäre aller Kampfgeist in ihr erloschen.

»Nein«, versuchte ich es erneut. »Nichts davon ist wahr! Du bist nicht dein Schmerz. Du bist nicht deine Wut ...«

Doch nach einem letzten Blick auf Lord Death begann sie, auf mich zuzukommen. Auf *uns.*

»Was machst du?«, fragte ich und beugte mich wieder schützend über Cabell. Ich bekam Panik.

»Warte«, hauchte Olwen.

»Geh zur Seite, Tamsin«, sagte Caitriona vollkommen gefühllos. »Es musste immer hierzu kommen.«

Es gibt nur eine Art, ein Monster aufzuhalten.

»Cait, bitte«, stammelte ich. »Ich weiß, was er getan hat. Ich weiß, dass er euch auf so viele Art verletzt hat und nichts das wiedergutmachen kann. Aber für dich ist es nicht zu spät. Du musst diese Linie nicht überschreiten.«

»Vergibst du ihm?«, fragte Caitriona und kam weiter auf uns zu. Ihr silbernes Haar schwang bei jedem Schritt um ihr Gesicht.

»Nein«, antwortete ich. »Tue ich nicht. Aber ich liebe ihn, und ich kann diesen Teil von mir nicht abtöten ... das habe ich versucht, Cait. Ich habe es versucht.«

Er war mein Bruder. Er hatte abscheuliche Dinge getan, die er nicht zurücknehmen konnte. Aber er war mein Bruder, derselbe kleine Junge, der meine Hand hielt, wenn wir allein im Dunkeln unterwegs waren, beide hungrig und erschöpft. Und jetzt kam er zu uns zurück. Er entstieg allein der Dunkelheit.

»Er kann Buße tun«, schwor ich.

Aus der Nähe sah sie schlimmer aus. Moosklumpen und verirrtes Laub hingen in ihrem Haar, und sie hatte dunkle Ringe unter den Augen von schlaflosen Nächten.

»Keine Sorge«, sagte sie frostig. »Es wird ein schnelles Ende sein.«

»Nein!«

Mit einem Mal veränderte sich Caitrionas Gesichtsausdruck, als wäre eine Steinmaske von ihr abgefallen und würde das vertraute Blitzen in ihren Augen enthüllen. Ein neuer Fokus belebte ihre Züge, und sie richtete sich zu ihrer beachtlichen Größe auf.

Ich schämte mich maßlos, weil ich jetzt erst begriff, warum Olwen mich zurückgehalten hatte. *Warte,* hatte sie gesagt. *Warte.* Nicht, weil sie etwas leugnen wollte oder aus Furcht.

Aus Überzeugung.

Caitriona kehrte uns den Rücken zu und wandte sich mit eiserner Stimme an Lord Death.

»Ich bin die Hohepriesterin von Avalon«, sagte sie. »Und ich diene allein der Göttin.«

Kapitel 47

Ein zerrissener Schrei drang aus Caitrionas Kehle, als sie die Hände nach vorn streckte und ihre Magie anrief.

Goldenes Feuer schoss durch die Luft und auf Lord Deaths dunkle Gestalt zu. Schützend hob er einen Arm, und silbrige Magie umflirrte ihn, um den Flammenstrom ins offene Moorland und den kleinen Bach hinter ihm abzulenken.

Die verbliebenen Kinder kamen aus den Bäumen, zur Verteidigung ihres Herrn gerufen. Caitriona hatte auch für sie eine Erwiderung. Sie ließ fallen, was von Excalibur übrig war, und jagte verschlungene Feuerknoten auf sie zu – einen, drei, fünf –, worauf sie entweder kreischend verbrannten oder in den Schutz der knorrigen Bäume flohen.

»Olwen!«, rief sie.

Ihre Schwester reagierte, rannte den Kindern nach und trieb sie mit noch mehr Feuer weiter zurück.

»Du *Närrin!«,* brüllte Lord Death Caitriona entgegen. »Ich habe dir ein ruhmreiches Leben angeboten. Jetzt wird es mir eine Freude sein, deine Seele im Tod zu versklaven!«

Seine Magie rang gegen ihre, kämpfte sich über die Lichtung vor. Silber verschlang Gold. Caitrionas Arme zitterten, und Schweiß tropfte von ihrem Gesicht, als sie wieder schrie. Das Feuer wehrte sich, und die neue Kollision der Kräfte bewirkte, dass Funken der Magie zwischen die Seelen flogen, die in der Nähe schwebten.

Und beobachteten. Dachte ich. Außerstande, ohne Form etwas zu unternehmen.

»Tamsin«, raunte Caitriona mit zusammengebissenen Zähnen. »Sag Neve … sag Neve, es tut mir leid.«

»Das sag du ihr selbst«, konterte ich und richtete mich auf. Bei ihrer finsteren Miene lief mir ein Schauer über den Rücken.

Nutzlos, dachte ich verzweifelt, als ich die kämpfenden Magien sah. *Nach allem bist du immer noch nutzlos.*

Ich versuchte, nach der Magie zu greifen, die ich vorher um mich herum gespürt hatte, weil ich diese flatternden Pulse fühlte. Das Potenzial, das sie besaßen, um zu etwas Neuem wiedergeboren zu werden. Etwas, das uns helfen könnte. Ich musste herausfinden, wie ich sie richtig anrief.

Die weiße Rose. Die musste der Schlüssel sein.

»Wenn ich den Feuerring um uns lege, nimm deinen Bruder«, sagte Caitriona, die von der Kraft der widerstreitenden Magie zurückgedrängt wurde. »Nimm ihn und Olwen, und lauft!«

»Ich lasse dich nicht zurück«, entgegnete ich. Lord Deaths steinerner Anhänger leuchtete von innen, schimmerte mit den darin gefangenen Seelen. »Cait, schau …!«

Die Warnung kam für uns alle zu spät, um uns vor den Wurzeln zu schützen, die aus dem Boden schossen, knisternd vor Todesmagie.

»Nein!«, schrie Caitriona, doch das Wort erstarb auf ihren Lippen, als sich Wurzeln wie Schraubzwingen um sie schlangen und sie zu Boden warfen. Ihr goldenes Feuer erlosch mit einem letzten Aufflammen, bevor ihr Körper an den Findlingen gefesselt war. Sie wehrte sich, versuchte, sich zu freizukämpfen.

Nach so viel Licht schienen die Lichtung, der Wald, die Welt auf einmal viel dunkler.

»Keine Magie ist stärker als die von Annwn. Nichts kann sie besiegen, am allerwenigsten ein streitlustiges Mädchen, das seine eigene Schwäche nicht erkennen will«, sagte Lord Death zu ihr. Sein Schwert erschien wieder in seiner Hand und britzelte vor Magie. »Vielleicht nehme ich deine Seele gar nicht. Du würdest dich gut als eines meiner Kinder machen.«

Caitriona kämpfte mit aller Macht, bog den Rücken durch, als sie den Halt der Magie zu brechen versuchte. Die Wurzeln bedeckten ihren Mund und machten es ihr unmöglich, die Worte oder Zauber zu äußern, die noch in ihren Augen brannten.

»Trotzig bis zum Ende«, bemerkte Lord Death tadelnd.

Ich stürzte auf Caitriona zu, wollte mich ihm in den Weg stellen. Lord Death würdigte mich nicht einmal eines Blicks. Er hob die Hand mit dem glühenden Stein – und ich sprang zur Seite, doch die Wurzeln packten mich in der Taille und schlangen sich darum. Ich fiel nach vorn, als sie mich zu Caitriona zurückzogen.

Ich versuchte, mich an die Steine und das verfallende Laub zu krallen. Erde sammelte sich schmerzhaft unter meinen abgebrochenen Fingernägeln. Ranken von Todesmagie rissen mich zurück. Meine Jeans wurde von einem der Steine aufgeschlitzt, zusammen mit einem Teil Haut, sodass ich eine Blutspur hinterließ.

Hilf mir, dachte ich. *Hilf mir bitte!*

»Als was für eine Enttäuschung du dich erweist«, sagte Lord Death zu Caitriona. Er senkte seine Schwertspitze an ihren Hals.

Schließ die Augen, flüsterte eine Stimme in meinen Ohren. Die Worte trug der Wind heran, schwebten im Dunst. *Lass deine Angst fahren. Du weißt, was getan werden muss …*

Die Enge in meiner Brust, das Zittern meiner Hände – sie hatten jetzt einen Namen.

Angst.

Lass sie los, flüsterte die Stimme. *Lass dich frei.*

Meine Vergangenheit. Die Ohnmacht, die ich als kleines Mädchen empfunden hatte, als ich mir ein Leben zusammenzuschustern versuchte, von dem ich glaubte, dass ich es wollte.

Lass es los.

Meine Gegenwart. Die Furcht, die mich zurückhielt und verschleierte, wie ich mich sah.

Lass es los.

Die Mauer in mir stürzte ein, und ich fühlte, was auf der anderen Seite auf mich wartete. Die Magie, die ganz allein mir gehörte und in der Dunkelheit unter dem Schnee schlief. Der Verfall, der darauf wartete, vom kommenden Frühling verwandelt zu werden.

»Deine letzte Chance«, sagte Lord Death ganz in der Nähe.

In Avalon hatte es nur ein Wesen gegeben, das außerhalb seiner Kontrolle war. Eines, das sich verwandelt hatte.

Die Erinnerungen an die Wiedergängerin der Hohepriesterin Viviane fluteten mein Denken, doch da war nichts von dem Schrecken, den ich empfand, als ich ihr begegnet war. Sie hatte sich selbst aus dem verrottenden Ödland neu erschaffen, ihren Körper aus toter Baumrinde, Schlamm und lang verwittertem Gras geformt. Ihre Seele war trotzig bis zum Ende gewesen.

Jetzt erträumte ich sie, wie sie hätte sein sollen, blühend vor Leben. Ihr regenerierter Körper; die erneuerten Wurzeln, die ihre Gliedmaßen definierten und wieder jung und grün wurden; die verkrumpelten toten Blätter, die zu blühenden Blumen wurden. Ich stellte mir andere vor, die aus dem Verfall im Wald wuchsen und neben ihr standen. Ihre Körper neu, stark. Unter meinem Befehl.

Ich zwang mich, die Augen zu öffnen.

»Küss ... Eisen ... du ... Mistkerl ...«, ächzte Caitriona unter den sie würgenden Wurzeln. Etwas fing ihren Blick, und sie erstarrte.

Eine Hand aus Wurzeln und grünen Blättern erhob sich aus der Erde hinter Lord Deaths Füßen, und ihre langen, sehnigen Finger wurden zu Bändern aus geflochtenem Gras. Die Handfläche, dann das Handgelenk, dann ein Arm – und ein Kopf, gekrönt von Blumen. Die Wiedergängerin hatte kein Gesicht, als sie auferstand, aber sie leuchtete von einer inneren Magie.

Ich konzentrierte mich und stellte mir die Hand vor, die sich bewegte und um den Knöchel von Lord Death legte. Und an dem Magiefaden, der zwischen mir und der Wiedergängerin gespannt war, *zog* ich.

Er stolperte mit einem erschrockenen Laut zurück. Das Einzige, was noch befriedigender war als die Art, wie er die Augen weit aufriss, war der Anblick der anderen Silhouetten, die sich aus der Erde erhoben und im Dunst Gestalt annahmen. Eine nach der anderen erblühten meine Kreaturen aus der Erde.

Lord Death hieb mit seinem Schwert nach der Wiedergängerin. »Verdammt ... *Du* ... was ist das für eine Hexerei?«

Die magischen Fesseln an meiner Taille lockerten sich, als seine Aufmerksamkeit abgelenkt war, sodass ich mich aufrappeln konnte. Aber die Wurzeln packten erneut zu, jetzt noch schmerzhafter. Die Körper der Wiedergängerinnen erbebten, drohten zu zerfallen, wenn ich mich nicht ganz auf sie konzentrierte.

Bevor ich mich wieder sammeln konnte, um meinen Griff an den magischen Fäden zu festigen, strahlte Licht um mich herum auf und webte sich durch die gequälten Äste der Bäume seinen Weg zu Lord Death.

Nein ... nicht zu ihm. Zu den Wiedergängerinnen. Zu den Körpern, die ich geschaffen hatte.

Die Fäden, die ich so angestrengt erhalten wollte, erschlafften, und instinktiv ließ ich sie los. Die Geister der Priesterinnen von Avalon zischten über den Nachthimmel und versanken in der Schicht von Laub, Schlamm und Wurzeln meiner Wiedergängerinnen. Die Körper, die ich erschaffen hatte, wurden schillernd, als ihre Seelen in sie eintauchten, und ihre Formen stabilisierten sich, wurden fester, selbst ohne meine Kontrolle.

Mit einem zornigen Heulen schleuderte Lord Death schließlich Caitriona von sich, sodass sie zurück zwischen die Bäume flog.

Die Ranken um mich rissen fest genug an mir, dass ich keine Luft mehr bekam. Sie zogen mich zu Lord Death, der zunehmend aufgebracht nach den Wiedergängerinnen hieb. Jedes Mal, wenn es ihm gelang, einen Arm oder ein Bein abzutrennen, wuchsen sie schneller und stärker nach.

Meine Füße in die Erde zu stemmen, half nicht, Lord Deaths Todesmagie zu schwächen, die mich zu seinem ausgestreckten Arm zog. Eine der Wiedergängerinnen packte mich, zerrte mich zurück, doch seine Magie war so gewaltig, dass es der Wiedergängerin die Arme vom Körper riss. Neue Gliedmaßen wuchsen aus Rindenfetzen, um sie zu ersetzen.

»Du stehst unter meinem Befehl!«, kläffte er eine Wiedergängerin an. Der laubverhüllte Arm schlug das Schwert aus seiner anderen Hand und schleuderte es tief in den Wald.

Ich rammte gegen Lord Deaths Seite und stieß mich sofort wieder von ihm ab, um das eklige Gefühl von ihm an mir loszuwerden. Doch er hakte seinen von der Rüstung bedeckten

Arm um meinen Hals und drückte mein Gesicht an sein eisiges Bruststück.

»Ich hatte vor, Creiddylads Seele in Annwn zu befreien«, zischte er wütend, »doch es wird mir ein Vergnügen sein, es hier zu tun.«

Fäden von schwarzen Blitzen krochen über seine Faust. Ich versuchte, mich fallen zu lassen, einen Überraschungsmoment zu nutzen und aus seinem Griff zu kommen. Stattdessen packte er mit der anderen Hand das Haar in meinem Nacken. Wo mein Blut auf die Erde tropfte, sprossen Klee, Disteln und Rosen, die den verbrannten Boden zurückeroberten.

Lord Death zog seinen Arm zurück, und das Knistern der Magie verstärkte sich. Bereit zum Schlag. Er lehnte sich zu weit von mir zurück, als dass ich nach der Krone auf seinem Kopf greifen könnte, gab jedoch seine Brust frei.

Ich riss ihm die Kette mit dem Anhänger ab, und er fluchte, als ich sie gegen die nächste Steinformation warf.

Die Wiedergängerinnen stürzten sich auf uns, hieben nach seinem Gesicht und rissen an den Bändern seiner Rüstung. Und dann hörte ich die Stimme der Wiedergängerin, die an seiner Schulter zerrte.

»Ich war Betrys. Du hast mich erschlagen, aber hier stehe ich …«

Erschrocken fuhr ich zurück, aber Lord Death hielt mich nur noch fester und riss mir dabei einige Haare direkt mit der Wurzel aus.

»Ich war Rhona …«, erklang eine andere Stimme. *»Du hast mir das Leben genommen, doch ich bleibe …«*

»Ich war Seren, und ich lebe …«

»Mari …«

»Arianwen …«

Die Stimmen waren melodisch, hallten und verwoben sich

wie ein Wandteppich. Sie waren ein Gesang aus Dunst und Erinnerung, die Strophen kühn und der Refrain immer wieder gleich. *Hier stehe ich. Ich bleibe. Ich lebe.*

»Ich war die Zauberin Seraphine …«

»… die Zauberin Briar …«

»Du magst mich ermordet haben«, kam Lowris Stimme. *»Aber ich überdauere …«*

»Genug!«, brüllte Lord Death. Ein Strudel aus Druck und Licht barst um uns herum auf, als Annwns Magie durch die Wiedergängerinnen wütete und sie zu Asche und zerfetztem Laub reduzierte. Doch in dem Moment, in dem sie auf dem Boden aufkamen, formte ich sie neu.

»Nein«, begann Lord Death, der die Seelen der Toten mit erhobener Faust zu sich zu rufen versuchte. »Gehorcht mir …«

Die Lichter tanzten um uns herum durch die Luft.

»Wir waren nie dein.«

Mein Herz verkrampfte sich schmerzhaft. *Flea.*

Die Seelen von Annwn rieselten wie Schneeflocken aus dem Spalt im Himmel und kreischten in der Dunkelheit. Je länger das Portal offen blieb, desto mehr böse Geister würden in unsere Welt strömen, um die Lebenden zu quälen.

Die Wiedergängerinnen umringten uns und kamen näher. Lord Death betrachtete sie alle, und sein gestohlenes Gesicht wurde blass. Sein Blick fiel auf etwas hinter ihnen: eine dunkle Gestalt, die auf einem Findling hockte, größtenteils verdeckt von Dornengestrüpp und Wurzeln.

Was ich von seiner Haut sehen konnte, war von Blutergüssen gesprenkelt. Blut rann aus einer Schnittwunde an seiner Wange. Die Gestalt hielt den roten Steinanhänger über seinen Kopf, sodass der Kristall ihm einen unheimlichen roten Schimmer verlieh.

»Bledig«, rief Lord Death mit dröhnender Stimme. »Bring ihn mir! Bring ihn her!«

Der junge Mann schaute auf. Zunächst waren seine Worte leise, verloren sich im Wind und dem wütenden Zetern der Kinder. Doch als er sie wiederholte, immer wieder, wurden sie kräftiger. Und sicherer.

»Ich heiße *Cabell.*«

Er schmetterte den Anhänger auf den Stein, knallte ihn mehrmals darauf, bis das Klirren von Lord Deaths primitivem Wutschrei übertönt wurde.

Seelen stürmten aus ihrem Gefängnis, wirbelten über die Lichtung oder flogen zum Himmel auf und jagten jene, die der Welt dahinter entkommen waren.

Cab, dachte ich überwältigt.

Kurz lockerte sich Lord Deaths Griff. Ich versuchte, zu meinem Bruder zu gelangen, kollidierte jedoch mit Lord Deaths Faust, die er durch meine Brust rammte.

Kapitel 48

Todesangst nahm alle meine Sinne ein, ausgehend von der Mitte meiner Brust wie ein sterbender Stern.

Vage war mir bewusst, wie Cabell »*Nein!*« schrie.

Mein Blick schweifte langsam nach unten, und ich würgte beim Atmen. Da war kein Blut. Lord Death hatte die Haut nicht durchbohrt oder meine Rippen gebrochen, dennoch war seine Hand in mir und packte etwas. Nicht mein Herz. Nicht meine Lunge oder irgendein anderes Organ, aber etwas Lebenswichtiges.

Er grinste mich fies an. Die Wiedergängerinnen rissen an seiner Haut und hinterließen Schnitte, aus denen Blut sickerte. Er schien es nicht wahrzunehmen, obwohl er es von seinen Lippen leckte.

Ich konnte nicht sprechen. Als er die Faust bewegte, um sie herauszuziehen, war es, als würde mir die Haut von innen zerfetzt. Nichts existierte mehr außer diesem Schmerz.

»Eine Seele ist schnell geerntet«, höhnte er. »Aber du … *du* wirst leiden.«

Er zog die Hand so langsam zurück, als versuchte er, die empfindliche Substanz nicht zu zerbrechen.

Die Wiedergängerinnen scharten sich um mich, wollten mich von ihm wegzerren, was es nur noch schlimmer machte. Dann waren Caitriona und Olwen da, ergriffen meine Arme und versuchten verzweifelt, mich zu befreien, wobei sie etwas schrien, das ich über dem Schmerzrauschen in meinem Schädel nicht hören konnte.

Am dunkler werdenden Rand meines Sichtfelds erschien ein kleines Mädchen. Ihr kurzes, weißblondes Haar flatterte um ihr Gesicht. Ihre Knie und die Schienbeine waren voller Blutergüsse, ihre Schuhe verklebt von Gras und Kletten. Sie hatte einen zu großen karierten Regenmantel an. Die Furcht und der Schmerz in ihrem Gesicht waren so ausgeprägt, dass es mir das Herz brach.

Ich.

Ich blickte sie an, nicht das Monster.

Du bist sicher, sagte ich zu ihr. *Hab keine Angst.*

Creiddylad musste sich ihm allein stellen, doch ich musste es nicht.

Nun fühlte ich es. Den Verfall, nicht bloß seiner Seele, sondern des physischen Körpers, den er trug. König Artus war gestorben, und auch wenn die Magie seinen Körper erhalten hatte, waren Spuren von jenem Tod noch in ihm. Und diese schwachen Fäden konnte ich ergreifen. Durch den Nebel meiner Qualen malte ich mir aus – sah es vollkommen klar –, wie sich seine Organe mit Rinde härteten und seine Knochen zu Weinranken wurden.

»Ich war Creiddylad«, keuchte ich. »Du hast ihr Leben geraubt, aber ich lebe. *Wir leben.*«

Lord Deaths Augen quollen hervor, als er es spürte. Die Weinranken, die aus seinen Rippen wuchsen, schlangen sich um seine Lunge und durchdrangen weiches Gewebe und Muskeln. Er öffnete den Mund, um etwas zu sagen, würgte jedoch nur die Triebe heraus, die seine Kehle hinaufkrochen. Blut floss ihm aus Mund und Nase. Die Wurzeln und Äste verdickten sich krankhaft unter seiner Haut, brachen an seiner Schulter durch und drückten das eisige Bruststück gegen mich. Zweige zerschmetterten ihm die Zähne, als er mich hämisch angrinste.

Es reicht nicht!, schrie mein Verstand.

Obwohl sein sterblicher Körper mit dem Tod kämpfte, hielt seine Seele meine weiterhin fest. Das sah ich an seinen Augen. Der Triumph des Todes. Und er zog fester und *fester* …

Olwen legte die Arme um mich, während Caitriona den Dolch ihrer Schwester in Lord Deaths Gesicht, seinen Hals und überall hineinrammte, wo sie konnte.

Meine Gedanken zersprangen. Ich wusste nicht, ob das Licht, das plötzlich hinter ihm aufschien, eine Halluzination war oder nicht. Ob Neve tatsächlich dort stand, Excaliburs Heft in der Hand und das Gesicht leuchtend von ihrer Magie.

Ein einziger Gedanke kam mir in den Sinn.

Zusammen bis zum Ende.

»Schlag zu!«, brüllte Caitriona.

Ich sprang auf und nach vorn, riss Lord Death die Krone vom Kopf und schleuderte sie weg, während Neve mit dem losstürmte, was noch von Excalibur übrig war.

Die Klinge glitt mühelos durch die Rüstung. Er bog den Rücken durch, als sie sein Rückgrat zerschnitt und das blau-weiße Licht in ihm aufschien. Lord Deaths Atem war ein gurgelndes Ächzen. Geschwärztes Blut, nun faul und ranzig, schwappte über seine Lippen, und die Weinranken, die ich geschaffen hatte, verhärteten sich wie Stein.

Er krallte die Hände in meine Jacke und drückte meine Arme so fest, dass es garantiert Spuren hinterließ. Mit seinen letzten Atemzügen wollte er mich mit sich in die Hölle reißen. Seine Lippen formten dasselbe Wort, dasselbe Kommando immer wieder.

»Crei…ddy…lad…«

Die Haut in seinem Gesicht wurde so violett wie ein Hämatom und verschrumpelte. Hautfetzen schmolzen an seinen Armen und an seinem Hals weg, deren Ränder in einem silbernen Feuer verbrannten. Er keuchte und schien mit seinen brennenden Lippen meine zu suchen.

»Crei…ddy…« Sein Gesichtsausdruck war furchtbar, eine blasse Mimikry von Liebe. Die Obsession hatte so lange in ihm gewuchert, dass sie zu einem Fieber wurde, das jeden anderen Weg verbrannt hatte, den er hätte wählen können.

Caitriona ließ den Dolch fallen und kehrte an meine Seite zurück. Doch sosehr sie und Olwen auch zogen, sie konnten mich nicht befreien.

»Lass sie los!«, schrie Neve die schwelende Gestalt von Lord Death an. Sie riss Excalibur aus seinem bebenden Körper und trieb das Schwert durch seinen Schädel.

Hinter dem Wald kreischten Kinder und heulten, als sie versuchten, zu ihrem Herrn zu kommen.

Ich schob die Rüstung von seinen Schultern und der Brust und hieb mit der Faust auf sie ein, bis sie zerbröckelten wie vertrocknetes Leder. Ein scharf gestöhntes »Hah!« ertönte, und plötzlich war ich frei, fiel nach hinten gegen Caitriona und Olwen, und zu dritt landeten wir auf dem weichen Waldboden.

»Crei…«

Sein Gesicht war nur noch Knochen, Reste von Muskelsträngen und sich verhärtende Ranken. Einzig die blassen Augen zeigten Spuren von Schock, als sein Körper zu einem Aschehaufen zerfiel, der eben erst erblühte Gräser und Blumen tötete.

Die Schreie der Kinder verstummten; es wurde still im Wald.

Neve ließ Excalibur fallen und kam zu uns gerannt. Die Dunkelheit kehrte zurück.

»Bist du okay?«, fragte sie.

»Kommt drauf an«, würgte ich hervor. »Ist es vorbei?«

»Ja, er ist tot«, antwortete Olwen.

Ich sah sie gequält an.

»Wirklich tot«, bestätigte sie und trat nach dem Haufen aus blutiger Asche und Glut. »Weder er noch Artus werden je wieder diese Welt erblicken.«

Ich suchte den niedergetrampelten, blutfleckigen Boden nach irgendwelchen Teilen von ihm ab, die noch übrig geblieben sein mochten. Aber es war nichts mehr von König Artus' Körper da.

»Nein ... *wartet!*«, hauchte Caitriona. Ich drehte mich um und folgte ihrem Blick. Mein Herz klopfte mir erneut im Hals.

Die Wiedergängerinnen legten sich in die verkohlten Bäume am Rand der Lichtung und auf die Findlinge. Ihre menschlichen Formen wurden weicher, als sie wieder von der Erde absorbiert wurden, als wäre es ein letztes Seufzen, bevor sie in den Schlaf fielen. Wo vorher Verwüstung gewesen war, wuchsen nun Rosen, Wildblumen und Farne.

»Oh«, flüsterte Olwen, deren Miene der Inbegriff von Zärtlichkeit und unermesslichem Schmerz war.

Die Lichter der Toten stiegen aus den zarten Blüten auf und streichelten das lebendige Grün der Blätter. Sie schwebten in den Wald, woben sich durch die Körper der alten Eichen. Sie verließen uns.

»Nein!«, rief Caitriona und sprang ihnen von Stein zu Stein hinterher. Olwen stand auf und folgte ihr. Ich klammerte mich an Neves Arm, um mich aufrecht zu halten. Mir war klar, dass sie verwirrt sein musste, doch jetzt gerade beobachtete sie nur stumm die Szene vor uns.

»Cait«, sagte Olwen, der eine Träne über die Wange lief. »Wir müssen sie gehen lassen.«

Caitriona hörte ihr nicht zu. »Nein, bitte ... wartet!«

Die Lichter wurden langsamer, wippten in der Luft, als eine

sanfte Brise durch die Äste strich. Ich folgte den Schwestern, stoppte jedoch in einigem Abstand. Die Seelen umringten die Priesterinnen, beleuchteten deren Unglück.

»Geht nicht«, flehte Caitriona. Sie griff nach ihnen, als wollte sie sie behutsam mit den Händen einfangen. »Es tut mir leid. Es tut mir so leid. Ich habe euch alle im Stich gelassen.« Sie schluchzte. »Bitte, verlasst mich nicht.«

Olwen nahm sie in die Arme, und Caitriona sank gegen sie.

Die Stimmen waren so sanft wie ein Sommerregen, luftig und hallend. Ihr vertrauter Klang war beklemmend, und es brauchte nur drei Worte, dass Olwen zu weinen begann.

»Wir lieben euch ...«

»Ihr seid unsere Schwestern, für immer ...«

»Wir werden in jedem Windhauch sein, der die Tränen auf euren Wangen trocknet ...«

»Wir werden der feste Boden unter euren Füßen sein, wenn ihr glaubt, nicht mehr stehen zu können ...«

»... in der Sonnenwärme, die die Kälte aus euren Knochen vertreibt ...«

»Ihr werdet uns im Gesang der Vögel hören, der euch aus dunklen Träumen weckt ...«

»... und in jedem Echo eures Herzschlags ...«

Caitriona sank auf die Knie und Olwen mit ihr. Beide nahmen die tröstende Umarmung der Erde an, als die Seelen ihrer Schwestern ihren letzten Aufstieg in die Sternennacht begannen. Sie flüsterten einander zu, und alle Stimmen waren hell vor Freude.

»Wir lieben euch ...«

»Wir lieben euch ...«

»Ihr seid unsere Schwestern ...«

»Immer.«

Silbriges Licht streifte hinter mir durch die Luft, sodass ich mich zur Lichtung umdrehte. Der Adrenalinschub, der gerade nachgelassen hatte, setzte aufs Neue ein.

Lord Death war fort, doch sein Tod hatte den Riss zwischen den Welten nicht versiegelt. Die glimmenden Ränder fraßen sich immer noch durch das Himmelsgewebe, und die Seelen der Verdammten strömten heraus.

Nashs Worte kamen mir in den Sinn. *Es muss stets einen König von Annwn geben. Wenn er fort ist, muss jemand seinen Platz einnehmen. Die Toten brauchen einen Wächter.*

Mich überkam eine seltsame Klarheit, als hätte ich die Wahl bereits akzeptiert, bevor ich begriff, dass ich sie treffen musste.

Ich konnte keinen sonst bitten oder sie glauben lassen, sie müssten es anbieten. Caitriona und Olwen hatten schon alles verloren.

Ich ließ Neve los, die vorsichtig zu den anderen ging. Obwohl ich die Fäuste ballte, zitterten meine Hände weiter. Die Vorstellung, in jene andere Welt zu gehen und mich dort einzusperren, nach dem, was aus Creiddylad geworden war, verursachte mir Übelkeit.

Wenigstens wäre es diesmal meine Entscheidung.

Ich folgte dem Weg der Findlinge zurück zur Lichtung und suchte nach der Stelle, an die ich die Krone von Annwn geworfen hatte. Doch als sich der Dunst lichtete, sah ich, dass jemand anders sie zuerst gefunden hatte.

Cabell erhob sich vom weichen Boden und richtete sich zur vollen Größe auf. Die Hälfte seiner Gestalt fehlte, vermengte sich zu sehr mit dem uralten Wald. Die Silhouette von Artus' Mantel war knapp auszumachen, halb über seinem menschlichen Körper drapiert.

Er hielt die gehörnte Krone von Annwn in seinen zitternden Händen, als handelte es sich um empfindliches Glas. Blut und

Schmutz verschmierten sein Gesicht und die Tattoos auf seinen Armen.

Die Welt kippte unter meinen Füßen.

»Cab, nein«, sagte ich und stolperte auf ihn zu. »Wenn du sie aufsetzt …«

»Ich weiß.« Er blickte mich mit seinen dunklen Augen an.

»Nein, weißt du nicht«, widersprach ich.

»Es ist richtig … oder nicht?«, fragte er leise. »Nach allem … ist es richtig. Es ist alles, was ich anbieten kann. Ich werde die Magie ausschließlich nutzen, um Seelen zu holen. Das schwöre ich, Tamsin.«

»Das habe ich nicht gemeint«, sagte ich und kämpfte mich durch das unwegsame Gelände. »Wenn du sie aufsetzt, wirst du auch ein Gefangener von Annwn, bis du stirbst oder sie dir jemand abnimmt.«

Er schaute auf das Geweih, auf das Moos, das auf ihnen wuchs, und die Schatten, die sie schmückten. »Vielleicht werde ich bis dahin Abbitte geleistet haben.«

»Nein«, sagte ich trotzig und blieb wenige Schritte vor ihm stehen. »Dein Platz ist hier, in dieser Welt.«

»Das war er nie«, entgegnete er. »Das weißt du inzwischen, oder nicht? Tief im Innern weißt du es.«

Wissen war nicht dasselbe wie akzeptieren.

Ich streckte eine Hand aus, und zu meiner Überraschung kam er zu mir, gab mir jedoch nicht die Krone. Er legte seine Hand in meine und drückte sie sanft, bevor er sie losließ.

»Cab«, versuchte ich es noch einmal und gab mir keine Mühe, meine Panik zu verbergen. »Cabell, hör mir zu.«

»Vor langer Zeit, an einem fast vergessenen Ort«, begann er, »träumte ein kleiner Hund davon, ein Junge zu werden, um die Schwester zu beschützen, die er liebte …«

In seinen Augen sah ich den Bruder, den ich verloren hatte; den kleinen Jungen in Tintagel.

»Es war kein Traum, oder?«, flüsterte er. »Jene Jahre. Alles davon. Das war real.«

»Es war real«, bestätigte ich. Meine Augen brannten.

»Wirst du dich weiterhin so an mich erinnern?« Seine Stimme bebte.

»Immer.«

Mir wurde flau, als er die Krone anhob und auf sein schwarzes Haar setzte. Ein Schauer fuhr über seinen Körper, und Funken von silberner Magie breiteten sich wie Ketten auf seiner Haut aus. Ich konnte das nicht mit ansehen, konnte es nicht; doch wegzuschauen, wäre noch unerträglicher.

»Halt Ausschau nach mir, wenn der Winter wiederkommt.«

Er wandte sich zu dem offenen Portal um, richtete sich auf, als er beobachtete, wie die Seelen einem Meteoritenschauer gleich durch den Himmel flogen.

»Cab«, sagte ich. Der Druck in meiner Kehle und hinter meinen Augen wuchs. »Ich liebe dich.«

Er drehte sich nur halb zu mir, aber ich sah sein Lächeln. »Stirb nicht.«

Ich holte tief Luft, hockte mich hin und presste die kalten Handballen auf meine Augen. Es reichte nicht, um die Tränen aufzuhalten.

Eine unerwartete Wärme legte sich über mich und linderte meine Anspannung, als sie in meinen Körper einsank. Eine Phantomhand strich über meinen Rücken, einmal, zweimal. Der Wind wisperte mir zu, und der schmerzliche Druck, der sich in mir aufgebaut hatte, ließ nach.

Du wirst nie allein sein.

Kapitel 49

Es war seltsam festzustellen, dass ich jede meiner Freundinnen an dem Klang ihrer Schritte erkannte. Caitrionas schnelles, ausladendes Schreiten, Olwens federleichtes Gehen, Neves gehetzter Gang.

»Tamsin?«, fragte Caitriona, die sich auf den großen Findling neben mir setzte. Ihre Stimme war so rau und tief wie immer, doch ihre Züge waren weicher und hatten einen beinahe abgeklärten Ausdruck angenommen. In Avalon und die ganze Zeit in der Sterblichenwelt hatte sie stets älter gewirkt, als sie war. Vielleicht war es die Unsicherheit, die sie jetzt jünger aussehen ließ.

»Ist es … vorbei?«, fragte sie.

»Ist es jemals wirklich vorbei?« Ich schlang fröstelnd die Arme um meinen Oberkörper.

Ein kleines Stück entfernt nahm Olwen den Anblick des Walds in sich auf. Ihr Gesicht strahlte Frieden aus, als sie die Augen schloss und den Kopf gen Mond reckte. Neve stand hinter ihr, hatte die Arme vor der Brust verschränkt und den Blick zu Excalibur im Moos und Schnee gesenkt.

»Es tut mir leid«, sagte Caitriona. »Dass ich dich und die anderen verlassen habe. Ich … ich redete mir ein, nur ich wäre stark genug, um dies zu Ende zu bringen. Doch ein Teil von mir hat sich furchtbar geschämt, weil ich mir so dringend seinen

Tod wünschte, dass ich den Gedanken nicht ertrug, eine von euch würde es miterleben.«

»Das verstehe ich.« Und ich tat es wirklich. Es war unerträglich, den hässlichsten Teil des eigenen Ichs anderen zu entblößen, und damit zu riskieren, dass man sie verlor. »Wir waren nur besorgt um dich.«

Ich strich ihr über den Arm, und ihr fiel sichtlich eine Last von der Seele. Wir drängten uns in der Dunkelheit zusammen und atmeten den süßen Duft der nahen Rosen ein.

»Geht es dir gut?«, fragte ich.

»Nein«, antwortete sie. »Dir?«

»Nicht mal annähernd.«

Zu meiner unendlichen Erleichterung beließen wir es dabei. Manche Dinge sperrten sich schlicht gegen jede Erklärung. Caitriona stand auf und reichte mir die Hand, um mir aufzuhelfen. Ich nahm sie, und sie lächelte, als sie zu den geflochtenen Armbändern blickte, die wir noch trugen.

»Er hat uns gehen lassen«, sagte Caitriona und schaute zum dunklen Wald. »Cabell. Er hätte uns vor Stunden stoppen können, als er mich ertappte, wie ich Olwen aus dem Haus befreite, in dem sie festgehalten wurde. Aber das hat er nicht.«

Ich nickte dankbar, weil ich es jetzt bestätigt hatte. »Wie habt ihr mich gefunden?«

»Genauso wie Neve, schätze ich«, antwortete Caitriona, die in Richtung der Zauberin nickte. »Madrigal ließ das Portal in Summerland House offen. Ich glaube wirklich, dass sie dachte, sie würde siegreich zurückkehren.«

Nach und nach entfernte Olwen sich weiter von uns und der Lichtung. Sie arbeitete schnell, verbrannte die Überreste der Kinder einen nach dem anderen zu Asche.

Als ob Neve eine Entscheidung fällen würde, nickte sie und

hob Excalibur auf. Das Schwert pulsierte vor Macht in ihrer Hand. Ein kleines Stück weiter weg leuchteten die anderen Teile auf, damit Neve sie fand.

Caitriona sah mich verwundert an.

»Sie ist die Nachfahrin der ersten Herrin vom See«, erklärte ich ihr. »Der ersten Priesterin von Avalon. Die Magie des Schwerts wirkt nur bei ihrer Blutlinie.«

»Excalibur hat nicht versagt, weil es mich für unwürdig hielt?«, fragte Caitriona, und der Schmerz in ihren Worten versetzte mir einen Stich.

»*Nein!*«, erwiderte ich streng. »Bloß weil das doofe Feuerschwert so funktioniert, tun sie es nicht alle.«

Wir beobachteten, wie Neve sich erneut bückte und die Teile von Excalibur aufhob, um sie in ihre Jacke zu wickeln.

»Neve«, rief Caitriona leise und ging bereits auf die Zauberin zu. Auf den Ruf hin legte Neve die Schwertteile ab und schritt Caitriona entgegen. Sie blieben dicht voreinander stehen und sagten zunächst nichts.

Olwen hakte sich bei mir ein und rückte nahe an mich heran, damit wir uns gegenseitig wärmten, während wir zuschauten.

Die größere Frau blickte zögernd nach unten, als fürchtete sie sich vor dem, was sie in Neves Gesicht ablesen könnte. Doch die Zauberin ergriff ihre Handgelenke und hielt sie nahe an ihre Brust. Erst jetzt, als ihre Hände auf Neves Herz gepresst waren, blickte Caitriona sie an.

»Du bist okay«, sagte Neve leise. »Ich habe mir solche Sorgen um dich gemacht.«

»Bin ich«, antwortete Caitriona.

Neve sah sie flehend an. »Cait, wo bist du gewesen?«

Zitternd atmete Caitriona aus. »Es tut mir leid. Ich hätte niemals weggehen dürfen.«

»Nein, hättest du nicht«, bestätigte Neve streng.

Caitrionas Gesichtsausdruck wurde gequält. »Ich hatte Angst. Nicht nur vor dem, was mit dir passierte, sondern auch davor, was ich wurde. Ich wollte dich beschützen, wusste aber die ganze Zeit, dass ich die war, die dich am meisten verletzt hatte. Die Dinge, die ich zu dir gesagt … ich könnte sterben vor Scham.«

»Aber du verstehst es jetzt, oder?«, fragte Neve. »Die Wahl, die Morgana und die anderen trafen, um Rache zu nehmen?«

Caitriona schluckte und nickte.

»Könntest du …«, begann sie unsicher. »Könntest du mir eventuell vergeben?«

»Ach, Cait«, sagte Neve, strahlend vor Glück. »Dir vergeben? Wie könnte ich nicht?«

Jetzt sah Caitriona sie wieder direkt an.

»Die Sache ist die, und das ist echt unpraktisch, verwirrend und wundervoll«, erklärte Neve. »Ich liebe dich, und ich will nicht von dir getrennt sein. Nicht bloß, weil du nobel, schön und so vieles anderes Wunderbares bist, sondern weil du mich mutig machst, und du bewirkst, dass ich stärker sein will, damit ich an deiner Seite kämpfen kann.«

Sie fuhr atemlos fort, erlaubte sich nicht mehr, einen Rückzieher zu machen, da sie einmal angefangen hatte. »Es ist nicht die Liebe einer Schwester und mehr als die einer Freundin, um das klarzustellen. Und du musst nicht genauso empfinden, musst du nie. Doch ich wollte, dass du es weißt.«

Ein einzelnes Blatt hätte Caitriona umwerfen können. Sie wurde rot … vor Ehrfurcht.

Neve war wahrlich der mutigste Mensch, den ich kannte; wie sie dastand, sich dem öffnete, was immer als Antwort kommen mochte. Jemandem seine Liebe anzubieten und nicht zu fürchten, dass sie abgewiesen wurde.

Olwen blickte die beiden entzückt an. Und ich fühlte es ebenfalls, auch wenn es nicht ausreichte, um den scharfen Schmerz aus meiner Brust zu vertreiben. Im Dunkeln beschwor mein Geist Bilder von Emrys herauf, von seinem trägen Lächeln, als er seinen Kopf über meinen neigte.

Doch all das schwand, bis nur noch jene letzten Momente blieben. *Ich wäre geblieben.*

Ich fühlte ihn hier, überall um uns herum konnte ich ihn irgendwie fühlen.

»Also ... ja«, endete Neve. »Das wollte ich dir sagen. Das hatte ich mir geschworen, dir zu erzählen, wenn ich dich fand. Wenn wir dies überlebten. Es wäre echt super, würdest du ungefähr jetzt mal was sagen, denn sonst werde ich einfach nervös weiterplappern ...«

»Du ...«, sagte Caitriona heiser. Sie schien sprachlos. Es verging noch ein Moment, bis sie sich gefangen hatte. »Du hast dich in meine Tagträume gestohlen und bist die Hüterin meines Herzens, seit ich dich zum ersten Mal gesehen habe.«

Nun schwand alle Nervosität aus Neves Gesicht, und ihr Lächeln strahlte vor Glück. »Oh, tja, in dem Fall ... würde es dir schrecklich viel ausmachen, wenn ich dich küsse?«

Caitriona befreite ihre Hände, um sie an Neves Wangen zu legen. Als sie sich zu ihr neigte, sanft ihre Lippen streifte, wurde mir bewusst, dass ich gaffte, und ich wandte mich ab. Ich wollte ihnen einen Moment Privatsphäre gönnen und stupste auch Olwen an, sich abzuwenden.

Aus einem Moment wurden zwei, dann viele, und bald waren die Zehen in meinen Stiefeln taub vor Kälte.

»Sorry«, sagte ich zähneklappernd, »ich störe *ehrlich* ungern, aber könnten wir das vielleicht irgendwo fortsetzen, wo es nicht friert?«

Als sie sich voneinander lösten, stieß Neve ein leicht verrücktes Lachen aus. Sie warf Caitriona einen Blick zu, bei dem diese gleich wieder rot wurde. »Fortsetzung folgt.«

»Wir sollten gehen«, sagte Olwen. »Wir können das Portal benutzen.« Plötzlich sah sie zu Caitriona und neigte den Kopf zur Seite. »Bei allem, was los war, habe ich gar nicht darüber nachgedacht, wie du mich in dem Haus gefunden hast.«

»Ich schulde der Knochenschneiderin jetzt einen Gefallen«, antwortete Caitriona und runzelte ein wenig die Stirn. »Und ich musste mir beinahe alle Wimpern ausreißen, damit Rosydd mir das Portal dort öffnete.«

Olwens Ausatmen könnte ein Lachen gewesen sein. »Rosydd …? Meinst du die Sumpfhexe?«

»Moorhexe«, korrigierten Caitriona, Neve und ich im Chor.

»Wir bringen dich auf den neuesten Stand«, versprach ich ihr.

Olwen nickte. »Wo wollen wir denn jetzt hingehen?«

»Summerland House?«, schlug Neve vor. »Der Rat der Schwestern ist dort und reinigt alles.«

Mir wurde sehr schnell sehr schlecht. »Nicht dahin.«

Wie immer verstand Neve es. »Nenn den Ort, und ich öffne die Ader.«

Nach Hause, bettelte mein Herz. *Nach Hause.*

Aber ich wusste nicht mehr, wo das war.

»Die Knochenschneiderin will dich sehen«, sagte Caitriona zu mir. Dann zog sie die Augenbrauen hoch und sah Olwen an. »Und dich auch.«

Ich entspannte mich. »In Ordnung, dann gehen wir zu ihr.«

Olwen hakte sich bei uns unter und führte uns durch das Walddickicht zu dem Moor dahinter. Wir alle schauten uns noch ein letztes Mal um zu den Blumen, die im Schnee wuchsen, von den Toten auferstanden, um neu anzufangen.

Kapitel 50

Neves Ader brachte uns in die Wohnung über Dead Man's Rest, auch wenn ich sie nicht auf Anhieb wiedererkannte. Letztes Mal hatten hier nur wenige kaputte Möbel gestanden, als sollte es absichtlich ungemütlich sein, um Besucher abzuschrecken.

Jetzt gab es ein vollständiges Schlafzimmer: ein ziemlich eindrucksvolles Himmelbett mit weichen Decken, eine Kommode, einen Marmorbeistelltisch mit einer Lampe neben einem Sessel, der aussah, als würde er einen umfangen, wenn man sich hineinfläzte, einen leicht verblassten, aber netten Teppich und sogar ein leeres Bücherregal, das darauf wartete, gefüllt zu werden.

Die Verwandlung war selbst für die Knochenschneiderin komisch.

»Ich habe nicht die geringste Ahnung«, sagte Caitriona, die meinen fragenden Blick bemerkte. »Und ich habe lieber nicht gefragt. Sie hat mir fast mit einem Besenstiel den Kopf abgeschlagen, als ich wieder aufgetaucht bin.«

»Stimmen übertragen sich übrigens«, rief die Knochenschneiderin von unten. Ihre Stimme klang wie lauter kleine Glocken. »Beeilt euch, ja? Ich habe lange genug gewartet.«

Das Pub war leer, denn es war lange nach Schließzeit. Die Wintersonnenwende war die längste Nacht des Jahres, und wir hatten sie noch länger gemacht, indem wir uns über den Atlantik hin und her bewegten.

Ich hatte erwartet, sie an ihrem üblichen Platz am Tresen vorzufinden, mit Bran dahinter, der bereits blitzblanke Pintgläser polierte. Stattdessen begrüßte uns unten die offene Klappe zur Werkstatt.

»Also lebt ihr noch?«, fragte die Knochenschneiderin. Sie zog eine Augenbraue über den Rand ihrer Brillen. Dann stellte sie ihren Hocker höher und schaltete die kleine Lötlampe in der linken Hand aus, um sie zusammen mit der Zange in ihrer rechten abzulegen.

»Knapp«, erklärte ich. »Aber du solltest den anderen sehen.«

Sie schnaubte. »Wenigstens bringt ihr diesmal gute Neuigkeiten. Und wie geht es unserem neuen Lord Death?«

Ich antwortete nicht. Zum einen konnte ich es nicht laut aussprechen, zum anderen war mein Blick auf die Metallteile vor ihr fixiert.

Ich rannte hin und ergriff Bibliothekars leblose Hände. »Wie ... warum hast du ihn?«

»Ich hatte Bran geschickt, ihn und alles andere zu holen, was noch zu retten war«, antwortete die Knochenschneiderin. »Mir kam der Gedanke, dass ich ihn reparieren könnte.«

Hatte sie. Äußerlich zumindest. Der Schaden an seiner Brust war repariert und eine neue Platte eingeschweißt. Ein Schlauch speiste silberne Todesmagie in das Gelenk zwischen Bibliothekars linkem Arm und seiner Brust.

»Was wird das kosten?«, fragte ich. Ich konnte es mir nur ausmalen.

Die Knochenschneiderin wechselte zu ihrer roten Brille. »Nichts, was du bezahlen könntest. Und ich muss dich warnen: Selbst wenn es mir gelingt, wird er nicht derselbe sein wie vorher. Seine Erinnerungen werden nicht mehr da sein.«

Ich wich vom Tisch zurück und wandte mich an Neve. »Hast du meine Tasche?«

Sie kramte sofort in ihrer Bauchtasche und holte meine viel größere heraus. Ich fing sie auf, als Neve sie mir zuwarf. Dann wickelte ich die schützenden Verbände ab und hielt der Knochenschneiderin das kleine Fläschchen mit Quecksilber hin, das ich von Bibliothekar gesammelt hatte.

Die Knochenschneiderin musste sich merklich zusammenreißen, nicht zu zufrieden auszusehen. »Ich nehme an, das könnte funktionieren.«

»Ist da etwas drin?«, fragte Olwen und neigte den Kopf zur Seite.

Die Knochenschneiderin nahm ihre Brille ab und reichte sie ihr. Olwen zuckte zusammen, als sie durch sie hindurch zu dem Fläschchen blickte und dann zurück zu mir. »Tamsin ... ist dies das geschmolzene Silber, das du in dem Kessel in Avalon gesehen hattest?«

Ich nickte, und meine Kehle fühlte sich zu eng an. »Ich Glückspilz.«

Neve sah es sich an, dann Caitriona, aber als Olwen die Brille zurücknahm, gab sie die nicht gleich der Knochenschneiderin wieder. »Darf ich zusehen?«

»Ich denke, das solltest du«, antwortete die Knochenschneiderin und goss den Inhalt des Fläschchens in einen kleinen Kessel auf dem Tisch. »Falls du bei mir in die Lehre gehen willst, musst du lernen.«

Unwillkürlich formte mein Mund ein stummes »O«, und sogar Neve war sprachlos.

»Wirklich?«, fragte Olwen und zog die Brille nach unten. »Du wärst gewillt, mich zu unterrichten?«

»Na, bilde dir nicht ein, ich täte es, weil du besonders bist«, antwortete die Knochenschneiderin schroff. »Ich brauche jemanden, der sich um das Pub kümmert, wenn Bran und ich unterwegs sind, um Material aufzutreiben. Und da du ein wenig Intelligenz besitzt, könntest du noch die feine Kunst dieses Handwerks erlernen.«

»Ja«, sagte Olwen. »Unbedingt.«

»Wartet mal«, sagte Caitriona erschrocken. »Aber das hieße ja …«

Mein Herz pochte. *Du würdest uns verlassen.*

Auf einmal war mir klar, für wen die Wohnung oben war.

Olwen ergriff die Hand ihrer Schwester. »Liebes, du hast immer gewusst, dass ich nicht so abenteuerlustig bin wie du. Was ich mir mehr als alles andere wünsche, ist, lernen zu können, denen von Nutzen zu sein, die es brauchen. Ich muss in dieser Welt einen Platz für mich finden, so wie du auch.«

Caitriona sah unglücklich aus. »Wenn … wenn es das ist, was du willst.«

»Umso mehr Grund, immer mal zu Besuch zu kommen«, sagte Neve zu ihr.

»Bitte nicht«, sagte die Knochenschneiderin, die den Kesselinhalt mit sieben Strichen im Uhrzeigersinn umrührte, dann mit sieben gegen den Uhrzeigersinn. »Außerdem werdet ihr mit deinen Abenteuern recht beschäftigt sein.«

»Was meinst du?«, fragte Neve.

Die Knochenschneiderin nickte zu einem kleinen cremefarbenen Umschlag, der auf einem Stuhl mit einem Haufen Schriftrollen lag. »Ein Púca kam gestern angeflogen und ließ den für euch da.«

»Griflet?«, fragte ich. »Im Ernst?«

»Roch für mich gleich«, sagte die Knochenschneiderin, die mit ihren kleinen Fingern Flocken von etwas Dunkelrotem in den

Kessel gab. »Aber ich überlasse es euch, den Verdacht zu bestätigen. Und dann informiert ihn bitte, dass ich keine Poststelle bin.«

Neve nahm den Umschlag vorsichtig auf und hielt ihn so, als könnte er in ihren Händen zu Staub zerfallen.

»Mach auf«, sagte ich zu ihr.

Neve riss das Wachssiegel auf und zog ein einzelnes Blatt aus dem Umschlag. Dann überflog sie die kurze Nachricht einmal, danach noch einmal und zeigte sie Caitriona.

Olwen trat vorsichtig einen Schritt auf sie zu. »Neve?«

»Neve, du bringst mich um«, sagte ich. »Was steht da?«

»Ich habe mir immer nur gewünscht, dass du in Sicherheit ist. Aber es gibt mehr Feinde in dieser Welt, als du weißt«, las Neve vor. *»Sie haben deinen Vater getötet, und jetzt werden sie dich mir auch wegnehmen. Es sei denn, ich beende dies. Bitte versuch nicht, mich zu finden. Kehr zu deiner Tante zurück. Ich liebe dich.«*

Neve schien von ihrer Hoffnung beinahe gelähmt, als sie zu uns aufblickte.

»Deine Mutter hatte den Púca geschickt«, überlegte Olwen laut. »Um über dich zu wachen.«

»Sie hätte selbst kommen sollen«, erwiderte Neve und knüllte das Blatt in der Faust zusammen. Caitriona nahm es ihr ab, ehe sie es zerstören konnte, und steckte es in ihre Jeanstasche. »Sie hat mir nicht mal den Namen meines Vaters verraten. Bloß, dass er tot ist.«

»Wenn du deine Mutter findest, kannst du fragen«, sagte ich zu ihr. »Dann kannst du sie alles fragen.«

»Aber sie hat gesagt, dass sie nicht gefunden werden will«, erwiderte Neve.

»Lässt du sie das entscheiden?«, fragte ich. »Ich will auch, dass du sicher bist, aber ich weiß, dass du imstande bist, deine eigenen Entscheidungen zu treffen.«

Caitriona wurde nachdenklich und verengte die Augen, als sie die Knochenschneiderin ansah. »Wo können wir mit der Suche anfangen?«

»Dachte ich mir, dass ihr fragt.«

Die Knochenschneiderin holte einen voluminösen Band aus einem ihrer vielen durchhängenden Bücherregale und brachte ihn zum Arbeitstisch. Eine dicke Staubwolke flog auf, als sie den schweren Einband aufschlug. »Also, ich denke, ich habe da eine Idee, wo du anfangen könntest, nach deiner Mutter zu suchen, Caniad ...«

Während ich den Theorien von Sichtungen und Gerüchten folgte, umklammerte meine Hand das verwitterte Armband an meinem anderen Handgelenk. Olwen berührte meine Hand und sah mich fragend an, doch ich reagierte nur mit einem leichten Kopfschütteln.

Ich hatte Neve versprochen, bei der Suche nach ihrer Mutter zu helfen, und das würde ich. Ich freute mich für sie, dass sie die Antworten bekommen würde, nach denen sie sich sehnte, und die Gelegenheit hatte, mehr zu entdecken. Doch ein Teil von mir empfand nur Verlust.

Was ich an Familie gehabt hatte, war fort, und die, die wir unter uns vieren aufgebaut hatten, brach auseinander. Wo immer Neve und Caitriona mit ihrer Suche begannen, ich wusste, dass ich ihnen nicht folgen konnte. Noch nicht.

Fürs Erste erwartete mich ein anderes Schicksal.

Mein Blick fiel zurück auf die leere Treppe, wartend auf jemanden, der nie kommen würde.

DREI MONATE SPÄTER

Boston, Massachusetts

Ganz gleich, was sie sagen oder wie sehr sie sich selbst belügen, Menschen wollen die Wahrheit nicht wissen.

Sie wollen die Geschichte oder diesen heimlichen Wunsch, der schon in ihnen wohnt. Nicht, weil sie leugnen oder gar wahnhaft sind, sondern weil es, wenn es zu schwer ist, sich selbst zu glauben, tröstlich ist, von jemandem zu hören, dass es besser wird. Dass der eigene Schmerz nicht vergebens war. Dass es möglich ist, zu erblühen. Dass das Herz heilen wird.

Das blecherne Windspiel aus meinen Handy-Lautsprechern verblasste zu einer verträumten Melodie. Eine batteriebetriebene Kerze wurde matter und flackerte, was mich warnte, dass sie fast keinen Saft mehr hatte. Nach einer weiteren Sechsstundenschicht mit Tarotlesungen für die Touristen bei Mystic Maven war ich auch ungefähr so weit.

Ich legte mir Myrtles Perlenstola wieder um die Schultern und beobachtete meinen Kunden aufmerksam, als er die Karten vor sich zunehmend unglücklich studierte.

Franklin, der rothaarige College-Student, der beim Stop & Shop in meiner Straße jobbte, war die letzten drei Monate zu einem Stammkunden geworden. Und es fiel mir schwer, nicht mit jedem Mal genervter zu sein, wenn er in meinem Terminbuch auftauchte.

Wir schienen uns in einer Endlosschleife derselben Fragen zu bewegen, in demselben dunklen, vollgestopften Raum, mit denselben Kristallen, die auf den Regalen um uns herum Staub ansetzten. Und auch wenn ich es schätzte, meine Stromrechnungen bezahlen zu können, wurde es immer schwerer, die Scharade aufrechtzuerhalten. Heute Abend hatte mir der Anblick seines Sommersprossengesichts einen langen Seufzer entlockt, den ich nicht mal unterdrückte.

Er fuhr sich mit der Hand durch die wirren Locken und stieß einem kleinen frustrierten Laut aus, bevor er mit einem blassen, sommersprossigen Finger gegen eine der Karten stieß.

»Oh, Mann«, sagte er unglücklich. »*Wieder* die Teufelskarte? Was heißt sie diesmal? Ist sie es? Nein, das ist der andere Typ, oder?«

Der Teufel war in der Position äußerer Einflüsse, und er war dort, um Franklin zum dutzendsten Mal mitzuteilen, dass er einige Muster von Co-Abhängigkeit und anderen toxischen Zügen in seiner früheren Beziehung gehabt hatte, die es nicht lohnte, zu reparieren. Seine Ex Olivia hatte das anscheinend vor Monaten erkannt und war jetzt glücklich in einer neuen Beziehung.

Ich war sehr vorsichtig gewesen, ihm nichts davon zu erzählen, weil es erstens keine göttliche Kraft gab, die ihm durch mich und ein Kartenspiel Botschaften zukommen ließ, und ich es zweitens offenbar nicht mehr übers Herz brachte, jemandes Hoffnung zu killen.

»Der Teufel zeigt sich normalerweise, wenn man mit schlechten Gewohnheiten brechen muss oder einer Versuchung widerstehen«, begann ich und beobachtete, wie er den Mund zusammenkniff. Ich milderte meinen Tonfall ab. »Was sagt dir das?«

Der Timer neben mir piepte, als seine Stunde um war. Ich schaltete ihn aus und neigte mich über den Tisch, um ihn direkt anzusehen.

»Sagt dir das … irgendetwas?«, fragte ich ihn und sah, wie ein Ausdruck von Schmerz über sein Gesicht zog.

Wie ich mir gedacht hatte, wusste er all das schon; die Fragen, die er wieder und wieder stellte, wann er und Olivia wieder zusammenkämen und was sie an ihrem neuen Partner fand, waren zweitrangig. Es ging um die Frage, die er nicht zu stellen wagte.

Ich ignorierte die restlichen Karten – sowieso hatte Franklin ein Talent, die schlimmsten auszusuchen – und schwenkte eine Hand über sie. »Weißt du, was mir diese Karten erzählen, Frankie … darf ich Frankie sagen?«

»Ähm … ja?« Auch er neigte sich über den Tisch, als erwartete er, dass ich ihm etwas ins Ohr flüsterte.

»Sie sagen, dass du ein wundervoller Mensch bist, der von vielen anderen geliebt wird«, erzählte ich ihm. »Sie sagen, dass Olivia nicht mit dir Schluss gemacht hat, weil du nicht liebenswert bist oder irgendwie schlecht. Es hat bloß für euch beide nicht gepasst, und sie mochte dich gern genug, um dich loszulassen, damit du dein Glück mit jemand anderem findest.«

Seine Lippen bebten, und er presste sie zusammen. Als er schniefte und sich mit dem Handrücken über die Nase wischte, wusste ich, dass ich ins Schwarze getroffen hatte.

Eine einzelne Träne rann ihm über die Wange. Dann noch eine.

Oh nein, dachte ich panisch. Ich wusste nicht recht, was ich tun sollte, als die Minuten vergingen und er leise weinte. Schließlich tätschelte ich ihm den Kopf und starb innerlich ein bisschen.

»Nein … du bist … okay.« Wo war Neve, wenn ich sie brauchte? »Also … sei okay. Okay?«

Er räusperte sich wieder. Sein Gesicht war gerötet von der Anstrengung, seine Gefühle wieder zu bändigen, nachdem er sie bereits rausgelassen hatte.

»Sie sagen mir auch, wenn es nicht funktioniert, dann normalerweise, weil etwas – in diesem Fall jemand – Besseres auf dich wartet«, sagte ich. »Und sie wollen, dass du den Traum von dem, was hätte sein können, loslassen sollst, damit du bereit bist für das, was vor dir liegt.«

»Das …« Seine Stimme quiekte, und er musste sich wieder räuspern. »Das sagen sie wirklich?«

Nein.

»Ja«, antwortete ich. »Gibt es sonst noch etwas, das du mich fragen wolltest?«

Er schüttelte den Kopf und stand langsam von dem Stuhl mir gegenüber auf. Er war immer noch stumm, als er seine Schultasche aufnahm, wirkte aber zumindest ruhiger. »Danke, Tamsin.«

»Kein Problem«, sagte ich und nahm mein großes Terminbuch auf. »Nächste Woche um dieselbe Zeit …?«

»Vielleicht … vielleicht muss ich da arbeiten«, sagte er, obwohl wir beide wussten, dass er mittwochs nicht arbeitete.

»Okay.« Ich rang mir ein Lächeln ab. Das war es mit meinem einzigen Stammkunden. »Schreib mir einfach.«

Ich wartete, bis er die wacklige Treppe hinunter war und die Tür unten ins Schloss fiel. Dann lehnte ich seufzend meine Stirn auf den Tisch. Blind tastete ich nach meinem Handy, um die Musik auszuschalten.

Ich müsste für heute abschließen, aber die Müdigkeit, die sich seit Stunden in mir aufstaute – über die letzten drei Monate – hielt mich fest.

Die Mondkarte starrte mich vom Fußboden aus an, wohin ich sie vorhin hatte absichtlich hinunterfallen lassen. Beinahe spöttisch.

Wozu sollte ich auch zurück in das leere Apartment gehen? Cabell war fort, eingesperrt in einem Gefängnis seiner Wahl. Neve und Caitriona waren in Paris, wo sie eine Spur zu Neves Mom verfolgten, und blieben noch einige Tage weg. Und ich konnte nicht dauernd die Ader nutzen, die Neve im Apartment eingerichtet hatte, um Olwen im Pub zu besuchen. Die Knochenschneiderin hatte mir das Geld gegeben, das ich brauchte, um meinen Mietrückstand auszugleichen, und noch ein bisschen mehr als Vorschuss für künftige Aufträge, damit ich nur verschwand.

Ich übernahm so viele Schichten im Tarotlesen, wie ich konnte. Es lenkte mich ab, und wenn es derzeit eine einzige Sache gab, die ich verdammt noch mal sicherstellen wollte, dann war es, dass meine Freundinnen immer ein richtiges Zuhause haben sollten, zu dem sie zurückkehren konnten.

Ich holte tief Luft und wunderte mich immer noch, dass sie von Gewürzen erfüllt war, nicht dem Gestank toter Meerestiere. Lobster Larry's hatte meine Zeit in Avalon nicht überlebt, und anstelle eines anderen Fischrestaurants hatte ein Taco-Imbiss den Laden übernommen. In gewisser Weise war es seltsam beruhigend – fast so, als wäre dieses gebrochene Muster ein Beleg dafür, dass auch andere gebrochen werden konnten.

Franklins.

Meine.

Doch wie sich herausstellte, waren drei Monate einfach nicht genug, um allmählich die Hoffnung aufzugeben.

Der März war zwanzig Tage alt, endlich legte die Luft etwas von ihrer eisigen Kälte ab, und die Stadt erwachte aus dem Winterschlaf. Ich begann einzusehen, dass die Münze nicht gewirkt hatte. Dass ich etwas falsch gemacht oder irgendein unbekanntes Element des Zaubers ausgelassen hatte.

Ich hatte nicht noch einmal versucht, zum Rat der Schwestern zurückzugehen, weil ich keine Ahnung hatte, wie ich die Münze aufsuchen könnte, ohne dass es die Zauberinnen mitbekamen. Und irgendwie wusste ich, dass sie ebenso entzückt wären, mich wiederzusehen wie umgekehrt.

Es ist in Ordnung, dachte ich. *Es gibt die Bibliothek. Die Katzen.*

Ich hatte es mir zum Projekt gemacht, Bibliothekar zu helfen, die Überreste der Bibliothek durchzugehen, Reparaturen am Gebäude vorzunehmen und zu sortieren, was von der Sammlung übrig war. Einige andere Gildemitglieder, die sich nicht Endymion und der Wilden Jagd angeschlossen hatten, halfen ebenfalls, und zum ersten Mal erwärmte ich mich für sie und taten sie es für mich. Andere hingegen hatten kurzerhand die Gilde verlassen und waren in eine andere gewechselt. Sie ließen die Tragödie hinter sich, was ich nie könnte.

Komm schon, sagte ich mir. *Zeit, nach Hause zu gehen.*

Wieder sah ich auf mein Display, um mich doppelt zu vergewissern, dass ich keine Nachricht von Neve verpasst hatte. Aber nein. Bei der letzten hatte sie ein Selfie von ihnen beiden im Jardin des Tuileries angehängt. Neve strahlte vor Glück, während mich Caitrionas Gesichtsausdruck jedes Mal zum Lachen brachte, wenn ich es mir ansah – ein bisschen verwirrt, was die Zauberin mit ihrem Telefon tat, aber eifrig bemüht, ihr eine Freude zu machen.

»Wie ich höre, wird auch Laufkundschaft angenommen?«

Das Handy glitt mir aus der Hand und landete klappernd auf dem Tisch. Mein Herz sackte so abrupt in die Tiefe, dass ich einen kleinen Japser ausstieß.

Er stemmte sich vom Türrahmen ab und fuhr sich mit einer Hand durch sein zerzaustes, kastanienbraunes Haar, was ein vergeblicher Versuch war, es zu zähmen. Er trug Jeans und einen schlichten waldgrünen Pullover. Als er sich auf den freien Stuhl setzte, wehte ein wenig Kälte von seiner Wolljacke auf, und ich war vorübergehend benommen von dem Duft nach Grün und Kiefern. Seine verschiedenfarbigen Augen blitzten verspielt.

»Wie geht das?«, fragte Emrys, der sich das Keltenkreuz anschaute, das ich für Franklin gelegt hatte. Er griff herüber, um die restlichen Karten aufzufächern. »Soll ich einfach welche aussuchen?«

Meine Freude schoss in die Höhe, bis ich das Gefühl hatte zu schweben.

Als ich endlich sprechen konnte, antwortete ich: »Wähle drei aus.«

Er ist hier, summte es in meinem Kopf und es war die süßeste aller Melodien. *Er ist hier.*

»Hmmm …« Er rieb sich das glatt rasierte Kinn. Die Narbe dort war verschwunden. »Nehmen wir diese und diese … und, ja, die gefällt mir.«

Er stützte einen Ellbogen auf den Tisch und das Kinn in die Hand, wobei er mich mit einem sanften Lächeln beobachtete. »Also, verrate mir, Mystic Maven Lark, was hält das Schicksal für mich bereit?«

Seine Vergangenheit, seine Gegenwart und seine Zukunft waren zwischen uns ausgelegt und warteten darauf, erzählt zu werden. Ich schluckte angestrengt und kämpfte damit, meine Gefühle im Zaum zu halten. Die Einsamkeit. Die Angst. Die Hoffnung.

Ich nahm die erste Karte auf. »Der Gehängte. Er kann für ein Opfer stehen, aber auch für das Warten auf etwas, das du … das du dir wünschst. Vielleicht hast du dir reichlich Zeit gelassen, bis du an deinem Ziel angekommen bist?«

»Tja, ich vermute, das stimmt. Aber gut Ding braucht Weile, nicht wahr?«, argumentierte er. »Sagen wir beispielsweise, man springt aus dem Kräutergarten eines mächtigen Zauberinnenrats auf, so nackt wie am Tag der Geburt. Da wären eine Menge Fragen zu beantworten, nicht wahr? Und das noch, bevor man die eigene Mutter dort findet, vollständig geheilt.«

Mein Puls setzte wieder aus. Ich hatte Mage Robin wegen Cerys Dye kontaktiert, um zu fragen, ob man ihr helfen könnte.

»Der Narr«, sagte ich, als ich die zweite Karte aufnahm.

»Das habe ich wahrscheinlich verdient«, überlegte er.

»Die Karten lügen nicht«, erklärte ich streng. »Aber hier bedeutet sie, dass dir gerade ein Neuanfang angeboten wird. Dass du am Beginn einer Reise stehst.«

Er streichelte mit seiner linken Hand über meinen Handrücken, sodass die Karte zitterte. Mit den Fingern strich er an meinem Handgelenk hinunter und wieder zurück und malte Muster auf meine Haut. Die Wärme seiner Berührung jagte mir Funken über den Rücken. Da war ein starkes Ziehen in meinem Bauch, das mich näher zu ihm drängte.

»Was ist mit dieser?«, fragte er und hielt grinsend die dritte Karte hoch. Dann zog er die Augenbrauen nach oben. »Die gefällt mir.«

Die Liebenden.

Ich schloss die Augen, weil ich nichts gegen die Hitze und den Druck tun konnte, die sich in mir aufbauten. Meine Brust fühlte sich an, als wollte sie vor Erleichterung aufbrechen. Vor Glück. Ich hasste es, dass ich weinte; dass ich nicht die richtigen Worte fand, ihm irgendetwas davon jetzt zu sagen.

»Warum hat das so lange gedauert?«, flüsterte ich.

Er umfing mein Gesicht mit den Händen. Seine Haut war weich und neu, als er mit dem Daumen die Tränen von meinen Wangen wischte. »Jeder Sämling braucht ein wenig Zeit zu wachsen.«

Er wich für einen Moment zurück, warf einen frustrierten Blick auf den Tisch zwischen uns und stand auf. Ich erhob mich mit wackligen Beinen, als ob mein Blut zu Champagner geworden war. In Emrys' Augen spiegelten sich Lachen und Verlangen, als er näher kam.

Er ließ die Hände in mein Haar gleiten, neigte sich zu mir und lehnte seine Stirn an meine. Ich atmete zittrig aus, als er sagte: »Aber um ehrlich zu sein, Lerche, bin ich noch nie besonders geduldig gewesen, und ich könnte ein drittes Mal sterben, wenn du mich noch eine Sekunde länger warten lässt, dich zu küssen.«

»Tja.« Ich legte den Kopf in den Nacken und streifte mit meinen Lippen über seine lächelnden. Gleichzeitig schlang ich die Arme um ihn und spürte, wie seine Muskeln zuckten, als ich sie berührte. »Das möchte ich natürlich nicht. Mir sind die Münzen ausgegangen.«

Er beugte sich näher zu mir, und es gab nichts mehr außer diesem Kuss – seine Intensität verschlang alles bis auf das Gefühl seines Körpers, der an meinen gepresst war. Er küsste mich wie ausgehungert nach meiner Berührung, als könnte er fühlen, wie sich meine Seele regte vor Freude, ihm wieder nahe zu sein.

Bei allen Veränderungen an seinem neuen Körper, dem Strahlen, das in seine Augen zurückgekehrt war, blieb *dies* gleich. Der feste, sanfte Druck seines Munds an meinem, das kribbelnde Ziehen und Drängen zwischen uns. Nun fühlte ich, wie sich unsere Schicksale wieder verwoben hatten.

Ich stieß gegen den Tisch, und die Karten fielen auf den Boden. Der Kuss wurde langsamer, tiefer, als würde Emrys ihn richtig auskosten wollen. Er vergrub die Finger in meinen losen Haarsträhnen und hielt meinen Kopf wie einen heiligen Schatz.

Ich musste mehr von ihm fühlen – brauchte die Bestätigung, dass dies kein grausamer Traum war, der mir wieder entrissen werden konnte. Ich ließ meine Hände über seine Brust wandern, bis ich das wundervolle Schlagen seines Herzens fühlte.

Erst jetzt wich ich zurück. Meine Lunge verlangte nach Luft, auch wenn Atmen zweitrangig schien. Wir sahen einander in die Augen, und in seinen war kein Schatten mehr. Es gab keine Geheimnisse zwischen uns.

»Lass uns nach Hause gehen«, sagte ich atemlos.

Lächelnd drückte er seine Wange an meine und nickte.

Während ich die Kerzen löschte und die Karten für die morgige Schicht aufstapelte, holte er meine Jacke vom Wandhaken. Ich ließ ihn in dem Glauben, er würde sich noch einen Kuss stehlen, als er mir hineinhalf. Morgens war ich spät dran gewesen und hatte meine Handschuhe zu Hause vergessen; die brauchte ich nicht mehr, weil seine warme Hand meine umschloss.

Es war noch hell draußen, als wir durch die belebte Stadt gingen – eines der vielen Geschenke des Frühlings. Unter meinen Füßen und überall um mich herum wartete das Leben darauf, neugeboren zu werden. Aus den kalten Tiefen des Wintertods aufzuerstehen.

Und zum ersten Mal war ich auch bereit.

Danksagung

Liebe Leser*innen,

als Erstes möchte ich euch danken, dass ihr diese Danksagung lest – die ich unter anderem deshalb für so wichtig halte, weil sie zeigt, wie viele Menschen helfen, ein Buch ins Leben zu rufen. Während das Schreiben eine sehr einsame Tätigkeit ist, ist der Prozess der Veröffentlichung alles andere als das. Ich bemühe mich auch, es kurz und knapp zu halten!

Zunächst möchte ich Katherine Harrison vielmals danken, die nicht nur eine wunderbare und aufmerksame Lektorin ist, sondern auch als Kapitänin dieses Schiffes dient und die Bücher unbeirrbar durch ihre Veröffentlichungskanäle lenkt. Gianna Lakenauth bin ich dankbar für all die Unterstützung auf dem Weg! Ich habe solch ein Glück, ein Verlagstraumteam an der Seite zu haben, und ich stehe in eurer aller Schuld für die Arbeit, die ihr in diese Reihe gesteckt habt! Ich danke euch, Melanie Nolan, Barbara Marcus, Judith Haut, Amy Myer, John Adamo, Adrienne Waintraub, Elizabeth Ward, Noreen Herits, Michael Caiati, Natali Cavanagh, David Gilmore, Katie Halata, Jenn Inzetta, Kelly McGauley, Shannon Pender, Erica Stone, Stephania Villar, Meredith Wagner, Lili Feinberg, Josh Redlich, Jake Eldred, Artie Bennett, Alison Kolani, April Ward, Liz Dresner, Jen Valero, Jinna Shin, dem ganzen unglaublichen Vertriebsteam, Keifer Ludwig und Kim Wrubel.

Ein riesiges Dankeschön schulde ich dem Team von Listening Library, einschließlich Iris McElroy, Rebecca Waugh und Emily Parliman sowie der talentierten Sophie Amoss, die Tamsin in den Hörbüchern lebendig werden ließ!

Es ist unglaublich, welches Glück ich habe, seit fast fünfzehn Jahren mit dem unvergleichlichen Team von Writers House zusammenzuarbeiten! Vielen Dank an meine Agentin Merrilee Heifetz, die immerzu die Stimme der Vernunft ist und mich über die Jahre so sehr unterstützt hat. An Rebecca Eskildsen, bei der mir schleierhaft ist, wie sie stets alles im Griff hat; ohne ihre behutsamen Erinnerungen wäre ich verloren! Und natürlich danke ich dem wunderbaren Lizenzteam – Cecilia de la Campa, Alessandra Birch, Kat Boggs und Sofia Bolido.

Unendlich dankbar bin ich Marissa Grossman, Valia Lind und Isabel Ibañez, die sich durch die diversen Entwürfe gelesen und mir wahrlich unschätzbare Vorschläge gemacht haben, wie ich einige der verworrensten Fäden entwirre! Wie immer danke ich meiner Freundin Susan Dennard, die sich mir so verlässlich wie großzügig als Ideentesterin und Brainstormingpartnerin zur Verfügung stellt, und Leigh Bardugo und Victoria Aveyard, weil sie mich so unglaublich unterstützen.

Und schließlich danke ich meiner wundervollen Familie für alles, was sie über die Jahre getan hat, um mir zu helfen – sei es, indem sie Kuchen buken, mit mir reisten, mir halfen, Fotos für die Social Media zu machen oder mir schlicht Mut zusprachen, wenn es dringend nötig war. Ich liebe euch alle!

Hinweis zu sensiblen Themen

Achtung: Diese Hinweise enthalten Spoiler!

Dieses Buch enthält Themen, auf die du sensibel reagieren könntest: Kindesmisshandlung, Ritualmord.

Alexandra Bracken

Lore

Die Spiele haben begonnen.
Sie kämpft um ihr Leben

Lore versucht, einfach nur normal zu sein und zu vergessen, dass sie dazu ausgebildet wurde, griechische Götter zu jagen. Doch dann steht die nächste Jagd bevor und jemand sucht ihre Hilfe, der sie und ihresgleichen eigentlich hasst: Athene. Die Göttin bietet Lore ein Bündnis gegen den neuen Ares an, der vor Jahren Lores Familie ermordet hat – und seitdem noch mächtiger geworden ist. Sieben Tage ist Ares sterblich und die Rache für ihre Familie in greifbarer Nähe für Lore. Doch reicht das Bündnis mit Athene aus, um Ares aufzuhalten, der die menschliche Welt in Schutt und Asche legen will?

584 Seiten • Gebunden • ISBN 978-3-401-60638-5 • www.arena-verlag.de

Katja Brandis

Der Fuchs von Aramir

In der Hafenstadt Aramir sind die mächtigen Familien mit Greifen, Phönixen, Einhörnern, Meeresdrachen und anderen Fabelwesen verbündet. Das charmante Schlitzohr Devan gehört zu keiner dieser Familien. Er ist in Armut aufgewachsen, kann sich aber auf seinen scharfen Verstand verlassen und löst als sogenannter Fuchs für die Reichen und Mächtigen von Aramir jedes Problem. Unterstützung bei seinen Aufträgen erhält er von seiner rebellischen besten Freundin Rouka. Doch dann erpresst der Fürst von Aramir Devan und verlangt, dass er ihm einen unmöglichen Wunsch erfüllt. Während Devan ins Reich der Elfen reist, um eine der unberechenbaren Singelfen zu finden, erschüttert eine Intrige die Grundfesten Aramirs. Plötzlich steht nicht nur Devans und Roukas Zukunft auf dem Spiel, sondern die der gesamten Stadt und ihrer Fabelwesen.